WANGSHI
BU
JIMO

往事
不寂寞

李 菁 著

团结出版社

图书在版编目（CIP）数据

往事不寂寞 / 李菁著 . -- 北京：团结出版社，2024.8

ISBN 978-7-5234-0867-4

Ⅰ.①往… Ⅱ.①李… Ⅲ.①访问记-作品集-中国-当代 Ⅳ.① I253

中国国家版本馆 CIP 数据核字 (2024) 第 062487 号

出　版：	团结出版社
	（北京市东城区东皇城根南街 84 号　邮编：100006）
电　话：	（010）65228880　65244790（出版社）
	（010）65238766　85113874　65133603（发行部）
	（010）65133603（邮购）
网　址：	http://www.tjpress.com
E-mail：	zb65244790@vip.163.com
	tjcbsfxb@163.com（发行部邮购）
经　销：	全国新华书店
印　装：	三河市东方印刷有限公司
开　本：	150mm×227mm　16 开
印　张：	30.5
字　数：	424 千字
版　次：	2024 年 8 月　第 1 版
印　次：	2024 年 8 月　第 1 次印刷
书　号：	978-7-5234-0867-4
定　价：	99.00 元

（版权所属，盗版必究）

新版序

王奇生

最近十多年来，口述历史作品越来越受专业学界和大众读者的关注。对专业学者而言，尤其对研究现当代史的学者而言，口述历史作品是历史研究的重要"史料"之一，可与官方档案和书信、日记等私密性资料一起综合运用于历史研究之中。相对于历史现场留存下来的原始文本记录，亲身经历者的事后忆述，难免有误记错记、隐过表功等问题，但仍有其他史料难以替代的独特价值。

历史活动留存的原始记录，挂一漏万、残缺不全几乎是常态。记录的内容存有歧异也在所难免。若亲身经历者健在，其主动撰写的回忆录和被动接受的口述访谈，或补正，或存异，或比戡，或提供多一重观察视角，均有重要的参考价值。

同一位亲身经历者，其主动撰写的回忆录，与被动接受的口述访谈，两者之间会有很大差异，也会有不同的参考价值。一个最大的差别是，主动撰写的回忆录，回忆什么，写什么，是亲身经历者自主选择的结果；而口述访谈则是访谈人与被访谈人互动交流和合作的产物，甚至是在访谈者主导下，不断"逼问"出来的结果。写回忆录时，一般会字斟句酌，谨慎落笔，而口述访谈时，往往临场应答，甚至脱口而出，"说"出来的内容比"写"出来的内容可能更具真实性。

另一方面，同一位亲身经历者，面对不同的访谈人，访谈出来的内容也会有很大不同。高明和拙劣的访谈人，访谈出来的作品固然高下有别。即使同样高明的访谈人，也因关注和提出的问题不同而呈现不同的结果。对同一个访谈人而言，面谈不同个性的访谈对象，"生产"出来的作品也会有不同的质量。高明如唐德刚这样的访谈人，在面对胡适、李宗仁、顾维钧等学界、政界不同人物时，访谈出来的作品也有不同的风貌。当他遇到张学良那样不好合作的访谈对象时，竟也束手无策，最后不得不放弃。

20世纪的中国，先后经历了三场革命（辛亥革命、国民革命和共产革命），最高权力也经历了三次巨大变革。"百年锐于千载"。中国这一百年历史演变的速度、烈度和力度，远超过去一千年。很多人在短暂的一生中，历经清朝、民国和共和国，更经历过多场战争和饥荒的磨难，接受过多次政治运动的"洗澡"和"考验"。无论精英与大众，在剧烈的政治和社会变迁下，无一例外地被卷入其中而无法自主，几乎每一个体的人生都是一部"传奇"。

亦因为此，作为中国近现代史的研究者，我特别喜欢阅读各类不同人物的日记、回忆录和口述历史。与官方档案和新闻报道等制度性、公共性资料相比，个体性的记录和忆述所反映的历史往往更鲜活，更细致，更接地气，也更具实践性，也常有一些更隐秘、更幽微、更具人性情感的面相呈现出来。只有将官方与民间、群体与个体、精英与大众、公开与私密、上层与下层、制度与实践、宏观与微观等不同视角、不同性质、不同类型的史料加以综合考察和运用，才能将一个时代的历史较为全面、立体地"再现"出来。

2020年，北京大学建立了中华人民共和国史研究中心（实体科研机构）。中心设有当代中国史料馆，广泛征集当代中国史料，其中一项重要而紧迫的工作即是做口述历史。共和国成立已75年，官方档案留下了巨量的记录。虽然官方档案目前开放有限，但只要留存下去，未来史家总可利用。而亲身经历者的忆述则具有极强的时效性，如果不及时将忆述记录下来，很快随着一代人的逝去而烟消云散，所以必须抢救性去做他们的访谈，为国家民族保存一个时代的历史记忆。近年来，我常在各种场合动员各方面的亲身经历者写回忆录，同时也组织力量做口述历史。遗憾的是，口述历史工作的推进并非易事。最大的困难是合适做、愿意做口述历史的同道太少。一个重要原因是，在当下大学科研考核体制下，口述历史作品不算科研成果，导致体制内的专业学者很难投身做口述历史。

从以上的说明中，读者当能体会李菁女士这部口述历史作品的价值和意义。从选题看，李菁女士有非常敏锐和独到的历史眼光，擅长捕获和选取各类有故事的老人做访谈对象。访谈对象涉及面甚广，物色、寻找合适的访谈对象并非易事。找到了合适的访谈对象，而要做好访谈，势必要做大量的前期和后期工作。从李菁女士所做的访谈效果看,她显然对每一位访谈者都下足了功夫。虽然作品中访谈者的提问没有直接显示,但从访谈内容的丰富、细致与独到性,以及所涉时、地、事、人等历史信息的准确性,均表现出访谈者具有良好的专业素养和学术眼光。一个个鲜活而真实的历史人物故事,在李菁女士平实流畅的笔下呈现出来,具有独特地阅读快感。

期待有更多同道一起参与到口述历史中来。

2024 年 6 月 16 日

序

朱 伟

李菁是2001年到的生活周刊，2001年我们刚被赶出净土胡同，在安贞大厦找到了一个安逸的家，她就来了。刚来的时候，我对她没有印象，依稀中似乎听李鸿谷介绍，她是刚来的记者。那时候李鸿谷也是刚从武汉到周刊不久，立足未稳。社会部有一个与高昱几乎同一年入职的老兵王珲，李鸿谷难以调教。随后几位都是在李鸿谷之后入职，如巫昂，本名陈宇红，福建人，这个笔名可充分展示她身上那种不会枯竭的欲望。如郦毅，个子高高，说话似乎总胆怯着细声细气，她是高昱的同学。如金焱，一个喜欢穿靴子的哈尔滨姑娘。2000年我说服李鸿谷到北京，就是希望他能拉出一支可在周刊开始采访突破的队伍，改变周刊原来不以事实轻易地说三道四的习惯。为了充分调度他的可能性，我把原来做社会报道已经形成定势的高昱专门调去搭起一个经济部，把地盘腾给李鸿谷。与社会部相对，经济部当时几乎全是男丁：高昱加上陆新之，加上李伟与黄河。

社会部这些女子中，当时李鸿谷自然最看好与亲近金焱，金焱也确实在周刊新闻突破的开端充分展示出了其魅力。我记得她第一篇令我们激动的稿子，是通过采访各种当事人，还原了郑州一家银行4分钟的抢劫案所有的细节。在当时要从半月刊转向周刊的迫切氛围中，这样的报道显然有里程碑的意义。随后，石家庄凌晨发生爆炸案，她当天晚上23点赶到现场，一个小女子，要了一辆出租车就闯进当时被封锁的禁区，以致警察在后面驱车追赶，直到将她俘获。当时《三联生活周刊》的记者根本就没有记者证，她硬是靠凛然正气挣脱了追究，回来做成了一篇非常扎实的《石家庄爆炸：不吉祥的16》。

李菁在这种背景下，想要证明自己的能力，当然困难重重。她在周刊立足，其实是从突破何振梁开始。2001年的年终回顾，李鸿谷做刘丽英为封面，作为附带，她发表了独家对何振梁的专访。按当时周刊有限的影响力，突破这样重量级的人物，实在超乎想象。但说实在的，那时她仍未真正进入我的视野。现在回头看，如果对比在这同一期上高昱发表的，篇幅同为六页的关于龙永图的文章，李菁深入挖掘一个重量级采访对象的能量其实已经显而易见——高昱并未采访到龙永图，却洋洋洒洒自信十足地写了六页，这是一种靠意念做文字繁衍与靠对采访对象拓展构成文字结构的差别。但我当时，更关心李鸿谷在整体采访中与其他媒体竞争的实力，实在无暇顾及这样一个留着短发、眼睛很大的姑娘。

真正注意到她是2002年。首先,"4·18"韩国空难,周刊第一次主动派记者出国采访突发事件,因为要求采访时间特别紧迫,而社会部当时仅她一人手中有护照,这给了她一次偶然的机会。这次采访的完美完成,体现了她非常出色的对困难采访环境的迂回能力。紧接着,10月,印度尼西亚发生巴厘岛恐怖事件,她又独自一人,在孤立无援的前提下,独立完成了一个封面故事。这让我对她刮目相看,我始终觉得,一个人的成长,其实是心力——心高气傲与舍得付出结合的结果,而能否在瞬间产生激情也至关重要。激情决定兴奋能力,一个好记者在进入任务后都会无法抑制地兴奋,李菁就是这样的一个记者。无法想象,没有激动、无动于衷的记者能够在采访中焕发出非凡的动力。

作为一个主编,我以为最重要的职责,就是要发现每一个记者的可持续发展之路,将它们组织起来,才可能成为一个媒体的可持续发展方向。李菁的独特方向应该是从2003年她做年终回顾,采访高耀洁之后发现的。那个年底,她在高耀洁家里,与她一起生活,记录下她自己对这个采访对象贴切的感受。这篇报道,使我对她有了进一步理解。这个理解是,第一,她是靠直觉,而不是靠理性判断去寻找采访道路,这样的直觉依赖于她容易体会采访对象。换句话说,她依赖于通过心灵的牵动去深入采访对象。第二,因为凭感性,她会更多地通过细节感受采访对象,这些细节有时是碎屑,于是她经常会苦恼于结构。这种结构努力的结果,经常是从开头到结尾,叙述一个线性长度,而非一个空间的营造。但她善于将细节串联成较为丰富的整体,她不喜欢枯燥的理性叙述。第三,她对传奇、趣味有本能的好奇，她的好奇心会不断推动她的追索能力，它们帮助了她的线性叙述，使这种叙述能牵动人心。清楚她的长处短处后，其实她的发展方向已经清楚了。

我起先还未考虑到"口述"这个栏目，我希望她能在写高耀洁的基础上，写一些丰厚而扎实的人物。

2005年，周刊增加了每期篇幅，开始了向综合性周刊发展的努力，但"口述"的方向一开始却没有出现，所以说，这个栏目是她自己，朝着自己兴趣的方向磨合出来的。这一年的抗战系列报道，突出了她对历史人物的兴趣与在重写历史中采访"遗老遗少"的能力，在对抗战历史现场的重新触摸中，她总能"柳暗花明"，找到那些更为感人的东西。她告诉我，相对光鲜的人物，她对尘封的那些人物身上已经过去的历史烙印甚至苦难更感兴趣。之后，她利用去纽约开会之机采访到了唐德刚；因为对杨沫当年生活八卦的好奇，又采访到了老鬼。对老鬼这篇专访发表在2005年的最后一期，其实也是"口述"这个栏目实质的开头，只不过这个栏目到2006年1月，推迟了一年开栏而已。

从某种意义，这个栏目也可以说是一种移植。

1998年，因为张新奇的牵线（他80年代曾与韩少功一起在海南创办了《海南纪事》），刘波当时愿意投资来办一本记忆杂志，因为借用广东侨办的刊号《华夏》，所以叫《华夏记忆》。李陀、汪晖、罗点点，在一起帮我策划这本杂志时，都曾认为，个人史可能促进我们更丰富深入地认识20世纪中国，变成一种新的精神财富。在策划与搭建这本刊物时，我曾以为，它与生活周刊将来能成为一个向前探究，一个向后探究两个互为影响的方向。当时编成的第一期，曾令许多知识分子感觉到一种分量，它以罗点点回忆"文革"中他的父亲罗瑞卿为封面，黑色为底，整本内容很有精神价值。遗憾的是，出版后竟马上遭遇了"文化商人"的质疑。当时刘波手下负责媒体投资的一位深谙美国商业媒体操作的老板首先发问，请问这本杂志的读者对象是谁？老人吗？那么广告对象是谁？没有广告，定位显然是有问题的，投资也就不能支持。于是，《华夏记忆》的第二期马上变成了姜文的记忆，封面为翠绿色，时髦了。那时大家都怕陈旧的东西，当然也就不可能明白，时髦其实是没有长久的生命力的。

李菁的"口述"，由此通过她坚持不懈的努力，变成了原来《华夏记忆》在一本刊物上想实现而未能畅快淋漓体现的想法的具体实践。也许，一整本的记忆形态确实过于单一，其沉重与苦难难让习惯了时尚生活的读者消费。但作为一个栏目，它恰恰成为一本杂志五彩斑斓中一种也许是相逆的色调，竟解决了年轻读者有可能的阅读障碍，反而给他们别样情调。有了这个栏目，不仅李菁的兴趣有了寄附，而且解决了她个人与读者的一种独特联系。应该说，这个栏目中的每一个人物，都投入了极多她自己对那个时代氛围的追索。每接近一个人物，她都要做大量功课，以使自己走进这个真实历史人物的生存之中。通过这种走近，拉近了对这个人物与他所包裹的历史的观察，这样的口述更多是对人物历史充满好奇的观察后追问的结果。这种追问结果在被整理过程中，又被赋予了许多李菁自己的情感，由此往往因为细节被情感叙述着而充满感染力，突破了历史记忆原来的单一化叙述,这正是这个栏目能够迅速被各种类型读者喜欢的原因。这样的栏目既然形成,就已经成为李菁的一种精神寄附,她的精神气质与她所面对对象的精神气质在这个过程中融为了一体,就能构成一种特殊价值。所以,既是李菁的"口述",就不能再让别人以别样的气质来染指了。

李菁的"口述"于是就一期期坚持下来,我们制定的规则是,有则一篇篇倾心去做,无则不强求,所以这个栏目不定期、不规则出现,现在仅三年,已经结集成这样一本沉甸甸的记录。这是她一步步深入一个个活生生人物,不断去感遇、丰富、拓展着的历史,其中的心血无须冗言。写得最好的部分,应该是她充满情感去感动的部分,她被那种在复杂历史背景下背负苦难,坚韧磨砺着的质地丰厚的生命所吸引,突出了其中她仰慕的人格魅力,使它特别牵动人心。我一直觉得,这个栏目,实际通过叙述细节的挖掘,丰富了个人史书写,而个人史对于恢复历史的真实全貌,又起着特别重要的作用——我们对历史的追究需要突破现有、现成、简单的结论,这一定是从个人史角度的突破。只有恢复了一个个在历史环境中真正真实丰满的人,才能探究出这个个人对历史的真正意义,也才能对今天的现实构成真正的启迪。

当然,以自己的基点去探究另一个人大于自己的体积,从这个时代去认识那一个时代,是需要一步步地迈台阶的。这大约是李菁下一个五年所要在这个栏目中去努力的——我们需要更深入地去认识时代烙印与一个个个人生活在其中的冲突,去体会每个历史节点每个人身上更真实的生存境遇。这意味着更多地解脱这个历史人物身上已经黏附得太多的符号,更真切地还原出一个个矛盾的个人。

以一种更清醒的态度来认清我们身后的历史，是今天我们向前走的需求，所以理应对这个栏目寄予厚望，它应该成为我们今天往前走无价的财富，成为明天繁荣的基础。

记于2008年10月23日夜

目录

传奇

最后的格格——金默玉 …………………………………… 1
袁克定的残烛之年 ………………………………………… 14
施剑翘：刺杀孙传芳的传奇女性 ………………………… 23
严幼韵与她的世纪人生 …………………………………… 37
邵洵美，被遗忘的名字 …………………………………… 46
人生长恨水长东——我的父亲张恨水 …………………… 57
傅泾波：追随司徒雷登44年 ……………………………… 69
我的母亲龚澎 ……………………………………………… 82
不尽往事红尘里——回忆我的母亲上官云珠 …………… 100
李济：被淡忘的"中国考古学之父" …………………… 113
一代报人邓季惺：被湮没的传奇 ………………………… 126
金戈铁马已成昨——回忆我的大伯薛岳 ………………… 138
我的父亲母亲："人民导演"与"红色间谍" ………… 152
为舞台而生的人——我的母亲舒绣文 …………………… 173
我的父亲：海上闻人杜月笙 ……………………………… 190

名流

唐德刚：活在别人的历史里 ……………………………… 205
梁漱溟：逝去的儒者 ……………………………………… 215

我的父亲梁实秋 …… 228
一生的守候——我的父亲常书鸿与他的敦煌情缘 …… 242
杨宪益：破船载酒忆平生 …… 256
我的父亲罗家伦 …… 267
吕恩：往事悠悠 …… 279
黄宗江：我的戏剧人生 …… 293

往事

毓嶦：我所知道的溥仪 …… 304
我所经历的东京大审判 …… 313
我的父亲陶希圣与"高陶事件"始末 …… 333
我的父亲与黄金运台之谜 …… 351
回忆我的远征军历程 …… 375
走过一世纪的沧桑 …… 392
走过战争，走过屈辱——一位志愿军战俘的朝鲜战争回忆 …… 411
故都旧事——我的母亲凌叔华 …… 430
我的父亲周信芳：传奇之恋与生离死别 …… 449
周海婴：还鲁迅一个真面目 …… 463

最后的格格——金默玉

口述 金默玉

金默玉

1918年，流亡于旅顺、仍怀揣"恢复大清帝业"夙愿的肃亲王善耆迎来了他的第38个孩子，他为这个小生命取名爱新觉罗·显琦——90年后，当"公民金默玉"回望当年"肃王府的十七格格"的身份时，这位最后的格格，也完成了对中国最后一代王朝的记忆和见证。

她像所有想摆脱出身阴影的人一样，试图用劳动来洗刷掉自己身上"十七格格"和"川岛芳子之妹"的烙印，以致从此九节脊骨坏损，"天气稍一阴冷，浑身都难受"。1996年，78岁的金默玉在廊坊开发区创办了"爱心日语学校"，而后的"东方大学城"正是在这所学校基础上创办的。在廊坊的家里接受采访前，保姆先为老人递上毯子盖住双腿，很默契地送上香烟、打火机和烟灰缸。老人抽烟的频率很高，几乎一天一包。这也是秦城生活落下的习惯，在监狱里，每当腰疼得受不了时，她就靠香烟顶过煎熬。每一位见过金默玉的人，都会惊讶于她历尽沧桑后的达观和幽默。

末代肃亲王

　　1922年父亲去世时，我只有4岁，所以我对父亲没什么印象，我也是从书上知道他的许多事情的，比如当年汪精卫刺杀摄政王载沣失败被捕后，是父亲审的他。父亲见汪精卫谈吐不凡，很爱惜他，虽然两人在"保皇"与"革命"的问题上谁也说服不了谁，但父亲觉得汪精卫是个人才，所以汪精卫能免于一死，父亲起了很大作用。

　　我们家是正宗的正黄旗，追根溯源，我们这一支的祖先、第一代肃亲王叫豪格，是清太宗皇太极的长子，他骁勇善战，后来成为八大"铁帽子王"之一。皇太极去世后，他与多尔衮争皇位，多尔衮得势后，他备受迫害，很早就去世了。

　　父亲爱新觉罗·善耆，是第10代、也是末代肃亲王。如今很多史学家都认为他是位开明之士，当年他极力主张君主立宪，也曾向西太后谏言过，但西太后听后不悦，把他和恭王一起给轰下去了。父亲下去后大哭一场，觉得清朝完了。西太后每年过生日，那些王公大臣都要进贡，父亲想让她见识一下国外那些先进东西，告诉她"人家文明都发展到这个程度了，大清朝别再妄自尊大了"。他处心积虑，让人从英国、法国运来了好多东西，比如沙发、摇椅、望远镜、留声机等等。但那些东西运回来后，有人说，肃王要篡位。他一生气，就把它们留在家里了，我小时候还玩过。我记得还有一个特别大的八音盒，像钢琴那么大，16个人都抬不动，上面有很多小木人，启动后，有的在跳舞、有的在敲锣、有的在打鼓，特别好听，后来也不知道哪儿去了。

　　刚过40岁的父亲出任民政尚书，相当于今天的部长，在当时的清政府里已算非常年轻的"官员"了。他在全国推行警政、户口、卫生、市政等方面的建设，他接管"崇文门税务监督"后，给大家都涨了工资，告诉大家绝对不许收受贿赂，有点像今天"高薪养廉"的意思。后来有人跟西太后说，肃王管得挺好的。谁知道西太后说："那肃王以后不干了，谁接替他？"意思是说没油水可捞，还谁愿意管这摊啊？由此可以想见，那时的清政府已经溃烂成什么样子了。

父亲对清朝忠心耿耿，1912年，他痛哭流涕反对溥仪退位，是唯一拒绝在退位诏书上签字的亲王。溥仪逊位后，他跟全家人说，国家都亡了，个人生活不能太奢侈，所以要家里人穿得简单些。母亲她们都有丝绸，也不能故意扔了，所以平时就在外面穿一布衣。我的三娘特胖，怕热，只有她平时可以穿一件纱衣。其他人上下都得是布的，不许穿丝的。所以父亲死后被溥仪"赐"谥号为"忠"，追封为"肃忠亲王"。

父亲在56岁那年暴病而死，有一位正夫人、四位侧夫人，生了38个孩子，我是最小的一个，肃王府里的十七格格。我有21个哥哥、16个姐姐。现在很多年轻人好奇，问我能认全那么多哥哥姐姐吗？怎么认不全呢？男的跟男的排，女的跟女的排，最小的哥哥叫"二十一哥"或"小哥哥"。在王府里，我们管正夫人叫"奶奶"，管自己的母亲叫"娘"，我的生母是第四侧夫人，我对母亲印象不多，只记得她挺好强的，老是盘腿看书。母亲是在父亲去世之前死的，据奶妈她们说，母亲是侍候父亲累死的。就这样，我四岁那年，一个月之内没了父亲和母亲。

旅顺岁月

1918年我在旅顺出生时，父亲已从北京流亡到旅顺6年了。当年父亲一心想利用日本人复辟清朝统治，策划"满蒙独立"。日本人就在旅顺给他预备好了房子，让父亲过来"共商大计"。

我们在旅顺的房子建在一个小山坡上，当时那一片叫"新世界"，地址也是按日本人的习惯，叫"镇远町十番地"。我只记得小时候的旅顺有山有海，特干净，也安静极了，一辆汽车都没有，街道两旁都是洋槐，6月傍晚的时候，整个"新世界"都是香的。1949年后我又去了一次旅顺，跟印象中完全不一样了，我们原来的房子还在，但经历了许多变迁：一会儿住解放军，一会儿住苏联专家，后来还做过小学校。当年门口还立了一个牌子，说我父亲如何反动之类的，现在不知道什么样子了。

父亲在世时，我和他的接触也不多。父亲是"王爷"，基本上都在王爷府里待着，不像咱们现在出入那么随便。我们这些孩子，各有各的屋子，各有各的奶妈和"看妈"，连母亲的屋子都不大随便进出。

父亲组织"宗社党"，复辟失败后流亡到旅顺，让哥哥姐姐都上日本学校。他的意思是，必须得学习人家先进的东西，就这一点我觉得他脑子好，并不是那种"女子无才便是德"的老思想。所以姐姐们都上旅顺女子学校，哥哥们上旅顺"工大"，我们小不点的上第二小学，同学们都是"满洲铁路"或者"关东厅"的后代。

虽然那时已经没了皇帝，但在家里，那些前清的礼仪还沿袭着。那时家里也没有沙发，坐得规规矩矩，只能半个屁股坐在凳子上，跟谁说话要慢慢把头扭过去，以耳朵上的坠子不能有任何摆动为标准。平时格格也没什么机会出门，只有姐姐嫁人、亲戚过生日时，才有机会出去。听姐姐们说，格格们出门时用幔帐遮着，直到上了轿子才放下，没几个人见得着。所以在老百姓的想象中，哪个王府的格格都是"美人"。

我很庆幸，出生得晚，没怎么受这些"洋罪"。我从小就讨厌这些繁文缛节，姐姐们称我为"革命儿"。那时候格格通常都嫁给蒙古王爷，我的五姑姑善坤就是喀喇沁王爷贡桑诺尔布的福晋。我们这个圈里，也是互相联姻，比如我九哥的女儿嫁给李鸿章的孙子，我想如果朝代不发生变化、我不受新式教育的话，我也得认命、也得走姐姐们的老路。不过哪儿有那么多王公可嫁？可能最后我就成老姑娘了。

旅顺和大连当年也是清朝遗老遗少聚集的地方。父亲到了旅顺后，恭亲王溥伟也追随他到了大连[1]。溥伟特别崇拜我父亲，他也赞成父亲，

---

[1]：2005年年底，笔者曾采访过溥伟之子毓嶦，毓嶦即为溥伟流落到大连后所生。毓嶦13岁时溥伟去世，他带着母亲与两个弟弟到长春投奔溥仪，后成为"战犯"被关押10年。详见本书《毓嶦：我所知道的溥仪》一文。

认为不能锁国。恭亲王长得漂亮极了，真像个王爷的样子，不像我父亲是个小矮人。他小楷写得也漂亮，问他《红楼梦》哪一回写的什么，他随口就能说出来。父亲去世后，他特别疼我，认我为干女儿。我在恭王府行四，是"四格格"。溥伟对清朝也是念念不忘，1931年跑到沈阳去拜祭清祖先陵，后来又跟着溥仪跑到长春"满洲国"，没几年就死了。现在大连还有他的房子，我的几个哥哥也在大连买房子住，现在大连黑石礁一带还有一套，据说已经变成了饭店。

1931年溥仪从北平逃出来后，曾在旅顺躲了一段时间，溥仪在旅顺期间就住在我们家，在此期间他还以"皇帝"的身份祭祖，也接受罗振玉、郑孝胥这些清朝遗老遗少的"朝拜"。溥仪的行程当然是绝对保密的，我那时还小，只有12岁，白天还要去上学，我们这些孩子都不知道他曾经来过，只记得让我们搬出来，单给他辟了一幢小楼来住。我后来才知道是溥仪来了，我也没见过婉容，不过三姐她们见到过，我大嫂还伺候过。

刚到旅顺时我们家还是一个大家族，都已破落到那地步了，还有两百多口子人呢！父亲是为了他的复辟梦而到旅顺的，但对那几位夫人来说，旅顺太小太闷了，哪能跟北京比呢？父亲在时她们不敢动，但我们家吃的、喝的、用的都从北京运。父亲一死，几位夫人很快回了北京，有几位哥哥去了大连，这个大家庭很快就散了。

没落皇族

父亲去世3周年时，被运回北京安葬。记得当时给准备了一列火车，父亲的棺木在前头，而母亲的在后头。几乎所有旅顺人都出来看，附近的农民头一天赶着马车来、晚上睡在马车里就为了等着看热闹。据说现在有些老人还能记得当时的"盛况"。送葬的队伍很长，按照规定，抬灵柩的人要64人，加上路上换班的那套人马，一共128人。队列的最前面是"金山""银山""马""车"；为了赶制这些供品，旅顺所有纸店里的存货都被抢购一空。送葬的亲友多达数百人，因为队伍太长，从旅顺家中到火车站整整用了一天。

那一次也是我第一次到北京。父亲被葬在"架松"，也就是现在的劲松一带。我们家的墓地有两处：十八里店有一处，在"架松"也有一处。因为墓地里有一棵数人合抱粗的松树，松枝用上百根木料支撑，所以才有"架松"之名，虽然这棵树已在20世纪40年代末枯死了，但地名沿用至今。父亲去世时，正在东京御茶水女子高等师范留学的三姐显珊也回来奔丧，之后她再也没回去，偌大的家后来就剩下三姐、十六姐——我喊她"小姐"——和我三个人，加上十几个用人。按照那时的规矩，王爷身边的女人如果没生男孩就不能被册封，像我母亲17岁生了我大哥，因为头胎就是男孩，所以她被册封得早。而三姐的母亲刚生下她就去世了，我父亲挺可怜她的，所以父亲在世时她在家里耀武扬威的，大家对这个三格格有点又恨又怕。父亲一去世，她没什么靠山，也没地方可去，就把我俩要过去，我俩分得的家产都归了她——她如果不争取我们，她也没什么财产。三姐后来办了一所学校，还买了个农场，但她什么也不懂，她养的果树起初还结挺大个儿的苹果，到了后来却变成像海棠果那么大。三姐后来认识一个女传教士，每次来家里教我英文，在她影响下，三姐和十二姐、十五姐都信了基督教。三姐终身未嫁，最终死在教堂里。

我在旅顺待到13岁。我毕业那年，溥仪的"满洲国"也成立了，我去长春上了一段很短时间的学。那时我几个哥哥在"满洲国"谋得了一官半职——同母的大哥金宪立任"齐齐哈尔市长"，后来他跟人闹别扭也不干了，要去日本；当时川岛芳子也在长春，哥哥们也怕我受她影响，就把我一起带到日本了。

我们到日本后被安排读日本的贵族学校。一起去留学的都是清王室后代，比如婉容的弟弟润麒，溥仪的妹妹、醇亲王府的三格格都是我们同学，他俩后来成了一对夫妇[1]。润麒年轻时候特别淘气，一不高兴就掏出枪冲天上放两枪，不过后来经历了那么多磨难，他的脾气也变了。前一段听说他还好好的，没想到出门摔了一跤，就死了。

1940年，溥仪作为"满洲国皇帝"到日本访问，还被裕仁天皇接见过，"大使馆"组织我们留学生去见他，这是我第一次见到溥仪：他站在台阶上，我们站在底下看，但没有欢呼，也没有像日本人那样敬礼。我见了溥仪也没激动，可能因为我小时候受的是西式教育，对清朝那一套也比较淡漠。

我在日本上的是东京女子学习院英文系，每个月都有人从我们在大连的房地产公司那里寄钱给我，100块"小洋"，不够的话打电报让家里再寄。100块相当于现在的1万块钱吧，我也花不完，一个学生哪用得了那么多钱？

那时我们家是被川岛浪速控制着的，川岛浪速是利用我们家起家的。父亲当年为了复辟找到他，父亲在世时，他"王爷长、王爷短"的，拍父亲马屁，他过去就是个三等翻译官，中国话也讲得不怎么样。川岛浪速就怕我父亲一个人，他看透了我们家，哥哥们都无能，年纪大的几个哥哥都抽大烟，年纪小的还在上学，父亲一死，我们家也没什么人顶事，整个家就被他控制了。

---

[1]：2005年7月，笔者在北京朝阳区金台路一幢普通居民楼里，采访了时年93岁的润麒。润麒全名为郭布罗·润麒，是达斡尔贵族后代，因姐姐婉容嫁给溥仪而成为"皇亲国戚"。相对于跟随溥仪去"满洲国"的经历，润麒更愿意回忆充满童趣的北京岁月。润麒说自己的淘气是出了名的，以致溥仪的父亲载沣当初很不情愿将自己的三女儿嫁给他，生怕受了委屈。润麒曾提及，他最难忘的一幕是在大栗子沟，匆忙要与溥仪赶飞机逃走的润麒临行前找到婉容，对姐姐说了句"我要走了"，便转身而去。已经病得很重的婉容躺在床上凄惨地喊着弟弟的名字……晚年的润麒以研习中医为乐，也为维护婉容之名誉与媒体打起官司。2007年6月，润麒在北京去世。润麒、金默玉、毓嶦平时来往并不多，这一点似与外界想象略有不同。

我很小的时候见过川岛浪速，他到过旅顺。记得有一次吃饭时他突然把袜子脱了，往后一扔，那时候我不知为什么就对他有些反感，觉得他真下等。川岛浪速掌控我家很长时间，他对父亲的几位夫人不敢不恭，她们回北京后，川岛每个月定期给送生活费，那几位夫人什么也不懂，只要给生活费、生活不成问题就不过问了，还感恩戴德地喊他"川岛大人"。后来大奶奶、三娘、二娘等都相继去世，川岛浪速就一点点控制了我们家的财产，我们在大连、天津都有不动产，最终都被他收入囊中。

从十四格格到川岛芳子

当年我因为川岛芳子而在秦城监狱被关了15年，曾经下决心这辈子再也不谈川岛芳子，但我发现她总是我这辈子绕不过的一个话题。好好一个肃王府因为一个川岛芳子而出了名，这多少让我很尴尬。我后来经常想，如果父亲活着，知道芳子后来走了那样一条路，他绝对会把她要回到自己身边。

我母亲一共生了9个孩子，显玗是长女，也是全家17个女孩中的第14个，5岁左右被川岛浪速带到日本，成了他的养女，肃王府的十四格格从此成了"川岛芳子"。我有个七哥叫金璧东，"满洲国"时期任"黑龙江省省长"，川岛芳子顺着这位哥哥，把自己的中文名字改成金璧辉。她没怎么念过书，但字写得不坏，人也聪明，虽然没学过俄文，在哈尔滨待了几个月后，俄文说得噼里啪啦的。

1927年，川岛芳子回旅顺准备结婚时，我才第一次见到了这个比我大14岁的十四姐。

在我母亲生的3个女儿里，川岛芳子最漂亮，性格外向，挺明朗的。我见到她时，她一直梳男头，穿男装，不管西服也罢，和服也罢，还是军装，都是男性化打扮。听说她只是早期在天津"东兴楼"时穿过女装，我有时也用日语喊她"兄长"。她也不怎么化妆，她年轻时漂亮，也用不着化妆。

跟川岛芳子结婚的人叫甘珠尔扎布，他是蒙古王公巴布扎布的二儿子。1916年，袁世凯暴亡后，父亲支持巴布扎布叛乱，希望搞"满蒙独立"。巴布扎布后来被张作霖的奉军打死，我父亲特别讲义气，把他们全家接到我们家里养着，也让他的几个孩子念书。老大很有志气，后来回到了蒙古，老二和老三留在中国，老二甘珠尔扎布毕业于日本陆军士官学校，他特别喜欢芳子，一心想娶她为妻，甚至为她得了相思病。甘珠尔扎布的母亲就跟我三姐提亲，说来说去就成了。川岛芳子结婚那天挺热闹的，平时她总爱穿男人的衣服，但那一天她自己弄了身婚纱，挺漂亮的。全大连、旅顺的日本人都参加婚礼了。

川岛芳子不怎么喜欢甘珠尔扎布，再说她哪儿是在家待得住的人？婚后不久她就从旅顺搬到了大连，不到一年，又离开了大连。甘珠尔扎布的姐姐后来嫁给了我九哥，成了我九嫂。听我九嫂说，芳子自己跑回日本去了，甘珠尔扎布后来又找了一位夫人，长得挺漂亮的，生了5个孩子。奇怪的是，甘珠尔扎布结婚时，川岛芳子又跑来参加了婚礼。甘珠尔扎布一直不能忘记她，但驾驭不了她。

我和十六姐后来到长春读书时，川岛芳子也在那里，自己住在一幢房子里。平时我都住在学校的宿舍，偶尔去她那里玩。川岛芳子虽然没见过我几面，但特疼我，因为我最小。她有时还带着我去郊游、跳舞，还教我如何化妆和穿着打扮。我大哥知道后，特别反对我跟她来往。她那时总跟一些日本军人混在一起，名声也不好，大哥生怕我被她带坏了。

在我去日本留学的头一天，川岛芳子先离开了长春。我去车站送她，她喊我"小不点"，不知为什么，竟有点眼泪汪汪的。川岛芳子在日本的名气可大了，有一段时间报上几乎每天都有她的消息，"川岛芳子栏"天天登她的相片。我在日本上学时，有一次在报纸上看到消息说她生病住院了，我就去看她，她见了我还挺高兴的。有时我想，可能她内心深处也挺孤独的。

1941年，我回国后，川岛芳子刚好也在北平，这时她的名气似乎更大了。她在东四九条那里住,我也不知道她哪儿来的房子,我只去过一次,我一看她身旁尽是些不三不四的人,还有很多有名的伶人都围着她,都怕她,喊她"金司令"——我也不知道哪儿来的司令。川岛芳子让我跟她住在一起,她可能觉得自己老了,得有个人帮她,但我不愿意。我受的教育比她强多了,怎么也能看出来她和周围的人都不对,于是尽量躲着她。有一次把她惹生气了,她闯进我家大发脾气,让我向她道歉。我也忍不住和她吵起来,她可能没想到我会和她顶嘴,气得到处砸东西,甚至用军刀猛抽打我,在大哥劝阻下,她才坐上车扬长而去。

小时候对家里的许多事不是特别明白,等我渐渐长大后,经常想,川岛浪速要是把川岛芳子教育好了的话,她绝对不会走这条路。她的漂亮也把她毁了,日本军人跟在她屁股后面,把她捧坏了。川岛浪速也利用芳子的漂亮做宣传,笼络那些军人,还用我们家的钱买什么矿山。据说那个川岛浪速让芳子站在山上,问她:"你说我们买哪一块?"她就随便那么一指,也不问价钱就给买下来了。日本长野县现在还有一个"黑姬山庄",就是川岛浪速拿我家的钱在山上买的房子,成了芳子在日本的根据地。

这是我最后一次见到川岛芳子。1945年,抗战结束后,川岛芳子被逮捕,1948年被国民政府秘密枪决。据说她临死前挺想见我的,但我没去。我想她自己不觉悟,周围的人又不放过她,那样一种结果,对她来说也许是最好的了。

从格格到平民

珍珠港事件爆发后不久,我被迫中断了两年的大学生活,从日本回到北平自己家的那所老宅,这是我第一次在北平长住,也是我记忆里最无聊的时期,什么事情都没有,在家里憋坏了,王府井一天能逛好几次。

我关于人生的所有梦想也因为那个动荡的年代而破灭。我曾经设想自己做一名四处采访的女记者，甚至去做歌唱演员，但长辈们觉得，身为一个王府里的格格，怎么能四处抛头露面呢？我喜欢骑马和打网球，为了玩起来方便，在19岁生日那天，我剪了一个短短的男式头发，那张照片被照相馆放大了放在橱窗里，被我一个哥哥无意中看到了，他特别生气，说格格的照片怎么可以随便挂在外面让人看！

从小我对钱没什么概念，从不接触钱，也不必拿钱，要什么有什么，大了以后也不用我管钱，哥哥们早给买好了。他们从几百样里挑几样好的，拿回来给我挑，哪儿用得着我花钱呢？到了民国时期，开始实行记账。去东安市场逛，大家都知道这几位常去的客人的身份，说这个小姐是什么府的，那个人是什么市长的女儿，他们也都知道我是肃王府的小格格，我一去他们就说"您随便拿"，喜欢什么就说帮我送回家里，也不用自己带回家。到了节假日、旧历年算账，家里的账单一沓，到时自有人算账，但谁给的钱我都不知道。

此前我无论如何也想象不到，我剩下的大半生，竟会以这样一种方式度过：1948年，哥哥成了众多匆匆离开北平城人群里的一员，留给我的是100块钱、6个孩子，外加一个老保姆和她的女儿，一家9口的生计都落在我一个人身上。我既没结婚，也没孩子，为了维持生计，我开始陆续变卖家中的钢琴、地毯、沙发、皮大衣、留声机等。为了谋生，我还给海军织过毛衣，3天1件，但还凑不够一家人的菜钱……在这种窘迫中迎来了一个全新的政权。

新中国成立后，我没有走，我觉得共产党不喜欢你也罢，国民党不要你也罢，你毕竟是中国人啊。后来在香港的大哥寄来了一笔钱，我用这笔钱开了一家饭馆"益康食堂"，一度成了北京的名店。不久我与著名的花鸟画家马万里结为夫妇。

1956年，我考进北京编译社，被分配到日文组工作。就在我觉得新生活要刚刚开始时，1958年2月初的一个傍晚，十几名警察突然闯进家里，宣告我被捕了。3个月后，我被押送到劳改队。6年后的一天，正在干活的我被队长叫进办公室："金默玉，经过审查，现在决定判处你有期徒刑15年！"从这一天起，我被带到著名的秦城监狱开始服刑。我知道，这一切都是因为我无法选择的出身，以及那个阴魂不散的胞姐川岛芳子。为了不连累马万里，我主动提出了离婚。

1973年，熬过了15年的铁窗生涯，我终于重获自由，被安排在天津的茶淀农场，种地养鸭，后来和农场的一位老专家施有为又组成了新家庭。1979年，我给邓小平写了封信，我不是要求平反，我是想有份工作。我想我干不了体力活了，但我还可以干脑力活。不久农场来了3位同志核实情况，几天后，我等来的是北京市中级人民法院的平反通知书，我想，我终于是一个堂堂正正的公民了……

平反后，我被分配到北京文史馆做馆员。当年在日本东京女子学习院的那些同学设法找到了我，分隔几十年，她们说我一点都没变，还嘻嘻哈哈的，甚至有人还不相信我坐过15年的牢。我拒绝了她们让我去日本定居的邀请，我还是那个想法，我毕竟是中国人。现在，我的兄弟姐妹中，只剩下我一个人了。我们这一辈，男的是"宪"，女的是"显"，下一代女的是"廉"，男的是"连"。现在这些后人有姓金，有姓连、廉，姓什么的都有。以前是皇上赐8个字，可以用8代人，这8个字用完了再给8个，现在也没人给排了。我们家到"连"就没了。那个曾经显赫的皇族，已完完全全成了这个民族彻底翻过去的一页……

资料：

毁于战乱的肃亲王府

  肃亲王府位于北京东城区正义路东侧，肃亲王豪格是清太宗皇太极的第一个皇子，从乾隆十五年（1750）绘制的《乾隆京城全图》上来看，当时肃亲王府还称为"显亲王府"。在王府中轴线上，由南向北依次是府门、银安殿、东西翼楼、神殿、后罩楼等。西面是花园，北面还有家庙。乾隆四十三年（1778）恢复"肃亲王"世袭封号，从此就一直称呼为"肃王府"。

  因为肃王府环境优美、富丽堂皇，在第二次鸦片战争后，法国曾要求将肃王府作为使馆。但肃王府系"铁帽子"王府，当时负责谈判的恭亲王不敢轻易许诺，后几经交涉，法国才勉强同意将使馆建造在纯公府，肃王府暂时逃过一劫。但肃王府还是没有逃过八国联军那次浩劫，义和团运动后，肃王府被划为日本使馆，再后来很长一段时间为北京市政府所在地。

  1900年6月24日，肃亲王善耆携家人趁混乱逃离肃王府后，跟随慈禧皇太后逃往西安，1901年又随慈禧皇太后回到北京，但因为老府已经毁于战火，不得不在东城北新桥"北船板"胡同（今东四十四条西头路北）重新建造肃王府。新王府虽有房屋二百多间，但已不是按照王府规制建造。王府建造有寝室、书房和花园，在花园的最北侧还建有一座二层小楼，楼内装修完全按照法式风格布置，楼内装有发电机，屋内摆放有西洋定制的钢琴、洋床，连吊灯都是从欧洲进口的。北新桥"北船板"胡同内的新肃王府，也于1947年被善耆长子宪章和善耆十九子宪容，一起出面卖给了法国天主教会作为神学院使用。1949年被政府没收。现原王府部分为北京袜厂使用，东部为居民住宅。

（2008年1月28日）

袁克定的残烛之年

口述 张传綵

袁克定

1916年6月6日,袁世凯在举国一片讨伐声中黯然离世,皇帝美梦只做了83天;在其背后极力鼓吹复辟帝制的袁克定也从此被打上"欺父误国"的标签。此后,这位袁家大公子似乎一下子从历史大视野中销声遁迹。

袁世凯之死,给庞大的袁氏家族带来的并不仅仅是政治上的衰落。袁克定,这位年轻时过惯钟鸣鼎食日子的大公子最后竟至经济窘迫之地步。晚年的袁克定与其表弟张伯驹生活在一起,张伯驹的女儿张传綵关于袁克定的记忆碎片,现在也成了关于这位曾醉心于帝制的"皇太子"难得一见的宝贵记录。

承泽园里的袁克定

干瘦、矮小，穿一身长袍，戴一小瓜皮帽，拄着拐杖，走路一高一低瘸得很厉害，一个脾气有点怪的老头——这就是袁克定留在我脑海中的印象。后来有一部描写蔡锷将军反对袁世凯称帝的电影叫《知音》，袁克定在里面一副风流倜傥的形象，其实满不是那么回事。

我第一次见袁克定是在承泽园的家里，按照辈分，我一直喊他"大爷"。

1941年，父亲在上海被绑架，母亲怕我出事，让我跟着孙连仲（注：著名抗日将领）一家去了西安。母亲将父亲救出后，因日本入侵，我们一家人在西安生活了一段时间。我记得那时候跟随父亲一起躲避在西安的还有一些京剧名角，比如钱宝森、王福山等，他们都是原来在清宫里唱戏的伶人的后代。抗战胜利后，我们回到北平住在弓弦胡同1号，这个有15亩花园的院子原来是清末大太监李莲英的。1946年，父亲听说隋代大画家展子虔的《游春图》流于世面，为了不让这幅中国现存最早的画作落入外国人手里，毅然卖掉了他很喜欢的这座老宅，又变卖了母亲的一些首饰，才买回了《游春图》。我们一家于是就从城里的弓弦胡同搬到了城外的承泽园。

承泽园始建于雍正年间，是圆明园的附属园林之一。现在北大西门对着的那个院子叫蔚秀园，穿过蔚秀园就是承泽园。在父亲买下承泽园之前，它的主人是庆亲王奕劻。承泽园很大，大大小小三十多间房子，里面有假山、有人工湖，还有一个特别大的荷花池，很是雅致幽静。父亲生性散淡，但对朋友是有求必应。他的朋友大多是和他谈论琴棋诗画的同道中人，我记得吴小如、秦仲文都曾在我们家住过。那幢房子现在是北大科学与社会研究中心教学科研和办公场所。

印象中我们搬到承泽园后，袁克定就和我们住在一起。我们一家三口，加上奶奶住在承泽园最后面的房子里，而袁克定的房子在承泽园前面的东偏院，我进出回家，都要经过那里。那时候袁克定已经七十多岁了，和他的老伴一起生活，但他们住在各自的房间里。袁克定的侄女、老十七（注：指袁世凯的第17个儿子袁克友）的女儿，在照顾他们。

袁克定的老伴是他的原配夫人，很胖，像个老大妈，特别喜欢打麻将，和又瘦又矮的袁克定在一起很不协调。我后来才知道她是湖南巡抚吴大澂的女儿，袁克定属虎，她属龙，按旧时说法龙虎相克，但袁家结亲也有政治目的吧。袁克定后来又娶过两房姨太太，最后还是和这位原配一起生活。

前面的房子有个空阔的大门楼子，夏天时，常见袁克定在那里纳凉或吃饭。解放军入北平城时也曾住在这个门楼里。袁克定并不太爱说话，给我感觉脾气有些怪，没事就钻进他的书房里看书，我曾到过他的书房，记得他看的都是那种线装书，另一个爱好是看棋谱。

袁克定比父亲大九岁，父亲对他很尊重，有空就会到前院看望他。父亲的朋友多，每每在家谈诗论戏，袁克定从来不参加。

1948年，父亲被燕京大学中文系聘为导师，教授艺术史课程，以后多次在平津各大学举办诗词戏曲讲座，在当时的影响非常大。那时很多燕大的学生周末也会跑到承泽园的家里来拜访父亲，对袁克定多少有数面之缘。著名红学家周汝昌在一篇回忆文章里还提及此事。

袁氏家族

张家与袁家的渊源应当从我祖父辈说起。我的爷爷张镇芳与袁世凯是项城同乡，又系姻亲。爷爷出身书香门第，29岁时中了进士，留京任职，在户部做了六品郎官。他的姐姐嫁给袁世凯同父异母的长兄袁世昌为妻，因此袁家子女称呼我爷爷张镇芳为"五舅"。

袁世凯出任直隶总督后延揽大量人才、培植亲信，善于理财的张镇芳便是其中一位。袁世凯将张镇芳从户部调出，主管盐政，最后升任长芦盐运使，官至从三品。长芦盐运使主管河北、山东一带盐政，是晚清最大的盐官。"盐运使"是个肥差，据说当时即便一个地方盐运使，一年进项也有10万两白银，何况总揽半个北方盐政的长芦盐运使呢！张镇芳后来还曾署理过直隶总督转任河南都督。在袁世凯支持下，1915年3月，以擅长理财而出名的张镇芳创办了北方第一家商业银行——盐业银行，成为当时的四大银行之一。

袁、张两家专就亲戚交谊而论，实非亲近；并且袁世凯与其长兄关系并不亲密，所以袁世凯起用张镇芳且委以盐务重任，应更多是出于对张镇芳经济才干的赏识，而不是简单的裙带关系。张、袁两家都是当地大族。项城是个老城，主城区几乎一条街的房子都是张家的。父亲幼时在项城老家读的家塾，直到7岁那年跟随爷爷到了天津，那些老房子在解放后都给了政府，父亲再也没回去过。直到现在，张、袁两家还有亲戚生活在那儿。

袁世凯一生有一妻九妾，生了17个儿子、15个女儿。长子袁克定是袁世凯的原配夫人于氏所生。于氏是袁世凯河南老家一个财主的女儿，不识字，也不大懂旧礼节，不是很得袁世凯的喜欢，于氏只为袁世凯生了袁克定这一个儿子。

1913年，袁克定骑马时把腿摔坏，从此落下终身残疾。父亲从小和袁家兄弟厮混一起，和他们非常熟，但从性情上来说，父亲和袁寒云（袁克文）的关系最好。

袁克文是袁世凯的次子，他的生母金氏是朝鲜人，袁世凯在清末年间曾任驻朝商务代表，在那里娶了出身贵族的金氏，陪金氏出嫁的两个姑娘后来也一并被袁世凯纳为妾。父亲与袁克文兴趣相投，喜欢诗画、京剧。后来有人把父亲、袁克文、张学良以及溥仪的族弟溥侗并称为"民国四大公子"。

袁克文生下不久，被过继给袁世凯宠爱的大姨太沈氏。沈氏无子女，对袁克文溺爱有加，几乎到了百依百顺的地步，所以袁克文天性顽劣、放荡不羁，从不正经读书。但他十分聪明，一目十行，过目不忘，喜唱昆曲，好玩古钱，好结文人，自言"志在做一名士"。

对袁克定一心鼓吹袁世凯恢复帝制的做法，袁克文当年强烈反对。有名士风范的袁克文还作了一首诗《感遇》：

乍着微绵强自胜，阴晴向晚未分明。
南回寒雁掩孤月，西去骄风黯九城。
隙驹留身争一瞬，蛩声催梦欲三更。
绝怜高处多风雨，莫到琼楼最上层。

据说袁世凯曾说袁克文是"假名士"，但袁克文的这首诗得到了颇高评价。这首诗传出去后，很多人也领会了他反对帝制的意图。袁克定拿着这首诗找袁世凯告状，说最后两句明显是反对帝制的。袁世凯一怒之下把袁克文软禁在北海中，并下令不许他和名士们来往。

1916年，迫不及待地要做"皇帝"的袁世凯把中南海的总统府更名为"新华宫"，还成立了为登基做准备的"大典筹备处"，仿照英国宫廷内流行的式样，他的十几个儿子也各自度身定做了一套"皇子服"。"皇子服"用黑呢子制作，在胸襟上还用金线刺绣着不同图案的纹饰，非常华贵。试礼服那天，袁世凯的其他几个"皇子"都乐不可支，纷纷穿上礼服摄影留念，唯独袁克文不试不穿。

生长在这样的家庭，他一生花钱如流水，从未爱惜过钱财。1918年，袁克文到上海游玩，据说一次花去60万大洋。袁世凯临死前曾经托孤给徐世昌，所以袁克文回来后，任大总统的徐世昌要拿拐杖敲断他的腿。

可惜袁克文1931年因病猝然去世于天津，才活了42岁。他有四子三女，其中三儿子袁家骝与其夫人吴健雄后来成了闻名世界的华人物理学家。

最后的"皇太子"

在承泽园第一次见到袁克定时，我想，原来这就是要做"小皇帝"

的那个人啊！我们上学时，也整天说"窃国大盗"袁世凯，"野心勃勃"的袁克定，不过我见到袁克定时，他已是位七旬老人，那时候我眼中的他，只是一个很可怜、没人关心、有些孤僻的老人，并不是电影或历史、文学书描绘的"现代曹丕"那种老谋深算的样子。

在承泽园生活的这些年里，袁克定从不抽烟，和客人见面也很客气、和善，总是微微欠身点头致意，对我们小孩子也一样。他年轻时曾到德国留学，所以通晓德语和英语，看的书也以德文书居多，有时也翻译一些文章。或许是因为早年跟随袁世凯四处游走，他的口音有些杂，听不出是河南、天津还是北京话。

1916年，做了83天"皇帝"的袁世凯死后，袁家移居到天津。袁世凯做总统时，曾在京津两地为全家置办了数处房产。袁世凯的遗孀们住在天津河北区地纬路，袁克定住在自己买的德国租界威尔逊路（现天津解放南路85号），1935年又迁到北平宝钞胡同63号旧居。北平沦陷后，袁克定带着家人，还有私人医生、厨子等，住在颐和园排云殿牌楼西边的第一个院落清华轩。

父亲通常不愿意跟我们讲张家和袁家的事情。后来有一次章伯钧向父亲问及袁克定的事情，父亲才说起来：抗战时期，袁克定的家境日渐败落，他原来还想找关系，求蒋介石返还袁氏在河南被没收的家产，但被拒绝，只好以典当为生。华北沦陷后，有一次曹汝霖劝袁克定把河南彰德洹上村花园卖给日本人，但袁克定坚决不同意。

袁世凯去世后，每个孩子分得一大笔财产，袁克定作为长子主持分家，也因此一直有人怀疑除了均分的那份遗产外，他还独占了袁世凯存在法国银行的存款。但他的钱很快耗光，他60岁生日时，我父亲前往祝寿，曾给他写了一副对联："桑海几风云，英雄龙虎皆门下；篷壶多岁月，家国山河半梦中。"

据父亲回忆，华北沦陷后，日本情报头子土肥原贤二还想笼络袁克定，要他加入华北伪政权，希望借助他的身份对北洋旧部施加些影响。袁克定几次跟父亲提到这事，那时他经济已经很困顿了，掂量再三，说出任固然有了财源,但也不能因此而做汉奸。据说袁克定还登报声明,表示自己因病对任何事不闻不问,并拒见宾客,后来有人将刊登他声明的那张报纸装裱起来,并题诗表彰他的气节。

父亲当年不是很喜欢一意鼓吹袁世凯做皇帝的袁克定,但后来看见他家产耗尽,生活越来越潦倒,1948年就将他接到承泽园。后来任中央文史研究馆馆长的章士钊给了袁克定一个"馆员"身份,让他在那里谋一职,每月有五六十块钱的收入。父亲说,袁克定每次一拿到工资,就要交给母亲,但父亲不让母亲收他的钱,说既然把他接到家里了,在钱上也就不能计较。

1952年燕京大学并入北京大学,北京大学从城内沙滩迁入燕园。第二年,父亲把承泽园卖给北京大学。我们家那时在海淀还有一处三十多亩地的院子,从承泽园搬出后,在那个院子住了半年左右,后来把这个院子卖给了傅作义,最后住到了后海附近。父亲给袁克定一家在西城买了间房子,让他们搬了过去,仍照样接济他们的生活。

我们在承泽园时,没怎么见过袁克定的家人来看他,袁克定去世后,平时不见往来的亲戚从河南赶来,卖了那座房子。母亲后来说,花出去的钱就是泼出去的水,不必计较了。袁克定有三个孩子,儿子袁家融,年轻时到美国留学,学地质,回国后娶了湖北督军王占元的女儿。1949年后,袁家融曾在河北地质学院和贵阳工学院教过书,1996年以92岁高龄去世。我读书时,曾和袁克定的一个孙女袁缉贞同校,她后来去了香港,前几年也去世了。袁家曾是这样显赫的一个大家族,但最后也七零八落,到今天,知道袁克定这一支下落的人恐怕都没有几个了。

袁世凯身后是一个规模庞大的家族,他的一妻九妾留下了32个孩子,到了第三代,不算外孙,单是17个儿子,就又生了22个孙子、25个孙女。袁世凯一倒,袁家也四分五裂,散落各方。父亲去世前的最后一个愿望是写一本关于袁世凯的书,可惜最终未能如愿。

资料：

热衷帝制的袁克定

　　袁克定1878年出生，字云台，后来自己取号叫慧能居士。自幼起即随袁世凯去朝鲜及山东、直隶各地，并曾留学德国，熟悉官场，因而造就了他的政治野心。清末时任候补道，农工商部右参议和右丞，开滦矿务督办、董事长，1958年死于北京。

　　袁世凯被清廷罢黜后，袁克定对清廷怀有仇恨。辛亥革命前，经袁世凯授意，与被捕后又被释放的革命党人汪精卫结为异姓兄弟。武昌起义后，他频繁往来于河南老家与北京之间，沟通袁世凯与革命党双方，成为颠覆清政权的积极力量。

　　在袁世凯任大总统之时，袁克定一直密预各项军机大事，曾建议袁世凯设立直接统率的"模范团"，组建"模范团"办事处，使之成为袁家的直系部队。直到晚年给人写信时，袁克定还以"先大总统模范团之设，使不肖充数其间"的话自诩。

　　1913年，袁克定骑马把腿摔坏，到德国治疗。德国皇帝威廉二世当时为了拉拢袁世凯，极力鼓吹在中国实行帝制，因此对袁克定这位"皇太子"也极为重视。因为德国在当时欧洲实力最强，回国后袁克定也竭尽全力向袁世凯鼓吹帝制。

　　其时，袁世凯当上了大总统，开始担心自己越不过"袁家男人活不到60岁"这道坎，袁克定抓住袁世凯这个心理，通过各种方式不断明示或暗示：这一不祥的家族命运，只有做了真命天子才能冲破。他制造出中国传统帝王最容易相信的所谓祥瑞、显圣等现象，使袁世凯深信"称帝"完全是天意。

　　为了营造"全国人民拥戴袁世凯做皇帝"的假象，袁克定不惜伪造了一份报纸——《顺天时报》。《顺天时报》是日本政府在八国联军侵华之后,在天津创办的中文报纸,一贯代表日本政府讲话。袁世凯经常透过《顺天时报》来揣摩日本对中国有什么样的动作或风声,然后随时根据这些动作或风声调整自己的政策和计划。

1915年,袁世凯"登基称帝"前夕,他每天必看的《顺天时报》的内容突然发生重大改变,篇篇都是劝其尽早举行朝贺仪式、进行登基大典的文章。有一天,袁世凯家的丫鬟到外面买零食五香蚕豆,用整张真版《顺天时报》包着带回来,被袁世凯的第三个女儿叔祯(自号静雪)发现,这张前几天的报纸和他们平时所看到的《顺天时报》的文章调子不同,赶忙找到同一天报纸来查对,发现两张报纸的日期虽然相同,而内容却有很多不一样。原来是袁克定自掏3万银元购买报纸印刷设备,每天按照《顺天时报》的固定格式印制一份"宫廷版"《顺天时报》,把反对帝制的言论一律改为歌功颂德,也把日、英、俄等国对袁世凯"称帝"的劝告都"过滤"掉。

据长期生活在袁克定身边的袁家宾(袁世凯四子袁克端的儿子)说,洪宪帝制失败,袁世凯在临终前曾说:"克定害我……"

(2006年4月3日)

施剑翘：
刺杀孙传芳的传奇女性

口述 施羽尧

施剑翘

1935年11月13日，佛堂里一声枪响，30岁的施剑翘近距离刺杀孙传芳，以报10年前的杀父之仇，而她也被冠以"侠女""烈女"头衔，在此后几十载中，不断成为民国时期多种演义故事的女主角。

1949年，施剑翘扭着秧歌迎来了苏州城的解放，也在同一年，她让自己的儿子施佥刃和施羽尧参加了中国人民解放军。如今已是七旬老人的施羽尧当年从抗美援朝战场上归来后便落户哈尔滨。在外界的各种亦真亦假的传说中，"施剑翘"这个名字已笼罩了浓重的神秘色彩，而在施羽尧眼里，她只是一位普普通通、充满慈爱的母亲。

家仇

我的哥哥名叫"金刃",我叫"羽尧",细心人可能注意到,我们的名字组合起来就是"剑翘",正是母亲的名字。

其实"剑翘"也不是母亲的本名,她原名叫施谷兰,"剑翘"这个名字是她决意刺杀孙传芳后改的。外祖父去世10周年时,母亲想到家仇还没报,心里难过。一个月夜她仰望天空,自己吟了一首诗:"翘首望明月,拔剑问青天。"从此就把自己的名字改为"施剑翘",也想以此激励自己。我和哥哥原来分别叫"二利""大利",母亲也全给改了过来。她说她在世上两袖清风,没什么可留下的,就把名字留给儿子吧。

母亲刺杀孙传芳的原因很简单,就为报杀父之仇。

我的外祖父施从滨,安徽桐城人。他们兄弟四人,生活极端困难,大年三十兄弟四人围着一个猪头过年,要账的人上门,把猪头取走,他们只能空对着一锅汤。外祖父最终带着几个弟弟出来闯荡,用了三十多

孙传芳

天津居士林,1935年11月13日,施剑翘在此刺杀了军阀孙传芳

年，做到山东省军务帮办兼奉系第二军军长。

1925年秋，孙传芳联合了一些反对张作霖的势力，与奉系军阀为争夺安徽、江苏展开大战。张宗昌要外祖父南下对抗孙传芳，外祖父以年事已高为由推辞，但张宗昌坚持让他入皖，并允诺一旦攻下安徽，将以安徽都督做酬劳。外祖父只好率兵南下，虽然他的部队有白俄雇佣军和铁甲车助战，但仍抵不过孙传芳的部队。在安徽固镇，外祖父被三面围住，他乘铁甲车撤退，但孙传芳很狡猾，他拆掉了铁轨，铁甲车翻覆，倒在地里，外祖父和他的随从全部被俘。

外祖父从固镇被带到蚌埠车站孙传芳的指挥部，虽然有周围人求情，劝孙传芳不要杀俘虏，但孙传芳还是命大刀队将外祖父斩首。客观地说，尽管参与了军阀混战，外祖父也是军阀混战的牺牲品。张宗昌名声不好，有"酒肉将军"之称，外祖父在前线为他卖命时，他还在后方花天酒地。外祖父是在张宗昌手下，从排长、连长、团长一步步提拔起来的，所以他对张宗昌也有"愚忠"的一面。

当时军阀混战，杀人无数，孙传芳杀外祖父，杀了也就杀了，但他下令把外祖父的首级挂在蚌埠车站，为了增加羞辱意味，还命人在白布上用红字写着"新任安徽督办施从滨之头"，并暴尸三天三夜。

那一年，母亲只有20岁，是家中长女，从小聪明伶俐，很得外祖父喜欢，父女间感情很深。闻听外祖父死得那么惨，母亲当时就决意报仇。她当时写的一首诗里有这样几句，从中也可以看出她的心情："被俘牺牲无公理，暴尸悬首灭人伦。痛亲谁识儿心苦，誓报父仇不顾身！"

母亲带着外祖母找到张宗昌，提出三个条件：一、给一笔抚恤金，全家迁往天津，与军界再不来往；二、希望能够提拔兄长施中诚为团长；三、把她的弟弟施中杰和另一个堂弟施中权送到日本留学。这些条件，张宗昌都一一答应了。

实际上，母亲这番安排也是别有深意，她把复仇希望首先寄托在大舅施中诚身上。施中诚原本是外祖父弟弟的孩子，因其父亲早亡，从小过继给外祖父。外祖父去世时，他还是一个小排长，张宗昌兑现诺言，将他提拔为团长，后来做到了烟台警备司令。但他劝母亲打消报仇的念头，说上有母亲下有孩子。母亲性子也刚烈，写了一封信，就和他断绝兄妹关系。

母亲的第二个希望寄托在我父亲身上。

我父亲施国宪，字靖公。他原来在外祖父的手下，也跟外祖父一起被俘，因官位小而被释放，后来去太原在阎锡山手下任中校参谋。他看中母亲并提出求婚，母亲答应嫁给他的条件是：必须为自己报杀父之仇。父亲当时也答应了。

1928年，23岁的母亲与父亲结婚，并随他到了太原，不久有了我哥哥。五年后，我又出生了。这期间母亲时常提起复仇的事，父亲说："先不急，等我有一定的权位再说。"父亲在阎锡山手下后来一点点升到了旅长，但对母亲提出的报仇之事，始终没什么回应。母亲最终彻底失望，她说："什么错误我都可以原谅，唯一不能原谅你反悔当时的誓言。"1935年年初，母亲带着我们兄弟离开太原，回到了天津的外祖母家。

行刺

寄托在他人身上的愿望一再落空后，母亲决心自己动手来报父仇，为此，她写了一首诗明志："一再牺牲为父仇，年年不报使人愁。痴心愿望求人助，结果仍需自出头。"

也许是天意，孙传芳在北伐战争中兵败下野后，一直住在天津的租界里。听说杀父仇人竟与自己就在同一个城市里，母亲赶紧为自己的复仇行动进行一系列精心准备。

母亲原来缠过小脚，这样行动起来肯定不方便，她到处打听，找到一家可以放脚的医院。但骨头都已经长成型了，脚趾要一个一个做手术，把它拉直，然后再长好。为此，她真是吃了不少苦。

那时候不像现在传媒这么发达，通过报纸或电视就可以熟识一个人的面孔。虽然"孙传芳"这个名字像根一样生在脑海里，但下一步该如何"认识"孙传芳却是一个难题。有一天母亲从医院里出来，路过一个算命摊子，看见摊上有一个玻璃镜子，上面贴了好多名人照片。她赶紧停下来在里面找，结果还真发现了孙传芳，她如获至宝，买了下来。

可是天津也是个不小的城市，如何找到孙传芳呢？

母亲每天出去寻找仇人，没时间照顾我们，她就把哥哥送进了一座租界幼儿园。这座幼儿园也是条件稍好的人家才能上得起的，母亲那时虽然没有工作，也没有收入，但一是外祖父去世时有一笔抚恤金，二来大舅施中诚和父亲也时常寄钱来补贴家用，所以我们还能维持一定水平的生活。

没想到，这一送又送出一条线索——有一天，哥哥无意中告诉母亲，孙传芳的一个女儿孙家敏跟他在同一个幼儿园。此后，母亲就注意在幼儿园留心观察孙家敏，看她上哪个人的车，车号是什么。通过孙家敏，母亲不仅知道了孙传芳的车牌号，还打听到孙传芳经常会在周末出去看电影或看戏，于是，影剧院门口几乎成了她每天必到的地方。

有一天，母亲终于在法租界大光明电影院门口，看到了孙传芳那辆车牌号为1093的黑色轿车。她就站在不远的地方等，一直等到电影散场。过了一会儿，她看见孙传芳的女儿从台阶上蹦蹦跳跳下来了，后面跟着一男一女，然后三个人一起进了汽车。母亲意识到眼前这个人正是孙传芳，这也是她第一次近距离看见她追踪多年的杀父仇人。但因为担心伤及周围无辜，犹豫间孙传芳已经上了汽车绝尘而去。

那段时间，母亲虽知道了孙传芳的住处，但到那儿一看，周围壁垒森严，墙上面都是电网，门口有警卫，她自己根本没办法进去。

1935年农历九月十七，是外祖父去世10周年的祭日。母亲不敢在家里哭，怕外祖母听到了更难过，只好跑到日租界的观音寺里烧纸祭祀外祖父。和尚见她跪哭不止，就过来劝慰她皈依佛门。和尚无意中说："你看靳云鹏、孙传芳这些名人，不都信佛了吗？"说者无意，听者有心，母亲一听，立刻止住了哭声，追问下去。

27

原来,"九一八"事变后,孙传芳由东北迁回天津定居。当时华北局势复杂,一方面,日本极力拉拢这些旧军阀,当时土肥原贤二、冈村宁次等人都造访过孙传芳;另一方面,南京国民政府的特务机关对孙传芳这些人也加紧监控,警惕他们为日本人所利用。孙传芳也深知自己所处环境的复杂,所以他公开声明不被任何政权利用,闭门谢客,深居简出。曾任过北洋政府总理的靳云鹏,下野后也住在天津,他劝孙传芳皈依佛门。1933年,两人共同出面,把天津城东南角草场庵的一座清修禅院买过来,改成了天津佛教居士林,靳云鹏任林长,孙传芳任副林长,规定每星期日居士们来林念经,当时陆续来参加活动的有三千多人。

母亲便化名"董惠",混进了"居士林"。她通过各种渠道了解孙传芳的信息,也知道了孙传芳的活动规律:每周三、六必到居士林听经。母亲特别细心,每次去居士林,她都特别留心一些细节,比如注意观察孙传芳的位置是不是固定的,从哪个角度能射中他等等。她还给自己专门设计了一件大衣,就为了把手枪安全地搁在口袋里。

1935年11月13日是母亲预计下手的日子,但这天一大早就下起了雨,直到中午还没停。母亲想,这种天气孙传芳可能不会来了,所以她大衣也没穿、枪也没带,想先去"居士林"看一下。到那儿一看,孙传芳的那个位置空着,而且下面听经的人也不是很多。母亲以为这一天又没机会了,没想到过了一会儿,她看见有人过来,给孙传芳坐的那个凳子擦灰。她立即意识到:孙传芳可能要来了!没多久,披着袈裟的孙传芳走进佛堂——据说那天孙传芳起床后,一上午都在书房里练书法,吃过午饭,他准备出发到居士林,他的夫人劝他,下雨就不要去了,但他还是出了门。

母亲连忙出居士林,租了辆车回家,她穿上大衣,装好枪和传单,又匆匆地走出家门。那一年我哥哥6岁多了,看见母亲回来,就跟在她后面,"娘、娘"地叫,母亲也没多回头,很快叫了辆车又走了。

那天下午三点半,母亲回居士林。稍坐片刻,稳定情绪后,她看见离孙传芳的座位比较远,便向看堂人说:"我的座位离火炉太近,烤得难受。前面有些空位，可不可以往前挪一下？"对方点头同意，母亲站起来，缓步走到孙传芳身后，拔出枪对准孙传芳耳后扣动了扳机，一声枪响，孙传芳扑倒在地，母亲又朝他脑后和背后连开两枪。

枪声一响，佛堂里大乱，母亲站起来大声宣布自己的姓名及行刺目的，然后向人群中发了一份传单。上面写着：一、今天施剑翘打死孙传芳，是为先父施从滨报仇；二、详细情形请看我的《告国人书》；三、大仇已报，我即向法院自首；四、血溅佛堂，惊骇各位，谨以至诚向居士林及各位先生表示歉意。和传单一起分发的，还有《告国人书》和一张身穿将校服的军官照片，照片上的人就是外祖父施从滨。

见孙传芳已死，母亲让人通知警察局赶快来人，自己决意自首，不想趁乱逃脱。这时孙传芳的随从也跑了进来，见孙传芳已死，而母亲持手枪站在原地，也不敢贸然行动。不久，警察到来，将母亲带走。

行刺前，她给家里留了一份类似遗嘱的东西：一是告诉家人，留了一笔钱给我和哥哥，以后让姨母抚养我们俩；二是嘱咐家人把自己葬在外祖父旁边。母亲是抱着必死之心去的。她的复仇计划，只有一个人知道，就是母亲的大弟弟施则凡。母亲毕竟是旧社会环境里长大的，传统观念很重。她觉得男的是家里的顶梁柱，父亲已经去世，如果弟弟再有什么意外，家里的损失就太大了，所以执意自己行动。决定行刺前，她专门把外祖母送到南京，然后和舅舅仔细商议了行刺计划，包括如何写传单等细节。她事先买来油印机、印好传单以便散发，

施剑翘在狱中

还特地拍了一张照片，以便复仇成功后给新闻界使用。

母亲能行刺成功，表面上看，她确实有一系列不可思议的运气。但如果考虑到这是她用 10 年时间寻找出来的线索和机会，与其说她幸运，不如说她更有恒心和毅力。

自由

刺杀事件轰动了天津。当天下午，天津的许多报纸都发了号外，第二天，天津、北平、上海各报都在头条位置上刊登了这条消息，一时全国轰动。

这起案件被移交到天津地方法院审理。母亲在法庭上说："父亲如果战死在两军阵前，我不能拿孙传芳做仇人。他残杀俘虏，死后悬头，我才与他不共戴天。"那时，支持孙传芳的一些人也在四处活动，希望置母亲于不利境地。孙传芳虽然下野，但结拜兄弟很多。尤其讽刺的是，当年外祖父等于是替奉军的张作霖作战而被孙传芳处死的，但若干年后，张作霖与孙传芳又"前嫌尽释""化敌为友"，共同对付北伐军，孙传芳与很多人，包括张学良等，关系都比较近。

当时的社会舆论对母亲大多持支持态度，毕竟孙传芳也是个作恶多端的大军阀。社会各界，特别是妇女界，也都声援并强烈呼吁国民政府释放或特赦母亲。法庭一审判

1936年10月，出狱后的施剑翘

决母亲有期徒刑10年；母亲不服，上诉到天津高等法院，又被改判为7年。母亲仍不服，再上诉到南京的全国最高法院。在舆论压力下，1936年10月，国民政府主席林森向全国发表公告，决定赦免母亲。

  对母亲获得特赦起主要作用的是冯玉祥。冯玉祥并不直接认识母亲，但他早年曾与母亲的叔叔施从云一道参加过反清运动，他闻讯后立即联合李烈钧、张继等30余位党政要人，呈请国民政府予以特赦。结果母亲服刑不到一年便重获自由。出狱那天，媒体拍到了一身男装打扮的母亲，其实这也是母亲为了保护自己的举动。孙传芳毕竟不是一个普通之辈，他还有很多党羽，母亲被特赦后也收到过匿名信和恐吓信。

  母亲虽被释放，但社会上还存在一些猜测：施剑翘哪来的枪，她怎么学会开枪的，等等。外界普遍觉得这么一个刺杀行动，不可能由她独自完成，肯定幕后有更深的背景。其实这些疑问，母亲在庭审时都曾一一解答过：行刺用的手枪，是舅舅在日本士官学校的同学朱其平买的，一直暂存于施家；因为从小就常拿外祖父放在枕头下的枪玩，她很早就知道如何装子弹、如何射击等。

  但是这些回答仍然未能打消一些人的疑问。孙传芳的一位部下曾写文章言之凿凿地说，刺杀孙传芳的真正幕后主使是蒋介石，蒋介石通过施中诚给了母亲一笔钱，然后让母亲以替父报仇之名刺死孙传芳。这种怀疑也不是空穴来风，比如曾任湖南督军的张敬尧就因与日本人暗中勾结而被军统人员杀死。孙传芳当时也是日本人极力拉拢的对象，蒋介石想除掉孙传芳也顺理成章。沈醉1961年写过一篇文章叫《我所知道的戴笠》，文中提到施剑翘是戴笠的座上宾，这更加重了人们对"中统"或"军统"参与刺杀孙传芳的怀疑。至今还有一些文章在提及这段往事时，称它为"民国谜案"，意指母亲只是台前活动，真正的谜底、幕后策划人还没有浮出水面。

  时至今日，我可以负责任地说：母亲的刺杀行动目的很简单，她就是要为父报仇，从没有其他势力参与其中。对于沈醉的文章，母亲很是气愤，1963年，她专门写了一份《施剑翘手刃父仇经过》的说明材料交给全国政协。后来母亲的干女儿沈渝丽专门找过沈醉询问此事，沈醉回忆，戴笠在训练手下那些女特工时，经常拿施剑翘做榜样，所以他误以为戴笠和施剑翘很熟。其实母亲与戴笠从无交往，戴笠只是赞赏她的气度和不达目的誓不罢休的决心。

现在也有一些人对母亲的复仇行为提出不同看法。但是20世纪30年代，一个弱女子想要依靠法律途径报仇，显然是不现实的；选择"刺杀"这种方式，也是特殊历史时期决定的吧。

但孙家后人对这一段历史仍很介意。20世纪80年代时，我写了一部《女杰施剑翘》，拍成电视剧，后来八一电影制片厂也据此拍了电影，由著名电影演员孙飞虎饰演孙传芳。电影未公映，《大众电影》先登了这条消息，不知怎么传到国外，被孙传芳的后代看到了，他们写信给国内有关部门，上级部门后来发话：人都死了，都是历史了，就不要再提了。电影后来改编了一下，全都换成虚拟人物，名字也变成了《女刺客》，八一电影制片厂为此也损失不少。

母亲出狱后，带着我们与外祖母一起住在长沙的舅舅家。这时，正逢"七七"事变爆发，母亲给时任湖南省政府主席的张治中写了封信，只有8个字："我要求做抗战工作。"张治中随即接见了母亲，安排她为湖南省抗敌后援总会慰劳组主任。

1941年7月，我们一家又辗转到了四川合川县（今属重庆）。那里被日本飞机轰炸得很惨，母亲又在那里开始募捐工作，她发起捐献飞机的倡议。当时母亲已有一定的社会知名度，靠着她的影响力，短短几个月，她就筹集到了足可以购买3架崭新战斗机的钱。当时主要负责筹建中国空军的宋美龄特别感动，为此还特地约见母亲，让母亲参加空军的工作。

母亲当年在长沙为抗日募捐时，结识了八路军长沙办事处主任徐特立。她后来又认识了邓颖超和周恩来。当年，国民党空军飞行员刘善本驾机起义到了延安，刘家上有老下有小，生活陷入困境。周恩来多次派人送生活费都因刘家已被监控而未能成功。母亲见周恩来很着急，就提出利用自己在空军的特殊身份，替他们给刘的家属送生活费。完成任务后，母亲向周恩来提出加入中国共产党，周恩来回答说：你在党外更合适。母亲后来成了无党派人士，这也是她最大的遗憾。新中国成立后她总感觉自己有劲使不出来，母亲在台湾那边故旧比较多，她就向统战部表态，愿意做工作，但也没什么结果。

余音

　　小时候经常有亲朋好友上门，都会让母亲讲一讲当年的故事，我断断续续了解了一些。家里也一直摆放着外祖父的像，小时候哥哥淘气、学习不好，母亲并不打他，只是让他跪在外祖父像前。渐渐地，我也知道了母亲那段特殊的经历。但若非外人提及，母亲很少主动讲自己的故事，当年田汉还要为母亲写剧本，但都被母亲拒绝。

　　印象中的母亲衣着朴素，生活非常俭朴。我记得她平时连牙膏都不用，只用牙粉漱口。我很小就住校，在昆明，回一次家要走十多里路，那时也没有车，走回家腿都肿了，后来改为两个星期回一次。我哥哥上了小学，有时他一人回家，就剩下我一个人住在大庙里，半夜醒来害怕极了。母亲性格刚烈，对我们要求极严，但我们也并不怕她。

　　母亲很少向我们提及父亲。当年她决意自己动手刺杀孙传芳，离开太原去天津后，她和父亲的婚姻已名存实亡。坦率地说，母亲当年同意与父亲结婚，也主要是希望他能为自己报仇。结婚之后，父亲常年住在部队，彼此的感情也很淡，但囿于社会成见，她始终未同父亲离婚。

　　1947年，已是少将参谋长的父亲到南京开军事会议时，顺便来看母亲，但母亲一直对他冷淡。母亲后来又让我小舅舅带我去见父亲，那时母亲没有收入，她列了个清单，希望父亲给我们兄弟买些食品、衣服之类。我记得那天穿着布鞋去见父亲，虽然和父亲十多年没见过，但父亲见了我并不亲热，未置一词，也没给买任何东西。相比之下，父亲对大哥比较好，哥哥比我大5岁，在父亲身边生活过几年，长得也像父亲。

这应该是我们父子的最后一次见面。太原战役前，母亲曾写信劝父亲和平起义，但被父亲拒绝，不久他被解放军俘虏，关在济南解放军训练团。那时我已进华东军政大学学习，母亲让我写信劝他，以为这样效果会更好。但父亲的回信寥寥数语，说得很冷淡："你进步了，以后别来信了。"20世纪60年代初，父亲那批战俘被改造得差不多了，释放前他试探性地写信给母亲，说想重回那种"有妻有子"的生活，母亲坚决不同意，她向父亲提出离婚。那时候离婚要开组织介绍信，她到北京市政协去开，组织上说："现在马上他就要被释放了，你不能再把他推到另一边去。"母亲婚没离成。之后有消息说父亲病重，让母亲赶紧去，母亲没去，不久我们收到了从济南寄来的父亲的遗物，母亲又给退了回去。父母的恩怨就这样彻底结束了。

当年母亲一怒之下，写信与兄长施中诚断绝关系。她把孙传芳杀死

施剑翘和儿子、儿媳合影

后，施中诚有些内疚，加上他对外祖母一直极尽孝心，母亲后来原谅了他，两人又互相来往。1945年，任第七十四军军长的施中诚，在湘西大会战中亲临前线指挥，同日军三个师团血战雪峰山下，毙敌数千，重创日军先头部队。1945年12月，第七十四军接收衡阳一线日军投降时候，蒋介石指名要施中诚发言，也是威风一时。第二年，施中诚任南京警备司令。母亲曾劝他跟周恩来联系，让他转向共产党，但被他拒绝。南京解放前夕，施中诚随蒋介石去了台湾，后来做到台北警备司令。1959年离开台湾，偕妻长住美国洛杉矶，1983年逝世。

20世纪40年代，母亲曾筹款为贫苦孩子办了一所小学，学校以在辛亥革命中牺牲的四舅施从云的名字命名为"从云小学"。1949年后，母亲没了工作，虽然她想尽办法为学校捐款，但都不是长久之计。1952年，母亲将倾其心力创办的"从云小学"捐给国家，她则从苏州到了北京，跟姨母生活。

那时我们兄弟都参加了抗美援朝。1955年开展"肃反"运动，部队提出我们的家世问题，我们自己一时说不清楚，觉得憋屈难受：满腔热血地参军，为什么到头来还受怀疑？母亲知道后，整整一个多月把自己闷在屋子里，跟姨母也一句话不说。后来她写了封万言书，托她认识的董必武转交给毛泽东主席。

一个月后，统战部一位叫徐华的工作人员来我家，说是毛主席托他转交200元钱给母亲，让她安心养病。那时母亲没有工作，也没有任何收入，这200元对她来说解了燃眉之急。两个月后，统战部又送来200元钱，但总让毛主席送钱也不是长久之计啊！后来组织又出面，让母亲当上了北京市特邀政协委员，每个月有固定的120元工资，这在当时已经是不少的收入了。

那时我在朝鲜，有一天突然被军政委找去谈话。要知道我只是一个小参谋，正纳闷怎么会有如此"待遇"。这次谈话，原来是让我转业的，但后来又留了下来。后来，我才知道是母亲的信起了作用。

1952年母亲被检查出患了子宫癌，因为摘除得早，病情稳定了几年。母亲后来也成了一名佛教徒,她甚至在给毛主席的信中都敢写"你不信佛,这是最大的遗憾"之类的话。佛教也给晚年的母亲以很大的心灵慰藉。1979年她被确诊为晚期直肠癌,由北京医院院长吴蔚然大夫亲自主刀。不久,因尿毒症合并心肌衰竭,8月27日,74岁的母亲带着她的传奇故事,离开了这个世界……

(2007年12月3日)

严幼韵与她的世纪人生

口述 杨雪兰

旧上海的富家大小姐,战乱时期的外交官夫人,"民国外交第一人"顾维钧的晚年伴侣,百岁老人严幼韵的一生,见证了一个世纪的沉浮与沧桑。

杨雪兰曾担任美国通用汽车公司副总裁,通用在上海投资生产别克汽车,就是她从中促成。杨雪兰继承的不仅是母亲的相貌,更有一份自信、坚强与乐观。

1959年,严幼韵与顾维钧在纽约结婚

上海滩的"84"小姐

很多年后，我才知道母亲当年在上海曾是怎样的有名。1980年左右，我从美国回上海，舅舅带我去看一个朋友。老先生住在弄堂里，破破烂烂的三楼，灯光也很昏暗。天气很热，他穿着背心短裤，拼命扇扇子。舅舅介绍我说："这是杨雪兰，严幼韵的女儿。"老人的脸一下子亮了起来说："噢，你就是'84'的女儿？！当年，我们可是天天站在沪江大学大门口，就为了看'84'一眼！"

母亲的家世，应该从她的祖父严信厚说起。严信厚是近现代非常有名的实业家，他曾在杭州胡雪岩开设的信源银楼任文书，得到胡雪岩赏识，被推荐给李鸿章。后来他经营盐业，积累了大量家财，在绘画、书法上都很有造诣，以画芦雁著称，现在宁波还有人专门研究他的字画。

严信厚致力于民族工商业、金融业，1887年，他投资五万两白银在宁波湾头创办中国第一家机器轧花厂，后又在上海投资面粉厂、榨油厂等多家实业。1902年，他还出任上海第一个商界团体——上海商业会议公所首届总理。严家是个大家族，严家的另一位著名人物，就是被张伯苓称为"南开之父"的严修，他曾资助青年周恩来旅欧，是著名的教育家。

严信厚有两个女儿一个儿子，儿子严子均便是我的外祖父。严子均是一位开明商人，他将产业进一步扩大，母亲自小便生活在这样一个富有而宽松的家庭里。她与两个姐姐严彩韵、严莲韵都成为中国第一代接受高等教育的女性。

1925年母亲考入沪江大学，那是中国最早男女同校的教会学校之一，颇多清规戒律，学生必须住校，每月只能回家一次。母亲不愿受约束，1927年她转入复旦大学商科，成为该校首批入学的女生。2005年是复旦大学百年校庆，校方专门邀请了几位毕业于复旦的百岁老人，还出了书，其中一位就是母亲，校方把母亲当年入校时的照片送给我们做纪念，母亲收到后特别高兴。

那时能进入高等学校读书的女生凤毛麟角，而家境阔绰又新潮时尚的母亲更成了众人瞩目的焦点。因为家里在上海南京路上开着"老九章绸布庄"，所以各种衣料随她挑，家里还有好几个裁缝，母亲几乎每天都换一件最时髦的新衣服，我小时候对母亲那些花花绿绿的衣服印象很深，也很羡慕。母亲注重装束的习惯保持了一生，即便 101 岁了，还经常让我帮她做衣服。有些她穿不了的衣服留给我，质地都特别好，朋友说拿出来可以做古董了。

母亲住在静安寺，离复旦比较远，那时候，她坐着自己的轿车到学校上课。家里给她配了个司机，她自己也会开车，常常是司机坐在旁边，她开车，很多男生每天就站在学校门口，等她的车路过。因为车牌号是"84"，一些男生就将英语"eighty four"念成上海话的"爱的花"。很多她在复旦上学时的同学回忆，如果母亲向哪位男生开口借笔记或作业，他们都感到"受宠若惊"。"爱的花"这个绰号后来不仅传出复旦校园，还出现在上海的报章杂志上，母亲成了当时最时尚人物的代表。

父母的结识，也跟"84"有关。父亲第一次见母亲时，她正开着那辆"爱的花"轿车。他很好奇，就一直跟在后面。很巧，他们两个是去参加同一个 Party 的。父亲马上请朋友介绍认识，开始不断地给母亲送花、约会，终于在"激烈竞争"中，赢得了母亲的芳心。

以身殉国的父亲

1929 年 9 月，父亲与母亲在上海大华饭店举行婚礼，这里也是 9 个月前蒋介石与宋美龄举行婚礼的地方。婚礼由时任外交部部长王正廷主持，出席婚礼的近千人。

我的父亲杨光泩出生于 1900 年，16 岁时考入清华学堂高等科，20 岁毕业后留美，获国际公法哲学博士学位。1927 年回清华任政治学、国际公法教授，不久进入外交界，1930 年出任中国驻伦敦总领事及驻欧洲特派员。抗战爆发后，父亲被派往菲律宾，任中国驻马尼拉领事馆总领事，我们全家跟随父亲一起到了马尼拉。

1941年12月"珍珠港"事件后，日本人开始轰炸菲律宾。父母带着我们姐妹3人，原本住在马尼拉一个条件很好的别墅里，战争一开始，在菲律宾的外交人员全都集中到了马尼拉宾馆，我们三姐妹和父母挤在一个房间里，我和妈妈睡在床上，爸爸带着姐姐和妹妹睡在地板上，那时妹妹刚出生不久，父母拿了一个抽屉，放上小枕头给她当床。那年我只有6岁，我记得从窗口看出去，整个大海仿佛都变成了一片火海。

1942年1月2日，马尼拉沦陷。1月4日，我记得那天早上，全家都在用早餐。进来了3个日本宪兵，那时我还小，看着日本人觉得很奇怪，因为他们的脚都是包起来的，踢着正步，他们对父亲说："你被捕了。"父亲好像早有准备，他很镇静地回到房间，带上早已收拾好的箱子，跟着他们走了。

战争开始时，麦克阿瑟将军曾邀请父亲和我们全家一起撤到澳大利亚避难，但父亲说："我不能离开，这里的华侨需要我。"身为总领事

1922年的全家福（摄于上海）

的父亲，带着使馆工作人员，在华侨中宣传抗日，为中国抗战募捐。另外，当时还有一批在美国印制的法币，在运回国内中途滞留在总领事馆，父亲担心它们被日本人侵占，于是下令烧毁，这些可能都激怒了日本人。他们于是不顾国际法，将父亲与使馆工作人员都抓了起来。

父亲他们起初被关在菲律宾大学美术学院里，那里什么设施都没有，我还记得有一次母亲带着我们去见生病的父亲，把药灌在白兰地的瓶子里。没多久，父亲他们又被投进了圣地亚哥炮台地牢。这座西班牙人建的监狱就在河边，每天河水会涨起来漫到监狱里，其实就是个水牢。

很长一段时间，母亲都不知道父亲是死是活。日本人曾寄了一包东西给母亲，里面有父亲的眼镜、手表和剪下来的一绺头发，母亲收到后痛哭失声。但也有人说，日本人不会真的杀父亲，因为他毕竟是外交人员。我们于是又半怀希望地生活着。直到战争结束后我们才知道，父亲早在1942年4月就已经遇害了。根据后来的一些调查，据当地目击此事的农民讲，有7个人被带到田里，叫他们自己去挖埋他们的坑，挖好后就站在里面。日本人还给他们蒙上眼睛，我父亲拒绝，一直睁眼直视着这些日本人。中枪后父亲没有死，他还用手指着自己的心脏让日本人再打……

跟父亲一同遇难的还有使馆的其他几位工作人员，其中最小的一位仅23岁，新婚不久被派出来的。抗战结束后，1947年7月7日，国民政府派专机到菲律宾，专门将父亲等8位外交官的遗骸运回南京。在9月3日抗战胜利纪念日这天，父亲他们被一同安葬在南京菊花台，菊花台被改名为"忠烈公园"；而在马尼拉，至今还有华侨集资筹建的"杨光泩总领事暨殉职馆员纪念碑"。

马尼拉的艰苦岁月

父亲被抓后不久，母亲带着我们从马尼拉宾馆搬回了原来的老房子里。这幢楼原来只有我们一家人住,现在变成了全体外交人员的住所;我们姐妹3人原来每人都有一间卧房,而现在每个房间都住满了一家人。当时母亲一个朋友从上海准备到美国去看她的丈夫,转经菲律宾来看母亲时,正赶上战争爆发,只好滞留在马尼拉,她们母子两人和我们母女4人挤在一个房间里,这样一住就是4年。

母亲很了不起,虽然她以前是养尊处优的阔家小姐,但失去了父亲这个支撑后,她并没有垮下来。她感到自己有责任照料好其他7位外交官的妻儿,当时使馆家属有四十多口人生活在一起,相当于一个大家庭,也会有各种矛盾,什么你偷了我的油,我拿了你的什么东西之类的。母亲就成了这个大家庭的总管,而且后来还带着这么多人几次搬家、找房子,都是母亲张罗的。母亲以前没有任何这方面的经验,但她很快适应这样的生活,也从来不去抱怨什么。

以前我们住的房子有花园,战争一来,花园变成了菜地,母亲带着我们种菜、养鸡、养鸭,还学会自己制酱油、肥皂。她自己也没有收入,依靠当地华侨送的东西维持生计,母亲自己还要不停地变卖东西,才能维持我们的生计。但母亲也从来不把坏的情绪带给我们,也始终保持着乐观的心态,空闲时她还常坐到钢琴前弹上一曲。战前我们还有一个管家,很严格地管我们的起居、饮食,战争开始后母亲"接管"我们,我们反倒觉得完全自由了。所以虽然是战乱年代,但从我当时小孩子角度讲,好像也不觉得生活过得有多苦。

母亲有一句话:Prepare for the worst, hope for the best.(做最坏的准备,做最好的希望。)我们姐妹3人每人都有个自己做的布袋子,里面装着饼干、水和一些衣物,以便可以随时带着逃难。在那个兵荒马乱的年代,女性特别容易受伤害,何况像我们这样一个有母女4人、失去了唯一男性的家庭。记得战争快结束时,有一次她带着我们连续3天躲在一个防空洞里,既怕被溃败的日本人发现,也躲避着刚刚占领菲律宾的美国兵,母亲在尽她自己最大的力量保护着我们。

战后我们一家人坐船到了美国,在海上漂了24天,一艘只能容纳几百人的军舰上装了三千多人。刚到美国时,母亲也没有工作。当时正在筹建联合国,母亲问一位朋友她是否有可能申请到联合国工作,这位朋友说,你怎么可能适应这种早上上班、晚上下班的工作?但母亲还是努力争取到了进联合国礼宾司工作的机会。礼宾司的工作从接待到任大使,安排他们递交国书,到接待参加联合国大会的国家元首,涉及联合国所有官方礼仪事宜,不能出一点错。母亲在此一直工作了15年,直到1959年10月离职。我和姐姐有机会上好的学校,都是靠母亲工作扶持这个家。

母亲终生保持着这种乐观向上的精神,这可能也是她长寿的原因吧!母亲一直想保留自己的牙齿,不想戴假牙,前段时间每隔几个星期去修一次牙。结果最后一次去医院检查回来,出租车快到家时,一下子出了事故,她的牙也被撞掉了。听到消息,我们都很沮丧,但母亲却安慰我们说:"我很幸运,因为出租车可能会出更糟的事故。"

与顾维钧的幸福晚年

1959年,母亲与顾维钧先生在纽约结婚,成为他的第三任妻子。母亲与顾先生一起生活了26年,一直到顾先生去世,这也是顾先生最幸福安定的晚年生活。

出生于1888年的顾维钧是上海嘉定人,16岁那年赴哥伦比亚大学主修国际法和外交。1908年,唐绍仪以清廷特使名义访美,在大使馆里接见了40位中国留学生,唐绍仪对代表留学生致辞的顾维钧印象十分深刻。中华民国成立、袁世凯执政后,唐绍仪出任袁世凯的内阁总理,他立即向袁世凯举荐了顾维钧。

当接到邀请他回国担任总统府英文秘书的电报时,顾维钧正在准备博士论文,他的论文还只写了一个序。左右为难之际,曾担任助理国务卿的导师对顾维钧说:你学习外交就是为了报效国家,现在有这么好的机会，你应该抓住。他认为顾维钧单独的"序章"，就可以作为博士论文来答辩。就这样，顾维钧顺利拿到了博士学位，于1912年启程回国赴任。从此，24岁的顾维钧便担任袁世凯的英文秘书兼翻译；27岁那年，顾维钧又被任命为驻美公使，那时的他还有着"京城三大美男子之一"的美称。他不仅是当时中国最年轻的驻外使节，也是华盛顿有史以来最年轻的外国使节。

母亲很早就认识顾维钧，顾先生是父亲以前的上司，那时的位置也很高，父亲以前还向他写信请教过一些问题。我们全家到美国来，也是由于顾先生的帮助。顾先生很年轻时就从事外交工作，其实"家"的概念对他来说很淡薄，没有什么个人生活，也很少有私人朋友。跟母亲结婚以前，顾先生在海牙国际法庭工作，那时他没有家，住在旅馆里。可能是长期没人照顾吧，我们见到他时，他非常瘦，在家里吃饭也像参加宴会一样正式，有个人专门站在他身后，随时递上一块餐布服侍他，起初我们都觉得怪怪的，因为我们家是非常随意的。

顾先生本来是很严肃的一个人，跟我们在一起时间长了，顾先生也被我们"改造"过来。他是一个非常好玩的人，他会像孩子一样喜欢过生日Party。每年他过生日的时候，我们都要动脑筋想，怎么庆祝。他的生日是1月29日，后来成了我们家除了圣诞节、春节以外，每年最重要的一个日子。有一年我们全家去滑雪，他和母亲年纪大了，就计划在附近散步。当我们回来时，看到他带着新买的滑雪服，原来他忍不住"童心大发"，要跟我们一起滑雪去，后来《时代》周刊还登了一篇文章，说72岁的顾维钧开始学滑雪。

母亲知道顾先生有晚睡晚起的习惯，担心他的健康，每天凌晨3点一定起床，为他煮好牛奶放在保温杯中，还附上一张"不要忘记喝牛奶"的纸条放在床边。顾先生晚年在谈到长寿秘诀时，总结了三条："散步，少吃零食，太太照顾。"

虽然二十几岁就身居高位，但顾先生从不倨傲，即便对司机、服务生，也都很和蔼。他在我们面前也极少提及自己的经历，只是偶尔会讲一下以前的故事，比如1931年"九一八"事变后，他参加了联合国派出的"李顿调查团"，当时日本人对他防范很严，阻止他进入东北，甚至以"要在他坐的火车上放炸弹"相威胁，情形十分危险。但他还是冒着这些危险，向联合国递交了一份日本侵略中国东北的长篇备忘录。

所以，晚年他和母亲结合后很幸福。顾维钧先生后来用17年完成了他的口述回忆录，这与母亲的精心照顾是分不开的。唐德刚先生为他做口述史时，他正出任海牙国际法庭大法官，唐德刚利用他每年回纽约度假3个月时间，每天来访问4小时。而顾先生在做外交官时，每天写日记，也保存了大量的历史资料。他们共同完成了这套13卷、共600万字的《顾维钧回忆录》，为中国近代史留下了一笔特别珍贵的历史资料。

顾先生和我们在一起，有了很多朋友。去世那天晚上10点左右，他还问母亲："这周有什么活动？"之后在洗澡时，以98岁的高龄无疾而终。虽然离开大陆数十载，顾维钧却未加入美国籍，保持着"一生都是中国人"的信念，一直到离开。

顾先生去世后，母亲将他的155件遗物捐给上海嘉定博物馆，并捐了10万美元，资助建立顾维钧生平陈列室。2006年9月2日，顾维钧的雕像在上海落成，也算是终于魂归故里，为他、也为母亲，圆了一个多年的心愿吧。

（2006年12月11日）

邵洵美，被遗忘的名字

口述　邵绡红

这是一个被遗忘的名字——邵洵美。作为曾经活跃在文坛的唯美诗人、翻译家、出版家，不知何时他已悄悄被历史的尘烟所遮蔽。带着那本为纪念父亲100周年诞辰而出版的《我的爸爸邵洵美》，邵绡红在一个温暖的春日午后，静静地回忆起父亲的故事。

邵洵美。在邵绡红眼里，爸爸生性豪爽，仗义疏财

末代豪门

很多年轻人知道爸爸的名字,还是因为鲁迅那篇被收录进高中语文课本中的《拿来主义》一文,其中有这样的句子:"……因为祖上的阴功(姑且让我这么说说罢),得了一所大宅子,且不问他是骗来的,抢来的,或合法继承的,或是做了女婿换来的。"注释里说:"这里讽刺的是做了富家翁的女婿而炫耀于人的邵洵美之流。"

所谓"富家翁的女婿",当然是指爸爸娶了妈妈——盛宣怀的孙女盛佩玉。盛宣怀是中国近代史上著名的洋务运动倡导者,也是中国近代化的第一代实业家,他一生创下了11个"第一":第一家银行(中国通商银行)、第一家电讯企业(天津电报局)、第一条南北干线铁路(芦汉铁路)、第一所工业大学(北洋大学)等。

但这样的评语,对爸爸来说是很不公平的。首先,爸爸的邵氏家族在上海也是一个大家。我的太爷爷(即邵洵美的爷爷)邵友濂官至一品,曾任湖南巡抚、台湾巡抚。邵友濂当年协助曾国藩之子曾纪泽与俄国谈判签订《中俄伊犁条约》。他留下了三本日记,详细记载了条约签订的经过,其中一本在"文革"中被我烧掉了,所幸在史书上还有完整的记录。中日甲午战争后,清廷原派邵友濂与他人赴日议和,因日方非要李鸿章来,最后才有了那个臭名昭著的《马关条约》。爸爸从小被过继给大伯邵颐,而邵颐的夫人李氏是李鸿章视为己出的侄女,当年以中堂大人的千金之名嫁到邵家,从谱系上讲,李鸿章也是爸爸的外祖父。

其次,很多人不了解的是,爸爸的生母是盛宣怀的四女儿。所以爸爸不仅是盛宣怀的孙女婿,其实更是他的亲外孙。盛宣怀和邵友濂在上海不仅是姻亲,还是近邻。邵家花园在静安寺124号(今南京西路新华电影院附近);盛家的府第更大,大抵从现今的西康路、武定路到胶州路、新闸路一带。静安寺有了这两个大户人家之后,上海的达官贵人、富商巨贾也相继在此建宅,慢慢形成了一个"贵族区"。

爸爸和妈妈是姑表亲,他娶了大舅舅家的女儿。他们是去苏州参加盛宣怀的下葬仪式时第一次遇到的。爸爸热恋小名为"茶宝"的妈妈,他本名叫邵云龙,有一次他翻《诗经》,读到其中一句子,上面有"佩玉锵锵,洵美且都"。他立即将名字改为"洵美"。

1927年1月15日,爸爸妈妈在卡尔登饭店结婚。当时正值盛府分家不久,妈妈的大哥作为长子长孙,分得双份遗产、约2000万两银子,他只给妈妈1万两银子作为嫁妆。其实盛家和邵家住得非常近,只隔着几个门,但为了展示盛家的隆重嫁妆,婚礼前一天,吹吹打打的乐队走在前面,系着红绸的几十副挑子担着嫁妆的队伍跟在后,特地绕过几条马路转了一圈,再回斜桥邵公馆来。

震旦大学校长马相伯做证婚人,老人当时须发已白,是被搀扶着进来的。这桩豪门婚礼当年轰动了上海滩。不久,《上海画报》封面还登了爸爸妈妈的结婚照,上面写着"留英文学家邵洵美与盛四公子侄女盛佩

邵洵美与盛佩玉的订婚照

玉新婚俪影"——"盛四公子"指的是盛宣怀的四子盛恩颐，是汉冶萍公司的总经理。宋子文当年从哈佛大学毕业后，给盛恩颐做英文秘书。宋子文不但介绍自己的大姐宋蔼龄给盛家未出阁的三位小姐做英文老师，还爱上了盛七小姐盛爱颐，但因为那时盛家看不上传教士家庭出身的宋子文而作罢。

诗的召唤

20世纪20年代，爸爸写了很多诗，被许多人视为"唯美派"诗作的代表人物之一。这当中，离不开徐志摩的影响。爸爸与徐志摩是在欧洲相识的，可以说，这次相识改变了爸爸一生的命运。

1924年冬，爸爸到英国留学。他先在剑桥大学读预科，后来考进剑桥大学的伊曼纽学院（Emmanuel College of Cambridge）经济系。其实爸爸很早就喜爱文学。中学时，他在教会学校里读到很多外国诗，便用通俗语言试着翻译，加之受新文化运动的影响，他开始学写新诗。他在留学前为妈妈写了首《白绒绒的马甲》，发表在《申报》上。

爸爸与徐志摩相识，很有些传奇色彩。那时在剑桥市中心有个摆旧书摊的老人，他每次见到爸爸，总是问爸爸是不是姓"Hsu"，因为老人说三年前有一位几乎和他一样面孔的中国人曾经怀着翻译《拜伦全集》的愿望回老家了。爸爸很疑惑那个中国人是谁，一个留学生跟他提到了"徐志摩"这个名字。

1925年暑假，和爸爸同住的留学生刘纪文邀他去巴黎，从而结识了一批在法留学生。这帮朋友里，爸爸与谢寿康、张道藩和徐悲鸿夫妇关系最密切。他们以年龄为序：谢寿康为大哥，徐悲鸿为二哥，蒋碧薇为二姐，张道藩为三哥，年纪最小的爸爸是四弟。爸爸后来写了篇《儒林新史》，绘声绘色地描写了这段生活，比如说张道藩"有政治家的天禀"，每次说完话，"听者莫不动容"，齐喊Bravo。有一天一大早，一个完全陌生的青年敲门找他，绕了半天圈子，最后竟说是使馆介绍来借钱的——那时爸爸经常接济别人，以致当时中国留学生中谁有经济困难找大使馆，大使馆都会介绍他们来找爸爸帮忙，爸爸虽然觉得奇怪，但还是送了他200法郎，不到三天，全拉丁区的留学生都知道了这个故事，爸爸也调侃地称自己为"200法郎富翁"。

在巴黎，几乎每到一个新的环境都会有人向爸爸提起徐志摩，说他俩长得很像。爸爸觉得似乎是天意一定要把他和徐志摩拉在一起。巧的是，没隔几天，他们竟在路上相遇。徐志摩一见爸爸就亲热地拉着他的手说："弟弟，我找得你好苦！"原来，徐志摩也听到了许多关于爸爸的故事，也在四处打听他。爸爸后来回忆："说来奇怪，我和他虽然只交了一个多钟头的朋友，这一个钟头里又几乎是他一个人在讲话，可是他一走，我在巴黎的任务好像完成了……"

回到剑桥，爸爸的心思再也不能回到原来的课本上。他觉得自己找到了未来方向，他把心里的种种思绪全拿来写成押韵的句子，相信自己是一个大家所期待的诗人。

因为家里三十多间老宅子被大火烧掉了一大半，爸爸没有完成学业便回国了，徐志摩的前妻张幼仪的娘家就在邵家邻近，虽然徐志摩和张幼仪离了婚，但他和张家兄弟们仍是好朋友，回国后他们仍然见面。

那时徐志摩刚刚与陆小曼结婚，他很热心地让爸爸妈妈见陆小曼。妈妈后来回忆，陆小曼那天穿了件粉红衣裳，身材不高，笑时微露虎牙，一口常州话，也夹着北京话。陆小曼那时请了一位姓翁的推拿医生，这位翁医生能说会道，会画画，还会唱京戏。初次见面，妈妈还以为他是说评弹的，后来见到翁医生常跟陆小曼一起抽鸦片。

爸爸比徐志摩小11岁，他将徐志摩尊为老师，视作兄长。徐志摩参加的活动，他也经常跟随。1929年，泰戈尔在徐志摩的私人邀请下第二次访华。泰戈尔住在上海徐志摩的家里，爸爸妈妈去徐府拜会，陆小曼告诉妈妈：徐志摩特地把一间房间空出来，不放家具，墙上挂了毯子，地上铺了厚毯，放了大垫子做靠枕，布置得很有印度风格。结果老人却愿意住在中国式卧房里，她和徐志摩只好自己去睡那间特地为客人布置的印度式卧室。

1931年11月，爸爸得知徐志摩因飞机失事而去世时，痛哭不已，后来写了一首长诗《天上掉下一颗星》悼念他。徐志摩灵柩运回上海后，爸爸前去吊唁，回家流着泪告诉妈妈："听说志摩的指甲里都是泥，可见他从飞机坠下来的时候还没有死，他尚有一息，还用手挣扎……"

爸爸在1949年后还一直和陆小曼有联系。有一次陆小曼要来访，爸爸想好好招待她，但又手头拮据，最后便将吴昌硕的一枚图章转让他人，才有钱请陆小曼吃了顿饭，这枚老祖宗传给他的珍爱之物，仅换了10块钱。

爸爸在20世纪20年代末创作了大量的诗，出版了几个诗集，这些诗后来也得到了诸如"唯美派""香艳派""颓废派"等各自不一的评价。我并不懂诗，但我相信爸爸是用他全部的真诚和热情来写的。但徐志摩去世对他影响很大，加之时局变化，他渐渐由写新诗转为对诗歌理论的研究。其实爸爸不仅推动了新诗的发展，在新文学发展方面、抗战宣传方面也起了很大作用。抗战爆发后，他又开始写起时评。

出版之梦

1926年，爸爸把他在旅欧期间和刚回上海时写的诗集成一册，题为《天堂与五月》，由光华书局出版。由于这本诗集的出版颇费周折，于是，爸爸和几个朋友商量，想开个书店自己经营。

1928年，书店在静安寺路斜桥路口（今南京西路）开张，取名"金屋"。金屋书店出版的主要是文艺类书籍。爸爸在"金屋"出版了译诗集《一朵朵玫瑰》和他的第二部诗集《花一般的罪恶》。这个时期，可以说是爸爸写诗歌兴致最浓的时期，自己有了书店，出版不用求人。

有一次，一位朋友送来一叠署名为"沈端先"的青年翻译的日文书稿,说他刚从日本留学回来,生活无着,请爸爸帮忙出版接济一下。爸爸连稿子也没看,马上拿出500元给他。那时沈端先在文坛还是个新人,他后来成为中国文化界的著名人物夏衍,爸爸出版了他翻译的《北美印象记》。

1927年,徐志摩和好朋友们在上海创办了"新月书店"。第三年书店亏空太多,资金周转不灵。有一天,徐志摩的小舅子张禹九来找爸爸,想让爸爸入股。爸爸马上结束了自己的金屋书店,将资金投入到新月中。徐志摩在新月社的那些朋友,胡适、梁实秋、闻一多、潘光旦、罗隆基、曹聚仁、林语堂、沈从文等人后来都成了爸爸的朋友。那时新月书店还出版《诗刊》《新月》月刊,在20世纪30年代的文坛,也风行一时。爸爸接下"新月",与其说为经营,不如说是对文学的热爱。为此,他不惜大把大把地往里面贴钱。

那时爸爸认识的一群画家朋友想办《时代画报》,和上海最著名的《良友画报》一较高下。但只出版了一期就没了资金,他们找到爸爸要求接办,爸爸高兴地同意了。《时代画报》那时人才济济,有张氏三兄弟,叶浅予,丁悚、丁聪父子——丁悚是上海英美烟草公司画广告的,当年"大前门香烟"等广告就是他画的,和爸爸很熟;我后来在北京遇到丁聪,他告诉我,为"时代"作画时他才十六七岁。"小丁"就是爸爸的那帮朋友为区别他和他父亲而起的。叶浅予在"时代"创作了那套深入人心的漫画《王先生》,而那个长脸、高鼻、尖下巴的"王先生"的原型,就是爸爸的生父邵恒。

1941年的盛佩玉

黄苗子后来说，如果没有爸爸，没有时代图书公司，中国漫画不会像现在这样发展。

在办《时代画报》时，爸爸看中了那时最先进的影写版印刷设备。他用变卖一片土地所得的5万美元从德国进口了那套设备——也是当年我国唯一的影写版印刷设备。1932年9月1日，时代印刷厂正式开办，爸爸很以这套设备自豪。他成立的时代图书公司先后出版了9种杂志，《时代画报》《时代漫画》《时代电影》《文学时代》《万象》《声色画报》《论语》《十日谈旬刊》和《人言周刊》。后来，时代印刷厂被政府收购，开办北京新华印刷厂。丁聪后来告诉我，当时还是他代表政府和"时代"谈判的。

卞之琳形容爸爸办出版是"赔完巨万家产"，这一点也不夸张。前后几十年，爸爸的万贯家财基本上是为建立一个理想的出版事业而耗尽的。妈妈对爸爸的事从来都是支持的。早期是抵押房产、地产，到了后期，靠妈妈典当首饰的方式筹钱。典当的价钱很低，妈妈总以为能将它们赎回来，但那些陪嫁的首饰再也没回到她身边。

被遮蔽的邵洵美

曾有人称爸爸是文坛"孟尝君"，这样形容他也确实比较贴切。

爸爸生性豪爽，仗义疏财。他并不属于哪一个党派，但无论哪一方找到他，他都毫不犹豫地施以援手。当年"左联"的胡也频被捕后，与其同居的丁玲四处打听也无消息。沈从文找爸爸想办法。爸爸找到国民党上海市党部主任委员刘健群，要求保释胡也频，被刘拒绝，爸爸和他争执起来。刘健群知道爸爸和已做了国民政府高官的张道藩的交情，只好道出真相——原来胡也频早被枪杀。爸爸不相信，坚持要看照片，刘健群只好答应。爸爸后来把照片给沈从文看，由此，"左联五烈士"被秘密枪杀的事情公之于众。后来，爸爸还送给丁玲1000块钱，让沈从文护送丁玲母子回湖南老家。

　　1933年2月，英国著名戏剧家萧伯纳到上海。邀请方是上海笔会，但上海笔会没有什么经费，花销多由当时任会计的爸爸个人掏腰包。17日，萧伯纳在宋庆龄家进午宴，因萧伯纳只吃素食，爸爸请客，点了功德林素餐，席上除宋庆龄之外，还有蔡元培、鲁迅、杨杏佛、林语堂。但当时的报纸，既没爸爸照片，也只字未提此事。爸爸后来被捕，在狱中遇到"胡风分子"贾植芳，特地委托他日后如有机会，一定澄清此事：他当时花了46块钱请的客，而那时据说一席鱼翅宴也不过12个银元[1]。

　　1935年，爸爸认识了项美丽。项美丽原是美国《纽约客》的记者，我们都叫她"蜜姬"。她和爸爸并不仅仅是"lover"的关系，在抗战期间，他们一起出版了中文版《自由谭》和英文版 Candid Comment（《直言评论》）。《自由谭》创刊封面画是一个悲愤的农夫手托被日机炸死的孩子。那时毛泽东已写完著名的《论持久战》，中共地下党员、香港《大公报》女记者杨刚奉命立即翻译此文。杨刚经人介绍，住进了项美丽的家。

　　1995年，我在美国拜访了项美丽。她说，因为编辑《直言评论》，那时爸爸经常去她家，杨刚翻译中不时和爸爸字斟句酌，项美丽也过目，提一些语法上的修改意见，爸爸也经常帮她润色。这篇《论持久

---

[1]：1958年，在提篮桥监狱，邵洵美与因"胡风案"而入狱的贾植芳成了"狱友"。邵洵美说："贾兄，你比我年轻，身体又好，总有一日会出去的，我有两件事，你一定要写篇文章，替我说几句话，那我就死而瞑目了。"这两件事，一是1933年，邵洵美以世界笔会中国分会的名义招待来访的萧伯纳，费用46块银元是他付的，但在当时大小报纸的报道中，却独没有他的名字，"使我一直耿耿于怀"，他希望贾植芳将来能写文章"以纠正记载上的失误"。二是，邵洵美说自己写的文章虽不好，但确确实实在是自己写的。"鲁迅先生在文章中说我是花钱雇人代写的，这真是天大的误会。"贾植芳未负所托，于1989年发表了《提篮桥难友邵洵美》，以践约。

战》由爸爸出版了单行本，他还亲自翻译了毛泽东写的序言。这个单行本印了500本，其中一部分发给在上海的外籍人士。那时，爸爸开着项美丽的汽车，在霞飞路一带洋人寓所和虹桥路别墅门口停下，偷偷塞到信箱后立即开走。后来听说日伪特务要对爸爸动手，爸爸还特地买了支小手枪防身，我小时候还见到过那支小手枪。

抗日战争全面爆发后，五叔做了汉奸，爸爸深恶痛绝，隐居在家，拒绝与他同流合污。抗战胜利后，爸爸回到上海，受聘办《自由西报》，爸爸请来许国璋等四名年轻的才子主持编辑工作，后来又请钱钟书来指导。那段时间，钱钟书几乎每天来到家里找爸爸商谈，他写的《围城》当时就很热销。《围城》里的"赵辛楣"在上海话里与"邵洵美"的发音很像，许多读者以为钱钟书是在影射爸爸，其实不然。

项美丽和她的宠物

我是在弟弟的课本上看到鲁迅对爸爸的评语。后来我翻《鲁迅全集》，数篇文章都有对爸爸的讽刺之语。我不解鲁迅为什么对爸爸误会这么深。爸爸第一次见鲁迅，还是宴请萧伯纳那一次，那天正下雨，天很冷，爸爸见鲁迅站在屋檐下，像在等车，脸都冻得发青，爸爸就主动上前邀请他上自己的汽车送他回去。后来爸爸说："我跟鲁迅先生并没有个人恩怨。"一篇文章中说，爸爸与鲁迅交恶的原因在于"祸从口出"——说是在萧伯纳造访上海那次，徐志摩好奇地问爸爸："谁是鲁迅？"爸爸脱口而出："那个蓄着胡子、满脸烟容的老头子。"鲁迅恰在附近听得清清楚楚，从此结成死结……但我认为这种说法并不可信，徐志摩早在1931年便去世，怎么可能出现在1933年萧伯纳的招待会上？根本原因或许还在于鲁迅看不上"小资"的新月派吧。

1958年，爸爸以"特嫌"的罪名被捕，1962年4月被无罪释放。出狱后他跟哥哥挤在一间陋室里，生活无着。我最后见到的爸爸，是一个饥饿、衰弱、斑白头发、瘦得只剩下一把骨头的老人，我几乎认不出他。1968年5月，爸爸去世，欠医院四百多元医疗费，欠房管处一年半房租六百多元，还欠了私人及乡下公社五六百块钱。因为没有路费，在南京的妈妈和我，以及小弟都没有回上海奔丧。

虽然爸爸的肉体已成灰烬，但他在我们的心里永远不会磨灭。

（2006年3月20日）

人生长恨水长东
——我的父亲张恨水

口述　张伍

"张恨水"似乎是中国现代文学史上一个尴尬的角色：一方面，作为20世纪创作数量最多、最受读者欢迎的作家之一，他用毕生心血所营造的三千多万字的文字世界，用多种体裁，勾勒出一幅幅鲜活的20世纪前半叶的中国社会图景。另一方面，中国现代文学史却在相当长时间内或将其作为批判对象，或干脆不予列入。

然而拂去历史尘埃，令人不能不重新审视这个名字。他的作品在当年的畅销程度不可想象，他的小说被改编成戏曲和曲艺作品的也最多，从京剧、沪剧、河北梆子、黄梅戏，一直到评弹、京韵大鼓。到了《啼笑因缘》时，甚至连木偶戏都有了。

1937年的南京，张家又要增添一个小生命。因为上面都是男孩，张恨水特别希望这个小生命是个女儿。见又是个男孩，又正值战火纷飞的多事之秋，他说，也好，让他以后入伍打仗吧——这便是"张伍"名字的由来。受热爱京剧的父母影响，张伍考入中国戏曲学校（中国戏曲学院的前身），学习老生，后改为戏曲研究。虽已是七旬老人，但一开口，那字正腔圆、底气十足的"架势"便立即显露出当年功底。张伍说，从父亲为他取的名字也可以看出，张恨水不是许多人想象的"只会吟花弄月的旧式文人"。

"张恨水"的诞生

父亲"张恨水"的名字,是与《金粉世家》《啼笑因缘》等诸多深入人心的文艺作品联系在一起的。但说来人们也许不相信,儒雅文弱的父亲,居然是数代习武的将门之后。

我的曾祖父张开甲自幼习武,是家乡有名的大力士,太平天国兴起时,他还曾入曾国藩湘军部队。他的绝技是信手拿一双竹筷,向空中一伸,就能夹死一只苍蝇,而被夹死的苍蝇,只是翅膀折断,身体依然完整。父亲后来在写《啼笑因缘》时有一细节:关寿峰请樊家树吃饭时用筷夹蝇,很多人认为"不真实""荒诞不经",殊不知这恰恰是曾祖父的绝技。

父亲原名心远,1895年出生于江西,祖籍安徽潜山。据说他出生那天,正好曾祖父接到了提升参将(二品顶戴)的喜报。曾祖父大喜,认为这个孙子是大富大贵的命。岂知造化弄人,父亲的一生既不富也不贵,手耕笔种,糊口而已。

父亲6岁入私塾读书,天资过人,过目成诵。祖父本来计划让父亲东渡日本留学,但父亲更向往欧美。祖父一时拿不出那么多学费,就让父亲等一段时间。不幸的是,祖父突然染上一场急病猝然去世。父亲是家中长子,去世前,祖父把父亲叫到榻前问他:你能否上养老母,下养弟妹?父亲跪在病床前,郑重承诺下来。从此,家庭重担便压在父亲身上,一压就是大半生。

那一年,父亲只有17岁,在亲友介绍下,他先到了上海,考进孙中山先生办的蒙藏垦殖学校就读。这期间,他试着写了两部短篇小说投到商务印书馆的《小说月报》,没抱多大希望。没想到过了几天,竟然收到主编恽铁樵的亲笔信,表示可以刊载。父亲欣喜若狂,虽然不知何故,一年、两年、一直等到十年后恽铁樵离开《小说月报》,稿子也未见登出,但这对父亲最终走向文学创作,无疑起了巨大作用。

尤其值得一提的是,父亲在这次投稿中署名"愁花恨水生"。1914

年，他在汉口再发表文章，就只用了"恨水"二字。这个名字曾引起读者很多兴趣和猜测，其实就来源于南唐后主李煜的"自是人生长恨水长东"一句。

1913年，因时局不定，蒙藏垦殖学校解散，父亲再次失学。后被他的堂兄介绍到著名话剧艺术家李君磐和陈大悲主持的"文明进化团"，做一些文字宣传，也曾粉墨登场，上台演过戏。此后父亲又参加了苏州的"民兴社"，结识了刘半农等许多新朋友。这些经历，对他后来的文学创作极为有益。

1919年秋，父亲北上，到了他一心向往的北京。他最初心愿是想到北大当旁听生，但先要解决谋生问题。有一天父亲一位同乡来访，随手带走了父亲闲时填的一阕《念奴娇》，而这首词又恰巧被后来成为报业巨子的成舍我看到，其中"十年湖海，问归囊，除是一肩风月……"之句让他大为倾倒，由此两人结识[1]。1924年，成舍我要父亲在他创立的北京《世界晚报》中负责文艺副刊，父亲对这份工作格外用心，所谓"呕心沥血"毫不夸张。因为是初办，外稿不多，初期的《夜光》几乎是"张恨水的独角戏"，小说、散文、诗词、小品、掌故等，全是他一人包办，也颇受读者好评。

父亲那时同时兼几份工作，在《益世报》当编辑、给《世界日报》撰稿，每份稿费上他都写着祖母、叔叔等不同人的名字，就为了克制自己花钱的欲望。他对祖母极孝顺，在写《金粉世家》时，知道祖母喜欢这部小说，不管多忙，他都每日把报上的连载，亲自读给祖母听。抗战胜利后，我们一家从四川回到安徽老家，在看到祖母的一刹那，父亲跳

---

[1]：张恨水年轻时最早被成舍我慧眼相中，在《世界晚报》做记者；后来又被邓季惺的《新民报》高薪聘去。成舍我的儿子成思危、邓季惺的儿子吴敬琏后来都是社会著名人士。张伍打趣地说，某一次会议，他与张友鸾的儿子坐在台下，成思危、吴敬琏皆坐在台上，他们自我解嘲地说："老板的儿子还是老板！"

张恨水与夫人周南结婚时留影（摄于1931年）

张恨水怀抱四子张伍之女前儿（摄于1963年）

下人力车，不顾土路的肮脏，50多岁的人扑通一声就远远跪下来，笑声、哭声混成一片……

《春明外史》是父亲在此期间撰写的第一部百万字的长篇连载小说，也是29岁的父亲的成名作。这部小说引起了出人意料的轰动，每天下午两三点钟，就有不少读者在报馆门口排队，焦急等待着当日报纸，以先睹为快。如此景象长达5年之久。"张恨水"随着《春明外史》的问世而成为南北皆知的人物。

黄金时代

如果说《春明外史》让父亲在文学殿堂初露头角，《金粉世家》则让他牢牢坐在了殿堂里的金交椅上。《金粉世家》从1927年2月开始在《世界日报》连载，持续5年之久。这部小说再次引起轰动，一时间洛阳纸贵，出现了许多"《金粉世家》迷"。有人评价这部小说是"民国《红楼梦》"。由于写的是豪门，很多读者好奇地猜测，有人说写的是袁世凯家，有人说写的是曾任北洋政府国务总理的钱能训家，众说纷纭，很是热闹了一阵。虽然父亲一再公开声明这只是部小说，但还是出现了许多好事的"索隐派"。还有许多读者在看到小说最后的结局，是冷清秋在大火中携幼子出走，竟不禁为其一洒热泪。不少人写信给父亲，让他"笔下超生"，不能叫冷清秋死去。父亲创作的人物之深入人心，由此可见一斑。

1929年，父亲应全国最大的报纸——上海《新闻报》副刊主编严独鹤之邀，开始创作《啼笑因缘》，这再一次证明了父亲在小说上的创作力。这部小说后来也被改编成多种艺术形式，仅搬上银幕和荧屏就有14次之多，而且七十余年来，不断地被重新改编拍摄，差不多5年一次，这可能是百年来中国现代小说创下的最高纪录。1932年上海明星公司拍摄此片，主演胡蝶等人还到家里来探望父亲和母亲。当年，为了这部电影，明星公司还与大华电影社打了一场官司，黄金荣也牵涉其中，闹得满城风雨。倒是父亲置身事外，他也乐得不招惹是非。

"张恨水"在当时的文名已经很盛,《春明外史》《金粉世家》《啼笑因缘》等小说在报上连载后，都使报纸一时销路激增，甚至连广告客户也指明要把广告刊登在小说连载的那个版面上，他也就先后成了《世界晚报》《世界日报》《新闻报》等报纸的"财神爷"。

父亲一个令人叫绝之处是，好几部小说，比如《啼笑因缘》和《金粉世家》他都是同时在写。其实并不是他想这样，大多数情况下都是他碍于朋友面子、情不可却而答应的。我爱人刚嫁到我们家时还问过他："您同时写好几部，不乱吗？"他回答："你自己的孩子，会弄乱吗？"对此我也迷惑不解，最多时他同时在写7部小说，都是长篇，不知道父亲是如何兼顾所有的。

父亲是这样写的：他先是按照每天连载需要的字数，先完成三天的《啼笑因缘》，留下最后一页纸，然后再埋头写三天的《金粉世家》；那时没有电脑也没有复写纸，他把稿子的最后一页留下，着手写哪一部小说时，他就"复习"留下的那页纸，知道故事发展到哪里了，再接着写。《金粉世家》里有上百个人物，关系错综复杂，他有一张人物表，写明主要人物的年龄、性格特点、人物关系等，这是他这么多部小说中唯一的人物表。

《啼笑因缘》掀起了一阵狂潮，有捧的，有骂的，但不管是谁，他们都对父亲的文字功底和语言驾驭能力肯定有加。他的读者之多令人吃惊，上至达官贵人，下至妇孺百姓。张学良、陈独秀、周恩来、毛泽东、陈寅恪、章士钊等人都是他的读者。数十载后，我还看到当年的读者保存的剪贴本，上面仔细粘贴着父亲当年发表的每一期连载报纸，感动之余，又由衷地为有这样一个父亲而自豪。

《春明外史》在北京连载时，适逢张学良在北京，他非常推崇父亲的文采，希望结识。父亲起初避而不见，但有一天张学良做了不速之客，竟自己找到父亲寓所。相见之下，父亲觉得这位少帅谈吐不凡，可做朋友。张学良原想请父亲出去做官，但父亲坚辞不就。抗战结束后，我们举家从重庆回迁，中途路过贵州息烽，吃饭时父亲低声对母亲说："张学良就关在这里，我倒很想去看他，但是他们也不会让我去的。"

1930年，父亲因故辞去了《世界日报》的工作，一心一意开始了他热爱的写作。这一时期是他的创作高峰期，也可以说是他一生最愉悦的时光。

这时期，父亲又做了一件他平生引为得意之事。父亲从幼年起就迷恋绘画，1931年，在一些朋友的鼓动下，他用自己的稿费创办了"北平华北美术专门学校"（简称"北华"）。父亲和美术界的许多画家都是好朋友，在他的真诚邀请下，齐白石、王梦白、李苦禅、刘半家等人都前来任教。尤其值得一提的是，齐白石、王梦白两人平时素不来往，但由于父亲的友谊和情面而使得两位美术大师在一校共事，成为当时美术界的一段佳话。

也许是父亲的"盛名"之故，报名的学生很踊跃，全校有两百多名学生，分国画系、西洋画系、师范系等。后来成为优秀艺术家的张仃、蓝马、凌子风等人，都是这个学校培养出来的。可惜这样一个充满美好前景的学校，只存在了短短4年便因日军的炮火而夭折。

国如用我何妨死

父亲虽是南方人，但他的小说绝大多数都是以北京为背景，写北京的历史、文化，大量描写北京的风土人情。父亲热爱北京，一直将它视为自己的第二故乡。1935年北京（北平）出现了伪政权，不久有传闻说父亲因写抗日小说上了黑名单，父亲被迫于这年秋天黯然离开。他在诗中不无伤感地描述："十年豪放居河朔，一夕流离散旧家。"

离开北平后，父亲的老朋友张友鸾极力怂恿他到南京办报。父亲也很喜欢南京，用他的话说，"卖菜翁都有烟水气"。他把自己的四五千元积蓄拿出来，创办了《南京人报》。张友鸾后来在回忆中说："真正用自己劳动得来的血汗钱来办报的，在我的记忆中，除了他还没有第二个。"

《南京人报》一直坚持到南京沦陷前4天才停刊。父亲自己办报的经历，就这样永远地成为历史。1937年年底，父亲把全家安顿到安徽潜山老家后，他自己提着一个柳条箱只身入川。途经武汉时，父亲听到了南京大屠杀的消息，震惊之余感到无比愤慨。我的四叔张牧野虽是学美术出身的，也是一热血青年，他向父亲建议干脆回家乡组织一支人马打游击抗日。43岁的父亲毫不犹豫同意了，毅然决定投笔从戎。他以自己的名义亲笔写呈文交给当时国民政府的第六部，请认可他们的这个行动，并写明他们不要钱，也不要枪弹，但被拒绝了。

1938年1月，父亲来到重庆，在此结识了陈铭德、邓季惺伉俪，他们正计划将原在南京的《新民报》于重庆复刊，因而力邀父亲加盟。父亲欣然接受，不久，张慧剑也参加进来，这便是被文坛报苑传为佳话的张友鸾、张恨水、张慧剑"三张大会师"。

半年后，母亲抱着我和哥哥，冒着日机的轰炸，跋山涉水，经历了千难万险,终于和父亲团聚。在重庆郊区南温泉的三间茅草屋,哥哥、我和两个妹妹,与父母住在一起。我们那时生活得很窘迫。在那8年里,我们全家没有照过一张相,没有一张留影。记忆中父亲经常坐在破桌子前,戴着老花镜,用筷子把米里的麸子和虫子一个个挑出来。

父亲虽然写了大量作品,但早期他的稿费并不高,只是在《金粉世家》之后身价才"涨"了起来。但他上有老母、下有三弟二妹,他们上学、结婚,都要靠父亲负担;此外,当年他投了很多钱的"北华美术学校"和在南京创办的《南京人报》,都因日本人的入侵而停办,等于将他前半生赚的钱都耗费一空。直到抗战后期,上海的一些书商进入四川,出了一些书,父亲的境况才好一些。

父亲曾多次声明:他的小说从不写真人真事,但只有一部除外,那就是《虎贲万岁》。

1943年,在常德会战中,国民党第七十四军第五十七师在师长余程万的率领下,以8000人应对日军六万余人,迫使日军撤回长江北岸,全师最后仅有83人生还。常德会战数月后,有两位身着灰棉布军衣、面孔黝黑的战士不请自来,找到我们在重庆南温泉的茅草屋,说是受师长余程万派遣,希望父亲能将常德会战写成小说。父亲起初很犹豫,在两位客人的一再恳请下,才开始了创作。他看了大量军事材料,两位客人也轮番到家里闲聊,亲自在茅屋里演示作战情形,甚至哪天下雨、炮是怎样响的、子弹在夜里发什么光,都一一详加叙述。

用了两年时间,父亲于1946年4月终于完成了这部《虎贲万岁》。关于此书还有一件趣闻,一位很漂亮的苏州小姐,看了《虎贲万岁》后心仪余程万,托人介绍,最终竟做了余太太。

重回北京的张恨水

抗战胜利后,父亲应陈铭德夫妇之邀赴北平筹办《新民报》,父亲在北平的人缘好，北平人一直将他视作"老乡"。阔别8年，听说他又回来办报，老读者奔走相告。很多《新民报》老读者告诉我，到了正式接受订户那天，清晨拂晓，夜色尚未褪尽，很多读者便已迫不及待地赶来了，《新民报》社所在的东交民巷西口的瑞金大楼前，已熙熙攘攘地挤满了人。而后又有读者不断加入，比逛庙会还要热闹。大门一开，人们都争先拥入，竟然把柜台都挤倒了！

北平《新民报》创刊第一天，报纸就被抢购一空。父亲在其主编的《北海》副刊上相继发表了小说《巴山夜雨》和《五子登科》，此外还撰写了大量的诗、词、曲、赋、散文等，颇受读者欢迎。《新民报》的发行量始终居北平各大报纸之首。从1946年到1948年短短的3年内，父亲写了大量的各式各样的文学作品，迎来了他创作的又一高峰，也是最后的高峰。

父亲回到北平后，有一件令他非常痛心又很难过的事，就是那时在东北、华北、华东出现了许多冒"张恨水"之名出版的伪书。我查有实据的伪书就有52种。父亲说："我不敢说我的文章好，但我绝不承认我的文章下流。七八年来，伪满洲国和华北、华东沦陷区，却让我的尊姓大名下流了一个长时期。"对这些伪书，他既反感又无奈，我们兄妹有时从书摊买回伪书，回家请他过目，他总是看也不看就说："烧了！"

回北平后，我们先在北河沿安了家，这是用母亲的私房钱买的，故名"南庐"。父亲极喜爱花草，小院子挤满了各种颜色的花，生机盎然。经历了漂泊、分离的一家，终于可以团聚一起安享一段幸福的生活。可惜，这样的生活也并没维持多久。1949年5月的一天，晚饭后，正在给两位读初中的哥哥补习英语的父亲，突然口齿不清，继而昏迷不醒。母亲赶紧派了家人，将父亲送到医院抢救。

患了脑溢血的父亲在昏迷数天后终于醒过来，但记忆力受到很大破坏，除了母亲，谁也不认识了。已怀有3个月身孕的母亲昼夜服侍在他身边，终于把他从死亡边缘挽救回来。

父亲陡然病倒，家里经济陷入困窘。母亲变卖了自己的全部首饰，给父亲看病，并维持家用。1951年，母亲为了让父亲安心养病，便卖掉了北河沿的房子，又买了离原来住处不远的砖塔胡同43号。有意思的是那时买房不是用钱，而是用布，我至今还保存的买房契约上写明，母亲是用"二厂五福布150尺"买的。父亲后来被文化部聘为顾问，有了份固定工资，家庭生活才有了基本保障。

父亲开始像小学生那样，每天在大字本上练习楷书，一笔一笔地写，每天上午和下午定时写，从头开始，特别专注，终于，他能灵便地写字了，而且越写越好，几乎恢复到病前水平。1953年初夏，父亲终于恢复了写作，他写的《梁山伯与祝英台》从1954年1月1日起在香港《大公报》上连载，再一次受到读者的追捧。

从1955年始，父亲的旧作《八十一梦》《啼笑因缘》《五子登科》《魍魉世界》《夜深沉》等又陆续出版，家里的经济状况也有所好转。父亲对自己病后"只拿钱不做事"的顾问一职颇为不安，他亲笔写信给当时的文化部部长茅盾，辞去了文化部顾问一职。新中国成立后，靠稿费生活的专职作家，父亲是第一人。

1957年以后，报刊对父亲的约稿陡然减少，他的书也没有出版社再愿意出版。父亲一下子清闲下来。闲暇时，他就在院里整理他喜欢的花草。1959年10月，奔波劳碌忧患半生的母亲撒手而去，让父亲再一次遭受巨大打击。

母亲原名周淑云，长于北京城南。她性格温柔，加之喜欢猫，所以街坊邻里都昵称她为"猫二小姐"。在我记忆中，母亲从来没有厉言疾色地大声呵斥过谁，偶尔发次脾气，也是柔声细气。母亲当年是"春明女中"的学生，据说是在学校游艺会上，认识了父亲，而且一见钟情。母亲是父亲的读者，很欣赏他的才华，两人很快便坠入情网。婚后，父亲用《诗经》第一章为母亲易名"周南"，从此母亲就以此名行世。

1956年母亲不幸得了癌症。虽经过两次手术但康复希望渺茫。母亲之死，对父亲的打击极大。他一度每周去一次母亲的墓地，直到暮色苍茫才回家。自此，父亲变得更加不爱说话，总是默默地一个人坐在书房里，把母亲的所有照片挂在床边，似乎还和母亲生活在一起。他把对母亲的思念，都倾泻于一首首诗词中。

手泽无多唯纸笔

父亲从不穿便服，从我记事起，永远是一袭长衫。在家里也没有任何特殊之处，跟我们吃一样的饭菜。虽然父亲在小说里塑造的人物个个都鲜活如生，但生活中的父亲却木讷、不善表达。父亲毕生都很低调，不喜欢抛头露面，即使在当时已经大红大紫了也是如此。有一次我跟他到邮局取稿费，邮局小姐看了他的签名，先是一惊，继而跟周围人交头接耳地嘀咕一阵，惹得邮局里的人都抬头看他，把父亲看得极窘。出来后，父亲对我说了一句："人的面孔被人当小说看，实在是件很难堪的事。"

在我看来，父亲更了不起的地方，不仅是他在文学上的造诣，更是他的人格修养。父亲生前对毁誉非常淡泊，对很多争论也不予回答。捧也好，骂也好，他从来不置一词。我们那时年轻气盛，总希望父亲能出面说几句。父亲只是意味深长地说："书在，就会说话。"他从来不参与任何派别的笔仗，认为只是"徒乱是非"。

父亲长期被冠以"鸳鸯蝴蝶派"之名，这个标签使外界对他们这一派作家有一种误解，以为他们是只会吟花弄月、不关注社会现实的一群人。这对他们来说是个不公平的评价。何为"鸳鸯蝴蝶派"，一直没有一个科学定义，只是把那些写传统形式小说的人笼统地划归这一派。这个定义也很芜杂，把写武侠小说、侦探小说的都划为"鸳鸯蝴蝶派"，其实他们的各自特点并不一样。比如写中国最早的侦探小说《霍桑探案集》的程小青先生，写了《秋海棠》的秦瘦鸥；被视为"鸳鸯蝴蝶派"代表人物的包天笑先生，直到98岁时还说："别人说我是鸳鸯蝴蝶派，我至今也不知道什么是'鸳鸯蝴蝶派'。"

虽然年轻时写了那么多作品，但父亲后来一直被视为另类，而被排斥在主流之外。到了晚年，本来就不爱说话的父亲更加沉默。我后来感悟到，处于边缘地位的父亲，内心深处一定埋着巨大的痛苦和深深的悲凉，他对这一切都只是以沉默应对。

父亲在家里也比较严肃，不苟言笑。我对父亲的感觉是敬畏多于亲近，也许正因为此，童年时他为我讲过的《木偶奇遇记》，让我铭记终生。但他对妹妹非常疼爱，父亲喜欢弄花，唯一允许插手的，就是我妹妹明明。

1966年，已是"山雨欲来风满楼"，我的家笼罩在忐忑不安中，我们兄妹几个都到外地参加"社教"或"四清"运动，家里愈发冷清。父亲终日待在书房里，与他热爱的《四部备要》为伴。他用已经不大听使唤的手，用了整整一夜，给在外地的两个妹妹写信，信上说，因为想念女儿，他竟然半夜哭湿了枕头……

在一片稀稀落落的鞭炮声中迎来了1967年的春节。这年除夕，父亲还拖着病体颤颤巍巍地下跪。那时他好像已经有所意识，在心底一定在对祖母诉说着什么。过了年，父亲可能得了感冒，身体更虚弱。正月初六下午，在我和妻子、妹妹苦劝下，他才同意第二天去医院看病。当晚11点半，我看他的屋里还亮着灯，就披衣过去，见他仍在拥被读《四部备要》。我让他早点睡，他把书缓缓地放在枕边，说了声"好"，谁知这是他留在人世间的最后一句话。第二天早上，就在家人为他穿鞋时，父亲突然仰身向床上倒去，没有一丝呻吟，更没有一丝痛苦，只有他身边放着的《四部备要》。

2002年，父亲曾住过的砖塔胡同面临拆迁，我和家人曾申请将其作为文物保护单位，但最终还是落了空。父亲曾有诗云：手泽无多唯纸笔。除了那三千余万字的作品，父亲的一生，便如水一样，历经波澜转折，最终飘逝而过……

（2007年3月26日）

傅泾波：
追随司徒雷登44年

口述　傅履仁

对于绝大多数中国人而言，他们都是从毛泽东的《别了，司徒雷登》这篇文章知道"司徒雷登"这个名字的。虽然这篇在特定时代背景下写就的三千六百多字的文章，真正涉及司徒雷登的只不过几百字，但司徒雷登却因被定格为"美国侵略政策彻底失败的象征"，而成了中国历史上一个持久不衰

1950年，傅泾波将患了中风症的司徒雷登接到华盛顿自家寓所中

的"名人"。

其实与司徒雷登在华的漫漫50年历程比,"大使"经历不过是其中短短两年。从传教士到教育家到外交家,司徒雷登一生的大部分时间,都见证了乃至经历了中国近代复杂多变而波谲云诡的历史。

18岁那年一场偶然相遇,使得傅泾波——这个清末贵族改变了以后的全部人生方向。而他也获得了司徒雷登始终不渝的信任,自此有了长达44年的追随。司徒雷登在晚年,也用"田园诗式的友情"来形容他与傅泾波这种超越种族、亦师亦友、情同父子的关系。

傅履仁是傅泾波的幼子,16岁那年与母亲一起到美国,与一年前先期陪同司徒雷登到达美国的父亲傅泾波团聚。现在的傅履仁是美国陆军第一位华裔将军,曾任美国陆军法律总监。退役后,傅履仁还曾担任美国麦道飞机公司驻中国总裁。他的妻子宗毓珍是著名华裔主持人宗毓华的姐姐。2006年5月,傅履仁成为由杰出美籍华人(如贝聿铭、马友友等)组成的百人会的第四任会长。在他眼中,父亲对待"爷爷"司徒雷登的方式,体现的正是中国最古典的一种君子风范。

清末贵族与传教士的相遇

1900年,父亲傅泾波出生于满族正红旗的一个贵族之家,曾祖父因剿灭"义和团"有功,而被封为镇国公、建威大将军,并担任过甘肃镇守使,是一个权倾一方的显赫人物。父亲是家中的长孙,深得宠爱。6岁时,便被曾祖父带到朝中觐见过慈禧太后。父亲的另一个名字"永清",就是慈禧太后给起的,意思是"永远清洁"或"永远忠于清朝",可见傅家在清廷中的地位。

祖父傅瑞卿早年也在清廷做事,后来弃政从商,并改信基督教。祖父也是个很有意思的人。虽然是地道的满族,但他对清末腐败很痛心,后来成了最早的反清人士,也是最早剪辫子的那批人之一。他甚至不允许父亲再娶旗人,我们在外也从不说自己"在旗"。

父亲第一次遇见司徒雷登先生是在1918年。那一年秋季,父亲陪同祖父去天津参加全国基督教青年会联合会,当时身为南京金陵神学院教授的司徒先生受邀发表演说。这一次初聚,成了父亲人生的一个里程碑。司徒先生后来在回忆录里还特地提到这一段:"虽说他(注:指傅泾波)听不懂我的南方话,但在他的想象中,我的人格似乎放射着一种光芒。"

父亲原本在北京大学读书,他在那里结交了很多思想非常活跃的人物,像胡适、李大钊、陈独秀、李石曾、吴稚晖等。父亲交游甚广,我记得他晚年时曾提及,当年还在溥仪的英文老师庄士敦引荐下,去故宫拜访过这位清末逊帝。

1919年,司徒雷登到北京就任燕京大学校长,父亲与司徒先生再次相遇。不久,父亲从北大转到燕京大学,开始边读书边为司徒雷登做事。父亲得了一场肺病,司徒先生的母亲、司徒及其夫人都时常探望他。父亲曾说,在他眼里,司徒雷登仿佛"基督化身",他对司徒先生的爱甚至超过对亲生父亲的爱。

初到北京的司徒雷登急需建立与北京文化教育界的联系,父亲利用他的优势在这方面提供了一些帮助。有一次,父亲在司徒先生盔甲厂(注:燕京大学迁往燕园前的旧址)的住宅内安排了一次晚宴,出席晚宴的12位客人都是像蔡元培、蒋梦麟、周贻春这样享有盛名的名流,这让司徒先生看到了父亲在这一方面的关系和能力。

那时一心想把燕京大学创办成一流大学的司徒先生,希望父亲能做他的助手。父亲最终答应了,但提出了三个条件:一、除差旅费外,不接受任何酬劳；二、不参与燕大的任何校内事务；三、只对司徒雷登校长一人负责。可以看出，父亲之所以答应司徒先生，纯粹出于私人友情。

父亲在燕大上了两年学后因病休学，他特殊的家庭和社会背景，以及他与司徒先生非同一般的师生关系，使他经常遭到燕大教师非议，这使父亲十分苦恼。为了避嫌，身体康复后，父亲又回北大读书。

1924年，父亲从北大毕业后，就职于中国文化经济学会。中国文化经济学会由吴稚晖、戴季陶、李石曾、宋子文等人发起，成员多是当时知名人士，父亲是他们当中最年轻的一个。20世纪20年代，梅兰芳与梅剧团在美国进行了一次成功的访问演出，父亲在其中做了大量工作，司徒先生也帮忙在美国开展声势浩大的宣传，让美国人民了解中国京剧和梅先生的表演艺术。

1922年，父亲受司徒先生洗礼，正式成为一名基督徒；两年后，父亲的婚礼，也是司徒先生做的主婚人。他俩的关系已远远超过一般的师生关系，特别是当司徒雷登的母亲和妻子相继去世、唯一的儿子又回美国后，父亲成了他在北京的唯一的亲人。除了我之外，家里还有三个姐姐。大姐叫爱琳，也是司徒太太的英文名字。

从传教士到大学校长

司徒雷登是一个很地道的中文名字，但从血统上讲，他是一个纯粹的美国人。他的父亲是美国基督教南长老会派到中国的第一批传教士之一，28岁来到中国直到1913年在杭州病故，老司徒先生在中国生活了46年。司徒雷登的父母及童年夭折的一个弟弟如今都安葬在杭州。

司徒雷登1876年出生于杭州，11岁被送回美国上学，借住在亲戚家。受父母影响，司徒雷登及其两个弟弟在美国读完大学后，都先后来到中国当了传教士。司徒先生在28岁那年，带着新婚妻子重回中国传教。几年前我回国时，有一次与当时的上海市市长徐匡迪一起吃饭，他偶然提起，小时候曾听过一位叫"司徒"的外国人传教，那人中文非常好，给他留下深刻的印象。他并不知道这个"司徒"就是毛泽东写的那个"司徒"，我后来告诉了徐市长司徒与我们家的故事。

1908年，金陵神学院成立，司徒先生被教会推荐到那里任教，他在那里生活了11年，也自此由一个纯粹的基督教传教士，转变为一名教育工作者。

司徒雷登到金陵神学院担任教师的第三年，正好赶上辛亥革命爆发。美联社那时还特别聘请司徒先生担任他们的战地通讯记者，负责报道中国政局。1912年4月1日，孙中山发表演说，宣布辞去临时大总统职务，让位于袁世凯，司徒雷登是在场的唯一外国记者，也是唯一的外国人。正因为他对中国政局以及中国社会的了解，1915年回国时，当时的美国总统威尔逊还在白宫召见了他，向他了解中国及中日关系等情况。

那时候，美国基督教会决定将几所教会大学合并成燕京大学，司徒雷登被推举为校长，1919年1月赴京上任。当时学校本部在城区的盔甲厂，校舍严重不足。司徒雷登亲自骑毛驴或自行车四处勘察，看中了西郊一处宽敞的地方。那个园林已被陕西督军陈树藩买下，但司徒雷登亲自前往西安游说，陈树藩终于被他的诚意感动，不仅以象征性的4万银元低价出让，还捐给燕大两万银元作奖学金。

为了新成立的燕京大学，父亲那时候也常陪同司徒先生到处筹款。1923年，他们一起到东北拜访张作霖，张作霖和张学良父子对他们都很友好。张学良后来还跟他们讲了许多张作霖被日本人炸死后的细节——当时日本人派出了以林权助男爵为首的代表团来吊唁，追悼会后，日本人拿出当初被张作霖拒绝的那份文件逼他签字，张学良向司徒雷登描述，他怎样紧闭双眼以示拒绝，等着对方开枪等。

20世纪二三十年代，父亲陪着司徒雷登拜访过很多人：段祺瑞、孙传芳、韩复榘以及宋哲元、冯玉祥等。他们不仅使这些官僚或军阀为燕大捐了款，也与之建立了比较好的关系。那时中国的政局复杂多变，到了后来，他们也多少介入到政治生活中。蒋介石在南京就职不久，曾几次请父亲去执行秘密使命，其中包括说服少帅张学良摆脱日本人控制，承认国民党南京政权。父亲后来还数次受命去美国，拜访了包括时任美国总统胡佛在内的很多政界要人。

1926年，燕京大学迁入新址——燕园。美国一对夫妇在湖边（注：此湖后来被钱穆命名为"未名湖"）捐赠了一处住宅，指定为校长居住，但司徒先生并未把它当作自己的私宅，凡接待来宾、重要会议或者燕大青年教师的婚礼，都常在这里举行。著名的女作家冰心与吴文藻也是在这里举行的婚礼，证婚人就是司徒先生。冰心与司徒先生的关系很好，这幢房子很长时间里并没有名字，直到1931年才由冰心取名为"临湖轩"，后由胡适撰写了匾额。

燕京大学是教会办的大学，但司徒先生一直倡导一种自由、开放的教学氛围。在他的努力下，在20世纪30年代初，燕京大学已经发展成

1929年6月15日，冰心与吴文藻在燕京大学举行婚礼。主婚人是司徒雷登（后排中立者）

能与北大、清华鼎足而立的中国著名高等学府。原来的燕京大学校址现在已经变成了北京大学。前些日子我去北京,特地去临湖轩看一看。我记得小时候,常常跟着父亲到临湖轩去玩。那时的司徒先生在我眼里,高高大大,很温和,从来没有见他生过气、发过怒。

司徒先生的太太爱琳跟随他在中国生活了22年,1926年6月5日在北京去世,去世那天正好是燕京大学新校园建成搬家的日子,她的灵柩就下葬在新落成的燕京大学校园旁的燕大公墓里。司徒先生晚年的一个遗愿,便是能将骨灰埋到中国,再回燕园,也再回夫人身边。

从校长到外交家

我是1934年出生的。"七七"事变那天,父亲在外边听戏,听说出事后赶紧让人匆匆拉回家,在路上买到报纸的号外,才知道日本人已快打进城了。

"七七"事变后,北大、清华等许多大学陆续南迁,但司徒雷登先生权衡再三,决定让燕大继续留在北平。为了保护学校免遭日寇骚扰,司徒雷登重新担任校长,并让学校悬挂美国国旗。但"珍珠港事件"后,美国宣布对日作战当天,日本宪兵便派兵将学校包围,在日占区坚持了4年之久的燕京大学被迫关闭。

事发当天,司徒先生并不在校,他应天津校友会的邀请在一天前到达天津。1941年12月9日一早,正当他准备回校时,两个日本宪兵找到他在天津的下榻处将他逮捕,押送回北平。

最初,司徒雷登与近两百名美国海军陆战队队员、记者和传教士,被关在美国领事馆。但4周后,绝大多数人被释放,只有司徒先生与协和医院院长亨利·霍顿博士及财务主管鲍恩博士仍被继续关押。

司徒先生与协和医院的另外两位美国人一直被日本关押近4年之久。他后来告诉我,为了打发时间,他把自己能想起的汉语成语写出来翻译成英文，我现在还保存着那些已经发黄的纸。另一个打发时间的方式是猜字谜——这三位被关押的美国人当年也成了轰动一时的新闻人物，他们获释后，《时代》周刊用这样一个标题描写他们的经历：一千五百个夜晚的字谜游戏。

其实就在司徒先生被日本宪兵队逮捕后不久，作为他的助手，父亲也被软禁在家里不许出门，还要时常被日本宪兵队叫去接受讯问。那时我们家还住在西四的砖塔胡同，是一个有三四进的大四合院，爷爷、奶奶还有叔叔都和我们住在一起，是一个大家庭。我那时在西什库的圣心小学上学，我们孩子还可以自由出入。但父亲被软禁后，家里的生活也变得很艰苦，能吃到窝头已经算不错了，我记得那时家里经常吃那种本来是喂牲口的、极难下咽的"混合面"。到美国后很多年，想起那段日子，我还忍不住问母亲："那一段我们是怎么熬过来的？"

1945年7月4日，濒于溃败的日本方面终于允许父亲探望司徒先生，父亲也是被囚禁了三年多的司徒先生见到的第一个"外人"。此后，父亲常去探望司徒先生，直到1945年8月17日，被监禁了3年零8个月又10天的司徒先生重获自由。

9月16日，父亲陪同司徒雷登去重庆参加抗战胜利大会，在那里，他们见到了毛泽东。毛泽东告诉司徒先生，延安有许多他当年的学生。司徒先生笑着说，他了解。几天后，毛泽东和周恩来请司徒先生与父亲一起吃饭。司徒先生后来说，他当时没有想到，在不到一年的时间里，他将在马歇尔将军主持的国共和平谈判会议上经常同共产党代表团团长"周先生"打交道。

也是在这一次由美国返回中国时，父亲劝司徒先生在南京停留时拜访一下他的老朋友蒋介石，司徒先生接受了这个建议，结果也改变了他后来的人生道路——在蒋氏夫妇的介绍下，司徒雷登见到了作为美国总统私人代表、负责调停国共内战的马歇尔。他对中国的深入了解以及与各派政治人物的熟悉程度给马歇尔留下了深刻印象。半个月后——1946年7月，经马歇尔推荐，美国政府决定任命司徒雷登为驻华大使，接替已于1945年11月离职的赫尔利。

那时司徒雷登已近70岁，对于大使任命，他提出两点要求：一、希望两年内完成大使任务后仍回燕京大学；二、出任大使必须要有傅泾波做助手。可见父亲对他的重要性。这个请求得到了马歇尔的特批，于是父亲以"私人顾问"的身份跟随司徒先生到了南京，而母亲和我们则继续在北平生活。父亲不是美国公民，美国大使让一个中国公民担任他的秘书，这在当时也是够特殊的。

不愿告别的司徒雷登

很显然，美国政府希望能利用司徒雷登对中国的了解以及与各政党之间良好的人际关系，达到他们所期望的国共调停目的。中共代表周恩来、邓颖超和叶剑英也发表讲话，欢迎对司徒雷登的任命；当时的国内舆论对此也持乐观态度。

的确，27年的燕京大学校长身份，使司徒先生无论在哪一派政治势力中，都有一群身居要职、对他怀有敬意的燕大毕业生。国民党方面自不用提，共产党方面，比如自重庆谈判开始就一直在周恩来身边工作的龚澎（注：外交部前部长乔冠华的前妻），是1933年入校的燕大新闻系学生；还有后来担任过外交部部长的黄华，是1932年入校的燕大经济系学生。

但是，单凭一个司徒雷登，已不可能扭转当时的大局。1949年4月23日，解放军攻占南京。当时有一个很奇怪的现象：包括苏联在内的许多国家使馆人员都撤到了广州，而美国大使却一直坚持留在南京未走。之前，"中华民国代总统"李宗仁派人请父亲去，让他劝司徒雷登赶快撤到广州去。但父亲与司徒雷登的想法是：一旦撤到广州，便彻底失去了与共产党接触的机会。于是，虽然使馆大部分人员都已撤往广州，但父亲与司徒先生还有几个年轻助手一起留在了南京。

南京解放后，被派到那里主管外事局工作的是黄华。黄华原名叫王汝梅，是比较早加入中国共产党的燕京毕业生。1949年5月7日，父亲代表司徒先生在黄华办公室与他见了面。后来，黄华又以私人身份到美国大使官邸拜访了司徒雷登。如今黄华先生已将这一段历史写进回忆录（注：指黄华1995年所撰《司徒雷登离华真相》），这一历史时期的中国官方档案也已经解密，实际上黄华的所有举动完全是经过高层同意的。

我在北京与黄华还见过面，第一次是我参加"大西洋理事会代表团"，他知道我是谁，他说"我认识你爸爸"。黄华回忆，司徒先生后来又两次派父亲与他密谈。父亲告诉黄华，在司徒雷登安排下，美国舰队已于5月21日撤离青岛，以后解放军打到哪里，美国军舰就从哪里撤走。

那时候司徒雷登希望能够到北平，与周恩来等中共高层当面会谈。中共方面答复同意他以"燕京大学校长"身份北上，并可安排他与中共领导人会面。父亲当时极力建议司徒先生"先斩后奏"，先到北平与中共领导人见面，打破僵局，造成既成事实。但司徒雷登还是决定暂缓北上，等候国务卿艾奇逊的意见再作决定。7月2日，艾奇逊来电，要求司徒雷登须于7月25日以前直接赶回华盛顿，中途不要停留，暂时不要去北平。直到7月20日，司徒还致电国务卿，要求允许他到北平与毛泽东、周恩来会面；但几天后，他再次接到敦促他回国的电报。1949年8月2日，父亲与司徒先生一起，乘坐使馆一架小飞机离开南京。

作为一个大使，司徒雷登有他自己的苦衷——他必须对华盛顿负责，司徒先生后来经常跟我们说："I am not a policymaker（我不是政策制定者）。"毛泽东发表的《别了，司徒雷登》令全中国人把他当成"美帝"代言人，而蒋介石也发表公开声明说不欢迎他去台湾。我相信，像他那样一个对中国有很深感情的人，在离开中国的最后一刻内心一定极为矛盾和痛苦。

无奈的结局

无论司徒还是父亲，在美国都没有固定的家，刚到美国，他们一直住在饭店里。

1949年11月底，司徒雷登离开华盛顿去拜访辛辛那提大学校长，在回来的火车上，他突发心脏病，人事不省，幸好车上乘务员在早上发现了他，根据身上的证件弄清了他的身份，立即把他送到马里兰的贝塞斯达海军医院抢救。那时父亲正好去衣阿华州看望三姐傅海澜。听说消息后，立即赶回华盛顿，每天都陪着他。

我与母亲以及父亲的一个助手，是1950年2月到美国与父亲团聚的。刚到美国，我们一家住在华盛顿的费尔法克斯饭店。3月26日，司徒先生出院后，父亲将他接来与我们同住。

父亲在美国没有工作，他把全部精力都用在照顾司徒先生身上，我们家的生活也不是很宽裕。父亲为了更好地照顾司徒先生，1952年拿出他的大部分积蓄，花3万美元在华盛顿西北部远离闹市的第28街买了一幢房子，司徒先生从此跟我们一家一起生活在这里。司徒先生单独住在一个房间里，父亲的房间就在他隔壁，以方便随时照料他，真的像儿子一样，对司徒先生是百分之百地尽心。

我到美国那年刚好16岁，学会了开车，而父母都不会，所以那时候经常是我开车，带着父母和司徒先生，一起出去转。我印象中的司徒先生，是一个非常和善的人，甚至像一个"活着的上帝"，我和姐姐们都喊他 grandpa（爷爷），在我们眼里，他就是我们的"洋爷爷"，而姐姐的孩子们也按中国的传统，喊他"太爷爷"。

司徒先生的晚年有些凄凉。唯一的儿子是位牧师，娶了一位密西西比州的寡妇为妻，也没有更多的能力照料父亲，只是偶尔到我家来看他。起初司徒先生还有每月1000美元的大使工资，但1952年辞职后便没了薪水。司徒先生在大使任上只做了3年，按美国的制度，3年的经历根本拿不到退休金——像我在美军服役20年才能拿到退休金，他也没有社会保障，所以晚年没有钱，什么都没有，后来是靠着一个慈善团体每月给他600美元生活。我的父母也没有工作，所以那时候，家里生活得很艰难。

司徒先生中风以后，丧失了不少语言功能，写字也很困难，他闲时就练习写字，我现在还保存着他用宾馆里的便笺练习写字的纸条。6月24日，是司徒雷登的生日。我记得每到这一天家里总是很热闹，许多燕京大学的老校友都赶过来，连同司徒先生的儿子和他的弟弟、弟媳。大家都很尊敬他，他更是一个教育家。

那时候到我家来探望司徒先生的，有很多比较特殊的人，其中一位是胡适。胡适很谦和，举止得体，他与父亲和司徒先生的关系都很好。还有一位是马歇尔将军，他每次都是自己开车来，也没有什么保镖之类的人陪着，跟我们说话也很客气。虽然穿着便装，但腰板挺得很直，十分威风。当时我手头有一本"生活"出版社出版的他的传记，现在想起来，很遗憾当时没拿那本书找他签名。

司徒先生后来写了本《在华五十年》。对他与父亲这种超乎寻常的情谊，司徒先生说，他"就像是我的儿子、同伴、秘书和联络官"。当年有很多人怀疑父亲的身份，觉得他不是亲共产党就是亲国民党。我后来到了美国，总是有人问我："你父亲站在哪一边？"我告诉他们："哪边也不是。"父亲跟司徒先生想的一样，他们并不倾向于哪个党派，只是希望中国不要有内战。

1955年8月，79岁的司徒雷登立下遗嘱，一是希望死后能把骨灰安葬在燕京大学妻子的墓地旁，二是希望父亲能设法把1946年11月周恩来送他的一只中国明代的五色花瓶归还中国。1962年，司徒先生以86岁高龄去世。

1972年，基辛格秘密访华后，美国政府组织一个访华团到中国访问，三姐傅海澜是其中一员。临行前，父亲托她将写给周恩来的信带到中国。一年后，应周恩来邀请，离开中国24年的父母回到了故土。

周恩来送的花瓶，原来一直放在我们家。1988年5月，三姐傅海澜受父亲之托，专程回国送回了那只明代彩绘花瓶。5个月后，父亲在华盛顿去世。父亲见证了近代历史很多重大事情，但最遗憾的是他没有写过自传，也没有为我们留下什么回忆性的东西。

生前，父亲曾为司徒先生"将骨灰埋葬在燕园"的遗愿，两次向有关方面提出请求，但都未获得明确答复。司徒先生的骨灰现在（2006年）还保存在我们华盛顿的家中，实现他这一遗愿的任务又落到了我头上。1995年到2000年，我在北京工作了5年，我找了好多人，但一直解决不了这个问题。我现在最大的心愿，是司徒先生最后的遗愿能在我这一代实现。

（2006年6月26日）

附注：本文发表后，新华社两位记者曾前来了解情况，并将此事写成内参上报。在傅家两代人坚持不懈的努力下，2008年11月17日，司徒雷登的骨灰终于安葬在杭州安贤园。傅履仁与时任美国驻华大使雷德生都出席了安葬仪式。

我的母亲龚澎

口述　乔松都

　　1953年诞生于乔家的第二个小生命，是乔冠华与龚澎在朝鲜时一份爱的纪念——1952年，乔冠华作为李克农的顾问随志愿军代表团驻开城松岳山麓来凤庄，参加朝鲜停战谈判。善解人意、体恤下属的周恩来派龚澎到朝鲜探亲，于是有了这个新生命。当时，乔冠华告诉朝鲜革命军领袖南日："如果是男孩，就叫松岳；如果是女孩，就叫松都。"松都是朝鲜开城的古名。

　　17岁之前，乔松都与哥哥宗淮一直生活在爸爸妈妈温暖的庇护下。1970年妈妈龚澎的离去，是这个曾经幸福无比的家庭一连串变故的开始。在风雨飘摇的年代里，她在泪水与痛苦中渐渐长大，也无时无刻不在与妈妈心灵对话。

　　《乔冠华与龚澎——我的父亲母亲》，是乔松都用8年完成的书。但有些话题，她仍旧选择回避，无论是书里还是在面对面的采访中。尽管这样，这次口述，她还是提供了在她回忆录之外那个美丽而传奇的母亲的影像。

20世纪60年代，龚澎在新闻发布会上

启蒙

妈妈是1914年在日本横滨出生的,她生命的第一天,便是在与家人避难海外奔走四方中开始的,这似乎预示她的一生也将在复杂动荡的国际国内环境中度过。

妈妈一生中最重要的启蒙教育来自我的姥爷龚镇洲。他是安徽合肥人,出身贫寒,年轻时带着仅有的一元钱,徒步从安徽走到保定报考陆军速成学堂(注:后更名为"保定军官学校"),成为第一期学生,主修炮兵,与蒋介石同期同班——姥爷去世时,蒋介石还送过一副挽联。毕业后,姥爷在安庆讲武堂任教官,辛亥时期,他成为安徽著名的革命党人。革命胜利后,孙中山从法国马赛港抵达上海时,姥爷与同盟会会员齐聚码头迎接,孙中山专门接见了他,黄兴还把夫人徐宗汉的堂妹介绍给姥爷,促成了一段姻缘。

1912年,因为支持孙中山二次革命失败而遭袁世凯通缉,姥爷带着姥姥与刚满月的大姨远走日本,在那里生下第二个孩子,姥爷为她取名"慈生",她便是我妈妈。袁世凯复辟失败后,返回国内的姥爷被孙中山任命为虎门要塞总指挥。姥爷与陈炯明私交较深,但后来看到陈炯明与孙中山不和,甚至谋反,姥爷开始失望以至萌生退意。退出军界的姥爷,在老朋友的帮助下,落户上海。

姥姥徐文出生在广东一个大家庭里,写得一手好字,记得小时候姥姥最喜欢跟我和哥哥念叨的,就是当年姥爷怎么撑把破伞翻山越岭到保定军校上学的事。姥姥有点重男轻女,但有趣的是,她的几个女儿都各有所成。不知道为什么,姥姥一直让我舅舅的孩子用上海话喊大姨和妈妈为"大伯""二伯",可能觉得女孩当男孩养,长大后会有出息。

姥爷去世早,我从没见过。但妈妈时常会跟我提起他,可见他对妈妈的影响很大。妈妈天生丽质,到十几岁时,她像这个年龄的所有女孩子一样,也开始喜欢打扮。姥爷有一次语重心长地对她说:"这个社会还有很多受苦的老百姓,就在我们身边,每天都发生着不公道的事情。"妈妈后来告诉我,这句话对她一生都有影响:"我一想到他说的,这个国家还有那么多不公道的事情在发生,我的心情就无法平静,以后我就把心思放在学习上,放在国家的大事情上了。"

姥爷到上海是1926年,那时上海是一个繁华的大城市——我小时候曾看见妈妈留的以前的小画片,都特别精致。上海滩有一类女性,沉浸在物质生活的享受中,但妈妈的视野和胸怀已经开始悄然发生着变化。

姥爷虽然并不富裕,但他坚持把孩子们送到最好的学校读书。1928年,妈妈进入上海圣玛丽亚女子中学读书,大姨比她高一级。妈妈是一个很聪明的人,但她更刻苦,比别人付出更多。冯亦代夫人郑安娜与妈妈是中学同班同学,那时妈妈爱看书,经常错过吃饭时间,姥爷就每周送她一桶饼干,妈妈经常抱着饼干桶边吃边看,以致若干年后,郑安娜印象最深的便是那只马宝山牌饼干桶。

圣玛丽亚女中是一所教会学校,很注意英语教育。起初妈妈的英文成绩并不理想,而她又不像身边那些家境富裕的同学请得起家庭教师,别人玩的时间,她都用在读书上。到了第二个学期,她的英文就让同学们刮目相看,早年打下的扎实的英语基础,也使妈妈一生受益匪浅。

我记得小时候有一次问妈妈:"国家兴亡,匹夫有责。匹夫是男的吧?"妈妈回答:"女的也一样。"妈妈读书时,圣玛丽亚女中的校长说过一句话:"我们不但要培养大使夫人,更要培养女大使。"大姨后来也跟我说:我和你妈妈都不是以"夫人"身份而是以外交人员身份参加工作、获得认可的——大姨龚普生曾任外交部国际司司长、中国首任驻爱尔兰大使,而妈妈用一生的努力证明:在以男性为主的社会里,女性依然可以凭借自己的能力获得承认与尊重。

太行山上

1933年,19岁的妈妈考入燕京大学历史系,与一年前考入经济系的大姨成为校友。在燕京读书的第一年，因为参加的社会活动比较多，成绩有点下降。妈妈很好强，她立志拿到奖学金，到了第二学期，她果然又拿到了班级第一。

美国著名记者埃德加·斯诺后来在一本书中写道："国民党政府把大批最有才能最能干的青年男女驱赶到了中国最后的希望——红旗之下，在他们当中有一批就是司徒雷登博士所主持的燕京大学最优秀的基督徒学生。"妈妈与大姨无疑就属于斯诺所说的这一批学生。妈妈在燕京期间加入了共产党，与俞启威（黄敬）、姚克广（姚依林）、王汝梅（黄华）等几位一起，成为北平最活跃的学生运动领袖。

1935年的"一二·九"运动，燕京大学出动了6个大队，母亲是大队长之一。对这次学生运动，国民党封锁消息，除了斯诺发了一条独家消息外，北平各大报纸都没有任何报道。在斯诺建议下，燕大学生自治会在未名湖畔自己组织了一场外国记者招待会，主持这场招待会的正是妈妈和大姨。妈妈的机智和口才给记者们留下了深刻印象，这是年轻大学生们的第一次，也是妈妈的第一次，还是她数十年新闻发言人生涯的开端。

1937年夏，妈妈大学毕业后回到上海，在母校圣玛丽亚女子中学教书。抗战爆发后，很多青年学生都走上了革命道路，妈妈便是其中一位。妈妈虽然没有告诉家里真实去向，但姥爷已猜出几分。虽然姥爷的身体不是很好，但他默默同意了妈妈的选择。

可以说，对妈妈这样带着一腔浪漫激情的青年学生来说，真正的考验是到达延安以后才开始的。与妈妈同去的学生中有的就动摇了，辗转回到了城市里，而妈妈和另外两名学生坚定地留了下来。当时到延安的有很多女学生，她们情况各不相同，有的是为了逃婚，有的是因为遭受打击，也有的是因为家境贫寒。而妈妈不一样，她的家庭和谐，她本身也有稳定的工作和收入，离开家、离开父母，放弃优越的生活条件，对她来说是为革命付出的代价，这需要一种伟大的理想和使命感做动力，这也是妈妈和许多革命者的不同之处。妈妈很崇拜彭湃，他出身于广东一个富裕人家，却放弃了物质生活投身革命。为此，妈妈在奔赴延安时,特地把自己的名字由"龚维航"改成了"龚澎"。

1938年10月,妈妈在延安马列学院毕业后,分配到太行山沁县《新华日报》华北版工作。从延安出发到太行山的路上,恰巧与第十八集团军副总司令彭德怀同行,一路上两人边走边谈,这一路,竟戏剧性地改变了妈妈的行程。爱惜人才的彭老总决定把妈妈留在八路军总部秘书科,这段时间,妈妈担任过彭德怀和朱德的秘书。

1938年,在燕大经济系教书的英国教授林迈克,与其他三人历时三个多月,徒步来到八路军驻地,得到朱老总接见,妈妈为他们担任翻译,这为她后来走上新闻与外交道路奠定了基础。

妈妈后来跟我回忆:初到延安时,她还有一些小资产阶级情调,会莫名其妙地感伤,遇到挫折会觉得周围人不理解自己。但到了太行山区,特别是穿上八路军军装后,她感觉整个人发生了脱胎换骨的变化。她在山西参加妇救会工作,与当地妇女同吃同住,她可以很长时间不洗澡,头上长满了虱子。在我看来,妈妈从单纯的学生转变为坚定的革命者,就在这个时期。

到延安后,妈妈曾经用英文写了一份自传,回顾自己为什么离开繁华的上海,一直持续写到后来赴重庆十八集团军办事处工作。那时大姨即将到美国留学,妈妈把原稿交给她,希望得到名师指点后在美国出版——那时她还不知道组织对这方面有一些规定。大姨到美国后把书稿交给著名作家赛珍珠,赛珍珠对大姨说:写得很好,请转告你妹妹,如果稿件再加上她在爱情方面的故事就更完整了。不久太平洋战争爆发,此事就搁置下来。不过,妈妈确实是那个年代里一类中国青年的代表。

重庆岁月

1940年,妈妈离开太行山,被调到中共南方局工作,任周恩来的外事秘书,同时也担任周恩来与外国记者、外国使节打交道的联络员和新闻发布员。在对外活动中，她是以《新华日报》记者的名义出现的，这是国民党政府承认的合法身份。

那段时间，来自美联社、合众社、路透社以及《时代》《泰晤士报》等著名传媒机构的上百名外国记者驻在重庆，妈妈带着延安最新广播稿的副本，和这些外国记者交朋友，宣传共产党的理论，很多外国友人由此成为她终身的朋友。西方著名的汉学家费正清就是那时与母亲结识并成为朋友的，他曾在日记里这样评价母亲："在1943年弥漫在重庆的沮丧的单调气味的气氛中，她那充沛的生命力使人如同呼吸到了一股新鲜空气。"他还形容妈妈，"对她所认识的每一个人都能产生一种驯服功能"。当时国民政府行政院的发言人叫张平群，他的亲戚后来在新中国的外交部工作，她说张平群和夫人对龚澎印象很深，虽然在政治上是对手，但他们很钦佩妈妈的人品和才华。

20世纪80年代，一批在"二战"期间曾到中国采访的老记者相聚在美国亚利桑那州，开了一个名为"Who Lost China"的研讨会。"Kong Peng"（母亲姓名的英文发音）是会上经常被提及的一个名字。1985年，这批美国老记者重返中国，"龚澎"再一次被他们屡屡提及，有一位老人还特别想见我，跟我讲讲妈妈的故事，可见妈妈当年在重庆的影响力。那时在重庆媒体圈里曾流传一种说法："龚澎有外国记者替她保镖。"虽然这种说法并不属实，但也从一个侧面反映出妈妈的工作成绩。毫不夸张地说，很多人因为龚澎而改变了对共产党的看法。有一位老人告诉我："我没参加过共产党，对政治也不太了解，但我眼里的共产党人就是你妈妈这样的人，真诚而有魅力。"还有一些同学和妈妈走的路不一样，但她们之间的私人感情非常好。"只要让我去做，我就去，就因为是龚澎。"

毫不讳言，那时有很多人暗恋妈妈，包括一位特别出色的美国记者，很多人也曾著文提及这些轶闻。但妈妈一向落落大方，既不让人尴尬，也从不津津乐道这些事情。很多人都写文章夸母亲长得漂亮，其实她有一种特别的气质，她漂亮，但从不刻意修饰自己。妈妈生前特别不喜欢别人夸奖她漂亮，她更希望靠能力和才华获得赞赏。所以我在写书时,哥哥提醒我说:"对妈妈外貌的赞美,只要有一处就足够了。我想妈妈也会同意这一点的。"

很长一段时间里,妈妈会定期收到一封来自太行山的信,那些写在粉色信纸上的话,是妈妈最甜蜜的期盼和快乐。

1938年冬的某一天,朱老总兴奋地告诉大家:一位在德国留学8年的留学生将要来司令部工作——这位来自北平的学生叫刘文华,1938年1月,他跟随杨虎城将军一起回国,拒绝了5所著名大学的聘书,追随心中理想来到太行山,不久就被调到前方司令部秘书处,担任朱德、彭德怀的秘书。坦率地说,那时候根据地的女青年很少,像妈妈这样受过良好教育的人比较容易接近那些位置高的人,但妈妈坚持找与自己经历相似、有共同语言的人做伴侣,虽然比较而言,她这样的路可能走得更辛苦些。很自然地,妈妈与高大沉稳的刘文华走到了一起。1940年8月的一天,两人结婚,他们郑重而浪漫地在村里一棵杨树上刻上两人姓名和结婚日期。

新婚不久,妈妈便被调到重庆,他们在一起的时间只有短短的29天。她和刘文华商定每周通一封信,"抗战胜利那天,就是我们团聚之日"。没想到,这一次竟是最后的诀别。

1942年,一连几个月妈妈都没有收到来自太行山的信,特别是知道左权牺牲后,她被一种不祥的预感笼罩着。她鼓起勇气走进周恩来的办公室,本来希望得到一个否定的答案,但是周恩来表情凝重而沉默不语,她一下子全明白了。

原来1942年5月,刘文华在从总部返回情报站的路途中,因长期劳累导致急腹症发作,此时正好赶上日本兵在周围"扫荡",无法被及时送去救治而在疼痛中去世。去世前,他让身边人帮助写下遗嘱,其中有这样一句:"我的妻子我爱她,我倘有不测,让她嫁人,只要不脱离革命,就对得起我……"他留下的随身携带的挎包里,有一张妈妈围着白围巾参加"一二·九"运动时的珍贵照片和妈妈告别时给他留下的一丝黑发。

消息传到重庆，被周恩来暂时隐瞒下来。原来，几天前，妈妈刚刚得知在桂林避难的姥爷因病去世，和姥爷感情深厚的妈妈特别伤心。周恩来不忍心让妈妈接连承受这不幸的打击。

妈妈去世后，我从大姨那里知道她和刘文华的事情。我一直有一个愿望：想了解妈妈一生走过的路、经历过的人和事。几年前的一天，我坐上火车，特地来到埋葬刘文华的河北邯郸晋冀鲁豫军区烈士陵园。陵园很大，附近还有一个招待所，陵园管理员告诉我，很多离退休的部队老干部经常会在招待所里住一两个月，白天就到某个墓碑前坐着，跟"里面"的人说一上午话。以前听爸爸妈妈谈起革命年代的事情，总是感觉很遥远，而看到那些墓碑，我才第一次对"牺牲的先烈们"有了切身的感受。我找到刘文华的墓碑，在心里轻轻地说："刘伯伯，我替妈妈来看你了……"

当年两个最亲爱的人的离去，让妈妈痛苦万分，她蒙着被子在宿舍痛哭了一整天。周恩来和邓颖超特地找她谈话，希望她能重新振作起来。妈妈很快克制了自己的悲伤，投入到更努力的工作中。在妈妈那一代革命者心中，他们为之奋斗的目标是要超越个人感情的。

因为劳累和一连串的变故，妈妈病倒住院，很多朋友都赶来探望她，其中不乏每天都会带着鲜花来的仰慕者。而每一天都会带一束玫瑰花来的，就是爸爸乔冠华。

才子佳人

妈妈是在重庆与爸爸认识的。此前，爸爸以"乔木"为笔名写了大量关于"二战"的国际评论，成为名噪一时的记者。香港沦陷后，爸爸与诸多文化界名流撤离到重庆，刚到那里，他便由夏衍介绍，拜访周恩来。爸爸在曾家岩的"周公馆"与妈妈不期而遇。

因为工作关系，两人经常见面，彼此的认识和交往也十分自然。

1943年秋，爸爸、妈妈结婚。周围的老朋友开玩笑说，他们的结合，是"断肠人找到了心上人"。毛泽东的评价是："天生丽质双燕飞，千里姻缘一线牵。"

当时还有一个很有趣的小插曲。爸爸的老朋友冯亦代回忆："在香港时，老乔是我们家的常客，才气横溢，每每语惊四座。那时郑安娜便和我感慨：如果维航（龚澎）与老乔相识，倒是天生一对。"不过那只是说说而已，因为郑安娜根本不知道妈妈的下落。后来郑安娜得知爸爸、妈妈走到一起后，连连说："你看！当年我就说他俩应该在一起呢！"在别人眼里，这是一对标准的"才子佳人"组合。

1944年7月，哥哥乔宗淮出生，他是在曾家岩"周公馆"长大的。天气暖和时，爸爸、妈妈常把哥哥的小床放在办公室的天井中间，周恩来的办公室在一楼，经常是哥哥哭了他抱一抱，渴了饿了他喂一口。爱泼斯坦说，曾家岩有一种浓厚的家庭气氛，龚澎的孩子坐在一边，周恩来更像一个舅舅。1946年爸爸妈妈住在上海马斯南路周公馆，与周恩来邓颖超曾是楼上楼下的邻居，哥哥经常在院子里跑来跑去，有时候周恩来会见客人后拍照留念，便喊哥哥："弟弟（重庆人对小孩子的称呼）过来一起照相！"哥哥把脸扭到一边只顾自己淘气，"拒绝"和周伯伯合影。长大后他才发现竟没有几张和周总理的照片，后悔也来不及了。

爸爸、妈妈在重庆结交了不少朋友，他们不说教，对人的影响是那种和风细雨式的。有一次，爸爸肠胃病发作做了急诊手术后需要输血，医院血库里没有B型血，妈妈特别着急，告诉了两位好朋友，让他们帮着想办法。第二天一早，在医院守了一夜的妈妈推窗一看，门口排起了等着为爸爸献血的长队，排在最前面的是美国使馆的二等秘书、曾担任史迪威助手的谢伟思。为一个公开共产党员身份的人献血，而且很多是素不相识的人，这个场景让妈妈特别感动。

小时候，我一直以为爸爸、妈妈就是一家人，为此我还和小伙伴吵过一架。他说："你回去问你爸爸、妈妈，他们肯定不是一家的，这事我敢和你打赌。"我不信，回去问爸爸，爸爸说："是啊，我和你妈妈，一个在苏北,一个在广东,怎么可能是一家呢?"我呆住了。他们实在是太和谐了,和谐得仿佛天生就是一家人,我从来没见过他俩红过脸,更别说吵架了。

从小时候起,我就听爸爸喊妈妈"达令"(darling,亲爱的),我一直以为这是妈妈的小名,直到有一次突然听到妈妈也这样喊爸爸,我很奇怪地问妈妈,妈妈笑着说:"这也是你爸爸的小名。"想了一想又补充一句,"不过,这个小名只在我和你爸爸之间使用。"爸爸经常对周围的朋友说:"我和龚澎,可不是一般的夫妻!"每天晚上,他们都会在房间里聊很久,从工作到生活,无所不谈。在我看来,他们之间的感情涵盖了爱情、友情和亲情。

爸爸、妈妈还有一个共同爱好:古典音乐。他们特别喜欢肖邦的《军队波罗乃兹》,他们决定让我学钢琴。那时买一架钢琴对我家来说是个不小的负担,我经常听妈妈念叨:"这个月又可以攒下买琴的钱了!"一直攒了几年,妈妈才给我买了一架东方红牌钢琴,这是我们家有史以

1952年,龚澎、乔冠华在朝鲜开城

1949年龚澎在天安门参加开国大典

来唯一的"大件"。当钢琴运到家里时,我们全家都像过年一样兴奋。

相对而言,妈妈比较理性,在政治上更成熟,她善于做"人"的工作,与各式各样的人相处,而爸爸是一个才华横溢的学者型革命者,他为人处世质朴耿直。妈妈特别注意维护爸爸,无论在家里还是在工作场合。20世纪50年代初,组织部门曾想提妈妈任外交部部长助理,妈妈得知后专门找到周总理说:老乔比我更合适,如果在我们两人中间选一人,请组织上还是先考虑他吧!周总理笑着说:"在家里老乔是一家之主。"

妈妈对爸爸的爱,绝对是一种付出。他们在一起的30年,也是爸爸才华得到最大发挥的30年。很多人都认为爸爸的巅峰时期是1971年参加联大会议,那时虽然妈妈已经去世了,但爸爸的生活环境并没有发生太大变化。他是在妈妈爱的延续中登上巅峰的。

阳光灿烂

中华人民共和国成立后,妈妈被任命为外交部情报司(后更名为新闻司)司长,爸爸是代理亚洲司司长。妈妈是外交部建部初期十余名正司级干部中唯一的女性,作为外交部第一位女司长,她在新闻司一直干到1963年升任部长助理为止,整整14年。

1954年日内瓦会议期间,妈妈与黄华一起成为中国代表团发言人。1960年第二次日内瓦会议时,在周恩来亲自提名下,妈妈担任中国代表团首席发言人。20年中,妈妈多次以新闻司司长、部长助理身份随周恩来、陈毅出访。尽管因所从事的新闻工作让母亲在公众场合频频露面,但她始终保持着热情而沉稳的性格,周恩来曾评价母亲是"静若处子"。

我是1953年出生的,爸爸经常跟我念叨,本来希望我出生在朝鲜战争停战谈判那一天,以我的生日定下停战日,但谈判拖了一个多月,我也没挨到那一天,爸爸还挺遗憾的。生我那年,爸爸40岁,妈妈接近

38岁，他们都特别喜欢孩子，也特别疼爱我。

妈妈生我时难产，所以我小时候妈妈总是担心我身体有问题，她还想验证这一点，又怕我知道后伤自尊心，为此颇费脑筋。

有一天妈妈让我去做智力题，我高高兴兴地跟她去了。到了医院，医生拿出五块大积木让我数数，我觉得被羞辱——因为那时我已经开始学习趣味数学这一类"高级"题了，因而愤怒地拒绝回答。医生出来告诉妈妈："你女儿的测试结果大概有问题。"

现在想来，那时对妈妈的打击应该很大，但妈妈在我面前一点也没有流露出什么，只是小心翼翼地问我，为什么不回答医生的提问。我生气也不理妈妈，所以她永远都不知道，医生那天给我出的是什么题。妈妈去世后，大姨告诉我：你妈妈那天急死了！这件事情想起来我就特别后悔。

妈妈不但是一个出色的外交官，而且在关怀子女、营造家庭幸福方面也不遗余力。她当年去苏联出差的时候，给正在读小学的哥哥写信，上面用钢笔清晰地解释地球自转的方向和时差的原理。不管到哪儿，她总是想方设法寄有当地风光的明信片给我们，金字塔、狮身人面像、尼罗河……那些印着奇妙的异国风光的明信片是我童年快乐的记忆之一。

1964年3月，爸爸、妈妈跟随周总理出访14国回来，我急不可待地请假去机场接他们，那一次，毛泽东、朱德、刘少奇都亲自到机场迎接。看着毛主席和大家

1957年，乔冠华、龚澎与一对儿女的全家福

照完相,我站在那里等爸爸、妈妈。不一会儿,毛主席大步朝我走过来,满脸慈祥地看着我,想逗我说话,我却害羞地躲到旁边的高个子叔叔后面。

一会儿,妈妈出现在我眼前。我兴奋地告诉妈妈我见到毛主席了。妈妈问:"主席和你说话了吗?"我摇头,妈妈说:"那我请毛主席和你讲几句话!"说罢,她朝着毛主席走远的背影追过去,一边喊:"主席!毛主席!"遗憾的是,因距离太远,毛主席最终还是没有听到,在一群人的簇拥下很快乘车离开机场。那个年代有很多革命者忙于工作而忽略家庭、忽略孩子,但妈妈对我们的每一点要求都非常关注,在别人眼里甚至有点宠爱孩子。

妈妈从来没把工作上的压力带到家里,虽然偶尔也会显得有些疲惫,但她从来不在我们面前抱怨。大姨后来说:你妈妈其实挺辛苦的,她非常下功夫,想着把这个家怎么弄好。每年春天,我们全家都会到王府井一个老照相馆照一张全家福,那是全家忙碌而快乐的时刻,爸爸一定会整整齐齐地穿上他的中山装,妈妈会从柜子里拿出平时不允许我穿的漂亮衣裳。这样的快乐一直持续到"文革"前,全家人依偎在一起、喜滋滋地面对镜头是我一生无法忘怀的幸福记忆。

在众人眼里,我们是标准的幸福之家。其实物质上我们生活得很简单,住房每月交租金,家具也是从外交部租来的,爸爸和妈妈唯一的爱好是听音乐,因此买了一个留声机。除了钢琴和唱片柜之外,所有家具都有"外交部"的标签。一直到妈妈去世,我们家都没有电视、冰箱。家里剩不下什么钱,因为爸爸、妈妈的钱都用在买好烟、好茶、好酒上面了,在这些方面,他们稍讲究一些。妈妈的手指又细又黄,她有一次告诉我:在重庆工作时她总是熬夜,于是靠抽烟支撑着,后来也就抽下去了。但她一再警告我不许抽烟。

妈妈在家里也绝对是一个好妻子、好母亲。爸爸有一顶灰色的小毛线帽,每到第二天有外事活动时,妈妈就提前把小帽子准备好,让爸爸睡觉的时候也戴着它,第二天保准头发一丝不乱,戴小帽子的爸爸几乎成了他在家里的形象。

妈妈是爸爸的减震器，也是他的主心骨。多少年来，爸爸是个心里存不住事情的人，有什么事情总是和妈妈商量，特别是在大的决策上。有老同志半开玩笑说："乔冠华归龚澎领导。"爸爸听妈妈的，是因为妈妈的话有道理。

我一直感觉：在我们家，妈妈是太阳，爸爸是月亮。我也不知道为什么这么形容。爸爸本身也发光，但他身上的光是源于妈妈的。只要妈妈在，我们家就充满了阳光。但是，等我长大以后，我才体会到，妈妈什么都想做好，而她，实在太累了。

生离死别

1957年，"反右"开始，政治气氛变得紧张。妈妈所在的新闻司一下子出了8个"右派"，妈妈也被下放到房山县任农村工作部部长，妈妈的身体从那时开始走下坡路，用手指在小腿按下去就是一个小坑，那是营养不良引起的浮肿。

妈妈在重庆特殊的工作经历，使她很容易就成为被攻击的目标。"文革"中很快有造反派前来抄家，翻箱倒柜，家里的东西散落一地。临走时，"造反派"们高呼"打倒"，并且用墨水在爸妈房间门口的大立柜上刷上了大标语："打倒三反分子龚澎！""打倒走资派乔冠华！"老阿姨叹着气开始收拾东西，妈妈让我们找来印刷好的毛主席语录贴在大门上："勇敢、坚定、沉着，向斗争中学习，为民族解放事业随时准备牺牲自己的一切！"然后，妈妈站在大标语旁边，让哥哥为她摄影留念，那刚强坚定的目光永远定格在胶卷里，也定格在我们的记忆里。那时候仿佛感觉，有妈妈在，我们什么都不怕。

和妈妈共事了30年的周总理知道后，用他的方式巧妙保护着妈妈。一次会议上，周总理看着坐在最后的母亲就大声说："龚澎，你坐在前面来！""龚澎，你怎么可能是'三反'分子呢！"

"文革"开始后，爸爸也成了"走资派"。有一次，"造反派"轮番审爸爸，要他交代周总理在内部会议上的讲话内容，爸爸悄悄打电话问妈妈：现在压得很紧，问得很具体，要不要说？妈妈很坚决地说："坚决顶住！不要写任何东西，我永远是你的妻子！"

外交部有人评价说：乔冠华虽然恃才傲物，锋芒毕露，但对夫人龚澎却是言听计从。在很多问题上，爸爸总是习惯于听妈妈的意见，后来事实也证明，妈妈在大是大非的原则问题上，的确比爸爸坚定、果断。

其实妈妈自己的处境也非常艰难。她每天到外交部上班，爬上6层楼后第一件事是打扫公共厕所的卫生。打扫完后，妈妈坐在楼梯上喘口气，有的人看到她就绕着走，对此，母亲看得开。每天下班，等大家几乎都走光后，哥哥推着自行车来接妈妈，妈妈坐在后架上，哥哥把她送到台基厂北口的公交站，让妈妈坐上3路无轨电车，哥哥再骑车紧随其后，到了美术馆下车，再用自行车把妈妈带回家。那时，她的身体已孱弱不堪。

"文革"一开始，妈妈就做好了各种准备。她说，如果我们不能继续做外交工作，就全家到乡下去，我可以教历史，你爸爸可以教语文，总有办法活下去。妈妈还给全家都做好了棉衣，特别是为爸爸做了丝棉裤。妈妈说，你们将来长大了，成了家后有孩子还和我们住在一起，我和你爸爸就喜欢热热闹闹一大家人团聚在一起，只要我们全家在一起就是幸福的！

可惜，我们再也没有这种团聚的机会。1968年，哥哥清华大学毕业后到丹东农场锻炼。第二年夏天，我欢天喜地地离开北京，到了我们想象中的"革命大熔炉"内蒙古插队。妈妈那时身体已经很不好，她特别希望我能留下来。但我那时只有16岁，我没有注意到妈妈略带哀伤的神情，也没有意识到，妈妈能留在我们身边、陪伴我们的日子已经不多。

1970年，妈妈在家里突然晕倒，幸好探亲回来的哥哥及时发现，和爸爸一起把她送到北京医院急救。第一次脑出血时，我从内蒙古赶回来,虚弱的妈妈看到我,脸上露出由衷宽慰的笑容:"见到女儿病就好了一半!"妈妈恢复得比较好,大家也很乐观。妈妈从来没和我谈起她的痛苦,也从来不抱怨,每次见到我,她总是慈祥地笑着,紧紧地盯着我,似乎想把所有的爱都留下来……

再下乡前,妈妈装作不经意地跟我谈过一次"以后"的问题,我知道她是在为万一发生的情况做准备,这是她的想法:对子女的教育"有生有死"。我一直都记得妈妈说这些话的神情:镇静而不哀伤。我相信不是每一个女人,甚至每一个人都能做到这一点的。但我固执地不听,因为我不相信妈妈会走。每当妈妈尝试着跟爸爸谈及此话题时,她一张口,爸爸就几乎不能自持,他总是哽咽着说:"达令,我们不谈这些,你一定会好的!我们不会分开的!"有一天我恰巧经过病房门口,听到里面传出爸爸一阵阵呜咽声,我悄悄往里看,妈妈与爸爸深情地对望,妈妈依然沉静,爸爸却泪流满面,只是一再地重复那句话:"达令,你不要说了,我们不会分开的,我们永远也不会分开!"

相反,妈妈和哥哥谈得比较多。妈妈太了解爸爸了,知道他在情绪低落时,需要倾诉,她希望在自己走后,哥哥能多扮演这样的角色。她特地嘱咐哥哥:"你爸爸很有才华,但在政治上没有经验,你一定要多多帮助他……"后来的事情仿佛应验了妈妈的预感。只有25岁的哥哥抑制着巨大的悲痛,坚强地面对着妈妈最后的嘱托。

妈妈是因为一个很小的毛病去世的——便秘,导致脑部第二次出血,再次陷入昏迷,靠机器来维持生命。爸爸已经痛苦得失去方寸,还是周总理决定给妈妈做开颅手术,做最后的尝试。虽然第二天就要出发访问朝鲜,但周总理还是匆匆赶到医院来探望,看着妈妈失去往日的活力和美丽,他神色凝重。他俯下身来小心翼翼地搭在妈妈枯瘦的胳膊上把脉,摇摇头叹息着说:太虚了!后来周总理再次去医院探望,他说:"我不愿看到龚澎这个样子,看了我就难过……以后我再也不来医院看她了……"

奇迹还是没有发生。昏迷了半年后,妈妈还是离我们而去。对我来说,稍感安慰的是,最后一段时间我一直在她身边。

周总理没有去八宝山参加遗体告别，在他记忆里，妈妈应该永远是重庆时期身着戎装英姿勃发的样子，他不止一次地对母亲生前结识的外国朋友们难过地说："龚澎死了，龚澎死了……"

十几岁时我问过妈妈："你跟周总理特别熟吧？"妈妈只是简单回答一句："那是因为工作。"妈妈对总理非常尊敬。在总理身边工作了几十年，妈妈深受总理影响。有外国记者评价说："龚澎的一举一动，体现着大家所熟悉而且十分欣赏的周恩来的工作作风。"的确如此。

总理对妈妈也特别信赖与器重。家里发生一连串的变故后，1973年中秋后的一个周末，我和哥哥在中南海西花厅见到了周伯伯和邓妈妈。周伯伯像对待家里人一样，详细询问我和哥哥的生活与工作，哥哥如实谈了心中的困惑和想法。周伯伯鼓励我们走自己的路，不要靠家里，父亲的事情随他们去。在谈到妈妈时，周伯伯一字一句地说："你们的妈妈是一个非常出色的人，没有人能够代替她。"在那时候，这些话对我和哥哥是极大的安慰。我后来才知道，其实那段时间周总理也处境艰难。

所有人都知道，妈妈走后，受打击最大的人，是爸爸。那段时间，爸爸经常倒一小杯茅台酒一个人孤独地喝着。他经常独自坐在书桌前一遍又一遍地写那首《江城子》："十年生死两茫茫，不思量，自难忘……"他一下子老了许多，头上的小灰帽也不见了，经常，我要用湿毛巾，轻轻擦去他的眼泪。他最爱做的一件事是等我们都睡着后，拿出一个放大镜，一张张地翻看他和妈妈在一起的照片。伤心时，院里的邻居都能听到他哀伤的哭声……

1971年11月，爸爸率代表团参加联大会议，出发前，一直沉默不语的爸爸突然站起来，走到妈妈的遗像前，掏出白手帕仔细地擦去镜框上的浮尘，然后摘下眼镜，长久地凝视着照片中的母亲。我和哥哥默默地站在房间门口，仿佛也感受到了爸爸、妈妈穿过生死之界的心灵对话。片刻，爸爸向外走了几步，转过身再一次深深地看着妈妈说："达令，我要动身了！"深吸一口气后快步走出了大门。爸爸在这次联大会议上的表现，尤其是那个著名的"乔的笑"，是他个人外交生涯上的巅峰，也是中国外交史上闪亮的一页。我一直相信，那笑容的后面，是妈妈深邃的目光。

或许是我们以前过得太幸福了，妈妈为我、为这个家庭遮挡了太多的风雨，我没想到，她走后，我的生活会发生那么大的变故，那个曾经幸福的"家"散了，宠我疼我的爸爸也显得那么遥远而陌生。最让我难过的是，妈妈走后第三年，那架东方红牌钢琴，我视为妈妈留给我的最后的纪念，也被"清理"而不知所终，那是我心头永远的痛……

一度我和父亲的距离很远，最长时间我们曾3年没有见过面。1976年，爸爸被免去外交部部长职务，他在极其复杂的历史时期，陷入了复杂的政治旋涡，我和哥哥又默默回到他身边。爸爸曾对别人感慨："在我最红的时候，我的孩子离开了我，但是在我最艰难的时候他们又来到我身边，还是自己的孩子好啊！"

有些事情，我和爸爸从来没有当面讨论过，因为那时候他需要我们的安慰，但我相信爸爸心底是清楚的。有一次，爸爸意味深长地跟我说："和你妈妈在一起的日子，我一天都没有忘记过！"1983年9月22日农历八月十五中秋节，在团聚的日子里，爸爸离开了人世。我相信，他一定是到天堂与妈妈相会了。

从妈妈去世那一天起，我就暗想：有一天我一定给妈妈写本书，把她的一生记录下来。这对我很重要，我用这种方式怀念自己的妈妈，跟任何人没有关系。写这本书的8年，我时常感觉又重新回到了和爸爸、妈妈一起生活的日子，这让我既快乐又痛苦。我知道，那些难忘的日子将会伴随我走完一生，直到我和他们在天国里重逢……

（2008年7月14日）

不尽往事红尘里
——回忆我的母亲上官云珠

口述 韦然

"上官云珠",这是一个曾经在中国电影史上熠熠生辉的名字。她塑造的许多角色,已经成为铭刻在一代中国人心中永恒的经典。但又有谁知道,在这些令人炫目的光环背后,却又是一个个说不尽的辛酸的沧桑往事?

1978年,上影厂为上官云珠平反,颇具讽刺意味的是,当年那么一个红遍上海滩的大明星,平反大会上竟连一张照片都没有,还是电影厂用她档案里的小照片一次次翻拍放大。比起她在荧幕上演绎的那些哀怨的角色,上官云珠自己的真实人生故事,缠绕着大历史与人性之间的错综复杂,更令人喟然长叹,黯然神伤。

上官云珠(1962年摄)

低调平和的韦然,正式的身份是中国建筑工业出版社的编辑,负责上海地区的业务,却又经常被熟悉的电影界长辈介绍,参加电影圈的诸多纪念活动。回忆起美丽的母亲,美丽的姐姐,那些经常让韦然红了眼圈的往事,已滤去了最初的剧痛,转而成为一种淡淡而持久的忧伤。

母亲之死

1968年12月的一天,我突然接到姐姐的来信,让我马上回上海一趟。那一年,我只有17岁,刚离开北京到山西农村插队还不到一个月。我心神不安地上了火车,不知道已经支离破碎的家,又出了什么事。

一路颠簸到上海,迎接我的是这样一个噩耗:11月23日凌晨,母亲跳楼自杀。

1965年,正在江西农村参加"四清"的母亲得了乳腺癌,回上海做切除手术。手术很成功,她身体恢复得也很快。此时《舞台姐妹》已被定性为"美化30年代文艺黑线的反面教材"而遭重点批判,母亲与导演谢晋、电影女主角竺春花的原型——袁雪芬等人被牵连。所幸那时有医生的干预,她才被留在医院,没有过早被卷进那场险恶的政治浪潮。

但是两个月后,母亲又突然昏倒,检查结果表明,病变组织转移到了大脑。接下来她又做了一个大手术,从十几小时的昏迷状态下苏醒过来后,几乎不认得任何人。直到一个月后,母亲给我写了第一封信,告诉我她已经认得300个字了。

而此时,外面的形势变得更险恶,她参演的《舞台姐妹》与《早春二月》成了文艺界的两株"大毒草",母亲一瘸一拐被赶出医院。她在建国西路高安路口的家也完全不像个家:一到四层楼道的墙壁上,全是母亲的名字,横七竖八,打满红叉。29室的房门,也被砸得像蜂窝一样,从上到下布满了黑洞。

此后的两年,对母亲来说是黑色的岁月。她出院不久就被逼去电影厂上班,所谓"上班",其实就是要每天去"牛棚"报到,那时她的身体,还远未恢复到健康状态。在那里学习、劳动、写交代、受批判。

20世纪50年代,母亲与其他文艺界人士一道,曾被毛泽东数次接见,这一度曾保护她免遭"右派"的命运,但"文革"一开始,这却又成了她最大的罪状之一。出事前一天,1968年11月22日,母亲又一次被传唤,两个外调人员和厂里的"造反派"轮番逼问她,要她承认"参加了特务组织",并利用毛主席接见她"搞阴谋"。母亲不承认,他们就脱下皮鞋用鞋底抽她的脸……回到"牛棚"时,母亲的脸被打肿,嘴角流着血,目光呆滞,身体不停地颤抖。同被关在"牛棚"里的黄宗英和王丹凤阿姨看她被打成这样,马上端来热水安慰她,但母亲始终一句话都没说,只是不住地哆嗦。

当天晚上回到家里,母亲被"造反派"勒令写交代。也许她实在害怕即将到来的又一场羞辱与磨难,在黎明前最黑暗的一刻,她从四层楼的窗口跳了下去……母亲的身体重重地落在楼下小菜场一个菜农的大菜筐里,当时尚有意识的母亲还向围上来的人们说出家里的门牌号码——也许在那一刻,她还有一种本能的求生欲望,但等到有人找来黄鱼车把她送到医院时,已经没救了。后来有人告诉我,听说菜场的人只是用橡皮水管冲掉了菜叶上的血,继续卖给来买菜的人,我并没有那么惊讶。在那个物资匮乏的年代,这样的举动并不那么难理解;更何况,那时候的人们,对各种非正常的死亡似乎已习以为常。

在母亲去世后的这么多年里,我曾无数次想起这残忍的一幕,我相信母亲在纵身跳下的那一刻,内心一定充满了彻骨的绝望:那时候,她不知道我和哥哥的下落,追求"革命"的姐姐到上影厂给她贴了大字报,她身边的那个男人也没有为她遮挡一点点风雨……在我看来,很多"文革"中自杀的人,并不仅仅因为外界的羞辱、事业的中断或前途的渺茫,家庭的冷漠与不幸,也是促使他们告别世界的原因之一。母亲的内心,已没有了一点点的温暖与光亮,除了死,她还能选择什么?

那一年,母亲只有 48 岁。

明星的诞生

上海,是母亲结束生命的地方,也是她当年事业开始、转变人生的地方。

1920年，母亲出生在江苏江阴长泾镇，是家中第5个孩子，原名叫韦均荦，又叫韦亚君。舅舅的一位同学叫张大炎，是同乡一富绅的儿子，他原来在上海美专学西洋画，毕业后在苏州做美术老师，母亲也在那里上学。张大炎一直很喜欢比自己小9岁的同学妹妹，也照顾有加，不久母亲有了身孕，他们只好结了婚。17岁那年，母亲生下了我的哥哥，为此她中断了学业，回家乡做了富家的儿媳妇。我手里还有一张母亲穿着泳衣，和张大炎在家乡河里游泳的照片，可以看出，母亲在当地确实属于领风气之先的人物。

1937年抗战爆发，他们的家乡被轰炸，我的一个姨妈被炸死，母亲跟着张家逃难到了上海。刚到上海的母亲为谋生，到巴黎大戏院（今淮海电影院）边上的何氏照相馆当开票小姐。母亲有南方女子的乖巧，又聪明大方，何氏照相馆经理何佐民十分器重她。他从霞飞路上给母亲买了时髦衣服，还为她拍了许多照片放在橱窗里，以作招牌。

何佐民原是明星影业公司的摄影师，跟上海电影界人士来往密切。当时影业公司老板张善琨与红极一时的女星童月娟因片酬产生矛盾，张老板故意想捧母亲，准备让她取代童月娟出演《王老虎抢亲》。导演卜万苍觉得"韦均荦"的名字太过拗口，于是取了个"上官云珠"的艺名。虽然不久张老板与童月娟重归于好，母亲又被换了下来，但那也由此成为母亲进入上海演艺界的起点。

母亲与反对自己演戏的张大炎的分歧越来越多，我的大姨是知识女性，终身未嫁，一直鼓励母亲要独立、走自己的路。1940年，母亲离了婚，张大炎带着哥哥回到老家。

第二年，母亲拍摄了她的电影处女作《玫瑰飘零》，这一年又相继拍摄了许多当时非常流行的"才子佳人""鸳鸯蝴蝶"类文艺片，开始在影坛崭露头角。

1942年，母亲加入"天风剧社"，在此结识了成为她第二任丈夫的姚克。

姚克是苏州人，是20世纪30年代活跃于上海文坛的才子，回国后与鲁迅来往密切。鲁迅去世后，姚克就是10位抬棺者之一。因为他举止洋化，曾被人叫作"洋场恶少"，他知道后很委屈，黄宗江安慰他说："你哪里是洋场恶少，姚 Sir，你是大大的洋场良少！"姚克后来热衷于戏剧，1941年，他写的《清宫怨》问世，这部戏吸引了很多著名演员加盟，虽然母亲只在剧中演一个没有几句台词的宫女，但不知凭什么吸引了名气远远大于母亲的姚克。1944年8月，母亲生下了我的姐姐姚姚。

此时的母亲，已是众人眼里的"大明星"。她的事业一帆风顺时，感情生活却再一次遭遇危机——这一次问题出现在姚克身上。在母亲到天津、济南、青岛等地巡演时，姚克在上海爱上了一个富家女。母亲闻讯后立即决定同他离婚，不满两岁的姚姚姐就跟了母亲。

在离开姚克后，母亲曾与蓝马有过一段感情。蓝马是一个好演员，也是一个好人，但大家都觉得他们两人不合适，蓝马是典型的北京人，比较粗放，两人最终还是分了手[1]。

很多人认为，母亲的演技真正达到炉火纯青的境界，还是20世纪40年代后期所拍的那些电影，如《一江春水向东流》《丽人行》《万家灯火》《乌鸦与麻雀》等，它们后来都成为中国电影的经典，母亲在这些影片中塑造了性格各异的形象，也使她在影坛上的地位更加稳固了。

我对母亲以前在电影界的地位并无多少概念，直到这些年，我看到无数观众仍在怀念她、赞颂她，我才渐渐意识到，母亲是一位多么伟大的艺术家。客观而言，母亲在进入这个圈子时没什么特殊的优势，但母亲比较聪明，她也会利用一些关系，比如与姚克的结合，与蓝马的交往，以致后来与我父亲的结合，对她的演艺道路都有帮助。但光有这些关系，也不足够。沈浮导演曾对我说，母亲排《红旗歌》时有一幕，她一个人站在台上有一大段独白，其实母亲个子很矮，只有一米五几。但

---

[1]: 关于上官云珠与蓝马之交往，黄宗江在回忆里也略有提及，详见本书《黄宗江：我的戏剧人生》一文。

沈浮说，你妈妈一上台就能把台子压住，别的演员上来就没这种感觉，个子高也没用。也有很多被湮没的女演员，她们曾经得到过各种各样的机会，但并没有持久。

　　母亲文化程度并不高，但她感悟能力强，有创造力。她也很会处理在电影界的各种关系，后来有人要拍母亲的电视剧，我在这个圈里的一个好友劝我放弃这个念头，他说个人传记最难拍，因为文艺圈里关系复杂，拍电视剧总要涉及很多人，他们以什么样的面孔出现？一旦不合适，有些人的亲属就会出来纠缠不休。我把这个意见反馈给上海筹拍这部戏的人，结果他们回话说：我们调查过了，你妈妈没有一个"敌人"，完全可以摆脱开那种复杂的人际关系，写她的艺术造诣、写她的人生道路。我想母亲的成功与此也有关系吧。妈妈这一代电影人的成分复杂，有国统区的，有延安来的，也有沦陷区的，这些人在新中国成立后分成三六九等，但她把几方面的关系都处理得很好。我想，她能处理好这么复杂的关系，固然有从谋生中学习来的生存智慧，但更多的是出于本性。

荣耀与辛酸

　　1951年，我的父亲程述尧与母亲在上海"兰心大戏院"举行婚礼，他成为母亲的第三任丈夫。

　　父亲出生于北京一殷实之家，毕业于燕京大学，与黄宗江、孙道临都是同学，也是学校文艺舞台上的活跃分子。1937年"七七"事变后，日本人跑到燕京大学扣留了司徒雷登等人，也逮捕了一批进步学生，其中就包括我父亲。其实父亲算不上"进步"，因为真正"进步"的学生早就去西山了，他充其量也就算是个"活跃分子"。父亲被关在沙滩红楼地下室（注：当时日本宪兵司令部所在地）一个多月，后经亲友斡旋才释放出来。

毕业后，父亲在中国银行做行长的英文秘书，有一份很不错的薪水。他就用自己的工资资助那些朋友的戏剧活动，他组建了南北剧社，自己担任社长，丁力、黄宗江、卫禹平、孙道临、于是之、黄宗英等都是剧社成员。于是之后来在话剧《雷雨》里演周萍，有一个情节是要跳窗而去，我听父亲说过，于是之跑到灯市口附近我的祖父家，在窗台上跳来跳去地练习[1]。

1946年，父亲与黄宗英结婚。不久黄宗英去上海拍戏时结识了赵丹，向父亲提出离婚。父亲不甘心就这样结束，从北平赶到上海。父亲追到上海也没能挽救这一段婚姻，却从此就留在了上海，后来做了"兰心大戏院"的经理。

父亲与黄宗英离婚后，他们之间的友谊却并没有因此受影响。父亲与母亲结婚后，也与赵丹、黄宗英保持着正常交往。

我小时候在上海电影剧团的托儿所，和黄宗英的儿子、寄养在她家的周璇的儿子都在一起，有时候赵丹家的保姆也会把我接到他们家，下了班后父亲再到他们家来接我，一切都很自然。那种关系，不是这个圈子里的人好像不太容易理解。

20世纪60年代，母亲到北京来开会，爷爷带我到宾馆等他们到来。那些演员坐在大厅里，有人介绍说：这是程述尧的父亲，上官云珠是他的儿媳。大家开玩笑说："还有一个儿媳妇呢！"黄宗英站起来，给我爷爷鞠了一躬，大家哈哈一笑。1950年，父母新婚到北京看望我的爷爷、

---

[1]：韦然在谈到程家的家史时曾提及：他的叔叔叫程述铭，是一位著名的天文物理学家，"文革"中自杀身亡；其婶婶叫任以书，是任鸿隽与陈衡哲的女儿。任鸿隽毕业于哥伦比亚大学，曾任四川大学校长、中央研究院化学所所长；陈衡哲是中国第一批留美女学生之一，深为胡适赏识。胡适与陈衡哲的关系，也是后来很多历史学者感兴趣的话题。本书收录的唐德刚访谈也有所提及。任以书当年特地从美国回来照顾双亲。1976年，86岁的陈衡哲在上海去世。韦然回忆，晚年的陈衡哲眼睛不好，几近失明，一直深居简出。

奶奶，正值孙维世与金山结婚，母亲带着我姐姐，江青带着李讷还参加了他们的婚礼。

1952年，全国开展"三反"运动，有人揭发父亲贪污剧院的款项。父亲平时就是大大咧咧的一个人，他以为数目不多，承认下来将钱补上就可以尽早摆脱麻烦，于是母亲从家里拿出自己的800美元和两个戒指送到剧院，作为"赃款"退赔。父亲显然太天真了，虽

上官云珠的第三任丈夫程述尧

然这件事情后来被证明是诬告，但这样一来，他就被彻底打上了"贪污犯"的标签。

当时母亲正进行着将自己从"旧上海的明星脱胎为新中国文艺工作者"的努力，为灾区筹款义演、劳军义演，她每次都积极参加，甚至因劳累过度，得了肺病。此时此刻，她不能容忍父亲的"错误"，于是坚决提出离婚。

很多父母当年的老朋友谈及此事，认为只有父亲程述尧与母亲最合适。当母亲要与父亲离婚时，周围的朋友们组织起来，轮番说服母亲，当母亲有些回心转意时，父亲却犯起了大少爷脾气，坚决不同意。这段婚姻维持了不到两年，又以失败结束。他们离婚时，我只有1岁多。

很快，母亲与上影导演贺路有了她最后一段感情。贺路对母亲心仪已久，我父母感情还很好的时候，他租了我们家的一间房子，中午交饭钱在我家吃饭。当父母之间产生裂痕时，他"适时"地出现在母亲的生活里。贺路做事井井有条，或许一定程度上弥补了父亲那种粗枝大叶的

性格给母亲带来的缺憾。

不过他们之间并没有结婚。这是一段不被祝福的感情，母亲也很快就后悔，但那时已是20世纪50年代，组织上也不允许她再闹出更多的风风雨雨。

很多年里，母亲与贺路各花各的钱，平时是贺路向母亲交"饭费"，从某种意义上说，他一直以"食客"的身份待在这个家里，他与母亲周围的朋友也格格不入。在我的记忆中他们好像从未同时出现在同一场合，我也没有他们两人在一起吃饭、逛街的任何记忆。按我的理解，我一直觉得贺路是生活在阴影里的人，这么多年来，他崇拜母亲，但与母亲在一起不久，母亲便失去了她曾经令人仰视的位置与荣耀，曾经的光环并没有照耀他多久，相反带给他的却是一场灾难。20世纪80年代末，贺路在一次体检时被查出了癌症，结果一周后他就去世了。

悲欢离合

父母离婚时，只有1岁多的我被判给父亲。不久，父亲也结了婚，父亲的第三任妻子是以前上海社交界的名女人吴嫣。她以前是上海滩著名的"玲华阿九"，解放前协助潘汉年在上海做地下工作，在电视剧《潘汉年》里，还有以她真名出现的一个角色。上海解放后，在潘汉年的亲自安排下，她成了文化局的一名干部。

父亲那时在"兰心大戏院"的问题已经得到澄清，正要重新进入文艺界工作，但1955年，吴嫣因为潘汉年事件牵连，被关进提篮桥监狱，财产也被充公。有人上门来劝父亲与她划清界限，虽然当时父亲和她结婚还不到一年，但父亲将来做工作的人骂了回去。这样一来，"自取灭亡"的父亲也彻底断送了自己的政治前途。他后来就在电影院里做起送胶片、领位员的工作，见到他的人又有几个知道，这个落魄的老头儿在国共合作时还为美方人员做过翻译呢？

父亲与吴嫣的婚姻也并不那么幸福，因为北京的程氏家族难以接受父亲娶了这样一位"茶花女"式的人物。父亲后来得了老年痴呆症，而吴嫣在政治气氛宽松后又慢慢与她原来的"姐妹"热络起来，对父亲照顾得并不是很周到。77岁那年，父亲去世于上海。

因为父亲再婚，4岁时，我被送回到北京的爷爷、奶奶家。我是程氏大家族的长孙，爷爷、奶奶和叔叔们对我都很好，但我从来没有享受过与父母一起生活时被宠爱的那种快乐。在我看来，即便是父母的责骂，也是一种与父母之间令人渴望的交流。可惜，这一切我从未拥有过。我从小到大的语文都非常好，但小学升初中的语文考试考砸了，就是因为那次的作文题是《我的家庭》，别的孩子自然都会写与父母在一起的幸福生活，而我，因为没有经历过，也不会写。

母亲虽然不和我生活在一起，但我能感觉到她对我的爱。1962年，她来北京拍《早春二月》，与孙道临、谢芳、谢铁骊等几位主创人员都住在白塔寺电影局招待所里，母亲把我接到剧组里，利用一切机会，增加母子之间的交流。后来阿丹叔叔也来到了剧组，周末，他们一起去王府井买东西。很多人围观他们，他们走到哪儿大家就跟到哪儿。道临叔叔来了，坐公共汽车去后海，乘客也都围观，我那时也十几岁了，多多少少有些叛逆心理，虽然一起上车，他们坐在前面，我远远地站在后面，装作不认识他们的样子。为此，道临叔叔还向母亲"抗议"，说我不愿意跟他们在一起。

现在回想起来，在母亲四十几岁时，她也许想到自己的未来，希望我和她在一起，对我的母爱也越来越多地流露出来。从10岁那年寒假开始，我每年假期回上海，平时住在妈妈家，有姐姐和大姨为伴，周日住爸爸那里。

上官云珠的女儿韦耀（姚姚），摄于1973年

那段时间,小时候没有得到的母爱得到了些许补偿:夏天洗完澡后,她搂着我坐在阳台上给我讲故事,或带我和姐姐到附近散步。

母亲断断续续给我写过一些信,她喜欢用绿色的墨水,微微右斜的字体,可惜这些信件,以及妈妈的照片后来都在"文化大革命"当中烧毁了。这几年母亲的照片都是我断断续续从她以前的朋友那里搜集来的,父亲去世后,我在整理他的遗物时,也看到了当年母亲在台历上留给他的只言片语,这对我来说,是母亲留给我最后的纪念。

我的姐姐姚姚虽然和我是同母异父的姐弟,但我们之间的感情非常好。父亲当年也对姐姐视若己出。即便离婚后,姐姐还经常来程家找她的这个"爸爸"。姐姐虽然留在母亲的身边,但她在家里很孤独,母亲对她很严厉,她与贺路的关系也不好,所以特别喜欢我这个比她小七岁的弟弟。1955年,我要回北京和爷爷、奶奶一起生活。离开前,姐姐特地领我到照相馆拍一张合影,照相时我总是不笑,姐姐就挠我痒痒。这张表情不太自然的照片,成了我们姐弟之间永远的回忆。有一年暑假我回上海,下了火车后先到父亲家,正在洗澡,姐姐兴冲冲赶过来,不管不顾地冲进卫生间抱住我,弄得自己也是一身水,那种高兴劲溢于言表。

姐姐原来学钢琴,后来到上海音乐学院师从周小燕学习声乐。母亲自杀那年,她再有一年就毕业了,我在校园里见到了她,她的第一反应是特别高兴,拉我到琴房。琴房是在学校角落里一座两层的小楼,进了琴房,她关上门,抱着我就哭,说:"妈妈没了。"

母亲的后事,是姐姐、燕凯一起处理的。燕凯是姐姐的男朋友,在上海音乐学院民乐系,他出身高干家庭,父亲是华东局的一个领导。燕凯长得高高大大,喜欢穿黑大衣,是女同学眼里的"白马王子"。他和姐姐在学校里,轰轰烈烈、旁若无人地热恋着。燕凯高兴起来,可以抱着姐姐在校园里转圈,晚上两人就住在学校的琴房里。

燕凯在学校里也是位"激进分子",和于会泳的"造反派"不合,后来"中央文革小组"选择了于会泳,燕凯一下子成为对立面。1970年

3月8日，燕凯在关押自己的房间里，用剃须刀同时割破了手腕和脚腕上的动脉，结束了24岁的生命。姐姐再一次面对又一位亲人的非正常死亡。

一年后，姐姐慢慢从燕凯之死的阴影中走出来。这时，她认识了常来父亲家做客的一对父子。儿子开开长相有点像燕凯，他虽然比姐姐小10岁，但也读了很多书，很讨女孩子喜欢。他的生母早年去了美国，但一直与他保持联络，姐姐便利用这个渠道，设法与生父姚克联系。

1972年冬天，在毕业体检中，姐姐被查出怀有7个多月的身孕，第二天便从上海消失了——我后来才知道，她在体检第二天便和开开到了广州，想搭车前往深圳偷渡出境。但开开被边防军抓获，在旅店里苦等开的姐姐因为没有实施叛逃，又有身孕，被学校领回。1973年1月17日，姐姐生下一男孩，这个孩子很快被这个医院的医生夫妇领养。

上海音乐学院原本准备将姐姐分配到上海乐团的合唱团，出事后，学校取消了原来的计划，决定将她分出上海，去黄山农场。但姐姐以身体不好为由，坚决拒绝离开上海。学校后来又让她去湖南，也被她拒绝。就这样耗着，原来大学毕业生还给生活费，后来也停发，她的生活几乎陷入绝境，只好靠卖母亲的一些旧衣物维持生计，我已经工作了，有时给她些钱。她就这样在毫无希望地打发日子。

姐姐的举动在当时无疑是属于"惊世骇俗"的。我想，这可能是源自血液里的——有母亲的、有姚克的那样一种不安分。1974年，已经30岁的姐姐仍然就这样漂着，她没了母亲，没了男友，没了孩子，也成了众人眼里的异类。于是她又打起出国找姚克的念头，开始从头学习英语。我记得有一天，姐姐似乎不经意地提到开开，我才知道他已经出来了，还在继续寻找他的出国之路。我对姐姐说："你们最好不要来往了。"姐姐听了没有说话，以后再也不说开开的事。

后来，音乐学院给姐姐下了最后通牒：如果两个月内仍然没有单位愿意接收她，她就要被强制送到甘肃或青海。这之前，母亲的一位亲友帮忙，终于把姐姐安排到浙江歌舞团，周围的人都由衷地替她高兴，觉得她这么多年的生活终于要走上正轨了。

1975年9月23日上午,那天下着雨,因为姐姐计划在体检后不久就离开上海开始她的新生活,所以这天一早她就骑车出去,跟朋友辞行。10点左右经过南京西路时,她的塑料雨衣被一辆载重卡车前面的钩子挂住,她一下子被拉倒在卡车后轮下,两个车轮重重地碾过她的胸和头……一直宠爱姐姐的父亲不敢参加姐姐的葬礼,而校方致的悼词里说:"她是一个没有为国家作出过贡献的人。"

1975年年初,我刚从山西回到上海时姐姐曾对我说:"从此以后,我们俩要相依为命。"半年后,她也死了,我一心一意地要回北京,坚决不肯留在上海,我在这个城市已经失去了几位亲人。因为没有人去龙华火葬场领回只能存放3年的骨灰,1978年,火葬场将姐姐的骨灰作为无主骨灰深埋。

1995年,我委托上海的一位记者朋友找到了当年收养姐姐孩子的那位医生。记得那一天,我们俩在一个空旷的即将被拆掉的房子里,各自捡了一块砖头坐下。那位医生说这几年有关我母亲与姚姚的文章他都精心收藏着,有一天他会告诉自己的孩子,他身上流淌的究竟是什么人的血液,他答应我会很快给我一个答复。但第二天他告诉我,自己的妻子,也就是孩子的养母坚决不同意我见那个孩子,他们不愿意破坏他现在的生活。其实我早已知道那个孩子的姓名和上学的学校,如果我真的想找他,就一定会自己找到的,但我思考了很久,最终还是放弃了。

但那个在1973年1月出生的生命,一直久久地盘踞在我心里的某个角落。说完这些故事的时候,我突然意识到,这个孩子马上就要34岁了,他肯定已经有了属于自己的家庭和孩子,他可能永远也无法知道,给了他生命的那个母亲,仅仅活了31岁……

(2007年1月1日)

李济：被淡忘的"中国考古学之父"

口述 李光谟

一百多年前，当一位叫王懿荣的金石学家，从药铺里的"龙骨"上辨认出中国最古老的文字时，这小小甲骨牵出了一个失落了三千多年，又充满传奇、悲壮、神话般色彩的殷商王朝。而中国现代考古的田野启蒙也是在殷墟的大地上正式开始的，殷墟发掘将我国有据可查的历史提前到三千多年以前，引起了一场史学界的大变革，从而以最高票毫无争议地登上"中国20世纪100项考古大发现"的榜首。

晚年李济

殷墟的成功发掘与一个人紧密相关，他的名字叫李济。1926年，李济在山西西阴村，揭开了中国现代考古的序幕，他主持的殷墟发掘更是中国考古界的辉煌。1949年，以文物的去留为自己去留的李济跟着殷墟出土文物到了台湾。从此，他的名字在大陆也越来越黯淡。

1979年8月1日，就在他亲手创建的台湾大学考古人类学系成立30周年这一天，83岁的李济因心脏病猝发溘然长逝。李济生前最得意的学生、著名考古学家张光直在悼词中说："迄今为止，在中国考古学这块广袤土地上，在达到最高学术典范这一点上，还没有一个人能超越他。随他的过世，一个巨人消失了……"被张光直尊称为"中国考古学之父"的李济，也是中国第一位享有世界级声誉的考古学家。

1949年2月，22岁的李光谟告别父母，独自踏上从基隆到上海的客船，自此天各一方。虽然是李济唯一的儿子，李光谟坦言年少时与父亲李济并不很亲近，直到十几年前开始整理父亲遗稿，每每面对父亲留下的文字，与父亲的亲近感才一天天强烈起来。在李济110周年诞辰之际，由李光谟整理的《李济文集》也出版了，这对相隔半个世纪的父子，终于在另一个时空里完成了一次心灵对话。

从清华到哈佛

1896年，父亲李济出生于湖北省钟祥县双眼井。3年后，王懿荣首次收集到12块龟甲，从而发现了最早的甲骨文。那时谁会料到，这个湖北农家的普通孩子日后会成为主持殷墟挖掘的大考古学家呢？

父亲的早期教育归功于我的祖父李权。祖父是位学问不错的教书先生，有一个在全县最大的学馆。祖父认为，小孩子刚读书时候，要先让他学最难的，然后再学容易的，这样进步会比较大。所以父亲并不像别的孩子那样从"人之初、性本善"开始，而是从"盘古首出，天地初分"学起。但因为祖父是全县闻名的大秀才，没有人敢指责他违背传统的教育习惯。

1907年，清朝举行最后一次科举考试，被当地人称为"李优贡"的祖父也被送到北京参加会考，得到一个七品小京官的职衔，分在内务府。祖父把家人接到北京，父亲就在11岁那年跟全家来到北京。

　　1911年，用庚子赔款开办的留美预备学校——清华学堂开始招生，投考者有一千多人。当时还叫"李顺井"的父亲糊里糊涂应了考，被录取进了"备取榜"，排名倒数第三。如果考生没取足，就从"备取榜"里接着选，于是父亲幸运地成了北京录取的120名新生的一员。7年半学习结束后，他们同一批进入的学生，经过陆续考试淘汰最终只剩下57人。

　　1918年8月，22岁的父亲自上海乘"南京号"远洋轮赴美留学。父亲在清华读书时，美国有一位华尔考（G.D.Walcott）博士曾为他们教授过心理学和伦理学，并第一次在中国学生中作了智商测验（父亲被测定为128）。父亲受他影响，对心理学产生了极大兴趣，所以最初在马萨诸塞州的克拉克大学攻读心理学。

　　克拉克大学的老校长霍尔（C.S.Hall）教授提倡学生到图书馆自由阅读，他认为只有这样，学生才能发现自己真正的兴趣所在，学校的图书馆及书库周末全部对学生开放阅读。那时候人类学在美国刚刚兴起，克拉克大学图书馆里有一些著名人类学大师的著作，父亲一下子入了迷，之后又在老校长霍尔教授鼓励下，改学人类学。

　　听说父亲转学人类学后，他的好朋友徐志摩非常赞成，他认为李济是适合做学问的人。

　　徐志摩与父亲同船去美，他是自费留学生，在克拉克大学的第一学年与父亲同住一个公寓。徐志摩读的是历史系，跟父亲的关系很好，他在第二年就从克拉克大学转到纽约的哥伦比亚大学学银行学。1920年暑假后，徐志摩远渡大西洋去了伦敦，而父亲则进入哈佛大学研究院深造，从此开始各自人生道路。我后来整理父亲文件时，找到了父亲保存的徐志摩去纽约后写给他的9封信，信里就生活、学习等谈得很广泛。徐志摩对父亲当年也有这样的评价："刚毅木讷，强力努行，凡学者所需之品德，兄皆有之。"

在哈佛大学读博士学位的父亲，成为当时哈佛大学人类学研究院第一位外国留学生。父亲的博士论文是《中国民族的形成》(The Formation of the People of the Middle Kingdom)，认为中国民族的主要成分有5种：1. 黄帝子孙：圆头窄鼻；2. 通古斯：长头窄鼻；3. 藏缅族群：长头宽鼻；4. 孟－高棉语群：圆头宽鼻；5. 掸语族群。此外，还有3个次要成分：1. 匈奴族系；2. 蒙古族系；3. 矮人。

1923年6月，父亲获得哈佛大学人类学博士学位，父亲的论文得到的评语是"极佳"，后来在哈佛大学正式出版。一位历史学家说，"自后中外学人凡论及中国民族及人种问题的，大都征引其书"。

1922年，著名哲学大师罗素出版了他的名著《中国问题》，文中提到了父亲的论文《中国的若干人类学问题》让他"得到了某些颇有启发的见解"，并大段引用了父亲论文。像罗素这样的名人，在自己的书中如此大量引用并赞赏一个尚名不见经传的年轻人的作品，这使父亲一下子声名大振。

有趣的是，父亲在美国取得博士学位后，祖父李权还不知道如何衡量这个陌生的头衔，但又心有不甘，不久想出了一个办法，给自己起了一个别号叫"博父"。父亲的朋友们，像赵元任，也善意地开玩笑称他"李博父老先生"。

父亲在哈佛读书时，有一位讲授体质人类学的讲师E.A.Hooton，父亲将他的名字翻译成像日本人名字的"虎藤"，1921年暑假，虎藤交给父亲一批尚未开箱的500件埃及人头骨，让他每天花半天来开箱、洗刷、整理头骨，按钟点付钱。父亲花了大半个暑假来做这个工作，他后来回忆这段经历时说：这次整理头骨的经验，让他对于处理人骨，特别是人头骨有了亲身体会，这对他后来进行生体测量的实践以及处理安阳殷墟出土的人头骨很有裨益。后来，在安阳殷墟挖掘现场，很多年轻的考古人员都是在父亲的指导下经历了整理人骨的训练，后来著名的考古学家高去寻、尹达、夏鼐等人都谈过此事。

从人类学到考古

1923年，父亲应校长张伯苓聘请，到南开大学教授社会学与人类学。1995年，我去台湾参加纪念父亲100周年诞辰的研讨会，见到快90岁的著名物理学家吴大猷，他提到当年在南开中学读书时搞英文比赛，还请从美国回来的李济等人做评委。

父亲最终与考古结缘，与著名地质学家丁文江有很大关系。父亲在美国留学时，有一次翻阅纽约自然历史博物馆主办的馆刊，扉页竟是一位中国地质学家的半身照片，这位地质学家就是丁文江。父亲回国后，经人介绍，终于见到他仰慕已久的大学者、时任中国地质学会秘书长的丁文江。丁文江对父亲也非常赏识，把他推荐给地质学界、古生物学界的一批国内外专家认识。

那年夏天，河南新郑有老百姓在掘井时挖出了古墓，也就是后来人们俗称的新郑李家楼春秋大墓的发现。挖出的周秦时期的铜器被运到开封陈列，丁文江获悉，鼓励李济前往考古，并为他凑了200元经费。由于当地土匪作乱，这次新郑行仅在出土铜器的土坑中找到几块人骨，收获不大。然而，这是父亲第一次参加田野考古发掘工作，也为以后取得了不少宝贵经验。

自新郑之后，考古工作在中国北方一些地方陆续展开，美国、法国、瑞典等国的考古学家和学术团体闻讯，纷纷赶来"寻宝"。此间，美国史密森研究院弗利尔艺术馆（Freer Gallery）的汉学家，也组织了一支"中国考古发掘队"来华。其中有一位名叫毕士博（Carl Whiting Bishop）的专门委员，听说父亲是中国第一位荣获哈佛大学人类学博士学位者，即来信邀请父亲参加他们的团队，一同从事田野考古工作。

面对这份邀请，父亲当时颇为犹豫，举棋难定时，他找到他十分敬重、年长他11岁的丁文江商量，丁文江回答说："一个从事科学工作的人，如果有机会采集第一手的资料，切不可轻易放弃这种机会。"至于如何与外国人共事，丁文江建议"直道而行"，就是有什么条件尽量事先

1929年秋季，殷墟第三次发掘开工时摄

说清楚。

父亲马上给毕士博回信，提出两个条件：一个是在中国做田野考古工作，必须与中国的学术团体合作；一个是在中国掘出的古物，必须留在中国。不久后毕士博回信说："我们可以答应你一件事，那就是我们绝不会让一个爱国的人，做他所不愿做的事。"父亲于是加入毕士博等人的行列。

也就在这一年，清华筹备成立国学研究院，父亲被聘为特约讲师，讲授普通人类学、人体测量学、古器物学和考古学。"国学研究院"是中国教育界的创举，吴宓为首任研究院主任，王国维、梁启超、陈寅恪、赵元任是研究院所请的第一批教授，后来他们被并称为"四大导师"，能和他们在一起，对29岁的父亲来说当然是一种很高的荣誉。而且国学研究院成立初期也只有他一个讲师，据说当时教授的月薪是400大洋，而父亲从弗利尔那里领取300大洋，为了与其他教授相等，他在清华只领100块大洋。

我后来看到一位老先生写他那时候的趣事：刚报到时，看到几位导师很庄重地坐在前排，学生们也分不出谁是谁。后来他看到一位头戴瓜皮帽、留着辫子、身穿长袍、神情有些委顿的老人，悄悄向旁边人打听："这大概就是李济先生了吧？"其实他看到的那位老先生应该是王国维，不过在青年学生心目中，搞考古的就必定是位老先生。

父亲能到清华，也是丁文江向梁启超推荐的。梁启超从1926年冬天起，曾多次跟李济商量，打算让他的二儿子、在美国学考古的梁思永回国跟他一道工作。梁思永回国后，应李济之邀参加了后来的史语所的工作，并从1931年第四次挖掘工作时开始进入殷墟。因为梁思永是考古组里受现代考古正规训练的第一人，他的加入使考古组的田野工作在方法和质量上都有很大提高。在抗战期间，父亲最终完成自己花了多年研究拟定的殷墟陶器总报告的细目时，第一个替他审查的就是已重病卧床的梁思永。很可惜的是，梁思永一直身体不好，50岁时便英年早逝。

黄金年代

1926年初春，父亲与地质学家袁复礼先对晋南汾河流域进行了一次旅行调查，3月22日到达夏县，这里有传说中的大禹庙及禹王后裔和大臣的陵墓，他们在西阴村偶然发现了一片布满史前陶片的场所，由此确定了以此作为第一次挖掘现场。10月到12月，父亲与袁复礼再一次来到山西，进行西阴村遗址发掘，采集到了六十多箱出土文物，大部分是陶片。

山西夏县西阴村仰韶文化遗址的挖掘是中国境内第一次由中国人自己主持进行的、用近代考古学方法所做的遗址发掘。最有趣的发现是一个半割的蚕茧，有平整的人工切割的痕迹。后来经专家鉴定，那半个蚕茧确实是一种家蚕的茧，因此证明了中国人在史前新石器时代已懂得养蚕。

小时候我记得父亲就把这半只蚕茧放在试管里，另一半是棉花，用软木塞塞住放在办公室的笔筒里，我哪儿想到现在这半只蚕茧会这么金贵——它放在台北故宫博物院恒温恒湿的库里,平时都以仿制品替代展出,只是1995年为纪念父亲百年诞辰时,才展出过8天,以示纪念。

1928年10月,董作宾先生主持了河南安阳小屯遗址试掘,这也是殷墟的第一次挖掘,但董先生的方式还是旧式挖宝物的方式。12月,父亲在开封与董作宾会面,确定了殷墟挖掘的下一步安排。他将会面情况写信报告给傅斯年与蔡元培,傅斯年可能觉得考古所就需要父亲这样的人,虽然父亲之前也没什么经验,但西阴村的报告出来,也引起轰动,所以从1929年殷墟的第二次发掘开始,父亲就接管了整个挖掘工作。

1929年年初,父亲加入由傅斯年领导的中央研究院历史语言研究所,应聘为考古组主任。父亲与傅斯年并不认识,也是经李四光、丁文江与杨杏佛等人推荐后,被傅斯年作为实现他的"东方学的正统"梦想的人才网罗进史语所的。陈寅恪与赵元任也被傅斯年从清华挖来,分别担任历史组和语言组主任。

1929年年底,父亲领导的殷墟第三次发掘接近结束时,发现了著名的"大龟四版",龟版上刻满了殷商时代的占卜文字。那时候,流亡在日本的郭沫若正编写他的《卜辞通纂》一书。闻听消息后,他立即去信

李济夫妇

给史语所，迫切要求得到全份拓片。傅斯年为此征求父亲与董作宾的意见，他们商量后，都同情郭在流亡中还致力于做学问的精神，于是很快把全份尚未发表的拓片寄给郭沫若。郭沫若收到后立即把拓片编入他的《卜辞通纂》书中，并在付印之后才告知史语所，这让父亲当时颇觉尴尬，但最后还是认为学术乃公共事业，不必对此事按纯法理的观点追究处理。

可能因为这一点吧，郭沫若对李济和董作宾都给予很高评价。1946年在南京参加旧政协筹备会时，郭沫若与父亲见过一面，后来在《南京印象》一书中他用整整一节的篇幅谈到这次会面，父亲接待他时穿着一件已经褪色的破旧汗衫，这使他非常感动，他写道："不知怎的，我就好像遇到了亲人一样。我接触了我们中国的光荣的一面……"但遗憾的是，20世纪50年代开始后，以郭沫若为代表的大陆考古界和以父亲为代表的台湾考古人类学界的关系，一直陷于隔绝。到20世纪80年代重新开始沟通时，父亲与郭沫若都已经告别人世。

殷墟发掘之后，影响比较大。1931年在南京开了一个殷墟遗址发掘成绩展览会，父亲作了演讲。展览和演讲引起各界极大重视。蒋介石夫妇与国民政府五院院长，包括戴季陶、孙科、居正等要人，悉数出席参观，舆论为之轰动。

1935年，殷墟发掘工作到了关键的第十一次发掘，要大规模开挖4座大墓、400余座小墓，梁思永做的预算需要2万—3万银元，比原预算多出5—10倍，如不补加，将前功尽弃。父亲增加预算的报告，呈交时任中央研究院总干事的丁文江。丁审阅后未加任何条件，即予批准。这次为期95天的发掘所获极多，出土了牛鼎、鹿鼎、石磬、玉器、石器等多件，父亲为此对丁文江一直心存感激。

早期的殷墟发掘一直是在与美国方面合作下进行的，后来傅斯年与美国人的关系并不融洽，1930年起，父亲与史语所终止了与弗利尔的合作。此后，中华教育基金会每年拨款继续支持发掘工作，一直到抗战开始，这是父亲一生科研事业的黄金年代。

121

流亡

1937年,在殷墟第15次发掘收工后仅18天,卢沟桥事变爆发。因为父亲从1934年起接替傅斯年担任中央博物院(中博)筹备处主任,史语所与中博向西南搬迁之事,便由傅斯年交与父亲负责。史语所搬迁的第一站是经武汉到长沙,在那里只停留了3个月,因为日机不断轰炸,决定继续西迁至昆明。

在搬迁西南之前,考古组发生了一件空前的事:好几位青年人纷纷投笔从戎,离开了史语所。父亲为此心情矛盾:一方面安阳发掘的成绩太重要,但研究工作还未正式展开,人员散去了,将来怎么办?另一方面,大敌当前,连自己都萌生了上前线杀敌的念头,何况这些热血青年?1937年初冬的一天,在长沙公路边一个小饭店里,父亲、董作宾、梁思永等全体人员都在这里喝了饯别酒,送走了尹达、祁延霈、王湘等人。他们中的大多数后来去了延安,所以这一次分手后他们就再也没见过面。

从桂林经越南辗转到了昆明后,史语所在这里安顿了两年。此间父亲最欣慰的一件事就是吴金鼎、曾昭燏(注:曾国藩的曾侄孙女,20世纪60年代自杀)、夏鼐等人从英国返回昆明,成为中国考古界的新生力量。

1940年冬,因滇越线战事吃紧,史语所、中博又迁离昆明,到达四川宜宾的李庄镇。

李庄六年,是抗战时期史语所和中博相对安定的一段日子。在李庄还有一段小插曲:一次搬运时,不巧撞坏了一个木箱,里面的人头骨和体骨标本全都暴露无遗。当时农民一片哗然,加之此前有位来自广东的同事打了条蛇吃以解馋,当地人便传说"这个机关不光吃蛇还吃人"。后来只好由父亲与所长傅斯年等人出面,邀请当地官员和地方乡绅座谈,再三向他们解释研究人骨的意义,请他们对民众做些必要的解释,这才化解了一场危机。

1941年12月，日军侵占香港，史语所原存香港的文物，全部损失；次年3月，日军侵占长沙，史语所存在那里的文物也悉告损失，这让父亲痛惜不已。不仅如此，因为医疗条件太差，我的两个姐姐——鹤徵和凤徵，分别于1939年和1942年在昆明和李庄病逝，凤徵去世时才17岁。对父亲来说，那真是一段内忧外患的日子。父母一生生育了4个孩子，大姐幼时便夭折，这样，只剩下了我一个男孩子。父母后来把舅舅家的孩子过继来，取名"光周"，李光周后来也成为一个考古学家。

1945年8月，日本投降后，父亲以专家身份被派参加中国驻日代表团，赴日本各地调查战时被日本掠夺的中国文物，虽然取得了一定成绩，但父亲5次寻找"北京人"头骨而未果，他以此为终生憾事。

分离

1948年12月，中研院史语所由南京直迁台湾，所里全部图书、仪器、标本共装了上千箱，连同故宫、中博的重要文物一并船运。那时许多文物刚从大后方运回南京，还来不及开箱，又要搬到台湾。

安阳殷墟文物也在转移之列，父亲是这次的押运人。很多人反对文物搬迁，父亲也很矛盾，但他的第一考虑是保护文物，他说："只要文物是安全的，去哪个地方无所谓。"有人劝他不要跟着船走，怕危险，但他不听。那时候很多知识分子还对国共和谈抱有希望，想着躲避一段战火，等安定后再继续从事自己的研究。

那时候我是上海同济大学三年级学生，因为身体不好休学一年。听说又要搬家，我很不情愿，因为那几年实在搬的次数太多了，但1948年12月30日，我还是跟着父母到了台湾。

我到了台湾很苦闷，因为那时同济大学给我一年的休学期，如果我不在1949年2月底回校报到，只能自动地再休一年，加之我身体已有好转，于是我想春节后再回上海读书。

那时候从基隆到上海,每天都有班船,非常方便。1949年2月22日晚上,母亲与过继给我们家的弟弟,五六个人送我到基隆码头,父亲没有来。我后来回想,当时也并没有生离死别的感觉。因为那时蒋介石已辞职,李宗仁做代总统,进行和谈,很多人还相信能和谈成功,我还想到暑假就可以回家了。3天后回到上海,发现形势已经很严峻。1949年4月20日以后,去台湾开始受到限制,父母很着急,一封信接一封信地催我回家,特别是淮海战役到了后期,陈毅、邓小平的部队已经在长江边上,很多人梦想的"划江而治"也破灭了。父母最后寄了机票来,那时机票可以说比黄金还贵,我给他们写了最后一封信,告诉他们我决定留下来,说我想看一看一个新社会是怎样建立起来的,我们还有相见的一天。那时航空信还可以顺利地送到台湾。后来有人告诉我,母亲收到信后大哭一场,父亲是轻易不掉眼泪的,我这个人,在他眼里也许是不可救药了。

那一年,我22岁。后来我到了北京,考进华北大学学习俄文,后来一直在中国人民大学。父亲大概没想到,他的儿子最后会从事马克思主义的研究。

父亲到台湾后,很快筹备成立了台湾大学文学院考古人类学系。1955年我收到父亲一封信,它经过多位亲友辗转,几乎穿越半个地球才到我手里。信中提到,他在台大教了一位绝顶聪明又极其用功的学生,他打算把这位高足送到自己当年留学过的哈佛深造。我后来知道父亲这位得意学生叫张光直。20世纪60年代,父亲托香港友人带给我的信,又一次提到张光直,对在美国取得博士学位的张光直不想回来有些伤感。直到20世纪80年代我才与张光直结识,他后来得了帕金森氏综合征,但还一直念念不忘跟大陆考古界合作之事,多次抱病到现场考察。张光直近几年在大陆学界颇有影响,父亲如地下有知,也该欣慰吧。

从22岁离家后,我与父亲再没相见过。母亲是1975年去世的,那时候我在北大,一个电报经美国转来:母亲死了。父亲后来给我写信说:"你母亲临死前说,'我要回家'……"1979年8月1日,父亲因心脏病猝发，在台北逝世。

  1929年，父亲在领导殷墟第二次发掘工作时，就与参加发掘工作的同仁约定：一切出土文物全部属国家财产，考古组同仁自己绝不许收藏古物。这一约定后来逐渐成为中国考古界、民族学界的传统。到他去世后清点遗物时，只有台北"故宫博物院"赠予他的几件仿古工艺品。身为一代考古学宗师，终其一生，未曾收藏过一件古董；2.2万本藏书，却无一珍本善本。

  从专业讲，到了台湾的父亲应该有些落寞，因为台湾也无多少古可考。他后来都是通过从日本买到的殷墟图片继续研究，他最后出的几本书也都是关于殷墟的。1977年，父亲写的《安阳》（Anyang）一书由华盛顿大学出版社出版，这也算是他对魂牵梦绕一生的殷墟有了一个交代。

（2006年6月26日）

一代报人邓季惺：
被湮没的传奇

口述　吴敬瑜

对绝大多数读者来说，"邓季惺"是个十分陌生的名字，作为曾经的一代著名报人，她的这一身份在今天或许远不及"吴敬琏的母亲"更具传播力。原本是执业律师的邓季惺，当年把本来只有十人不到的小报改组为一个经营管理制度严整有序的股份公司，使《新民报》成为民国时期名噪一时的民营报纸。

北京第二外国语大学教授吴敬瑜，是邓季惺的二女儿，她眼中的母亲故事，正折射了那一代知识阶层的作为和历史图景。作为那个时代的"新女性"，邓季惺对妇女运动、对"法治"社会以及新闻自由的种种探索与努力，虽然在那个风雨飘摇的年代里显得那么孱弱，却散发出一种穿过历史尘烟的力量。

邓季惺（摄于1932年）

我的家庭

母亲邓季惺1907年出生于四川，原名邓友兰。她的祖父邓徽绩1891年到日本买了一个新的洋火厂到中国，建立了四川第一家近代工厂——"森昌泰"火柴厂，这个洋火厂最终还是被外国真正的"洋火"挤垮了。她的父亲邓孝然曾创办过煤矿开采、织布、造纸等实业，也当过成都中国银行行长。现在看，邓家算是中国最早的民族资产阶级。

我的外祖母吴婉也是一位非凡女子。她幼年在家跟着哥哥读书，后来肄业于北京女子高等师范学校，并曾在重庆创办了一所女子学堂。但是婚后一连生育了9个孩子，也就不可能再出去工作，为此她一生都对丈夫心存怨气。我还记得看过外婆用蝇头小楷写的一篇《不平则鸣》的文章，但当时年纪小，不清楚"不平"的具体内容。

本来外公并不主张女儿去外面的学校上学，只要母亲念私塾。但在14岁那年，趁外公出川，外婆自作主张，让母亲投考重庆省立第二女子师范。我记事时外祖母已五十多岁，很胖，经常拿着报纸，看着看着就睡着了，青年时代的锐气早已不复存在。母亲的性格一定程度受外婆影响，但是她刚强、理性，做事果断，这些却是外婆所不具备的。

母亲在重庆二女师读书时，卢作孚、恽代英、张闻天、萧楚女都曾任过教。我后来还听也在二女师读书的一个姑姑告诉我，当年学校要解聘萧楚女时，学生们还闹风潮以示抗议。杨尚昆夫人李伯钊也是母亲的同班同学，虽然五四运动时母亲只有12岁，但那时宣扬的民主、科学等价值观影响了她一生。

在20世纪20年代，四川一些受新思潮影响的青年，离开故乡到比较开放的沿海城市求学。在巴金的名著《家》里对此有所描写。受新思潮影响，母亲16岁那年和同学吴淑英也离家去南方求学。在南京，母亲认识了吴淑英的弟弟吴竹似。后来她到上海入中国公学预科，又与正在复旦大学新闻系读书的吴竹似相遇。1925年，他俩结了婚，次年，他们的第一个孩子——我的姐姐出生，而母亲也因生育中断了她在上海的学业。姐姐出生后不久，父亲受重庆《大中华日报》聘请，全家回到四川。1928年我在重庆出生，次年父亲到南京在中央通讯社任编辑。弟弟敬琏1930年1月在南京出生。在此期间，母亲并没有完全放弃自己的学业。产后她考入了南京女子法政学校，选择法律为自己的专业。

不幸的是，弟弟出生不久，父亲——我们按江苏老家的习惯叫他"爹爹"，被诊断得了肺结核。他曾到杭州养病，但效果不明显。抱着一线希望，母亲陪着父亲，带着我们三个孩子，一起到北平养病。虽然当时爹爹病情危重，母亲仍旧利用在北平的机会进入当时享有盛名的朝阳大学继续自己的学业[1]。在她看来，要改变贫穷落后的中国，必须实

1932年，邓季惺与三个儿女在北平中山公园（右为吴敬琏）

---

[1]：创办于1912年的朝阳大学在当时被誉为"中国最优秀之法律院校"，有"南有东吴，北有朝阳"之说。1949年由人民政府接管，在原址建立了中国政法大学。次年2月，中国政法大学与华北大学、华北人民革命大学合并成立中国人民大学。

行法制，因而选择了法律为专业。寻求"法治"的思想也贯穿了母亲的一生。

  1931年7月，爹爹在北平去世，母亲一边独自抚养着三个年幼的孩子，一边继续她在朝阳大学的学业。在此期间，作为父亲的生前好友，陈铭德多次来探望母亲和我们几个孩子。他心底何时生出对母亲的爱，我并不清楚。1933年1月，母亲与继父在南河沿的欧美同学会礼堂举行了结婚典礼。因为当时太小，我对这场婚礼毫无印象。但是，稍长以后，常听人说起这个婚礼很特别：除了通常的礼仪之外，来宾们得到了一份新郎新娘联合署名的协议。协议写明，母亲不随夫姓；我们三个孩子仍姓吴；两人婚后实行夫妻分别财产制，双方共同负担家庭生活费用。他们把订立的协议印在粉红色卡片上，以强化这份协议的严肃性。

  很多人都猜测这份协议应该是学法律的母亲提议的，也视之为母亲在青年时代藐视传统维护妇女权益的一个实际行动。新中国成立后一次周恩来跟另一些记者谈论郭沫若与安娜时，还援引母亲的婚事打趣说，财产在谁手里，谁就有地位。朋友们了解母亲的脾气，都称呼她为"邓先生"而非"陈太太"。对于他俩的联姻，新闻界也传为佳话，戏称为"刘备得到了个女诸葛亮"。继父对我们姐弟三人都不错，我们一直喊他"伯伯"。

  1933年夏，母亲在朝阳大学毕业后，通过公务员考试，到南京在司法部做了职员工作，同时开始投身于妇女运动，和冯玉祥夫人李德全、曹孟君、谭惕吾、王枫等人，成立了"南京妇女文化促进会"。她认为妇女要解放，首先应该解决后顾之忧。为此，她们创办了"南京第一托儿所"，母亲担任所长，负责具体事务。

  母亲在司法部工作时间不长就辞了职，开始做执业律师。她那时便显示了很强的社会责任感，经常免费替被虐待或遗弃的妇女打官司。她的律师事务所就在《新民报》的楼上，业余时间，她还做新民报《新妇女》周刊的主要撰稿人，并主持《法律问答》专栏。

  1936年春，仍然做律师的母亲陪陈铭德一起去日本，从《读卖新闻》那里购买了一台旧印刷机，我还记得她从日本带回来的那种彩色唱片。继父早就邀母亲一起加入《新民报》，直到1937年，母亲已经有了为社会所认可的独立地位之后才正式加盟《新民报》，掌管经营管理和财务。

《新民报》之前是文人办报，一开始一切因陋就简，没有严格的管理制度。母亲一上任，就建立起严格的财务制度和管理体系，使报社经营达到收支平衡、自给自足，而且逐步积累了进一步发展的资本。母亲的精明也一直为人称颂。当时有这样一种夸张的说法：邓季惺精明到报馆里用了几根大头针她都有数。

1937年7月1日，报社集资5万元成立了"新民报股份公司"，建立了现代化的公司制度。陈铭德由社长改称总经理，母亲任经理。入股董事有国民党各派系的人，主要是四川的民族工商业的负责人，像卢作孚、古耕虞、胡子昂、何北衡等。他们也是我父母终生的好朋友。"新民报股份有限公司"也是中国报业史上第一个近乎现代化的报业集团。后来弟弟吴敬琏以提倡市场经济闻名，有人开玩笑说，母亲是他第一个老师。

鼎盛

像每一张新报纸一样，《新民报》也经历了创业的艰难。直到陈铭德以重金请来张友鸾并由此形成了一套编辑系统，才形成最初的风格，并开始有了生机。

毕业于北京平民大学新闻系的张友鸾是邵飘萍的学生，在《新民报》最火的时候，张友鸾拟的标题经常在重庆传诵一时。张友鸾是中国传统文人的样子，留着长长的胡子。他一个人要养活一家三代十口人，后来搬到重庆时，报社资助他在编辑部前面的山坡上搭了三间"捆绑房"，上面覆盖的是茅草，底下的墙是用竹片编起来的篱笆，抹上泥巴，就算是居室，张恨水戏称其为"惨庐"。

《新民报》鼎盛时，有"三张一赵"四大台柱——张友鸾、张慧剑、张恨水与赵超构。《新民报》之所以能够很快地发展起来，首先应该归功于它的办报方针，它主张抗日，反对内战，反映民生疾苦，揭露社会黑暗，受到广大读者欢迎。另外，抗战开始以后，许多新闻和文艺方面的人才从全国各地汇集到了大后方，《新民报》得以网罗很多著名的编辑和作者，也极大地促进了自身的发展。譬如赵超构、张恨水、吴祖光等等都是抗战期间参加《新民报》的。赵超构在1944年，曾作为"中外记者西北参观团"一员访问延安，采访过毛泽东并写了《延安一月》，为此毛泽东一直记着他并且在新中国成立后请他吃过一次饭，这也使他免于成为"右派"。

"三张一赵"中，名声最大的当然是张恨水。他先是1938年与张友鸾一起加入重庆《新民报》，抗战胜利后又被邀请做《新民报》北京版负责人。张恨水本来是以"鸳鸯蝴蝶派"小说家而知名的，他在重庆时写的《八十一梦》却风格不同。它以梦幻方式讽刺当时国民党统治下的社会现实，受到广大读者的欢迎。1944年赵超构去延安时，毛泽东还提到张恨水的《八十一梦》并要赵超构代他向张恨水问好。张恨水在新中国成立后不久就中风了，他的晚景不是很好。

《新民报》还有一位著名女记者是采访部主任浦熙修，新闻界人称"浦二姐"。她在新中国成立后离开了《新民报》，担任上海《文汇报》驻京办事处主任。在新中国成立初期，她在新闻界仍十分活跃。但是在1957年被点名为右派"能干的女将"而被迫离开了新闻岗位。"文革"期

1933年，陈铭德和邓季惺结婚照

间浦熙修得了癌症，又没有好的医疗条件，那时母亲的境遇也不好，但每次都是母亲先去日坛医院替她挂好了号，然后和父亲接她来看病，再送她回家。

当年就在《新民报》刚刚成立股份公司后不久，战争把一切秩序打乱了。1937年"八一三"淞沪战事开始后两天，母亲带着我们三个孩子搭乘民生公司轮船，从南京回到重庆，把我们交给外婆，她立即返回南京。《新民报》坚持在南京出报直到11月。南京失陷前，父母通过一切关系，日夜抢运，总算把报社能搬走的东西都搬上了船。母亲后来说，当时报社全部资金只剩下200元，一路上职工伙食和零用，还是她自己掏私人腰包垫出来的。

当时曾创办北平《世界日报》和上海《立报》的著名报人成舍我想和《新民报》合并，一起迁往重庆。但父母觉得成舍我太过强势而婉言谢绝。虽然合作没有形成，但并不影响两家的友情。许多年以后，成舍我的儿子成思危与弟弟吴敬琏在一个会议上碰面，他们一个是人大常委会副委员长，一个是全国政协常委，弟弟还把这段往事讲给成思危听。

1938年1月15日，《新民报》重庆版创刊，距南京版休刊只有49天。能以如此的高效率出版，在内迁报纸中也是首屈一指的。抗战开始以后，全国人民抗日热情高涨，关心时事，加之在重庆人才荟萃，《新民报》这张民间报纸吸引了许多进步的文化界人士加盟，报纸办得有声有色。这一时期也是《新民报》的鼎盛期。重庆时期先后在《新民报》担任过主笔或副刊主编的作家有：夏衍、凤子、吴祖光、谢冰莹、黄苗子、郁风、陈白尘、聂绀弩等。为报纸撰过稿的作者还有郭沫若、田汉、阳翰笙、徐悲鸿、于右任、章士钊、吴宓、陈寅恪等。

继父陈铭德一向认为，报纸的兴盛发展，是通过积聚人才来实现的。当报纸的言论或报道触犯了当时的政府当局时，他更多地通过个人关系去解决。我记得自己十几岁时，还曾经被他带去拜访一些"有影响的"人士，用后来一些人的说法，就是去"磕头作揖"。母亲则正相反，她更多地靠规章制度解决问题——那些为了报馆的生存进行的"外交活动"，她既不愿做，也不擅长。后来弟弟常说，母亲比父亲更"现代化"，虽然她说话慢条斯理，但有一种不怒自威的气质，与客气谦卑的继父形成强烈对比。

如果说以前的《新民报》是"超党派"立场，那么在1942年以后，则是"中间偏左"。因为它宣传坚持抗战，反对摩擦，揭露国民党政府的腐败和反映普通百姓的疾苦，受到广大读者的欢迎。1943年春，母亲受邀请去成都看花展时，犯胆病住院，住院期间她又萌生了在成都筹办《新民报》的想法。没多久，成都《新民报》也创刊。

1945年9月，日本投降刚一个月，母亲就由重庆迅速飞回南京，准备"南京版"的复刊。此后，又在上海、北平两个城市筹备。那时候从南京到上海的火车要走8小时，小时候我经常跟着她坐夜车，睡一晚后第二天到达另一个城市开始办公。至此，《新民报》在南京、重庆、成都、上海和北平都有了分社，一共出版日、晚刊八版，达到了事业的巅峰。

沉浮

抗战之前，南京城北还是一片荒地，后来政府做规划，银行给贷款，鼓励一些人造房子。1933年，母亲在那里盖了一幢花园洋房，就在现在南京的北京西路，取名"鹣庐"。我们家是上下两层，一半自己居住，一半出租。这幢房子当时还作为中国中产阶级的居住模式，接待过美国参观者。那时候母亲当律师，办托儿所，又照料着我们三个上小学的孩子，还要自己操心盖房子，现在想起来，她的精力和干练的确是常人难及的。

从现在的眼光看，母亲也是一个观念很先进、极具经营眼光的人。母亲无论到哪里，都能营造一个适合我们读书和生活的环境。1939年，重庆大轰炸，报馆的宿舍被炸，母亲又在江北盖了一处房子。那时法币天天贬值，母亲便用所筹资金和报社积累买进黄金、美钞保值。1943年去成都办报时,先是借住在朋友家,不久,母亲在华西坝的南门桥边修了一所红砖二层小楼。新中国成立之初,我们搬到北京后,母亲在南长街买了一块地,与中山公园只一墙之隔,盖了一幢300多平方米的三层洋楼。这是我们一家人享用时间最长的一座房子,直到"文化大革命"才被迫搬出来。

1947年,国民党政府举行国大代表和立法委员选举,母亲寄希望于"宪法"和"立法院组织法"能使中国进入一个法治轨道,决定参加竞选,她甚至还希望能制定一部"出版法"来保证言论出版自由。当时我爱人关在汉和弟弟都极力反对。但母亲说:我要斗争,就得打进内部。母亲通过在选区演讲,争取选票,以无党派候选人身份成功当选。在600多位立法委员中,像她这样无党无派者是不多的。

1948年,国民党派飞机轰炸刚刚获得解放的开封,母亲和一些立法委员对此提出质询。《新民报》报道了此事以及当时的国防部长何应钦在立法院内部会议上接受质询的情况,引起了立法院里一些人的极度不满,指责她"泄露机密"。在会上支持她和反对她的委员们发生了激烈争吵,会场乱作一团,当时的立法院长孙科只好命令休会。

1948年7月,《新民报》被勒令永久停刊,理由是"诋毁政府,散布谣言,煽惑人心"。南京版被勒令"永久停刊"后,《新民报》的灾难一个接着一个。上海版被停刊,成都版被查封,重庆版遭严重迫害,好几个记者解放前都牺牲在渣滓洞。

不久,有人告诉母亲政府已对她下了逮捕令,母亲立即托当时公开身份是中央银行主任秘书的黄苗子买了张机票,逃到香港。国民党政府到台湾后,还对母亲发布了"通缉令"。

母亲兄弟姐妹很多,其中有四人先后追随了共产党。只有三舅邓友德,当年在四川读书时还加入过共青团,本来是想到广州投考黄埔军校的,因为一场病滞留上海,后来进了复旦大学新闻系,走了另一条道路。抗战时他在上海替国民党做地下工作,还被法租界警察抓过,在日本人引渡未果后逃回重庆,在那里进了国民党中宣部。抗战胜利后,邓友德当上国民政府新闻局副局长，正好是母亲的顶头上司，我记得经常是早上还没起床，就接到他的电话质问母亲："你们这碗饭到底还想不想吃？"其实他和母亲姐弟感情很深，只是立场不同。1944年政府组织一个中外记者代表团访问延安，副团长就是三舅邓友德，他到了延安之后，还和自己在延安的另外三个弟弟合了影。

邓友德在新中国成立后去了香港，后来又辗转巴西、日本等地，最终落在台湾。新中国成立初母亲见周恩来，周总理还记得三舅，跟母亲说："你要动员友德回来！"母亲还很认真地跑到广播电台的对台节目里广播一番。1990年我陪母亲去美国，飞机在台北停一小时，我们事先托人找到舅舅，想让他和母亲见一面，但是，当时台湾的政治空气紧张，虽然他已经退休，但还是心存畏惧没有来。1993年敬琏到台湾访问，又托人找到舅舅，这一次他们终于见了面。他还托敬琏带月饼给母亲，可惜直到1995年母亲去世，他们都没能再见一面。

最后的舞台

1949年4月中旬，在中共香港工委负责人夏衍的安排下，母亲带着小弟从香港乘船回到北平。母亲最关心的还是她的报纸，她特地跑去问夏衍，新中国还能不能私人办报？夏衍的回答是肯定的。

北平解放后，《新民报》一部分地下党员登报声明"脱离资方"。母亲刚从香港回来，面对这种局面，很是不解，她要求见周恩来。和总理见面时，母亲问："私人还能否继续办报？"总理回答："可以。"后来又派了一个以胡乔木为首的工作组来解决《新民报》的问题。

但母亲再也没有在报社当家。1950年成都、南京两社结束，1952年重庆社结束。北京社则于1952年在资方要求下，由北京市人民委员会出面收购，原来的员工被安排到后来成立的《北京日报》，也算是给他们一个出路。上海社也于1952年底以公私合营的方式被上海市委接管。

刚解放时，母亲被任命为西南军政委员会的委员。北京《新民报》结束后，她在报社担任顾问。继父在公私合营的上海《新民报》仍有社长的名义。1956年，继父被任命为北京市社会福利事业局副局长，母亲则任北京市民政局副局长。1957年，毛泽东动员党外人士帮助共产党整风，父母都参加了北京市非党领导干部整风座谈会。继父以他一贯的谨慎，没有提什么意见。而母亲以她一贯的直率，根据接触到的一些问题提出了自己的见解。她最关心的还是法治问题。有一天早饭时，继父对母亲说："小弟让你说话多想想。"母亲毫不在意地说："有啥子可以小心的？我们不都是为了党好！"母亲很认真地提了很多意见，关于"公""私"合营，关于新闻自由、民主和法治……结果她和父亲双双当上了右派。

反右斗争结束后，直到1961年他们才有了新的工作。父亲在全国政协文化俱乐部做书画组顾问，母亲做小餐厅顾问。父亲为前来活动的画家准备笔墨纸砚，端茶倒水；母亲还做起了四川泡菜，竟做成了绝活。

1978年，上海《新民报》酝酿复刊，成了后来的《新民晚报》，闲了多年的父母亲对这张报纸特别关心，为了解决报纸发行问题，他们亲自跑去找朱学范帮助出面。很多年后，上海的《新民晚报》还跟母亲说那里还有她一笔钱，她说：送给工会吧。

母亲一生总是帮助别人。她自己说：我从来不锦上添花，我只雪中送炭。她去世后，我收拾她的屋子，在一个很小的塑料袋里，发现一堆寄款单，除了资助一些亲属的孩子上学之外，还有不少是寄给过去曾在报社工作以后遇到困难的人。她自己生活很节俭，但是别人求助于她时，她从来都毫不吝惜。

虽然吃了不少苦，但母亲对国家的痴心不改。1993年中国申办奥运会时，她不仅捐了钱，还非常关心申办结果。公布结果那天，我正好陪她在新加坡，她在新闻里听到北京落选时，还大声连连叹息。直到她去世前一个月，还在向有关部门写信谈对王宝森案的感想。现在弟弟敬琏成了著名经济学家，从性格上讲，母亲也给了他很多影响。

1989年，继父去世，享年92岁。6年后，母亲去世，享年88岁。一直到晚年，母亲还是求知不倦，每天看报还用红笔、蓝笔画出重点，给继父看。我想母亲此生最大的遗憾，就是在她50岁时便失去了充分发挥自己聪明才智的舞台。

（2006年7月24日）

金戈铁马已成昨
——回忆我的大伯薛岳

口述：薛维忠

因为出生于《马关条约》签订的第二年，粤北山村的一个普通农家孩子被父亲取名"仰岳"，意为敬仰岳飞，不忘自己民族经历的屈辱。长大后，这个农家孩子将名字改为一个单"岳"，以更加重"身体力行"的意味——这个名字蕴含的意味，似乎也在冥冥中暗合了这位农家子弟一生的轨迹，他，便是抗日名将薛岳。

1946年11月，薛岳在南京召开的"国民代表大会"上发言

从1896年出生到1998年去世，薛岳是民国史一个重要的亲历者和见证者。晚年的薛岳和二弟薛孟达、三弟薛仲述，在台湾南部嘉义乡间，过着闲云野鹤、与世无争的半隐退日子。薛仲述的独子薛维忠，也成了这段岁月一个独特的观察者。"大陆的记者要写我大伯的故事，说实话我真的很意外。"一直微笑着的薛维忠很坦诚地说。

国共之间

说来有意思，十几年之前，我跟太太去湖南张家界旅游，在长沙机场等飞机的时候，我太太去书报摊闲逛，看到一本杂志封面上"蒋介石的十大名将"的标题，是大陆出的，她就买了下来。飞机上，我们俩翻看这本杂志，越看越觉得奇怪：我们家跟中共好像有那么一点不太愉快的过去，可是这"十大名将"中有九个都被骂得狗血淋头，怎么到了我大伯薛岳这里，却没怎么挨骂？

类似的事情还有许多。每一次我们回大陆，都有一些人因为我们的"薛"姓而和我们谈论起薛岳，虽然他们未必知道我们的家世，但是谈起薛岳来都是尊敬有加，而且对他的事情了如指掌，让我很意外。

想来有些讽刺的是，现在大陆越来越多的人在津津乐道地谈"薛岳"，可是台湾后来对薛岳却不怎么宣传，知道他的人越来越少。有一次我被台湾的一所军事大学请去作管理方面的演讲，校长晓得我的家世背景，送了我一本《中华民国国军建军史》的画册，我挺高兴地翻看。你猜怎么样？里头谈到了三次长沙大会战，可是"薛岳"的名字竟然一次都没有出现！

在国共之间，大伯的地位比较微妙：一方面，在中共眼里，薛岳是蒋介石的"嫡系"，是和他们打了几十年交道的"老对头"。可是另一方面，在国民党那边，大伯虽然是中央军的热门，也从来没有像白崇禧、李宗仁这些地方军阀那样搞过"割地自居"的事，但他又不是"黄埔系"的人，这就成了他与蒋介石关系的"死结"：他对蒋介石并不服气，蒋介石对他也不完全信任。

大伯的资历非常老。他当年是追随孙中山参加革命的。我们薛家祖籍在广东乐昌，是粤北的一个小山村，我的爷爷薛豪汉虽是普通农民，却非常重视对子女的教育。大伯是 1896 年出生的，正好是《马关条约》签订的第二年，所以爷爷就为自己的第一个儿子取名"仰岳"，敬仰民族英雄岳飞之意。大伯后来把自己的名字改成一个单"岳"，意思是不仅仅要敬仰岳飞,更要身体力行。

当时革命风潮在广东一带兴起,大伯也深受影响。虽然当地人轻易不离开故土,但是15岁那年,他还是说服父母,离开家乡到广州学习军事,从此开始戎马生涯。大伯很早就加入孙中山创建的粤军,当年他因为"革命党"在安南被捕时,孙中山先生还亲自出面与法国人交涉营救他。

从保定陆军军官学校毕业后不久,1922年,26岁的大伯任孙中山的大元帅府警卫团第一营中校营长。6月1日,大伯带着警卫营,陪同孙中山先生回到广州,驻扎在总统府。孙中山与夫人宋庆龄住在粤秀楼。6月16日,孙中山十分信任的陈炯明突然发动叛变,以4000人围攻总统府——很多年后,大伯和我们在家里聊天时曾回忆过当时的细节。他告诉我们,本来他们要先把夫人送走,但宋庆龄很了不起,她坚持让警卫人员把孙先生先带出去。她说:"孙先生要紧,孙先生走了他们不会拿我怎么样。"是大伯他们这些警卫人员护卫着孙中山与宋庆龄度过了最危险的时刻,这段经历也让大伯铭记终生。

大伯一生经历了无数风浪,对很多政治人物不以为然,但是他终其一生,却是孙中山的忠实追随者。后期在台湾的时候,有时我对他说:"大伯,我们去教堂吧!"他说:"去什么教堂,我是'国父教'的!"当年跟随孙中山的将领,谁会对蒋介石服气?

北伐完成之后,蒋介石整编部队。大伯的第四军虽然战绩卓著,却被缩编为第四师,军中的精英也被打散到各个部队。大伯心灰意冷,有意辞归乡里。后来大伯回忆,他途经南京时向蒋介石辞行,蒋介石对他说:"并非我对你不好,是何敬之(注:时任军政部部长)不谅解你!"大伯心灰意冷,他开始学习德语,准备到德国深造军事。

此时,蒋介石正准备发动对中共的第五次"围剿"。准备去美国洽购棉花的宋子文临行前与蒋介石会面,宋子文向他建议,最好能征召薛岳来江西"剿共"。蒋介石也深表认同。宋子文马上发了一份电报给我大伯。正在香港九龙埋头学德文的大伯从九龙直奔南昌行营见蒋介石,且被委任为第三路军上将副总指挥，负责协助陈诚"剿共"。从1933年起，他亲自参与了历次战役，和共产党周旋了无数次。湘江之战中他也让红军吃了不少苦头，所以后来有人说，"薛岳是红军长征路上最为头疼的敌将"。红军长征时，他率领国民党中央军八个师穷追不舍，确实给红军造成很大威胁，可以说红军走了两万五千里，他长追了两万里。他和中共很多领导人交手多次，也成了"不打不相识"的"老朋友"。

其实大伯跟共产党的很多高级干部很熟，他和叶剑英同是"老广"，早期更是"兄弟兄弟"的互相称呼。我父亲跟邓小平也很熟。邓小平到法国勤工俭学的时候，我父亲薛仲述也在法国多佛尔航校学习开飞机。后来我父亲也常常提起周恩来、邓小平这些人，他也很尊敬他们。

赫赫战功

1937年，淞沪会战爆发时，大伯还驻守在贵州。他连续三次请命，要求到前线抗战，最终得到蒋介石的应允。9月17日，他到达南京，被任命为第十九集团军总司令，归第三战区左翼军总司令陈诚指挥，投入淞沪战场作战。他们在蕴藻浜南岸一带坚守半个多月，虽然伤亡巨大，但也给日军很大打击。

淞沪会战中，大伯还有一次死里逃生的经历。11月初，日军从杭州湾登陆，向中国军队发起猛攻，为了掩护主力部队撤退，大伯一直坚持到11月11日。当天傍晚，他正在安亭司令部与第六十七师师长黄维通电话时，突遭日军攻击，通话中断。他急令特务营抵抗，同时率司令部人员撤退。途中他的车又遭日军袭击，司机、副官和卫士都中弹牺牲。此时大伯正感冒发烧，声音已经嘶哑，他急忙打开车门，跳到路旁的稻田中，幸亏他水性好，游过河沟幸免于难。

1938年6月，日军进攻武汉，大伯出任武汉卫戍区第一兵团总司令，他指挥军队在万家岭一带，重创日军，俗称"万家岭大捷"。这是中国抗战中唯一几乎全歼日军一个师团的战役，至今还被很多人提及。

在整个抗战过程中，大伯最为有名的战绩，当然是三次长沙会战。

国民政府原来是不准备守长沙的。蒋介石的意图是，守着阵地打，守不住就走，避免决战，保存实力。当时大伯接到命令，在长沙死守两个星期，一旦压力太大守不住，就把部队后撤到湖南醴陵、衡山、湘潭地区，放弃长沙以北。可是大伯又来了倔脾气："什么挺不住？我老薛一定挺得住。"为此白崇禧和陈诚专门乘飞机从重庆到长沙，面劝他。大伯坚持不撤，还斥责他们俩是懦夫。陈诚和白崇禧没办法，只好无功而返。

当天晚上大伯把电话直接打到了重庆，找蒋介石请战。当时蒋介石已经入睡，是宋美龄接的电话。大伯在电话里跟宋美龄说："我就要在长沙打，打败了我自杀，以谢国人；打赢了算我抗命，你们枪毙我！"宋美龄告诉他不要激动，由她向蒋介石转达。第二天宋美龄就给大伯打电话："伯陵兄，委员长讲过了，你要有这个信心你就在这里打，这个时候我们难得有这样的信心，有这个信心我们为什么不要呢？你这不是抗命，现在委员长重新下个命令，配合你。"后来蒋介石补发了一条命令："在长沙打！"

在长沙会战中，大伯开创的"天炉战法"至今还被很多军事迷津津乐道。大伯晚年的时候，台北的"中央研究院"为他整理了一本回忆录。有时他们在采访的时候，我就坐在旁边听。大伯用他的一口湖南官话跟对方侃侃而谈——我们家乡在粤北，靠近湖南，讲普通话来与湖南话很接近，大伯最爱提及的，也是"天炉战法"。他后来解释说：当日军发起进攻时，在保存自己的情况下，部队先节节抵抗，节节后退，尽量地拖累和疲耗敌人，然后向斜侧后方山地撤退，绕到敌人的包围线外面去，从更大的层面上形成对日军的反包围，砌成两面"天炉之壁"。同时，在中间地带，彻底地破坏交通道路，空室清野，诱敌至决战区域，而断其后路，从四面八方构成一个天然"熔炉"，最后歼灭包围之敌。

大伯当时有一个口号："化路为田，运粮上山。"就是把路统统破坏掉，使敌人的机械化部队没办法活动，田埂也被缩小到只有一尺之内，穿皮鞋的日本军人在田埂行军也十分困难；运粮上山，把老百姓同部队的粮都运到山上藏起来，使敌人不能够就地补给，不留一口饭给敌人吃。

　　日本人在长沙会战中吃尽了苦头，他们称薛岳为"中国战神""长沙之虎"，对他心生畏惧。有一个流传已久的故事也是真的。抗战后期，日本人打到广东来，快到我们粤北老家时，留在家乡的二伯也跟着乡亲们一起逃到附近的山上，他们很担心日本人知道这是薛岳的家乡后，会来报复。可是日本人到了后，非但寸草未动，还把我们的祖坟清理得干干净净，杀鸡杀羊杀牛来祭祀。就是因为大伯把日本人打得落花流水，他们觉得薛伯陵（薛岳）是一个英雄。

　　大伯很早就声名远扬，抗日战争更为他赢得赫赫威名。1942年1月，大伯获得国民政府颁发的象征最高荣誉的青天白日勋章；1946年10月10日，美国总统杜鲁门授予他"自由勋章"，以表彰他的战功。在中国赫赫有名的美国"飞虎队"队长陈纳德将军的遗孀陈香梅女士，后来在美国出版了一本畅销书，叫《一千个春天》(*A Thousand Springs*)，我高中的时候就买来看了。那本书里讲到，抗战时期，天上有一个"flyingtiger"（飞虎）是陈纳德，地上有一个"runningtiger"（奔虎）就是薛岳。这是相当高的评价。

"兄弟相争"

　　征战多年的大伯其实特别渴望宁静的生活。1945年日本宣布投降，大伯在江西主持受降仪式后，立即解散了长官部，也推辞掉山东省主席兼济南绥靖主任之职，从南昌迁到上海，决心"解甲归田"。薛家兄弟五个，从来没有分过家，一直是一大家子生活在一起。薛家以前非常穷，后来大伯带着我爸爸薛仲述、四叔薛叔达、五叔薛季良从军，二伯薛孟达在家里管家。其他四兄弟打拼赚了钱之后就往家里送，二伯在家乡买田买地，慢慢就把家业给兴旺了起来。

那时候，我父亲和四叔、五叔还都在前方打仗，我和母亲就住在大伯家。我们在上海住的房子很漂亮，前面有很大的院子，这幢房子以前是汪精卫的家，后来被没收，给了大伯住。

可是那时候的情势，也注定过不了他想要的那种生活。眼看国共即将展开厮杀，我还记得大伯那时经常在家里念叨：好不容易打完八年抗战，老百姓吃了那么多苦，为什么打完日本人又要打自己人？何必自相残杀！言语间很是痛惜。大伯经常说这样一句话："国民党和共产党都是同门师兄弟，共产党的方式是自下而上，国民党从上往下，两者都是为了国家，殊途同归。"所以他当时曾提出这样一个建议：以山海关为界，把东北交给共产党，共产党的共产主义做关外，国民党的三民主义做关内，"公平竞争"。这个看法和老蒋产生了严重冲突，据我所知，这也是他俩矛盾的导火线。

国共内战全面爆发后，当时任参谋总长的陈诚，受蒋介石委托，两度召见他，第一次要大伯当陆军总司令，被大伯婉言谢绝；第二次陈诚又要让他任海军总司令，大伯以自己非海军出身为由，推辞不就。不久，蒋介石亲自召我大伯到南京，要他接替顾祝同，出任"徐州绥靖公署主任"，这一次，大伯感到难以推辞，只好再一次披挂上阵。

那是1946年5月，我已经在上海读小学一年级了，起初觉得"主任"好像不是什么大官，没有"司令"听起来那么威风，很多年后才知道，这一位置可是非同寻常。他下面管了几十万大军，可以说当时国民党最精华的部队都在他手里。为什么要选在徐州呢？你看《三国演义》，看中国古代历史，徐州历来是兵家必争之地，它刚好在中国南北的中间点上，无论铁路、公路都是枢纽之地，所以蒋介石也必然要在这里设立"绥靖公署"，对付共产党。大伯在这里坐镇，与陈毅、粟裕在华东对抗。粟裕对他有一评价，说他是"国军中的干将"。

可是大伯在这个位子坐了一年多，就被蒋介石调走，转而给了他一个"总统府参军长"的虚职。调他离开的原因，大伯后来回忆，他和陈诚对当时的指挥有一些不同意见，国防部作战次长刘斐借机对蒋介石说："陈辞修（陈诚）、薛伯陵（薛岳）对统帅信心已经动摇，不听委员长的命令。"我们后来才知道，刘斐很早就加入中共，一直潜伏在国民党的国防部里。接替他的是刘峙，国民党将官里面对他普遍评价不高，我还记得大伯在家里吃饭提起他时一直摇头哀叹："完了，半壁江山就快没了……"

大伯是个倔脾气，他一气之下决定辞职不干。我记得很清楚，有一天大伯回家跟我妈妈说："三嫂，交代大家一下，我们回家去了！"我妈妈一听有些糊涂："大哥，回家？这不就是我们的家吗？"大伯有些生气地回答："三嫂！听不懂啊？我们回老家去啊！"我从来没有见过大伯对我妈妈讲话那么大声，显然他当时的心情很不好。那天吃晚饭时，我印象也非常深刻：他们大人一桌，我们小孩子一桌，气氛有些沉闷，我们小孩子就在一旁嘀咕纳闷：大伯究竟是怎么了？

我们薛家从来不分家，一向是同进同退的，所以离开上海的时候，我们家包了一节车厢，挂在火车头后面，还记得我们这些小孩子都非常好奇，而对外面纷乱的时局、对身边心事重重的大人们也毫无体会。我们一大家子人就这样回到了广东乐昌的老家。

可是在老家还不到两周，上面又来了新命令：任命薛岳出任广东省政府主席兼保安司令。那时已是 1949 年初，蒋介石已经下野，上了台的李宗仁也没有能力收拾残局。宋子文、陈诚一再来信苦劝大伯出山，还有广州当地的一些人士也上门劝说，大伯无奈之下只好应允。他乘粤汉铁路火车离开乐昌、南下广州的晚上，乐昌当地舞狮舞龙、燃放鞭炮热烈欢送。可是对于这一次的前途，大伯心里多少是清楚的，在火车上，他对自己的老师说："这一次是去跳火坑的，前途未卜，还不知道能不能再回家乡。"说罢掉了眼泪，听者也跟着黯然落泪。

此时的国民党大势已去，他这个省主席也是当得有责无权，有心无力，孤掌难鸣，身边的人也是各自在为自己打算。1949年10月，解放大军入粤；12月，他转到海口，被任命为海南防卫总司令，实际上麾下已无国民党正规军一兵一卒。大伯派船把原来广东省的六个保安师运到海南，编成了第四军、第六十三军和第六十四军，每军各两个师，又利用军舰和飞机在海南构筑了一道"伯陵防线"。据说毛泽东知道薛岳在守海南岛时，还特地嘱咐海南岛的前线将领："你们遭遇薛伯陵务必持重。"

大伯是1950年5月从海南撤退的。因为解放军当时无制空权和制海权，所以他把在海南的部队完整地撤退到台湾。其实大伯当初没打算撤到台湾，他准备和蒋介石谈："你守台湾，我守海南岛。"因为带到海南的，很多都是他自己的人。而且当时海南岛与大陆是隔绝的，琼州海峡又并不是很宽，所以他想以海南为基地，从这里"反攻大陆"。现在还有一些资料说陈济棠与薛岳在海南闹翻了，这是根本不可能的事情，他们俩都是"老广"，从来不会互相扯后腿的，就算是桂系的人见到"老广"，也要"见面三分礼"的。其实大伯最终从海南岛撤出，是美国人的主意，因为美国只能帮助蒋介石协防台湾，所以国民党最终只能放弃海南岛。

淡出政治

大伯在海南带的三个军，是他一生调教的最后一支部队。到了台湾后，这三个军被整编为四个师。从此，大伯手上没有一兵一卒，彻底没了兵权。古书上说"杯酒释兵权"，大伯连"杯酒"都没被用上。蒋介石给了他一个"总统府顾问委员会顾问"的职务，也是个闲差。

到台湾不久，大伯就在嘉义的阿里山脚下挑了一块地，他雇工平地，开路凿井，修运动场，种了花木果树，又修建了五间房子，给兄弟几个居住，所以我们一家人到台湾后，还是没有分开。为什么选嘉义呢？因为大伯感觉那里的山水非常像我们老家。

其实从我们内心来讲，当初谁也不愿意离乡背井来台湾。那时在我们心目中，台湾是只有槟榔树和椰子树的蛮荒之地——事实上我们当年刚到台湾的时候，它也就是那个样子，荒凉得不得了。当初即便解放军快打到广东老家的时候，二伯也不肯走。他说："走什么走？日本鬼子来了都对薛家没怎么样，解放军好歹是中国人，也不会把我们怎么样的嘛。"大伯特地让我父亲回到老家，劝说二伯，他才不得不离开。

安顿好了之后，大伯又有意识地叫其他兄弟几个陆续从军队中退出。我父亲、四叔、五叔都是由我大伯一手拉扯大的，长兄如父，大哥说一不二。当年他们是军中有名的"薛家兄弟"，后来也都像大伯一样，淡出政治。我父亲是黄埔五期的学生，多年征战沙场，也深得蒋介石的重用。他当时的职务是第五军军长，驻守金门——这个第五军军长非同一般，金门一共才三个军，我父亲管了两个军，不但如此，连海军陆战队也都归他指挥，可想而知当年胡琏对他是非常赏识的。胡琏从"金门防卫司令"退下来后，蒋介石一度想让我父亲接任他的职务。可是我父亲推说自己年龄到了，趁此机会就退休不干了。薛家五兄弟中，除了四叔（薛叔达）住在桃园、五叔（薛季良）全家搬到美国外，老大老二老三还是一起住在嘉义那里。

到了台湾之后的大伯，实际上已经离国民党的政治中心越来越远。大伯的元配夫人与宋美龄是拜把姐妹，因为她们都是海南文昌人，所以大伯与宋美龄关系也非常好，他的很多话都是通过宋美龄转的。他和蒋介石闹矛盾的时候，宋美龄也从中做了很多工作。当年大伯在徐州不肯放兵权，就是宋美龄出面去劝他的。大伯母去世后，他与蒋氏夫妇的关系也越来越淡。

在国民党的高官中，大伯与陈诚两个是真交情。抗战初期，陈诚任第六战区司令长官兼第九战区司令长官。武汉沦陷后，他把第九战区的军事权交给大伯代理。我记得在台湾读大学的时候，有一次陈诚在高雄澄清湖的一个招待所和大伯见面，大伯还带着我和我的堂弟（大伯最小的儿子）一起去看陈诚。这次会面时，我依稀听到陈诚提及，当时第九战区大大小小的事情，其实都是大伯在处理。陈诚后来到重庆再三向蒋介石请求，蒋介石才把第九战区司令长官的实职给了薛岳。

陈诚一生中有两次把自己的职位让给我大伯。第二次是到了台湾以后。当时陈诚担任"副总统"，兼"光复大陆设计委员会"主任委员，大伯是副职。1966年，陈诚把主任委员又让给了我大伯。

大伯与余汉谋和张发奎也是好友。张发奎当时长期住在香港，每次到台湾来一定要找薛岳，我在大伯家见到张发奎好多次，我喊他"张大伯"。余汉谋和张发奎都是"老四军"的人——国民党的第四军在北伐期间就赫赫有名，被称为"铁军"。共产党里面很多将领，比如叶挺也是国民党第四军里出来的。"新四军"的名称也是从"老四军"而来。

在台湾的军阶中，特级上将只有蒋介石一个人，"独此一家，别无分号"；然后是四颗星的一级上将、三颗星的二级上将。大伯的资历虽然很深，可是他到了台湾后很长时间都一直是三颗星，直到1965年才升为四颗星。可是何应钦、白崇禧早就是四颗星了。大伯最看不起的人就是白崇禧，他觉得白崇禧是败国民党之功臣。不知道大陆这边的杂志，为什么还称他为"小诸葛"。

国民党失掉了大陆，我不认为是共产党打败了国民党，而是国民党自己打败了自己。

大伯后来是看透了，和蒋介石"没得玩了"。他觉得蒋介石想打仗的时候才会想到他，天下太平的时候就把他一脚踢开。我记得他和我们说过这样的话："孙先生打天下是这样的……"他用手从里往外画圈，越画越大，然后又说，"蒋先生打天下是这样的……"从外往里画圈，越画越小。长大以后我慢慢琢磨这句话，越想越觉得有道理。到台湾之后，蒋介石身边全是江浙人了，孙先生那个时候身边都是湖北湖南人，连冯玉祥这样的人都为孙中山所用，到了蒋介石的时候，冯玉祥有事干吗？你听过冯玉祥的笑话没有？冯玉祥拿着草绳吊着一小块肉，大白天提个大灯笼去看蒋介石。蒋介石看到灯笼，冯玉祥二话不说吹熄灯笼，蒋介石问他："老冯啊，你这是干什么？"冯玉祥说："哎哟！你不知道天下乌烟瘴气，只有到委员长这里才大放光明，所以我这灯笼就不要了。"我们在家也经常说这种笑话，大伯听了，也跟着我们笑，大家知道，他对蒋介石后来也有失望之情。

当年蒋经国快要当"总统"时，大家的政治嗅觉都非常灵敏，一有风吹草动都异常敏感，台湾的报纸杂志不知道从哪里得到消息，纷纷传说蒋经国要请薛岳当"行政院长"。我那时候已经上高中，印象非常深刻：我们住在嘉义竹崎乡下，房子很简陋，家门口是一条上山的马路，平时非常冷清，突然间，有很多大车停在这里，人来人往，车水马龙，很多人听说薛岳要"组阁"，而跑到我们家"拜码头"来了。不过有这种传言也不奇怪，大伯当年在贵州、湖南、广东都当过主席——马英九的父亲马鹤凌就曾亲口告诉过我，大伯当年在湖南主政时，他还是一个高中生，在台下看着大伯演讲。论经验、论资历，大伯当这个"行政院长"都绰绰有余。可蒋经国最终没有选择我大伯。他当年是怎么考虑的，外界无从知道，但是至少在表面上，他一直对大伯尊敬有加，还几次上门征求他的意见。

传言不攻自破后，本来门庭若市的家门口一夜之间又门可罗雀。世态炎凉，人心冷暖，可见一斑。不过大伯对此倒一直是淡然处之，因为类似的事情我们也看得太多了。当年大伯任"绥靖公署主任"时，家里的客人非常多；等他一变成虚的"参军长"时，就基本上没有人登门了。所以后来我们全家对政治都是"敬鬼神而远之"。

云淡风轻

大伯晚年基本上是在嘉义乡间过着闲云野鹤般的生活。大伯的第一位夫人叫方少文，在他做"参军长"的时候就去世了；他的第二任太太姓谭，本来是在上海教我们几个孩子的家庭教师，到了台湾后被人介绍给大伯，跟他结了婚。大伯晚年的衣食住行起初都是这位伯母照顾的。

大伯晚年生活非常有规律。他每天早上4点多钟起床，洗漱完了就出去运动。他穿着大马靴，"啪！啪！"地走，还像军人一样。运动完了洗个澡之后，他开始练字，他自己练了一种很特别的字体，然后看书，生活起居非常有规律，到下午再睡半个钟头觉，继续读书。吃的东西基本上也不忌口，可是什么都不贪吃，点到为止。

大伯留在历史上的形象是一员武将，可是在生活中，他却是温文尔雅，除了那次要回广东老家的时候大伯对我妈妈说话大声一点外，我从不记得他在家里发过什么脾气。他对中国古典文化酷爱得不得了，喜欢读的也是《论语》《易经》这些古书。晚年时，有一些被他遣送回日本的老兵还专程跑来嘉义拜访大伯，向他忏悔。大伯对日本的老军人也很客气，大家坐在一起，平心静气地谈论当年双方的交手。

1971年，我从国外回到台湾。因为我是独子，父辈这一代，包括我父亲、四叔、五叔都只有一个孩子，我就决定回来陪爸爸妈妈。可是大伯对我的决定似乎不太赞成，我去看他时，他说："你为什么回来？你傻乎乎地回来干什么呀？"大伯的第一位夫人生了五个孩子，后来都早早去了国外；第二位夫人生了四个孩子，最大的儿子也比我小十岁，大伯和这几个孩子年龄差距很大，再加上大伯平时在家里又不苟言笑，所以他们也谈不上与大伯多亲近。大伯的许多事情，我还比他们知道得多一些。

大陆与台湾往来解禁之后，我的身份出入大陆比较方便，我就带些客家的东西回来。客家人喜欢吃鱼干炒辣椒——那种辣椒不是普通的辣椒，是红辣椒晒久了变色而成的白辣椒。记得有一次我从家乡带了很多辣椒回来，他吃得特别高兴："哇，家乡菜，真香啊，可是落叶归不了根了……"言语间无限遗憾。

大伯、二伯和我父亲这三兄弟一直生活在一起，从来没有分家。到了20世纪90年代，二伯、我父亲，还有大伯娶的第二位夫人都相继去世，我们第二代留在台湾的人也不多，住得也很分散。同辈人都走了，只剩下大伯孤零零一个人在乡下。父亲去世后，我就把大伯当做自己的父亲，经常去探望他，陪他聊天，可是我也知道，老人家内心深处的那种寂寞是我们无法帮助排遣的。薛家人都高寿，我的五叔薛季良现在还在世，已经一百岁了。高寿则高寿，但是与自己同时代的人都走了，这个世界上只留下他一个人，你能想象得到那种孤独的光景……

　　大伯是1896年出生的，1998年离去，用传统的算法，他虚岁活到了104岁。大伯的葬礼是按照"一级上将"的规格来办的，也无所谓隆重或不隆重。只是那个时候台湾也没几个人知道"薛岳"的名字。可是最近这些年，在海峡的这边，他的名字却被越来越多的人提及。我想如果大伯地下有知的话，会很欣慰的。

（2011年）

我的父亲母亲:"人民导演"与"红色间谍"

口述:蔡明

1941年,蔡楚生与陈曼云合影

如果不仔细看,很难注意到客厅里挂着的那幅已经有点褪色的画,是蔡楚生当年拍《一江春水向东流》时画下的拍摄构想图,如今成了他留给儿子蔡明的一份特殊纪念。蔡楚生拍片数量并不多,但是他的许多作品却在中国电影史上留下重重的一笔。

蔡明的母亲陈曼云,早年即跟随潘汉年从事情报工作。蔡楚生与陈曼云,职业迥异的两个人,却在特殊的时空下走到一起,也经历了一段特殊岁月。相对于父亲,蔡明坦言对母亲的事情了解太少,"还有很多谜等着慢慢揭开"。

从学徒到导演

1927年冬天，21岁的父亲瞒着爷爷和家人，离开家乡汕头，只身到上海，寻求他的电影梦。

一年前，上海一家电影公司来汕头拍戏，需要找既熟悉本地情况，能吃苦，又懂点文艺的青年人当助手，父亲由此被介绍给了导演陈天。那时父亲正在汕头一家商铺当学徒，他喜欢文艺，业余时间还组织小剧团演话剧。这次被陈天选中，在影片拍摄现场，他眼界大开，对电影产生了浓厚兴趣，开始跃跃欲试。拍摄结束后，他赶写了一出以汕头时弊——赌博——为题材的剧本《呆运》，在陈天的帮助下，拍成了电影并在汕头上映。这是他与电影终生结缘的开始。

说起来，上海是父亲的出生地，早期我的爷爷在上海做小生意，后来带着全家回到广东。潮汕那边风气比较保守，爷爷比较封建，性子暴烈。所以我父亲读了四年私塾后，爷爷送他到汕头的一家商铺当学徒，希望他继承点小家业。摄制组的到来，点燃了他追求自己梦想的勇气。

可是等他真的到了上海后，才发现这偌大的城市，让他四顾茫然。父亲起初尝足了失业的苦味。他后来找到了陈天，在陈天的介绍下，进华剧影片公司打杂，从最底层的勤杂工做起，字幕、置景、场记、剧务、美工、临时演员……什么都干过，但他对待每一件事情都非常认真。父亲只有四年私塾的书法底子，第一次让他做字幕时，他到小摊上买来笔、砚，临时抱佛脚练习，把自己关在房间里两天两夜没出来；最后人家觉得他的字写得还不错，就让他留下继续打杂。有一次，为了扮演一个黑人，他用墨灰把自己涂个精黑，等片子拍完，深更半夜，别人都回家酣睡了，他还在一遍又一遍地用刷子擦洗身上的黑灰。可是父亲是个有心人，这样的经历使他对电影生产的各种技术和技能了如指掌。

像父亲这样"出身卑微"的人，起初肯定被人看不起，但他从来没有放弃过对电影艺术的追求。虽然月薪仅仅12块钱，连起码的日常开销都不够，但他仍然要挤出一点"学费"，购买文艺书刊和电影票。每次边看电影边细心揣摩导演手法，遇到自己认为好的，就在笔记本上记下来。因为没上过几年学，父亲后来在从艺生涯中，身边随时都带着两本大《辞源》，遇到不懂的问题就查。抗战期间从桂林逃到重庆时，衣服没了，人差点都没命了，最后唯一留下的就是这两本《辞源》。这两本《辞源》一直跟随着他，至今还保存在我姐姐手里。他总是说：它们是我一辈子的老师。

父亲渐渐在电影圈里赢得了一些认可。可是他后来却对电影界的一些现状越来越不满，1929年冬季的一个夜晚，他鼓足勇气冒昧去拜访大导演郑正秋。郑正秋有"中国第一代导演"之称，也是潮汕人。为了赢得机会和信任，父亲向郑正秋提出：愿意不计任何酬劳，做他六部影片的副导演。郑正秋被我父亲的真诚所打动，最终力排众议，让父亲做了他的副导演。

遇到郑正秋，是父亲一生事业的转折点。爸爸后来常回忆，有时候，郑正秋要他写对白，爸爸费尽脑汁、字斟句酌地写好了，郑正秋一看，不是说老百姓看不懂，就是说老百姓不喜欢。爸爸后来学着写电影剧本，送给郑正秋看，他还是那两句话。爸爸最后从郑正秋那里学了一招——经常到剧场电影院和老百姓一块看戏和电影，研究观众的反应，散场后跟在观众屁股后边听议论。回来后仔细琢磨，渐渐就摸着了各个阶层观众的心理。

因为知道自己的起点低，所以父亲会比别人多付出几倍努力。在工作上，父亲是个完美主义者，喜欢亲力亲为。他擅长绘画，常将自己的构想随手绘成草图，使合作伙伴一目了然，在摄影、置景、场面调度等环节及时领会他的意图。他常常是熬了十几个通宵写就剧本，接下去分镜头、设计布景、挑选演员……所以王人美、黎莉莉给他取了个外号叫"夜妖精"，因为他熬夜工作的劲头太令人吃惊了。每回剪辑电影片子，爸爸总要抱一摞香烟，一整夜一整夜地蹲在片场边，直到剪出满意的片子。也是事事都要亲力亲为的行事作风，很快就把他身体搞垮了。可是他这个习惯保持了一生，一直到后来他做了领导，只要身体允许，他的讲话稿都是自己写，从不要秘书代劳。到外地出差时，临走前他总是自己把房间收拾得干干净净。

1931年，父亲受聘于刚成立不久的联华影业公司，从此成为正式的编剧和导演。不久爆发的九一八事变和一·二八抗战，影响了他的艺术道路。后来在左翼电影评论的影响下，他的思想经历了一次重要转变，开始关注下层百姓。1933年，他完成了《都会的早晨》，在上海首映时，连映18天，轰动一时。一年后，又拍摄了《渔光曲》，更创造了他事业的一个高峰。首映时正值上海少有的盛夏酷暑，这部片子仍连映84天，创下20世纪30年代中国影片卖座最高纪录。父亲有生活来源，对渔民、渔霸的生活都非常熟悉，所以他拍出的作品才可信并能引起广泛共鸣。1935年，《渔光曲》在莫斯科国际电影节上获得荣誉奖，成为中国第一部获得国际荣誉的故事片。评语说，这部电影"以其勇敢的现实主义精神，生动深刻地反映了中国的现实生活"。

《渔光曲》成功的另一个重要因素是它里面的歌写得好。"鱼儿难捕租税重，捕鱼人儿世世穷"的歌声当时响遍上海大街小巷。《渔光曲》的词作者是后来成为田汉夫人的安娥，作曲是父亲的好朋友任光。任光当年受叶挺邀请，到新四军军部所在地泾县云岭，1941年1月在皖南事变中被机枪打中牺牲。父亲在日记里很沉重地记下了这一天，他说自己的那副墨镜还是任光送的。父亲在音乐界有两个好朋友——聂耳和任光，可惜都英年早逝。

阮玲玉是父亲的同乡，他们俩是非常好的朋友和搭档，可是生活经历完全不一样。阮玲玉的母亲在别人家做保姆，阮玲玉和东家的儿子好上了，结果那个人好赌，经常找她来讹钱。她后来又认识了唐季珊，也遭遇种种欺骗，内心逐渐变得绝望，那一晚她挨了唐季珊一个耳光，悲愤之下走上死亡之路。香港那部《阮玲玉》电影，把我父亲描绘成一个犹犹豫豫不肯接受阮玲玉感情的人，最终让失望的阮玲玉走上绝路，我觉得那么拍没什么道理。父亲的确是同情阮玲玉的，包括后来她的墓地和碑文，都是他选的和写的，但他们两人之间只有友情没有爱情。退一步说，那时候两个人都没家没业的，即便有感情，也是无可厚非的。父亲和阮玲玉是两种类型的人，他们追求的志向也完全不一样，这也是为什么他后来会看上我妈妈这样的地下党员的原因。

香港大营救

很多熟识我父母的朋友经常开玩笑说："没想到你爸爸身边是咱们共军的大间谍！"玩笑背后，是爸爸妈妈一段颇不寻常的婚姻。

妈妈陈曼云是广东番禺人，和父亲同岁。我记得新中国成立后妈妈经常说的一句话是："长征时期剩下的老党员没几个了，我就是其中一个。"妈妈早在1926年就参加了共产党，1927年国共分裂之后，一批共产党员被派到日本留学，妈妈就是其中一位。她进入日本明治大学学习，这一批学生后来组成"中共东京特别支部"。1929年，他们在东京组织"五一国际劳动节"庆祝大会，结果国民党士官学校的学生来砸场子，引来了日本特高科，把他们这些人一个不漏地都抓了起来，最后当成外国留学生闹事处理，半年后把他们全部驱逐出境。廖承志叔叔后来跟我讲这个故事时还感慨，那时候他们都是些二十岁出头的年轻人，没有经验，大张旗鼓地搞活动，结果把自己暴露出来。廖叔叔还告诉我："那个时期在日本一同革命的同志，最后就只剩下司徒慧敏、黄鼎臣、你妈妈和我，我们四个人。"其他有的牺牲，有的叛变，有的中途逃跑，所以他们四个人一直到解放，都是最好的朋友。

从日本回国后，妈妈在上海从事地下工作，在潘汉年手下任"交通"。1931年，上海警察抓捕了很多共产党员和进步人士，妈妈也是其中一个。所幸妈妈没有暴露身份，不久被我外公保了出来。后来这些人当中的23人被枪杀，包括著名的柔石、胡也频等"左联五烈士"。

抗战爆发后，妈妈也撤到香港，她经常去电影公司看司徒慧敏拍戏，由此认识了爸爸。妈妈当年搞妇女运动时，也请爸爸去学校讲过几次课，他俩就这样慢慢走到了一起。

爸爸只知道母亲是进步人士，但对她的具体身份和所从事的工作，应该不是很清楚。妈妈从日本回来后，一直从事党的秘密情报工作，抗战时期转到香港，在廖承志手下工作。1939年，潘汉年到香港治病，因为潘汉年在香港的关系多，中共中央决定让他组建华南情报局，统一领导原在香港的各系统情报班子。潘汉年向廖承志提出借我妈妈到他那里工作，妈妈便加入了这条秘密战线。我后来看《潘汉年》电视剧，里面还有这么一段——潘汉年问："陈曼云哪儿去了？"别人回答："正跟蔡楚生谈恋爱呢！"

妈妈在香港的工作主要是"交通"，就是传送情报。有一次，她要送情报的那一家人被抓，妈妈不知情，到了那里也被英国警察抓了进去。不管警察怎么盘问，她死死咬住一句话："我走错地方了。"英国人找不到什么把柄，只好第二天把她放了。

1941年，爸爸、妈妈在香港《大公报》上登启事结婚，职业完全不同的爸爸、妈妈却最终走到一起，这也许只能用缘分来解释吧。他们的感情非常好，一辈子没吵过架。

就在他们结婚半个月之后，"珍珠港事件"爆发。日军开始轰炸香港启德机场，同时集结在深圳河沿岸一带的日军第三十八师团精锐1.5万人，兵分两路，沿青山公路和广九铁路南进，突袭新界和九龙半岛。那时候，香港聚集了一大批从内地转移至此的著名政治活动家、学者、文学家、艺术家，包括何香凝、茅盾、邹韬奋等，有一百多人，这批文化人处境非常危险。

12月18日，日军强占香港。日本文化特务久田幸助在电影院打出幻灯，点名请梅兰芳、蔡楚生、司徒慧敏、田汉和郭沫若五人到日军司令部所在的半岛酒店"会面"，实际上是想拉拢这批文人。爸爸他们只好各自找地点隐蔽起来。司徒慧敏将香港中央电影院的地下室作为临时避难所，爸爸妈妈则躲到跑马地黄泥涌的防空洞。

当时周恩来给中共南方局发电，要动员一切力量，趁日军立足未稳、尚不熟悉情况之前，以最快的速度把这批文化精英从香港抢救出来。廖承志、潘汉年与连贯（注：国务院侨办副主任）具体负责此事。因为这个过程极其艰难危险，廖承志当时不得不作出这样一条指示：所有撤退人员遇险时需各人顾各人。在一系列紧锣密鼓的精心安排下，邹韬奋、茅盾等这批文化界人士，大部分都是沿着他们开辟的秘密交通线，从香港偷渡到九龙，再转移到东江游击区。廖承志觉得父亲和司徒慧敏已在香港拍了三年电影，好多人都认识他们，这样走太危险，于是决定换条线路。

受中共地下组织委托，帮助妈妈协助爸爸转移的是二十多岁的香港姑娘巢湘玲。当时爸爸几经搬迁，躲在筲箕湾小巷中一家已停业的藤店里。为了稳妥起见，爸爸扮作一个失明的老人，身穿蓝灰色长衫，头戴一顶灰色旧毡帽，鼻梁上架着一副陈旧的太阳镜，妈妈和巢湘玲扮成他的两个外甥女，一大早有意识地夹在难民群中，往城外走。每过一个岗哨，他们都要停下来接受检查和盘问。妈妈在日本留过学，会说日语，所以她来打前站，每过一个岗哨，由她跟日本哨兵打招呼。日本人看她会说日语，检查得就松一些，也分散了对爸爸的注意。爸爸则做出老态龙钟的样子，一手拿着个包袱，一手扶着巢湘玲的肩膀，就这样通过一个又一个岗哨，终于到了指定的码头，乘船到达澳门。在这里爸爸与先期到达的夏衍、司徒慧敏、金山、王莹、谢和赓、郁风等人会合，这十几人，水陆兼程，经台山、开平、肇庆、梧州而到柳州。有趣的是，他们到达柳州时，正逢在这里驻扎的演剧四队、五队准备为司徒慧敏、蔡楚生开追悼会——因为小报说，他们二人在香港都被打死了。几个月间，八百多位民主人士、文化界进步人士从香港安全地转移到抗日大后方，茅盾后来称这场秘密大营救是"抗战以来最伟大的抢救工作"。

秘密战线

爸爸撤退时，妈妈并没有跟他一同走。她把所有的事情料理完，带着我姨妈和刚出生才几个月的我,从香港先撤到北海,又到了桂林,和已转移到这里的父亲团聚了四个月后,妈妈又接到了一个新任务:到日占区建一个敌后电台。于是妈妈再度起程,像广东女人那样,她用布把我绑在身上,背着我从桂林出发,经过韶关到湖南、江西、福建、浙江,辗转几个月,1943年左右在浙江淳安落脚。

跟妈妈同行的,还有一个发报员,叫陈建邦。陈叔叔也是位传奇式人物,他出生于台湾,后来到日本留学,学电气工程。七七事变后,在日本的中国留学生受到严密监视,有一次陈叔叔也被日本人不分青红皂白地抓了起来。陈叔叔非常愤怒,被释放后一气之下决定回国。他从香港进入内地,直接就进了东江纵队。像陈叔叔这种背景的人肯定成了宝贝。陈叔叔作风洋派,会打棒球、橄榄球,英语、日语都很好。在香港从事地下工作没有经费,陈叔叔应聘到美联社做报务员的工作,美联社薪水高,他把挣的钱当做经费给大家花。

妈妈接到建电台的任务后,因为缺人手,就到东江纵队去挑人,一眼就挑上了陈叔叔。

妈妈带着陈叔叔到了淳安后,开始建立电台向延安发电报,主要是日本方面的一些动态。陈叔叔是员福将,一辈子没有被抓过。因为他懂技术,调动工作地点时他从来不需要带无线电器材,每次都是到了新地方就地取材,自己重新建一套设备,所以敌人从来抓不住他的什么把柄。

在淳安工作一段时间后,妈妈又受命进入上海。陈叔叔的太太陈阿姨是位译电员,陈阿姨生前曾告诉过我,他们两口子当时为了办地下电台,以假扮夫妻身份做掩护,后来结成真夫妻。陈阿姨的父亲是老中国银行的一个处长,妈妈平时以房客身份租住在他们家。陈阿姨说,出于安全考虑,平时妈妈和她很少说话,装作不太熟识的样子,只有偶尔妈妈出去,托她照看我时才说几句话。

妈妈在日本"国际问题研究所"找到了一份工作,表面上这是一家科研单位,实际是日本外交部系统的情报机构。妈妈生前很少谈及她的工作，我也知之甚少，只是这些年从曾与她共事过的叔叔、阿姨口中，以及见诸报端的零零散散的文字中，才对这背后的复杂故事略知一二。

当年日本驻上海总领事馆副总领事叫岩井英一，是个中国通。岩井在上海建立了一个直属外务省的情报机构——"岩井公馆"，专门搜集中国的战略情报。1939年，潘汉年指示袁殊打入"岩井机关"。不久，潘汉年自己则以"胡越明"的化名，通过袁殊的具体安排，与岩井有了直接联系。潘汉年提出：在香港办一个公开刊物，作为活动据点，定期搜集情报，并负责每半月向"岩井机关"交一次情报，但岩井须每月供给活动经费2000元和办刊经费。岩井同意了这个计划。不久，一家名为《二十世纪》的杂志在香港创刊。以后岩井英一的代表小泉清一每月提供2000元经费。而中共方面则每过半月，向他们提供一份情报。至于向岩井机关提供的情报内容，经潘汉年与廖承志、张唯一等商定，由徐明诚和张唯一每半月起草一份有关大后方及国共合作的情况，有时增编一些英、美、苏在香港的动态。它们都是经过筛选的一般性情报。我的妈妈，就是执行这一计划的中间联络人。

应该说明的是，潘汉年的行动完全是经过上级同意的，而且后来也证明，通过这种合作，中共方面从日方获得了许多重要的战略情报，比如日本外务省决定与苏联进行互不侵犯条约的谈判，东条英机的战略意图是南进与英美交战而不是北进打苏联。1945年中共"七大"时，毛泽东在讲到敌占区大城市工作时，还对潘汉年的工作提出了表扬。

岩井英一的代表小泉清一在20世纪80年代还访问过中国。我听说他还向中方人员打听妈妈的下落，得知妈妈去世后，他又提出能否见一下第二代，被我国安全部门拒绝。

可是，这段地下工作的经历，也埋下了妈妈日后在"文革"中遭受冲击的祸根。

离乱岁月

妈妈带着我离开桂林之后，爸爸独自待在大后方，后来他经历了一生中最刻骨铭心的逃亡生涯。这也成为以后爸爸拍《一江春水向东流》的生活源泉和情感体验。

太平洋战争爆发后不久，日军从衡阳入侵广西，火烧桂林。黔桂铁路十几万民众开始大流亡。爸爸在友人的帮助下转到了柳州，那时候他积劳成疾得了肺结核，咳嗽、咯血，病情加重。不久，战火又烧到了柳州，爸爸的老友孟君谋设法帮助他搭火车离开柳州，去了贵州独山。那时候火车里甚至车厢上面都挤满了逃难的难民，父亲被裹挟在这些人中，身体不好，卫生条件又不好，他的病更重了。

可是到了独山后，前方的铁路被炸断，火车无法继续前行，难民们四散离去，各寻出路。身体孱弱的爸爸举目无亲，随身的衣物也几乎丢光，一个人孤苦地守在火车站台上。幸而遇到导演张客，扶他一起慢慢撤离。他们在难民群里走了一段路，父亲渐渐体力不支。张客看到不远处有辆卡车停在那儿，赶紧跑去向司机说情，却遭拒绝。张客看到司机身边坐着一位戴眼镜的中年人，像是有点文化，他就游说这位戴眼镜的人："这位是中国最好的导演蔡楚生，现在他病得很厉害，请求你们把他带到贵阳吧！"对方问张客："是拍《渔光曲》《迷途的羔羊》的蔡楚生？"张客赶紧说："对，对，就是他！"一边趁机把父亲拖过来推上车，可当张客也要上去时，却被拒绝了，说是"只能上一个"。张客这一举动几乎救了父亲一命，为此他也对张客感激一辈子。

父亲独自一人上了汽车，没走多远，车子又坏了，司机要车上的人都下去推，父亲也只好拖着病体下去，车子推动了，他却掉在了后边，只好使出全身力气追车，累得气喘吁吁……父亲在贵阳停了一段时间，后来终于挣扎着到了重庆，借住在老朋友孟君谋和吴茵两口子家里，此时的他几乎身无分文。

父亲在黔桂铁路大撤退中死里逃生，可是到了重庆后，他看到的却是花天酒地、纸醉金迷的另一番景象。他后来说:"有人说,生活是最好的教科书,这话的含义我体会到了,我天天在难民生活的铁流里滚,受到血的教育,这比我在上海十里洋场受的教育不知深刻多少倍!这要拍成电影多么震撼!这十万难民像铁锤一样老捣着我的心,我吃不下,睡不安,想了几夜……"这种强烈的反差让他有了创作冲动,他开始构思《一江春水向东流》。也正是因为这段经历,他才把这部片子的上集命名为《八年离乱》。

1946年初父亲回到上海后就马不停蹄地开始写剧本。那时候,周恩来通过阳翰笙找史东山谈话,希望上海能有一个拍进步电影的阵地。他们便开始创建"联华影艺社",一年后又改组成立了昆仑影业公司。

拍《一江春水向东流》时父亲的肺结核已经很重,那时候治肺结核没有什么好办法,就是打空气针——这是白求恩自己发明的,用很粗的一根针管往胸部打针,使受到结核菌浸染的病肺收缩,抑制它发展。父亲于是请郑君里来做执行导演,把自己设想的拍摄图画下来,交给郑君里。郑君里非常谦逊,每天拍摄一结束,不管多晚,都从徐家汇的片场骑自行车到我们在四川北路的家里,跟我父亲汇报进展,再商量第二天的拍摄。

昆仑影业公司是家民营公司,资金不充裕。而父亲又是个做起事来一丝不苟、极其认真的人,有时他会因执着追求艺术上的完美无缺,不惜工本、不问时间进度。为了艺术花钱再多,他都不会吝惜。所以电影拍拍停停,好多胶片都是过期的,电影公司老板也很着急,怕破产。他们催我父亲加快进度,父亲回答:我就负责拍电影,钱的事,你们找老板!

拍《一江春水向东流》时,我跟父亲到过片场,记得摄影棚破破烂烂的,那天正好是后期录音,工作人员在棚上吊了个大铁板,然后在下面摇,制造出"轰隆隆"打雷的声音。病重的父亲站在台桌上,指挥若定。他对周围的工作人员都很客气,别人也很尊敬他。《一江春水向东流》拍摄之初,并没有拍上下集的打算。可是在拍摄过程中他们边拍边改，细节越拍越丰富，而且内容非常生动，他们舍不得割舍，于是干脆将影片剪辑成上下两集。

1947年10月，《一江春水向东流》在上海一公映即造成轰动，竟出现了"成千上万的人引颈翘望，成千上万的人拥进了戏院的大门"的沸腾景象，许多群众即使生活拮据，也争相解囊买票。连映三个月，观众达71万人次，继《渔光曲》之后，再次创造了中国电影卖座的最高纪录。那时候搞左翼进步电影的人不少，但父亲来自底层，同情弱者，对社会种种不公内心有愤懑，所以他拍出来的电影，和经历离乱的那一代中国人产生了深深的共鸣，能代表大部分中国人内心的情绪。《一江春水向东流》能有那么多观众，也是这个原因。

地下电波

爸爸从香港回来后，妈妈的公开身份是家庭主妇，照顾爸爸还有我和小姐姐的生活。实际上在"导演妻子"身份的掩护下，她还在继续做地下情报工作。

1948年底，国民党特务机关抓人特别厉害。为安全起见，中共地下党组织敦促一批文化界人士离开上海到香港躲避。一直在周恩来、李克农直接领导下做情报工作的张唯一具体负责安排此事。新中国成立后，张唯一做过中央人民政府情报总署副署长，后来又任政务院副秘书长兼总理办公室主任。他一再通过我妈妈告诉爸爸：上海很危险，希望他赶快离开这里。那时候机票已经非常难买，爸爸通过昆仑影业公司设法买到两张机票。妈妈让爸爸带我先走，她要留下来一直等到上海解放。

可是在起飞前两天，爸爸突然胃病发作，吐得很厉害，没有办法，我们只好把机票退掉。爸爸思来想去，一跺脚，说了句："要走就全家人一起走！"于是，爸爸、妈妈、小姨、两个姐姐和我，全家六口人一起坐上了民生22号轮船，从上海去香港。我们是1948年12月28日离开上海的，结果1949年1月1日下午，国民党特务就突击搜查了我们家，抓走了替我们看房子的张客。几天后，一些陆续上门的亲戚、朋友也遭到拘审、盘查。

我们离开上海的第二天，妈妈负责的地下电台也出了问题，报务员李白被抓。李白叔叔原来是李克农的手下，后来隐蔽下来，从事情报工作。抗战期间，他进入上海，建立了一个秘密电台，往延安发报。我后来听在安全部工作的一位叔叔告诉我，李白的电台在1942年被日本人追踪到，当时日本人对他施了很多酷刑，但李白一口咬定是"私人电台"，日本人找不到什么证据，最后只好把他放了。李白叔叔留了下来继续工作。

1948年我们全家离开上海去香港的时候，就是他到码头送我们的，他站在楼梯上与我们告别的样子我现在还记得。李白叔叔是很淳朴的一个人，当然不像电影里孙道临演的那个李侠那么帅气。

其实我们从上海撤退前，妈妈已经跟李白叔叔说：这个电台不能再用，敌人已经开始注意到它，开始追踪了。但是李白叔叔着急把绝密的

电影《一江春水向东流》首映情景（摄于1947年）

国民党江防计划发出去，没想到，这最后一次发报就暴露了自己。李白叔叔是1948年12月29日被捕的。上海解放后，李克农派人去上海调查李白的下落，才知道李白是在上海解放前二十天被枪杀的。李克农建议将他的事迹搬上银幕，于是有了后来那部《永不消逝的电波》。《永不消逝的电波》是新中国成立后第一次拍摄的反映谍报战线工作的电影。现在反映这些隐蔽战线英雄事迹的影视作品越来越多，也越编越离奇，实际上这些工作说起来是传奇，但平时的工作和那些影视作品里说的相去甚远，越平常、越普通才越安全。

妈妈生前对自己的工作很少提及，但我记得有一次她曾经说过：英国的谍报工作是最出色的，他们可能十几年潜伏在一个机构里没有任何动作，也不被"启用"，所以可能这个人一直到死了，其他人都不知道他是特务。可是一旦要用，就只用一次，而这一次就是致命的。

新生活

1949年，北平解放后，毛泽东和周恩来邀请包括父亲在内的一批文化界人士到北平参加全国政协会议。5月14日，我们一家搭乘"华北轮"，一路北上，同船的还有其他七十多位文化界人士。船经过长江口时正好上海解放，到了北平后我们暂住在北京饭店。几天后，周恩来代表党中央在北京饭店举行招待晚会，席间他还特地询问父亲的健康状况。10月1日那天，父亲还到天安门城楼参加了开国大典。那一段时间，他和妈妈心情格外舒畅，他们觉得自己为之奋斗的目标终于实现了。

新中国成立后，父亲出任中央电影局艺术委员会主任、电影局副局长、中国电影工作者联谊会主席。他的主要工作是审片子：一个放映室后面有张小桌子，桌子上面亮着一盏灯，父亲一边看电影一边记录他的意见。看完后，他就跟导演讲：这个地方为什么不合理，应该怎么改，镜头怎么接才合理……父亲从来不是盛气凌人高高在上的，他都是从业务角度来和导演作探讨。周围的人对他都很尊敬，大家喊他"蔡老"——那时电影界有二"老"，一是"蔡老"，二是"东老"史东山。父亲对这个称呼哭笑不得："哎，我才四十多岁呢！"他还是很怀念上海，每次有上海朋友到北京来，爸爸都很高兴，把他们召集到家里，海阔天空畅聊一番，他的房间总是烟雾缭绕。

到了北京后，妈妈曾经的地下工作者的身份就公开了。我记得刚到北平的时候，李克农还专门请爸爸、妈妈吃了顿饭。新中国成立后，妈妈在国务院华侨事务委员会任办公厅负责人，她工作非常忙，经常出差安排华侨来访接待等。妈妈的工作单位在北新桥，我们家在西单。妈妈一周回两次家，他们俩的工资都很高，爸爸每月有300多块钱，妈妈200多块。妈妈把她的工资全部交给阿姨，让她照顾好我们父子两人的生活。

爸爸是一位艺术家，外向、热情、奔放；而妈妈18岁入党，特殊的经历造就了她冷静、坚强的性格。记得1948年我们全家从上海坐船撤到香港的时候，船上有卖馄饨的，我和小姐姐馋了，嚷嚷着要吃。爸爸就拿上钱带着我们去甲板吃馄饨，吃完了，发现钱袋子不见了——那里面装的是我们一家人的全部财产，全是美元。爸爸一下子急得不行，在船上到处找。妈妈安慰爸爸：没关系，天塌下来当被子盖——这也是她最常说的一句话。钱袋子最终也没有找到，妈妈也没有慌，到了香港后找她的朋友借了些钱，很快应对过去了。

爸爸性格温和，是个很有生活情调的人，他爱逛公园，又喜欢拍照，周末如果妈妈没有回来，他会经常招呼院子里六七个小孩子，坐上三轮车，带大家去公园游玩、拍照，所以院子里的小朋友们都很喜欢我父亲。从1949年到1966年"文革"之前，是我们家最安宁的一段岁月。

从表面上看，父亲有了常人难以企及的地位、名誉和待遇：20世纪50年代初，他的工资就有300多块钱，这在当时可是一笔不小的收入，可是在他内心深处，他真正希望的，还是能回到片场，踏踏实实地拍他喜欢的电影，这是他最热爱也最擅长的。父亲不喜欢当官，也不是当官的人。可是那时候他已经身不由己：作为中国电影界的领导人物，他经常率领中国电影代表团参加布拉格、戛纳、巴黎、威尼斯等地的电影节，考察苏联东欧的电影业；他还要经常出席一些社会活动。我想爸爸的处境，也是当时很多著名文化人，比如曹禺、老舍的共同经历。他们表面上都被尊重，但实际上已经丧失了创作的土壤和自由。

1958年，珠江电影制片厂成立，仍眷恋着创作的父亲和陈残云、王为一合作，把当年在香港创作的剧本《南海风云》补充、改写后再投入拍摄。影片改名为《南海潮》，分上下两集，但是父亲一会儿要回北京搞运动、一会儿要开会，断断续续，1962年拍完了上集，下集还没来得及拍，他就于1968年去世了。

英雄无名

1966年1月12日这一天，是爸爸的60岁生日。那一天爸爸还在日记里给自己写了首诗自勉，对未来的岁月充满期待。爸爸肯定没料到，一场风暴很快袭来，把他和我们整个家庭带入一场灾难。

十年"文革"，文化界是首当其冲、最早受冲击的。4月19日，正在广东出差的爸爸被召"回京学习"，到中国影协参加政治学习，进行自我检查和批判。形势越来越恶化，8月，他被关进"牛棚"，实行"群众专政"。不久，他每天要劳动四小时，即便是扫地、擦玻璃，爸爸都会大汗淋漓，而铲煤、运煤这样的重活更是让他狂咳不已，本来就虚弱的身体更加支撑不住。

妈妈毕竟是经历过一些事情的人，她经验很丰富。1966年的一个周六，我回到家里，发现家中一片狼藉。老阿姨惊慌地告诉我："下午有人来抄家了！"过了一会儿，我妈妈也下班回了家。她看了看家里的情况，没有多说什么，只是嘱咐我们一句："今天晚上谁也不要在家里住，都出去吧。"那时候我的表姐、表姐夫刚结婚住在我们家，他们不愿意离开，我也留下来陪他们,结果当天晚上8点多,影协的那帮"造反派"果然又杀了回来,把我们仨全抓走了,拿皮带暴打一顿,关了一夜才把我们放回来。

第二天,妈妈回到家,知道了发生的事情后,她很平静,一边给我的伤口擦油,一边开玩笑:"我从来没打过你,先让别人教训教训你也好,没关系的!"淡淡的一句就把这个事情化解掉了。

对我们家庭来说,最初的风暴是来自爸爸的电影界,但其实更凶险的,还隐蔽在妈妈那一端。"文革"一来,妈妈当年从事地下情报工作的那段经历,成了最大的"祸源"。很多人不了解情报工作的复杂性,他们都是"你中有我,我中有你",一听说她曾跟日本人打过交道,就觉得会挖出一个惊天秘密。我后来听说,在潘汉年1955年被逮捕后,有人就想来抓我妈妈,后来还是周恩来把事情压了下来。

我后来想,妈妈肯定知道,最坏的事情还远远没有发生。没多久,妈妈就发现她已经被人注意了——很有地下工作经验的妈妈在自己宿舍的抽屉里别了根头发,有一天她回到宿舍,突然发现那根头发没了,她知道有人趁她不在时进来翻过东西。回到家里妈妈并没有提这件事,只是跟我们说:"如果有一天我没有回来,你们不要急,不要慌,就当我是出去休息了。"在妈妈工作的全国侨委,火已经烧到了廖承志身上,妈妈从运动的架势上已经有预感。果然,一周后,她就出事了。

那段时间,影协的"造反派"经常要把爸爸提去揪斗。爸爸的健康每况愈下,甚至出现了十几年都没有过的咯血,所以每次揪斗他的时候我都陪着他去,在机关门口也进不去,只能在路边等他。1967年6月10日那天,我又在外面等爸爸的时候,大院里的小朋友骑自行车过来:"蔡明!坏了!你妈妈被抓了!"

我一时愣住了,不知如何是好。等爸爸从机关里出来,我告诉了爸爸这个消息。爸爸点点头,原来他今天被叫到这里来就是通知他,妈妈以"日本特务嫌疑"的罪名被捕。抓她的人,是中央专案组一办,可见她的"级别"之高。

爸爸是个文化人，妈妈被抓，他非常伤心，感情上接受不了，但也没别的办法，只能让我和大姐去公安部门问人关在哪儿。可是上哪儿打听得到？每月月初，爸爸总是让大姐写张纸条送到公安部，纸条上以姐姐的口吻写："妈妈：送上两片硝酸甘油，多保重！我们都好，请勿念！"

那一年的中秋节，没了妈妈，我们过得格外凄凉。

天气越来越冷，妈妈是夏天被抓的，爸爸担心她的衣服不够，让大姐找出妈妈的冬衣送到公安部。接待人员告之："不知道有此事，衣物不能收；有需要时会去找你们的。"我们一家只好回来继续等。爸爸不甘心，有一次，他亲自写了一封嘱咐妈妈保重身体的短信，让姐姐送到公安部，姐姐送了两次都被退了回来。怕爸爸伤心，姐姐没敢告诉他实情。

本来安宁幸福的家里突然起了这样的变故，我起初是震惊，之后也好像渐渐习惯了，我也知道那个时代泥沙俱下，个人无能为力，只能等待。身边的朋友都是这样的遭遇。王若飞的儿子王兴比我大一些，他们家住在西单。有一天我骑自行车路过他家楼下，看到窗帘在动，我就上楼敲门，门"吱"的一声开了一条缝，王兴小心翼翼从里面往外看，一见到是我，一把把我揪进去："老伙计你竟敢来！我们家出大事了，我妈妈被抓了！"王若飞的夫人李培芝是中国人民大学副校长，被抓了起来。我说："我们家也出事了，我妈妈也被抓了！"中调部部长孔原被抓后，他的夫人许明自杀，许明曾任总理秘书、国务院副秘书长。孔原的两个儿子孔丹、孔栋是我的朋友，他们俩还在上学，情况比我还惨——那时候真是乱，这些干部子弟的境遇也都很惨，不过都惨也就不惨了。我和王震的儿子王军是高中同学，我们这些人经常跑到他家里，只有他家还相对安全些。

爸爸本来身体就不好，没了妈妈这个精神支柱，他更是一下子就垮了。1968年6月的一天睡午觉的时候，爸爸开始出现呼吸困难，我赶紧背着他赶到复兴医院急诊室。我知道爸爸是缺氧，刚准备去给他买个氧气枕头，可是"造反派"说他是反动权威，不能给他氧气。爸爸于是病得越来越厉害，而且只能躺在走廊里。这时，也有一些有良心的"造反派"给周恩来办公室打电话说明情况，周恩来办公室打来电话：要给病人看病，该怎么治就怎么治。爸爸这才进了病房，可是已经晚了，没几天爸爸就离开了人世，此时距离妈妈被抓只有一年。

1971年九一三事件之后，政治气氛有了些微妙的变化。那时候我在南苑的农场参加劳动改造，有一次回城的时候，周围朋友告诉我，现在可以申请去探视被关的人了。他们告诉我一个办法：打个申请报告，写上"周总理亲收"，然后送到中南海北门，就可以了。身边的朋友说，他们都是这样做的，我也依法炮制。

二十多天后，两位军人到农场找我，说："你的信总理收到了，你回家等消息吧！"在家里等了三天后，果然有人找上门来，拉我们坐车出北京城直往北去。直到这时，我才知道妈妈被关在秦城监狱。妈妈是1967年被抓的，那一年是北京抓人抓得最多的一年，被抓的人主要被关在四个地方：一处是秦城监狱，一处是位于黄寺的北京卫戍区，一处是位于木樨地的公安大学，最后一处是彭德怀被关的西郊。但每个人具体被关在哪儿，谁也不清楚。

这是妈妈被抓后我们第一次相见。妈妈还是一如既往的平静，只是看见她从未谋面的、我三岁的儿子时有些激动。妈妈最关心的还是我爸爸，问我他怎么样，我只好骗她说："爸爸挺好的，在茶淀农场放鸭子。"妈妈没有怀疑我的话。她写了首《寄楚生》的诗，让我带给爸爸："别离经数载，心雄两地同。相期攻读好，报党矢精忠。"

从此之后，我们家人可以经常去探视妈妈，但每次去都需要打报告。每次见面，妈妈都会问起爸爸的情况，我就只好继续把这个谎撒下去。有一次去探视时，妈妈告诉我，她身体本来很好的，但几年的牢狱生活把她身体毁了。之前她在监狱犯了一次中风，也没什么药，硬是凭借顽强的毅力一直坚持走路，才恢复过来，没留什么后遗症。1974年国庆节前，我们一家、小姐姐一家还有小姨，一大家子人去看她，可能是情绪有点波动，我们离开的当晚她第二次发病，被送到复兴医院的特别看管病房。病床前的病历上，没有妈妈的名字，只是一个编号"6722"，也就是1967年第22个被抓的。专案组问我的意见，我说："当然要全力抢救！人都关了8年了，没有罪名，没有审判，也没有结论，这实在是太荒唐了！我要求给个说法。"第二天专案组就通知说，已经请示过汪东兴、纪登奎，人可以放出来了。所谓放出来，就是穿过一道门，从复兴医院的特别病房转到普通病房。在复兴医院住了半年多，1975年五一节前，我们接到正式通知：妈妈可以回家了。这时候不能不对妈妈说真相了。但是怎么张口呢？正好我的三姨从广州到北京来，她是我妈妈最亲密的姐妹。我们想来想去，觉得还是让三姨出面跟她谈最合适。怕妈妈接受不了这个突然打击，我事先找好医生在门外等着，以免有意外发生。

妈妈听到爸爸早已去世的消息，在医院的公开场合还比较镇定，现在想起来，她可能心里已有预感——爸爸身体本来就不好，这几年的大风大浪，肯定凶多吉少。后来我进了病房，把她背下楼，上了车回家。回到家，一进房间，妈妈立即捶胸顿足、放声痛哭，不能自已……不过，妈妈只哭过这一次，这也是我唯一见她流泪的一次。以后她再也不提爸爸的事。

妈妈一生中坐了四次牢：1929年在日本被抓过一次；1933年被国民党抓过一次，好在我外公找人把她保了出来；1941年在香港被英国警察抓过关了一晚上；最后一次秦城监狱也是待的时间最长的一次。妈妈出狱的时候已经偏瘫，回家后经过一段治疗，身体逐渐好转。没想到，1976年1月妈妈听说周总理去世后，一下子被击倒了。在那一代老干部心中，周总理是他们的精神支柱，周总理去世，给他们的打击特别大。虽然全力抢救，但妈妈还是在这一年的3月离开了人世。这时她获得自由还不到一年。

可以说，妈妈一生所经历的，有一部分到现在还是个谜。和妈妈同时办电台的陈建邦叔叔最后是在外贸部退休的，直到八十多岁的时候还帮别人修电视机。他是 2010 年去世的，活到了 94 岁，一辈子再也没有回过台湾，因为台湾现在还在通缉他。可惜他一肚子的故事最终没有讲出来，去世的时候仪式也很简单，因为除了家人之外没有人知道他曾经历的那些故事。当年奋斗在隐蔽战线上有很多像妈妈和陈叔叔这样的人，虽然他们的名字很少被外界所知，但是共和国的历史上，有他们沉甸甸的一笔。

（2011 年）

为舞台而生的人
——我的母亲舒绣文

口述：舒兆元

大导演张骏祥曾经评价："绣文最大的优点，是有充沛的激情。"可是，很少有人知道，身体孱弱的舒绣文是以燃烧自己生命为代价，换来了舞台和银幕上一个个栩栩如生的角色。作为舒绣文唯一的儿子，舒兆元直到母亲去世后，才知道自己一段特殊的身世。他与母亲的情感，由此也增加了一份沉甸甸的内容。

1962年，舒绣文为排演《红色宣传员》学习朝鲜舞

演艺之道

妈妈离开这个世界已经41年了，但她的名字却没有消逝在历史的尘烟里。有人说，阮玲玉是默片时代最辉煌的明星，而舒绣文是有声片时代最出色的女演员，在我看来，这样的评价，妈妈是当之无愧的。

其实妈妈当初之所以走上演员这条路，完全是为生活所迫。我的外

公舒子胄早年离开安徽黟县的老家到安庆中学教书,后来与同在一所中学当教员的许佩兰自由恋爱结婚。1915年夏天,他们的第一个孩子出世,也就是我的妈妈舒绣文。六岁时,妈妈被外公外婆带着一起到了北京。外公在邮局谋了一份职,有固定收入,在绒线胡同租了个小四合院。外婆后来又陆续生了四个孩子,为了照看孩子,她也不再出去工作。妈妈从小就担当起长女的责任,既要帮父母带年幼的弟妹,又要做很多家务活。

外公的胃不好,时常胃疼,他开始抽大烟止痛,慢慢染上了烟瘾。不久,他也丢了工作,生活日渐窘迫。妈妈便时常把家里的东西拿到当铺。他们几个孩子经常吃不上饭,妈妈最小的弟弟也因为营养不良而死。因为交不起学费,14岁那年,妈妈从中学辍学回家——在我的记忆里,妈妈很少回顾她以前的经历,我对这些事情的了解,还是她去世后,从她留下来的一些交代材料中看到的。

舒家这时已经从原来的小四合院搬到了一个大杂院里。大杂院里什么人都有,还有在舞厅里跳舞的舞女。她们告诉我妈妈,可以去舞厅跳舞赚点钱。妈妈跟着她们学了两个星期的跳舞,改了名字叫"许飞琼",跟着她们去当了舞女。因为她年纪小,长得也不漂亮,又不会拉舞客,挣的钱连家里的最低生活都维持不了,所以对改变舒家境遇也没有多大帮助。

在舞厅里,妈妈认识了北平《世界日报》一位姓褚的记者,说可以介绍她到上海找工作,还答应娶她;这时债主又上舒家要带她去抵债,年仅16岁的妈妈心一横决定跟着这个记者去上海。上火车前,她才给外公外婆寄了封信,告知此事。我想妈妈当年也是出于万般无奈才做的这样一种选择。到了上海后她发现,这个花花世界远不是她原来想象的那样美好。褚记者自己在上海找了份工作,却根本不提为她找工作的事。不但如此,妈妈还发现,这个褚记者在上海早已有了两个家室。

那个记者给她在霞飞路附近租了间房子。楼上是一家俄式餐馆,餐馆的伙计们是山东人,妈妈经常和他们聊天,发觉自己被骗后,决心摆脱那位褚记者，可是一时又没有什么办法。那几个山东人觉得她可怜，就留她在餐馆里帮助端个盘子之类的。妈妈脆生生的北京话吸引了常来餐厅吃饭的一位顾客的注意，他叫桂公创，是在戏剧、电影界工作的小职员。在他的热心介绍下，妈妈认识了电影公司的一些人。

1931年，正好也是中国电影事业发展值得纪念的一年。自美国华纳公司在1927年拍摄了第一部有声电影《爵士歌王》之后，中国也开始了有声电影的尝试。上海天一公司不但从美国租借了器材，还从美国请来了摄影师和几位录音师，帮助拍摄了天一公司的第一部有声电影《歌场春色》。天一公司是由邵家几个兄弟创办的，老板兼导演叫邵醉翁，他最小的弟弟，就是后来香港大名鼎鼎的邵氏电影公司老板邵逸夫。

有声片时代的来临，也使得默片时代的演员面临被淘汰的风险。邵醉翁的夫人陈玉梅是天一的主要演员，她是江浙人，不怎么会说国语，拍无声片没问题，演有声片就有了困难。妈妈于是被介绍给正在四处寻找国语老师的陈玉梅，每月30块钱的薪水。这份薪水对妈妈来说确实不低，当时一块大洋可以买一袋米。妈妈的长女意识很强，她后来跟我提过："我是家里的老大，父亲有病，家里欠债，我是要靠两只手赚钱养家的。"

值得一提的是，1931年初，明星电影公司拍了中国的第一部有声电影《歌女红牡丹》，为女主角胡蝶配音的正是我妈妈。从这个意义上讲，她应该是中国第一位配音演员。

妈妈不光在家里教陈玉梅说台词，有时也要跟着她到片场随时纠正她的发音。有一天，陈玉梅正在拍的《云兰姑娘》一片里，需要一个用人的角色，导演邵醉翁就让我妈妈来演这个用人。妈妈从没演过戏，自然很紧张，摄影棚里有很多电线，她抱着包袱往里跑的时候，一下子被电线绊倒，包袱摔掉了，要说的台词也忘了。邵醉翁很不高兴地说："舒小姐，侬阿晓得片子几钿一尺？"妈妈是个很好强的人，邵醉翁当着这么多人的面这样说她，让她很有受羞辱之感，她含着眼泪跑了出来，不久就憋着口气离开了这个公司。她性格的刚烈，早在这时候便可以看出

175

一二。

离开天一之后，妈妈加入了集美歌舞剧社。其实集美就是个草台班子，几个人在嘉兴、湖州、常州、杭州等地演出，唱歌跳舞、演个话剧，很辛苦，无非是想混口饭吃，但也卖不出什么票，剧社很快就维持不下去了。妈妈又加入了新成立的"五月花"剧社。

"五月花"是由田汉的弟弟田洪牵头组织的左翼剧社，剧社里只有两个女演员，另一位女演员湖南口音很重，也是初学演戏，所以每次演出一组戏，四个独幕剧，妈妈一个人就得担负三个性格各异的角色，一会儿换上官太太的盛装，一会儿又打扮成贫苦的农妇，一会儿又成了尖刻的小市民……忙得不可开交。虽然也赚不了多少钱，还是饥一顿饱一顿的，但她却感到非常快乐。这些经历也给了她极好的锻炼。

性格演员

其实从客观条件上讲，妈妈并不具备当演员的先天优势：她个子不高，长得也不算漂亮，文化程度也只有小学毕业，而且没有经过任何专业训练。妈妈曾告诉我，她第一次上台演田汉的《名优之死》时，不会唱京戏，更不熟悉京剧艺人的生活，上了台手脚不知往哪儿放，心跳，气急，也不敢正眼看一下扮演师傅的演员。她的办法就是下功夫苦练：每天天不亮起床，练京剧基本功。

妈妈在应云卫导演的《梅萝香》里曾演一个"白相女人"：她太阳穴上贴两个头疼小膏药，手夹一支烟，脚踏一双拖鞋，一面吸烟，一面破口骂人。当时舞台上还没有一个女演员把自己打扮成这副模样，妈妈演得淋漓尽致，此后，编剧和导演们总是把一些性格强烈的角色分配给她。

从1935年到1937年抗战爆发，三年时间她一共拍了11部电影。虽然在许多影片里并不是主角，但她却塑造了不同年龄、性格各异的人物形象。她的戏路很宽，无论是贤惠善良的女性，还是泼辣的交际花，她都刻画得惟妙惟肖，由此也牢牢地确立了自己"性格演员"的地位。

妈妈的虚心和刻苦给很多导演留下了深刻印象。与她有过多次合作的导演李萍倩回忆，她每一个动作总要反复练上数十遍才正式开拍，拍后又不断问他和周围的人是否满意，有什么不足。妈妈的接受能力强，记忆力又好，只要别人指出不足，她很快就会改进。

抗战爆发后不久，妈妈来到重庆，在那里她演了《棠棣之花》《虎符》等很多话剧。那时有一种说法：舒绣文、张瑞芳、白杨、秦怡是话剧舞台的"四大名旦"。有人说，论漂亮，秦怡第一；论演技，舒绣文则是第一。

如果说早期妈妈还把演戏当成谋生手段的话，那么到了后期，她已经深深爱上了这一行。她也想了很多办法克服自己外形上的不足。妈妈是单眼皮，她自己想了一个土办法：每天睡觉前用胶水把自己的上眼皮粘接一个槽，说来简单，但其实既麻烦又痛苦，粘贴后闭眼睡觉也有困难，但是妈妈还是以极大的毅力克服了这些困难，久而久之，她竟然真的成了双眼皮。演《天国春秋》的洪宣娇时，妈妈觉得要演出这个女英雄的气势，身材若不够高大，便显不出英武之气。身高不到1.6米的妈妈先在里面穿上一双高跟鞋，再在外面穿一双男式长靴，穿着这两层鞋天天练走路，很快就在舞台上行走自如，观众看不出任何异常。

妈妈的遗物中，有一对紫红色的响板，多年来她一直珍藏在礼品盒里。这副响板是妈妈在1947年《一江春水向东流》中演王丽珍的道具。妈妈有时还把它拿出来，套在手上，跳上几步。电影里的王丽珍是个交际花，有一段跳西班牙舞的镜头。西班牙舞节奏快、动作难度大，而那时妈妈已三十多岁，导演蔡楚生原想找个替身。可是妈妈说："我就不相信我自己学不会。"妈妈特地找了位白俄舞蹈家学习西班牙舞，早晚练功，所以响板已被汗水和手指浸磨得闪亮。在她看来，王丽珍这个人物一出场就要一下子抓住观众，就像京剧里的"亮相"，所以这段舞也非常有意义。这一番苦心的确也没有白费，她塑造的"抗战夫人"王丽珍成为中国电影的一个经典形象。

拍《一江春水向东流》那段时间,妈妈身边的人都觉得她像变了一个人,朋友聚会时她穿梭其间,甚至有些"轻佻"。大家告诉她这种感觉,她咯咯笑着说:"我在练王丽珍呢!"影片中有一个王丽珍跟着大商人干爹从上海坐汽车撤退,在一个乱糟糟的地方从汽车中跳下的镜头,虽然一闪而过,但是妈妈认为这是王丽珍从学生堕落到交际花的第一个起点。她想通过这个动作来表现王丽珍的得意,所以穿着高跟鞋,从又矮又窄的汽车门里跳出来钻进去,钻进去又跳出来,反复练习。妈妈的很多动作和语言处理都不是即兴、随意的,而是长时间反复揣摩人物内心之后的结果。"王丽珍"是妈妈表演艺术日臻成熟的标志。

重回舞台

1948年5月,妈妈和顾而已、孙道临、欧阳予倩等一批左翼文艺工作者一起转移到了香港。妈妈在九龙买了别墅,外公也从上海被接到香港,香港的电影公司也争着和她签长期合同——妈妈本来可以在香港过着养尊处优的生活,但是当她接到周恩来邀请她到北平开第一届文代会的信息时,于1949年5月4日从香港回到了大陆。开完文代会后,她要求参军,随四野南下一直到海南岛。新中国成立后,妈妈到上海电影制片厂工作。

在重庆时,因为条件差、气候潮湿,妈妈得了风湿性关节炎,后来又发展成了风湿性心脏病。1950年,妈妈发了一次比较严重的心脏病。后来时好时坏,发病的时候,气短得日夜不能平卧,一连几天坐着过夜。由于她身体状况不好,加之当时政工干部进入电影界,适合她的角色比较少,所以在上影厂的电影作品并不多。但妈妈是个闲不住的人,她还是给自己找了很多事情做,很少有时间管家里的事情。那时我们在衡山路一幢公寓里租了两套房子,父母住一套,我和外公、保姆住一套。我放学回家，基本上见不到母亲，一起吃晚饭的时候都不是很多。

没有合适的电影给她拍，她就投入到译制片制作中。妈妈每次拿到剧本后，都要把台词全部背下来，再去现场配音。那时候配音并没有现在这么好的条件，配音时，一块大屏幕在放电影，每个演员前面有个话筒，现场感更强。配《安娜·卡列尼娜》自杀的那场，我就在现场。最后，妈妈甚至完全把自己视为剧中的安娜，配完戏，自己几乎也要崩溃。而我长大后也渐渐理解，眷恋舞台的妈妈也把这种场景视为另一种舞台的表演。

那段时间，妈妈为《母亲》《乡村女教师》等多部苏联电影配了音，这几部电影在当时也成为影响一代人的经典。演这几部电影的苏联著名女演员薇拉·马莉茨卡娅虽然听不懂中文，但觉得妈妈对人物把握得很好，她和我妈妈后来成了很好的朋友。

因为妈妈的带头，很多有成就的演员也开始参加配音，不仅给译制片组（注：上海电影译制片厂的前身）增加了实力，也迅速培养出一批译制片演员。有人由此称她是上海电影译制片厂的"开国元勋"之一。

妈妈的身体一直不好，拍电影很累，大家觉得舞台剧可能相对轻松一些。在周恩来总理建议下，1957年她从上海调到北京人民艺术剧院。妈妈在人艺演的第一场戏是吴祖光的《风雪夜归人》，主演已定，里面还剩下一个只有六句台词的角色没人演，当导演欧阳山尊找妈妈商量时，她一口答应下来。

那时我在戏校，经过一年的基本训练和学习，也开始排戏了，初次排戏我只被安排了一个群众角色，我心里很不是滋味，连剧本也没好好看，上台马马虎虎地对付了过去。妈妈看了我们的演出后，给了我一张当天晚上的戏票，要我晚上去看她的演出。

那天晚上的剧是欧阳山尊导演的《带枪的人》，基本上是男人戏，女角色不多。妈妈在里面演一个打字员，从开场就打字，一直打字到闭幕为止，一句台词都没有。可是，妈妈也并不是坐在那里机械地打字。当列宁出现在舞台上，她的打字机就发出很小的声音；当前面只有人物走动没有台词时,她的打字机就清晰地发出滴滴答答的声响,比较有节奏地配合了当场的主戏。

当时恰巧有一位保加利亚的戏剧家来看戏,他问导演欧阳山尊:"一直坐在舞台后方扮演女打字员的演员是谁?"导演答:"她是一位大演员,自愿来扮演这个小角色。"客人听后激动不已地说:"真是大演员扮演没有一句台词的角色吗?等于是'活道具',实在是不可思议!"大演员跑龙套,这在人艺内部也是轰动一时的新闻。

很多导演都知道妈妈身体不好,所以排练时,想让人代替一下,或者免去她弯腰屈背的动作,但妈妈却把每一次排练都当成正式演出,一丝不苟。在话剧《伊索》里,有一场戏需要妈妈蹲着,手拿水壶向斜躺着的侍卫队长脚上浇水。因为动作和语言的节奏配合不好,妈妈就一直蹲在那儿排练,大家的注意力也在排戏上面,忘了她是个病人。导演陈颙走到妈妈身边时,听到她的心脏在怦怦急跳,这才突然反应过来,赶紧喊了暂停,拿来一个小凳子让她坐下。但妈妈不肯,一直坚持这样排练,让导演和演员都特别感动。

其实很少有人注意到,在1957年重回舞台之前,妈妈几乎有整整十年的沉寂期。虽然妈妈从来没有跟我讲过这段时间她的内心感受,但以我对妈妈的理解,只有站在舞台上,她才会觉得自己的生命有意义。所以能重回舞台,对她来说是最幸福的事。而在此期间,她也相继出演了《骆驼祥子》里的虎妞、《关汉卿》里的朱帘秀、《伊索》里的克丽娅、《北京人》里的愫芳,创造了又一个艺术高峰。

现在很多演话剧的老演员还在称颂妈妈的台词功底。妈妈念台词时口齿清楚,咬字准确,无论多长、多快的台词,到她嘴里,抑扬顿挫,无不掷地有声地传到观众耳朵里。那时舞台上没有话筒,剧场条件也很简陋,但即使在舞台上说悄悄话,也能用气音吐给最后一排的观众。这个让很多人望尘莫及的绝活,其实也跟她在舞台多年的磨炼分不开。另外,在演每一个角色前,妈妈都做了大量的案头工作,她留下的剧本就像天书一样——她用不同颜色、不同符号,标注着对台词的不同处理,也蕴含着她对这个人物的理解。现在很少有人下这样的苦功夫了，所以说妈妈的成功，也并不是偶然的。

在这些角色中，"虎妞"又是妈妈话剧生涯的巅峰之作。当时荀慧生带着家人去看戏，荀慧生本人就擅长演社会底层小儿女，他看到台上虎妞的一举一动，一言一语，在台下一直忍不住地笑，有时甚至高声大笑，抑制不住地叫好。我到同学家里玩，大人们都说："虎妞的儿子来了！"争相来看我。我和妈妈一起出门都会被人围观，我不好意思，故意和她拉开距离。到公园里玩，认出她的游客要求合影，她都一一满足，一点架子都没有。

1958年国庆前夜，《骆驼祥子》在首都剧场首演获得极大成功。演出结束后，妈妈正在台上向观众谢幕，突然看见邓颖超走上舞台，微笑着说："绣文，我们又来看你的话剧了。""邓大姐！"妈妈惊呼着迎了上去。这时，妈妈身后那扇布景门开了，妈妈扭头一看，竟然是满面笑容的周总理。原来周伯伯为了给我妈妈一个惊喜，特意绕到布景后面，再突然从布景门里走出来。惊喜之下，摄影师留下了这难得的一个瞬间。

妈妈早年在重庆时，就和周恩来、邓颖超夫妇结下了深厚情谊。他们之间还有一层关系不大为外界所知——外公舒子胄当年北上谋生时，曾在天津南开中学教过一段书，周恩来是他的学生之一。所以妈妈和总理之间，有一种朋友加亲人的感觉。而这一幕也是妈妈一生当中最幸福的回忆。

燃烧生命

从50年代开始，全国实行工资定级制度，当时全国电影界和话剧界只有四位被评为一级——白杨、赵丹、金焰和妈妈，人艺级别最高的女演员叶子只有文艺四级。妈妈知道后，非常不安，她多次向领导要求降低自己的工资级别，但上级不同意，她才作罢。

妈妈总是觉得自己要多做事情才对得起"一级演员"这个荣誉，所以虽然调到人艺的本意，是想让她多休息，但妈妈反倒更累了，很多现在看起来不起眼的小演出她也要参加。有一次，人艺要到丰台区巡演《骆驼祥子》，妈妈也报名参加。这种演出需要早出晚归，耗费时间要比平时在首都剧场演出几乎多出一倍，而且吃饭、休息都保证不了。剧院决定全部场次都由虎妞B角的李婉芬去演，可是妈妈坚持要参加巡回演出。剧院又想专门用小汽车接送她去演出，被妈妈拒绝了。每次巡演完，她都累得坐在车里一句话也不想说。

因为过度疲劳，妈妈的心脏病复发而且进一步恶化。我们家住在二楼，每次妈妈回家，要先在楼下喊我，我听到后赶紧跑下来，从后面推着她一级一级地往上走，走几步，她要歇一下，喘一喘。周总理和邓颖超非常关心妈妈的身体，总理跟人艺的领导说："要保护好舒绣文。"一般的角色，只有A、B两角，但人艺破例为"虎妞"设了A、B、C三角，就是怕她身体出状况。

1961年的冬天，妈妈再次病倒了。一天晚上，我和妈妈已经躺下了，突然听到一阵敲门声，我满怀疑虑地打开门，眼前站着的竟然是周总理，他的黑色大衣和头发上，还带着未融化的雪花。原来周总理在北京饭店陪客人跳舞，听说妈妈身体不好，临时决定到人艺宿舍来探望。周伯伯关切地询问妈妈的病情，非常严肃地叮嘱我说："你的妈妈是文艺界的老前辈，是国家的财富，你一定要让她好好休息，不要让她生气。"第二天上午，邓颖超还带了一些治疗心脏病的药物、几根黄瓜和其他一些营养品到我家。那些药是周伯伯自己治疗心脏病的药，黄瓜是邓颖超和警卫员一起种的。邓妈妈还送了两斤黄豆，妈妈舍不得吃，每天拿出来看好一会儿，再摆好放在那儿。

1962年的冬天，妈妈坚持演完《骆驼祥子》的最后一幕，当幕布拉上时，体力不支的她一下子晕倒在台上。人艺的叔叔阿姨们把她抬上担架，用急救车送到阜外医院。妈妈的病又引起周总理和邓妈妈的牵挂，不仅周总理打来电话询问病情，邓妈妈还委托秘书来医院看望妈妈。邓妈妈还写了一封亲笔信:"亲爱的舒绣文同志,我是多么地惦记你和想念你啊,我曾几次起心要去看你,可是因为忙,至今尚没能如愿。现特托张元同志去看看你,愿你早日痊愈。紧紧握你的手。"妈妈是个在生活中不爱落泪的人,可是这一次她禁不住哭出了声……

这么多年来,每当我回忆起母亲,第一个浮现出来的就是一个病人的形象——到了后来,妈妈身体非常虚弱,人很瘦,说一句话得喘上好几分钟,晚上也不能平躺下睡觉,不停咳嗽,处处需要我来照顾她,一年有半年在医院里。那时候的生活就是剧院—医院。

自从妈妈在舞台上晕倒后,只要有她的演出,我就会在场边看着她,生怕她再出什么意外。但妈妈还是待不住,她太热爱这个事业了,很多事情都是她自己找的。话剧演不了,她还去演活报剧;活报剧演不了,她又去诗朗诵。她还开台词课,到不了剧院,就在家里教,看到有的学员袜子破了,她还给人家买袜子。她又到电台播长篇小说《苦菜花》和《迎春花》。对这个工作,妈妈也没有丝毫的放松,总是反复读好多遍,直到几乎能背下来,然后分析不同的人物和场景,再在家里"预演"一遍,我是她的第一个听众。

作为一级演员,妈妈的工资有300多块钱,家里又只有我一个儿子,生活条件应该很好,但我从小到大,丝毫没有觉得有任何优越之处。妈妈和我都爱吃橘子,每次吃完橘子,妈妈都要把橘子皮攒起来,放在窗台晒干,存到两三斤时就让我拿到药铺去卖。我觉得难堪不好意思去,她很生气地瞪了我一眼,抱着橘子皮要自己去卖。那时她常喝中药,煎中药的药篦子存得多了,她就把上面的那块小纱布撕下来,缝在一起,洗干净,攒到几十块后,把小纱布缝成一块尺把宽的,当笼屉布用,我一直觉得妈妈太小气。

可是妈妈对待别人却很大方。剧院里的人,只要谁家里有困难,她都热心地去帮助别人,同事有求于她时,她就把存折交给对方,让他们自己到银行去取,所以人艺称她这里是"第二财务室":"舒大姐是我们剧院第二财务科,借钱不用领导批,不用写条子,不用摆出许多理由。"

连传达室的老张家里有困难,她也要出面去帮。1965年,妈妈把她的一部分积蓄作为党费交了出来;后来,妈妈每个月只领40块钱的工资;1969年,她打了个报告,要求把她所有的钱,一共8万多元,全部交了党费。等她去世后,家里真的是一分钱都没有。

孤独的心

到了北京一年后,妈妈与爸爸的婚姻关系也解体了。

我的父亲叫吴绍苇,是山东人。吴家是当地一个大家族,做钱庄生意,父亲是吴家唯一的儿子。当时父亲在重庆上大学,学校经常组织话剧演出,会邀请话剧界人士到校内作指导,父亲是个活跃分子,与应云卫导演这些人都很熟,也是由这些人介绍和母亲相识的。父亲毕业后也在重庆开钱庄,算是个商人。

现在看起来,父亲对母亲应该是一种迷恋与崇拜兼而有之的感情。母亲的演出,他每次都会去看,而母亲对待这段感情,理性的成分可能更多一些。她当时年纪也不小了,之前又有过几次不如意的感情经历。父亲家境好,人又很可靠,从世俗的眼光看,他们算是身份相当,电影界的朋友也看好这段婚姻,他们的婚姻生活也很平静。我也没有两人剧烈争吵的记忆,只是偶尔有那么一两次的小争执。但是吴家是传统的一个大家族,对母亲一直不太接受。他们也不怎么来往,所以我自小到大,对吴家也没什么印象。这算是他们婚姻的一个小阴影吧。

新中国成立后,爸爸在上影厂做制片主任,上影厂早期的很多电影都是爸爸当的制片。我记得我曾问过爸爸:"什么叫制片?"爸爸半开玩笑地回答:"制片就是导演说这一场景需要500个演员,制片说不成,只能有300个。"新中国成立前的制片主任是资方老板,而后来的制片主任已经变成了打杂的。

1957年,母亲要调到北京人艺时,父亲说上影厂的工作离不开,得在上海待一年后再说，可是他们在第二年就离婚了。母亲去世之后，我到上海问父亲："你们当年为什么离婚？"父亲说："你妈妈的政治地位越来越高，我觉得我得仰头看她了，我越来越累……"

的确，母亲到了北京后，身份发生了很微妙的变化。她很快入了党——此前，她在上影厂也一直要求入党，但不知为什么，在上海迟迟没有解决。其后，又当上了全国人大代表、政协委员，又在文联、剧协、妇联、友协有了一大堆头衔。父亲的家庭出身不好，在那个时代注定没什么前途，而他本人又是不太张扬的人，所以两人差距越来越大，分手也成为必然。

母亲好强，政治上很革命，父亲的性格与母亲相反，他性格温和、不爱表达，也是很循规蹈矩的一个人。他们在一起时，母亲很忙，家里的事情都是父亲在操持。与母亲离婚后，他又再婚，过着平平淡淡的生活，1977年去世。

妈妈是个敢爱敢恨的人。我很少见她掉眼泪，她也不会轻易地把内心世界展露给别人。此后，人艺的那些老人也曾热心地为妈妈张罗，希望她能找到一个好的归宿，虽然方方面面关心她的人不少，但是那时的妈妈太耀眼了，很难找到一个合适的人。妈妈从十几岁起，就扮演照顾别人的角色，自己却没有可以卸下重负、可以栖息的一方天地。在外人面前，她还是那个热心侠义的"大姐"，可是没有人能看见她内心的伤，她把所有的痛都留给了自己，这也是我现在每每想起来最心痛之处……

最后的岁月

对于妈妈的风湿性心脏病，当时医学上也没有什么好办法。医生说不让她吃盐，她就坚持不吃，以至于后来头发全白了；医院每天发一小瓶无盐酱油，也就100毫升，每次她都把无盐酱油当成酒一样，慢慢品尝它的滋味。

一般人很难理解，坚持不吃盐也需要极大的意志力。而妈妈之所以这样做，并不是为了保命，而只是想早日能回到她热爱的舞台上。

1964年，听说上海华东医院可以进行这种手术，妈妈坚持要去，但手术的把握并不是很大。在周总理的过问下，妈妈还是如期到上海进行了大手术，而手术那天也的确遇到了危险，心脏打开后大出血，主刀的老专家吓得呆在手术台上不知如何是好，在他旁边的年轻助手，手套都没来得及戴，直接把双手泡在消毒水里，紧急上台给缝上了，救了妈妈一条命。

回到北京后，妈妈的身体有了起色，呼吸不再短促，上楼梯也不需要我在后面推她，甚至后来还能骑自行车上街了。她自己也很高兴，逢人就说，医生告诉她，如果注意保养，再工作十年二十年没问题。

可惜不久，"文革"就开始了。妈妈首当其冲，成了第一批受害者，她被扣上"历史反革命""国民党特务"好几个罪名。那时弄不清人艺有多少群众组织，只是每天都看到一些新面孔来逼着她写认罪书，写了一份又一份，不知重复写了多少遍。批斗她时，这个组织还没结束，那个组织又来揪斗。

妈妈成为被批斗的靶子，主要原因有两个：一是她早年曾与江青一起登台演过《大雷雨》，那时各种"革命组织"一片混乱，目的也各异，但都希望妈妈能亲口说出"蓝苹"这个名字，妈妈说与不说，都是更大的灾难，所以她只能以沉默应对。另一重因素，大家都知道妈妈和周总理夫妇的友谊，很多专案组也是想从她那里找到不利于总理的材料，妈妈很清楚这一点，无论"造反派"扇她耳光还是拳打脚踢，妈妈都只字不提。回到家里，她把与周伯伯的那张合影，悄悄藏在毛主席相片的背后，没有人敢动"伟大领袖"的照片，照片也就保护下来。

在这样的身心摧残下，妈妈的身体彻底垮了。她很快肝硬化了，两条腿肿得发亮，脚也穿不上鞋了，想躺一会儿也躺不下去，只能坐着。但是她每天还要挣扎着参加"学习"。我们住史家胡同56号，走到人艺这一点路她都已经走不了，只能摸着墙壁一步一步往前挪，500米的路要走一小时。

有一天，我雇了一辆三轮车把她送到人艺，被"造反派"看见了，把妈妈打了一顿后，又给她加了条"骑在劳动人民的头上作威作福"的罪状。那天晚上，我见妈妈一直没有回来，就悄悄地出门去找，结果在路上看见她正艰难地往回爬……1968年冬的一天，妈妈被叫到外面替"造反派"刷大字报，她再一次晕倒在寒冷的街头，手里还死死地握着糨糊桶和一把掉了毛的扫帚……

不久，我被打成了"狗崽子"，被赶到农村改造，妈妈的身边一个亲人也没有。在一次"学习班"上，她又发了病，还是欧阳山尊用三轮平板车推她进了医院。可是在医院的日子也不好过，当时同仁医院里也是两派斗争激烈，一片混乱。妈妈住在大病房里，打铃没人理，给她看病的老医生也被揪斗。妈妈时常排不出尿来，肚子肿得很大，只能坐着，小腿也胀得裂开流水，抹上的龙胆紫和着渗出来的液体流到地上，染成一片紫色，来看望她的欧阳山尊叔叔不禁泪流满面。

但是在医院，仍然有人艺的"造反派"来找她写交代材料。有一次，他们把已经不能走路的妈妈架到小会议室，让她写揭发周总理的材料，妈妈不写，也不说话，被打了几个耳光。等"造反派"离开时，妈妈已经瘫倒在地……

在最难熬的那些日子，我曾不止一次地跟母亲说："给总理打个电话吧！"但妈妈坚决反对，她认为自己被误解了，总是说："总有水落石出的一天，我是革命的，一颗红心为革命。"在她看来，在群众运动中发生这样的事情，她能理解，能接受。

1969年春节前的一天下午，一大群男男女女突然出现在医院。其中一位是军代表，他跟妈妈说："你解放了！"妈妈听到后，第一个反应是摸着毛主席的像，呜呜地哭着，交出了全部和周伯伯、毛主席的合影照片以及来往信件，之后又突然大笑起来，这场面让旁边的很多人都掉了眼泪……

不久，我所在的农场给了我一天假，我去医院探望妈妈，她已经瘦得不成样子，但见到我精神特别好。我把她从椅子上抱起来，在屋子里转了一圈再把她放到床上，她高兴得不得了。可惜，这是我和妈妈的最后一面。

以往每次妈妈进了医院后，我就盼着开春，春天来了，就意味着她又熬过了一年。可是1969年3月，北京的春天刚刚到来的时候，妈妈却再也没撑下去。我接到电报后从农场赶到医院时，她的床已经空空荡荡……医生说妈妈最后的样子不太好看，不让我见最后一面。妈妈是一个人孤零零地走的，身边一个人都没有。

妈妈去世后，我第一次看到了她在"文革"期间被迫写的很多"交代材料"，我也很意外地发现，关于我的身世，还有一个巨大的秘密：妈妈并不是我的生母。妈妈身体不好，始终不能生育。我的生母和她是很好的朋友。生母之前已经有了四个孩子，发现怀了我之后，不想要，但母亲劝阻了她。我是1948年在上海出生的，生下六天后，妈妈就把我抱回家，请了个奶妈来喂养我。我总是哭，妈妈演戏回来，就抱着我坐有轨电车，坐着坐着我就不哭了。

小时候，我是在上影厂的家属院里长大的。有时候小朋友们打起架

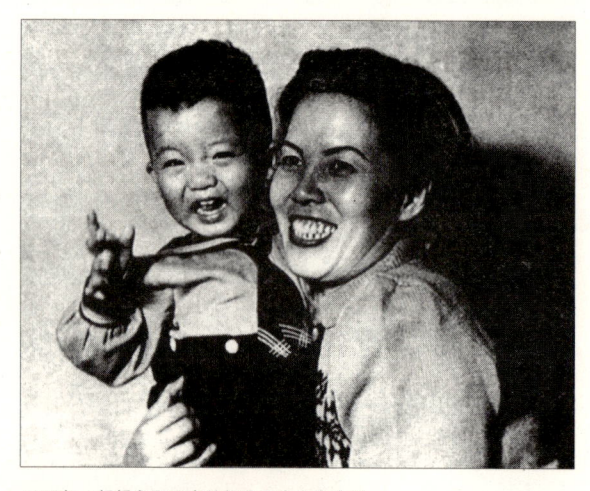

1953年，舒绣文和五岁的舒兆元在上海合影

来，他们会说："你不是你妈妈亲生的！"我不解，回家问妈妈，妈妈总是淡淡地说一句："你不是我亲生的，难道还是从石头缝里蹦出来的？"便打消了我的疑虑。

"文革"期间，妈妈头上有好几条罪名，我多少也对她有过怀疑。后来听我姨说，妈妈心里也很痛苦。因为我们之间的事情，她没有办法张口和我讲。她跟我姨说：这么多年，我们母与子，不就是差了怀胎十个月这一个过程吗？她对我的爱，是毫无保留的。

知道了这个秘密后，我对妈妈的爱没有丝毫减弱，相反，更增加了我对她的爱和怀念。在妈妈生命后期，我们母子俩相依为命的感觉更加强烈。她的病友后来告诉我，妈妈去世前的那个晚上，突然坐起来大喊"兆元！兆元！"——她生命的最后一刻，想的还是我。

我时常觉得，妈妈，就是为舞台而生的，为此，她耗尽了自己的心血，所以才活了短短的 54 岁。她一生都在演好每一个角色，而演得最好的，就是一个大大的"人"。

（2010 年）

我的父亲：
海上闻人杜月笙

口述：杜维善

  2007年5月的某一天联系到在加拿大温哥华的杜维善时，电话那头的声音是一口标准的京腔，在电话里，杜先生把采访约定在未来他回大陆的某个时间。时间久了，对这个约定也慢慢淡忘，偶尔想起，以为不过是谢绝采访的一种婉拒。不料上月某天，突然接到电话："我是杜维善，我到北京来了。"见面时坦率告知之前的疑虑，杜先生只淡然一笑："我答应你的，就一定会兑现。"

  75岁的杜维善并不善谈，谈话中偶尔流露出的眼神也颇有几分凌厉。每一位知道杜维善身世的人，都会不由自主将他与熟悉的一个形象暗暗作对比，那便是他父亲杜月笙，这位被称为"上海滩教父"式的人物，几乎成了旧上海的符号。

  20世纪60年代起，一个偶然的机会，杜维善开始收藏中国古钱，直至今日已是收藏界颇有分量的收藏家。1991年，杜维善将自己收藏的全套丝绸之路钱币捐给上海博物馆，填补了一项空白。杜维善并不愿意别人知道他杜月笙之子的身份，他更愿意以收藏家的身份生活在自己的天地里。

  因为父亲与梅兰芳、孟小冬的关系，杜维善也关注着陈凯歌的电影《梅兰芳》，不过对孟小冬与梅兰芳之间爱恨交织的复杂关系，杜维善坦言并不指望电影能展现多少。

遥远的父亲

对"杜月笙的儿子"这个身份有什么特殊感受,坦率说,这问题我好像从来没想过。早期我出去做事也没人认识我,知道我的人我也不是常碰见,所以没什么特别的感觉。不过,自从做古钱收藏以后,知道我身份的人越来越多,很多人会奇怪,因为大家认为我是个家庭背景很复杂的人,不可能有这种嗜好。我的出身不是我能选择的,我也没办法逃避这种命运。

其实小时候我跟父亲在一起的时候非常少。我母亲跟父亲结婚后,她自己住在辣斐德路辣斐坊16号,父亲和前三位夫人——我们称呼"前楼太太""二楼太太"和"三楼太太"住在华格臬路的老公馆里。老公馆不是我们去的地方,印象并不深。

抗战爆发后,父亲先离开上海,借道香港到了重庆,我们和母亲一直住在上海,那段时间过得比较艰苦,平常用钱都得节省。记忆中,我们家很少吃米饭,都是以面食为主,我这个习惯一直保持到现在。那时候我才几岁,父亲多少有些担心我们。那时上海政治性绑票很多,如果日本人或伪政府的人把我绑了去,威胁他赶紧回上海,那岂不很麻烦?不过我们那时候年纪小,也没地方去,无非是出门上学,或者出去逛逛。我那时候喜欢逛上海四马路,就是现在的福州路,那边都是书店,我喜欢逛书店。可惜的是,这些地方现在都拆掉了。

直到抗战胜利的前两年,母亲才带我们到重庆与父亲团聚。因为父亲的生意和产业都在上海,所以抗战胜利后,父亲回到了上海,先是暂住在现在的锦江饭店,我们住在另一个朋友家里,彼此还是分开的。那时也不觉得父亲的身份有什么特殊,觉得一切很自然。

所以,真正和父亲生活在一起,也就是1949年我们到了香港以后,但那时和父亲接触也不多。平时我早早就上学了,放学回来,吃完饭要睡觉了,见了面叫一声"父亲",然后就快快走开。平常我们吃饭也是分开的,我、姐姐和母亲在一个台子上,父亲和一班人在另一个台子上。

父亲在我们面前一直很严肃，给我的感觉是很有距离，所以我与父亲始终没建立起一种亲近感。一方面父亲很忙，不可能经常和我们接触；另一方面，在父亲的观念中，在杜家始终以正房的长子为大，所以家里对外应酬都是大哥、大嫂出面。不过我姐姐是长女，所以比较起来，她跟父亲的关系更近些。以往家里来了重要客人，父亲也会让姐姐从学校回来陪同客人的女儿。

就像在影视或小说里看到的一样，在这样一个大家庭，互相之间的明争暗斗是少不了的。我的母亲是第四房太太，她不太会用心计，但在杜家任何一房太太，如果不会用心计就要败下阵来。每位太太身边都有一些参谋给她们出谋划策，怎么争宠，怎么夺权。母亲也有很多参谋。有一次父亲过生日，几个太太事先商量，决定大家在那天都穿一样颜色和式样的旗袍，这样大家平等。母亲回来就问参谋这事情怎么办——如果答应她们的条件，那她终归是四太太，要排在后面，显不出地位；如果不答应，其他人肯定要数落她。那两个参谋说：你先答应下来，她们说什么样的你就去做。母亲也就依计行事，可她暗中另外预备了一套。生日宴一开始，她与其他几个太太穿一样的衣服出来，可是没几分钟，马上去换了一件。这样一来，众人之中她突出了地位。这样的事情还有很多，都是我们搬到台湾后母亲跟我们说的。

前楼太太很早就去世了，剩下的四位夫人中，母亲和孟小冬的关系是最好的，其他两位夫人一天到晚地斗争。三哥、四哥的母亲就是和二哥的母亲吵得一塌糊涂才带着两个儿子去英国待了很长一段时间。

在杜家，兄弟间的斗争也很厉害。父亲有11个孩子，我是男孩子中的第七个，但是因为我年龄小，也不住在一起，所以我也没涉及其中。父亲想培植大哥杜维藩，但实际上他是个阿斗。大哥喜欢喝酒，我父亲常常骂他：你代表我请客，可是客人刚到你就醉了，你还怎么代表我？但杜家的接班人始终是他，父亲的观念始终变不了，所以在他留的遗嘱里，长子和长孙的遗产多一份，其他几个都是平分——不过这些事情，也都成为旧中国的一个背影了。

江湖生涯

因为自小到大对自己的父亲和家庭没什么概念，所以也没觉得有必要刻意去了解什么。对父亲的很多旧事，还是到了台湾后才知道多一些。父亲有一个早期打天下时的兄弟叫顾嘉棠，我们搬到台湾后就住在他的隔壁，很多事情都是顾嘉棠亲口跟我说的。比如藏鸦片烟、抢码头等，顾先生觉得是很自豪的事情。那时说我父亲出去打架是不真实的，其实都是顾嘉棠、叶焯山、马祥生这帮被称作"小八股党"的人做的。不过早年父亲确实干过不少事情，像抢烟筒这种事情的确有，当时抢烟筒是跟帮会有关的事情。

父亲年轻的时候喜欢赌钱，赌到什么地步？他和第一个太太结婚的那个晚上还出去赌，那时他需要钱给兄弟。本来是希望赌博能赢一点，没想到输个精光，结果把前楼太太结婚的衣服全都拿去当掉了。还有一次他在澡堂里赌，赌得连衣服全当光了，最后还是黄金荣的太太拿着衣服把他救出来的，年轻时这种荒唐事还是很多的。

父亲出身贫寒，我的祖父母很早去世了，他早年就成了孤儿，后来靠在水果店里帮工来谋生。我想父亲之所以能脱颖而出，是靠义气。在那时的中国社会里，"义"字很重要。他出手大方，人家没钱了他给钱，兄弟没钱了他散财。父亲的门客很多，有的自己有职业，有的是靠我们家吃饭。比如说在恒社（注：杜月笙在1932年成立的组织）的人都拜我父亲做先生，他们每人都有本身的生意，就是建起一个关系来。他们没有严密的组织形式，但是由我父亲来挑选人。这些人拜我父亲做先生的时候，还是有这种江湖的气味、帮会习性。我没有见过他们加入帮会的场面，在公共场合，他们就像是普通的宴会一样，大家在一块吃饭，说说笑笑。其实父亲从来不是上海滩最有钱的人，但给人的感觉是他名气最大，在上海他也能够控制一些东西。父亲的一个观念是不做官，像他那样很早就闯荡江湖的人，很注意结交各方关系。在租界里他认识很多人，比如说法租界的巡捕房那时候最高的警官和翻译，叫张翼枢，普通人都不知道这个人,父亲与他是非常好的朋友,所以别人有什么事情在租界里都托父亲去打招呼。张翼枢的女儿我认识,现在美国,差不多90岁了。

说父亲是"青洪帮老大"是历史事实,但称父亲为黑帮老大,我不太同意。青洪帮是非常时期一个非常特别的产物。正式的青洪帮并不是打打杀杀,就是讲做生意你要在"帮",当时如果不在"帮",你就没有保护人,就休想在上海滩混。还有,赌博和抽大烟也是当时的一种社会风气。在老公馆,有父亲比较要好的客人来,第一件事情就是先上烟,这好像是个规矩。但是拿现在的社会观念来讲,这就是犯法。我知道父亲是一个很复杂的人物,我不想为他辩解什么,只是觉得,应该把他放在当时的历史条件下来看待。

现在很多人喜欢把父亲与黄金荣、张啸林放在一起,把他们并称"上海三大亨"。黄金荣和张啸林我都见过。我对黄金荣印象不深,我见他时,他有60多岁了,那时人家还是叫他黄老板,还是很威风的。父亲与黄金荣的关系后来有点复杂。黄金荣发家早,因为早期在帮会里,他辈分很高,而我父亲辈分很低。但是黄金荣到了30年代名气就不大了,父亲远远超过了他,他有点嫉妒我父亲,所以不太愿意来往。但是表面上大家还是很一团和气的,逢年过节互相送东西。

相比而言,张啸林就是一介武夫,有人说他是张飞。我跟张啸林见面的机会比较多,因为我小时候,张啸林的太太很喜欢我,父亲就把我过继给他,认他做干爹。张啸林被杀那天我还有印象,但那时我才七岁,什么都不知

后排左起:杜美如(杜月笙之女)、孟小冬、杜维善和姚玉兰(前排)于香港合影

道，也不懂为什么有人要刺杀他。只是觉得干爹死了，出了一件大事，周围很热闹，赶紧去看看。张啸林是被自己的保镖林怀部枪杀的，当时林怀部的口供是说与张啸林有矛盾，后来证明这是戴笠在后面策划的，因为张啸林被日本人拉去做了伪浙江省主席一职。张啸林死时，父亲人在重庆，他既没有表态也没有发唁电，其实他心里完全明白是怎么回事。之前他也劝阻过张啸林，未果，戴笠要杀张啸林，父亲也没办法。我相信戴笠事先是征求过他的意见的，但一面是兄弟之情，一面是民族大义，他不好表态。

多面的父亲

很多人对父亲的印象都来源于上海滩的那些电视剧，以为他们整天过的是刀光剑影、打打杀杀的生活。当然电视剧必须这样拍，否则就没人看了。

《文汇报》总编辑徐铸成当年曾见过父亲，还写了一篇《杜月笙传》。徐铸成在文章中说，以为像杜月笙这样大亨式的闻人，纵使不是红眉毛、绿眼睛，总该是一介草莽赳赳武夫，但见面后，只是一个修长身材、面色带青的瘦削老人，看上去手无缚鸡之力，言谈中也少带"白相人"常说的粗话。我父亲是个弱不禁风的人，听母亲说，父亲刚和她结婚时还喜欢戴金刚钻，因为上海在外面跑的叫"白相人"，"白相人"的男人都喜欢戴金刚钻，好像是一种身份。母亲就跟他讲，高级社会的男人不戴金刚钻，他的这种习惯就一点点地改了。父亲长年是一袭长衫，即便在家里，领扣也系得紧紧的。不过抗战前，蒋介石给过他一个少将的头衔，他拍了一张一生唯一穿军装的照片。

父亲小时候因为家境贫寒，没怎么受过教育，所以对我们的教育看得特别重要，一定要让我们在可能的范围内受到最好的教育。杜家的家教非常严，尤其是对男孩子。有一次大哥逃考，被他狠狠打了两个耳

195

光。在家中，父亲的严厉具体是通过母亲执行的。有一次，姐姐英语没考好，母亲打了她十鞭子。

父亲对文人一直有一种向往，也对他们很敬重。他结交了很多文化名人，很多文人也都成为他的私人律师或座上客。章太炎与父亲的私交甚好，1930年父亲在家乡买了50亩地，造了"杜氏家祠"，章太炎不但为杜家编了家谱，还写了洋洋千言的《高桥杜氏祠堂记》。杜家祠堂建成那天，包括蒋介石、淞沪警备司令熊式辉、上海市长张群等要人都送了牌匾，场面很大。

章士钊曾做过教育总长，后来又在上海做大律师，所以那时他们的交往比较多。章士钊算是父亲的私人律师兼参谋。很早以前，毛泽东要送很多进步青年到巴黎去，找到章士钊帮忙，章士钊又来找我父亲要钱，父亲觉得各方面人都要结交，求到门下就要帮一下。

我父亲也比较喜欢行老，在重庆时，章士钊和我们家住在同一栋楼里的楼上楼下。章士钊自己有个小书房，我每天给他磨墨，磨好了他来教我写字。后来到了香港，殷夫人还把章士钊用过的砚台送给我。

父亲发达后，江湖上一些事情他就让别人出面去做，与早期的兄弟也保持了一点距离，而他更多的是去做一些公益和慈善。每有灾害发生，父亲一定出面组织赈济。

每逢春节过年，在杜家是一件很大的事情，因为上海滩的人都知道给杜先生拜年是不会空着手回去的。所以我记得，那时候年关将至，父亲就让手下到几个银行调钱到家里来，还有米，米倒不成问题，因为老公馆的管家万墨林是上海商会的，所以无论多少米万墨林都能拿来。那时候到老公馆来拜年的是排着队来的，包括很多穷人、乞丐，只要到大门口来给杜先生拜年，总归是能分红的。

父亲的老家在上海浦东高桥，每年夏天他都要从药房买大量的"痧药水""诸葛行军散"送到高桥，挨家挨户免费送发，这个举动坚持了好多年。我还记得小时候有一次到浦东老家去，是划船过去的，当时的浦东还是一片荒地，哪里像现在的浦东。现在杜家祠堂也不在了，好像还有一栋小房子，是空军某个部队驻扎在那儿，其他全部没有了。

不论对父亲作何评价，有一点是公认的：在民族大义上，他从来没有动摇过。父亲反日的立场是始终没有改变的，我想这一点跟帮会有关系，老一代帮会里的人对日本人有仇恨，帮会里有很多观念也传袭下来。但最主要的是，父亲有一个很强烈的"中国人"的意识，所以他非常恨日本人。

抗战一开始，父亲以中国红十字会总会副会长的名义，联合上海各界组织救护队伍。即便在父亲撤到重庆以后，海外很多捐赠的物资或救济品，都由父亲接收后运往内地。他在上海日占区布置了很多人做地下工作，暗中帮助国民政府，像万墨林、徐采臣，徐采臣是日本通。高宗武和陶希圣要逃离汪精卫阵营时，蒋介石就是通过我父亲，要万墨林暗中帮助他们。而日本投降时，国民政府接收上海，父亲也做了很多稳定上海的事。

政治内外

抗战爆发后，父亲转移到了重庆，他和早期帮会里的人关系渐渐疏远了，相反，与蒋介石这些人走得近一些。父亲在重庆时跟戴笠走得很近，所谓走得近，就是帮助戴笠在上海做地下工作，也利用自己在上海的关系，主要是经济上，帮助国民政府抗日。

蒋介石和父亲的关系，坦白说就是利用，因为蒋介石始终没办法控制上海，所以他要利用父亲在上海的关系实现间接控制，而父亲是不做官的，无所谓蒋介石对他怎么样，所以这种利用也是单方面利用。

抗战胜利后没多久，父亲和蒋介石的关系就出现了裂痕。上海有很多人跟我父亲过不去，警备司令吴铁城也到处抓他的小辫子。可能是在蒋介石看来，那时他已经不需要通过我父亲来控制上海了。蒋介石为了挽救财政危机，派蒋经国到上海实行货币改革，发行金圆券，要求民间将所持法币及金银一律兑换成金圆券。三哥杜维屏没有完全照办，被蒋经国以投机倒把罪逮捕。三哥被抓进去后，有传言说蒋经国要枪毙他，父亲没有多说什么，就一句话："我有八个儿子，枪毙一个无所谓。"我相信说这话时，他还是能够感觉到世态炎凉的。他们对杜家可能有所顾忌，三哥被判了六个月后放出来了。听说有人跟蒋夫人说，真把我三哥枪毙，以后的事情会怎么样就不知道了。

我们到了台湾后，与蒋家关系一直不错。我母亲每个礼拜都要去蒋家拜访，母亲的做法也不是为了维持两家关系，因为蒋介石喜欢听戏，但失去大陆之后在台湾也不好出入公开场合听戏，所以蒋夫人就常常把我母亲等几个人接到官邸去唱戏，每个礼拜都去。后来母亲也受洗加入了基督教，每周和蒋夫人一同做礼拜，母亲信教完全是因为蒋夫人，除了她之外，杜家人全部都信佛教，所以母亲信教完全是政治性的。

这些年也陆陆续续有文章，讲父亲当年在上海帮助共产党的事情。比如1947年父亲收下金山为"关山门徒弟"——在帮会中，"开山门徒弟"和"关山门徒弟"的身份最特别，我想父亲对金山的共产党员身份是清楚的。"筹安六君子"之一的杨度后来落魄了，就住在上海，我父亲照顾他，除去每月给他500元，还送了一幢在薛华立路（现建国中路）的花园洋房给他。现在大家也都知道杨度晚年加入了共产党。父亲跟潘汉年的关系也很好，抗战期间，他应潘汉年要求，还从外国进口1000副防毒面罩，赠送给八路军。周恩来的弟弟跟父亲关系也很密切，而且只要他到老公馆来，所有人都得回避，因为大家知道他们要谈事情。

现在很多年轻人会问我这个问题：你父亲到底是向着国民党，还是共产党？这样问就不了解我父亲了。父亲一向两面都帮，他不会得罪人的。两党都在争取他，而他也在找寻自己生存的空间。

1949年春，国共斗争即将分出胜负之际，或许是考虑到父亲的影响力，双方都通过各自渠道来游说他，争取他。但父亲最后还是选择了香港。我相信父亲的心里很明白，他一辈子的立场是不做官，去台湾他能做什么？而且即便去了台湾，国民党待他也不会怎么样。大陆这边，上海解放后一个新政权怎么可能容忍帮会存在？他对此很明白，所以他也只能留在香港。

到了香港,他也始终不愿意对政治多发表看法,他对他最信任的门生陆京士讲,两个党都是兄弟,为什么要打来打去呢?父亲还是拿帮派的观点来看政治,他看得太简单了,政治肯定比帮派复杂得多。帮会有帮会的规矩,重承诺,绝对不允许背叛,父亲显然不能理解政治家们的游戏规则。

海上旧事

父亲喜欢京剧,他后来娶的两位太太——我母亲和孟小冬都是京剧演员。我的外祖母叫筱兰英,筱兰英与恩晓峰、李桂芬等,是中国第一代京剧女演员中最有成就的几位。李桂芬是卢燕的母亲,我喊她大姨,我们和卢燕家的关系很近,在上海时她也经常住在我们家。母亲叫姚玉兰,唱老旦出身,和父亲结婚后她还唱戏,但多是慈善演出或堂会之类。

父亲跟京剧界的关系也很好,当年无论多有名的京剧演员到上海,都会到我父亲那里去。他常常请客吃饭,高兴时也会在吃饭时唱几句。

父亲与梅兰芳很早就认识了,梅老板每次来上海都会去拜访他。梅兰芳和我父亲的关系、我父亲和孟小冬的关系应该分开来说。我父亲娶孟小冬做太太是梅、孟两人分开以后的事情。

因为都是京剧演员,孟小冬很早就和我母亲、外祖母比较接近。孟小冬离开梅兰芳一段时间后,和父亲结识,正式有往来是在40年代。母亲把孟小冬当成自己人,也并不介意。她俩的关系时好时坏,有时候会吵架,一生气她就回了北平,过几个月又没事了。那段时间孟小冬给我母亲的信我现在还保存着,信里谈的都是生活上的事,母亲有时汇钱给她,她在北平有一帮朋友也经常到上海来,像吴家、朱家都是大家族,彼此间也都很熟。

我猜想父亲暗恋孟小冬好久了。一方面她唱得很好,用现在的眼光看,她也称得上一位艺术家。另一方面孟小冬比较会用心计,也很会讨父亲喜欢,在我父亲面前常常会说笑话,逗他开心。孟小冬除了普通话,上海话讲得也很好,可能父亲跟她交流起来比较顺畅。不像我母亲,虽然嫁给父亲那么多年,但基本不会讲上海话,后来我太太常常问我母亲怎么跟我父亲沟通,母亲回答:"他听得懂我讲话,我听不懂他讲话。"

梅兰芳与孟小冬的分手,并不是那么简单,可能牵涉了很多很复杂的问题。母亲有时候会跟我们讲他们分开时的一些事,母亲知道孟小冬离开梅兰芳一定有条件,而且条件可能很苛刻。我母亲看不惯,因为她们都是唱戏出身的,她多少同情孟小冬。但是这个条件究竟是什么,也只有梅兰芳、福芝芳和孟小冬他们三个人才知道。梅葆玖不知道,许姬传也不知道——1983年我去看许老的时候,提起过这件事情,他都不清楚。我觉得这里面可能福芝芳有条件,限制孟小冬登台演出作为他们分开的什么条件,但这只是猜测,不能够证实。所以后来听说章子怡筹拍孟小冬传,梅家不答应,因为这里面可能牵涉到比较微妙的关系。我想《梅兰芳》这部电影也不会对这种关系有太多的涉及。

父亲和梅兰芳的关系也并没有因为孟小冬而受到影响。1947年父亲过六十大寿,上海的中国大戏院组织了十天的堂会。梅兰芳和孟小冬都到上海演出了,但他们没有同台——十天的大轴,梅兰芳占八天,孟小冬占两天,回避了见面的尴尬。孟小冬此后只字不提梅兰芳,上海解放后,父亲和梅兰芳也没什么联系了。

我想孟小冬对我父亲还是有感情的,否则她不会跟父亲一块儿到香港来。父亲在去世的一年前和她结婚就是给她一个名分,否则在遗嘱里怎么分财产呢?除了我们家人之外,那天参加婚礼的人并不多,大家一起吃了顿饭,拍了几张照片。婚礼的照片现在还存在上海历史博物馆里,其中有一张相片是我与马连良、万墨林和孟小冬弟子钱培荣的合影。婚礼那天,孟小冬很高兴,久病的父亲也难得有了精神,他带病陪客。这段婚姻无所谓谁成全谁,他们之间是有感情的,我父亲一向重视她的艺术成就，孟小冬也很仰慕我父亲，她同父亲结婚不是报恩，也不是无奈的选择。再加上我母亲也在当中撮合，所以走在一起比较容易。现在出版的那些书，像《梨园冬皇孟小冬传》，讲我父亲怎么和孟小冬在一起的，他们说的那一套不可靠。

孟小冬与父亲结婚后，我们喊她"妈咪"，管自己的母亲叫娘娘。平时，孟小冬喊我母亲姐姐。

孟小冬年轻时很漂亮，她从前抽大烟，但这也不影响她的唱功。孟小冬性格比较孤傲，晚年在香港、台湾的时候，她始终不唱，连清唱都不唱，最后一次清唱是在香港给张大千唱的，因为张大千喜欢听她的戏，这是面子很大的事情。虽然后来她不怎么唱戏了，但还是很有威望，我太太有一次问孟小冬："您还预不预备唱啊？"孟小冬回答一句："胡琴呢？"是啊，没有胡琴你怎么唱，给她拉胡琴的最后一个人是王瑞芝，他也去世了。

1952年，我们和母亲先去台湾，孟小冬先是一个人待在香港，直到1967年也到了台湾。孟小冬到台湾以后生活平淡，她自己租一个房子，

孟小冬和杜月笙的结婚照（1950年摄于香港）

杜月笙、孟小冬和张翼枢夫人（摄于香港）

独住。她早年在北平时领养过一个孩子,关于她怀了梅兰芳孩子的事是谣传。孟小冬晚年过得不错。她没什么经济来源,就是靠我父亲留给她的和她自己当年挣的钱过活,她对钱也没有特别多的需求,就是希望有朋友每天到她那里去,像我太太、二姐去她那里打牌就知足了。孟小冬对我们很亲近,拿我们当自己的儿女一样。我们对她也很好。每天她家里面都有人,我母亲天天去。

前几年出的那一本《孟小冬传》,讲她有十大弟子,根本没这回事。有几个人经常到孟小冬家里去聊天、说戏。她的个性是这样的:她绝对不得罪人,所以你跑去问她"孟老师我唱得怎么样",她的回答永远都是"好"。孟小冬突然之间生病了,去世了。他们实际上都没有拜过孟小冬,所以孟小冬去世后他们商量:我们在灵堂磕个头就算了。那天很多人来灵堂给孟小冬磕头,都是弟子了?所以说所谓"十大弟子"其实是一个大笑话。

孟小冬是 1977 年在台湾去世的。坦率说,对《梅兰芳》这部电影我并不特别关注。我认为如果严格按照历史事实来拍,那这部电影肯定是没办法拍下去的,只能一半事实一半虚构。我更感兴趣的是章子怡扮演的孟小冬像不像。

各自飘零

1949 年 5 月 1 日,父亲带着我们一家离开上海,在香港我们住在朋友为他选的坚尼地台 18 号,这里成了最后一个杜公馆。很多人跟着我们家一起去了香港,那些人跟随他多年,也可以说是从小打天下的人。算起来,老老小小有一百多人。这些人在香港的生活问题,也一直是父亲的心病。

父亲的财产主要是留在上海的不动产,现金很少,所以到了香港后,家里全部的现金只有 10 万美元,是他早期存在宋子文的弟弟宋子良那里的。当时父亲本来想从香港去美国,但是家里人就有将近 30 人,这

10万美元连签证费都不够,所以父亲最终还是放弃了去美国的想法。其实如果他去美国,宋子良也会帮他的,但是他最终还是没有走这一步,一方面是面子,另一方面也是一直在举棋不定。

父亲去世前不久,有一天,他让姐姐把保险箱里的一个信封拿给他。父亲很喜欢也很相信姐姐,保险箱钥匙归她管。信封里有很多单子,原来都是别人借钱写下的欠条。父亲把那些借据都撕了。他说:我不希望我死后你们到处去要债。他清楚很多找他借钱的人从大陆跑到了香港,也没有多少钱了,那些借条是还不来的,不能以杜家的身份逼人家还钱,我到现在还有万墨林的借条。其中有一个人的借条上面是500根金条的借据,这还不是最高的。

所以那时候他情绪很不好,也彷徨不定;父亲后来身体不好也与此有关。他本来就有哮喘病,后来更加严重,医生越请越多,用药越来越杂,身体却不见起色。几个月下来,他自嘲说:"如今我是拿药当饭吃,拿饭当药吃了!"

父亲在香港很少出去,家里天天有客人。他和以前国民党的那些人,像王新衡,也还来往。也许是父亲当年在上海滩的影响,国共两党在1949年以后也一直通过各种渠道做他的工作。大陆解放后,章士钊几次来到香港,都住在我们家。但是父亲对政治上的事情看得很明白,他两边都不得罪。

1951年8月16日下午,63岁的父亲在香港去世,长子和每个太太每人1万美元,剩下的每人分了几千美元。

父亲过世后我们就去台湾了,因为那时陆京士到台湾做了"立法委员",后来顾嘉棠也过去了,父亲去世后,以前和父亲来往的人对我们都还很照顾。他们之间的那种关系,可能也是现代社会的人们很难理解的。

父亲在去世时曾嘱咐:将尸骨运回上海,葬在故乡浦东高桥。母亲在他去世后,把他的灵柩运到了台湾。原以为很快就能安葬于大陆,所以一直没有下葬,但后来看到回故乡越来越难,最后葬在了台北汐止。转眼间已是半个世纪过去,杜家第二代只剩下几个,散落在世界各地，彼此间也没有联络。我的姐姐还在国外，也已经八十多岁了，我们离得较远，也是几年才见一次。回上海老家安葬是我父亲的意愿，是很敏感的事情，不是说想迁就能迁的。有传统的迷信观念，也有政治上的考虑。不管怎么样，我希望这件事情最好能在我这一代解决。我们这一代做不到，下一代就更渺茫，他们从小住在国外，对家族丝毫概念都没有。

改革开放初期，我回大陆想在内蒙古投资做生意。有一次，陆京士托我带信给民革中央主席朱学范，他们早年都是父亲的门生，只是后来各自跟了不同的政党。信的内容，我想也是想为冷冻多年的两岸关系寻求些解决办法吧。我相信陆京士的举动，蒋经国是知情的。我也把信转交给了朱学范，但是不久陆京士就去世了，几年后，蒋经国也死了，此事再没有人提起。

现在市面上出了很多杜月笙的书，正史野史都有。偶尔我也会翻几下，但没有更多的兴趣。在我看来，没有一本书会写出一个真实的杜月笙，父亲当年在国共之间参与了很多机密事，但这些事情他不和我们家人讲。证实父亲的事情比较困难，牵涉到政治问题就不好写了。至于我自己，年轻时没有意识到要了解杜家历史，等现在想了解了，很多重要人物已经过世。1979年我回来的时候，在上海还见过我家的账房先生，他叫黄国栋，当年不愿意跟我们去香港，愿意留在上海看住我们的房子，结果后来被送到青海劳改了许多年。如果当时的政治气氛像今天这样宽松，账房先生肯定有许多事情能够讲出来，可是那时候他什么都不敢讲。几年前他也去世了。父亲的事情就只有他的几个学生比较清楚，陆京士、万墨林等，但他们留下的回忆也不多。有些事情也许永远成了谜。

（2008年）

唐德刚：活在别人的历史里

采访时间：2005 年

唐德刚

因为一场车祸导致的道路封闭，从纽约找到唐德刚先生在新泽西的家时，已比约定时间整整晚了三个小时——唐先生的家在新泽西州一个静谧的小镇上，四周安静得连踩着门前落叶的声音都那么清晰。无论进入还是告辞，邻家的三个美国孩子都睁大眼睛好奇地隔窗紧紧注视着我们，也许隔壁这个深居简出的中国老人对他们来说太陌生了。一幢二层的白色小楼。屋外是典型的美国风格，屋内却是浓郁的中国风格——无论是墙上熊猫图案的壁毯还是迎面最醒目之处挂着的胡适的手迹，让人一下子忘记了这是遥远的异邦。几年前生的一场病，已使这位 85 岁的老人有了衰老的迹象，但谈兴甚浓的老人用浓重的安徽话夹杂着英语，一直谈了两个多小时仍丝毫不见倦意。

他活在别人的历史里，别人的历史也活在他的笔下。

李菁：唐教授，我们都知道您为胡适、李宗仁、顾维钧这些在中国近代史上有重要影响的人物做了口述史，您的书在大陆也有很多读者，能介绍一下您当时是怎么开始口述史工作的吗？

唐德刚：这个口述历史，并不是我要搞，by accident（偶然地）！我在哥伦比亚大学历史系读书时是20世纪40年代，我们当年读的是国民党的中央大学，最难考的！我们是拿了政府的官费出来留学的，结果念出来后才发现改朝换代了。我当时要是学其他任何科目的，早就回去了，但我当时是学历史的，传统历史学，同马克思主义史学相差太远了，我们要改学马克思改不了，这个不是一年可以改的。所以我在哥伦比亚大学改学了一年多的建筑……

李菁：您中间还改学过建筑？

唐德刚：Yeah！那时是国民党拿钱出来供我们上学的，国民党一垮，我们没人管了，找毛主席也找不到。我们那时做工，做了一天就被解职了，问人家为什么，人家说No why, No because。那时中国人在此地都是最可怜的人。后来中国和美国打起朝鲜战争，共产党没有翻译，他要找我们一批留学生，送我们到朝鲜去。那时我们留学生也不一定同情美国，还觉得它是帝国主义哩，所以美国禁止我们出境。

1950年10月，一批在美国的中国留学生归国

既然不能回去，我就想学建筑改行，建筑是速成班，学了一两年，马上就可以做事。然后看情况，毛主席要我们，我们就回去；不要我们，我们就在美国。我们那时才20岁，改行还很容易。我想改建筑，我会画画——我儿子后来就学建筑了，他用的那套工具还是我的呢！我学了一年多的建筑，但我学历史是兴趣。后来学校招呼我回来，让我替教授做历史系助教，我把原来扔的书又找回来。那时候做助教被教授唤来唤去也不容易，洋人都干不了。我记得有个历史系教授，美国人，说诸葛亮是山东人，孔明是湖北人；我说，诸葛亮和孔明是一个人啊！他说，诸葛亮姓诸，孔明姓孔，怎么会是一个人啊！所有的中国人都知道是怎么回事，但我讲给洋教授听，他们不信啊！

说起口述史来，咱们一晚上也说不完。"口述历史"（Oral History）是哥伦比亚大学教授，也是我的老师艾伦·芮文斯（Allan Nevins）开创的。他采访各国的难民，包括一些欧洲革命后流亡到美国的贵族。那时美国对战后很多国家都很有兴趣，政府和基金会都有这笔基金。国民党垮台后，这笔钱花不出去了，国民党申请的他们也不给，但他们可以研究国民党。我第一次接触口述历史是为哥大一位教中国史的教授做助理，因为我会讲汉语。我自己做的第一个口述史就是胡适。

李菁：有人说您的运气很好，您在为胡适做口述自传的时候，是胡适先生最穷困潦倒的时候，他有时间给你讲自己的那些经历；现在大陆这几年出现胡适热，您的作品又再度广为流传，您同意这个观点吗？

唐德刚：这个说来话长。我开始认识胡适的时候，也正是国内清算两个姓胡的——胡风[1]和胡适。胡适怎么敢回去！胡适虽然有大使的退休金，但在美国过得很辛苦，他那时在美国跟我们一样，也没饭吃。胡适大博士，英文也讲得那么好，但胡适也找不到工作。他不想教教书？但谁让他教啊？他也不好意思开口求别人。

---

[1] 胡风：现代文艺理论家、诗人、文学翻译家。

胡适那时候时间太多了！胡适是很好相处的一个人。我们在这里还组织文学社，不但胡适，林语堂也在。林语堂比胡适过得好，因为他写英文书，英文书出版拿一笔稿费，翻译成中文又拿一笔稿费。胡先生那时也很可怜。他生病也没医院保险，我们在学校念书，还有医院保险。胡适后来连看病都看不起。他跟我们这些年轻人特别熟，我会开汽车，胡适和他的小脚太太都不会开车，我替他做事可多了，他经常打电话，说："德刚，过来帮帮忙！"他搬个东西都搬不动。（李菁：他的口音也像您一样重吗？）他的口音比我好多了。他出生于安徽，但他讲的是上海话。他常常告诉他太太一些事情，不好让我听到，就用徽州话和他太太讲，我也听不懂。

李菁：除了胡适，您还给李宗仁、顾维钧这些人做过口述史，他们各自都是什么特点？

唐德刚：给李宗仁做（口述史）跟给胡适做，完全不一样，什么都不一样。胡适是经过现代学术训练的，We speak the same language！哥伦比亚大学为了省钱，我和胡适讲的都是英文，打出来直接交给哥大就行了。那时候李宗仁在美国也没饭吃，但李宗仁日子比胡适好得多，他的银行存款还几十万哩。但李宗仁是军人出身，读了三年书，桂系军阀，文学、历史完全不懂，完全我来组织润色。我和李宗仁谈，他讲不了英文，而且他有时信口乱讲，要是直接这样写出去要被别人笑死的。顾维钧的英文比胡适还厉害。我跟胡适平时还要用中文聊天，顾完全不讲中文，一开口就是英文，有时讲的英文单词我还不认识。

有一次顾维钧告诉我他每天都写日记，我问他，你的日记用哪种语言？他不好意思地说是英文，他的中文不够用，他的母语其实是英文。后来看到他的全部资料才发现，他几十年的日记，没有一篇是中文写的，有英文，有法文，我和他谈话百分之九十九是英文，那百分之一就是在说人名，像提到"袁世凯"的时候才用一点中文。

我后来听说国内要求翻译顾维钧的书，说他讲的也是英文，为什么不能翻？他也不是外国人。但顾维钧的书翻译成中文很有难度，像很多人名就翻译不出来，比如他经常说 George Wang，拿到大陆来，谁知道谁是乔治·王？像我的名字叫 T. K.Tong 而不是 Tang，如果你不了解，你知道谁是 T. K. Tong？所以不了解这个背景的，还不太好翻译。他讲的人名我全部都知道，一点都不会错。

李菁：我们知道当时很多人都在同您联系，想做自己的口述史，后来为什么只做了那几个人呢？

顾维钧

唐德刚：国民党那时流亡国外的有几百人，他们都想做自己的口述历史，因为美国人给钱。宋子文找过我多次，宋子文我并不认识，但他知道我，我也想做宋子文的，他是多重要的一个人！他和顾维钧差不多，都是英文比中文流利，批公文都是"OK"，不像其他官员用"准"或"不准"。宋子文和顾维钧是桥牌伙伴，他告诉顾也想加入哥伦比亚大学的口述史，说想找 T. K. Tong。顾先生跟我提这件事，但我没办法，在哥伦比亚大学我不是唯一的一个，还有主持政策的人。

李菁：如果给宋子文做口述史，哥大会给宋子文、胡适和顾维钧同样的报酬吗？

唐德刚：不同的。它衡量每个人值多少钱、你有没有钱。美国人也知道胡适可怜，像他这样的人不能死在美国吧？那样就成了美国的大笑话了，所以他们一定要给胡适薪水。我跟哥大讲好了，给他三千块钱一年。胡适高兴死了，那时候三千是笔巨款。所以胡适和我两个人合作，他说"你怎么着都好"，我要他签字他就签字。（李宗仁呢？）一个铜板没给，他有钱！但胡适是穷人，everybody knows。顾维钧也没给钱。

我还要提到一个人是陈立夫。陈立夫在国民党做过院长，蒋介石的左右手，他是蒋介石的 family member。但国民党破产后，台湾也讨厌他，只给他一笔路费就把他赶到美国来。他后来真是吃饭都成问题。自己开了个鸡场，上饭馆卖鸡蛋。卖鸡蛋的不是他一个人啊，大家还要排队，陈立夫也要排队，卖鸡蛋的都是穷人啊，结果到最后喂鸡的饲料比鸡蛋还贵，很多卖鸡蛋的都破产了。我后来到大陆听说"蒋宋孔陈四大家族"这个词，在北京就说，陈立夫可不够资格，他过得还不如我，我也不是陈立夫的什么人，我讲老实话嘛！

李菁：大陆很多人都认为，您没有给张学良做成口述史是个很大的遗憾，您怎么看这件事？

唐德刚：我跟张学良很熟，但我跟他接触后发现，他的话我可以听，但张学良的书我不能做。你不做这一行不知道，这个张学良是大而化之的人——你要听我的话，做学问，我是排长，你是小兵——他要怎么讲就怎么讲，你不能校正他。他的录音现在还在哥伦比亚大学。像我跟胡适合作，我写，他读，所以胡适留在哥伦比亚的原版录音带中"I am appointed the ambassador…"其实是我的稿子，胡适照着念的。

但跟张学良不能这样工作。我说："汉公，这个事情靠不住啊，我知道的不是这样的。"

他说："你知道什么？！"他是少帅，我连少尉都不是，所以他说："你要听我的话！"

我说："可不能听你的话，听你的话将来要出笑话的！"

"什么笑话，我讲我的故事，有什么笑话！"

所有的官场要人，都是如此。他们一出来，都在替自己说话，都认为自己对得不得了。我替李宗仁做，他说他到黄埔军校第一次看见蒋介石是5月，我后来查资料他们的见面是在3月，我问他，他说不可能。我说，德公，你记日记吗？你和蒋公见面有秘书给你记吗？他说我和蒋介石见面都是商量国家大事，哪会带秘书？我说，德公，记忆有时是不准的，你没有记忆，但黄埔军校有记忆！所以口述史并不是对方说什么

李宗仁

我就记什么,还要查大量的资料来校正他们。

我跟张学良说,汉公,你这个事情记错了,他说:"我的事情怎么可能记错了!"你的事情装在头脑里,你的头脑有多大?人的记忆有时也太不可靠了!顾维钧那么仔细的人,还有错,何况张学良?搞口述历史如果没有相当经验,没法搞。后来那两个年轻女孩搞来一笔钱,给张学良做口述史,最后也搞不了,磁带现在放在哥大里(注:指哥大张之丙、张之宇姐妹为张学良做的一部口述史)。

张学良到纽约后住在他女朋友(注:指贝聿铭的继母、银行家贝祖诒夫人贝太太)家,我到纽约进进出出,请张学良吃饭,也请贝太太吃饭,消息传到赵四小姐那里,她说,这个唐德刚,可恶!我说我请吃饭也不是我一个人,人多得很哩,但赵四只认识我一个人,她后来不理我,以前她还炒鸡蛋饭给我吃呢!

李菁: 那您是怎么处理和这些被访者的关系的呢?

唐德刚: 对一百个人有一百个办法。李宗仁也是我建议哥大为他做

211

口述史的，但当我刚开始找到李宗仁时，他不敢谈。顾维钧最初对我存戒心，他们知道我的老婆是国民党CC系[1]的一个女儿，我是CC的女婿，所以李宗仁及其夫人郭德洁谈话都很小心（注：唐德刚的岳父吴开先为国民党元老，也被认为是CC大将之一）。有一次我们随便谈到这儿时，他说，德刚，这CC有功劳啊。我说，CC也未必有什么功劳。他说，德刚，你也敢讲你丈人啊！我说，我是搞历史的，中立的，跟官僚不一样。他很高兴，赶紧让郭德洁多做饭给我。我给他搞口述史搞了六七年，慢慢处得像家人一样。

李菁：您接触过的这些名人，像胡适、李宗仁、顾维钧、张学良这几个人，哪个好相处？

唐德刚：还是胡适。胡适本身经过这些学术训练，能理解我的工作。有时比我还严格。有时我要记下他说的话，他说这个言出无据。胡适对我非常信任。我和胡适，还有些私交。有些事情，我还可以教训胡适一顿。胡适一辈子教了很多的学生，我是他最小的一个。

李菁：所以他也愿意把他和陈衡哲[2]的一段恋情告诉您吗？

唐德刚：他没跟我讲，也没跟别人说，是我自己考证出来的。后来很多人找证据看，像胡适日记，他们也全部信任我了（注：胡适为他唯一的女儿取名为素斐Sophia，唐德刚认为胡适此举是为纪念留学期间结识的陈衡哲）。

因为我跟胡适搞熟了，我同他乱讲，我说，你认识了陈衡哲，你是不是要同她结婚？他说，我和陈衡哲感情好得不得了，但她也知道我不能同她结婚。我要不同她（注：指胡适夫人江冬秀）结婚，三条人

---

[1] CC系：国民党政治派系，其实力主要分布于国民党中央党务部门，尤其是组织部、中统部、地方各级党部和教育系统。
[2] 陈衡哲：笔名"莎菲"（Sophia），是我国新文化运动中最早的女学者、作家、诗人。

命——我太太自杀,妈妈也自杀,孩子也生不出来。我说,胡先生,我们都不如你呀,我们都没你那么忠厚,不认得字的太太还要娶,那你也有比我们好的地方,你还有一个女朋友哩!(笔者插话:你开这样玩笑他不介意吗?)我和他很熟了,他也经常打电话到我家。有天我不在家,我太太的妹婿也是一个博士,在这接电话,问:你是哪一位?对方说,胡适,胡适!妹婿紧张得把听筒扔掉了,谁不知道胡适大博士的名气啊!所以interview学者或政客,如果不同他搞得很好,他会隐藏很多东西。

李菁:可是这种关系如何平衡——既要和他们保持密切关系让他们对你毫无保留,又要在操作上保持一定距离,不能有闻必录?

唐德刚:我这个人可能运气好,很容易和他们搞到一起。胡先生很厉害,对我像家长一样,经常教训我怎么做学问。李宗仁跟我连距离都没有了。李宗仁的太太到香港了,就剩我和李宗仁两人在家,李宗仁在家烧饭给我吃。我跟李宗仁也熟到我可以问他女朋友叫什么名字的地步,但即使到这种地步,我觉得还是不够熟。顾维钧则始终跟我保持距离。

怎么平衡?我讲的是历史,是历史真相。我们学历史的人,跟做新闻记者一样,fact is fact, review is review——新闻归新闻,评论归评论。一个是绝对的客观,一个是绝对的主观,不能相互混淆在一起。

李菁:我注意到除了历

胡适

史著作外，也有许多涉及时政的文章或评论。有人认为，历史学家更应注重发掘新的证据或事实，过分跟进当下发生的事情、对现在发生的事情作出评断不是历史学家的责任……

唐德刚：谁说历史学家不能对现实说话！我是历史学家，知道过去是怎么回事，当然可以对现实发言。我的看法可能不对，但对不对需要时间来检验。搞历史的要有一套历史哲学，我们不能拿中国的历史跟英国、罗马比。

在我看来，历史不是一条直线，而是弯弯曲曲、有上有下，许多历史，恐怕还要等到相当长一段时间才能评断。

梁漱溟：逝去的儒者

口述　梁培宽

"这个世界会好吗？"1918年的一天，刚被聘到北大教书的梁漱溟，在与父亲探讨欧战新闻时，被父亲问了这样一个问题。"我相信世界是一天天往好里去的。"这番对话3天后，问者便在对社会的绝望中结束了自己的生命，而梁漱溟却用近百年的人生实践了自己的回答，在跌宕起伏的年代，无论身处何种境遇，他始终保持了一位儒者的乐观与尊严。

梁漱溟（1985年摄）

梁漱溟将两个儿子分别取名为"培宽""培恕"，"宽恕"也许是梁漱溟对人生、对世界的信条。梁漱溟把"不谋衣食，不顾家室，不因家事而拖累奔赴的大事"当作家训，这在两个儿子身上得到了传承。梁培宽与弟弟培恕一向不喜抛头露面，为人低调。梁漱溟一生辗转中国各地，前半生居无定所，所以很少有实物留下来纪念，只剩下著作书稿这些精神遗产。理科出身的梁培宽坦言，以前对父亲内心世界了解不多，退休后的20年里，他与弟弟的主要时间都用在整理父亲文稿上，这也让他重新认识了父亲。

祖父与父亲

1918年农历十月初七那天,北京发生了一件比较轰动的事:一人穿戴整齐,留下一封遗书,在积水潭附近投湖自尽。那个投湖的人,便是我的祖父梁济。

梁家祖籍广西桂林,曾祖父赴京会试中进士后就定居北京。祖父梁济,字巨川,27岁中举,直到40岁才当上内阁中书的四品官,做过皇史(清朝档案馆)的工作人员。父亲评价祖父不是一个天资很高的人,但"秉性笃实",且有一腔热肠,一身侠骨,不肯随波逐流。他一辈子关心国事,赞成"维新"。民国建立后,他也一度对国家步入坦途抱有希望,但这些都落空了。

1918年农历十月初十是祖父60岁生日,他以准备祝寿,家中须大扫除为由,到积水潭旁朋友家小住。就在生日前3天,他按计划从容投了积水潭。

祖父在遗书里说"梁济之死,系殉清朝而死";又说,如果能唤起国人"尚正义而贱诡谋",则他的死"可以谓之殉清,亦可以谓之殉中国"。所以世人把他的行为简单视为"遗老殉国",其实并不正确。新派人物陈独秀、徐志摩、胡适等人,也都写文章评论他"自沉",他们并没有把祖父之死仅仅理解为殉清而死,反倒由此来反思整个社会精神力量的缺失。

父亲出生于1893年,他形容自己幼时"既呆笨又执拗",直到6岁,自己还不会穿裤子。有一天早上,祖母隔屋喊他,问他为什么还不起床,他气愤地大声回答:"妹妹不给我穿裤子呀!"被全家引为笑谈。父亲少时爱静思,不喜运动,体质弱。读书时,经常看同学打球踢球而不敢加入,只有等人家都玩罢,才敢一个人去试一下。因好想事情,神色完全不像少年,同学给他起了个外号"小老哥"。

很多人以为父亲幼时饱读"四书五经",事实上因祖父赞成维新,不主张读经,在父亲学完《三字经》之后,就让他读一本叫《地球韵言》的书，内容多是介绍欧罗巴、亚细亚、太平洋、大西洋，这在当时实属一件很不寻常之事。7岁，父亲被送到北京的"洋学堂"——"中西小学堂"，既念中文也学英文。不料第二年便赶上"庚子之变"，那些英文书只好烧毁。此后，他又入过几所小学。

1906年，14岁的父亲考进"顺天中学堂"，后来学术界的著名人士张申府、汤用彤等都是他的同学。他和班上3位同学是好友，有一天几个人谈到兴头上，提议不再"大哥、二哥……"相称，而是根据每人的短处拣出一个字来，以警示策勉。于是有的人因稍显懦弱被取名为"懦"，有人因脾气暴躁被取名为"暴"，还有人自谦为"惰"，而父亲被取名为"傲"，从中也可看出他当年的一些性格。

出世与入世

父亲顺天中学毕业，他所受的正规教育至此为止，其后皆自学。当时革命派在天津办了一张《民国报》，19岁的父亲到报社做编辑，还做过外勤记者。那时父亲向往议会政治，每逢资政院开会，一定会想方设法去旁听。作为记者，他还亲眼目睹过袁世凯在北京举行的临时大总统就职典礼。

父亲原名为焕鼎，字寿民，经常以"寿民"或"瘦民"为笔名在《民国报》上发表文章。有一次，报社总编辑孙炳文在为父亲题写扇面时，顺手写下"漱溟"二字，父亲很喜欢，从此这名字就伴随他一生。孙炳文1927年在国民党清党时被杀，他的儿子孙泱（注：又名孙宁世，原中国人民大学党委书记兼副校长）、女儿孙维世都死于"文革"。

父亲身上多少有些祖父的影子，他很早便对人生和社会问题有了深入思考。十七八岁时，他就开始找些佛教的书来读。1913年，离开《民国报》后，他原有的出世思想再次抬头，甚至两次试图自杀。那时，他深陷于人生烦闷中,不愿在世俗趣味中混过一生,认为人生即是苦,思求出家为僧。

1916年,父亲写了长文《究元决疑论》,在上海《东方杂志》上连载,文章批评古今中外诸子百家,独推崇佛法。刚接任北大校长的蔡元培看到文章,邀父亲到北大教授印度哲学。从此他进入北大,后来还陆续开授了儒家哲学、唯识学等。

后来在北大教授"新唯识学"的熊十力先生,便是由父亲推荐的。父亲与熊十力先生自1919年便认识,踪迹密切,关系非同一般。但到了晚年,二人学术上有重要分歧。父亲肯定熊老某些学术见解"因有其价值不容抹杀",同时明确指出儒家的学问"贵在力行,而不尚思辨",但熊老恰是反其道而行之,"舍力行而尚思辨",这是父亲断然不能苟同的。

北大任教期间,父亲经历了由"佛"到"儒"的思想转变。他后来回忆,读《论语》时,发现开篇便是"悦"——"学而时习之不亦说乎",一直看下去,全书不见一"苦"字,这引起他很多思考。《论语》中与"乐"相对的是"忧",然而又说"仁者不忧",孔子自言"乐而忘忧",其充满乐观的人生态度很大程度上改变了父亲对儒家的看法。他开始由"出世"转为"入世"。

1921年根据父亲演讲而整理的《东西文化及其哲学》首次出版,书中倡导世界文化是多元的观点,认为东西方文化各有其价值;而作为东方文化的中国文化,以儒家思想为代表,自有其对人类生活不可磨灭的价值,并预期世界最近的未来将是中国文

梁漱溟在顺天中学堂毕业时留影(摄于1911年)

祖父梁济

原在北京积水潭南岸的"桂林梁巨川先生殉道处"碑，"文革"中被砸毁，今已不知去向

化的复兴。此书再版10多次。在一片"打倒孔家店"的呼声中，父亲肯定和捍卫了孔子思想。当年冬天，28岁的父亲与同岁的母亲结了婚，但他从20岁开始吃素的习惯却保留了终生，直到95岁去世。

父亲在北大时，与陈独秀、李大钊、胡适等皆是同事，互有往来。1927年春，父亲得知李大钊连同一家老小被张作霖逮捕后，立即从西郊进城访章士钊，希望能与章一同出面将李大钊的家属保释出来。章士钊自认为与张作霖的亲信参谋长杨宇霆相熟，可以保李大钊不死，但最终还是失算了。

1921年，在《东西文化及其哲学》一书中，父亲提出"愿再创中国古人讲学之风与近代社会运动相结合为一"的主张，早已不满学校只是传授知识技能的偏向。1924年中，他辞去了北大教职。

在中国必须实行民主政治，这是父亲的梦想。民主政治现成的模式是议会政治，早年他即寄望于此。可是民国创立之后，二三十年间始终无法确立这种政制，而只有国家四分五裂，军阀混战。父亲再三思索，认为西方社会能够确立这种政制，正是在长期争取民主斗争中，人民才具备了实施此种政制的基础，而中国广大群众缺乏民主政治的要求与习惯，因此必须从培养人们的民主政治的习惯入手，才能为民主政制的建立打下坚实基础。而中国人口的绝大多数在农村，因此必须由农村入手。所以父亲开始决心从事乡村建设运动。乡村建设并非仅仅解决农村问题,而是解决中国建国问题。

1927年父亲南下到广州,准备开始他的乡村实验。不久政局变化,支持他的李济深被蒋介石软禁,父亲就离开了广东。1929年,在考察了陶行知的南京晓庄学校、黄炎培的江苏昆山乡村改进会、晏阳初的河北定县教会实验区之后,恰逢河南村治学院在冯玉祥的支持下创办起来,创办者与主持人是彭禹连、梁仲华,父亲受邀担任教务长。

1929年,河南村治学院招收了第一批学生,有400人左右。当年乡村工作的艰苦不言而喻。1930年父亲就是在学校所在的辉县百泉镇过的春节,而我们和母亲在北平,父亲给家人写信说,他"并非不想念家人",只因"见老百姓之苦",而"此心恻恻焉"。当时军阀混战,兵匪不分,枪炮声与过年的鞭炮声都混在一起。学生要轮流站岗放哨以自卫,父亲经常和衣而睡,以防不测。但因蒋介石、阎锡山与冯玉祥之间爆发中原大战,河南成了主战场,学院开办不到一年,便草草结束,父亲也离开河南回到了北平。

1930年村治学院在河南开办时,省主席是冯玉祥的部下韩复榘。1931年,韩为蒋介石收买,脱离了冯,到山东任主席。村治学院副院长梁仲华向韩报告学院结束工作时,韩提出可以来山东继续他们的乡村建设,后来就有了乡村建设研究院。梁仲华任院长,父亲为研究部主任,院址设在山东邹平县。

1933年,父亲把我们接到山东邹平安家。虽是县城,那时却没水没电,也没文化生活可言。我放学后无所事事,无非是和同学到城外

1921年,梁漱溟和黄靖贤结婚照

的河里玩水、逮麻雀之类。有一天闲着没事进父亲的办公室，在桌子上一通瞎翻，想找到什么好玩的东西。父亲回来后见我把东西翻乱了，不高兴，打了我的手心，那是我唯有的一次被父亲体罚。

1935年，母亲因难产在邹平去世，那年我只有10岁。农村的医疗条件很差，如果当时在北平生活，母亲也不至于死。父亲在山东一直待到1937年9、10月，直到日军侵占山东后才离开。

为团结而奔走

1937年抗战爆发后，团结抗战的呼声占据了主流，国民政府设立了"国防最高会议参议会"，父亲与张伯苓、胡适、傅斯年、沈钧儒、邹韬奋等被邀请为参议员。1938年元旦，父亲申请到延安参观访问，希望了解推动国共长期合作的可能性有多少。延安虽物质条件艰苦，但人人精神面貌高昂，每天一早起来，大家都哼唱着歌曲，此唱彼和，好像忘了人间疾苦，这给父亲留下了深刻的印象。

父亲在延安停留时，谈话最多的便是毛泽东，前后共谈了8次。除两次宴请外，他们的谈话时间都很长，其中两次竟通宵达旦。

父亲与毛泽东的结识，最早应源于毛泽东的岳父杨怀中（昌济）先生。父亲有位族兄叫梁焕奎，他曾推荐杨怀中留日，又与他一同东渡日本。1918年，梁焕奎来北京就借住在梁家。时在北大任教的杨怀中探望梁焕奎时常到梁家。而父亲在北大与杨同在哲学系，所以在家里与系里都有机会碰面。那时，毛泽东借住在杨怀中家里，还没有同杨开慧结婚。父亲去杨怀中家里讨教，开门的往往是毛泽东。

父亲回忆在延安与毛泽东长谈时，通常他是坐着的，而毛泽东则常在地上踱步、边走边说，有时又斜倚在床榻上，很自然随和。对中国社会性质的看法，二人的观点常发生对立冲突，争辩激烈，谁也不能说服谁，但均不动气。谈话结束后，离开主席小屋时，经常外面已是天色微明，但他的心情却格外舒畅。

1940年前后，父亲对党派之争不断加剧很是忧虑，于是他努力把国共之外的第三方力量组织起来，调解两党纷争。1941年初，他与黄炎培、左舜生等将"统一建国同志会"改组为"中国民主政团同盟"（以下简称"民盟"）。

1946年初，重庆政治协商会议闭会后，各党派共同通过了五个"协议"，尤其是"政治协商"，确定国民党放弃一党专政，将由各党派组成联合政府。父亲认为国家政治将步入坦途，而他自己将退出现实政治，专搞文化研究。但当时国共为争夺东北，内战硝烟再起。1946年4月22日，手足无措的马歇尔请民盟帮助调停。而当时民盟秘书长一职空缺，人们纷纷劝说父亲应首先参加奔走和平，父亲不得不接过民盟秘书长的职务。

1946年，父亲担任民盟秘书长不久，便发生了李公朴、闻一多相继被国民党特务暗杀事件。李公朴与闻一多都是民盟重要成员，这种政治谋杀事件让父亲非常愤慨。他发表书面讲话说："……我个人极想退出现实政治，致力文化工作……但是，像今天这样，我却无法退出了，我不能躲避这颗枪弹，我要连喊一百声：取消特务！我倒要看看国民党特务能不能把要求民主的人都杀光！"在记者招待会上，父亲又说："特务们，你们有第三颗子弹吗？我在这里等着它！"

虽然形势越来越恶化，但父亲一直频频斡旋于国共之间。1946年10月12日早晨，刚刚在国共高层奔走一番的父亲，带着希望从上海回到南京，下了火车便看见报载国民党军队攻下张家口的消息，大为失望。许多记者蜂拥而来，父亲只是长叹了一句："一觉醒来，和平已经死了！"此话一时为媒体广为引用，成为经典话语。

几次调停失败，1946年11月初，父亲先退出了和谈，后又退出了民盟。后来有人说："梁漱溟搞政治，但不懂政治，所以总是失败。"在我看来，这是因为父亲心目中的政治理念有所不同。在他的心目中，国家、民族的利益是第一位的，只要对国家、民族有利，党派利益可以放在第二位。在现实政治中，像这种充满书生意气的看法，注定要碰钉子、要失败。

历经风雨

1953年，父亲与原来的朋友来往都中断了。当时经常上门聚会、谈话的，只限于父亲早年相识的三五位学生。

"反右"时期父亲"幸免于难"，可他早成了"反面教员"，在政协大会小会上常成为被批判的对象。我称他是个"老运动员"，永无"退役"之日。父亲从不为这些事情苦恼，仍专心从事自己的著述工作。但毕竟，在公开场合被批评指责，总不是一件令人舒心的事，有时他也会因此失眠。此时，他责备自己修养不够，不该把这些事情放在心上。

1966年8月的一天，一群红卫兵跑到父亲家里抄家。一声令下，把梁家祖辈留下的书籍和字画以及父亲自己保存的一些名家手迹，如蔡元培、梁启超的手札，统统堆到院里付之一炬。抄家的一个月后，在没有一本参考书的情况下，凭着记忆，父亲动手写作《儒佛异同论》，全文4万字完成后，又接着改写《东方学术概观》。一些书稿被抄走后，他曾给毛泽东写信，要求发还。信中说：不发还此书稿，即不可能读写，无异于宣告我的死刑。信发出去后如石沉大海。过了很久，终于收回若干被抄走的日记手稿。

1973年10月开始的"批林批孔"运动又将父亲卷入了一场巨大的政治旋涡。父亲与绝大多数中国老百姓一样，并不清楚这场运动的政治背景。在政协学习会上，人人要"表态"，唯有父亲一直沉默不语。可是"不表态"就是一种"表态"，沉默是不允许的。会议主持人三番五次"动员"，要他亮明自己的观点。因为只要他一张口，批判的靶子就有了。因要求保留意见不被允许，从1974年1月开始，父亲动手写文章阐述自己对孔子的看法。他本不打算对外公开这篇文章，"以免有碍当时的政治运动",无奈形势逼人,不由他完全做主。

1974年2月,父亲用了两个半天约八小时,在政协直属组作了《今天我们应当如何评价孔子》的长篇发言。在"批孔"的狂潮下,他仍然捍卫孔子,替儒家思想辩护,无疑是件触犯众怒之事。父亲公开讲过"我的态度是不批孔,只批林",这引起了对他的大会小会不断的批判。1974年9月23日,历时半年多的批判告一段落,主持人问他有何感想,父亲回答:"三军可夺帅也,匹夫不可夺志。"主持人勒令他作解释。父亲说:"'匹夫'就是独人一个,无权无势。他的最后一着只是坚信他自己的'志'。什么都可以夺掉他的,但这个'志'没法夺掉,就是把他这个人消灭掉,也无法夺掉!"

我知道,在父亲内心深处,一直以"不容自昧"作为自律的底线。所以即便面临当时的政治高压,他依然具有那种"虽千万人,吾往矣"的勇气,面对一切可能发生的种种结果。

1973年,冯友兰先生发表"批孔"文章,父亲看到后,以为不值一读,对冯先生的"转变"极不以为然。父亲与冯先生的关系,始于北大。1917年父亲为在北大哲学系读三年级的冯友兰讲过《印度哲学》,也可以说是老朋友了。1985年12月4日,北大为冯友兰先生举办90寿辰庆祝会。冯先生的女儿宗璞代表冯先生电话邀请父亲参加其家宴,被父亲拒绝。事后,父亲给冯友兰写信,说明拒不参加是"因足下曾谄媚江青"。

又经过一番周折,同年12月24日,宗璞陪冯友兰先生来父亲住处会面,这也是他们最后一次晤面。双方均未再提批林批孔的事,也更未涉及"谄媚江青"之事。只是宗璞以晚辈身份半解释半慨叹,说了一些话:"我们习惯于责备某个人,为什么不研究一下中国知识分子所处的地位……";"中国知识分子既无独立的地位,更无独立的人格,真是最深刻的悲哀!"

与冯先生最后一次晤面的情形大体如此。可令人遗憾的是,《梁漱溟问答录》一书将此事误说为1974年,并称当时冯先生"悄悄地"去向父亲诉苦等等。这样一来，事情的真实面貌便变了样。结果是冯先生家属不满，并招致许多议论"最后晤面"的文章，浪费人们的笔墨与时间。

生活中的父亲

在那些年月里，应该承认，我们兄弟俩与父亲的距离拉开了，但严格地说并没有划清界限。父亲的为人如何，是否"一贯反动"，我们心中明白，但精神压力还是有的。

父亲自知他对家庭照顾很少。我的母亲黄靖贤念过初级职业学校，粗通文字，外祖母家是旗人。像那个年代的大多数家庭一样，父亲在外谋生养家，母亲在家带着我们生活。我的记忆中，父亲没有一个春节是在家过的，母亲去世的那年春节父亲在广西出差，最后一个团圆节也没有能和母亲一起过。

母亲去世后，父亲就把我们托付给他的妹妹或者侄女照看。记得1938年夏父亲在去重庆前，送我和弟弟到湖南衡山的姑姑那里。到了衡山，弟弟不肯留下，躲在另外一间屋子哭。父亲和姑姑听到哭声过来问怎么回事，弟弟说要跟父亲去四川。父亲于心不忍，就把我们从湖南带到四川南充一位表姑那里。这次父亲走的时候，却是我在哭了。因为今后照顾弟弟的责任，恐怕是落在我身上了。那一年，我13岁，弟弟10岁。我们上学后住校，寒暑假同学们都回家了，我和弟弟还是要住校。但我们在生活上很早就自立了，也没感觉很苦。

虽然我们和父亲并没有生活在一起，但在感情上从未感觉与父亲疏远过。他给我们的感觉从来不只是慈父，也是良师。他关心我们，但给我们的信中很少提及生活上的琐事，而是在思想上有所指点。有人问我，父亲是否很严肃？不，他从来都是以商量或建议的口吻与我们交换意见，从不命令或强制。他关心我们的思想品德，不在意成绩分数。有一次放假，接到学校的成绩单，地理考了59分，通知我提前返校补考。

我顺手把成绩单递给父亲看，父亲看了没有一句责备话就还给我，他认为自己不需要说什么。

母亲去世后，父亲本来决心不再结婚。1942年香港脱险后他到了桂林，先后在几位学生或朋友的家里搭伙，朋友认为他这样的生活非长久之计，劝他再组织个家庭，父亲改变了主意。经朋友介绍，1944年，他与48岁的陈树女士再婚。

我的继母毕业于北师大，当时在桂林任中学教员，一直未婚。事后见出父亲的这段婚姻并不如意，他们的共同语言不多，思想境界又有差距。写《最后一个儒家》的美国学者艾恺曾推想父亲后面的这位妻子"更合意些"，因为她的文化程度高于我生母，但事实并非如此。

父亲能在这么多年的政治风浪中泰然坚持下来，一直活到95岁，这让很多人觉得不好理解。1979年，他写信给朋友："一切祸福、荣辱、得失之来完全接受，不疑讶、不骇异、不怨不尤。"这都是多年来对佛学和儒学"践履实修"的结果。

对佛学的道理，父亲是"老而弥笃"。我们小时候跟他去寺院，从不见父亲拜佛、烧香，对他而言，最重要的是"破我执"、"忘我"，如果一个人能"忘我"，不考虑个人利害得失，人的精神面貌就会有根本不同，很多问题就不成为问题了。

1942年，父亲自日军的炮火下逃生之后，写过一篇《香港脱险寄宽恕两儿》的文章，说："我不能死。我若死，天地将为之变色，历史将为之改辙。"因为这句话，遭到了包括熊十力在内许多人的讥评，说他狂妄、口气大。我理解他还是出于责任感和使命感而发此感慨的，他曾说："假如我所作所为，只求一个人享乐，那么我的安危只是我一人之事而已。"他认为自己对整个中国文化甚至于中国前途，都有所见，甚至有责任。他的任务没有完成，所以不能死。

父亲信奉孔子的"仁者不忧"，因此他"乐天知命"。抗战期间，有朋友在桂林七星岩请他吃素席，饭后在一株小树下聊天，恰敌机在头上盘旋下"蛋"，朋友吓得大惊失色，急于躲避，父亲却一直镇定自若地聊天。1976年唐山大地震时,北京人都逃到了户外,父亲却安居不动。在居委会的再三劝告下,最后才有几个晚上到寓所后门的草地上露宿。

  1988年,父亲因为肾衰竭住院。他认为佛家对生命的态度是"不求生,不求死",顺其自然,他也是如此。5月11日他把我叫到床侧,示意有话要说。他说:"人的寿命有限。大夫说医生治得了病,治不了命。我的命已经完了,寿数就这样了。"我问他还有什么要交代的,他只坦然说:"火化。"1988年6月23日,父亲的人生大幕徐徐垂下,享年九十有五。他弥留之际说的最后一句话是:"我累了,我要休息……"

(2007年3月5日)

我的父亲梁实秋

口述 梁文蔷

"梁实秋"是20世纪华语世界里一个沉甸甸的名字,他用40年的时间,以一己之力,翻译了四百多万字的莎士比亚全部剧作和三卷诗歌,又著成一百万字的《英国文学史》,主编《远东英汉大辞典》及三十多种英文词典和教科书,堪称翻译史上的辉煌业绩。而他亦以一系列清新雅致的散文作品,确立了自己在中国现代文学史上的地位。

作为梁实秋的幼女,现定居于美国西雅图的梁文蔷也已是七旬老人。营养学博士梁文蔷并没有"女承父业",但来自父亲生前的鼓励,一直成为她勇敢地拿起笔的动力和缘由。虽然父亲离去已近20年,但提起往事,那样一位真性情的父亲还时时让她沉浸于快乐、忧伤和怀念交织的复杂情感中。

梁实秋与夫人程季淑婚前合影(1926年摄于北平)

少年梁实秋

多少年来，我始终忘不了那一个场景：1982年夏，父亲最后一次到西雅图来探望我，有一天，父亲坐在书桌前，我斜倚在床头，夕阳从白纱窗帘中照进来，屋子里显得很安静，但也不知为什么，我总感觉又有那么一点点凄凉的味道。我当时正处于博士论文写作的最后阶段，心情有些烦躁。

"我发誓，我写完这篇论文，一辈子再也不写文章了！"我有些发泄性地抱怨。

"不行，你至少还得再写一篇。"父亲很平静地回答我。我有些吃惊地抬头看他，父亲并没有回应我的眼神，好像在凝视很远的一个地方，片刻，他说："题目已经给你出好了。"

"什么题目？"我有些纳闷地问。

"梁实秋。"父亲把目光从很远的地方移过来，直视着我，慢慢地说出了这三个字。

我立刻明白了父亲的意思，我一时无法控制自己的情绪，失声痛哭起来，而父亲，也没有再说一个字，只是默默地与我一起掉泪。

我明白这是父亲对我的最后期待。他并没有告诉我为什么要我写，但我明白，他是希望我这个小女儿来写一个生活中真实的父亲，不是大翻译家，不是大学者，而就是一个普通的"爸爸"。我虽不是文学家，但在父亲故去的这些年里，我努力地用各种方式了解父亲，零零散散写下了不少文字。每每回忆起来，感觉又回到了温暖的父爱中。

1903年父亲出生于北京。祖父梁咸熙是前清秀才，同文馆（注：清朝政府于1862年末在北京设立的用于培养外交和翻译人员的学校，是中国第一所新式学校）英文班第一班学生。1912年，北京发生兵变，梁家被变兵流氓洗劫，从此家道中落。祖父在警察局任职，不愁生活，以读书为乐。

梁家是一个传统的中式大家庭，父亲很小时，祖父便请来一位老先生，在家里教几个孩子，为父亲打下了很好的古文功底。很多读者都喜欢他的《雅舍小品》等作品，我想原因之一就在于他把文言和白话结合在一起，既清新雅致，又有幽幽古意，用典多而不生涩，这都应归功于早期教育赋予他在中国古典文学上的修养。

父亲14岁那年，祖父的一位朋友劝告他投考清华。虽然同在北京城，但在那时是一个重大的决定，因为这个学校远在郊外，而父亲是一个老式家庭中长大的孩子，从来没有独自在外闯荡过，要捆起铺盖到一个陌生的地方去住，不是一件寻常之事；况且在这个学校经过八年之后便要漂洋过海背井离乡到新大陆去求学，更是难以想象的事。所以祖母知道祖父的决定后，便急得哭起来。

但父亲很顺利地考上清华。我想清华八年对父亲一生的影响是持久而深远的。清华那时叫"清华学校"，这所留美预备学校，完全进行西式教育。在课程安排上也特别重视英文，上午的课，如英文、作文、生物、化学、政治学、社会学等一律用美国出版的教科书，一律用英语讲授，林语堂先生还曾教过父亲英文；国文、历史、修辞等都放在下午，毕业时上午的课必须及格，而下午的成绩则根本不在考虑之列，所以大部分学生都轻视中文课程，但因为父亲一直很喜欢那些中国古典文学，所以下午的课他也从来不掉以轻心。

在清华的八年学习中，对父亲影响较大的一位应该是梁启超。那时梁思成是父亲的同班同学，梁思永、梁思忠也都在清华。毕业前一年，他们几个学生商议想请梁启超来演讲。通过梁思成这层关系，父亲他们很顺利地请来了梁启超。当天梁启超上讲台时，开场白只有两句，头一句是："启超没有什么学问——"眼睛向上一翻，又轻轻点一下头："可是也有一点喽！"这样谦逊又自负的话是很难听得到的。演讲的题目是《中国韵文里表现的情感》，父亲回忆说，梁先生情感丰富，记忆力强，"用手一敲秃头便能背诵出一大段诗词"；讲到动情处，他悲从中来，竟痛哭流涕不能自已。梁启超的激情和文采给父亲留下深刻印象。父亲晚年回忆，他对中国文学的兴趣，就是被这一篇演讲鼓动起来的。

清华对体育特别重视，毕业前照例要考体育，对父亲来说，跑步、跳高、跳远、标枪之类的还可以勉强应付及格，最难过的一关是游泳。考试那一天，父亲约好了两位同学各持竹竿站在泳池两边，以备万一。他一口气跳进水里之后马上就沉了下去，喝了一大口水之后，人又浮到水面，还没来得及喊救命，又沉了下去……幸亏他有"先见之明"，两位同学用竹竿把他挑了出来，成绩当然是不及格，一个月后补考。虽然苦练了一个月，补考那天或许由于太紧张，他又开始一个劲地往下沉，一直沉到了池底，摸到了滑腻腻的大理石池底，好在这次稍微镇静些，在池底连着爬了几步，喝了几口水之后又露出水面，在接近终点时，从从容容地来了几下子蛙泳，把一旁的马约翰先生笑弯了腰，给了他一个及格。父亲后来回忆，这是他毕业时"极不光荣"的一个插曲。

负笈美国

1923年8月，清华这一级毕业生有60多人从上海浦东登上"杰克逊总统"号远赴美国。

其实父亲对去美国并不是那么热衷，一是因为那时他已经与母亲偷偷地恋爱了；二来对完全陌生的异域生活多多少少会有些恐惧心理。闻一多是父亲在清华时结识的好友兼诗友，未出国时两人还商量，像他们这样的人，到美国那样的汽车王国去，会不会被汽车撞死？结果比父亲早一年去美国的闻一多先生，来信的第一句话便是："我尚未被汽车撞死！"随后劝他出国开开眼界。

我从小就知道闻一多是父亲的好朋友。因为他老提闻一多，还喜欢说些和闻一多在美国时的趣事。1946年夏，父亲在四川北碚的雅舍获悉闻一多遇刺的消息，他当时的悲恸让我终生难忘。

在那艘开往美国的轮船上，除了清华这批学生外，还有来自燕京大学的许地山和谢婉莹（冰心）。冰心当时因为《繁星》与《春水》两部

梁实秋与父亲梁咸熙

诗集,在全国已经很有名,而父亲此前在《创造周报》上发表评论,认为那些小诗理智多于情感,作者不是一位热情奔放的诗人,只是在泰戈尔小诗影响下的一个冷峻的说理者。

结果文章发表后没几天,他们就在甲板上不期而遇。经许地山的介绍,两人寒暄一阵,父亲问冰心:"您修习什么?""文学。你呢?"父亲回答:"文学批评。"然后两个人就没话说了。

因为旅途漫长,不晕船的几个人,父亲、冰心、许地山等人兴致勃勃地办了一份壁报,张贴在客厅入口处的旁边,三天一换,报名定为"海啸"。冰心那几首著名的《乡愁》《惆怅》《纸船》就是在这时候写的。冰心当初给父亲的印象是"一个不容易亲近的人,冷冷的好像要拒人于千里之外的感觉"。但接触多了,父亲逐渐知道,冰心并不是一个恃才傲物的人,不过是对人有几分矜持而已。冰心后来写首小诗戏称父亲为"秋郎",父亲很喜欢这个名字,还以此为笔名发表过不少作品。

后来成为冰心丈夫的社会学家吴文藻是父亲在清华时的同学,他与冰心、吴文藻的友谊也维持一生。"文革"中,父亲在台湾听说"冰心与吴文藻双双服毒自杀",他非常悲痛,写了一篇《忆冰心》,回忆两人几十年的友情以悼念。文章见报后,女作家凌叔华给父亲写信,告知这一消息是误传。父亲虽然觉得有些过意不去,但总算由悲转喜。

1981年,我第一次回大陆。临行前,父亲嘱咐我替他找三位朋友——冰心、季羡林和李长之。我如愿地找到了前两位，但最后一位一直下落不明。是一直留在北京的大姐梁文茜带我见的冰心，她当时正在医院住院，虽然一直躺在那儿，但仍能感觉得到她的风度和优雅。冰心见到我非常高兴。我把父亲叫我带给她的一本书交给她，我说："爸爸让我带句话：'他没变。'"冰心很开心地笑了，然后说："我也没变。"我并不清楚他们之间传达的是什么意思，但我相信，他们彼此都明白那份友谊的力量，是足以超越时间和空间的。

在科罗拉多大学获得学士学位后，1924年秋，父亲进入哈佛大学研究院学习。那时候在哈佛和麻省理工有许多中国留学生，互相经常走动。父亲性格温和，朋友很多，他的公寓也成了中国学生活动的中心之一。有一次父亲正在厨房做炸酱面，锅里的酱正扑哧噗哧地冒泡，潘光旦带着三个人闯了进来，他一进门就闻到炸酱的香味，非要讨碗面吃，父亲慷慨应允，暗地里却往小碗炸酱里加了四勺盐，吃得大家皱眉瞪眼

梁实秋与程季淑结婚照（摄于1927年）　　1927年在上海，梁实秋与程季淑的大女儿出生

的，然后拼命找水喝。父亲敢这样恶作剧，也是因为他和潘光旦在清华时就是互相熟识的好朋友。

1925年，中国学生会要演一出英语的中国戏，招待外国师友，筹划的责任落到父亲和顾一樵身上。父亲平时就喜欢话剧，他经常和顾一樵省吃俭用跑到波士顿市内的一个戏院里看戏。顾一樵选了明朝高则诚写的《琵琶记》编成话剧，剧本则由父亲译成英文。对于戏中男主角蔡伯喈的人选，一时竟然竞争颇为激烈，争来争去之下，顾一樵干脆让父亲自己来演。冰心在里面演丞相之女。

上演之前，父亲他们还特地请来波士顿音乐学院专任导演的一位教授前来指导。这位教授很是认真，当演到父亲扮演的蔡伯喈和赵五娘团圆时，这位导演大叫："走过去，亲吻她，亲吻她！"女演员站在那里微笑，但父亲无论如何鼓不起勇气走过去，只好告诉那位尽职的导演，中国自古以来没有这样的习惯，导演只好摇头叹息。演出那天十分成功，其实外国人并不懂得他们究竟在演了些什么，只是觉得那些红红绿绿的服装和正冠捋须甩袖迈步等的姿态很有趣。当时还有这样一个插曲：他们让演赵五娘的那位中国留学生抱着琵琶，选个词阙自弹自唱，结果"赵五娘"唱的是"少小离家老大回，乡音无改鬓毛衰……"要知道这是唐朝贺知章的诗，而唱的人"赵五娘"却是东汉时期的人，不过好在也没有人注意到这个。

动荡岁月

父亲在美国待了三年，奖学金还没有用完就回国了。他急着回国，是因为我的母亲。母亲自幼丧父，和她的叔叔们住在一起，在那个时代，不经媒妁之言而自由恋爱可是件惊世骇俗之事。眼看着年纪一天天大了，又不敢说自己已经有了意中人，家里的叔父张罗着要给她定亲，父亲在美国着了急，学习一结束就赶紧回国了。1927年2月11日，父

20世纪60年代的梁实秋

左图：同文馆

亲与母亲在北平南河沿的欧美同学会举行了婚礼。

结婚后，父亲与母亲在上海生活了三年，父亲以教书为生。在上海时，他们与罗隆基、张舜琴夫妇为邻，这对夫妇时常在午夜爆发"战争"，张舜琴经常哭着跑到我父母那里诉苦，每次都是母亲将她劝了回去。

那一段时间，父亲与胡适、徐志摩等过从甚密，他们都是"新月派"的人，父亲与徐志摩管胡适叫"大哥"。后来各自忙各自的事情，来往不多。父亲也是在那段时间，与鲁迅先生爆发了著名的"论战"。

父亲生前不大提他与鲁迅的是是非非，那时我们在台湾，鲁迅的书与毛泽东的书一样，都属禁书，所以年轻时我并不知道他们有什么"过节"，直到后来到了美国我才陆陆续续读到他们当年的文章。有一次我问父亲："你当年和鲁迅都吵些什么？"父亲回答得很平静，他说，他们之间并没有什么仇恨，只不过两个人对一个问题的看法不同，其实他还是很欣赏鲁迅的文学的。鲁迅认为文学是有阶级性的，而父亲更强调文学作品的人性，比如母爱，穷人有，富人也有，不论阶级，不管穷富，文学不是政治的工具，它是写永恒的人性的，这就是父亲的信念。现在

235

关于那场论战，已经有书把他们的文章全部收集起来，现在的读者也有阅读所有这些文章的自由，我想，每个人都可以有自己的看法吧。

1930 年，父亲又带着家人到青岛教书。我就是 1933 年在青岛出生的，1 岁多时，因为父亲被胡适先生邀请到北大教书，我们一家又回到了北平。其实我对青岛没有任何印象，但 1999 年我特地回到青岛，寻访我的出生地、当年我们生活过的地方时，一看石碑上刻着的"梁实秋故居"几个字，我还是忍不住潸然泪下。

北平的生活没有安定多久，1937 年 7 月抗战爆发，父亲听说自己上了日本人的"黑名单"，当即写下遗嘱，孤身逃离北平。父亲也是第一批从北平逃出来的学者之一。在天津的罗隆基家借住几天后，父亲又辗转到了南京、重庆，自此与我们分离了 7 年之久。

1944 年，母亲只身一人，带着我们三个孩子 11 件行李，从北平南下，借助于各种交通工具，一路跋涉到了重庆北碚，与父亲团聚。我还能记起我们团圆的那一天，母亲带着我们站在屋子里，有人去办公室喊父亲，父亲进门后跟母亲说了句什么，然后父亲紧盯着我们三个孩子，用手指着我们一个个激动地说："这就是我的孩子，这也是我的孩子，这也是我的孩子！"

在很多人眼里，父亲也许是个"洋派"的人，这可能是由于父亲在美国留学时养成的一些习惯。他们当时一半时间住在美国白人家庭里，一起吃饭，就要遵守美国传统家庭的规矩：吃饭要打领带，正襟危坐。但骨子里，父亲绝对是一个有很深中国文化情怀的人。他从美国回来立即抛开钢笔用起了毛笔，一直到抗战结束后，才不得不又用起钢笔。很多人问我："你父亲英文那么好，是不是在家里整天和你说英文？"恰恰相反，父亲在家从来不跟我说一句英文，他只说北京话，穿那种手纳的千层底布鞋。从美国回来教书时，他口操英语，却总是穿中式长袍，千层底布鞋，叠裆裤子还要绑上腿带子，很土。经常引得时髦男女窃笑，父亲也不以为意。

抗战结束后，我们一家又回到了北平。但战火并没有就此熄灭，

1948年底,形势已经开始不稳,父亲带我和哥哥二人先从北平赶赴天津,想抢购船票去广东。母亲留在北平处理亲戚的房产,准备第二天去天津与我们会合同行。不料当天晚上铁路中断,我们父子三人进退维谷。母亲急电,嘱我们立即南下,不要迟疑。第二天,我们三人惶恐不安地登上了轮船,却不知以后会怎么样。

当我们漂泊了16天到达广州后,得知母亲成了北平城最后起飞的两架客机上的乘客之一。那时北平还没有天安门广场,就是把东长安街上的树砍倒,作为临时跑道,母亲乘坐的飞机擦着树枝尖起飞。我们一家人在广州又团聚了。

当时大姐文茜已结婚,没有同我们一起走。哥哥文骐正在北大读书,到了广州后,觉得台湾没有什么好的大学,最后决定回北平继续上北大。结果我们自此与哥哥姐姐生死不明地分隔了几十载。当时没有人预料到会分隔得那么久,如果预料到那种结果,我想我们一家死也不会分开的。

漂泊

初到台湾时,我们可以说是"无立锥之地"。离开大陆时,母亲让我们每个人准备一个小箱子,怕兵荒马乱时一家人一旦分散,只要抓住这个小箱子就还能有一点点生存的资本。那个小箱子里除了几身换洗衣服、几本破书外,别无他物。

我们初到台湾时,对二二八事件不甚清楚,只知道大陆人与台湾人的关系十分紧张。当时台湾有个很有名的林挺生先生,是台湾数一数二的工业家兼教育家,由朋友介绍借住他的房子,他不收租金,父亲很过意不去,林先生就请父亲到他办的工业学校教课,教的是初中生,中文、历史、英文,哪门课的老师找不到,他就让父亲教哪门课。林先生本人也非常注重学习,父亲的课他都坐在最后一排旁听,并且记笔记,非常认真。每隔一段时间，他都来向父亲请教问题，每次来都毕恭毕敬地向父亲鞠躬，他们的谈话绝对不涉及个人闲谈，全部都是为人处世之类之大道理。有林挺生的帮助，我们度过了在台湾最初的艰难时期。

台湾那时也有"白色恐怖"，报纸、杂志都是被控制的，父亲在台湾时，交游不广，为了谋生，专心教书、写稿。有一天，突然来了三五位便衣，声称亲眼看见窃贼逃到我家，要入室搜查。其实抓贼是假，这几个人最后竟直接翻阅父亲的文稿和书籍，想知道父亲是否有"思想问题"。父亲颇为震怒，要求当局调查此事，但最后当然不了了之。

我到美国留学后，与父母保持每周一次的通信。有一次父亲遇到一位朋友，对方竟然说出父亲给我信中的一些内容，父亲大惊，才知道往来的信件也会被偷偷地检查。查私人信件、将内容外传、又传回写信人，我们当时除了觉得滑稽外，也只有无奈。

在台湾时，父母还遭遇过这样一件事。那一年我的假期结束马上准备返美，母亲特地做鳝鱼给我吃。突然听到有人按门铃，有一男子身穿军装戴着墨镜，自称是父亲的学生。父亲正准备起身迎接时，男子突然掏出手枪，对准父亲的心脏，还把枪膛中的子弹退出来给父亲看，表示是真刀真枪，不是开玩笑的。父亲镇静地拍了拍来人的肩头，让他坐下来。那人真的坐下来，但仍以枪指着父亲。我冒险从边门溜出，跑到邻居家借电话报警。

待我回来时，强盗已经离去。他向父亲要去了"欧米伽"手表、母亲的假首饰和一些买菜钱。强盗临走时曾威胁父亲不可报警，否则会回来灭门。见我已报了警，大家心神不定地过了一晚，连电灯都不敢开，还把窗帘都拉起来，请求警察保护。结果警察在我家客厅守了一夜。

那个"欧米伽"是父亲过生日时，30位朋友联合送的，父亲很是喜欢，好在我之前有心，把手表的出厂号码抄下来，记在父亲的记事本上。结果第二天警察就在当铺找到了那块表，立即人赃俱获。父亲去警察局办手续时正巧遇到那个强盗，他停下来对父亲说："梁先生，对不起您！"父亲也有些难过。后来我们知道在当时的戒严法下持械行劫，无论赃物多少,一律判死刑,何况他又是现役军人,虽然母亲后来替他求情,但也无济于事。

不尽的思念

到了台湾,父亲重新开始了翻译莎士比亚著作的工作。

父亲翻译莎士比亚剧本始于抗战前,那时我只有3岁。后来因为抗战,颠沛流离,只译了十本,便停顿下来,因为翻译莎士比亚著作是没有钱的,为了我们一家,父亲必须谋生,教书、写文章。生活相对安定下来之后,他又开始有计划地翻译。父亲给自己规定,每天要译两千字。台湾的天气很热,那时也没有冷气,父亲这个北方人对台湾的气候颇不适应,他又很胖,非常怕热。但无论天气多热,他都要完成自定的工作量,经常是挥汗如雨地坐在那儿翻译,非常有毅力。如果因为有事未能完成预计的工作,他第二天加班也要把拖下的工作补上。

翻译莎士比亚著作,是胡适先生建议父亲做的一件事。最初是父亲与另外两个人一起翻译,但其余两位后来中途退出,只剩下父亲一人在坚持。翻译莎士比亚著作是件很苦的事,因为他全部是用古英文写的,首先很难读懂,再"信达雅"地翻译出来,更不是一件容易之事。我曾经向父亲抱怨说,我根本看不下去莎士比亚的原文,父亲笑着说:"你若能看懂的话,那他就不是莎士比亚了。"

翻译的后期对父亲来说尤其艰苦,因为他喜欢的剧本已先译完了,剩下的都是那些比较枯燥艰涩的。这时就更需要靠毅力才能坚持下来。

父亲每译完一剧,就将手稿交给母亲装订。母亲用古老的纳鞋底的锥子在稿纸边上打洞,然后用线订缝成线装书的样子。没有母亲的支持,父亲是无法完成这一浩大工程的。翻译莎士比亚著作没有收入,母亲不在乎,她没有逼迫丈夫去赚钱,而是全力以赴地支持父亲。这一点,在我小的时候并没有深刻体会,而在长大结婚,有了家庭后,才能理解母亲当年的不易。

父亲喜欢吃，他不做，但喜欢品。到了台湾、去了西雅图以后，他时常念叨北京的小吃，什么爆肚、炒肝、糖葫芦之类的，后来也有朋友从大陆带一些老北京的小吃给他，父亲尝了后，总是摇头叹气："不一样，不一样！"

我在台湾与父母一起生活了十年，因为哥哥姐姐的失散，我成了"独生女"。饭后，我们经常坐在客厅里，喝茶闲聊，话题多半是"吃"。从当天的菜肴说起，有何得失，再谈改进之道，最后，总是怀念在故乡北京时的地道做法，然后慨叹一声，一家人陷于惆怅的乡思之情。

父亲与母亲的感情很好，他们后来跟着我到西雅图生活了一段时间，我时常在汽车的后视镜里发现，他们手拉着手坐在一起。1974年4月30日上午，父亲与母亲到附近市场购物，市场门口的一个梯子突然倒下，正好击中了母亲。母亲被送到医院进行抢救，因伤势很重，需要动大手术。临进手术室前，母亲以一贯的自我克制力控制自己，既不抱怨，也不呻吟。在进手术室前，她似乎已有所预感，对父亲说："你不要着急，治华（注：梁实秋的学名为梁治华），你要好好照料自己。"到手术室门口，母亲还应医师之请微笑了一下。几个小时之后，护士出来通知，母亲已不治。我永远忘不了那一刻，父亲坐在医院的长椅上开始啜泣，浑身发抖……

中山公园的四宜轩是他们当初定情之地。1987年，我借到北京开会之机，专程到中山公园拍了许多四宜轩的照片，带回给父亲。但父亲还是不满足，说想要一张带匾额的全景。可惜四宜轩房屋尚在，匾额早已无影无踪。后来大姐文茜又去照了许多，托人带给父亲。父亲一见照片就忍不住落泪，只好偷偷藏起来，不敢多看。

虽然父亲后来与韩菁清女士又结了婚，但我没有与他们生活在一起，详细的生活情形我不是很了解。他还是像以前那样给我写信，我知道他的心情有好有坏，他仍然时常陷于对母亲的思念里不能自拔，几乎每年在母亲的祭日那天都会写一首诗纪念，而且几乎在每一封信里，他都会写"汝母",他都会很沉痛地怀念母亲。

父母在世时,他们尽量不提哥哥姐姐的事情,尽管他们心里都明白对方的痛苦和思念。母亲信佛,每天诵经焚香祈祷,这样她的精神才能支撑下去。就在母亲去世后一个月,父亲终于辗转得到哥哥姐姐仍然在世的消息。他特地跑到西雅图母亲的墓地前,告慰母亲。

1981年夏,我第一次回大陆探亲,回到了儿时居住的庭院,却已物是人非。临行前,大姐文茜折了一小枝枣树叶,上面还有一个小青枣,让我带回台湾,送给父亲。这棵枣树是我们在北平时老枣树的后代,老树早已被砍去。我小心翼翼地把枣叶包好。回到台湾后,把在大陆的见闻一五一十地向父亲汇报,其中包括姐姐文茜、哥哥文骐33年的经历,讲到激动处,时常与父亲相顾而泣。那个枣和树叶后来都枯萎了,父亲把叶子留下来,放在书里,珍存着。

1986年,我最后一次赴台探望父亲。临行前与父亲在客厅中道别,父亲穿着一件蓝布棉外衣,略弯着腰,全身在发抖。他用沙哑的声音不厌其烦地告诉我怎么叫出租车,怎么办出境手续等,那一刻,他又把我当作他的没出过门的小女儿。那一次离家,我充满了不祥之感。

1987年11月3日,父亲因突发心脏病住院。当时,小量的输氧已经不够。父亲窒息,最后,父亲扯开小氧气罩,大叫:"我要死了!""我就这样死了!"此时,医生终于同意给予大量输氧,却发现床头墙上大量输氧的气源不能用,于是索性拔下小量输氧的管子,换床。七手八脚忙乱了5分钟。就在这完全中断输氧的5分钟里,父亲死了。父亲强烈的求生欲望一直支持他到心脏停止,他留下的最后五句绝笔之一是:"我还需更多的氧。"父亲的手一生中写了不知几万万字,没想到,留在人间最后的字迹,竟然是这样的求生呼号。每思及此,肝肠寸断。

(2007年1月15日)

一生的守候
——我的父亲常书鸿与他的敦煌情缘

口述 常嘉煌

70多年前,塞纳河畔与敦煌文物的一次偶然邂逅,彻底改变了来自西子湖畔的青年画家常书鸿的生命轨迹。为了心中那份召唤,他放弃了繁华优渥的巴黎生活,来到黄沙漫天的莫高窟,更将此后60年的荣辱沉浮和恩爱情怨都留在了大漠深处的敦煌石窟中。中国因此少了一位绘画大师,而敦煌,则多了一位守护之神。"筚路蓝缕,厥功至伟,常公大名,宇宙永垂。"季羡林当年送给常书鸿的这个评语,或许正恰如其分地表达了后人对于这位"敦煌守护神"永远的尊重。

1941年,常书鸿在重庆凤凰山

塞纳河边的"邂逅"

父亲与敦煌的结缘,源于1935年某一天在塞纳河边的一场"邂逅"。

那一天，父亲从卢浮宫出来，按照多年在巴黎散步的习惯，顺便溜达到塞纳河边的旧书摊。在美术图片部，他不经意发现了一部由六本小册子装订成的《敦煌图录》。

这套《敦煌图录》是1907年伯希和从敦煌石窟中拍摄来的，以前在卢浮宫，父亲总是为西方绘画中的人物惊叹不已，这是他第一次认识到，来自故乡的艺术同样生动有力。父亲被深深地震撼了，他站在旧书摊前一直看到暮霭时分，书摊主人告诉他，还有许多敦煌彩色的绢画资料，就在不远的吉美博物馆。

第二天一大早，父亲就赶到吉美博物馆。那里展览着伯希和1907年左右从敦煌盗来的大量唐代大幅绢画。其中最精彩的，是7世纪敦煌的佛教信徒们捐献给敦煌寺院的《父母恩重经》，早于文艺复兴时期意大利佛罗伦萨画派祖先乔托700年，早于油画创始者、文艺复兴时期佛拉蒙学派的大师梵爱克800年，早于法国学院派祖师波森1000年。父亲第一次意识到，拿远古的西洋文艺发展的早期历史与敦煌石窟艺术相比，无论在时代上或在艺术表现技术上，敦煌艺术更显出先进水平。

父亲后来曾经说："我是一个倾倒在西洋文化面前，而且曾非常自豪地以蒙巴拿斯（巴黎艺术活动中心）的画家自居，言必称希腊、罗马的人，现在面对祖国如此悠久灿烂的文化历史，自责数典忘祖，真是惭愧之极，不知如何忏悔才是！"

在这场"邂逅"前，在艺术上，父亲对西方彻头彻尾地崇拜。父亲出生于1904年，祖姓伊尔根觉罗，曾祖父是从热河派到杭州驻防的小军官，后在杭州安家落户。辛亥革命后，原有的皇恩官饷被取消，这个20多人的大家庭被迫自谋生计。父亲的三叔经常画一些中国风格的彩色贺年卡或圣诞节、复活节的画片，销量不错，此后，他还经常教父亲他们帮他填颜色、摹写画稿等，由此启发了父亲对绘画最初的兴趣。

但祖父一直觉得不能以画画为谋生之用。1918年冬，不得不遵从父命的父亲，考入了浙江省立甲种工业学校（注：浙江大学前身）染织科。毕业后，父亲留校任教。

1927年6月，在好友沈西苓（注：著名导演，曾拍过电影《十字街头》等）的父亲沈兹九的资助下，父亲乘坐"达达尼号"大邮船，终于到了他昼思夜想的艺术天堂——法国。

到巴黎后不久，父亲就获得了公费留学的名额，进里昂中法大学学习。1932年，父亲从国立里昂美术专科学校油画系和纺织图案系毕业，他完成的油画《G夫人像》，获得全校毕业生作品第一名。此后又以油画《浴后梳妆》《浴女》考得第一名而如愿被保送到巴黎高等美术学院深造，师从法兰西艺术学院院士、当代著名新现实主义大师劳朗斯（Paul Aefert Laureuse）。劳朗斯对父亲十分喜爱。不像徐悲鸿当初是带着一点东方人的自傲和审视来法国学习西方艺术，那时的父亲对西方艺术，可以说是全心全意的崇拜心态，所以在当时的东方画家里，可以说他是水平最高的一位。他的作品《湖畔》被选送参加里昂1933年春季沙龙展，获银质奖；1934年在里昂春季沙龙展出的《裸妇》，得到了美术家学会的金质奖章，被法国里昂国立美术馆收藏。那时候的父亲，无论在生活上还是工作上，都一帆风顺。

敦煌的召唤

并不是每一个偶然翻到伯希和《敦煌图录》的中国艺术家都会将自己的命运与敦煌联系在一起，虽然我并不是个宿命论者，但我宁愿相信，冥冥之中有一种力量在指引父亲走向敦煌。

父亲那时已是在法国取得桂冠的东方画家，完全可以在法国过着一种舒适而优渥的生活，画廊向他发出的订单很多。但站在这些来自祖国的艺术瑰宝前，父亲仿佛一下子找到了终生创作的源泉，内心深处有一个声音在召唤着他回中国、去敦煌。

1936年，父亲终于坐在了回祖国的火车上。但因那时西北政局不稳定,他只好先在北平国立艺专教书。

　　1937年7月7日,父亲照例和几个学生去北海公园画画,忽然听到了隆隆的炮声,北平城内大乱。此后,国立北平艺术专科学校奉命南迁,他和学校、画界的同仁们决定一起南逃。路过南京时,父亲把随身带的一大卷画托付给以前相识的德国大使陶德曼保存。战乱时节,从此这些画就再也没有音信。1951年,父亲在北京举行"敦煌文物展览"时,被瑞典公使邀请至家中做客。交谈中,瑞典公使突然拉开客厅沙发,父亲惊喜地发现了当年离开北平时交给陶德曼的那卷画,当时匆匆卷画用的花床单竟还在。原来在瑞典公使身边工作的王秘书,以前曾在陶德曼身边工作过,当年德国使馆撤退时,王秘书把这卷画带到苏州老家藏起来。14年过去了,他正苦于不知道该如何联系父亲,却在瑞典公使那里

1965年8月,常书鸿一家在敦煌莫高窟前留影

偶然发现了父亲的下落。

父亲一路从北平逃难到武汉、长沙、贵阳，直到重庆。父亲在长沙和贵阳都遭遇了日机轰炸，他的全部财产和作品化为灰烬。

1942年，河南洛阳龙门石窟的大型浮雕《皇后礼佛图》被人劈成无数碎片，然后分别包装偷运出国。全国舆论对于国宝的讨论沸沸扬扬，由此敦煌石窟历次所遭受的劫掠和破坏的话题也被提及。时任监察院院长的于右任也极力推动对敦煌文物的研究和保护，在他提议下，政府成立了敦煌艺术研究所，而父亲被推选为筹委会副主任。

经过6年的坎坷风雨和漫长等待，而今就要实现去敦煌的理想，父亲十分兴奋，立即着手准备西行。1942年冬，父亲只身离开重庆赶赴兰州，在那里招兵买马，聚集了5个人。1943年2月，他们一行6人像中世纪的苦行僧一样，向着心中的艺术圣地敦煌出发。

走了一个多月，他们总算到达了有"风城"之称的安西。他们这几个初次出塞的旅客，告别安西后，雇了十几头骆驼，走入真正的荒凉之地。经过三天两夜饱受困乏和饥渴的行程之后，终于到达了莫高窟。

守护敦煌

父亲在到达敦煌的当天，顾不上休息，对敦煌作了初次巡礼。在名震世界的藏经洞前，他百感交集。1900年，这一洞中发现3万余件敦煌文物，却被法国人伯希和等劫走了近万件。洞窟仅仅剩下了一尊塑像和一幅壁画，宝藏被劫掠已经过去40多年了，而这样一个伟大的艺术宝库仍然得不到最低限度的保护，窟前还放牧牛羊，洞窟被当作淘金人夜宿之地。他们就在那里做饭烧水，并随意砍伐树木。父亲晚年常对我说，那时，他眼前的满目疮痍的敦煌，和在巴黎邂逅的敦煌截然不同，失望之余，他又从内心默默地说：我既然来了，就要保护你。

父亲的敦煌生活就这样开始了。第一顿饭用的筷子是刚从河滩红柳树上折来的树枝,吃的是盐和醋拌面。第一个夜晚是一夜风沙。第二天,开始清理掩埋洞窟的积沙,他们和民工一道,自制"拉沙排",打着赤脚,清除积沙,接着,他们造了一条长达960米的围墙,敦煌石窟保护工作从此开启。

生活虽艰辛,但洞窟编号、内容调查、美术临摹都在紧张进行中,因洞中幽暗,没有照明器材,临摹壁画时就在小凳上工作,一手举小油灯,一手执笔,照一下,画一笔。临摹窟顶画时,头和身子几乎成90度的直角,时间一长,就会头昏脑涨,甚至恶心呕吐。为了搞清画中内容,父亲强迫自己念经文,然后在洞窟中面壁琢磨,一一对照。就这样,到1948年,父亲带领研究所完成了"历代壁画代表作品选"等十几个专题,共选绘摹本800多幅,为敦煌资料的调查、积累打下了坚实基础。

当时没有人力,缺乏经费,他们要自己搭脚手架,修简易栈道。进洞子要连爬带跳,从危栏断桥上匍匐前进。有一次,父亲和另两个同事到莫高窟最高层第196窟时,梯子倒了,他们被困在洞中,上不着顶下不着地。父亲本想从崖头爬上山顶,但站立不稳,差一点摔下去。手中的记录卡片飘飘荡荡落到了崖下,像一大片上下翻飞的蝴蝶。幸好有同伴到山下拿了绳子来,从山顶吊下去,才一个一个地把他们都拉到了山顶。后来,有个著名雕塑家到洞窟里临摹塑像,结果不小心摔死了。

1943年,张大千离开莫高窟时,半开玩笑地对父亲说:"我们先走了,而你却要在这里无穷无尽地研究、保管下去,这是一个长期的'无期徒刑'啊!"的确如此。眼前是沙,远处是荒漠、戈壁,莫高窟离最近的村舍有30多里,自然条件的苦也许还好克服,但远离社会的孤独感和隔绝感都成了"致命"的病毒。有一年夏天,父亲的一位同事发高烧,大家准备了一辆牛车要送他进城医治,牛车要走6小时才能到城里。临行前,这个年轻人哭着对父亲说:"我死了之后不要把我扔在沙堆中,请你们好好把我葬在泥土里……"后来这个年轻人医好了病，辞职回家。但那种恐惧感一直在偷偷滋长着，因为谁也不知道，究竟什么时候会染上什么病，大家也许都逃不出葬无所归的命运。

父亲去敦煌之前，张大千曾于1941年和1942年先后两次来敦煌，给洞窟编了号，并临摹了不少作品。他的画风在后期也明显受到敦煌壁画影响。张大千是最早到敦煌的艺术家之一。他首先是个人行为去的敦煌，出于对敦煌的崇拜不辞辛苦地临摹它，当时为了看清楚图像，往墙上喷口水、印稿时钉个图钉的行为都有过。有的洞窟的画最多有三层，都是不同年代画的——后人觉得前人画得不好，和上泥，再重新画，张大千为了看清原画，曾把前面的画一层层剥下来，由于那时敦煌处于无人管、任人破坏的状态，这些事情在当时无人追究，但在现在都成了他的"罪过"。

张大千是个文人，在甘肃得罪了一些官僚，有些人一直在告他状。父亲被于右任派去接管敦煌，与张大千是官与民的关系。但他们相处得很好，张大千住在他隔壁院里，美食家做饭时香味经常飘过来，惹得父亲很馋。而张大千但凡有好吃的，总会端过来给父亲一碗。

张大千离开敦煌前，曾亲手交给父亲一个纸卷，嘱咐等他离开后再看。等父亲目送他们一行走远之后，他打开纸卷一看，原来是张大千亲绘的一幅"蘑菇地图"——莫高窟每当雨水过后，在树林水渠边弯弯曲曲隐蔽处都会长蘑菇。在敦煌这种戈壁中，没有什么蔬菜，能有这种天然的蘑菇实属珍贵，张大千因此不敢告诉别人。父亲则借着这幅"蘑菇图"继续采蘑菇。在日后生活中，还真解决了一些问题。父亲曾写道："敦煌苦，孤灯草菇伴长夜。"

不久，抗战胜利，思乡心切的学生们纷纷回了故乡，研究所只剩下父亲和两个工人。父亲觉得，越在这时研究所越不能撤，人一离开，此前所付出的诸多努力将彻底付之东流。1946年，由于政府经费断绝，父亲返回重庆，他一边奔走于各个部门，为敦煌游说，一边再次为敦煌招兵买马。父亲还在上海《大公报》上发表《敦煌近事说到千佛洞的危机》一文，向国人展示敦煌艺术，也呼吁社会各界人士对保护敦煌宝库的工作给予支持。

悲欢离合

为了敦煌，父亲还遭受到了个人情感经历中的一次重创。

父亲的前妻陈芝秀是他的浙江同乡，出生于诸暨一富裕人家。父亲当年去法国留学后不久，她也到了法国与父亲重逢，并在巴黎生了个女儿。为了纪念他们在塞纳河的时光，他们根据谐音为她取了名字，这便是我同父异母的姐姐常沙娜。

父亲为了他的敦煌之梦，不顾陈芝秀的反对而毅然回国。一年后陈芝秀母女也返回战乱中的中国。父亲到了敦煌后，又极力说服陈芝秀同他一起过去。但那样的生活对出生于江南、又曾长期在法国过着优越生活的陈芝秀无疑是个巨大挑战。其实陈芝秀也是个悲剧人物。父亲先于她一年回国，后来的战争和逃难，给他们的感情造成更大的裂痕。逃亡时，陈芝秀母女在贵阳遭到日本飞机轰炸，从废墟中死里逃生，陈芝秀自此信了天主教。在敦煌，父亲专心工作，对她也冷落很多，这使原有的裂痕不断扩大。她也许是为了报复父亲，才故意找了父亲身边最近的总务主任。我想当年父亲骑着马追她，说明心底对她还是

1935年，常书鸿和陈芝秀、常沙娜在巴黎

有感情的[1]。

　　我曾经看到过敦煌研究所一份外调材料,"文革"时,"造反派"曾跑到杭州,逼迫和诱使陈芝秀揭发父亲当年的"罪行",其实如果她想害父亲,随便就可以讲很多,但陈芝秀一句有损于父亲的话都没讲。1979年,陈芝秀突然因心脏病去世,沙娜姐姐把这消息告诉了父亲,他只是"嗯"了一声,沉默片刻,又问了一句:"什么时候?"就再没说什么,一代恩怨就这样结束了。

　　1946年,父亲曾在重庆为敦煌研究所招募工作人员,母亲李承仙就是在那次面试中与父亲、也是与敦煌结下终生情缘的。

　　母亲祖籍江西,出身于一个大盐商家庭,据说李家的生意做得很大,称盐的秤砣两个人才能抬起来。我的外祖父叫李宏惠,是位反清革命家,是孙中山创立同盟会时的第七位签名者。外公最早知道母亲要嫁给父亲,还有些不快。因为外公是反清革命者,而父亲是清朝"遗少"。

　　任《南洋商报》总编的外祖父,负责同盟会的南洋筹款。后来筹了

---

[1]: 常嘉煌在接受采访时表示,自己作为晚辈,不便于谈论父亲与陈芝秀之间的恩恩怨怨。而根据常书鸿自著的《九十春秋》一书回忆:1945年夏,陈芝秀提出去兰州检查身体,却一直未归。几天后他才得知,陈芝秀和总务主任早已安排好了私奔计划。常书鸿又怒又急,带着枪骑马狂奔一夜赶到了安西,却听说他们已去了玉门。他又强打精神骑马上路,想一口气追到玉门,但不知过了多久,从马上摔了下来,失去知觉。地质学家孙建初和一个工人发现了孤身倒在戈壁、无声无息的常书鸿。苏醒过来的常书鸿还要继续追,地质学家问他:你为什么还要去?你来敦煌的目的是什么?要为一个女人丧失你的理想吗?这一番话让他突然醒悟。几天后,陈芝秀在《兰州日报》上登报声明,与常书鸿脱离关系。陈芝秀与那位总务主任回到了浙江老家,可惜好景不长,因为那位总务主任曾当过国民党军官,新中国成立后很快就被抓起来,最后病死在狱中,陈芝秀则成了反革命家属。不久她又改嫁一位工人,生下一子,生活更加窘迫。为谋生,曾经风情万种的富家小姐最终竟沦落至为人当用人。

一笔款项和武器送到横滨,据说孙中山一般不出门迎客,这是唯一亲自到横滨港迎接。据我舅舅回忆,外公有一次在中山舰和孙中山讨论什么事情,旁边有个军官插嘴,外公说:"区区校官,不要参与国家大事。"那个人"诺诺而退"。军人回去后,在日记上写:我若当政,誓杀李宏惠。那个青年军人就是蒋介石。

外公的堂兄李瑞清是一位著名书画家,当过两江学督,后创办两江师范学堂(注:南京大学的前身),是张大千的老师,所以张大千称我母亲为"师妹"。追溯起来,母亲对敦煌的情结缘于张大千。她不断地从张大千那里听说"敦煌"和"常书鸿",心里早已有了种种向往。

当年22岁的母亲刚从重庆国立艺专西画系毕业,便报名去敦煌。而父亲也在笔记本上认真地写下了她的名字。由于外祖父突然生病,母亲未能如约成行。直到1947年9月,外祖父的病痊愈,母亲才最终成行。在此期间,包括张大千在内,很多人已有心将他们撮合在一起。不久,父亲与母亲在兰州结婚,10月,他们共同奔赴敦煌。

父亲与母亲是典型的工作夫妻,我后来看了他们之间的通信,关于私人感情的特别少,大段都是谈工作。我在敦煌和他们一起生活的日子里,早晨往往被父母亲在家里讨论工作的讲话声"叫醒",他们称自己是一对"敦煌痴人"。母亲后来经常说,她是父亲的保姆、秘书、下级……的确如此,是敦煌让父亲和母亲更紧密地结合在一起。

夜夜敦煌入梦来

1948年在南京、上海举行敦煌艺术品展览时,父亲将所有的临摹品都寄到南京展出。之后因内乱,那些作品寄存在上海的姨妈家,1949年,国民党教育部长朱家骅手谕令父亲把东西运到台湾,并让父亲跟他一起走。而父亲毫不犹豫地立即把画分送到亲戚家,人立即返回敦煌。新中国成立后父亲又把那些珍贵的临摹品运回研究所。这是因为,一方面，父亲在此之前接触过共产党，重庆展览时，郭沫若、董必武都去过，他对共产党并不恐惧。另一方面，更重要的是父亲早已把自己的命运和敦煌联系在一起，离开敦煌，便等于放弃他的生命。

1950年，我在敦煌皇庆寺过去喇嘛住的禅房出生，父母为我取名"嘉煌"，但3岁起便被父母先后寄养在北京的外祖父家、上海的姨妈家和杭州的大伯家。因为父亲不在身边，我在学校经常受欺负。一天我很伤心地问老师："小朋友们都欺负我，是不是因为我是敦煌人？"老师说："你不能这么想，你父母在敦煌做很伟大的事业！"

童年时总觉得父母是那么遥远，心里甚至对他们有些抱怨，觉得他们长期让我这样"流落"在外，孤单而忧郁。1962年的某一天，表姐特别高兴地给我看一本《人民文学》杂志，上面有一篇徐迟写的报告文学《祁连山下》，我从中看到了父亲的影子，那一年我12岁，感觉第一次认识了父亲和他的事业。

母亲称父亲是"杭铁头"，个性倔强，认准的事一定要做到底。1968年中苏关系非常紧张，研究所离中蒙边境线只有几百公里，于是不断疏散人员，父亲也给内地的朋友写信向他们"托孤"。父亲一边写一边问我："孩子，看过《冰海沉船》吗？"我说看过；父亲又说，如果有一天敌军打了过来，我就要像那位船长一样，和敦煌一起毁灭。这句话深深地烙在我心里，让我意识到，敦煌对父亲如同生命般重要。

家庭中的父亲基本是个"严父"，对我和弟弟非常严厉。困难时期，弟弟吃不饱，从家里偷出一包烟给食堂大师傅，只是想让他以后多打些菜给自己。父亲知道后大

常书鸿作品（G夫人像）

常书鸿作品（敦煌钢笔画）　　常书鸿作品（PAYSAGE DE HAUTE-SAVOIE）

发雷霆，把弟弟打得鼻子流血，一边哭一边扶着墙下楼。我回家时发现从一楼到三楼的墙上全是血，看了很恐怖。在父亲看来，弟弟这是"贿赂"，不可饶恕。

很长一段时间我对父亲都是敬而远之的，直到1966年"文化大革命"的爆发。那年我只有16岁，一天清晨，一些红卫兵闯进来了，他们先把李苦禅的画给撕掉，然后命令父亲把那些油画都抬出来装在卡车上，勒令我们都上卡车，往体育场批斗会场开。卡车很颠，我和姐姐、弟弟抓着车帮站在那儿，而父亲就像一个囚犯一样，很可怜地蹲在卡车角落里，我看着父亲，他原来在我心中那威严而不可接近的形象，一下子崩溃了，而在那一刻，我突然对他油然而生一股温情，觉得他是个需要我来关心、来保护的父亲。

"文革"一开始，"敦煌"这个名词已经成为我们家痛苦和悲伤的根源。父亲满口的牙被全部打掉，造反派又说父亲在老房子下面藏了宝贝，于是家里也被掘地三尺。父亲后来脊椎受伤，不能站立，劳动时只能用两块老羊皮包住膝盖，两手撑地，跪着爬行。给他的任务是喂猪，猪饿了就吼叫，听到的人就要冲父亲吼。父亲于是一天到晚，从伙房到猪圈不停地来回爬，院里堆着煤，时间长了他浑身乌黑。日子久了，他乌黑的形象，成了当时敦煌研究院伙房后院景观的一部分。

即使在那个最冷酷的年代，父亲也曾感受过来自敦煌普通人民的爱的回馈。1968年的深秋，父亲被命令看守果园，他只能睡在一张绑在两棵树中间的寺院匾牌上。一天，他正在午睡，朦胧中看见眼前有个人跪在他面前，父亲一惊，翻身掉下匾牌，只见一个老农民两手捧着两个拳头大的西瓜说："我从乡里走来，你是敦煌的恩人，虽然现在被打倒，但是我们老百姓忘不了你。"父亲含泪跪着接受了这个老农民在炎热的戈壁步行了30里带来的两个西瓜。

后来韩素音访华，向周总理提出要见父亲，父母因此被解放，他们那被破坏得一塌糊涂的住宅也得到突击修复并装饰得花花绿绿，以便接待外宾。1971年林彪事件后，周恩来下令保护了几个家庭，那段时间我陪着父亲在北京二里沟附近住，每天吃饭就和贺龙一家、傅抱石一家在一起。过了半年多，父亲又回到甘肃，1979年重新领导研究所。

1981年，邓小平到敦煌视察，他和父亲同岁，当他得知父亲当时仍处在不利的环境时说："我们不缺这个所长，常书鸿是我们国家的国宝，请他到北京去吧。"1982年，根据邓小平的安排，父母被调到北京，父亲任国家文物局副局长。

但父亲的心一直在敦煌。此后，他一直想找机会再为敦煌工作，但由于各种复杂的原因，这个最正当不过的要求始终没能实现。离开了敦煌就等于把他的生命之根拔掉了，父亲内心十分苦闷，给别人写信都称自己"客寓京华"。父亲在家中挂了好几个铃铛，微风一吹，叮叮当当，他就感觉自己又像是回到了敦煌，在莫高窟聆听大佛殿的风铃声。他无数次写过这样的话："夜夜敦煌入梦来……"

1994年，我正在日本东京举办画展，突然接到母亲的电话，告知父亲病重住进了医院，我匆匆赶回北京。90岁的父亲躺在病榻上，我俯身对父亲说："爸爸，嘉煌去敦煌！"因为气管被切开，父亲已经不能讲话。他只是盯着我看，眼泪顺着眼角缓缓流下……

父亲去世的一瞬间，在场的人都哭了。那时我脑中突然闪现出莫高窟第158窟壁画上的情景：画上的释迦牟尼安详地长睡不起，围在他身边的弟子和国王们一个个悲痛欲绝。而一侧的菩萨们却非常安详,因为他们知道,释迦牟尼正在走向西方净土。这不是一个痛苦的离别。我觉得,在走向天国的父亲面前我也不应该痛苦,因为我分明感到我已经接过了父亲传给我的接力棒,只是在以后的12年中,我没有想到,这个接力棒是那么沉重,这条传承之路是那么漫长。9年后,在母亲去世前,我对母亲说:嘉煌不会离开敦煌。

父亲去世后,骨灰安置在八宝山革命公墓。第二年,母亲和家人按照父亲生前"死了也要厮守敦煌"的遗愿,将其中部分骨灰埋在莫高窟旧居院内父亲种植的两棵梨树中间,他的墓碑正对着莫高窟大佛殿。墓碑上,刻着赵朴初送他的5个字"敦煌守护神"。

(2007年4月2日)

杨宪益：
破船载酒忆平生

口述　杨宪益

后海边上的银锭桥永远游人如织，人声鼎沸，大翻译家杨宪益的家就在距此几十米开外的小金丝胡同里，有大隐隐于市之感。每次进入胡同里那安静的独门小院，身外的红尘滚滚和市井喧嚣，在轻轻合上那扇老式木门后的一瞬间烟消云散。

嗜烟、嗜酒、嗜诗，是他一生的标志。几年前的一场大病让他戒了酒，但每天还要抽一包烟。"无所谓"，"那也没什么"，是这位91岁的老人最爱说的口头禅，无论是提到他和妻子戴乃迭翻译的《红楼梦》，还是讲到他们莫名其妙被关押4年的彼此分离，声音、目光和神情都那么柔软；唯一见先生面有不悦，是在他见到北京某报登了一篇署名为"杨宪益"的文章，"热情洋溢"地介绍某位青年人，而先生回忆，这个青年人不过前来拜访过几次，和他合了一张影，文章之事，他毫不知情。

杨宪益

几次探访，老先生都背对着门坐在沙发里，那背影，多少有些寂寥。"我的爱人"，他喜欢这样一个字一个字地，来称呼与他相伴六十余载的英国妻子戴乃迭。屋里仍摆放着许多杨宪益与戴乃迭年轻时候的照片，失去了伴侣的先生，却仿佛依然生活在爱人温暖的注视下。

天津旧事

我是1915年1月10日在天津出生的，母亲说她在生我之前做了个梦，梦见一只老虎跳进她肚子里，那一年又是农历虎年，所以有人说我是白虎星，命硬。我小时候身体不好，5岁那年生病哭个不停，父亲半夜来看我得了风寒，不久就去世了，有人说我把父亲克死了。我是无神论者，我不信这些。

杨家祖籍在安徽，从祖父杨士燮那一代起从安徽搬到天津，祖父最高职位做过淮安知府，与周恩来的祖父周殿魁是上下级关系。据说他性格诙谐，喜欢自嘲。我的父亲杨毓璋是8个兄弟中的老大，我的好几个叔叔都出国读书，英、法、美等，父亲则去了日本。回国后他先是做了沈阳电话局和电报局的督办，几年后，又到天津当上了中国银行行长。中国银行行长的薪酬比较高，我们家的家产是父亲赚的，不是继承祖父的，我祖父没有很多钱，他请人吃饭还要把皮袄当掉。

我的父亲在天津很有名，与袁世凯、北洋军阀的关系都不错，因为他是银行家，能给那些军阀提供钱。我出生后，袁世凯送了个小黄马褂给父亲表示祝贺。

我小时候家里生活优越，住在天津日租界的洋楼里，前后几个院子几个楼，用人住后面，父亲去世的时候，还有16个男佣，16个女佣；家里就我一个少爷，难免骄纵。我想学自行车，但家里起初怕出危险不让我骑，后来买了一辆，可以骑了，但旁边跟两个人，只能在院子里骑，不能出院子。去北戴河游泳妹妹可以去，但我不能去，家人担心我被淹死。小时候我唯一的爱好就是出去买书，我自己也不知道怎么用钱，每次都是一个用人跟我去书店，我看什么书就拿，最后是家里每月跟书店结账。

小学阶段是在家里私塾读的，没人敢管我，老师都是很规矩的人，他们教我我还追着老师打，还有个老师教我读《西游记》，我让他学孙猴子，结果把他气走了。这样一连换了好几个老师，直到来了一个姓魏的先生，他喜欢古典诗词，慢慢教我如何对对子。有一次他叫我写一联描写春天景色的句子，我信口诌了一联："乳燕剪残红杏雨，流莺啼断绿柳烟。"先生大为赞赏，说我是个神童，我也免不了沾沾自喜，从此喜欢尝试作诗。

1927年，我进入了天津一家教会学校——新学书院。这是一所英国

1948年时的全家福，前排左一是杨宪益（后排左一）的英国妻子戴乃迭

人办的教会学校，每天早上10点做祷告，唱圣歌，但这些都没使我变成一个基督徒。在新学书院我算最激进的学生了，五卅惨案后，我还领导学生罢听英国老师的课；九一八事变后，我想当兵参加抗日，我单独出钱请了一位退伍军人做教练，每天自动组织军训，我一直坚持到最后。老师们对我既喜欢又头疼，因为我家里有钱，所以老师也很客气。

那时候刚从英国回来的黄佐临来我们中学做校长，我组织罢课时，他还跟我进行谈话。黄佐临对戏剧很有兴趣，自己编了一个英文话剧《西施》，我被拉去演兵。吴王夫差要自杀，我就说了这辈子唯一的一句台词："大王，放下你的剑吧！"新中国成立后他在上海专职做导演，他的女儿黄蜀芹拍的《围城》也很有名。有意思的是，我后来和黄佐临很熟悉了，但他完全不记得我就是当年带头闹罢课的学生。

因为我要进的教会学校是用英文授课的，母亲怕我听不懂，给我找了一个英文家庭教师。她刚来的时候我还对她很不客气，她叫徐剑生，我对了"快枪毙"——"徐"对"快"，"剑"对"枪"，"生"对"毙"。她比我大10岁，先生是位医生，两人关系不是很好。后来我们俩很谈得来，母亲觉察到我们这种微妙的感情以后，很聪明地和她结拜了姐妹，让我拜她为干妈。

1934年春，我高中毕业。家里原本打算让我在国内读完大学再出国留学，我的意愿是想去清华读文学或历史。但我的英国老师朗曼先生提出要带我去伦敦，母亲可能怕出家庭丑闻，也答应了。到了英国后，徐剑生写过一封很长的信给我，我回了一封信，说不要来往了，后来听说她服安眠药自杀了。

牛津往事

刚到伦敦，朗曼先生为我找了一位教希腊文的先生。有一天他问我："想去牛津还是剑桥读书？这是两所最好的大学。"我问他："哪一个更好?"他说,牛津更好,也更难进。"那我就去牛津!"我说。

那是我生平第一次那么用功学习,5个月后,我参加了牛津大学的入学考试,顺利通过了希腊文、拉丁文专业笔试。但那年牛津给亚、非学生的名额只有一个,我只好等到第二年秋季再入学。暑假,我参加了一个环地中海旅游团,途经直布罗陀海峡、阿尔及尔、里斯本、马耳他、希腊等地玩了一个多月。那时我年轻,也不懂得省钱,为了玩得舒服,我买了个头等舱,每天晚饭时还要打蝴蝶结。坐头等舱的中国人很少,到土耳其时我还被当作日本特务,禁止上岸。

在牛津读书的中国学生只有二十几位,有钱钟书、杨绛夫妇,吕叔湘等。留学生大约分为三类:一类像我一样自费出来的,不怎么好好念书;第二类是拿庚子赔款出来的,像钱钟书,属于不问政治,只管念书的;还有一类是国民党派的,他们学习不怎么样,还要担负监视中国留学生的政治任务,认识军阀或高官的就可以得到名额,负责些政治任务,我们常喊他们"蓝衣党",也瞧不太起这些官费生。

牛津管理很严,头一年要住校,晚上有门禁,我经常出去喝酒,晚上11点才回来。我所在的墨顿学院在墨顿街上有一条煤道,回来晚了,我就打开街上人行道的盖子,从煤道滑下去。1937年,我被选为"中国学会"主席,那年正好赶上"卢沟桥事变",我就经常在学校演讲,争取英国人的支持。牛津还有一个日本学会,主席是板垣征四郎[1]的儿子,我和他竞争,最后许多日本学会的会员转而参加中国学会的活动,中国学会大大超过了日本学会。

我在牛津学了两年希腊、拉丁文学以后,又选学了两年英国文学,1940年拿到荣誉学士学位,名字上了《泰晤士报》——只有拿到荣誉学位的人才能获此殊荣。

---

[1]:策划九一八事变的核心骨干人物,战前曾任参谋本部部长、关东军高级参谋等职。战后被定为甲级战犯处以绞刑。

《离骚》是我在牛津上学时翻译的第一部中国古典作品,当时也是为了好玩。我觉得《离骚》的风格跟英国 18 世纪的诗比较像,翻译时,我用英文的英雄偶句体,为了好玩也故意模仿那个时代的 Dryden 和 Pope 的风格,那时我才 24 岁,翻译《离骚》是为了向我的老师、诗人布伦顿表示中国也有悠久的文学传统,也想向老师"显摆"一下自己。后来这个译本 50 年代由北京外文出版社出版。

译海生涯

大学一毕业,我就带着我的爱人一起回到中国。

我在牛津认识了我的爱人,她叫 Gladys Margaret Tayler,"戴乃迭"是我为她取的中文名字,她是牛津大学第一个取得中国文学荣誉学位的学生。乃迭是在北京出生的,直到 6 岁左右才回到伦敦。她的父母都是传教士,父亲约翰·伯纳德·泰勒(中文名字为戴乐仁)曾经在我读过的新学书院教过书,后来又到燕京大学任教。最后他和一些志同道合的年轻人一起来到中国最贫穷落后的甘肃省山丹县,发起"工合运动",收容了许多孤儿,免费对他们进行初级教育,后来还有一些志愿者加入他们的行列,比较有名的有印度的柯棣华和新西兰人路易·艾黎。

我们认识两年后订的婚。她母亲坚决反对女儿嫁给一个中国人,预言这场婚姻不会超过 4 年。那时中国正值战乱,条件也很差,我说:要不我们算了吧,你留在英国。但她很坚决。那时,我的家境也开始慢慢败落,在伦敦的第三年,家里就不怎么寄钱来,毕业前,我靠卖书度过了最后几个月。

毕业时,我接到两份聘书:一个是哈佛,一个是西南联大。哈佛让我去做中文助教,这虽然有吸引力,但是我想回国;那时西南联大想开一门古希腊和拉丁文的课,我从未见过面的沈从文和吴宓向校方推荐了我,我也很想去西南联大。但那时候昆明刚被日本轰炸过,母亲在重庆正好租住在中央大学校长罗家伦的房子里,她认为重庆安全些,哭着要我留在中央大学,我本来是看不起中央大学的,但听从母亲意见,我去了中央大学英语系。后来我想,我的性情跟闻一多有点像,如果我真去了西南大学,说不定像闻一多一样被枪杀了呢。

1941年2月,我与戴乃迭的婚礼,和大妹妹杨敏如与罗沛霖的婚礼放在同一天举行,张伯苓和罗家伦证的婚[1]。参加婚礼的,还有一位同样在牛津大学毕业的英国人贝特兰,他是位传奇人物,曾采访过在延安的毛泽东、"西安事变"后的张学良。婚礼上,贝特兰还高唱《松花江上》,现在想起来,在人家的婚礼上唱这样的歌怪怪的,但那时就是这样一种气氛。

1943年,在朋友的推荐下,我见了梁实秋,并受邀到他主办的国立编译馆工作。《史记》有一部分外国人已经翻译了,所以梁实秋建议我翻译《资治通鉴》。一般我拿着书直接口译成英文,乃迭在那用打字机打出来,把英文再润色一下。我用3年的时间,译完了《资治通鉴》从战国到西汉的35卷。还没来得及出版,国立编译馆取消了,这些稿子一直放在柜子里。80年代,一个澳大利亚朋友对书稿有兴趣,我就全送给他,再没有下落。

梁实秋有点洋派大少爷的味道,比较有才华,人也很随和。可能是因为过去与鲁迅有过激烈的笔战吧,我们在一起从来不谈论文学,他也不喜欢谈政治和时事。我和梁实秋相处得很好,但是因为我从小就喜欢鲁迅的东西,他骂梁实秋的那些文章我都看过,所以我难免受鲁迅的影响;另外,梁实秋和一些政客来往得比较多,这也是我不喜欢的。

---

[1]:杨家兄妹三人,三个家庭个个学有所成,也成为佳话。其大妹杨敏如,现为北京师范大学中文系教授,以研究中国古典文学而著名,其夫罗沛霖为两院院士;小妹杨苡毕业于西南联大外文系,翻译过《呼啸山庄》,丈夫赵瑞蕻是翻译过《红与黑》的著名诗人、翻译家。

我在重庆时也被复旦大学邀请做兼职教授，在那里认识了梁宗岱，他是我很早就喜欢的诗人，在法国和德国留学7年多。梁宗岱是位性情中人，经常跑到我这里来喝白酒。有一次我自己酿了一罐桂圆酒，梁宗岱来了，我从床下特地找出桂圆酒给他喝。他喝了第一口觉得味道不太对，但也没多说什么就把那一大碗酒一口喝下。

那时没有电，用的是煤油灯，第二天我到床下找煤油，才发现昨天给梁宗岱喝下的是煤油——因为桂圆腌时间长了也是那种暗黄的颜色，我错把煤油当成酒了。我想，这下他可能中毒死了，结果他竟然没事。梁宗岱后来在"文革"时吃了不少苦，1979年再见到他时已经像换了一个人一样。那次朋友相见他第一次听说吴宓去世的消息，他一个人走到墙边，大声哭起来，哭得很响，这也是我最后一次见到他。

那时知识分子都一腔热情地支持新中国，抗美援朝战争爆发时，像老舍、曹禺等都跑到朝鲜前线慰问了，我没有去前线，跑到火车站去慰问从前线回来的士兵。那时号召捐献，捐4万块钱就可以给国家增加一架飞机。我和我爱人也参加捐献，她卖了些我母亲留给她的首饰凑了4万块，等于捐了一架飞机。

1951年春，北京调我和戴乃迭到北京参加毛选翻译工作，当时钱钟书是毛选翻译委员会的负责人，那时还没有想到什么反对"个人崇拜"，只是更愿意翻译古典文学而不是政治著作，另外我喜欢南京，又在南京刚刚买了房子，所以就拒绝了钱钟书的邀请。第二年，我俩被调到北京来参加亚太会议做短期翻译，在北京时遇见刘尊棋[1]，被他邀请参加刚成立的外文出版社，和我一样被刘尊棋"拉"进来的还有萧乾、徐迟、冯亦代等。

刘尊棋希望列一个中国古典文学作品的名单，从《诗经》《楚辞》

---

[1]: 原新闻总署国际新闻局副局长；"文革"后曾任《中国日报》的总编辑。

一直到清末作品，选了150部古典文学让我翻译；也选一些包括鲁迅作品在内的现当代文学翻译。翻译鲁迅的作品，选哪一篇去掉哪一篇，都是我和冯雪峰一起商量进行的。两年以内四卷本的《鲁迅选集》就出版了。

可以说从50年代初一直到1955年我的生活都挺愉快的，那一段也是我翻译的高峰。刘尊棋对我很好，还推荐我去中南海几次。有一次见毛泽东，周恩来介绍我说，"他是翻译《离骚》的"。毛泽东问："《离骚》也能翻译吗？"我说："主席，什么都能翻译的。"他想了想，笑一下，要跟我辩论，他可能觉得《离骚》没法翻译。我现在看来，觉得毛主席的怀疑有道理，翻译从技术上来说，是什么都可以的，但是文艺这个东西，不能完全做到翻译出原来的精神实质。就像你模仿一幅画、雕塑，很难把神韵弄出来。

周扬在做文化部长时，听别人介绍杨宪益念过希腊文，他说《荷马史诗》还没有人翻译，把我从外文局调走，翻译这部作品；结果翻译一半，周扬下台了，外文局的人说，中国也有自己的优秀文化，把我调回来翻译《红楼梦》。那时我们已经组织美国人、英国人翻译了《西游记》《水浒传》和《三国演义》，只有《红楼梦》是中国人翻译的。我用了一年就翻完前80回，正准备翻译后40回，这时有人来告诉我，你不要再翻了，结果没多久就被抓起来了，一个同事把翻译书稿保存下来。其实我不太喜欢《红楼梦》，那些人，那些事，跟我的旧家庭挺像的，我没什么兴趣，我更喜欢《三国演义》，觉得它好玩一些。

"半步桥边卧醉囚"

1968年4月我们俩被捕之前的两个礼拜，我的邻居、同在外文局工作的爱泼斯坦被抓进去了，我觉得好像很突然，但是我没有把他和我自己联系到一起。

"文革"刚开始时,大喇叭天天喊,"打倒××",我曾经出现短暂的幻听,好像总有一个特务在脑袋里捣乱,耳朵里听见这个"特务"说话,一年以后恢复过来。"文革"让整个中国都陷于狂热,外文局也不例外,发起"书刊检查运动",把许多名著包括曹禺的《日出》《雷雨》等译著都给毁了,在外文局工作的柳亚子的女婿也自杀了。

被抓进去那天晚上我和爱人两个人在家里喝酒,喝了小半瓶——那段时间天天闹运动我心情不太好,晚上常常和乃迭一起喝点酒,她喝了一点酒就去睡觉了。22点多,有人敲门让我去办公室,然后就被抓了,坐上车被送到陶然亭附近的半步桥监狱,以前鲁迅书里写着,叫"第一模范监狱"。

那天晚上被抓的犯人特别多,那个屋子关了40个人。我们就像沙丁鱼一样,一个挨一个躺着。我一进去就睡着了,一直睡到第二天早上,被旁边一老头捅醒。"你那酒气真好闻,你喝的一定是好酒!"他大概讲错什么话被关了好长时间,好久没闻到这个味儿了。他还关心我被抓时那瓶酒喝完没有。后来苗子写了首诗给我:"十年浩劫风流甚,半步桥边卧醉囚。"

那时我最担心的是乃迭的情况,我不知道一个小时后她也被抓起来了,而且就和我在同一个监狱里。后来有犯人告诉我,说我们这里有外国人在放风,让我趴在窗户上看,我才知道她也被抓了。我们四年没见面。出狱后,我们从来不说监狱的事,她也不知道我曾在不远处看过她。戴乃迭被抓后,她的母亲很担心,在伦敦找了好多人签名,写信给党中央、周恩来,但也无济于事。她母亲不久就去世了。

我在监狱里和狱友们的关系很好,在监狱里很多人还不认字,我们找了会认字的人,每天给他们读,读中央的社论什么的,我还教他们唱英文歌。有一次他们提出想学唐诗,《长恨歌》我记得很清楚,于是一句一句地教他们背,还得一句句解释,他们以前没学过,也觉得很有意思。

那时候也不知道要坐几个月,还是几年。最坏的打算是想也许哪天把我拉出去毙了。遇罗克也在我们这个监狱,在我被抓起来两个星期前被枪毙了,那时候枪毙人都在酒仙桥。结果有一天突然把我拉出去照了一张相,我以为要把我毙了,我想毙了也就毙了吧,狱友们觉得大约我活不了几天了,没想到过了几天把我放了。

我出来以后就到了北展的老莫餐厅,喝了一杯啤酒。关了我四年,放我那天也没说我到底犯了什么罪。但在出狱时,按一天四毛钱的伙食标准,从我工资里扣掉了在监狱里四年的伙食费,因为我白住了四年的"招待所"。那个时候被枪毙的人,家属还要交4毛钱的子弹费。好在没有向我爱人要这笔伙食费,如果向她要钱的话,她肯定比我多,因为生活费比我高。

其实我和乃迭在家里很少谈政治,她不感兴趣。她感兴趣的还是中国文化和历史。那时她最担心的是我们的儿子杨烨。他上大学时,基本是极左,和家里的人都合不来,我们的唱片,都被他拿去毁掉。在那个年代里,他对自己的身份认同产生很大问题,后来他坚持认为自己是英国人,但到了英国后仍摆脱不了对自己身份认定的痛苦,在伦敦的寓所里自焚而死。

我们被抓走后,在外文局的住处被人用封条封上了。回到家时,家里已成了耗子窝。衣服都被啃烂了,外文书比较厚,它们不喜欢啃,这很幸运。被抓那天喝的白酒竟然还在,只是颜色都是黄的。

在把我放出来之前,他们问我:要跟戴乃迭继续在一起,还是离婚?我说,我们还是在一起吧,把家简单收拾了一下。一个星期后,乃迭也被放回来。我从没问过她,是否有人问她类似的话,她又是怎样回答的。我们就这样,还是在一起,直到1999年乃迭去世,死亡将我们分开。

(2006年5月29日)

我的父亲罗家伦

口述 罗久芳

我们或许可以用这样几个字符勾勒出罗家伦的一生：五四运动的学生领袖和命名人，31岁的清华大学校长，中央大学的10年掌权者。

罗家伦和他同时代的那些令人高山仰止的大家，都成长于20世纪初那个新旧文化激烈碰撞的特殊年代，他们既有深厚的中国传统文化的底蕴，又在西方先进思想中得到熏陶，因而虽然身处内忧外患的动荡年代，却依然迸发出炫目的文化光芒。

罗家伦的女儿罗久芳讲述她父亲的故事，让我们重新回到了那个动荡与希望、启蒙与救亡并存的年代。

罗家伦

北大的罗家伦

父亲是浙江绍兴人，1897年出生于江西南昌一个旧式读书家庭，他早年受的是家塾式的传统教育，但也有机会读到上海出版的新书报，并在传教士开设的夜校补习英文，打下了很好的基础。

1915年，父亲考进复旦公学中学部，因国学功底很深，同学们戏称他"孔夫子"。父亲的书法特别好，近几年听说大陆和伦敦古玩市场都出现过父亲的字，不过有的字时间和签名都不对，是赝品。

1917年夏天，20岁的父亲投考北京大学，主修外文。我后来曾看到过一篇文章，说当时给父亲阅卷的人是胡适。他看到父亲的文章大为赞赏，于是给了他满分。其实当年父亲是在上海报考的，而胡适先生那年刚留美回国，不可能给父亲阅卷，我想这可能把胡适与父亲的关系，和父亲与钱钟书的关系弄反了。当年任清华大学校长的父亲看到钱钟书的作文大为赞赏，虽然他的数学只得了15分，但还是决定破格录取。

父亲到北大读书那一年，正好蔡元培先生到北大上任。父亲曾回忆，当时北大有两个地方是他们经常聚会的场所，一个是汉花园北大一院二层楼上的国文教员休息室，钱玄同等时常在那里；另一个是一层楼的图书馆主任室，也就是李大钊的办公室。"在这两个地方，无师生之别，也没有客气及礼节等一套，大家到来大家就辩，大家提出问题来互相问难。大约每天到了下午3时以后，这两个房间人是满的。"

1919年1月1日，父亲和一些北大高年级学生一起出版了《新潮》杂志，第1期至第5期的总编辑是傅斯年，父亲任编辑，两人写了很多关于妇女解放、婚姻自由等意气风发的文章。《新潮》杂志在当时成为继《新青年》之后，倡导新文化运动的第二种最有影响的刊物。

蔡元培、陈独秀、李大钊、胡适等人都对父亲他们给予极大支持。《新潮》的编辑部，就是李大钊在北大图书馆的办公室。蔡元培批准由北大经费中每月拨3000元给《新潮》，这引起了保守派的强烈攻击。他们通过教育总长傅增湘向蔡元培施加压力，要他辞退两个教员——《新青年》的编辑陈独秀和胡适；开除两个学生——《新潮》的编辑罗家伦与傅斯年。但蔡元培坚持不肯，维护了大学不受政治干涉的原则，也因而得到全国学术界的敬仰。

父亲与胡适先生持续一生的亦师亦友的关系，也从北大开始。胡适

张维桢，1922年初于沪江大学

1927年，罗家伦与张维桢在上海结婚

从美国回北大后，一开始并没有教授哲学，可能先兼了一段父亲所在的外文系的课。1918年，父亲与胡适一起翻译了易卜生的名剧"A Doll's House"(《玩偶之家》)，五四之前在《新青年》上发表，从后来很多人的回忆可以看出，这部戏对当时年轻人的思想冲击非常之大。

1919年春，著名哲学家杜威应邀访华，在北大做一系列演说，胡适为他做口译，而父亲和另一个同学被选去负责笔录。每次演讲完后，胡适先生都会让父亲他们核对演讲大纲，再拿去发表。这种严格的训练，对一个大学生来说，是可遇而不可求的。

1956年，我到美国时，与母亲一起拜访了胡适家，当时他家里有很多朋友，我记得还有徐志摩的儿子，胡适夫人江冬秀忙着做饭。当时大陆正在批胡适，有很多他原来的学生也参加了批判。香港朋友把这些文章寄给他看，他家里堆着很多的资料，看得出，胡适先生相当痛心。父亲与胡适一直保持着密切联系，虽然父亲与胡适有些见解不一样，比如"二战"前对日本"和"与"战"的态度，对先研究主义还是先解决具体问题看法不一致,但并不妨碍他们彼此尊重与欣赏。

以父亲这种对国家民族命运保持热切关注与思考的性格,他与五四运动结下不解之缘,也就不足为奇了。

1919年4月,中国在巴黎和会失利的消息传到北大,父亲和一些同学便商议对策,为了不给北大和蔡元培校长造成压力,他们商定5月7日这天,联合市民游行抗议。可是到了5月3日,蔡元培校长得知北洋政府同意对山东问题作出退让,立即通知了父亲、段锡朋、傅斯年和康白情等人。当天深夜,大家决议改在5月4日这一天去天安门集合游行。当晚父亲与江绍原、张廷济一道,被各校代表推举为总代表。父亲的任务包括连夜购买写标语的白布,联络各校学生,起草宣言,向各国驻华使馆交备忘录等。可惜那天拍下的照片不多,只有一张可以确切认出是父亲的面貌,拿着白布旗子走在北大队伍的前列。

五四那天散发的唯一印刷品《北京学界全体宣言》传单是父亲起草的。1919年5月4日那天上午,父亲从外面赶回北大时,一位同学说:"今天的运动,不可没有宣言。"北京八校公推北大起草,北大同学又推举父亲来写。当时时间紧迫,不容推辞,父亲就站在一个长桌旁边,写好了宣言。宣言虽然只有180字,却写得大气磅礴,极富号召力。特别是最后那几句:"中国的土地,可以征服,而不可以断送;中国的人民,可以杀戮,而不可以低头,国亡了,同胞起来呀!"现在读起来还让人心潮澎湃。

1920年罗家伦(左二)等人在纽约合影

1919年5月26日，父亲以"毅"为笔名，在《每周评论》第23期上发表了一篇短文，题为《五四运动的精神》，第一次提出了五四运动这一概念。从此，"五四事件"被定格为"五四运动"。

31岁的清华校长

1920年秋，父亲从北大外文系毕业，正好赶上企业家穆藕初捐出5万银元给北大设立奖学基金，父亲与康白情、段锡朋等5位同学，被校长蔡元培选中，推荐出国留学。这5位优秀的北大学生出国留学在当时也较为引人注目，一家报纸将此比作晚清朝廷派出考察宪政的"五大臣出洋"。历届得到穆氏奖学金资助的北大学生，后来在不同的领域都各有建树。

父亲去的是美国普林斯顿大学研究院，不久又转到哥伦比亚大学攻读历史与哲学，实现了拜在杜威教授门下的心愿。1923年，穆氏企业破产，父亲的奖学金被迫中止。这年秋季，在结束了三年的留美生涯后，父亲带着《思想自由史》的译文和《科学与玄学》的书稿，前往刚刚结束了"一战"、物价较低的德国。

20世纪20年代很多中国留学生赴德深造，一是因为德国各大学府有浓厚而自由的学术空气，二是在战后马克大幅贬值的情况下，带外币在德国兑换使用格外实惠。当时很多有影响的人都聚在德国，如蔡元培、朱家骅、赵元任、俞大维、陈寅恪、徐志摩、金岳霖等，他们常在一起高谈阔论，畅所欲言，父亲晚年回忆起来，形容那是他极快乐的一段时光。

蔡元培是父亲最敬爱的长者，1924年，父亲留学期间与蔡元培先生通了好多封信，幸运的是，这些信不但我们家都保留下来，蔡家也保留了不少父亲的信，前些年我们双方交换的信件，共有50多封。蔡先生与父亲，完全是一种师生关系，现在看起来，让人感觉真的很温暖。

蔡元培退休后没有房子住，他七十寿辰之前，父亲他们这些过去的学生和同事念及他无一安身之处，便集资在上海给他建一所住宅。献寿的信由胡适起草，父亲等人修改后，以几百个朋友、学生的名义面呈。蔡元培经过三个多月的考虑，最终接受了众人对他这一番出于敬意的表达。但因七七事变的发生，这个心愿也未能实现。1940年，蔡元培先生去世了。

穆氏企业破产后，父亲一度以译稿补贴生活，但仍然陷于拮据。又是在蔡元培先生引荐下，商务印书馆监理张元济先生借给父亲1500元，让父亲完成了在英、法最后一年的学习研究。父亲对张元济先生一直心存感激，回国后多次要还这笔钱均被张先生拒绝，直到一次以祝寿的名义还了张先生1000元钱，张先生才勉强接受。

1926年，游学欧美多年的父亲终于回国。他曾在东南大学任过教，后来出任战地政务委员会教育处长。1928年，南京国民政府统一了中国，任国民政府教育部长的蔡元培，让父亲迅速北上，任清华大学校长，那一年父亲只有31岁。父亲到任时正赶上暑假招生，他便在招生启事上写上"男女兼收"。于是，清华迎来了史上第一批女学生。

父亲到清华，便以前所未有的改革力度重新聘任教师。当时，清华大学教授水平参差不齐，50名教授中，父亲只续聘了18人，另行增聘的近30名教师中，毕业于清华的仅占三分之一，来自金陵大学、东南大学的一批化学、物理和生物学科的助教进入清华担任讲师，由此奠定了清华实验科学的雄厚根基。同时，一些有北大背景的文科教授也相继应聘，父亲的同学杨振声、冯友兰等还担任了教务长、学院院长等职务。此举在当时曾招来"清华要与北大合并"的恶意谣言，但父亲对此毫不在意，他说："我只抱发扬学术的目的，不知有所谓学校派别。"

父亲多年后回忆，他当年聘请教授的原则之一是：不把任何一个教授地位做人情，也决不以自己的好恶来定夺。当时有件有趣的事，外文系的吴宓教授，因在五四新旧文学之争时，曾攻击过新文学运动，也曾和父亲打过笔墨官司。看到父亲来当了校长，他怕父亲对他有所不利，特地托赵元任先生来打听消息。父亲大笑说："我们当年争的是文言和白话，现在他教的是英国文学，这风马牛不相及。如果他真能教中国古典文学，我也可以请他来教，我绝不是这样褊狭的人。"以后，父亲不但继续聘他，对他的待遇也格外关照，两人自此倒成了很好的朋友。

父亲本人并不属于任何学派，选拔人才，也不拘泥于分数。后来还有记者向钱钟书问及此事，他说："为此事当时校长罗家伦还特地召我至校长室谈话，蒙他特准而入学。我并向罗家伦弯腰鞠躬申谢。"几年前我在整理父亲的遗稿时，偶然找出写在荣宝斋仿古信笺上的两封信和10多首旧诗。细读之下，才知道它们的作者，便是钱钟书先生。

父亲在清华时最大的贡献之一，是使原隶属于外交部的"清华学校"，升格为"国立清华大学"。1932年，处于复杂政治形势下的父亲被迫辞职。尽管如此，在不到两年时间里，父亲对清华所做的成绩，依旧被肯定。当年清华大学国学研究院的导师陈寅恪先生，谈到这点时说："志希（父亲的字）在清华，使清华正式地成为一座国立大学，功德是很高的。"而研究清华校史多年的苏云峰教授曾说："现在很多人只知道梅贻琦是清华大学的功臣，而不知道罗家伦的奋斗成果与经验，实为梅氏的成就，铺下了一条康庄大道。"

10年中大校长

1932年8月，父亲就任中央大学校长。其实父亲当时并不十分情愿接下这一棘手的职务。当初中央大学因九一八事变后学潮澎湃，面临解散危机。当时父亲深知其中种种困难，对教育行政工作已有厌弃之感，所以当他得知行政院会议决定派他出任校长时，坚决力辞不就。但他的北大老师、时任教育部长的朱家骅亲自到家，一再以国家及民族学术文化前途的大义相劝，终于说服父亲。

父亲以他年轻时游学欧美的经历，希望他掌管下的中央大学无论在课程、设备还是学术环境方面都显现出一个新式学校的风范。父亲性格耿直,处理问题不愿妥协让步,即便有政党要人向他推荐教授,只要他认为不合适的,也一概不收。父亲在中央大学时,经常邀请中外名流、学者,包括抗战时期的周恩来、马寅初等来校演讲。按他设想,中央大学的目标应该是成为像柏林大学、牛津大学、巴黎大学等国立大学一样的一流的大学。

1937年,父亲在中央大学第五个年头,正准备大发展,他后来形容自己曾有一个"玫瑰色的大学梦"——抗战前,中央大学校址原在南京城内,车马喧嚣,不适于修养学问,而且面积狭小,只能容纳一两千人。他计划在南京郊外建一座能容纳5000至1万学生的大学,按照他的设想,学校里面还有近代式的实习工厂和农场。父亲的设想也得到了政府支持,已经批准了240万元的第一笔建筑费。父亲又派人花费了几个月时间,在南京周边选合适的校址。最后选定了南门外约7公里处的石子冈一片地方。

1958年,罗家伦(前排左一)与友人胡适(前排左三)和梁实秋(后排左一)等人合影

按原定计划，一年以后工学院和农学院就可以先期迁入。就在新校区动工兴建的几个月后，七七事变爆发，父亲的"玫瑰色的大学梦"就此破灭。

抗战一开始，中央大学先后四次被炸。在第一次被炸后，父亲就开始准备迁校。那时，日军刚侵入华北，很多人认为中日会有"和"的可能，他们认为父亲的迁校之举是"动摇社会人心"，是逃兵之举，指责之辞不绝于耳。父亲也不解释，关于新校址，大家也意见不一。有的主张迁到南京郊外，有的主张迁到上海租界，有的主张迁到武昌珞珈山。父亲认为中日战争会持续很久，如果迁校就到重庆最好。因为从南京到重庆有水路可以直达，四川山陵起伏，容易防空。父亲对迁校之事，早有准备，在七七事变一年前，父亲就叮嘱总务处，造500多只木箱，箱里钉上铅皮，准备将重要的图书仪器装箱，以备迁移之用。到了真正迁校时，这些箱子对于很多书籍和仪器的顺利搬迁起了很大作用。

中央大学的迁移比较顺利。学生们都坐船离开了南京，全校的图书仪器都搬出来了。不仅如此，还有航空工程系为教学用的三架飞机，医学院供解剖之用的24具尸体，都按计划有条不紊地进行了转移。

在南京沦陷前一天，父亲最后一次巡视了学校本部和农学院所在的丁家桥，看到那儿畜牧场中有许多良种的鸡、鸭、猪、牛、羊等，当时已没船、没车，没办法带走了，他不得不召集员工宣布：放弃禽畜，员工转移。

这些禽畜都是学校花钱从外国进口的良种，场长不舍得放弃，连夜发动员工用船把它们运到长江北岸，取道河南、湖北数省，辗转千里，历时两年。当他们带着这些一只不少的禽畜奇迹般地出现在重庆沙坪坝时，一个个衣衫褴褛，父亲见到忍不住落泪，竟孩子一样与那些"远道归来"的牲畜相拥亲吻。闻知此事，南开大学校长张伯苓感慨道：两个大学有两个鸡犬不留——南开大学鸡犬不留，是被日本人的飞机投弹全炸死了；而中央大学鸡犬不留，却全部都搬到重庆了。

父亲在压力之下作出的迁校决定，实际上为中国保存了一所完整的大学。1937年11月初,中央大学就在重庆开学复课,抗战8年中,教学从未间断,损失最小、秩序最稳定,这在当时全国高校中,确实绝无仅有。

在抗日战争期间,父亲曾经说过这样一句话:"我们抗战,是武力对武力,教育对教育,大学对大学,中央大学对着的是日本东京帝国大学。"可见父亲的气魄和民族责任感。在抗战初期的1938年开始实行全国"联考"的几年中,当时全部考生总数的三分之二将中央大学作为第一志愿来填报。中央大学在当时也是全国高校中院系最多、规模最大的一所大学。

1947年印度独立日,新德里总督府前广场,罗家伦大使与尼赫鲁总理在一起

在那个充满政治纷争的年代,"中大校长"一职绝不是一个美差。父亲处于各种政治力量争斗与牵制中,承担了很多压力。1941年夏,筋疲力尽的父亲辞去中央大学校长的职务。

我的父亲母亲

1927年11月,父亲与母亲张维桢在上海结婚。当时有一个流传很广的说法:"罗家伦百封情书追了8年才把北大校花追到手。"百封情书倒是真的,但母亲并不是什么"北大校花"。

母亲与父亲结识时,她还没有进大学。父亲是1920年去上海开全国学生联合大会时认识的母亲。之前,北京学生为了支援天津学生,又连日举行演讲、游行，遭军警逮捕。幸好父亲机智得以潜逃，连夜与张国焘南下，代表北大学生参加了大会。那时母亲张薇贞（后改名"维桢"）是上海一女子初级师范学校的体育教员。

此后，父亲与母亲开始了通信。不久后，父亲便出国留学。而母亲在1922年考进沪江大学，两人各忙各的学业和生活。1926年，母亲申请到密歇根大学的奖学金，这年夏天，她与回国的父亲在上海相处了一个月，这是他们分隔6年后的第一次见面。等1927年母亲获得学位回国后，他们终于在上海举行了新式婚礼。

父亲当年写给母亲的那些信，她一直完好地保存着。我从小学时便也听到过"北大校花"的传言，曾问起过母亲，母亲总是淡淡地说："哪里有这些事？都是那些大学男生追求女生太辛苦了，才编出来互相鼓励的。"

生活中的父亲对我们是关怀而慈爱的。我1934年出生在南京，离开南京去重庆时，我已有3岁多。印象最深的就是父亲经常不住在家，在家时晚上却总是熬夜为报刊写稿，时常一大早，就有人来家里取走稿子，而父亲桌上的烟灰缸里，已满是烟头。抗战8年，是他一生中写文章数量最多的一个时期。

重庆生活中有件事最让我难忘。一次是妹妹患急性牙痛，父母设法借了汽车带她进城去找牙医，我也跟着同去。回家半路上，空袭警报响了，可是沿路没有可躲避的地方，于是父亲决定请司机开到小龙坎乡间。车子刚停下，飞机已出现在头上，机枪噼噼啪啪地往我们的方向扫射。父亲赶紧把大家推倒在田边的草丛中，直到枪声远离，我们才爬起来向附近的防空洞奔去，感觉如九死一生。

1947年，父亲被任命为中国首任驻印度大使。当时印度还没有从英殖民地独立出来，父亲是到任的第一个外国使节。父亲刚到印度时有许多不适应的地方，印度天气很热，夏天新德里的温度高达40多度，那时又没有空调，政府都搬到高山上办公。父亲有一段时期晚上把床搬到花园里，才能睡上几个小时。

父亲在印度的工作，最耿耿于怀的，便是他为西藏问题所作的交涉。1948年印度独立后，尼赫鲁继承以前英国向喜马拉雅山以北扩充势力范围的政策，利用1914年西姆拉（Simla）会议草拟的协定，作为中印交涉的根据。这个未经中国政府签字的协定，否定了中国在西藏的主权；在中印边界划出"麦克马洪线"，也是英国入侵中国西部的策略之一。但印度不愿遵守1943年英国对取消不平等条约的承诺。父亲非常敏感，他经常交涉，收集了许多老地图，仔细看中印边境的部分。为此他还在1948年两次照会印度总理，却未得到回应。

父亲在70岁时，渐渐显出衰老迹象；1968年我带着孩子从美国去台北看他时，父亲慈爱如常，但健忘和错觉已使他不能再继续工作了。对于一个曾经智力过人、精力充沛的人，这样的疾病真是最残酷的折磨。母亲在征得亲友同意后，决定代父亲辞去他编纂史料的两个职务……

1969年12月25日，一个风和日暖的下午，父亲放弃他最后的挣扎，离开了这个世界。父亲被安葬在台北近郊山旁的阳明山第一公墓，四周丛林环绕，放眼远望观音山和淡水河，云边深处，便是隔海的故乡大陆。

（2006年11月20日）

吕恩：往事悠悠

口述　吕恩

已经86岁的吕恩有惊人的记忆力，对那些几乎是半个世纪以前的往事，很多细节，她仍能娓娓道来，言谈间依稀可见当年的爽朗。对于自己的戏剧生涯，吕恩时常慨叹时运不佳——当年在重庆她刚刚登上话剧巅峰时，抗战结束了，她回到上海一切从头开始；在香港地区拍电影，一部一部向上走时，又离开了香港回到内地；50年代重返话剧舞台，因"繁漪"而大放异彩时，却又赶上政治运动。这也使得她的名字并不像与她同时期的那些演员如秦怡、张瑞芳等那么耀眼。与外界赋予的声名相比，活在她心底的那些鲜活记忆，则更是一笔财富。

青年时代的吕恩

戏剧启蒙

我本姓俞，叫俞晨，是江苏常熟人。常熟本地没高中，初中毕业后，一般人家都让孩子到苏州继续读，但母亲希望我到上海去。我于是进了上海正风中学,那所高中在上海交大附近,男女同校,我后来才知道这里是地下党的一个据点。

教我们语文的老师姓任,我们喊他"任先生",他就是后来著名的戏剧大师于伶。他在学校组织了"正风剧社",组织同学演话剧,我个子高,又会说点普通话,就让我跟着演戏。有一次电影明星篮球队来学校和我们校队比赛,金焰、刘琼、田方、王人美等明星都来了。这条消息在报纸上登出后,正风学校的名声格外响。我想能把这些明星请来打球,一定和于伶先生有关。

那时有一个"四十年代剧社",金山和王莹等都在里面。有一次任先生跟我说,金山他们要到南京演戏,你跟他们个子差不多,暑假跟他们一起去演戏吧!我回去跟母亲商量,但母亲不同意我去演戏,觉得这样败坏了门风。

没想到若干年后,当年没实现的舞台梦会在重庆实现。抗战爆发后,我一路流亡,中间曲曲折折,阴差阳错,1938年在重庆考进了国立戏剧学校。

国立戏剧学校是1935年成立的,是全国唯一的戏剧最高学府,从美国留学归来的余上沅被聘为校长。学校人才济济,教务主任是曹禺,张骏祥、黄佐临与金韵芝(丹尼)夫妇、梁实秋、吴祖光等都在学校任过教。我入学时,学制还是两年,一年后改为三年。为了躲避日军轰炸,1939年学校迁到四川宜宾的江安,这是一个小城,十字路口一条街,十分安静,是读书的好地方,但相对闭塞。我们刚到那里时,校长告诫我们:出门上马路男女不能并排走,女生不能光脚,衣服的袖子要足够长。不过我们在这里待了六七年,把那里的风气都扭过来了。

戏剧学校有两位老师对我一生影响最大,其中一位便是曹禺。曹禺当时在学校任教务主任,我们都习惯喊他"万先生"(注:曹禺原名万家宝),那时他还不到30岁,已经因创作了《雷雨》《原野》《日出》而名声大震。他对别人一直很和气,对老师、同学、工友,对所有人都好。戏剧学校并不大,只有100多名学生,吃、住都在一起,彼此都认识。

上课时是老师，下了课像同学一样，一起打球、游泳。曹禺是书呆子型的人物，喜欢看书，谁读书读得多，他就喜欢谁。

曹禺给我们开了两门课："西洋戏剧史"和"剧本选读"，有时也给我们导戏。我最喜欢上的是"剧本选读"，比如他讲《罗密欧与朱丽叶》，用原文朗读，一会儿扮罗密欧，一会儿扮朱丽叶，绘声绘色，投入得都听不到下课铃声，经常是连讲两节课也不休息。万先生的课特别受欢迎，来听课的人很多，经常连窗台都坐满、走廊外都站满了。

生活中的曹禺大大咧咧、不修边幅，他可以穿着两只不同颜色的袜子上街而若无其事。有一天他穿着很厚的一件棉袍来，说这几天胃不好，我们在底下看，发现他的肩一抖一抖的，好像的确病得很重。下了课他到休息室休息，一脱棉袍，一只耗子突然从棉衣里窜出来，吓得他脸都白了，一下子扔掉衣服跑到墙犄角里大喊："耗子！耗子！"原来天气太冷，耗子钻进棉袍里去取暖，因为棉袍里子破了，耗子一直钻到棉花里出不来，却不巧被曹禺穿在身上了。不久曹禺写《北京人》把耗子贯穿在整个剧本中：耗子咬坏了曾文清的字画，愫芳为他修补，加深了他俩之间的感情；耗子啃空了曾家大院，使曾家大院门庭墙院倒塌……这也可能和这段"闹耗子"的生活经历有关。

曹禺的第一位夫人叫郑秀，是他清华时的同学。那时郑秀也住在学校里，我们喊她"万师母"，郑秀大户人家出身，比较讲究，她经常把水、肥皂、毛巾、换的衣服都准备得好好的，然后把曹禺推进去，郑秀在门外听见水哗哗的声音，以为曹禺在洗澡就放心了。

有一天郑秀听见里面半天没"哗哗"的声音了，她有点着急，推门一看，发现曹禺衣冠整齐地坐在小凳上倚着浴缸睡着了，一只手拿着书，另一只手却拿着毛巾放在浴缸里，原来他经常就是这样"应付"郑秀的，这件事在我们学校传为笑谈。

当年，曹禺和郑秀也是经过一番热恋才走向婚姻的，但遗憾的是，这段炽热的感情没有维持多久，有了两个女儿之后，曹禺在江安又爱上一位"愫芳"式的人物。郑秀与曹禺一直分居到1951年，后来还是在万分痛苦中和曹禺离婚,但郑秀还一直深爱着他。有一次我在街头偶遇郑秀,还是习惯地张口就喊"万师……"但又觉得不合适,郑秀听到后,眼泪唰地流了下来:"我早就不是你们的'万师母'了!"

另一位对我影响非常大的老师是张骏祥。张骏祥与曹禺是清华大学的同学,毕业后考上了庚子赔款留学生,去耶鲁大学读戏剧。而留在学校里的曹禺写出了《雷雨》,名声大噪。1939年冬,曹禺专程到重庆迎请张骏祥来校执教,他们的友谊也维系了一生。

张骏祥来到剧校后,任我们第四届学生的班主任,教"导演"和"舞台美术"两门课。张先生戴副眼镜,嘴里老含着一个烟斗,仪表堂堂,和他的好朋友曹禺形成鲜明对比。张先生很严厉,又加上国外回来的背景,有的学生非常怕他。他每次讲完课,都要留些作业,下堂课讲评。有一次,一个同学得了疟疾,每天定时发烧,对张先生留的作业没交出来。第二堂课,张先生不知道他有病,当场训了他,他一时无法申辩,结果一着急,出了一身汗,当天没有再发烧,竟然把他的疟疾"吓"回去了。此事传开后,大家都知道了张先生的严厉。

我在学校时功课比较好,两年基础课学完之后,第三年我可以从表演、导演、编剧和舞美选一门主科,我选了"编剧"。张先生知道后对我说:"你应该学表演,你个子高,有形象,在舞台上戳得住。我知道你也能表演。"我说我是南方人,语言不好,他说:"语言不好可以学,以后你不许跟上海人在一起说家乡话了,如果见到你说上海话就罚你五分钱。"之前我一直对演戏没信心,张先生告诉我:"学,学,学!"也正是在他的鼓励之下,我一点点地开始了演戏生涯。从某种程度上说,张骏祥对我的职业生涯影响更大。

黄金时代

在戏剧舞台上,我不是一夜之间红起来的,而是从跑龙套一直演上去的,但幸运的是,我经历了中国话剧的黄金时代。

1941年,张骏祥根据他从美国回来时的经历编了一部喜剧——《美国总统号》,描写了抗战中政客、长舌妇等形形色色的人,我在里面演一个交际花。虽然这部戏我并没有"出来",但这是我加入中央青年剧社("中青")作为职业演员演的第一部戏。

1942年,《北京人》在重庆复拍,我很幸运地成了"曾瑞贞"这一角色的扮演者。在第三幕第一场我演的瑞贞和张瑞芳演的"愫芳"有一场对手戏,是两个孤独的灵魂彼此心灵的表白。记得排练时,演着演着我的情绪和"瑞贞"这个角色搅和到一起,我一时泣不成声,连台词都说不出来。这时张骏祥喊了声"停",他过来跟我说:你的情绪是对的,但演戏不同于生活,要学会控制情绪,到该放开的时候才让它排山倒海般急泻出来。张先生在这部戏里对我的指教,让我学会如何控制感情和积累感情,使我终身受益。

《北京人》让戏剧界的前辈们认识了我。夏衍、陈白尘、应云卫等戏剧界的老前辈都打听我这个新人,剧社里的人也带我去认识他们。

在当年的重庆舞台,还有一件特别值得回忆之事,便是《安魂曲》的上演。

1942年底,国共关系再度紧张,我们排的很多现实主义的话剧都不让上演,说是为共产党宣传服务。以前每到雾季,重庆舞台上演出缤纷,而那一年很多剧团的戏都停了,一反常态地陷入了萧条。所以大家转而投向历史题材,郭沫若的《棠棣之花》《屈原》等都是这个时期创作的。因为审查起来,古装戏比较容易通过。

张骏祥找到了也在重庆的焦菊隐先生,请他翻译了匈牙利小说家贝拉·巴拉兹描写莫扎特的话剧《安魂曲》。张先生又找来曹禺扮演"莫扎特"这一角色,曹禺、张骏祥和焦菊隐三位戏剧大师在同一出戏里演出,这可能是中国话剧史上唯有的一次吧。

不仅如此,当时还有很多在文化界很有影响的人都参与其中。比如,第一幕演莫扎特在他情人家中拉小提琴,传到舞台下的琴声实际上是大音乐家马思聪在后台拉出的。第二幕在歌剧院门前传出的歌剧《费加罗的婚礼》是声乐家蔡绍序和胡雪谷在后台唱出来的。第三幕露天街市上小咖啡馆里传出弦乐四重奏，是马思聪和大提琴家朱崇智演奏的——要知道，那时候并没有录音，所以每一场他们都要亲自跑到后台或拉或唱。刚从英国回来参加抗日的舞蹈大师戴爱莲来教我们跳宫廷舞，她要求非常严格，要我们穿高跟鞋、长裙子，先学走路平稳，再教舞步。所以这部戏的阵容，我不敢说是"绝后"，至少也可以说是"空前"的。

不久，中国艺术剧社排曹禺新改编的《家》，金山找我去演里面的周氏这个角色，我跟着他到了临江门附近的"中艺"宿舍，和张瑞芳住同屋。虽然周氏只是个小角色，但我都是和当时最有名的大导演、大明星和大演员一起合作，从旁学习导演如何把他的意图传递给演员，大演员是如何一步步地塑造人物的。

1943年，我离开重庆，加入到了"中国艺术剧社"。在"中艺"一年多，我参加了《家》《棠棣之花》《天国春秋》等很多剧目的演出，也跟随"中艺"在四川很多地方巡回公演，几乎每天在舞台上轮换着演出那几个大剧目。这些经历给了我非常好的实践机会，又让我开阔了眼界，对人物的塑造有了更多的自信。抗战八年，是中国话剧的黄金时代，也是我个人艺术生涯的巅峰时期。

从戏剧到电影

1945年抗战胜利，我和秦怡坐着《新民报》复员的车辆，由张恨水领头，离开重庆回到阔别8年的家乡。回到上海后，一切从头干起。

1947年，张骏祥写了一个讽刺国民党接收大员的戏叫《还乡日记》，他自任导演，约我来演。我从来没有拍过电影，不知该如何回答。张骏祥劝我："这部电影除了白杨一个人有拍电影经验外，其余都是第一次参加，包括我自己，我们可以商量着办。"

拍我的第一个镜头时，导演喊："预备，开始！"突然我面前有一块木板"啪"的一响，我吓了一跳，顿时也说不出词来，张先生告诉我这是为剪接镜头所必需的记录，但如此几次，我还是一听到拍板声，就说不出话来。我想我浪费了不少胶片，肯定要被导演骂了。但没想到，他和工作人员商议后过来告诉我："这样吧，我一喊'开始'你就演，我喊'结束'后再打拍板，让你的镜头倒过来接，我和剪接人员说好了。"我的第一部电影就是这样拍成的，没有张先生，我不会拍电影。

1948年，夏衍从香港来信，要上海去一批导演、演员到香港，参加拍摄一些进步电影。我、吴祖光、张骏祥等都加入了永华影业公司。"永华"的老板叫李祖永，回国后靠印刷挣了不少钱，后来在香港地区创办电影公司，他并不懂电影，但有钱，他当时投资了200万美元买了个"背景机"，《虾球传》中海里的镜头就是用他的背景机拍的。公司有两套人马，他的想法是，一套人马拍商业电影赚钱，我们这一套人马拍文艺片赚名。

吴祖光改编了一个剧本叫《山河泪》，要在香港永华电影公司拍。女主角由白杨来演，而因为种种原因，另一角色"玉娃"一直没人演。老板很着急，有一天他和张骏祥吃饭想起此事，张骏祥推荐我来演。李祖永和张骏祥是耶鲁的同学，他们一直在用英文交谈，我听懂了张骏祥跟他说的一句"I guarantee"（我保证）。老板也答应了，让我第二天就去签合同。张先生嘱咐我，只管好好演戏，其他的事都由他去办，他做我的担保人。

《山河泪》结束不久，张骏祥让我参加了他的另一部电影《火葬》的拍摄，起用的仍是白杨、陶金和我——张骏祥虽然后来还是和白杨分开了，但在我看来，白杨在他导的那几部戏里，都是演得最好的。《火葬》的角色和第一部戏反差很大。演完之后，老板很满意，那时白杨早就出名了，他说吕恩是新人，要多宣传。等到第三部电影《虾球传》时，已是老板亲自来找我，要我演了。可惜这几部电影都没有被中国电影资料馆收藏进去。

这三部戏拍完后,我们都回到了内地,我和张先生一南一北,没有再合作的机会。张骏祥在许多人眼里都是严厉而不可亲的,但对我而言,他是我感激终生的一位恩师。新中国成立后,张骏祥没做导演而从事行政,挺可惜的。不过令人欣慰的是,他和著名歌唱家周小燕又组成了家庭,成为各有成就的一对夫妇。

张先生老年后,得了一种奇怪的病——血压坐着平稳、卧着偏低、站着升高,所以他平时只好一直坐着。"文革"后我每次去上海,都会约张瑞芳一起去看张先生。有一次我们事先打电话约好了拜访时间,但因为有事迟到一会儿,按门铃后开门一看,张先生就站在门里,我们赶紧把他扶到屋里坐下,张先生说:"我沏着好茶等你们等不及了,就到门口来等了。"他还是那个急性子。他见到我非常高兴,问北京、问家宝(曹禺)、问吴祖光,眼神已变得慈祥许多。他告诉我们,夫人平时忙着教学生,经常不在家,两个孩子又在国外,家里只有他和一个老保姆,他又出不去。我们听出他有点寂寞。1996年11月,传来张先生去世的噩耗,我还没从伤心中缓过来,又传来曹禺去世的消息。没想到两位老朋友,就这样相偕而去。

吕恩在话剧《雷雨》中饰演繁漪

往事如烟

1938年我就认识了吴祖光,他最初的身份是校长余上沅的秘书,后来也给我们上课,教我们国语,后来又教中国古代文学史。吴祖光是个天才,脑子特别聪明,我看他写东西一点也不痛苦,玩着玩着就写出一个剧本。我从学校出来到了中央青年剧社,当职业演员,他是编剧,我们在一个剧团成了同事,他对我说:"吕恩,没事别玩,多看看书、写写字。"他脾气也好,对人也不错。我也没多想,一直拿他当好朋友,我演我的戏,他写他的剧本。

吴祖光后来写《牛郎织女》,他和我们一块到成都演出,我们就是那时慢慢好上的。但不知为什么,我对他就是没有热恋的感觉,我年轻时脾气比较急,他黏黏糊糊的,我感觉我们更像是好朋友。1944年八九月间我回到重庆,吴祖光留在峨眉山写剧本。是宋之的把我送到"二流堂"去,我和郁风的妹妹一起住。吴祖光冬天才回来,我们开始了一段同居生活。

吴祖光和我通信,也和别的女孩子通信,奇怪,我一点儿也不嫉妒。他对别人说:"要是吕恩嫉妒,她就有爱我的意思了。"

我就是不嫉妒。他中文底子深,语言也很好。我是江苏常熟人,学表演,他就纠正我的语音,他还教我写字,我很听他的话。他还鼓励我记日记。挺好的,就这么一种关系,很多人也知道了。他没有提出来正式结婚,我也没提,也不想结婚。但那时两个人开始住在一起了。

有一次我回常熟老家,他没有和我商量,临时来了。当天晚上他和我母亲说了一晚上话,两人聊得很投机。母亲对他很满意,第二天他走了,母亲对我说:"他对你不错,又挺有学问的。你回去跟他结婚吧。"我那时刚刚结束了痛苦的第一段婚姻,还不想就结婚呢,母亲说:"他已经说好了,三天后你回去就结婚,婚礼都准备好了。你一定要结婚。"我想反正我也是要结婚的,感情虽然不是那么深,但还是有感情的。1946年3月,我们在上海梅龙镇酒店结了婚。主婚人是夏衍,叶圣陶证婚。

我们俩生活方式不一样,吴祖光虽然祖籍常州,但他是在北京长大的;而我是南方人,到北京已经很晚了,对北京欣赏而不习惯。他喜欢京剧，我喜欢跳舞；他要吃饺子，我要吃米饭。有一次吴祖光和丁聪带我去看麒麟童的戏，看着看着我就睡着了。他就说：对牛弹琴！而我在上海，跟赵丹、唐纳、郑君里这些人跳舞时，他就在下面看着。我们那时各住一个房间，他那时做编剧，我晚上出去拍电影回来得很晚，早上醒来时他已经出门上班了。我们俩每天都不见面，有事互相留纸条。这些看似是小事，但时间一长就会影响感情。

我刚认识吴祖光时他还没什么名气，后来他在香港名气大了，很多人围着他，他也跟很多人关系好。我这个人脾气挺怪的，他越是红，我就越不习惯别人叫我"吴太太"，我喜欢人家叫我"吕恩"。我们在香港就想分开。

吴祖光后来在北京认识了新凤霞，我们决定分手。我们没有孩子，也没有什么财产纠纷，没有吵。我们两人分开，朋友们都理解。我花了几千块钱给他买了台莱卡相机和一套设备，那时我还比较有钱，几千块钱已经可以买辆汽车了，我还给他做了12套睡衣带回来，好聚好散。后来我听说吴祖光和新凤霞在欧美同学会结婚，为了筹办婚礼，吴祖光把那台莱卡给卖了，我起初还挺不高兴的。但郁风批评我心眼小，她说："你送给他就是他的了，他怎么处理是他的事。"我想想，也是。

其实他和新凤霞在一起非常合适。他们的趣味、习惯什么都一样，新凤霞也很崇拜吴祖光，他们在一起我真的一点也不生气。吴祖光生气"我不生气"，总是觉得我不爱他。

离婚后他还来看过我。我在西苑"革大"学习的时候。那时我抽烟，他送我一条烟。他问我："你知道今天是什么日子？今天是你的生日。"我都忘了。我说，我们的关系已经结束了，以后你不要单独来看我。他说："为什么呀？做朋友还是可以的。"我说："你现在的婚姻很美满，新凤霞很爱你，爱情是眼睛里揉不进沙子的。我就不要做那粒沙子。"以后我们就没有再单独见过。

2002年，我最后一次看见吴祖光。他是被人背下楼、背上车的。他弟弟祖康指着我问他："你认识她吗？"他点点头。人已经瘦得不成样子了，轮廓变形了。这是我最后一次见他。

吴祖光的字很漂亮，文笔也漂亮，可惜这些信我都没有保留。当年他给我写信，也给秦怡写，那时追秦怡的人很多，他也是其中一个，他给秦怡写信称她"美女孩"，给我写信叫我"傻女孩"。

秦怡是公认的美人，很多人都追过她。赵丹跟叶露茜分开后，追秦怡追得一塌糊涂。那时我们在拍《遥远的爱》的外景地，好多人开了车来找秦怡，赵丹看到了那些朋友，拉着我的手痛苦地说："看，又来一个，又来一个！"我说："你怕什么？她如果喜欢你，来了十个你也不怕！"他说："我在追她，可她不喜欢我啊！我太穷，家里只有一只小板凳，我把她带到家里，坐在那个凳子上，上面还有个洞！"新中国成立后我见到赵丹，我还调侃他："秦怡现在喜欢你了吗？"赵丹笑而不语，他那时已经和黄宗英结婚了，过得很幸福。

这些女明星当中，我比较喜欢张瑞芳的性格，直爽，不拖泥带水，是就是，不是就不是。

张瑞芳演完《家》之后，金山开始对她展开了热烈的追求。金山追人，也真是有办法。我和张瑞芳到成都一起演《牛郎织女》，我和张瑞芳睡在一张床上。有天我收到一封信，上面写"吕恩收"，我拿了信，看上面的字迹并不认识，"谁啊？"张瑞芳一听赶紧把信抢过来。原来是金山写给张瑞芳的，因为张瑞芳那时已经和"怒吼社"的老板余克稷生活在一起，余克稷是重庆的一个电气工程师，出了很多钱，业余搞了个"怒吼社"剧社。余克稷在旁边，金山不敢直接给她写信，就用我来作掩护。

我们当时对这种事情也无所谓。演《屈原》时，我们在一个公寓里住着，每天晚上，金山跑到张瑞芳的窗前唱小夜曲。我说"你们是罗密欧与朱丽叶啊"。慢慢地，张瑞芳就和他好上了。新中国成立后，张瑞芳与金山都调到新成立的中国青年艺术剧院当演员。1953年，他们一起参加《保尔·柯察金》的排练，张瑞芳发现演保尔的金山和导演孙维世相恋了，她果断地离开了金山，也离开了话剧界，到上海演起了电影。

告别舞台

我在香港拍了三部电影，就在一部部上升的时候，我又回来了，一个猛子扎到长春，演了《红旗歌》，电影局把我留在电影界了。待在北影，但也没电影可拍，我只好到华北革命大学上了一年学。与电影相比，我更喜欢话剧舞台，电影是门遗憾的艺术，拍完之后无法改变，而在舞台上今天演得不好，明天可以再演，不断完善。我仍然眷恋着话剧舞台。

1953年，北京人民艺术剧院成立，我又回到了熟悉的舞台。这一年，"人艺"决定复排《雷雨》，这也是新中国首次排演"五四"以来的优秀剧目，以前我们演的大部分戏都是延安时期的剧目，比如《小二黑结婚》和《白毛女》等，所以当我得知被分配演繁漪时，兴奋的心情不能用语言形容。

但是在实际演出时，我却遇到了自演戏以来最痛苦的一次经历。那时盛行阶级分析法，于是大家把剧中几个主要人物分为两个集团——周家、鲁家。鲁家是劳动人民自然应该同情，周家是资产阶级，周朴园、周萍是罪魁祸首应该批判。那繁漪呢？过着不劳而获的剥削生活，不是也该批判吗？可是为什么曹禺先生在原著的剧本前言中明明写着她是最受同情，也是作家最热爱的一个人物？我困惑了，也始终进入不了创作状态，我找到总导演焦菊隐，哭着要打退堂鼓，焦先生稳住了我的情绪。

《雷雨》首演结束后，人艺艺术处原处长凤子到后台来祝贺，单独对我说邓大姐来看了戏，要我带话给你：对繁漪要同情、同情、再同情！可能邓大姐看出我对繁漪的同情还不够吧。邓大姐的话启发我更要用心来揣摩繁漪的内心世界。这一版的《雷雨》——于是之饰演周朴园、我饰演的繁漪演了十几年，至今被很多人视为经典。"文革"开始后，《雷雨》被扫下舞台。当若干年后《雷雨》被再次搬上舞台时，我只能坐在观众席里看《雷雨》，百感交集。

1967年，戚本禹一篇文章《粉碎中国的裴多菲俱乐部二流堂》，把"二流堂"定性成"反革命集团"。"二流堂"堂主叫唐瑜，是20世纪30年代上海的文化人，和潘汉年、夏衍、蔡楚生等是莫逆之交。唐瑜的哥哥是缅甸一位大资本家，40年代初，唐瑜经滇缅公路回国，哥哥送给他一大卡车国内紧缺的物资和一辆轿车，唐瑜在重庆中一路四德新村的坡下建了一座二层楼房"碧庐"，招待那些来重庆后无处可住的朋友们。金山、张瑞芳、盛家伦、吴祖光还有我，都住过这幢房子，黄苗子、郁风、冯亦代、郭沫若等都是常客。有一次郭沫若来访，见大家都互相戏称为"二流子"，便随口说给"碧庐"取个名字叫"二流堂"吧！

没想到"文革"一来，吴祖光、郁风、黄苗子等等，我们这些"二流堂骨干"一夜间成了"反革命小集团成员"，唐瑜在牛棚里受尽侮辱和皮肉之苦，有一天晚上，他实在受不了，偷偷从牛棚跑到公安局，自愿被关进监狱，但是公安局不收，又把他送了回来。唐瑜带回来的资产，据说可以开家银行，但他生性好客，那些钱都用在结交朋友或为朋友出版书籍上面。如今，已90多岁的唐瑜和夫人定居在北京昌平，也没什么钱了。

"文革"中，我被抄了4次家，其中最让我担心的是一张很特殊的照片。

1948年冬，唐纳从上海来香港，准备远赴美国。夏衍特地请唐纳在浅水湾一家酒店喝茶，约我们几位老朋友在旁跳舞、聊天作陪。后来吴茂荪给我们拍了张照片留念。因为这张照片上有唐纳，"文革"中成了我的心病，我本想把它偷偷处理掉，但那时我已被人监视，24小时房门必须洞开，一举一动都暴露在"革命群众"的眼皮底下，所以一直没有机会下手。我眼睁睁地看着这张照片，在第一次抄家时连同那些书、字画被一起抄走，不久我又被关进牛棚，一想起这张照片我就心惊胆战。

"文革"后期，一箱破书烂纸被作为"发还抄家物资"，又还给了我。在那破纸堆里，我忽然又发现了这张照片，我想大概是年轻的造反派并不认识唐纳，才使它竟然又死里逃生安然无恙地回到我手里。

我是抗战胜利后第二年在上海，由郁风而认识唐纳的。其实唐纳人挺不错的，那时他还是《文汇报》副总编辑，郁风和黄苗子周末总要从南京来上海，和朋友相聚。郁风很早就和唐纳、蓝苹相熟，郁风爱跳交际舞，唐纳是她最好的舞伴。抗战胜利后，有一天曾经的蓝苹、后来的江青从延安秘密到重庆治牙，住在市郊红岩新村，她指名要见唐纳。负责照料她的周恩来当然不同意，最后只允许她进城到郁风家做客。唐纳听说江青要找他，找出当初蓝苹和他结婚时穿的旗袍，让郁风转交，并称蓝苹为"江青女士"，以示将过去的一切瓜葛彻底斩断。倒是苗子、郁风夫妇在"文革"中为这些旧事吃了8年冤枉官司，郁风出狱后还没有悟过来，说："我对江青确有好感，从来没有说过她一句坏话。"

"文革"期间，我被"专政"，有一天拉着板车运砖，走街串巷，偶然在一张报纸上看到了唐纳的消息，称唐纳在巴黎开餐馆，为了招揽顾客，竟然在餐厅里贴着他的前妻明星照片。"罪该万死"——大家当然都知道唐纳的"明星前妻"，就是当年上海滩的那位蓝苹小姐、后来的"第一夫人"江青。我想起《资本论》上对资本家本质的无情揭露，推断"资本家"唐纳当然也会做出这种无耻之事。

所幸我们都熬过了最漫长的10年。劫后老友重逢，自然也提到了唐纳。我后来才知道唐纳确实在巴黎结了婚，开了一家餐馆。他在"文革"后曾两次回国，第一次见到赵丹，第二次见过夏衍、郁风等人。20世纪80年代后期，郁风访问法国时，唐纳专门约了郁风去他的餐馆，并引荐了他的夫人。谈到"文革"中的那些传闻，唐纳平静地对郁风说："你是我的老朋友，相信我唐纳再穷也不会去做有伤自己人格、有伤国体的事，再说我一人匆匆赴美，哪会带她的照片？真是无稽之谈！"

劫波渡尽，时光已逝。1980年人艺复排《伊索》，我在里面演女奴梅丽达，这是我最后一次在舞台上演出。我退出了话剧舞台，而赵丹、金焰、舒绣文、郁风这些当年的好友，却早已退出人生的大舞台……

（2008年1月7日）

黄宗江：我的戏剧人生

口述 黄宗江

黄宗江

笑，几乎是贯穿黄宗江一生的表情，时而有点狡黠，时而有点孩子气。无论是回忆年轻时要"殉情"的失恋，还是讲到刚刚遇挫的黄昏恋，他都是一副眉飞色舞、兴味盎然的样子。老爷子的模仿能力极强，无论提到谁，他的"语音频道"立即自动调到被讲述者的口音，惟妙惟肖。

但，就在开怀大笑与滔滔不绝之间，那么几个不易察觉的眼神或表情，悄然泄露了他内心深处的几分落寞、沧桑，甚至忧愤。赵丹、石挥、上官云珠、蓝马……曾和他同时代的熠熠生辉的人物，他见证着他们的沉浮波折，又守望着他们一个个黯然离去。那个舞台、那个时代，永远成了一个记忆、一个传奇。

我的"戏"缘

说起来，黄家应该算是正经的书香门第。往上数，我爷爷、太爷爷都是翰林，家族还有几位先人也比较有名，在老家浙江那里，有瑞安"三黄"或"五黄"先生之说。祖上哪里知道打我这儿"坏了门风"、成了"戏子"呢？不仅如此，还带着弟弟妹妹一串儿，成了演艺人家了。

父亲黄曾铭，清末时留日，是电机工程师，回来赶上了清末最后一科的洋翰林，后来在北京电话局任工程师，兼工大教授。家庭气氛非常自由，父母从来不限制我们。13岁的时候父亲去世了，有个亲戚对我说"宗江啊，要好好读书啊！"我心想，这个老头子怎么骂人呀？因为，父亲以前从来没有这种话，在我听来就像是训斥。父亲还是个戏迷，那时京剧盛极一时，梅兰芳、杨小楼的戏，他都带我们看过。我小时候在学校的演出，父亲都是最早的，也是最最热情的观众。他还跟母亲提过，干脆把老大——就是我——送戏校吧。可惜我天生一副破锣嗓，但日后以戏剧为终生职业可能最早就要追溯到这个年代吧。

我上初中时，一台演出能演好几个角色。人家演京剧，要我演里面的丑老头、丑婆子；人家演话剧，要我演一个小孩子，还让别人抱上台来，奶声奶气地喊"妈妈"；人家演歌剧，要我演披一被单、拿一火把的和平女神，所有的戏，京剧、话剧、歌剧我都参加了。我的音乐老师说："你可出风头了！"他一直觉得我唱得很差，可我觉得他嫉妒我。我歌是唱得很差，但我会演啊。

我家兄弟姐妹7人，除了两个同父异母的姐姐，我下面还有3个弟弟宗淮、宗洛、宗汉和小妹宗英。那时放学回家，我就给弟弟妹妹演我自制的木偶戏，还给他们排我编的戏。小妹宗英就成了唯一的女主角兼配角。宗洛小时候最笨嘴拙舌，也跟在里头瞎搅和。我和宗英现在都改行以写作为主业了，谁会想到小时候连话都说不清楚上台还老忘词的宗洛，现在倒成了我们家剩下的唯一演员，七十多岁了，还越演越欢。

前些日子我从"八一"厂出门坐出租车，不知怎么和司机聊起老演员的话题，司机师傅不认识我，他说："以前那女演员比现在的好看，像那个黄宗英，嘿，年轻时真漂亮！可她那个弟弟，老演古装戏的那个黄宗洛，可真丑！听说她还有个哥哥，叫黄宗——江。"我赶紧问："你觉得她哥哥是像妹妹一样好看,还是像弟弟一样丑?"他说:"不认识。"我说:"嘿!今天你运气可真好!免费参观!"除了我们仨,在电视剧行业工作的四弟宗汉也算是演艺人家一员,唯一不在这一行的二弟宗淮,他原是北京市委党校的历史教师,"文革"时挨斗,很早就去世了。

1935年,我考入天津南开中学高中。刚从北大毕业的张中行担任国文老师,他是旧式文人打扮,穿着布鞋长袍。作文课上我斗胆自命选题,行老拿着我的文章说:"黄宗江,当代一二流作家不过如此!"那时我才15岁,这一句夸我记了一辈子。我的英文老师李尧林,是巴金的三哥,毕业于燕京大学。

南开是一个戏剧摇篮,曹禺是我们南开的,周恩来也是我们南开的。虽说我们没同过台,却都在学校里演过戏。我们可不是随便演着玩儿的,全是成本大套的大戏呀!周恩来演过好几个女演员的戏,曹禺演过易卜生《娜拉》里的娜拉,我演过易卜生的《国民公敌》(今译《人民公敌》)。南开在重庆有一所分校,抗日战争胜利40年,校方请我去讲演。校长大声介绍:"周恩来同志,曹禺同志,黄宗江同志,是我们南开——三大女演员!"

上海下海

1938年9月1日,我考入美国教会办的燕京大学西语系,大学里剧社很多,有一次突然有人找我排"圣剧"——圣诞节演的剧,我找到沈湘,让他演一个大胖子,上台就抱着金元宝"哈哈哈"大笑,沈湘个头比我矮,但声音很好,我就要他一个大笑。结果演出那天,他刚一"哈哈"完,全场突然一片漆黑,他就坐在台上的一个板上等了半天灯光才亮。想到这个著名的声乐家当年给我跑过两回龙套,我还忍不住偷偷得意半天呢。

在南开时我就有了"初恋",她是隔墙南开女中的学生,演了欧阳予倩的独幕剧《回家之后》中的女主角，我一见钟情，默默写了一年的日记。没料到我们后来又一同上了燕京，还有机会一起合演了《雷雨》，她演四凤，我演周冲。像戏里一样，我爱上了她，她爱上了"周萍"。演完戏，我灵机一动地查了她洗照片的号码，发现所有"周萍"的照片，都洗了，而我的，她一张都没洗。我一气，就要殉情自杀。那时候东安市场随便有鸦片卖，我买回来，像泡咖啡一样喝了。我本来想写一封很长的遗书，但没写出来。"四凤"和同学们赶紧把我送到协和医院，他们生怕我一睡就醒不过来了，所以一看我要闭眼，大家就一起喊我的名字；过一会儿我张开眼，还朝大家微笑，回头我又睡过去了……整整折腾了一夜。

第二天早上，我的命是保住了，但这一来把"四凤"吓着了，她离我更远了。"周萍"原来就有未婚妻，所以"四凤"最终也没和"周萍"好。我的老伴阮若珊后来点评："你年轻时的恋爱为什么总失败？因为你没给对方成家的感觉。"这说得太正确了。我追过一些女孩子，当时都不成，但事后她们都说"黄宗江是我遇到过的最好的男人"。

1940年冬，我19岁，上到大学三年级。有的同学刺杀汉奸未遂而远走他乡，有的已进入西山打游击，我为自己深陷小儿女的爱情里而自卑，于是决定出走上海。在那里考上了上海剧艺社，从此正式"下海"。

不久，已是名角的石挥也参加了剧艺社。石挥的性格冷得厉害，他出身于天津杨柳青石家大院，破落大家庭里小的一支最受气，受尽欺凌的人每每恨世。生活中，石挥不是个讨人喜欢的角色。记得有一次组剧团，外号"小开"的韩非是老板的代理人，向弟兄几个宣告咱们都是A级演员，拿最高月薪600块！石挥冷冷地冒出一句我要601！众人皆愕然，我至今仍记得韩非那张尴尬的面孔。事后石挥就有了个外号"601"，既好胜，又表现在明面上，真不好相处。

有段时间石挥邀我与他同在辣斐德剧场的弄堂里租一个亭子间住，亭子间终日不见阳光，而石挥整天穿着他那件永恒的黑西服，带着一把吉他，总显得很阴郁，我甚至都有些怕他。

有一天，我俩坐在各自的小铁床上，我忍不住说："石挥啊！说实话，我原本不想跟你一块儿住，你这个人哪，太——太冷——"谁知石挥仍是冷冷回答："我刚到上海时，一个好朋友告诉我，人都是王八蛋！"我不禁愕然，憋了半天才憋出一句："也总有好人吧？"石挥慢腾腾地说："那也要先把他看成王八蛋……也许最后能发现个把好人。"稍顿后又说："你也是王八蛋，我也是王八蛋！"说罢，在吉他上"嘣嘣嘣"地轻拨几下。

黄佐临后来带着我和石挥等另组上海职业剧团，黄佐临不爱说话，我们给他起了个外号叫"P.K"（闭口），他的夫人是著名演员丹尼，她与我和石挥还一起同台演过戏。我和石挥后来都住在黄佐临家，不久15岁的宗英也来上海，起初是管管服装，因演员生病，她被拖上台，从此也下了海。我们都是流浪艺人，黄佐临每月象征性地收我们10块钱房租，以让我们安心。

那时候他的家里已经很高级了，楼上楼下，楼下是客厅、餐厅，完

黄宗江、阮若珊夫妇及三个女儿

全洋式的。那时有冰箱的人家不多，我们三个下戏回家，饿了就打开冰箱，吃罢各自倒在床上。有一天晚上睡着觉，忽听住在客厅里的石挥一声喊："宗江，咱们忘了关冰箱里的电灯吧？"我一想，好像是。我们三人赶紧起床，拉开一看，灯果然是亮的，却找不到开关。再关，再开，怎么电灯还亮着？我们折腾了半夜只好各自睡下，一晚上也没明白冰箱里的灯为什么老关不上……人家好好一个家，招了我们三个流浪汉进来，等好多年后我有了自己的家时，才明白，做到这一步，他当年可真不容易啊！

石挥后来主演的话剧《秋海棠》在上海名噪一时，他实在是个天才演员。我曾问赵丹，你认为最好的男演员是谁，赵丹回答："石挥！"1942年日本人控制的电影公司找我演电影《秋海棠》，我放弃了高出5倍的片酬，也放弃了与他较量一下的机会，远走重庆。

1946年春，我海外归国，路过上海，又见了石挥，一别近四载，见他苍老许多，而那笑，好像寒意更深了。分别时，他给了我一些零钱，送我上汽车。登车前我想买张报，他连忙掏钱，买了两份，我拿了一张跳上车。车上车下我们同时拿起那张报纸，却见报上写着"黄宗江自从被石挥气走以后……"

此一别直到解放。再见石挥时，他眼里有了难得的暖意，后来却因被打成"右派"跳海而死。那一年，他才42岁，正是男演员的黄金年龄。

漂泊生涯

1942年12月，我到了重庆，参加了夏衍、张骏祥等领导的剧团。在重庆我与蓝马一见如故。蓝马与石挥都出生于1915年，同在北京上小学，拿了铜子上天桥拜师傅学京剧。还是蓝马带着石挥进了话剧团体，先是打零碎，后来都成了一代名演员。

蓝马是个有趣之人，虽比我大，却爱喊我"黄爷"。因为我的女友要和别人结婚，他代我写过一封宣称决斗的情书，引用了英国诗人罗伯特·白朗宁在其女伴、女诗人伊丽莎白·白朗宁有所动摇时，曾写的一封信，"我曾为你而战，我还要战这最后的最好的一战"。我抄下照发。后来我挺纳闷地问蓝马："没怎么见你读书，哪儿来这么些学问？"他回答："我一年就读半本，都用上了。"真叫活学活用。

蓝马从30年代起就演过不少好戏，如现在还常在电视上播放的阳翰笙编剧、沈浮导演的《万家灯火》，演他妻子的是著名的上官云珠。上官与我同岁，长得比较妩媚，前夫是写《清宫秘史》的姚克。有一次上官请我去她家吃饭，推门一看蓝马坐在那儿，见了我他笑着说："黄爷，我在这儿长期包饭。"我那时还有点洋规矩，对上官说我好几天没刮脸了。上官说："老姚的刮胡刀还在。"就带我去洗手间。在门外她说："宗江，你跟老姚是好朋友，你跟蓝马也是好朋友，我怪不好意思的……"她这一说，我也有点不好意思。当时我已听说他俩相好，感到倒也相称，但可惜这一段感情也没长久，更可惜的是这样一位风华绝代的人物最后也惨死。

"文革"后有一次我偶过鼓楼的马凯餐厅，见蓝马跟一个小姑娘吃饭，他介绍说那是他侄女。后来他向我坦白说，上次说谎了，"她是

小时候与哥哥姐姐一起跳大头娃娃舞　　　　　　　　　　黄宗英（摄于1943年）

'简·爱',我是'罗切斯特'"。此后我便称他为"蓝切斯特"。但家里人都反对。不久,蓝马得了肺癌,去世前,只有那个"简·爱"在他身边。认识她的人都说,她是好女孩子。遗体告别时,她也去了,但听说家里人不允许她进。

我觉得那段时间演得最好的戏是夏衍、于伶、宋之的合写,郑君里导演的《戏剧春秋》。男主角是蓝马,而我一台戏演了三个配角,从顽固老朽、洋场恶少到酒吧茶房,自此也获得重庆"三大龙套"的殊荣。那个阶段可以说是蓝马,也是我在舞台上的辉煌岁月。

青年时期的黄宗江

在重庆,我和赵丹的前妻叶露茜也合作过。叶露茜有些骄傲,我不太喜欢她。我们在沙坪坝的南开中学演《家》,金山和张瑞芳一组,我和叶露茜一组,在台上不能用真感情,也不能没感情,演瑞珏之死那场戏,叶露茜扮演的"瑞珏"在死前说:"你要大胆大胆再大胆啊!"这时灯光就切了,灯光一黑,我就"啪"一松手,只听"咣当"一声,她就跌到地上了。她说:"你就不能多抱一会儿?"我说:"我不能!我不能!"

我与赵丹在上海并没有同台演过戏。赵丹、唐纳都是1915年生的,比我大10岁左右,在他们面前,我是小弟弟辈。当年赵丹、郑君里与蓝苹同台演出《大雷雨》,蓝苹演女主角卡捷琳娜,赵丹演她的傻丈夫,郑君里演她的情人。若干年后,蓝苹到了延安,成了江青,1949年两人见面时,蓝苹见到赵丹仍亲热地喊"阿丹",而赵丹也仍喊她"阿蓝"。谁想到几年后,赵丹主演的《武训传》就被痛批。"文革"中,赵丹与郑君里也是被整得最惨的。

我是40年代在上海时认识的唐纳。"文革"后，80年代初，我访巴黎时与唐纳见过面。唐纳有一次回国，好友又相聚，欢声笑语中也惋惜少了赵丹、郑君里，于是话题又离不开江青。酒过三巡后，我指着唐纳笑骂："都因为你唐纳是罪魁祸首，要是你那时能留她跟你在一起，我们这些老朋友也不至于受难了！"大家哈哈大笑，但马上又觉得有些苦涩……

戏梦人生

我在重庆演了两年的剧，演了《家》和《戏剧春秋》等，也还算得意。1944年秋，正巧在好朋友冯亦代家遇到上海交大的一位学生，告知交大航海、轮机等系学生近百人参加了千名老兵组成的"赴美参战海军"。那时湘桂失陷，而我又一次失恋，再次决定出走，于是我也报名混入，漂洋过海成了一名真正的水兵。

到美国后，我们在迈阿密的一个海军训练中心受训，除了航海、枪炮、补损、救火等基本课程外，还有一项"基础英语"，教员是在海军服役的美国姑娘温妮。其实以我燕京大学西语系学生的底子，是根本用不着上这种"基础"课的，但也整日在那厮混调侃。慢慢地，温妮与我，也由师生之谊进入男女之情。

那时的美国南方，虽然已是南北战争一个多世纪后，但种族歧视仍根深蒂固。在街车上，白人站坐在前，黑人在后，黑白分明。我不黑不白，只好站在中间。而火车更过分，设白、黑二门，显著标志着White（白）与Colored（有色）。我气得用美国式国骂痛斥。不久，我们舰队转赴古巴关塔那摩港继续学习。行前温妮与我告别，与她握别后，她突然叫回我，说，你不吻别我吗？长吻一别便是半个多世纪，此生再未相见。

1946年夏天，军舰回到南京下关。当时我在永宁舰任声纳反潜中士，我害怕被提为军官，因为这样回来就要打内战了。我是倾向于共产党的，打日本人可以，打共产党我可不愿意。于是谎称肺病，去北平复校的燕京大学重新读书，人家"大四"毕业，我却继续读我的"大九"。没想到1947年暑假，我真的得了肺病大吐血而卧床。直到上海解放，我才起床，参加了人民解放军。终于没能念完我的"大十"，也就至今尚未毕业于燕京。

4年的职业演员生活倒很光彩，但我认为做演员是天才的事业，而我不是天才，所以始终想以演员为过渡，最后成为剧作家。

我的编剧生涯开始于9岁。那年上高小的我写了个童话剧《人的心》，被同学拿去发表在《世界日报》上，从此我立志写剧。但此后学生时期写的不少戏，均难成器。1946年，我从美国归来，25岁了，一想到人家曹禺23岁就写出了《雷雨》，不免有点着急。便多少也以我的家庭为剧本，写了出《大团圆》，在京、沪上演了话剧，还拍了电影。我最得意的是这个剧本的出版，列入了巴金主编的"文艺丛刊"，其中还包括曹禺的三部曲。

参军后，我很自然地从事了电影编剧，直到今天。第一部《柳堡的故事》改编自胡石言的同名小说，石言和我在新中国成立前就动笔了，因为是涉及战士爱情的敏感题材，7年后才拍成影片。作为编剧，我最大的遗憾是写张志新的电影剧本没有拍成。

1956年，我第一次在办公室见到了阮若珊，以前也曾听别人提及过她。那天她穿着蓝布衫罩着棉袄，剪着短发，一切并不惊人，我也并未惊艳，但是难忘。我也不知道为什么，一看就觉得这个人对我合适，也许她与我近年来所憧憬的一种形象暗合——就是我钦佩的一种人，一种饱受生活教训却仍热爱生活的人，于是我连夜给她写了一万多字的求爱信，贸然给了她。

我和阮若珊此前都有过一次不幸婚姻。她比我大几个月，一二·九时就在北平参加了学生运动，后奔赴太行，又下沂蒙，写作了《沂蒙山小调》。她是位老八路，山沟里出身的演员，后任前线话剧团团长，中央戏剧学院副书记、副院长。

若珊的很多朋友当初并不认同我，在他们眼里，我是个"浪子"，但她还是很有勇气地接纳了我。1957年元旦，流浪了前半生的我，带着仅有的半条军毯，半柳条包揉成一团一团的旧衣服，和若珊一起建立了一个清贫但温暖的家。对她的两个女儿我一直视若己出，两年后，我们又有了自己的女儿丹青。结婚时，若珊已是位师级干部，老共产党员；而我才是连级干部，还不是党员，这要换成她是男的，我是女的，一点都不奇怪，倒过来，是我党我军"史无前例"。

我的好朋友，也就是《柳堡的故事》的原作者胡石言，对于我和我老伴的关系，说了这么句话："你这件外套她穿上，开始可能感到花哨了点，穿惯了也就贴身了。"蒙他祝福，我俩就如此地贴身近半个世纪，近金婚，她才离我而去。

倏乎间，我已八十有五。回首前尘，恍然间有一种浮生若梦之感。是戏如人生，还是人生如戏，我已辨不太清……却时常记得在燕京读书时，那个白发苍苍的老教授 Miss Boyton，领着我们在未名湖畔上课时，我用英文朗诵莎士比亚的那句诗："全世界是一座舞台，所有的男人和女人就是演员……"

（2006年10月16日）

毓嶦:
我所知道的溥仪

口述　毓嶦

　　除了听力稍差些外，反应敏捷、语速极快的毓嶦丝毫不像一位82岁的老人。曾采访过毓嶦的一位英国作家描述他"精力充沛、温和而又幽默"，"体现出了这个皇族勇于承受的精神，对于失去的地位、财产、封号，毫无怨言，为还能活下来而感恩"。曾经的显赫家世、与末代皇帝相伴二十年的特殊经历，特别是作为战犯的十年囹圄，而今都变成一种历尽沧桑后的豁达与淡定。

毓嶦

我的身世

　　我和溥仪都是道光皇帝的后代，道光皇帝有七个儿子，继承皇位的咸丰是皇四子，被封为恭亲王的奕訢（也就是我的曾祖父）是皇六子，皇七子醇亲王就是溥仪的祖父。所以从辈分讲，我是溥仪的下一辈，我们是叔侄关系。

我1923年出生在大连。我们家怎么从北京"流落"到大连？这还有一个故事。当年咸丰赐给"恭亲王"奕訢一柄白虹刀，这把刀有点像现在常说的"尚方宝剑"的威力，可以先斩后奏。有人说这把刀曾杀过史可法，不过我至今还没找到证据。白虹刀后来传到父亲溥伟手中。光绪临死前，让摄政王载沣杀掉袁世凯。父亲说，我可以用这把白虹刀杀袁世凯。后来的历史大家都知道，清朝内部一时犹豫，袁世凯没有杀成，反而做了大总统。父亲怕袁世凯报复，就跑到德国的租界地青岛去了。第一次世界大战后，青岛又被日本占了，但在1922年还给了民国，既反对共和又想复辟的父亲只好搬到了大连。

我记得小时候，这把刀就在大连的家中收藏着。我们家就住在海边，可能是潮气太大，刀上长满了锈。这和清末时期乾清门的侍卫带的刀差不多，都是锈得拔不出来。后来找到常在我们家门口转的一个磨刀的老白俄——他用一个木头架子，安上一个大轮子，下边有个踏板，类似缝纫机，一踩起来带着砂轮转，把锈磨掉后，白虹刀还亮了许多。

父亲到大连后，住在日本东拓（东洋拓植株式会社）给盖的房子，在大连黑石礁附近，一座很大的洋房。1936年父亲去世后，连地带房都没钱还，后来就被"东拓"收走了。我在20世纪80年代第一次回大连时，那幢房子还在；90年代第二次去，房子已被拆了。

我们家在大连生活时，"满洲国"一年给父亲一万块钱的生活费，几乎等于平均一个月800多块大洋，生活肯定比普通人家过得充裕一些。但父亲以前是住在恭王府里的人，到了大连，还摆出王府的架子——很大的一个楼，这么一大家子，还有用人、厨子、司机，父亲每月花几百块钱聘一个秘书帮他处理事情，家里的开支太大。

当然，说起来北京的"恭王府"曾经是我们家的。后来有人问我，对恭王府"你家"有什么印象？我说我能有什么印象？！1957年我从抚顺战犯管理所放出来，人家溥仪是特赦回北京，到哪儿都有安排。我被放出来时，人家只给20块钱，问一句："家在哪儿？""北京。"给一张回北京的票就来了。那是我第一次进北京,住在什刹海附近的南关房,离恭王府非常近。那时候看恭王府,觉得跟我一点关系都没有,我吃饭还没着落呢!

与溥仪在长春

父亲是 1936 年去世的。依然按照前王室规定,我带着三件传家宝——咸丰皇帝的密谕、大阅御用的紫宝石黄丝腰带和那把白虹刀,前往长春,追随溥仪。其实我到长春溥仪那儿念书,也是为了带出一张嘴,给家里减轻点负担。我到了长春后,溥仪将我母亲和两个弟弟也接过去了,每个月还给一定的生活费。

溥仪在长春办了个私塾,还是抱着复兴大清国的梦想,他想先培养出心腹,送到日本陆军士官学校学习,毕业回来之后,到伪满军队里当官,这样伪满军队就成了他的嫡系。1937 年我到长春时,私塾里有五个学生。除了汉语、数理化、历史课等,我来的第二年赶上开英语课,老师陈承翰是溥仪二妹夫的舅舅,早年毕业于复旦大学。我们都是从 ABCD 开始学的,读的课本叫《New Crown》。学了两年后,太平洋战争打起来了,溥仪怕日本人说他亲美,就不让我们学英语了。

私塾里有一堂特殊的课是溥仪亲自给上的,专讲雍正的上谕,因为溥仪最崇拜雍正皇帝,反对结党营私,溥仪本人就有些"谈党色变",当时伪执政时期日本人就要成立"协和党",溥仪就害怕听见"党"字,坚决反对,所以日本人把它改为"协和会",虽然是换汤不换药,但溥仪就同意了。

溥仪也是个"三分钟热情"的人,那时他新买了打字机、油印机,想图个新鲜。他不会打字,宫府内的打字员正好是我们的远亲,溥仪就把他叫到缉熙楼上来看着他打字;溥仪用打字蜡纸在玻璃板上用复写笔抄雍正上谕,再油印出来。溥仪也没常性,没讲几课,他就停了。

溥仪给我们上的第一课是雍正的《朋党论》。学《朋党论》不能白学，要用实际行动表示我们绝不结党营私，怎么表示呢？就要人人互相监视，对其他人的一言一行随时要向溥仪打小报告。我们几个学生其实都是同族宗亲，但到最后都变成了非公事不言，都怕给打小报告；而我们这些学生，要对他无限忠诚，绝对不许说假话。后来有的学生年岁大了，结了婚，溥仪高兴了会问一句："昨天回家和你媳妇……"学生也得如实回禀，不然就犯了欺君之罪。

　　溥仪的疑心重。他可能听了很多传闻，比如汪精卫到日本治病后死在那里，吴佩孚也在日本治死了，溥仪听了，总是害怕日本人安窃听器或是害他。他那段时间比较苦闷、烦躁，经常打我们出气。溥仪有一次得了痔疮，买了不少药，我那时还小，看到这种药很稀奇，随口说了句："这药很像个枪弹！"这立即触动了溥仪的忌讳，"这不是咒我吃枪弹吗？"于是我狠狠挨了一顿板子。溥仪那时候没有生杀大权，我相信，如果有，他肯定把我拉出去毙了。皇上杀个人算什么呀？

　　在溥仪身边"不胜小心"——他喜怒无常，你真的是没法小心。有一次溥仪有点感冒，发了点烧，要避风。你在他身边看报，翻过来看另外一版，就这点风，也能让他"龙颜大怒"："你不知道我在避风吗？用报纸在我身边扇风，是不想让我快点好吧？"于是赶紧趴在地上请罪、磕头。

　　以前我们对溥仪一概叫皇上，直到改造后才改口叫"大叔"。溥仪在《我的前半生》里提到了数百人，都用的真名实姓，但唯独我们三个"毓"字辈的，他都给化了名，我在这本书里就是那个"小固"，至于为什么把我们"三小"用了化名，我还从来没有问过他。

"溥仪不是同性恋"

　　1937年初我到长春时，有一次溥仪在西花园东屋里举行家宴，他的弟、妹、妹夫们还有我们几个学生都参加了，我在这次家宴上第一次见到了"皇后"婉容：她特别瘦，脸上化了妆，烫了发，穿件绿色丝绒的花旗袍，旗袍的面料特软。

那天吃的是西餐，我们只顾低头吃，也不敢乱看。溥仪向婉容介绍了我，说"这是恭亲王溥伟的儿子"——如果论辈分，我和婉容的外祖父毓朗是一辈。那时候婉容还可以出来参加宴会，溥仪的妹妹们有时也到她那边去。

那时溥仪住的缉熙楼是一幢两边对称的二层建筑，西半部是"帝居"，东半部是"后居"，有点老死不相往来的势头。婉容的饮食起居由几个女佣人伺候着，还有一个太监，也是个大烟鬼，他们住在东厢房，有时偶尔靠近了东半部，就能闻见由门缝里飘出来的鸦片烟味，混杂了屋子里的各种怪味，实在是熏死人！

我第二次见婉容是在几年后的一天，我正随着溥仪上缉熙楼，刚上了一半，溥仪忽然朝对面一指，我一看，婉容正站在那边，蓬散着头发，穿着一件土黄色的睡袍，骨瘦如柴，满脸是鸦片烟灰的颜色，样子很是吓人。我也不敢多看，也不知溥仪做何感想。

在伪满洲国最后一周的日子里，苏联的飞机天天晚上飞到长春空袭，每一次空袭警报后，溥仪就带着后来的"贵人"李玉琴钻进防空洞，却从来没有叫过"皇后"婉容，看来在他眼里早就没有这个妻子了。

我想婉容的不幸，溥仪也有责任。关于溥仪，后来有很多传言，但我可以肯定地说，溥仪不是同性恋。婚姻悲剧的根源在于他身体上的原因，其实写两个英文字母：ED，就明白了。

在我去长春之前，曾听父亲讲过，有一年他去长春祝贺溥仪生日时，正好遇到溥仪生父——醇亲王载沣，还有其他从北平来的清廷遗老遗少们。他们当然谈到了皇嗣问题。清宫自同治皇帝以后就再没生过皇子，那时候溥仪也正是壮年，这些遗老遗少的希望都寄托于"今上"了。那时大家都认为不生孩子的过错在女人，所以想让溥仪的父亲出面劝溥仪再娶一房。据我父亲说，王爷听了大家的请求之后，又摇头又摆手。"知子莫若父"，当时我父亲哪里知道溥仪的难言之隐呢！

溥仪后来在长春又找了谭玉龄，谭玉龄在北平不过是个中学生，十七八岁，但我看见她时，烫着头发、丝袜、高跟鞋，穿着很讲究的旗袍，完全是一副少奶奶的模样。吃饭时，我们陪着溥仪，而谭玉龄由溥仪的妹妹们陪着，男女不同席。

溥仪在回忆录里说谭玉龄的死，"对我至今还是个谜"，我倒觉得，谭玉龄究竟得的什么病才是个谜。很多人说谭玉龄是日本人害死的，如果说谭玉龄不是被日本人所害，我也没有证据，但我可以这样说：如果谭玉龄不找日本医生治病，她当时的病情十有八九也要死。

谭玉龄死后，吉冈安直一直张罗着给溥仪找日本女人。我那时在溥仪寝宫的桌子上，看到过一些女学生的相片，都贴在一份"体检表"上，有20多份，但我也不敢正视，只能偷偷瞥一眼。

过了一段时间，在原本为皇后设计的"同德殿"的二层，本来是空的，忽然摆上了一张双人床；有一天我从缉熙楼后门出来，见到穿着中式花衣的女孩子，正在接受消毒——就是往身上和脚底下喷石碳酸液，然后就去了同德殿。晚饭时，一个女佣向溥仪汇报"奴才小姐"今天如何如何；过了没多久，女佣汇报时，突然改口"奴才贵人"，我们明白，已经封李玉琴为贵人了。

溥仪纳了新贵人，也没见他的生活有何变化，我好像也从来没见过他在李玉琴的同德殿留宿，而且也没有和李玉琴一起吃过饭。溥仪高兴的时候，偶尔也讲讲李玉琴，说她现在也学会消毒了，比如有个苍蝇落在手上，她马上就用酒精棉球擦擦。这当然是溥仪"言传身教"的结果了。

不知为什么，溥仪在《我的前半生》里，对李玉琴提得很少，对在抚顺战犯管理所离婚的事也都删掉了。李玉琴后来到抚顺战犯管理所见过溥仪两三次，最后一次是下定决心离婚而来的，管理所特别破例留她在管理所住一宿，想帮溥仪做最后的努力。但留宿的结果，恰恰相反，似乎更促成了李玉琴离婚的决心。她从1943年进了伪皇宫到1945年8

月两年多的时间,我只见他们分楼而居,不知是否真的同床共枕过。也许在战犯管理所的这一次是第一次,也是最后一次了。

我再见到李玉琴是 20 年后的事了。溥仪被特赦回北京后,当上了全国政协的文史委员会委员。有一次已在长春图书馆工作的李玉琴来北京,想见溥仪。溥仪那时还没有结婚,李玉琴早就又结了婚,孩子也大了。怕单独见面不太合适,就把我和毓嵒找来作陪。

那时候溥仪住在全国政协的宿舍里,我们陪着李玉琴去了。寒暄几句后,没有什么可说的。我和李玉琴坐在沙发上随便翻看画报,我突然想:这要在 20 年前,溥仪不把我打个半死才怪呢。

"末代皇帝"的最后

从 1937 年到长春,一直到 1957 年 1 月离开战犯管理所,我和溥仪一起整整 20 年。其中付出"十年铁窗"的代价,我这一辈子,算是为溥仪牺牲了。

从抚顺回到北京,大家和溥仪见面,但叔侄关系平平。1961 年初,溥仪到了全国政协,我那时在大兴一农场劳动,每个月公休四天,进城回家,有时就去政协找溥仪,那时也没有电话事先联系,好在他和我一样都是独身,倒也容易见面。

大概是 1961 年年底,我有一次到政协去看溥仪,他正好要穿大衣外出。我还没来得及问他去哪儿,他的街坊赵大爷也在屋里,对我说:"这人啊,要是一搞上对象,就和往常大不一样啦!你看,这么大冷的天,一早就往外跑。"我一下子明白怎么回事,赶紧告辞出来。后来听说溥仪和李淑贤结了婚,不过他也没邀请我参加婚礼。

1963 年,我结了婚。本来我不想告诉任何人,但母亲还是告诉了溥仪。后来溥仪和李淑贤夫妇到我家贺喜,我也没见着。溥仪送了我一个铁皮暖瓶,上面印了一个古代美人,这在当时已算很讲究的了,因为一般的都是竹子套的。

后来一个朋友到我家看到这个暖瓶，告诉我这是溥仪结婚时别人送的礼物，但他嫌古代美人属于"四旧"，不太好，一直没用，又送给了我。看来溥仪的脑筋真是够"新潮"的！但我也没几个钱，"四旧"就"四旧"吧，裁了个红纸条写上"破旧立新"四个大字，贴到大美人身上，接着用。

溥仪在"文革"中得了肾癌，手术切除一个后没多久，另一个肾也出现了癌细胞，最后在60岁那年死于尿毒症。溥仪临死前也没得安生，他的那本《我的前半生》被翻译成好几种外文，发行量那么大，结果成了"大毒草"，他带着病还得批自己的"大毒草"。

在长春，李玉琴的兄嫂被红卫兵打成了"皇亲国戚"。李玉琴为此专门带着她的嫂子和一名红卫兵，来到北京找溥仪，证明她的娘家在伪满时期不是皇亲国戚。那时候溥仪正在协和医院住院呢，但谁还关心这个"牛鬼蛇神"呢？李玉琴在她的回忆录里说，他们为了弄这个证明，在北京前后待了80多天，也就是说把住院的溥仪给折腾了两个多月。

溥仪死后，骨灰本来放在八宝山革命公墓。后来一个姓张的老板在河北易县西陵附近买了块地，建了"华龙陵园"。经人介绍，张老板认识了李淑贤。不知怎么谈的条件，劝李淑贤把溥仪骨灰搬过去。盖了三个坟头，除了溥仪和李淑贤外，还有一个是为了葬谭玉龄。1995年1月26日这天，溥仪的骨灰下葬到

1959年12月，溥仪在战犯管理机关中劳动改造的情形

这里。

　　细心的人都能看出来，当时只有李淑贤一个人抱着骨灰盒，没有爱新觉罗家族的其他人前来送葬，因为大家都反对把溥仪的骨灰由八宝山移走。谭玉龄死后就停灵在长春的般若寺，抗战胜利后给火化了，把骨灰带回北京，放在溥修家中，等到溥仪回北京后，骨灰又交还给溥仪保存。溥仪结婚后不久，有一天李淑贤告诉他，说自己做了一个噩梦，梦见一个穿白色长袍的女人。溥仪没办法，只好把骨灰交给毓嶦保管。"文革"后，毓嶦也被清出北京，他在房子的墙脚挖了个坑，把谭玉龄的骨灰暂时放在那儿。现在，谭的骨灰保存在长春伪皇宫里，不知将来在哪儿安葬。

　　1997年，李淑贤也因癌症去世了。但她临死前，却说自己不想葬在溥仪那儿了。她说，溥仪生前给人当了半辈子傀儡，死后我不能再让他当招牌了，我的骨灰坚决不和溥仪葬在一起，我要去八宝山。现在他俩都走了，也没什么直系亲属，溥仪的身后事也只能就这样搁着，所以我给溥仪作了一首诗，最后一句是："可怜秋月一茔孤。"

（2006年1月16日）

我所经历的东京大审判

口述 高文彬

1947年4月,远东国际军事法庭在日本东京对日本甲级战犯进行审判

86岁的高文彬仍然保持着老派上海文人的作风，接受记者采访时穿着整洁的衬衫，头发也一丝不乱。他找出一叠收拾得整整齐齐的资料提供给记者做参考，依稀可见他当年在日本东京远东国际军事法庭中国检察官办事处做秘书时的风格。"很可惜，当年我从日本带回国的很多资料和照片，现在都找不到了。"时年25岁的高文彬作为中国检察官办事处的翻译和秘书，参加了举世瞩目的东京大审判，现在他却成了在世的几位亲历东京大审判的中方代表团成员之一。

从1946年5月3日开庭到1948年11月12日结束，由中、美、英、苏、法等11个国家法官组成的远东国际军事法庭的审判历时2年零6个月，是世界历史上规模最大、时间最长的一次国际审判，又称"东京审判"。这期间，法庭公开开庭800余次，英文庭审记录近5万页，书面证据共4300多件，判决书长达1200多页，法庭用了整整7天才宣读完毕。

经历了二十余载磨难的高文彬，虽然也曾想写一本回忆录，但几年前的一场大病也让他不得不放弃这个想法。如今，高文彬关于东京审判的片段回忆已成了弥足珍贵的资料。

初见向哲浚

1945年夏天，我毕业于东吴大学法学院。东吴大学本部在苏州，但法学院一直在上海，抗战爆发后法学院随着大学本部一起迁到上海的英租界里。因为东吴大学没有在汪精卫的伪政府里面登记，所以抗战胜利后东吴大学的文凭国民政府是承认的。

我毕业后的第一份工作，是在上海老闸区区公所——相当于现在的黄浦区政府——做户政股主任。那时抗战刚结束，上海还比较混乱，一切秩序都在逐渐恢复中。老闸区是上海最繁华的地区，市内有名的电影院、百货公司、餐馆大都在这里，同时这里也是最复杂的地区，三教九流、乌烟瘴气。上海当时实行保甲制度，辖区内的一些保长大都是大公司经理一级的，为了拉拢关系，他们经常请我吃饭，或者让我到他们公司打折购买东西。那一年我刚24岁，年轻单纯，涉世不深，父母觉得那个商业味太重的地方是个大染缸，怕我待长了会变质堕落，所以工作了一段时间后我就遵循父母建议辞了职。

在东吴大学读书时有一位老师叫刘世芳，以前留学过德国和美国，是上海有名的大律师，抗战胜利后在第三方面军汤恩伯司令底下一个军事法庭任庭长，专审日本战犯。刘世芳老师介绍我到那里当书记官。这份工作我还没干多久，转眼就到了1946年。有一天，刘世芳老师又找到我，告诉我他在清华时的一位同学叫向哲浚，在远东国际军事法庭任检察官，现来上海招几名翻译，他推荐我去试一下。

向哲浚当时刚由重庆抵沪暂住在华懋饭店（注：现在的锦江饭店），是上海最有名的涉外饭店，美军几个机构也设在那里。向先生那一年54岁，给我的印象非常谦和，待人接物一点架子也没有。他先跟我聊聊家庭情况，问一些情况，然后找出一份中文报纸，随便摘一段，让我当场翻译成英文。

东吴大学是所教会大学，所以我们有较好的英语基础。此外，东吴法学院的课程跟复旦等大学念的有所不同，除了中国法律之外，我们也学英美法，而且用的书全部是厚厚的英文原版教材，所以考试对我来说并不是很难。几天后，我接到向先生的电话，想请我到东京工作，我和家人都很高兴。我到华懋饭店又见了向先生，他给了我一封公文信，让我带到美军驻沪办事处办理赴日的有关手续。日本投降以后由盟军接管，东京以北地区由英国占领，东京包括东京以南的地区由美国占领，所以我需要先到美军那里检查身体、验血、打预防针之类的——我记得一共要打5针，分两次打，第一次就挨了3针，什么伤寒、霍乱、肺

1945年8月15日，伦敦中餐馆里的侍者在获知日本投降的消息后惊喜万分

结核等，针的力道还挺大的，我回去坐在车子上，整个人感觉迷迷糊糊的。

出发那一天，我们在华懋饭店集合。美方工作人员先把我们带到一个小的放映厅看片子，介绍飞机上有哪些设备、遇到紧急情况时应该如何应对、怎么使用降落伞等。看完之后全体人员被送到上海郊外的机场登机起飞。我们坐的是美国的一架涡轮式军用飞机，原本可以容纳四五十个人，但飞机里只坐了不到20人，除了包括我在内的5位中国人外，还有一些美国军人，大家在机舱里相对而坐。这是我第一次坐飞机，挺新鲜的，但感到有些紧张。出发前向先生告诉我大概只需要工作几个月，审判一结束就可返沪，我想这样也好，如果时间久了可能有很多地方不适应。坦率地说，对我这样一个出身于上海普通家庭的孩子来说，最大的想法便是找一份合适的工作，我当时并没有意识到，我将要从事的是那样一份有意义的工作，而这份延续了两年多的工作，竟然伴着很多艰难曲折。

东京生活

　　3个小时后，我们的飞机在东京附近的一个机场降落，然后坐美军的巴士进入东京。刚刚战败的日本也是满目疮痍，东京被美军飞机炸得到处是残垣断壁，有的工厂烧焦了，有的民房只剩下一两根柱子。东京市内，皇宫对面的大楼也一幢又一幢地被炸毁，这是日本人自己有计划地炸掉的，以防美国飞机轰炸时大火蔓延。日本国内很多男人都当兵战死了，马路到晚上也没什么人，一些日本兵回国后无事可做，就在路边摆摊维持生计。妇女们穿着也破破烂烂的。地铁车站里很多年轻女孩，因为她们的父兄参军战死而失去生活保障，她们只能靠卖身过活。

　　"二战"结束后，同盟国分别在德国纽伦堡和日本东京设立了一个国际军事法庭，其中对日本甲级战犯的审判，主要由美、中、英、苏、加、法、荷、新、印、菲、澳等11国法官组成的远东国际军事法庭负责审理。首席大法官是澳大利亚人韦伯（William Webb），首席检察官是美国人季楠（Joseph Keenan），梅汝璈与向哲浚作为中国政府的首批出席代表，1946年1月飞赴东京。

　　梅汝璈与向哲浚都是清华学校毕业生，梅汝璈是美国芝加哥大学法学博士，向哲浚则毕业于耶鲁大学。向哲浚曾任南京国民政府司法部和外交部秘书，1933年任上海第一特区地方法院首席检察官，1945年日本投降后，他又出任上海高等法院检察处首席检察官。当时国民政府司法行政部部长是谢冠生，他很了解向哲浚，知道他英文好、人品也好。远东国际军事法庭成立后，急需既懂英文又懂法律的专业人士，谢冠生便推荐向哲浚任中国代表团检察官，而梅先生则出任法官。

　　当时向哲浚有3位秘书，一位是国民政府外交部派来的朱庆儒，另外两位是他自己聘的，东吴法学院毕业的裘劭恒和燕京大学毕业的刘子健。秘书一个月的工资是300美元，相当于6两黄金，向先生的工资是500美元，加200美元的交际费，他们的工资由国民政府外交部支付。

这是中国第一次参与国际审判。由于远东国际军事法庭的审讯都是以英文进行的，大量的文件和证据需要整理翻译，但中国检察官办事处人手极为缺乏，所以向先生回国拟招聘几位翻译去东京工作。

跟我一起被聘为翻译的，还有周锡卿、张培基、郑鲁达和刘继盛一共5位。我们的身份并不是由国民政府派的，而是向哲浚代表远东国际军事法庭国际检察处聘请的，所以我们每月200多美元的薪水也由国际检察处来支付。我们的主要任务，就是把从国内收集到的证据，主要是日本军人在南京地区附近的一些暴行，还有一些幸存者的证词等翻译成英文。

我们是1946年5月上旬飞抵东京的，大概三四个月后，翻译的东西基本结束。向先生很有过去老式文人的那种作风，对他手下的人很负责。那时候中国政府在东京设有一个"中国驻日本军事代表团"，代表团比较庞大，有军事组、商业组、贸易组，团长是当过河北省主席的商震。向先生把我们中的4位介绍到中国驻日军事代表团去工作。此时，原为向哲浚秘书的裘劭恒回国做律师，刘子健到美国普林斯顿大学读书，向先生于是把我留下来做他的秘书，我的工资从此改由中华民国外交部发放。

担任秘书后，我住在东京总站附近的八重洲旅馆。CAF是美军文职人员的级别，从CAF1开始，最高的是13级。我是CAF6，美军的CAF5-6都住在这里。那个旅馆原是保险公司的所在地，日本保险业很发达，他们建的大楼也特别好，所以很多保险公司的大楼后来都被盟军征用作为办公室，盟军总部麦克阿瑟司令的办公室就设在"第一生命馆"，是皇宫对面最大的一栋房子，很漂亮。远东国际军事法庭对各国派出的法官都给予高规格待遇，梅先生就住在东京当时最豪华的"帝国饭店"，每人都有一个带办公室和阳台的套间，盟军总部配有高级轿车和专职司机，车上都插着代表各个国家的国旗。

318

客观地说，在日本工作期间的待遇很不错，我的工资是300美元一个月，房钱5美元一个月，而伙食费40美元就够了。美国人宿舍里吃的东西也都是美国军舰从美国运来的，日本当地的食物，在日本的盟军人员是不吃的。

我住的大楼里除了我一个中国人外，其余都是美国人。从心理上讲，我们是对日本协同作战的盟友，当时美国人对中国人

高文彬在远东国际军事法庭标牌前

态度也比较友好。我的同住者是一个在美国军部工作的中校，我们之间关系不错，但互相之间不谈论工作和个人生活。这个同住者有一日本女友，每逢周末他基本上都住在外面，有时他会告诉我："下午我的女朋友会来。"我就识相地跑到外面去，把房间让给他们。

我每周工作5天，周末两天休息的时间里，我喜欢和几个中国同事在东京城内走走，拍些照片。我那时花90多美元买了台相机，可惜在日本拍的许多照片1952年被逮捕时都被抄走了。当时在国际军事法庭的同事中大多是东吴大学的校友，虽然年龄差距很大，但工作之余我们经常一起结伴去旅游。我们那时在东京坐火车不要钱，日本百姓通常坐在前面几列，比较拥挤，最后一节用白条子写着英文：For Allied Personnel，就是盟军方面专用的列车，车厢的人并不多，有时整个车厢只有四五个人。

或许是从安全方面考虑，盟军严格控制我们接触日本普通百姓，吃饭也是要去专门对盟军开放的地方。我们有时偷偷去中国人开的餐馆吃中餐。我是秘书，要经常同美国的打字员打交道，偶尔我也会带他们到中国餐馆吃饭，我们从后门进去，叮嘱老板：如果有美国MP（Military

远东国际军事法庭首席检查官季楠

远东国际军事法庭中国代表团检察官向哲浚（上图）和法官梅汝璈（下图）

Police，即军事警察）来查，千万不要讲。我们中国检察组每年春节都会宴请一次，我负责订座，就挑中国餐馆，各国代表团都特别高兴。

法庭内外

远东国际军事法庭设在涩谷原来日本士官学校的旧址，法庭是在一个小高地上，来往车辆要从下面花几分钟开上去，上面是一大块平地。进门口有一个小花园，中央有一个小土堆，土堆中间竖立着一块木制的标牌：远东国际军事法庭（International Military Tribunal Far East）。花园后面是一座大楼，这里原来曾是日军陆军士官学校，也是日本陆军司令部所在地。当年日本侵华战争的策源地，如今却成了其罪行的审判地，真是历史的莫大讽刺。法庭后面宽敞的地区是练兵场，盟军在这里进行射击训练或者马队训练等。

3楼是各个国家检察官的办公室，我就在3楼办公，2楼是法官们的办公室，原则上法官和检察官之间不能接触。向先生的办公室是一大间一小间，我跟朱庆儒秘书在外面大间，向先生在里面小间。朱庆儒是国民政府外交部派来的，不懂英语，也帮不了多大忙，向先生外出或在下面出庭时，我必须守在办公室接收文件、处理公务等，所以一般上午10点以前我不能离开办公室。只有空闲时，我才找机会下去旁听。

审判大厅在大楼一层，是由以前陆军士官学校的礼堂改建的。大厅呈方形，法官席和被告席遥遥相对。法官席有上下两排：前面是书记员或秘书，上面一排是法官席，当中是审判长韦伯，右边是美国法官，左边是英国法官，再其次是中国法官。梅汝璈对这个安排表示不满，因为在日本侵略战争中，中国的牺牲最大、人员伤亡最大、财产损失最大、历时最久，所以把中国放在英国旁边是不合理的，他甚至以脱法官袍退庭来"威胁"。这样僵持了大概1个多小时，韦伯最后还是妥协了，决定按照投降书签字顺序排定法官位置。这样，坐在庭长左边第一位的便是梅汝璈。

26位被告战犯分成两行坐在法庭的另一边，辩护人席在他们的下面。第一天开庭时，那个鼓吹对外侵略的日本理论家大川周明，坐在东条英机的后面，大川使劲在东条的光头上"啪"地打了一下子。东条回头看他，只好苦笑。大川周明还要打第二下，被站在最后的美国宪兵拉住。其他人都面无表情，只有大川周明一个人在"耍"。结果他被送到美国的医院里检查，当时的结论是他精神不正常，不接受审判。本来是28个被告，两个死在监狱里，一个装疯的，实际上受审的只有25个。审判结束后，大川周明还自鸣得意地说自己没有疯，他是装疯的，法庭被他骗了。

检察官与翻译们，都坐在法官与被告之间的区域里。他们前面有一个不大的讲台，讲台上有红色和蓝色两种指示灯，显示为蓝色的时候停下来，显示为红灯时可以发言。这里还有记者席和旁听席，各个代表团的成员、家属都可以旁听，审判东条英机时，东条的儿子、妻子都出席旁听。这一块也对普通的日本民众开放。国际法庭在门口有一间小屋，日本民众都可以到那里领取旁听券。

每天开庭时，11个国家的法官排队到场。法庭进门处有一个司仪官，法官们来之前，他会高声喊："All personnel stand up"——所有人站起来；法官们坐好后，他又喊"All personnel be seated"。我后来看了那部电影《东京审判》，里面的人说"Please stand up"，"Please sit down"，这并不是法庭上的语言。所以后来有人来采访我，我说他们应该先来了解一下，法庭上用的词都是专门规定的，不是想怎么讲就怎么讲。

国际检察官的台子是一条长桌，两边可以坐七八个人。检察官与法官不同，不必每天都到，只有审到与自己国家有关的部分时才需要出席。但是法官必须每天都要出庭，比如审到中国部分时，新西兰法官其实完全无关，但他也必须出席。为了防止拍照时的强光刺激，很多法官出庭时都戴一副黑眼镜，不过后来这也成了一种"保护"，外人也看不到他们是否闭着眼睛。还有的法官有时低头在纸头上写写画画，也算是一种休息和消遣吧。

和法官们一样，全体被告每天都要出席。每天早晨，先由荷枪实弹的美国宪兵将这些被告从关押他们的巢鸭监狱中提出，用美国军用巴士送到法庭，前后各有一辆美国军用吉普押送。军车的车窗蒙着黑布，外面完全不可能看到里面的情况。下午审理结束后，再按照原样押回。

对于这场审判，当时中国政府以为作为战胜国，审判仅仅是走过场，所以明显准备不足：中国是亚太地区最大的受害者，但派往远东国际军事法庭的人数最少，前后加起来一共只有13位，相比之下苏联派了70多位，美国的更多。而审判一开始，最让中国代表团感到意外的是，远东国际军事法庭采取的是英美法系而不是我们熟悉的大陆法系。在大陆法系是究问制——先假定你有罪，然后由被告方来证明自己无罪，再由检察官来提出控告；而英美法系以对质制为主，以证据为中心，首先假定被告是无罪的，然后由控辩双方就证据进行辩论，法官如果认定证据不足，可以拒收，所以在英美法中证据的力量是非常重要的。

东京审判的一个主要特点就是辩护机构的庞大和辩护律师的众多，每一位被告除了他自己聘请的几名日本籍律师外，远东国际军事法庭还为每个被告配了一位美国律师，理由是这些被告不懂英美法。这些美国律师大多比较有名，虽然法庭付他们的钱并不多，但这些日本战犯大都属于日本高层，家里面很有钱，所以这些美国律师在法庭上表现得也很敬业，拼命为他们辩护。辩护团一共有100多名日本律师，再加上近40位美国律师，以20多名被告而拥有一百数十名的辩护律师，这不但是纽伦堡法庭没有的，而且是任何法庭上或任何审判中所罕见的。由他们组成的庞大的国际辩护团，使得法庭的审理过程充满了激烈的对抗，也使我们"中国代表队"遇到了空前的困难和压力。

紧急应对

东京审判采用对质制，让我们一下子目瞪口呆。以一般中国人的理解，日本人在中国犯下的罪行举世皆知，还需要什么证据？所以当时中国方面对审判的唯一准备，便是由向先生代表中国政府向军事法庭递交了中国政府认定的11人的战犯名单：位列第一的是日本侵华的间谍头子土肥原贤二和板垣征四郎，其次是曾任日本关东军司令的本庄繁——当时的国民政府并不知道他已经自杀，第三则是南京大屠杀制造者谷寿夫。

但是，中国方面的一纸名单，对于检察方是远远不够的。军事法庭采用英美法系，有没有证据、证据是不是有力、会不会被对方驳倒，是能否判定战犯罪名的唯一标准。所以审判开始后，向先生赶紧回国寻找精兵强将支援审判，这样，倪征在1946年11月份便补充进来，担任中国检察官的首席顾问。倪先生毕业于斯坦福大学，待人比较和气，英文很好。除了他之外，还有3位顾问：一位是倪先生的同班同学鄂森，一位叫桂裕，他们都毕业于东吴法学院，还有一位是来自中央大学的法学教授吴学义。

客观上讲，审判采用英美法系，的确给我们带来了不少困难。倪征㠖先生晚年在一本书里还提到这样一个细节："当时国民党政府军政部次长秦德纯到法庭做证时说日军'到处杀人放火，无所不为'，被斥为空言无据，几乎被轰下台。"我也记得秦德纯好几次出庭时，都被美国律师反问得很凶，他好像一下子蒙掉了，不知如何回答。

除了观念上的差异，取证也有难度。那时候国内战争已经迅速向南推进，倪先生也无法回东北取证；在东京，日本投降前有计划地销毁了很多证据，要找到具体证据难度很大。如果我们不能在有效时间内拿出足够证据的话，那些罪大恶极的日本战犯很可能会逃脱正义的惩罚，如果不能把他们绳之以法，那我们在东京法庭的这些人怎么回来面对国内的老百姓？所以那段时间，我们在东京的那些人真有点度日如年的感觉。

后来倪先生想出一个办法，他通过向哲浚与总检察长联系，向盟军总部要求开放已被盟军封起来的日本陆军内部机密档案。中国代表团派懂日语的刘子健和吴学义，在里边足足翻了10个日夜，寻找证据。日本十几年的档案资料，包括文件、作战命令、来往电报等，难以计数，必须小心翼翼，不放过任何蛛丝马迹。比如，板垣征四郎在做陆军部大臣时，曾经发布命令，要求在中国打过仗的日本军人回国后禁止谈论在中国所做过的事情。这条命令的证据很重要，为什么不准日本人回去以后谈论在中国所做的事情？说明他们心里有鬼。

南京大屠杀的证据相对比较好找一些，向先生在去东京参加审判之前，就已经在南京地区进行调查、搜集证据。正式开庭时，除了我们提供的上千件书面证据以外，法庭还接受了两个美国牧师作为目击证人，他们当时在南京难民区工作，亲眼看到日本人屠杀中国人。其中一个就是马基，很有名，他用摄像机拍摄了一段资料，是南京大屠杀留存的唯一影像，当时在法庭上作为证据播放了。还有两个中国商人到庭做证，他们当时曾被日本兵集中起来用机关枪扫射，他们两人侥幸不死。扫射时，他们抢先倒下，前面的死人倒在他们身上，日本人以为都死了，随后他们偷偷沿着护城河逃了出来。

说服溥仪出庭作证，应该是我们对被告最有力的一击。日本宣布投降后，溥仪在长春时来不及逃走而被苏联红军俘虏，苏联后来同意将溥仪及其他几位关押的关东军一起引渡到日本出庭作证。因为溥仪是属于苏联管理的战犯，苏联人用军用飞机送到日本，住在苏联驻日代表团。

溥仪到了东京后，中国代表团派刘子健和裘劭恒到苏联驻日本军事代表团去看溥仪，溥仪还送他们纪念品。裘劭恒后来回忆，溥仪头一次看见他们，特别害怕，以为中国人要把他当汉奸审判，我们一再向他说明：来东京让他做证人，是去证明日本人是怎么利用他做傀儡侵略中国的。溥仪开始还半信半疑，后来去的次数多了，连陪在旁边的法警也不怎么听他们谈话了，他才逐渐放松起来，最终才同意出庭作证。

溥仪是1946年8月出庭的，在东京引起了轰动，整个法庭都坐得满满的，好多日本人来旁听，包括我们中方工作人员也会去旁听。大家都好奇，想知道"满洲皇帝"是什么样子。开庭的时候，苏联方面就用车子把他送到法庭，审完了再接回去。溥仪是穿西装出庭的，戴着一副玳瑁边眼镜，风度还挺好的。溥仪在法庭上全部用中文回答，他讲一口地道的北京话，然后由工作人员翻译成英语和日语，但他经常在旁边给翻译人员一些示意，表明他的英文程度相当好。

检方希望溥仪出庭来证明日本人是怎样利用他这个傀儡，进行侵略和统治东北，而日方辩护律师则想极力证明，溥仪是主动与日本人勾结、自愿登上"满洲"皇位的，所以控辩双方的交锋特别激烈。对方律师穷追不舍地追问，几次让溥仪近乎失态。他指证日本怎么把他从天津绑架，从天津送到东北去做傀儡皇帝，还提到夫人谭玉龄怎么被日本人害死的——这其实只是他的怀疑——日本人为了监视他，想让一个日女中学生嫁给他等等。他甚至情绪不能控制，拍了桌子。据说被告席上的板垣征四郎气得脸都抖了，但我只注意看溥仪，没注意到板垣的表情。

庭审结束后，溥仪含笑在证人席接受记者摄影。他整整出庭8天，创下了单人做证最长时间的纪录。审判结束后，他又由苏联军人押回海参崴。最终法庭还是采信检方的证据，证明溥仪是日本侵略中国东北的一个傀儡，这也是我们的一大胜利。

较量

按照程序，审讯开始后，先由总检察长季楠把日本的侵略行为做一个概括介绍，日本律师来总体辩护，然后再由各个国家的检察官分别检控，中国排在第一位。第三部分，是审理每个被告的个人战争罪行。

涉及中国的部分，主要就是两大板块：一块是东北、华北，一块是南京大屠杀。土肥原贤二和板垣征四郎都是在"东北、华北"这块受审的。我在上海读书时就听说过土肥原的名字，没想到终有一天会在这样的场合见到他。土肥原大概左边脸有毛病，一紧张脸抽搐。他大部分时间闭着眼睛，坐在被告席上，偶尔睁开眼，低头在纸上写些乱七八糟的东西。

在中国境内，特别是东北、华北，谁不晓得土肥原，谁不知道板垣？但是这个证据很难找，因为这两个人都是军队里的特务，通常都是秘密活动。尤其是土肥原，他懂北方的方言，对东北、华北特别是华北地区的官僚非常熟悉，他常常扮中国人的样子到市区里面去活动，日本人本来跟中国人就很相像，他又能讲地道的北方话，从外表上根本看不出他是日本人。为了证明他有罪，我们必须与那些精明的辩护律师们斗智斗勇。倪先生在法庭上引述《奉天特务机关报》的文章："华南人士一闻土肥原贤二、板垣征四郎之名，有谈虎色变之慨。"土肥原的美国辩护律师立即反驳说:这里讲的是一只老虎,与土肥原贤二无关。倪先生也还击说:在日占区,土肥原、板垣就像老虎那样可怕。法庭当即爆发出哄堂大笑。

审判前,板垣征四郎一直声言要和中国检察方面大战300回合。他的辩方提出了长达48页的书面证词,想说明"九一八"是偶然事件而不是有计划侵略,"满洲国"根据"民意"成立,"七七事变"后他始终主张从中国撤军等等。而倪征根据日本御前会议文件、内阁会议文件、密电、动员令等重要材料盘问反驳,让板垣无话可说。

对我来说,印象比较深的还是南京大屠杀,或许是因为南京与我的家乡上海很近的原因。法庭调查南京大屠杀时,旁听的人特别多,起初很多日本人都抱着怀疑态度来听,因为当时日本由军人当政,对国内的言论严格控制,日本兵在外面做的坏事情,报纸上从来不宣传,只说他们怎么勇敢作战,所以普通日本民众根本不知道日军在外面犯下那么多惨无人道的罪行。审判退庭时,我正巧碰到旁听的日本人离开,女的看到我们中国人就低着头,不敢正视我们。为什么?她们觉得羞愧!

中国部分结束后,开始进入太平洋战争的审理阶段,东条英机先是在这一单元"出场",因为他与偷袭珍珠港事件、发动对美战争有关,而涉及中国的并不多。有很多盟军方面的美国人参加旁听,实际上也是为了"参观"东条英机的。

被列为一号战犯的日本前首相东条英机,在1947年12月法庭开始"个别审判"时,又一次成为焦点。曾在日本战败时开枪自杀未遂的东条英机仍然穿着军服出庭,但不佩戴徽章。平时空了一半的记者席都坐得满满的,摄影记者争取用闪光灯拍下这历史性的一幕。法庭有200张对日本民众的免费旁听券,但黑市上已经卖到500日元一张,而当时日本人月薪也就两三百日元。

东条英机的态度自始至终都比较傲慢。他不回避自己的战争罪行,但极力为日本天皇开脱。对裕仁天皇是否也应被列为战犯,当时也是争论很大的一个问题,梅汝璈曾代表中国政府,主张天皇应接受审判,但

1946年,溥仪在苏军的押解下飞抵日本,以证人身份出席庭审

在各方力量斡旋下,最终天皇被免予追究战争责任。

当中国部分结束以后,我们的空闲时间多了起来,有空时我到资料室查查资料,看看新闻之类的。1947年的一天,我在《东京日日新闻》上看到了1937年的一张照片,上面登着日本少尉军官向井敏明和野田毅在南京大屠杀中,以军刀砍掉中国人的头颅数量作为比赛"成绩",最终向井以杀死106人"获胜";而野田杀死了105人,他失败的原因,是军刀"卷了刀刃"。照片上两个人并肩站着,用军刀撑地,脸上竟然还露出得意洋洋地笑。211名中国人惨死在他们手中,想到自己的同胞就这样被他们屠杀,我心里说不出的悲痛和愤怒。

我把这份报纸复印了3份，一份留在检察处办公室，另两份通过倪征先生转寄给南京军事法庭庭长石美瑜。中方立即向盟军总部提出抓捕这两人——战后这两人混迹于被遣返的日军当中，悄无声息回到日本，隐匿于市井之间。由于重名者很多，搜寻几乎持续了半年，最终在两人的家乡日本崎玉县，盟军看到了他们。刽子手已经脱掉军装，头裹白布，在街边做起了小生意。他们后来被押解到南京接受审判——甲级战犯是在东京受审的，而乙、丙级战犯，则在中国国内的不同地区接受审判。后来在中国第二历史档案馆的记载上说：尽管两人在法庭上极力推诿，但因证据确凿最终被判处死刑。1948年1月28日，抽完最后一支香烟，他们被拉到南京雨花台刑场执行了枪决。

1948年4月16日，对这些战犯的审理程序基本完成，此后，法官们将对被告逐一量刑。这对法官来说又是一场较量，因为那个法庭是由11个国家的法官组成的，要判一个人死刑，必须要经过半数法官同意才能判。当时11国法官对主要被告是否判处死刑发生了严重分歧，庭长韦伯主张将战犯流放到一个远离陆地的荒岛上，而印度法官则提出所有被告无罪释放，理由是"世人需以宽宏、谅解和慈悲为怀"。法国等国家的法官以本国已废除死刑为由主张轻判。如果有6个法官不赞成死刑，那我们的努力就白费了，所以我们那时候的确非常紧张，每天睡不着觉吃不好饭。这期间，梅汝璈先生做了大量工作，美国、英国、加拿大法官也主张判处死刑以严惩战犯。11名法官以秘密投票的方式决定战犯的生死，最终以6：5的微弱优势，决定判处东条英机等7名甲级战犯以绞刑。

中方对这一结果还是基本满意的。之前我们特别注意5个战犯：土肥原贤二、板垣征四郎、松井石根、武藤章和小矶国昭。松井石根、武藤章是南京大屠杀惨案的罪魁，小矶国昭当过国防大臣，前4位都被判了绞刑，小矶国昭是无期徒刑。现在也有人说一大遗憾是细菌战没有被列入审判的环节，但这其中的内幕我不太清楚，也没听向哲浚谈起过。

这场审判耗时2年多，梅先生当年在接受上海《申报》采访时也曾提及审理迟缓的原因：一是案情太复杂，牵涉过广——从1928年皇姑屯事件一直到1945年日本投降，由松花江一直到南太平洋群岛，涉及的国家多，搜集到的各项证据数目庞大而繁多；二是语言问题，通常需要用英语和日语进行翻译，特别是不同国家之间，辗转翻译，最为费时。比如溥仪出庭作证8天，实际只说了两天话，其余时间都在翻译上。此外，英美法系周密的诉讼程序、不同国家法理认知差异造成的冲突等，都是迟缓原因。有人算过账，每日费用约1万美元，比纽伦堡法庭费用高3倍，总额共计750万美元。

遗憾

1948年8月，我跟着向先生一起坐船回来，同时带回来的，还有装满两个大木箱的两套全部庭审记录。

东京审判开始后，每天早上都有一个美国下级军官把前一天的庭审笔录送过来，每天都是厚厚的一本，笔录是用普通白纸打印的，旁边有洞眼，可以用绳子穿起来。万一有错误，明天可以解开绳子再替换下来，我登记收下，每天一本，一周5天，一直持续到审判结束，整整两年零3个月。本来国际检察处一个国家只发给一本，但我想多留一本，因为这一次参加东京审判的有我们东吴法学院的好多校友，我想以后可以送一套给东吴法学院留作纪念。我跟里面的打字员和工作人员关系都很好，他们也同意了。

回国后，我将整理的庭审记录一套给了东吴法学院，一套由向哲浚带到南京给了司法行政部。可是回国不久就赶上了内战，等到国民党撤退以后，交给司法部的那一套不知下落；东吴法学院解放以后也被拆散，一部分给复旦，一部分给华东政法学院，所以给东吴法学院的那一套也不知所终。新中国成立后，南京和上海的有关部门都来问我那些档案的下落，我毫不知情。当年我花了好多心血整理这套资料，每天我都会打上日期，然后写红字贴在每一页上，它的丢失是我最大的遗憾。

东京审判结束后，我们都回到中国。向先生在东吴法学院兼课，后来国民党要他一起去台湾，他拒绝了。倪先生也留在上海，在东吴教书。新中国成立后，中央领导邀请向先生、倪先生去北京工作，向先生思想比较保守，有"不二主"的想法，所以没有去，还是在上海的大学里教书。倪先生和梅先生后来都受邀去了北京，在外交部当顾问。

中华人民共和国成立后，我在上海外事处工作，外事处处长黄华对我很好，希望我作为国民党遗留人员要好好工作。我以前有一位教国际法的老师叫艾国藩，是倪先生的同班同学，以前在瑞士驻沪领事馆任法律顾问，所以对各国领事馆都很熟悉，解放初期，共产党要求他提供一些租界里面的情况，可是艾先生不肯，反而经常带着外国的领事、翻译到我们外事处来。

我在外事处第四科负责"敌产"——当年法租界偷偷把公共财产转入民用财产，国民党曾同他们交涉无果，新中国成立后，黄华和第四科科长就把这个案子交给我。我对法租界不了解，就经常去找艾先生，偶尔留在他那里吃饭。我们这些旧社会过来的人，"政治敏感性"比较差，我把这个案子的详细情况跟他都说了，没想到后来有人检举说他是国民党潜伏大陆的特务，而我就被定下"为国民党特务盗窃外交部机密情报"的罪名。艾国藩判7年而我被判10年，艾先生是旧社会过来的人，还不停地上诉，结果被改判了无期徒刑，死在监狱里。

我是1950年12月结婚，1952年5月份被抓进去的，那时我的大女儿才刚刚出生。一年后妻子离开了我。我最早两年在上海劳动改造，后来又被送到苏北农场，最后在江西"服刑"。1979年，我"摘帽"了，上海海运学院的外语系主任是我当年在外事处工作时的老同事，他"收留"了我，我又重新回到了久违二十几载的上海，也在这个社会上找到了自己的位置。

因为这个经历，"文革"时我反倒没有再受什么冲击。当时向先生和梅先生都受到了冲击，红卫兵到梅家抄家，差点把他在东京法庭上穿的

331

法袍当作"四旧"给烧了,梅先生说:这是我审判日本战犯时穿的,怎么可以烧?红卫兵怕了,这套法官袍才幸存下来,后来梅先生把它捐给了博物馆。

1973年,69岁的梅汝璈在抑郁中与世长辞,而向先生一直在上海财经学院(注:现在的上海财经大学)教书,直到1965年退休。学校里的很多人都不知道这个老人曾经有这样一段经历。1987年,向先生以96岁高龄病逝于上海。

东京大审判的亲历者已经越来越少,几年前我也想写本回忆录,可惜力不从心。只希望借助这种方式为后人多留下些资料。

(2008年6月16日)

我的父亲陶希圣与"高陶事件"始末

口述 陶恒生

1940年1月22日,来自汪精卫集团的核心人物高宗武和陶希圣,在香港《大公报》上披露汪精卫与日本在上海签订卖国密约之事,一时举世震惊,这段往事,史称"高陶事件"。后来成为蒋介石"文胆"的陶希圣,主持国民党文化宣传工作数十年,却为子女留下了"远离政治"的家训。为了探知父亲的人生轨迹和心路历程,本是学工出身的陶恒生在退休后开始潜心研究"高陶事件"的前前后后,惊心动魄的故事似乎带着我们重回那段波诡云谲的岁月。

从政

我还记得那是一个炮火连天的晚上,几天前刚突袭珍珠港的日军开始进攻香港,他们从九龙发炮弹轰炸港岛,油库烧了,房屋也烧了,整个天空都被映得通红。我们全家围坐在一起,为未知的命运而忧虑。

炮声隆隆中,父亲长叹了一声后很严肃地对我们说:"将来你们一个一个都不要搞政治,还是学点一技之长,自己养活自己吧。"父亲的话,我们一直铭记在心,长大后,我们兄弟几个既不学政治,也不参与政治。

  时隔多年再回顾父亲当时说的话，我相信那是他根据自己的前半生经历，从内心深处发出的最真实的感慨。

  父亲是湖北黄冈人，1915年，16岁的他投考北大预科，师从沈尹默、沈兼士等人攻读国学。北大毕业后，他做过教员、当过编辑，很快就因为参加中国社会史的论战而声名鹊起。

  20世纪20年代，中国知识界围绕着中国社会性质和社会史问题展开了激烈论战。父亲提出，中国不是典型的封建社会，而是士大夫和贵族结合起来剥削平民的社会。但在历史学家看来，陶希圣的社会史是"旁门左道"，因此也引起很大争论。父亲第一次论战的论文后来结集成《中国社会之史的分析》出版，一时洛阳纸贵，销售一空，4年之内一共印了8版。

  1927年1月，父亲被国民党中央军事学校武汉分校聘为政治教官，与国、共两党有了实质性接触。在他担任中央独立师军法处长、咸宁县政府委员会常务委员兼司法科长期间，因为禁止农会书记随便枪毙当地农民，被指控为"反动军阀"，在陈独秀帮助下才得以保全性命。父亲因此对陈独秀感激终生。陈独秀落难时，父亲也鼎力相助。1938年，康生写文章批判出狱不久的陈独秀每个月从日本人那里领300块钱的津贴，陈独秀也拒绝说明钱是从哪里来的。其实那是父亲以他主持的"艺文研究会"的名义资助给陈独秀的。

  很长一段时间，父亲扮演着"亦政亦学、亦朝亦野"的角色。1931年我出生，我8个月大时，正在南京中央大学法学院教书的父亲接到北大邀请，回到母校讲授中国社会史，在北大的6年教授生涯，父亲陆续出版4卷本70多万字的《中国政治思想史》。第二次论战结集出版的《中国社会与中国革命》被当时的知识分子争相阅读，一版再版。

  中国社会史论战持续了5年，父亲后来突然醒悟：与其花时间打笔仗，不如退到书房里好好读书。1934年12月，父亲创办《食货》半月刊，主张以史料的整理与分析为基础，根据史实立论重写中国社会史。当时为《食货》撰稿的青年学者俨然形成了"食货学派",声望相当高,开启了中国社会经济史学的新风气,甚至于学界称那段为"陶希圣时代"。

1937年,38岁的父亲成为北大法学院政治系主任,那是他一生学术成就的最高峰。我相信,如果不是抗战爆发,父亲会沿着纯学者之路顺利而成功地走下去。

卢沟桥事变后,蒋介石邀请各党派及无党派人士在庐山牯岭举行茶话会,父亲与胡适、张伯苓、蒋梦麟、梅贻琦、傅斯年等都在受邀的著名学者之列。蒋介石在此次会上正式宣布"战端一开,只有打到底"的抗战决心。蒋介石在下山之前,单独召见了父亲。他可能当时也没预料到抗战会打那么久,还对父亲说:"你在北平干得不错,回北平以后好好干,指导言论。"父亲听罢很惶恐:"我指导谁?""那些宣传人员。"父亲又问:"我怎么指导他们?"蒋介石说:"我让他们听你的。"蒋介石一直对父亲另眼相看,他可能觉得父亲的见解很清晰,在与共产党论战中占了上风。父亲形容自己的立场"左不至共产主义,右不至国家主义",是中间偏左的立场,蒋介石也许很想争取他。牯岭茶话会后,父亲到南京加入蒋介石的委员长侍从室第五组,从事国际宣传工作,从此弃学从政。

"和平"

加入侍从室第五组,是父亲涉足政治的开始,也是他卷入波诡云谲的政治旋涡的开始。父亲后来曾说:"我这一辈子,读书、演讲、写文章、上课,连我自己都没想到做什么翻江倒海之事。"在我看来,他从事政治,并不是为了什么利益,因为那时他在学术上已很有建树。"九一八"之后,很多知识分子出于"精英意识"而介入现实政治,父亲也是一样,他基于知识分子的爱国之心,以为出来登高一呼,可以凭一己之力解决一些问题。但他的理念与抗战现实,究其根本是不一样的。

全面抗战爆发后，一些学者文人常到周佛海家里的地下室里躲避空袭。他们常常讨论时局，都对中日战争前景持悲观情绪，认为取得抗战胜利，只是"唱高调"，久而久之形成所谓"低调俱乐部"。低调俱乐部里的人认为，不要光喊口号，还是要坐下来想想怎么解决当下的实际问题，在他们看来，通过外交途径求得和平，是更好的方式。

常常在低调俱乐部走动的人包括陈布雷、胡适、熊式辉、周佛海等。父亲也是低调俱乐部里的一员，在父亲看来，主和不是投降，谈判也绝非通敌，和与战并非不可兼容。1937年8月初，胡适与父亲两人联名写了一封密函，通过陈布雷转给蒋介石。父亲在信中建议：尽量避免大战，大战会使中国的现代化与经济建设倒退十几年。胡适则建议通过外交谈判解决中日纠纷，为此他还向蒋介石推荐了外交部亚洲司司长高宗武，高宗武早年留学日本，毕业于东京大学，素有"日本通"之称。

蒋介石收到这封密函不久，便派胡适出任驻美大使——胡适自此也与低调俱乐部中断了联系。半年后蒋介石又派高宗武到香港，主持对日情报联络工作，这些举动显示当时的中国政府还是想通过外交途径来解决中日问题，而父亲与胡适的密信对蒋介石多多少少是有些作用的。

日本方面，少壮派掌权的陆军本部对华态度强硬，而参谋本部见3个月不能亡华，则有些动摇，他们也有通过德国大使馆调停之意。但是，在德国大使陶德曼（P.Trautmann)奔走期间，蒋介石始终不表态，他在等待国联的态度。不幸的是，国联连"谴责"二字都不敢说。中日宣布断交，近卫文麿发表宣言称"不以重庆为对手"，而日本参谋本部并没死心，见调停不成，他们把谈判对象瞄准了国民党的二号人物汪精卫。

这个信息是高宗武带回来的，1938年6月，他从香港偷偷去了日本，与新上任的陆军大臣板垣征四郎等秘密会谈。因为日本之行未经过蒋介石首肯，高宗武一时滞留香港不敢回国，而是通过部下周隆庠带话给蒋介石。汪精卫初闻此讯，还对父亲说："我单独对日本言和，是不可能的事。我绝不瞒过蒋先生。"话虽如此，但是汪精卫内心深处，对当蒋介石的副手一直是心有不甘的，加上陈璧君的鼓动：孙中山指定的接班人为何屈居蒋介石之下？他渐渐有所动摇。汪精卫身边的人于是开始以他为中心，与日本人开展所谓"和平运动"的谈判，父亲也是其中一员。

高宗武的秘密日本之行，让蒋介石非常生气。几年前，蒋家后人把蒋介石日记送到美国斯坦福大学胡佛研究所暂存，我正好住在旧金山，有空便去看蒋的日记，我很注意日记中关于这一段的相关记载——蒋日记里写道："高宗武荒谬妄动擅自赴倭，此人荒唐然亦可谓大胆矣。"他停了高宗武的活动经费，但是暗地里，周佛海仍出钱资助高宗武的副手梅思平继续"和平谈判"。

1938年11月，高宗武与梅思平两人先后到了上海，与影佐祯昭、今井武夫两位军方代表进行了3天的秘密谈判，签订了一个《日华协议记录》，史称"重光堂密约"。梅思平将秘密协议草稿带回重庆，面交汪精卫。汪精卫召集会议，陈公博、梅思平、陈璧君与我父亲参加，大家觉得这个条约中的"尊重中国主权、撤销日本法外治权、考虑归还租界、不要求军费赔偿、两年内完成撤兵"等条款并不苛刻，可以接受，于是让梅思平回香港与日本人继续谈判，并要求日本安排汪精卫等人到安南（今越南），离开蒋介石的国民政府。

歧途

父亲在中央军事学校武汉分校任政治教官时，便与汪精卫结识，成为具有汪系色彩的学者之一。虽然他后来暂避政治，却一直铭记汪的一份"知遇之恩"。抗战爆发后，因为上海、南京相继失守，父亲随国民政府迁到武汉，在那里，他和汪精卫的关系再度密切起来。因为父亲生前从未向我们讲过他的心路历程，所以我也无从知晓当年他的真实想法。他选择了汪精卫——1938年12月19日，父亲与周佛海、梅思平等人跟随汪精卫夫妇从昆明乘包机飞到安南（今越南）河内机场。这也是父亲人生一段歧途的开始。

按照约定,汪精卫到达河内后,日本方面发表愿意撤军的声明。之后,便由汪精卫号召对日和平,另立中央政府,结束中日战争。3天之后,他们等到了近卫文麿以首相名义就日华关系发表的第三次声明,却只字未提两年撤军之事。汪精卫大失所望,陈公博与父亲觉得日本人在骗中国人,他俩劝汪精卫不要继续下去,去欧洲远离是非之地,但周佛海与梅思平坚决反对。

面对自己集团内部的争执与分裂,汪精卫很是动摇,他又觉得自己之前答应过近卫:一旦近卫发表声明,他要响应。1938年12月29日,汪精卫起草了一份电报,响应近卫文麿的第三次声明,他把电报交给陈公博、周佛海与我父亲3个人,让他们带到香港交给《南华日报》主编林柏生发表。被看成汪精卫一派的顾孟余在香港看到了电报文稿后,也坚决反对:"万万不可发表!这是既害国家又毁灭自己的蠢事。"陈公博说:"汪先生交代,我们不敢不登。"

12月31日,香港报纸发表了汪精卫响应近卫声明的"艳电"(注:"艳"即代表29日),它公开要求蒋介石接受近卫提出的所谓的"善邻友好,共同防共,经济提携"三项谈和原则,这份声明引起当时整个中国的愤怒和声讨,就连蒋介石也在日记里说:"不料精卫之糊涂乃至于此,诚无可救药矣。党国不幸,竟有此寡廉鲜耻之徒……"尽管蒋介石大怒,但他没有马上采取什么激烈手段,毕竟汪精卫是国民党副总裁,是二号人物。而国民党元老态度尤为激烈,不久,重庆方面宣布开除汪精卫国民党党籍,撤销他的一切职务。

不料就在"艳电"发表几天后,近卫文麿却突然宣布辞职,汪精卫的"和平运动"很快就落了空。汪精卫左右为难,很是消沉。高宗武、陈公博与父亲一起劝汪精卫就此打住。汪精卫说:"那我应该怎么办?"高宗武说:"你不是一发脾气就去巴黎吗?你再去一次好了!"此时,蒋介石正好派谷正鼎送护照给汪精卫,也劝他到欧洲避一避,汪精卫也有点动摇。

但谁也没料到，在此关头突然发生了一场刺杀事件。

1939年3月21日凌晨，军统派出的特务潜入河内汪精卫的住所行刺，结果却误杀了曾仲鸣。侥幸逃生的汪氏夫妇坚信杀手是蒋介石派来的，汪精卫认为蒋介石在与他玩两手策略，因而对蒋介石愤恨不已，自此与蒋正式分道扬镳。

刺杀事件发生后，重庆方面始终不置一词，也不对汪组织的激烈质疑做任何回应，直到40多年后，当年参与者才陆陆续续打破沉默。当年参与刺杀汪精卫的人，一个叫王鲁翘，后来成了台北市警察局局长，他算是具体执行人员，对更高层面了解有限；另一位叫陈恭澍，他曾写过回忆录《河内汪案始末》，他后来被汪精卫伪政府的特务组织"76号"逮捕而又成了"76号"的人，所以他的说法也显得扑朔迷离。军统很多事情都是戴笠负责的，而戴笠1946年因飞机失事去世后，汪精卫遇刺之事便成了悬案。

因为父亲的缘故，多年来我一直在搜集这个时期的资料。我在蒋介石日记里看到，在刺杀汪的1个月前，蒋介石曾召见过汪的某好友，要他到安南安抚汪精卫，但未提送护照之事。3月22日，蒋的日记里有一句话："汪遇刺未中，不幸中之幸也。"当然不同的人对这句话有不同的解读，有人认为蒋是要把日记留给后人看的，所以故意撇清自己，我觉得此话值得玩味。我也希望寻找更多的旁证。

我又翻译了高宗武完稿于1944年的英文回忆录，他在书中对汪被刺一事另有一个推断：是日本人干的，理由是日本有情报知道汪精卫有所动摇，故意制造这样一个事件离间他和蒋介石的关系。不过不管是谁干的，动机如何，结果是汪精卫从此一头栽进了日本人的诱降圈套。

悔悟

父亲把"艳电"带到香港之后就留在那里。此时，国内一致的批汪舆论，已经让他开始心生悔意。父亲给胡适写过一封信，虽然流露出失望之意，但此时仍为自己辩解，认为汪精卫留在河内的活动不是"反蒋"，而是"从事和平"。

8月，汪精卫不断写信来，劝父亲去上海，说他需要父亲的帮助，同日本人谈判。父亲本不想去，他给学生何兹全写信说："悬挂在半空中，去也不成，不去也不成。左右为难。"而在给姐姐的家信中，父亲说："从前我把周佛海、梅思平引荐给汪先生，现在竟成为我良心上的苦痛，这是我追随汪先生十余年来唯一对不起他的事。现在便是想赌着生命到上海去纠正他们，以尽我心。"现在看来，这些观点都是出于学者的天真的幻想。

何兹全是与父亲关系最密切的学生之一，他评价父亲好面子、遇事优柔寡断、犹豫不决。虽然此时已对所谓的"和平运动"产生动摇与怀疑，但父亲还是又一次选择了汪精卫。1939年8月26日他从香港到了上海，住在愚园路1136弄60号。8月底，汪精卫在上海召开所谓"中国国民党第六次全国代表大会"，指定周佛海为"中央"秘书长，梅思平为组织部长，陶希圣为宣传部长。蒋介石的国民政府随即下令通缉这几个人，但略有蹊跷的是，"陶希圣"的名字却没有在通缉名单之列。这一点引起汪精卫及日本人的猜疑。

11月1日，汪精卫成立的"新政府"很快又与日本展开新一轮谈判。日方首席代表是影佐祯昭，汪方首席代表是周佛海。影佐拿出了一份《日支新关系调整要纲》草案，汪精卫、陈璧君、周佛海、梅思平、父亲5个人看了，觉得这份草案面目全非，不但与重光堂谈判时的条件差距太大，甚至连近卫的声明都不如。

如果说父亲以前还对"和平"心存幻想的话，那么此时，他的幻想已完全破灭。第一轮谈判中，双方吵得很厉害，而父亲两次写信给汪精卫和周佛海，要退出谈判。

谈判一直延续到12日，但仍有17项问题无法解决。其中驻兵和撤兵问题，双方争执不下。父亲找到陈璧君："请你告诉汪先生，如果这个谈判答应的话，从黑龙江到海南岛，从矿业到气象，内至河道外至领海，日本人全要！这份'要纲'实质是德、苏瓜分波兰之后，日、苏再瓜分中国。这不是我们要的'和平'，所谓谈判，不过是这一瓜分契据，由几个中国人签字而已……"

陈璧君将此话转告给汪精卫，汪听后表示："他们要我签，我就签吧。"他对高宗武说："看来那些主张抗日的人是对的，而我们错了……"之后，他与影佐见面谈话，影佐低着头，一面听一面做笔记，听到后来，两泪直流，滴落在笔记本上。汪精卫心有不忍，认为影佐还是有诚意的。他回来讲述这一场景，父亲反问："先生你相信影佐的眼泪吗？"周佛海打断他的话："希圣，你太刻薄了！"然后又与梅思平一起说："已走到这一步，还有哪条路可走？"

影佐回东京后向陆军大臣汇报，没想到碰了个大钉子，日本陆军部次长阿南惟几反问他："你们两个中级军官有权决定吗？你们二人能影响政府吗？你对得起在中国阵亡的日本军人吗？"有趣的是，这位阿南惟几的儿子就是后来曾出任驻华大使的阿南惟茂，他对中国态度很友好。

这段时间父亲一个人在上海，与汪精卫、周佛海等人住在愚园路汪的"总部"，他陷入极度的苦闷与绝望中。有时候他的学生去看他，他跟学生说："你到香港去告诉师母，我在这里处境很困难，但又脱离不了，我现在只想到怎么去死，是触电还是跳水、跳楼。我实在活不下去了。"他写给母亲和姐姐的信里也满是类似的绝望之语。

母亲在香港听说后，果断地决定去"救"父亲。1939年12月13日，母亲带着我们5个孩子，从香港到达上海，在法租界租下一幢房子，让父亲有了离开愚园路的理由。

不久，父亲得到通知：汪精卫决定在12月26日召开"干部会议"，最后审议谈判条文。父亲回信，表示不想参加。但汪精卫亲笔致信父亲，要求他"宜以毅勇精神，担当一切，即有非议，置之不顾"。父亲不忍拒绝，只得参加。

那天的会吵得很厉害。4个人就分成了两派，父亲跟高宗武是一派，强烈反对签字，而周佛海与梅思平是一派，冲突之激烈连汪精卫都说：

"这样下去要杀人流血了!"陈公博从香港来探望汪精卫,听了大感不解,问及父亲,父亲回答:"杀人流血是不可能的,但现在纵然意见不合又有什么办法?"陈公博不想搅和进去,赶紧回到了香港。

12月26日下午,汪日谈判正式结束,决定12月30日与日方共同签字。父亲后来回忆,那是他一生中最痛苦的时刻。父亲回到家,便一头扎进卧室里再也不出来。父亲他们每人配有一把手枪,母亲把枪拿了过去。母亲问:"陈公博可以走,你为什么不能走?"父亲说:"我在监视之下,走不了。"母亲问:"你打算签字?"父亲回答:"不签便死在这里!"母亲又问:"签字呢?""签字比死还难看!"母亲说:"我把全家的生命带来上海换你逃走。如果走不出去,我们一同死在这里。如果你签字,我就打死你……"

第二天父亲便给愚园路汪公馆打电话称病告假,30日,汪精卫与日本人的签字父亲也没参加。我记得那段时间他整天胡子拉碴的,脸色苍白,很少说话,一回来就上楼,一点笑容都没有。母亲不让我们大声说话,怕吵了他让他生气。实际上,那时候父亲已几近崩溃,也是真的病倒了。

逃脱

30日晚上,家里突然来了位不速之客——高宗武。父亲在回忆录里是这样描述的:他躺在床上,对高说,我们俩都被监视了……高宗武只说了三个字:走了吧。父亲说,1月3日、5日、7日都有船,我们搭哪条船走?高宗武说,1月3日是美国"总统号",比较安全,不如我们就搭"总统号"吧。

高宗武后来回忆说,他到我家探望父亲时,其实早已买好了两人的船票。其实在此之前,高宗武与父亲并不是很熟识,但为什么高宗武会那么大胆地向父亲提出"逃走"的想法呢?

因为父亲生前对这一段谈之甚少，我特别仔细看了高宗武的回忆录，它给了我许多启发。高与父亲心里有相通之处，早在汪精卫带他们去南京时就开始了。1939年9月，汪精卫带着周佛海、梅思平、高宗武与父亲几个，去南京与日本人谈判成立"新政府"。这期间过得很不愉快，他们感觉所谓的"和平谈判"都是在日本人的压力下进行的，双方不对等，自己没有尊严。

离开南京时，日本"华中方面军"司令山田乙三中将在一幢洋房里宴请他们，高宗武吃到一半突然脸色苍白，几乎昏厥，周佛海搀扶他上楼休息，怀疑高中毒了，高后来说："我是被这些准汉奸的丑态气晕了。"

在对日谈判过程中，汪精卫集团内部分歧颇多，父亲和高宗武在与周佛海等人的争吵中探知了彼此的立场，他俩也一直被日本视为"强硬派"。汪精卫与周佛海也察觉到父亲与高宗武态度的变化。当时有人密告父亲，李士群、丁默邨的"76号"，正在计划刺杀他，高宗武也被特务监视。父亲对丁默邨心有畏惧，他对高宗武说："丁会杀我们的。"

父亲后来在回忆录里面说，1940年1月3日一早，他坐家里的车到了和平饭店，告诉司机："你先回家，我要车时会打你电话。"进了饭店他立即由旁门出去，叫了辆车上了码头，悄悄地登上了开往香港的船。

父亲与高宗武都是用假名字登记上的船。上船之后他们把自己的假名字和对方的假名字都忘了，互相在旅客名单里查了半天也找不出来。好在两人后来在甲板上又碰到了。他们在船上商量到了香港之后下一步该怎么办，他们后来在《大公报》上发表的揭露密约的那封信，就是在船上起草的。

在此期间，起了重要作用的一个人是杜月笙。抗战期间，杜月笙虽然人在香港，却帮着国民政府做了许多抗日救亡工作。高宗武在谈判后期心生悔意决定退出汪精卫集团时，暗中与杜月笙取得了联系，杜月笙马上命令他留在上海的"大总管"万墨林营救高、陶二人。杜月笙的命令来自重庆蒋介石，这是确定无疑的。不过他们之前不太确定的是父亲究竟是否会同意走，于是就有高宗武上门试探之举，但父亲之前完全不知道来龙去脉。

早在日本人与汪精卫谈判期间,高宗武已经寻机把谈判密约拍下了照片。1月5日一到香港,高宗武立即把他拍下的《日支新关系调整要纲》交给杜月笙,杜月笙7日乘飞机直赴重庆,面交蒋介石。虽然蒋介石已经拿到了密约,但他并未马上公之于众,因为杜月笙告诉他:陶希圣的家人还在上海。蒋介石答应等到我们都脱险后再公开。杜月笙不止一次营救过我们。父亲在香港期间,"76号"仍寻机刺杀他。杜月笙一直派人暗中保护我们,我们全家后来从香港逃难到桂林,一路上也都是杜月笙的人护送的,当然这最终也来自蒋介石的授意。

回归

逃离上海的轮船一离开吴淞口,父亲立即从船上发了一封报平安的电报给家里,一接到电报,母亲开始准备全家秘密离开上海。她悄悄到码头买了船票,但万墨林派了一个人到我家里带话给母亲,说买票的事已引起特务的注意,这样走有危险。

母亲转而做了一个更冒险的举动。母亲主动打电话到汪府,要求见陈璧君。母亲带着姐姐到汪府。看到陈璧君后她做了自我介绍,陈璧君问母亲有什么事情,母亲说:希圣到香港已经五六天了,我很怕他在香港说不得体的话、会见什么人,我想赶快把他劝回来。陈璧君将信将疑。

这时正好汪精卫下楼,听到了她们的对话。他对母亲的话深信不疑,说:"什么条件,我都可以答应,只要希圣回来。"他还上楼拿了2000块钱给母亲:"快去快回吧,要我派人送你吗?"母亲赶忙谢绝。母亲又说只带两个没上学的孩子去香港,把三个大的留在上海,实际上是暗示把我们留作"人质"。陈璧君有点放心了。

1月13日,在十六铺码头,琴薰姐、泰来哥和我,我们3个大的送母亲带着晋生与范生两个弟弟搭船,姐姐在码头号啕大哭。那年我只有9岁,只知道情况危急,什么时候再见、能否再见都一片茫然。回到家里,我一个人对着墙上的父母亲合影,痛哭流涕。

那段时间,我们住宅附近突然多了许多形迹可疑之人,万墨林托父亲的学生告诉姐姐,要提防身边的"76号"特务。那时上海很洋派,圣诞节像西方一样,姐姐故意装作很喜欢待在上海的样子,逛商场,带我们看了两场电影,我还有印象,是《飘》和《绿野仙踪》。一星期之后,姐姐带着我们,在万墨林的安排下兵分三路逃到码头,上了一艘小电船。直到驶出吴淞口进入公海,我们姐弟3人才敢相见,不免又痛哭一场。

到了码头后,父亲的学生连士升把我们送到家,车一到门口,姐姐就冲了进去,连连叫着"姆妈",抱着母亲痛哭不已。虽然我们分开只有7天,但那一周是最煎熬的一周,再见面真的有恍如隔世之感。我后来才知道,在杜月笙交代下,万墨林暗中部署了强大火力,准备万一有情况发生,不惜与敌人火并。

我后来知道,1940年1月21日我们乘坐的船刚刚驶出上海,香港《大公报》便收到父亲与高宗武联名写的公开信以及那份汪日密约,我们到达香港那天,汪日密约在香港、重庆、昆明、上海等地同时见报,这份密约全文公布,一时震惊中外。1940年1月20日蒋介石日记里写:"汪逆已飞青岛开会其密约速发表。"显然他已得到我们安全离开上海的情报。

母亲把我们5个孩子成功地救出来后,陈璧君很生气:"她先生骗了我,我又被老太婆(指母亲)骗了!"

母亲是中国传统的家庭妇女,她和父亲是指腹为婚的,但关键时刻,比父亲有决断力,在大是大非面前,深明大义。父亲逃到重庆后,给在西南联大读书的姐姐写信说:"你妈妈很坚强。大劫大难,如果不是有她的话,我们不会有今天。"

1940年1月5日,汪精卫等人在青岛与北方的梁鸿志、王克敏这些人开会。接到高、陶逃跑的消息后,汪精卫生气、难过之余,并没有破口大骂,只是说早就发现高、陶这两个人不坚定。而周佛海对高、陶二人的举动很愤怒,据今井武夫回忆,周佛海一提起这件事就泪流满面,气得不得了。他说,他们两个要走我可以理解,可是他们把密约发表了,是大大的不应该。周佛海甚至在日记里说"高、陶这两个动物,势必杀之"。很多人认为父亲与高宗武此举背叛了汪精卫,高宗武曾说:"此次举动,论私交不能如此做,论公则不能不如此做。感情与理智冲突之痛苦,莫可宣言。"其实父亲何尝不是如此?

那一年,我上小学四年级,和父母在香港团聚后,我最大的心愿是不要再东奔西跑,能老老实实地在一个地方把小学念完——我的小学整整换了6所学校,最终是在重庆读完的。父亲在香港办了"国际通讯社",和知名学者讨论中日战争、苏联及欧战等,他在写给胡适的信中说,将来宁愿流落海外,让国人忘了他。

但短暂的宁静很快又被打破。1941年12月8日,日本突袭珍珠港的第二天,日本飞机便开始轰炸启德机场,不久香港英军宣布投降。日军一来,父亲必将成为日本人追杀的对象,母亲劝说父亲一个人先走,于是他经过朋友联络到一个潮州人的还乡团。为了躲避日本人的追捕,一个朋友买了一个椰子壳,在家里点一个小油灯烤出椰油来,把脸擦得黄黄的,像一个大烟鬼一样。1942年2月,父亲一路走了17天,躲过了日本人的搜捕,历尽艰险回到重庆。

一回到重庆,陈布雷马上带他去见蒋介石。蒋先生说:"你回来了,很好,你马上开始做宣传方面的工作。"父亲有失眠的问题,本来想开口说等休息几天再工作,陈布雷偷偷捅了捅他没让他张口。出门时陈布雷对父亲说:"你跟老先生说失眠,他也不懂,他军人出身从来不失眠。"父亲和陈布雷的关系非常融洽,我印象中的陈布雷瘦瘦的高高的,脸很苍白,陈布雷后来在南京自杀,父亲接替了他的工作,替蒋撰写文告,被视为蒋的又一个"文胆"。

父亲很快被任命为侍从室第五组组长。学生何兹全问他:既然已经脱离了政治，为何又要回到蒋身边？父亲半是自嘲地说："你有所不知，如果不在蒋身边工作，不知多少人指着我骂我；现在我在这里，他们背后可以骂我；当面却要奉承我，说我好话。"蒋介石对父亲一直很好，蒋介石很重要的两本书《中国之命运》与《苏俄在中国》都是由父亲捉刀代笔的。

对蒋介石，父亲是内疚加感恩的心态。父亲在蒋介石身边工作，算是"大隐隐于朝"。据说当年也是蒋介石亲自把父亲的名字从那份通缉名单里勾掉的。"高陶事件"发生后，还有人揣测父亲是蒋介石派到汪精卫那里的卧底。我认为不可能，一是父亲的个性和人格不适合，二来客观上讲，从技术上也有难度。他不懂得电台那些东西，在上海的家里，又是司机又是用人，都是特务派来的。对于自己的拥汪（精卫）又脱汪，父亲说过一句很形象的话："好比喝毒酒，我喝了一口，发觉是毒药，死了一半，不喝了。汪喝了一口，发觉是毒酒，索性喝下去。"

沧桑

"高陶事件"后，高宗武退出政坛，蒋介石给了一笔钱让他出国，他最终定居美国。蒋介石对高宗武的态度，显然有异于对父亲的。也许在蒋介石看来，高宗武的身份是政府官员，官员做了违反长官意志之事，必然要遭受惩罚，而父亲的身份更是学者，虽然是国民党党员，但没担任过任何职务，学者本来就好高谈阔论，犯错在所难免，因而对父亲网开一面。

高宗武自始至终认为自己没有背叛蒋介石，他认为蒋当年发脾气是一时的，汪精卫曾取笑高宗武："你始终忘不了蒋介石。"蒋介石还派陈布雷去慰问过他。胡适任驻美大使时，高宗武还时常去使馆与胡适会面。这事给在重庆的国民参政员傅斯年知道了，傅是个直筒子大炮脾气，当即在议会中大骂高宗武"高逆""高丑"，竟然在使馆走动。自此之后，高宗武不敢再露面。

1967年，父亲去美国访问时见到了高宗武，高宗武住在华盛顿一幢很简单的公寓里，两个人在华盛顿的顿巴敦橡树园椅子上长谈，大哥在旁边，不知道他们在谈些什么，只是给两人拍了张非常宝贵的合影。

父亲一直对汪精卫怀有内疚之情。他对汪精卫的评价也相对温和，他说汪欠缺判断力，"自误"，没有抗拒日本人操纵的勇气。一直到晚年，只要提到汪精卫，必然是"汪先生"，从未直接喊过名字。1944年我们一家在重庆时，传来消息，说汪精卫死在名古屋医院的地下室里。重庆报纸上有"汪逆"、"毙"的字眼，父亲对母亲说："汪先生过世了。"片刻，又长叹一口气说："死了也好……"便没有再多说。

父亲早年跟周佛海关系很好，《食货》便是周佛海创办的新生命书局出版的。在周佛海被关押期间，他的夫人杨淑慧四处托人救周佛海，结果受了军统特务不少的骗。有一次她到我们家里来，父亲还劝她不要盲目找人，唯一可以救周佛海的人只有蒋先生。但她像落入海里的人一样，任何一人的话都视为救命稻草，最后钱财被骗得精光。1948年2月，周佛海死在南京老虎桥监狱里。

陈公博与周佛海一样，早年参加过中共一大。高宗武从汪精卫那里逃出来后，在香港见了陈公博。陈公博质问高宗武："你们两个都走了，汪先生怎么办？"陈公博自幼受侠义思想影响，在汪精卫的"和平运动"中，他本来是个若即若离的人，但听说高宗武与我父亲"背叛"汪精卫后，却死心塌地地追随汪精卫以示忠心，最终因汉奸罪被处死。汪精卫、周佛海、陈公博这些人本来都是很有学问也很有抱负的人，最终却以这种方式定格在历史上，想起来无不令人扼腕叹息。

梅思平的弟弟叫梅仲协，梅思平被捕后，他为了救哥哥亲上庐山求见蒋介石而未果，梅思平仍被枪决。梅仲协对我父亲不肯谅解。梅仲协的儿子跟我是台大好朋友，但我们大家从不谈父辈的事。命运有时很奇怪，我后来在南洋工程界建水泥工厂，认识了一位美国同行陈炳森（Philip Chen）——我后来得知他竟然是陈璧君的弟弟。我们两个人很谈得来，但彼此心照不宣，我也特别关照他的生意。到我们这一代人，基本已经可以超越上一代人的恩恩怨怨了。

父亲的性格严肃，因为长期在蒋介石身边工作，他出言谨慎，也不轻易透露他工作的内容，我们也不敢问。他在世时，我跟他有很多相处时间，尤其是到了晚年，相处时间更长。但对于那些往事，他从来都是轻描淡写地提及几句。在他看来，汪精卫1940年3月30日组织南京伪政府之前，不能算汉奸，应该称为"汪组织"，之后才叫"汪政府"。

坦率地说，直到现在，我每次看到"汉奸"这个字眼，心都会隐隐作痛。很多人形容父亲的人生轨迹为"书生误搞政治"。父亲是国民党的核心人物，难免有些政敌，也有不少闲话，认为他有污点，对于这些议论，他只有一笑置之，但我相信他内心深处还是充满苦楚的。有一年我们夫妇回台北，住在父亲出版社的家里。有一天父亲深深地叹了口气，对我内人说："我这个人，'贪、嗔、痴'三个字，'嗔'心我老去不掉！"嗔就是"动怒"，我明白，父亲心中还有很多解不开的怨和恨。但这些心结、这份心理压力，他从来不与外人说，即使是对我们。

父亲的另一个心伤应该是姐姐陶琴薰。1949年5月，父亲与蒋介石乘军舰到上海吴淞口一带，他特地请求蒋介石稍停兵舰，再给我姐姐发电报，希望她跟他一起走，并派一只小汽艇想接姐姐到吴淞口会合。这是父亲身居要职数十年，很少为个人私事向蒋介石张口的。而蒋介石竟然也特许了这个要求。但姐姐和她的丈夫选择了留在大陆。姐夫沈苏儒是沈钧儒的堂弟，他们的选择也或多或少地受沈钧儒的影响。

在共产党公布的国民党首批战犯名单里，父亲位列第41位。在新政权下，身为"战犯"的女儿，姐姐面对的生活可想而知。1954年，姐姐被调出工作单位——全国总工会，姐夫下放农村。1978年，患上急性类风湿关节炎的姐姐在病痛中去世，年仅57岁。此时，母亲已去世3年。父亲在海峡这一端，写下："生离三十年，死别复茫然；北地哀鸿在，何当到海边。"

1987年10月，90岁（虚岁）的父亲给我写信说，自己这一生，"前一半抽烟，后一半喝茶。80岁有感慨，90岁自觉轻松，连感慨都没有了……"父亲说他一生是教授，是记者，不知为何，却恰恰不提政治，政治对他来说，似乎只是好茶喝尽剩下的淡水与残渣罢了。这是父亲给我们的最后一封信。第二年6月，他在台北去世。"书生论政，论政犹是书生。"这是父亲为自己一生留下的评语，恰似陈布雷自杀前那句"参政不知政"的自嘲。同为"文胆"，他们仿佛隔着时空，发出同病相怜的一声慨叹。

我的父亲
与黄金运台之谜

口述：吴兴镛

1948年底，预感到将要失去大陆的蒋介石，开始有计划地将国库黄金运到台湾。由于种种原因，半个多世纪以来，关于黄金运台之事一直处于秘而不宣的状态，它流传于各种野史中，却极少见于正式史料。

一个偶然的机会，美国加州大学尔湾医学院教授吴兴镛开始了这段复杂而艰辛的调查。

曾经留学法国的吴嵩庆

吴兴镛的父亲吴嵩庆曾担任国民党军财务军需署长15年之久，从表面上看，他的职位并不高，但是这期间所管理的军费在国民党政府总预算中最高曾占三分之二以上。此外，在国民党政府最艰难时期（1948—1949），国库大半资金也暂时由他与中央银行共同监管。吴兴镛的调查，让我们得以看清60多年前，一段颇为特殊的历史经历。

浮出水面

20世纪70年代末期，我在美国留学，每年放假回台湾，我都去书摊上看看。我在台大读书时，有一位同班又同寝室的好友叫王尚义，他的妹妹王尚勤与李敖相恋并生下一女。王尚义是位才子，可惜早在1964年便去世，所以有时我会翻看被称为"文化太保"的李敖的书，也想看看有没有关于王尚义的故事。

有一次，我在书摊上随手翻看李敖编著的《蒋介石研究》一书，竟然在书中发现了一张我父亲的肖像，文章称我的父亲吴嵩庆为"蒋介石的总账房"，让大家"别忽略这个人"，还说吴嵩庆是除俞鸿钧（注：原国民党政府中央银行行长）之外，另一位在1949年前后"盗窃"大陆国库资金运到台湾的重要人物。

李敖的文章让我意外之余，也有一些好奇。不过，那时候我的精力在自己的医学上面，对父亲的事情没什么兴趣。另外，黄金运台之事，在台湾一直是个禁忌话题，父亲在家里也从来不谈公事，所以我压根儿没有想过向他核实李敖书中所说之事。

1990年，我在洛杉矶的朋友陆铿恰巧也在台北，有一天我请他到家里吃早餐，介绍他跟我父亲认识。陆铿以前曾任职国民党《中央日报》采访部主任，对国民党的历史和人物非常熟悉。告别前他突然问我父亲："可否请教一下吴老先生有关上海'沦陷'前中央银行黄金运出的过程？"父亲迟疑了一下，但马上断然回答："此事我不清楚。"

1991年9月，90岁的父亲在台北去世。父亲生前有记日记的习惯，父亲保留下来的日记，从1946年一直写到去世的那个星期。91岁的母亲将父亲留下的日记都交给我，让我带回美国。父亲是一个本分的公务员，他在日记中很少点评政治，也很少涉及私事或个人情感，只是忠实地记下每天的工作。

将父亲的这些日记带回来后，我也一直无暇顾及，只是留意看了一眼，我当年离台赴美国的那一天，父亲是否记了什么，结果很失望，除了照例记录一天的公事外，一点也没提送我上飞机的事情。

　　1996年是父亲去世五周年，台湾《传记文学》邀我写一篇关于父亲的纪念文章。这时，我才开始仔细翻阅那些日记，也才渐渐意识到，父亲曾经经历了这么重要的一件事。我写的《家父吴嵩庆将军逝世五周年纪念》一文发表后，还引起一些轰动，大陆的《参考消息》也转载了有关这篇文章的消息，外界普遍认为，这是这么多年来，两岸第一次正式提及黄金运台事，这些反馈也给了我很大的鼓舞。此后，除了继续搜集资料，我也开始有意识地寻访父亲的老朋友、老下属。

　　2008年7月，斯坦福大学胡佛研究中心公布了蒋介石1946—1955年的全部日记。得知这个消息，我几次从洛杉矶驱车赶到旧金山去看这批日记，没想到在里面发现了非常关键的资料，之前很多的推测也得到了核实。蒋介石的这批日记里多次提到了"吴嵩庆"，也就是我的父亲，每次日期都与我父亲的日记里的日期相吻合。在此之前，无论是父亲的日记，还是我走访的一些亲历者的回忆，都是零散的、枝节的，蒋介石的日记让我看清了黄金运台的整个大脉络，就像一幕剧一样，剧情一下子就清楚了。

"预支军费"

　　1947年底，原任湖北省财政厅厅长的父亲，到南京出任新成立的"财务署"署长，这一职位级别是中将。财务署以前的名字叫"军需署"，抗战胜利后，在美国顾问团建议下，"军需署"改成"财务署"，其目的是希望将军费纳入国家财政的预算体系，军队的开支由国家拨款给财务署，再由财务署去中央银行支取这笔费用，由财务官发放到军队里。1949年9月，又改组为"预算财务署"，兼管军事预算。

　　我后来看蒋介石日记发现，蒋介石对旧的军需系统已失去信心，他也希望新改制的财务署，能与国防部和财政部协调，核算确实军队人数,清除国民党军中"吃空饷"的积弊。

那时候,国共内战已经开始,父亲也很难按照原来的设想工作。战争机器一开转,国民党政府便要不断增加军费预算,父亲在日记里也记下,他一次次开会讨论追加财政预算之事,"中央银行已感觉吃力"。作为财务署署长,父亲那时的主要工作之一,是给同中共军队作战的国民党军队提供军饷与战费。父亲1949年1月9日的日记记载:"今日空投杜(聿明)部四千万。"可是第二天,杜聿明就被俘虏,而邱清泉已于前一日自杀。

从1949年1月初开始,父亲的日记里频繁出现"中央银行"的字眼,也屡次提到财政部长徐堪、央行总裁俞鸿钧、央行副总裁刘攻芸等人,似乎是在商议什么重大事件。1月10日的日记里,父亲又提到他专程赶到上海,"与俞(鸿钧)、刘(攻芸)二总裁等洽办",并"拟草约"之事。

父亲的举动,在蒋经国写的《危急存亡之秋》一书里,得到解读。蒋经国在书里,也透露了他在1月10日这一天的日记:"今日父亲(注:指蒋介石)派我赴上海访问俞鸿钧先生,希其将中央银行现金移存台湾,以策安全。"这里的"现金",就指国库里存的黄金和银元。父亲日记中所提到"草约"之事,也与此相关。

1948年底,蒋介石在中共的军事进攻和桂系的逼宫下内外交困,他更坚定了另起炉灶的决心,而国库黄金是他"东山再起"的重要砝码。此外,当时还有正在与中共交手的200万国民党军,包括胡宗南的30万精锐部队,李宗仁和白崇禧根本指挥不动。蒋介石不想放弃自己的嫡系部队,他觉得要对忠于自己的人有交代,不能逼他们最终像邱清泉和黄百韬那样走上自杀之路。这个目标的实现也需要真金白银的支持。

蒋介石的计划是,让我父亲以"财务署署长"的身份,用"预支军费"的名义将国库黄金提出来"保管"。从蒋介石日记看,中央银行总裁俞鸿钧、财政部长徐堪对此都犹豫不决,央行副总裁刘攻芸等人甚至公开反对。所以蒋介石想出的办法是签"草约",我推测,蒋介石是希望通过此举告诉央行领导人："这是我蒋总统命令国民党军队财务署长吴嵩庆同你们立约的，有什么事情你们不必负责。"为了在财政部、中央银行和蒋介石之间达成妥协，父亲在日记里提到，他提议"先支半数"——也就是国库黄金银元外汇的一半作为预支军费。

值得注意的是，此时蒋介石的身份仍是"中华民国总统"，所以，这笔军费的支出，应该说也算是合法的，虽然等到真正开始运输黄金时，他已不在台上。

关于这一批黄金的运输时间，大概可以从美国合众社1949年1月21日这一天发表的一条新闻中推断出："国民党政府昨晚深夜在外滩戒严……当时中央银行运出许多箱秘密物件，大概是贵重的物资。据推测，这批箱子装的是金条等固体担保物。该行正将这批担保品运往华南某城市或台湾安全地方，据信国民政府正将财宝南运，以免落入解放军手中……"

现在看来，这一批黄金的运出，显然是在蒋介石正式下野的前一夜——1949年1月20日。这一批90多万两黄金及大量纯银，一共151箱，由父亲以"预支军费"的名义，交给海军，用海军的"昆仑号""峨嵋号"运输舰运的，先从上海运到厦门，存放在中国银行的地下仓库里，也就是在现在的鼓浪屿上。直到1949年8月，解放军攻破福州以后，这批黄金才被转移到台湾财务署设在台北信义路边上的保管库里。

显然蒋介石为黄金转移早已作了精心的安排：在下野前夕就安排自己的侍卫长石祖德出任厦门警备司令，侍卫团的军需官王逸芬调任台北财支处主任，是财务署在台北的负责人。这样，黄金运输的整个链条都在他的控制之中。

2007年，我特意从美国到厦门，想实地考察一下当年这条上海——厦门——鼓浪屿——台湾的运金路线。我跑到鼓浪屿的中国银行，找来了经理冒冒失失地问："你们的地下仓库在哪里？"经理回答：这是20世纪80年代的建筑，没有地下金库。他也不知道原中国银行的旧址在哪儿。正在沮丧之际，我后面出现了一位老人，他的名字叫叶力，是一位建筑师。很巧的是，70年代，正是他负责把中国银行的地下仓库打掉的。他带着我看了中国银行的旧址，在原来仓库的位置，现在建了个钱币博物馆。

实际上，被父亲以"预支军费"名义转走的金银以及7000万美元，当时已引起国民党政府一些人的警觉。1949年6月1日，立法院还专门质询此事。蒋介石在那一天的日记中写道："……幸有前财长徐堪与央行总裁明白宣布，央行所有各种现款，只有（值）2.7亿美金，并未如李（宗仁）白（崇禧）所报有4亿之多，更无7000万美金之逃避……"其实，有无"7000万美金之逃避"，蒋介石心知肚明，所以他才会在日记里心有余悸地称"幸"吧。

值得一提的是，除了这7000万美元的外汇，据李宗仁回忆，在蒋介石下台前，曾让国民政府拨1000万美元给毛邦初供空军在美采购，后来毛邦初与空军总司令周至柔发生矛盾，卷款而逃，成为国民党政府在美国轰动一时的丑闻，当时我父亲还奉蒋介石的亲笔手令调查此案。

启动黄金转移

其实父亲与俞鸿钧、蒋经国以"预支经费"名义转走的90多万两黄金，从时间上算，已是第二批。早在1948年底，国民党政府就开始了第一批黄金转移。

1948年12月1日深夜，上海外滩全面戒严。2日凌晨，有很多苦力挑夫，有的两人抬一箱，有的一人背一箱，从位于外滩的"中国银行"侧门走向海边。此时，一艘500吨级的海关缉私舰"海星号"正停靠在黄浦江边上。不远处，还有一艘军舰在巡航监视。

这个情景当时被住在华懋饭店（注：今和平饭店北楼）的《字林西报》英国记者乔治·瓦因（George Vine）看到了。凭借新闻记者的敏感，他断定挑夫所挑的那些体积小而沉重的担子里，必定是贵重的黄金，他立刻从黄浦滩路20号的华懋饭店内，把中国银行内运出黄金的目击情况，向伦敦、向世界发出以下电讯："……中国的全部黄金正在用传统的方式——苦力运走。"

乔治·瓦因发出电讯的次日，英国报纸就刊登了这条新闻，路透社也发布以下新闻："国民党政府央行偷运黄金。"香港左派《华商报》在1948年12月3日也迅速转载了这条消息。

黄金归中央银行所有，为什么当时却是从中国银行运出来的呢？我后来几次到上海，查找上海档案，实地勘探外滩，才终于明白：原来"中央银行"的国库黄金和银元，存在"中国银行"后院地下室的金库里。

因为运送黄金的行动极为秘密，国民党官方档案也绝少提及，那么英国记者乔治·瓦因所报道的是否属实？如果属实，这一次究竟运走多少黄金？各种正史和野史，对这些问题的解答也历来众说纷纭。

1975年，哈佛大学出版了由费正清等主编的《总税务司在北京》一书，中国最后一任外籍总税务司、美国人李度（Lester Little）在序言里有这样一段话："国民政府对海关的依赖再一次显现在1948年末，国民政府要总税务司以小小的缉私舰把80吨的黄金及120吨银元，从上海国库转移到台湾。"

李度的文章后来被广为引用，他所说的80吨，相当于260万两黄金。而曾任中央银行副总裁的李立侠回忆，央行的黄金实际上是分两次运走的：第一船次是12月1日深夜从上海运走了200.4万两黄金，由海军"美盛号"护航，直接由上海运到基隆。第二船次，57万两黄金和1000箱、也就是400万块银元，是1949年1月2日凌晨由"美朋号"护送，在厦门登陆，后来转运台湾。

运送黄金的"海星号"，是上海江海关海务部门里四艘较大型的缉私艇之一，是美国"二战"后退役的猎潜艇。为什么要选择海关的船只而非军舰运送，我推想，除了在热闹的外滩江边不引人注目外，更主要的原因还在于国民党高层已经认为海军不可靠了。因为国民党海军内部派系林立,而且早已有中共地下党的渗透,从1949年2月至12月不到一年时间,国民党海军共有九十多条军舰起义,连这次护航的"美盛号"也在4月"投共"。因此,在当时避免用军舰运,这种考虑是非常必要的。

"海星号"船员起初也并不知道自己运的是什么,有一次在起吊时不小心将木箱跌碎,才发现运的是黄金银元。在海关潜伏的地下党于是动员船员拒绝再为国民党运黄金,所以父亲经手的那笔黄金,才又"冒险"启用军舰运送。

黄金运到台湾后,必须有保存地。因为当时中央银行在台湾没有分行,只有一位代表叫沈祖同,所以"海星号"到基隆,由沈祖同负责点交给台湾银行的金库存储保管。260万两黄金保管人名义上是沈祖同。沈祖同是张学良的旧属,也是刘攻芸的妹夫,但陈诚曾向蒋介石打过密电,告沈祖同"人极滑头"。

需要强调的是,这第一批被转移到台湾的260万两黄金,是中央银行的金圆券准备金。名义上仍属于中央银行国库,只是蒋介石为安全考虑而转移储存地点,从性质上讲,它与父亲经手的第二批黄金转移应该有所不同。而此时,父亲正在忙着给被围的杜聿明兵团空投补给品,以及策划撤离南京之事,所以他应当没有参与第一批黄金运台。这一次转移,中央银行总裁俞鸿钧是主要负责人。俞鸿钧对蒋介石应该是功劳不小,但奇怪的是,他们后来在台湾的关系有些疏离。俞鸿钧与陈诚是同年同月同日生人,蒋介石每年替陈诚做寿却过俞家而不入。蒋介石在1949年9月的日记中提及,俞鸿钧不愿意就任中行总裁,不辞而别,离开广州赴香港,"顿感悲戚",等到台湾局势稳定之后,俞鸿钧的家人才从香港搬到了台湾。也许这令蒋介石对其耿耿于怀?

持续运金

蒋介石在1949年1月21日宣布下野那一天，父亲正在台北。他与陈诚一起坐飞机，本来计划飞南京，但到了浙江富阳上空，突然得到命令改飞杭州，15时20分到达杭州笕桥机场后，父亲才知道"大局剧变矣"。

在杭州，父亲见到了专程从南京飞来的蒋介石——我推测，蒋介石在宣布辞职后，第一批见的人就是陈诚和我父亲。父亲在日记里形容"老先生甚安详"，但并没有记述他与蒋介石会面的具体内容，不难猜测的是，蒋介石肯定向他询问黄金转移之事。我想，蒋介石"安详"的背后，也是因为仍保留国民党总裁一职的蒋介石，虽然在表面上隐退回溪口老家，但仍以无线电台的电讯及密码控制着军政，也牢牢掌握着国库黄金向台湾转移之事。后来的事实也证明了这一点。

1949年2月，解放大军已逼近南京浦口。在蒋介石的施压下，继俞鸿钧出任中央银行总裁的刘攻芸不得不同意继续将中央银行的黄金转移出去。1949年2月7日，12万两黄金被民航飞机运到台北，但不知为何走漏了风声，香港的《华商报》登载了此消息。担心李宗仁会出面阻拦，蒋介石指示出动军机，在两天内将剩下的48万两黄金运送完毕。蒋介石的专机驾驶员衣复恩出面执行了此项任务，可见蒋介石对此事的重视。

这就是第三批运台黄金。与父亲经手的第二批黄金一样，第三批黄金也没有正式入账，都成了财务署掌控的绝密军费黄金。在这一时期的日记里，蒋介石对阻挠黄金转移的刘攻芸非常恼怒，也很不放心。1949年6月曾留学英美的刘攻芸下台，1950年离开台湾赴新加坡，直到1973年病逝。

此时中央银行转移黄金之事，已经曝光。黄炎培的次子黄竞武当时在中央银行任稽核专员，身为中共地下党员的黄竞武开始有意识地收集中央银行把库存黄金、白银、美钞、英镑偷运台湾的资料，并暗中和银行职工联合发动罢工拒运，为特务侦悉。1949年5月12日，黄竞武在外滩中央银行办公室四楼被国民党特务绑架，5月17日，也就是上海解放前八天夜间被绞杀。黄竞武的遇难也加剧了央行副总裁李立侠的震惊和疑惧,他开始接受中共地下党的指挥,反对将央行档案随国民党政府转移到广州。

1949年5月初,上海已岌岌可危,蒋介石决心将上海国库的最后一批黄金白银取走。5月14日,父亲专程从广州飞到上海处理。第二天清晨,他同空军总司令周至柔飞到大场、龙华、浦东上空视察,只见到处都是火光,表示解放军已在东面和西面合围了上海。下了飞机,正好遇见奉蒋介石之命、从台北飞来的蒋经国。在他们的运作下,由任京沪杭警备总司令的汤恩伯出面,向中央银行下手令,"除暂留5000两黄金、银元30万元外","其余即移存于本部指定之安全地点"。所谓"安全地点",指的就是台湾。

从5月18日开始,近20万两黄金和120万块银元被陆续用舰船运走。还有少量银元和银锭没来得及运走,就散乱地扔在码头上。其中运送黄金的105号登陆艇,出了吴淞口后还发生了起义事件,结果两天航程走了两周。这第四批运台黄金也是秘密军费,归父亲的财务署掌管。不过也还有另一种说法,认为这批黄金应该有40万两。其准确数字,目前尚无定论,因为当时兵荒马乱,运送的军舰和船只至少有12艘,在炮声隆隆中,都是装载满就开航,无人监运,也无人记录。众所周知,汤恩伯在50年代想擅自飞到日本,被蒋介石知道后派人将他强行拉下飞机,经查他早就花了几万美元在日本买了豪宅,这是否与这20万两的差额有关,目前尚不得而知。

1949年8月,国民政府分两批、每批10万两的黄金被运到台湾。总数为20万两黄金中的10万余两被运到广州,作行政费用,剩下的9万多两被用作军费。从时间上看,这是第五批和第六批。蒋介石亲自运作的黄金大转移,至此画上句号。

蒋介石转移国库黄金,对外是防止其落入共产党手里,对内也是怕落入李宗仁等桂系手里。蒋经国写过一本《我的父亲》,其中写道:"……父亲正当此风雨飘摇的形势下,准备力挽危局的时候,李宗仁突然从桂林来了一封信；那时，他不但滞留桂林，不到广州处理公务，而且还要写这封信，向父亲'谈条件'。他要索取已经运到台湾的库存的黄金，并且要父亲不要再问国事，建议最好'早日出国'。"

蒋经国在这本书里还提到一件事：把黄金运到台湾后，蒋介石又想起，抗战结束后从一些汉奸手里没收来的一箱珠宝存放在中央信托局，于是命令蒋经国再回到上海，劝信托局把这一箱珠宝也运到台湾。闻知此事的李宗仁立即下令不准移动这箱珠宝，还将管理保险箱的人支到香港，让蒋经国无法取出。

蒋经国回忆："我因向父亲建议：'据所知道的情形，这一箱珠宝已经用了不少，剩余的东西，仅值二三十万两黄金，我们何必为此区区之物，同人家伤和气。'父亲却指责我说：'到了台湾，当军队粮饷发不出来的时候，就是一块美金也是好的！'我听了无言可答，只好依从父亲的意思去进行；但结果还是没有法子把这批珠宝搬出来……"

蒋经国的这本《我的父亲》曾公开出版过，但不知道为什么，后来又都收了回去。幸而他送给我父亲的这本成了"漏网之鱼"，让我在几十年后看到了蒋介石与桂系为黄金之事进行的明争暗斗。

黄金账单

1948年底，第一批黄金白银是在完全保密的情况下运出的，不仅蒋介石在国民党内部的对手桂系不知情，他最大的"敌人"中共也丝毫不知。大家完全没想到，七个月前当选中华民国总统的蒋介石已经在做逃亡台湾的准备。

那么，第一批260万两黄金运台以后到哪里去了？根据台湾大溪档案记载，最大的这笔黄金，是1949年6月15日，陈诚以"台湾省政府主席"的身份，用80万两黄金和1000万美元，做了2亿新台币发行的准备金。

第二批黄金运到厦门后，经财务署清点发现多出 9 万多两。父亲在日记里批评"央行糊涂至此"。其实这也并不是央行的粗心，因为这些黄金都是用金圆券兑出来的，计算上肯定有误差。而且这笔黄金又是用军舰运的，数量也不会那么精确。而第一批是用海关的舰运的，所以数字很精确。父亲向蒋介石请示，如何分配这多出来的钱——每一笔军费的支出，当然都经过蒋介石的最后核准。

我在父亲的日记里发现，在厦门负责提调这笔黄金的，是财务署的李光烈。李光烈我很早就认识，到了台湾后，他一直担任财务署总务科长一职，逢年过节时他会到家里来拜年，我们家里有什么杂事，比如房子漏了之类的，都会去找这位"李科长"。我怎么也没有想到，他也参与了黄金运输。

1997 年，我走访了李光烈，李光烈告诉我，当时他手里有个密码本，专门接收我父亲的密电，父亲需要提出多少金银，就发密电给他。他接到密电后，立即到鼓浪屿提出金银，然后将金银分送到前线各主要据点。

值得一提的是，从 1949 年 5 月到 8 月，存于厦门的这笔黄金白银的支出，在台湾"中央银行"档案里都没有记录，目前所能找到的，是大溪档案里、现存台北"国史馆"的"厦行拨交吴嵩庆黄金"这样一个总数和粗略记载。而在父亲的日记里，他每笔支出都有向蒋介石详细汇报的记录，或许认为这是他秘密的军费藏金，不愿让其他任何人知道此事，因此也未将父亲的报告入档。台北"国史馆"后来应我的要求，找到了父亲在 1949 年 12 月 5 日在成都"上'蒋总裁'"的军费报告，一共有三页。报告上面有蒋介石亲笔批的"存"字。这是在蒋介石档案中发现的唯一与此有关的资料。

第二、三、四批黄金，都是以"预支军费"的名义取出来的，作为这笔"军费"的保管人，父亲其实已经掌握当时全国国库里绝大多数的金银外币。所以他的地位极为特殊，连中央银行都要通过蒋介石向财务署贷款。而这些黄金的运用，则完全由蒋介石一人控制，即便时任财政部长徐堪也无权调用。而蒋介石调用黄金的指示完全是口头的，没有任何文字记录，只有蒋介石和我父亲两人知道。

为支付各地军费财务和金银运输，父亲乘坐老式军机，频频出入各地，这些飞机都是"二战"的剩余物资，战乱中飞机保养更是不足，为了赶时间，只要加满了油就飞。在这之前两年，1946年12月24日一天就在上海摔下来三架民航机，不到一个月后在上海与重庆又掉下来三架。父亲是虔诚的基督徒，相信一切自有天意，上了飞机就呼呼大睡。现在想起来，还真是为他捏把汗。还有一次，父亲从杭州飞南京，起飞后，"飞行员孙君找不到南京目标，至12时半在常州机场降落，略问乡人后，又起飞……"机师要问乡人后方知方向，真可列入近代版《拍案惊奇》。

父亲在日记里提到一件事，1949年8月初，他接到蒋介石电话，要他把刚刚运往兰州的5万两黄金追回一部分。既要完成任务，又怕马步芳多心，父亲左右为难。还没等父亲采取行动，8月25日，解放军攻占兰州，马步芳逃到重庆，蒋介石白白丢掉了5万两黄金。这一大笔黄金大概有一部分进了马步芳个人口袋，后来马步芳到台湾不久，就溜到中东去闹桃色新闻，搞得当地华侨怨声载道。

国共内战到了后期，金圆券实际上已经一钱不值。要维持国民党军队的军心，必须靠黄金、银元这些"硬通货"。但从后来的情况看，国民党不少黄金军费就这样打了"水漂"。1949年9月，父亲的日记记载，财务署还往迪化（乌鲁木齐）运了两架飞机、近10万两的黄金。9月26日，新疆的陶峙岳便宣布起义。1979年香港《文汇报》曾登载过这样一条消息：1959年4月，新疆的地质考察队在罗布泊荒原上测量时，意外地发现了四具尸体，其中一具尸体下压有"国民党时期的巨额黄金券"——也就是一钱不值的金圆券，同时，在他身下还发现一个装有5公斤黄金块的袋子……这些黄金大概就是财务署运补新疆陶峙岳部队的。

财务署掌管的这笔经费，其实也成了蒋介石的"小金库"。1949年7月，蒋介石曾到菲律宾参加碧瑶会议；8月又赴南朝鲜与李承晚会谈。父亲的旧属赵志华告诉我，赴这两个国家所需旅费及购买礼物等的近16

363

万美元开支,都是从财务署管理的军费外汇里支出的。另一位曾在财务署工作过的董德成也告诉我,蒋介石到台湾"复职"后,也用这笔外汇应付一些额外的需要,比如转拨给他喜欢的亲信一笔钱,资助其留学或创业等。我后来发现,台湾有名的《联合报》的创业资本,也是蒋介石从这笔钱里划拨的。这些由蒋"总统"直接支出的费用,还曾惹得"副总统兼行政院长"陈诚不高兴。父亲在日记里说陈诚对他"颇有微词",我猜想跟这个"小金库"的存在有关。

最后的军费

到了1949年秋天,国民党在大陆基本上大势已去,但是台北"财务署"保管的黄金仍在继续往各地区输送,作为蒋介石信任的一名国民党将领,父亲以自己的方式,向他效忠的政权作最后的挽救努力。

父亲是11月17日从台北飞到重庆的,当时的重庆已是一片乱象,国民党内部也是各为自己打算盘。11月26日,父亲向他的老同事、时任重庆空军第五司令晏玉琮请求派飞机送一批同仁眷属到台湾,晏玉琮要求"借现洋一万元"作为交换条件。父亲也只好答应。在解放军攻入重庆前,晏玉琮下令将停在机场上的四架驱逐机和六架高级教练机一并炸毁,这让蒋介石痛心不已。晏玉琮到了台湾后即转任副职,在空军的前途就此终止。

11月28日,解放军已攻占重庆南部的綦江,第十五兵团司令罗广文只身逃脱到重庆。当天下午,蒋介石在蒋经国、俞济时陪同下乘车巡视重庆市区,沿途车辆拥挤,交通混乱,宪兵、警察已经无法维持秩序。第二天,情势对国民党更加不利,重庆除西北面外已完全被解放军包围,市民们都争相出城逃避。当天董德成等人奉命从重庆往成都撤,他后来向我回忆,当他们出城时,正好遇到蒋介石和蒋经国父子乘坐几辆黑色轿车,视察警备司令部,但是出城的人潮汹涌,无奈之下,蒋经国和"总裁办公室秘书室主任"黄少谷只好下车亲自指挥交通。

当天晚上22点,蒋介石下榻的林园后面枪声大作,周围又不断传来各兵工厂的爆炸声,在蒋经国的劝说下,蒋介石决定赴机场宿营。这时,公路上撤退的汽车已挤成一片,混乱不堪,蒋介石的座车在途中被阻塞了三次,无法前进。蒋经国在日记里回忆,蒋介石只好下车步行,然后再改乘吉普车,午夜时分才到达白市驿机场。这天晚上蒋介石是在"中美号"专机上住的。

当时为蒋介石开专机的飞行员衣复恩回忆:"……当蒋介石、蒋经国、顾祝同、俞济时、陈良、吴嵩庆等一行,赶到白市驿机场时,已是11月29日午夜时分。蒋介石一言不发登上飞机,进了舱房,即行就寝。"蒋介石的专机在第二天早上6点才起飞,此时,解放军已在机场前方20里。

但是,衣复恩的回忆有一个小错误——登上专机的人群中并没有我的父亲。

11月29日一早,父亲和"国防部"次长陈良一起,亲自押运60万银元到成都。头天晚上,为了监督清点这60万银元他一夜未睡。60万银元约16吨,还有"财务署"自己存的黄金银元,大概需要八辆大卡车。在炮火连天之际,乱兵难民阻塞的路上,押运这些银元车,无疑是件有很大风险的事情。

到了29日下午,父亲和陈良接到提前去机场集合的命令,陈良当即离开车队赴机场,父亲坚持留下来等候杨森来取银元。30日凌晨1点,运银元的车起程,"在最后两小时中,炮声不绝,令人脸无人色"。当蒋介石的飞机起飞时,父亲正走到距离机场不远的公路上,他要亲自押运这些车去成都。

父亲走的是重庆——璧山——铜梁——遂宁——成都,这条路线靠近前线,比较危险,他之所以这样走,还是为了给在前线的国民党士兵发饷。没想到,这一番"忠诚"却换来了一个羞辱。到了铜梁以后,后面的运款车队还没到,父亲先去见杨森和罗广文,报告此次送款情形,但"杨甚傲,即言快缴(银元)而已"。

运银车开得比较慢,一直没等到,父亲于是派人去寻找。20点,父亲遇到了杨森,向他报告找车经过,但杨森只是声色俱厉地催促他赶紧交出银元,父亲不满,转身要走,没想到杨森开始大声叫骂,不仅扇了父亲一耳光,并大喝要枪毙他。杨森身边的卫士掏出枪对准父亲,这时幸亏旁边的人把我父亲拉走。杨森还是不甘心,又派士兵看守,一直到找到运银车缴清了银元,父亲才被解除看管。

父亲认为此事是他平生的奇耻大辱,后来绝少提及。其实以他的"署长"身份,本可以不必亲自押送银元,更不必把银元直接送到杨森那里。杨森之所以大动肝火,我猜测,除了军阀本色外,很可能认为在这兵荒马乱之际,还有人上门送军饷,来意一定不会那么单纯,是代蒋介石来"查哨"的。除了骄横的军阀杨森外,部分银元也发给第十五兵团司令罗广文。但罗广文不久就宣布起义。

蒋介石与蒋经国等人飞到成都后,久久不见父亲归队,都以为他已经被俘虏或遭遇什么不测。直到五天后,父亲与他押运银元的车队,才一起抵达成都。蒋介石知道杨森的举动后大怒,他在日记里称这位一生有12个妻妾的四川军阀"跋扈鲁莽",到了台湾后再也不用杨森。

12月6日,"财务署"还从台北空运5万两黄金到成都,补给退败入川的胡宗南部队。父亲曾经的一位下属赵抢元回忆,因为这些黄金大多是500两一块的大金砖,所以他们紧急送到造币厂,连夜赶工将大金砖切成一两一块的规格,作为胡宗南部队急需的军饷。

12月7日这一天,蒋介石在成都等候刘文辉、邓锡侯来开会,等了一下午不见人影,到了晚上才知道刘、邓两人已与中共代表联系好,准备起义。这一天也是父亲在大陆的最后一天,登机时,因为人太多,只得将行李抛弃,他留在成都的5万两黄金,以后也没人提起过,也不知道都落到何人手里。

1949年12月10日14点,蒋介石乘专机从成都飞到台湾,从此再也没有踏足大陆。这一天,卢汉在云南通电拥共。此时国民党政府几乎

366

完全被逐出大陆，但当时海南岛及舟山群岛仍控制在国民党军队手中，"财务署"还向海南岛等地运送金银，大概是期望着部队还能坚持一阵子。到了12月14日，父亲在日记上写下"空军认为（运款）赴滇都不可能"，国民党在大陆的军费支出，就此永远画上句号。

我的父亲

时隔六十余年再来看黄金运台的那些秘密档案时，有一个问题一直萦绕在我脑海里：蒋介石为什么对父亲如此信任？

父亲是浙江宁波镇海人，生于1901年阴历正月初九，这一天是地藏王菩萨生日，所以在台北每年他生日的清晨总是被鞭炮声吵醒，像是为他祝寿似的。我的祖父吴吉三，受维新思想影响，在家乡兴办教育。为了解决办学经费，祖父曾将祖产的一艘丰泰帆船出让，所得六千金作为学校经费。

在家乡镇海完成初级教育后，16岁时父亲进入宁波一所英国人办的教会学校，三年后转入上海沪江大学的高中部。1925年，父亲从沪江大学商科毕业。

1926年，北伐军一路势如破竹打到上海，在别人介绍下，父亲进入上海龙华卫戍司令部任少校秘书，司令官是白崇禧。次年6月又加入第四集团军前敌总指挥部，但北伐军到了保定以后，指挥部取消。在蔡元培资助下，父亲到巴黎大学法科附属市政学院就学。

1931年夏天，获硕士学位的父亲回国，不久，经留法同学汪日章推荐，来到国民党军事委员会机要室做机要科长，开始了在蒋介石身边工作的生涯。他的踏实肯干很快赢得了蒋介石的信任，不久就晋升中校密电股长，掌管蒋介石与全国政要将领间密电本的编制与配发，并协助"黑室作业"，即蒋的侍从室，闻名于世的密电室。

此后，父亲职位几经变化，他在国民党空军也工作了整整十年，由此与宋美龄熟悉并建立了良好关系。我想,蒋氏夫妇能同时信任我父亲,除了父亲勤勉谨慎的个性外,也与他是基督徒又是蒋介石的宁波老乡有关。此外,父亲的英、法文都很流利,做事方面也是侍从室"中正学校"严格训练出来的,所以虽然古板木讷,但对于蒋氏夫妇来说,却是一位忠实可靠的人,是一位"能吏"。

我是1939年在成都出生的,从我有记忆起,家里生活就很拮据。由于营养不良,当时不到三岁的妹妹兴静一天早上起来腹泻发烧,晚上请来医生,被诊断为痢疾,次日帮工抱去医院途中就死了。父亲当时任航空委员会的经理处长,相当于中将级主管,如果借部车,当晚送医院,一定还有得救的。五岁时,我们搬到重庆,全家六口挤在一间房内,卫生、营养都很差。父亲平时工作很忙,我们很少见得着他,全家衣食住行,都是母亲一手打理的。虽然父亲当时主管全国军粮分配,但我们家里,每餐也都吃发霉、含稗石的配给米,几乎没有什么下饭的菜。因为卫生条件不好,我生了疥疮,全身溃烂,都是母亲与姐姐在屋外烂泥地上,替我用硫黄水洗疮。现在想起来,我能活到现在,也算幸运了。

1943年7月,父亲奉命去国民党的党政高级班受训,得到当时任军需署署长的陈良的赏识,结业后调任少将粮秣司长,从此被纳入军需财务系统,因而经历了黄金运台等惊天动地的历史剧变。

1945年,父亲被湖北省主席王东原请去当财政厅长,在他三年的任期内,我们家经济上并没有什么改善。我还记得在武昌的大雪天里,我们几个小孩子还是穿着母亲亲手纳底的棉鞋,雪地里一走,都湿透了,每年冬天双脚一定生冻疮。

1949年5月16日,到上海安排第四批黄金运台的父亲,送一份文件到空军总司令周至柔公馆。周至柔是父亲的多年老友,他随口问我父亲:"你的家眷呢?"父亲告诉他还在上海。周至柔说:"赶快走,川沙今早已经'陷落'了!"川沙在上海东南面海边,川沙"陷落",表示上海的国民党军队除了海、空路以外,陆路已完全断绝了。父亲在中午时分赶回家,跟母亲一说,母亲不到两小时就收拾好简单行李,坐吉普车去江湾军用机场。我记得那天有点阴，一路上都是此起彼伏的炮声。我们所搭乘的是C-47型飞机，飞机过道靠机门边上，都是小木箱，里面装的是炮弹，除了我们这一家人，就是一批炮弹。以父亲当时总管军费、掌握实权的"通天"人物身份，安排家属"早离危地"，应该是轻而易举的事。然而他竟然要别人去提醒，有点不可思议。而我的三位哥哥，就此留在了大陆。

从1949年直到1962年，来台湾最初的13年，父亲还一直担任"财务署长"，虽然职位再也没有往上升过，但他还是兢兢业业地做自己的事情。曾经的同僚一个个都飞黄腾达，他在日记里从无半句怨言。

粗略地算起来，父亲当年经手的"军费"黄金市价在两亿美元以上，但这个"肥差"却丝毫没有让我们家受益。1957年，在台湾的大专联考中，我的分数距离第一志愿台大医科只差一分，那时也可以选择去刚成立的一家私立医学院就读，但我们家根本负担不起5000元台币也就是125美元左右的学费，最终我只好到台大读了并不喜欢的牙科。

1964年，65岁的父亲一次性领了新台币10万元——时值2500美元的退休金，就此与台湾国民党当局的一切养老福利绝缘。也就在那一年，我赴美留学，父亲向蒋经国负责的"国安局"借了约1500美元做旅费和生活费。来美不到一年，母亲写信说已经来讨债了，父亲很感慨地对母亲说："这是生平第一次被人讨债！"幸而当时我在大学有每月200美元的奖学金，省吃俭用，还了此款。

1949年以后，奶奶、姑姑还有我的三个哥哥，都留在大陆，但父亲从来不表露自己的内心情感，他的日记还是以记录每天的工作为主，几乎没有涉及他个人情感的内容。

1973年左右，我回台北探亲，有一天我和父亲在外面散步，父亲突然有些神秘地从口袋里拿出一封信，原来是留在大陆二十多年无音讯的大哥的亲笔信。那时候"政府"官员与大陆亲友私下通信是犯台湾当局大忌的。父亲告诉我，前些时候他在东南亚旅行时，香港一位沪江大学的老同学跟他联络，说是周恩来总理"向他致意，并希望他为两岸和平统一尽分力"。其实，周恩来在1924年8月已由法国返中国，父亲是1928年以后才去的，两人并未在法国相遇或认识过。父亲告诉这位老同学，如果周恩来真有诚意，可否让他大陆的三个儿子来香港见见面，而父亲也把在泰国的行程临时缩短，提前赶到香港。见到了老朋友时，父亲才知道我的三个哥哥来不及办手续，无法赶得上来港会面，但他带来了我大哥的亲笔信。大哥在信中说他在大陆生活很好，两位弟弟也很不错，总之，都平安无事。

父亲告诉我，他已向蒋经国先生报告过此事，当时任"行政院长"的蒋经国只是摇头说："共产党真是无孔不入！"我把大哥的信带返美国，从那时就开始不断通信，知道大陆兄弟的情况，让父母亲安心不少。

1991年，离开大陆四十多年的父亲决定回宁波镇海老家看一看。祖父在家乡办的延陵小学还在，父亲还去捐了钱，与他的两个妹妹也见了面，这一次旅程非常圆满。从上海飞到香港的当晚，父亲还给我打了一个电话，告诉我一切都好，让我放心。没想到，从香港飞回台北的第二天一早，他就感觉不好，发现手一直在抖。在医院吃完晚餐、去做CT的过程中，人就过去了。这距离他从老家回来还不到24小时。我想父亲也是心愿已了、无疾而终吧。

父亲去世后，我整理他的遗物时才发现，他一生的积蓄款项，包括他30年的军职，11年担任台湾最大的钢铁公司之一唐荣钢铁公司的董事长，以及最后12年在一家私营机构任董事长的收入，全部财产是现金300万元新台币，也就8万多美元，我母亲手中也有约同数的积蓄，这就是他俩一生的财产，也是母亲赖以维持余生的钱，后来省吃俭用十年，到百岁高龄。仅这点积蓄，而无任何其他房产，这也许超乎很多人的想象。

黄金之谜

巨额金银以百吨千吨计、辗转运送千里的事件，在中国历史上恐怕是空前绝后的。蒋介石最初秘密运作此事，是怕李宗仁知道后向他要这笔黄金；到了台湾以后，大家都知道蒋先生不愿意提此事，久而久之，黄金运台，便成了一个不能说的秘密。

关于从上海运出的黄金总量，历来是个模糊不清的数字。1954年4月，有位记者在台北访问曾任央行总裁的俞鸿钧，中央银行运台湾的黄金究竟价值多少？俞鸿钧沉吟片刻后回答："很难以清点决定。"台湾当时的"立法院""监察院"和台北地方法院等都曾展开调查，最终也不了了之。黄金运台事，不但在国民党这边一直没有一个明晰的说法，在中共方面，我想因为建国之后，也没有把注意力放在这上面，它在两岸之间都成了一笔糊涂账，我之前也和很多研究民国史的专家探讨过此事，都没有一个令人信服的数字。更有甚者，1948年9月至10月间，用金圆券收兑民间黄金、银元、外币的账册完全消失，而所公开的数目显然过低。因而，央行黄金总账到今日都无法全部公布，只有不完整的收入与支出略账。

当年国民党政府究竟带了多少金银美钞到台湾？关于这个问题，外界普遍引用台湾"监察院"在1949年发布的一个数字："……中央银行在2月底有390万两黄金，此外尚有7000万美元外汇，及足够铸造7000万美元的银子。"从目前发现的材料看，当年运往台湾的黄金一共有400多万两，其中140万两又"回到"大陆各地——50万两左右用于内战军费开销；60万两左右用于国民党在大陆的行政开销。留在台湾的黄金，大约350万两，相当于当时台湾地区800万军民每人平均分到1英两黄金或50美元。这些黄金一部分用到了支撑"新台币"发行的币信上，另外一部分作为"新台币"的准备金，稳定了当时的台湾金融，也使台湾渡过了在朝鲜战争爆发前飘摇动荡的难关。所以连蒋经国也说："政府在播迁来台的初期，如果没有这批黄金，就不堪设想了。"

在几批运台黄金中，父亲经手转移、密藏在厦门的这笔军费黄金，更是"机密中的最高机密"，两岸的"中央银行"档案都查不出相关记录。最近，台北"国史馆"给我提供了一批最新资料，其中一份是俞鸿钧 1955 年提交的报告，显示了藏在厦门的这笔黄金的准确数字：155 万两。内战结束时，"财务署"还剩下 103 万两——这表明，在这笔秘密军费中，有 50 多万两被用于内战。

俞鸿钧的报告还显示，"财务署"最终将这剩下的 103 万两黄金交还给台湾银行，兑换成新台币，给部队发作军饷。

应该说，这笔黄金的来源并不光彩，因为其中大部分是 1948 年 8 月国民党政府发行金圆券从老百姓手里收回来的。发行金圆券的本意是为了挽救财政经济危机，但结果是大量黄金被收归国有，老百姓手中的金圆券却一路狂贬。我做了一个粗略计算：政府当初兑换这 150 多万两黄金，花费了 10 亿金圆券，而到了 1949 年 7 月，这 10 亿金圆券竟然连一美元都换不来。老百姓被掠夺成这个样子，这个政府又如何能不倒台呢？

我曾经看到一份资料说：当年蒋介石携 700 万两黄金跑到台湾。根据我的研究，这种说法并不准确，应该是 350 万两黄金，其他是价值 350 万两黄金的白银和外汇。抗战爆发前，中国的黄金储量也从未到达 700 万两；抗战胜利后，据公开的数字，黄金储量已不到 600 万两——

1950年12月17日，台北台湾银行金库的藏金。圆桶外的封条上有"金圆券准备金"的字样，这是国民党政府将国库黄金运台的最有力证据

当然这个数字是否准确也有待于日后进一步研究验证。

此外，"中华民国"还要维持与一些国家的"外交关系"，还要交联合国会费，这都需要外汇，这笔开支和那些黄金之间究竟有什么关系，将是我研究的下一个课题。李登辉在2004年曾信口开河地说过这样一番话，颇引海内外人士的注意："不要以为台湾今天的繁荣是国民党抵台时运来了960万两黄金，事实上没那个事！那艘船（注：指"太平轮"）从南京来台湾时，早在扬子江口就沉了……"

1949年1月27日，从上海开往台湾的"太平轮"在夜间航行时，与另一艘轮船"建元号"相撞之后沉没于舟山群岛附近，近千人丧生，其中包括华裔神探李昌钰的父亲。后来有一些文章说，一些黄金也跟随"太平轮"沉没于海底。但在我看来，"太平轮"上不可能有黄金。我想，运黄金之事非常重大，以常识推断，也不可能用有一千多位乘客坐的这么拥挤的船运黄金。但是，"太平轮"上却有央行的1200多箱文件被海水吞没，六位押运员仅幸存一个。且不说李登辉所说的960万两这个数字是否准确，事实上，"太平轮"根本就没有运载过黄金。

另外，我在南京第二历史档案馆查到：中央银行的重要档案是在1948年6月以前装箱上船；6月以后的则直接运送广州。所以我认为，"太平轮"上也并没有中央银行重要的档案和账目明细。不过，这艘船上应该还有些白银。"太平轮"就沉在白节山小岛附近，也许未来还可以去打捞，来证明我的推测。

关于黄金的事情，最有意思的一件是，2009年12月初，在台湾新竹的清华大学刚刚发现了蒋介石的五封私人信件。最后一封写于1949年5月23日，即上海解放的前四天，蒋介石亲笔写信给汤恩伯（时任京沪杭警备总司令）、陈良（时任上海代理市长）、陈大庆（时任上海防卫司令）、石觉（时任京沪杭警备副总司令）这四个人。信中说，留2万两黄金和100万块银元给"共匪"。可最后，汤恩伯只留了6000两黄金和30万块银元。只是不知道汤恩伯是借此表示他对蒋介石的"忠诚"，还是他在里面"中饱私囊"。

迄今，这些从上海运到台湾的黄金大致还剩下100万两左右，目前保存在台湾的"文园国库"。最重要的是，这些黄金本来属于全中国人民，必须得给两岸人民一个交代。怎样把这件民怨很大的事情圆满解决？这是个重要议题。100万两黄金，本金价值10亿美元，算1分利，每年利息也有7000万元人民币。我的建议是，这部分黄金的利息，可以用来成立促进海峡两岸教育的"中华世纪黄金教育基金"，用于教育，而且不动用本金，这是解决问题最好的办法。我的黄金研究还将继续下去，我也希望能用自己的力量来推动这个基金的早日成立，从而进一步促进两岸的交流与和平。

（2010年）

回忆我的远征军历程

口述：尤广才

"不知道有多少年代，也不知道这里边是葬了谁？为的是这沉静的坟前，只有一块无字的墓碑。……这墓碑正和坟旁的白杨一样，是凄冷的受着雨打风吹。他，一定是生之苦痛的斗士，不信，你看那白杨还正两泪双垂……"这首《无字的墓碑》，是《腾越日报》1945年发表的一首小诗。无字的墓碑下，是"二战"期间长眠于此的中国远征军那些不屈的英灵。

尤广才，正是数十万中国远征军里最普通的一员。当年他躲过了枪林弹雨，从残酷的战场上幸运归来，却又身不由己被裹挟进大时代，身世浮沉、颠沛流离。无论在多艰苦的岁月里，这位倔强的山东汉子坚信自己做了一件"最光荣的事"。

也许正是这个信念，支撑他走过那些艰难屈辱的日子，而他在晚年所迸发出的顽强的生命力，更让人感佩不已。90岁的尤广才现在每天要看一份英文《中国日报》，更多时间，

1944年6月19日，中美部队通过缅甸孟拱河上的一座浮桥

则是在那一沓厚厚的稿纸上用钢笔一笔一画、认认真真地写着他所经历的战争以及他所理解的"二战"的文稿,那些也许永远发表不了的文字,是他对自己,也是对一段历史最深刻的纪念。

飞越驼峰

1944年4月的某一天,我所在的部队接到命令:马上飞赴缅甸前线,参加对日作战。当时,我在第五十四军第五十师师部任特务连连长,第五十四军军长是黄维,下辖第十四师、第五十师和第一九八师三个师,其中第十四师和第五十师被调到缅甸战场。能成为中国远征军的一员,我们每个人都深感自豪。

算起来,我们是中国派出的第二批远征军。1942年春,日军进攻缅甸后,中国派遣第五军、六军和六十六军三个军约10万部队,组成"中国远征军",但是由于中方和美方指挥混乱,远征军遭受重大挫折,共损失五万人,其中多半是在撤退途中死于饥饿和伤寒病疫。远征失败后,廖耀湘率领的新二十二师、孙立人率领的新三十八师退到印度,重新整编为"中国驻印军",国内番号为新一军,军长郑洞国,史迪威任总指挥,在著名的印度兰姆伽基地受训。1943年,史迪威发誓要卷土重来,重新打回缅甸,中国政府先是从国内调来胡素率领的新三十师,之后又将原第五十四军所辖第十四师、第五十师调入印缅战场,以增强反攻力量,代号"X部队",从缅北向中国方向进攻;又在云南组建了中国远征军,由卫立煌任远征军司令官,代号"Y部队",从滇西渡怒江进攻腾冲、松山、龙陵,向中缅边境推进。

我们接到出发命令时,并不觉得突然。当时,军队里经常向我们讲缅甸战场的形势，我们早就做好随时被派往前线的准备。而在云南的祥云机场一带，美军一个军官训练团专门训练第五十师排长、连长学习热带丛林战术和使用新式武器，比如"60炮""30步枪"和冲锋枪。我也参加了这些训练，回来后再教给士兵。丛林里10米之外就看不见人，所以冲锋枪很适合近距离作战。我们还学习怎么用专门打坦克的战防枪和火箭筒，这些武器我们以前从来没见过，所以感觉特别新鲜。中国远征军司令卫立煌还来检阅过我们，他戴个帽子、留个小胡子的形象让我记忆深刻。当年我们飞越的正是那条著名的"驼峰"航线。这条航线从昆明到印度东北加兰邦的汀江机场，全长840公里，要经过喜马拉雅山东段群峰，山峰起伏连绵，犹如骆驼峰背，故美军称之为驼峰（The Hump）。"驼峰"航线高度在6000米到6500米之间，空气稀薄，受气流影响变化大，很多飞机因此坠到山谷里，机毁人亡。"驼峰"又是日本空军和高炮控制区，又被称为"死亡航线"。通过"驼峰"航线，中国向印度运送境外对日作战的远征军士兵，再从印度运回汽油、器械等战争物资。在1941年到1945年之间，援助中国的物资81%是通过"驼峰"空运，美国陆军航空队司令长官阿诺德将军（General Henry Arnold）曾说，在驼峰航线中，飞机的损失率超过轰炸德国时的飞机损失率，"驼峰"航线堪称"二战"时最伟大的空运行动之一。

当时运送中国士兵的是美国C46、C47运输机，C46能装22人，我坐的C47可容纳40多人。C47是投入"驼峰"航线飞行最早的运输机，登机前，我们还接受了短期跳伞训练，但那时候我们好像对此并不重视，只知道飞机迫降的时候，跳下去，躲命就行了。

我坐的这架飞机是一位美国飞行员驾驶的。这也是我第一次坐飞机，好奇多于紧张。飞机越爬越高的时候，最大的感觉就是冷，冷得我直打哆嗦，听说有的身体虚弱的中国兵，在飞机上就已经瘫下去了；然后感觉呼吸困难，两个耳朵也被震得受不了，直到下飞机时也没缓过来。

那时的感觉，就是现在所说的"踌躇满志"吧。我记得到了营地驻扎好以后，还填了一首词：

念奴娇·飞越驼峰

穿越云海，战心切，大军远征印缅。
驼峰横亘，听说是，海拔万仞险关。
敌炮轰隆，高寒抖颤，胸中烈火燃。
遥想当年英武，觅敌求歼，敢骑虎登山。
万里擒贼囊物探，国威军威赫显。
战地神游，激情油然，重现当年。
疾风劲草，无愧吾生人间。

投笔从戎

我的老家在山东峄县，离台儿庄约60里。1938年春天，日本人已经打到山东一带，台儿庄会战开始，村里的大部分青年开始逃离家乡，我也告别老母亲，带着我的全部财产——六块"袁大头"，独自一人开始逃难，那一年我只有19岁。

在逃难的路上，我听到台儿庄大捷的消息，这也激起了我要参军报国的决心。可是台儿庄战役的胜利并没有阻止日军的进攻。我记得接近徐州的时候，看到天空中高悬着两个灰色的大气球，下面吊着一个篮子，有日本士兵坐在里面侦察周围环境以让炮兵射击。越往徐州走，枪声越密。

不久，前方传来徐州陷落的消息，我又夹在从徐州撤下来的军队里往南逃。那时候白天不敢走，都是夜里撤退的。走到颍上、潢川一带时，鞋子磨得稀烂，早就身无分文，每到一个地方，靠当地老百姓接济一口，才能有点力气继续逃难。

一直逃到安徽凤阳一带，才脱离了日本人的包围，中国军队又慢慢恢复了秩序。在潢川，有一个专门招收流亡青年参加部队的组织。招生要求是有初中文化水平，考试科目有地理、历史和数学。我出身贫寒，勉强读完小学后，在峄县图书馆找了份见习生的差事。我在图书馆时拼命学习，看了很多书。多亏这段经历，发榜时我看到四十多人的名单里我还排在前几名。

我们这一批考取的学员从信阳坐火车到武汉，被编入"战时工作干部训练一团"，简称"战干团"。战干团以知识青年和回国参加抗战的华侨青年为主，第一期还有女生。因为规定有初中毕业文化水平即可录取，因此，考生文化水平参差不齐，有大学生、留学生，也有初中毕业生。第一期开设了一个"留日学生训练班"，一百多名回国参战的留日学生在这个班受训。

蒋介石对这个以青年学生为主的战干团也很重视，他亲任团长，副团长和教育长分别是陈诚和桂永清。战干团的入伍训练很严格，除了野外演习、实弹射击和兵器、地形、筑城、谍报、游击战术这些军事课程外，对政治宣传也很重视。蒋介石还亲自给我们训过话，我记得他特别喜欢引用中国的古训。当时正是国共合作期间，周恩来、叶剑英等中共官员也曾给我们讲过课。

1938年8月，日军已经逼近武汉，我们又开始沿着长江，从沙市到荆州到常德、桃源，往四川方向撤退。在湖南桃源，战干一团停下来分科，我原本被分到政训科，但我不愿意，想杀敌报国，于是报名参加军事队，成为二分校第十九总队学员，后来成为黄埔第十六期学员。毕业时，因为我成绩不错，就留在了战干团当区队长；而大部分同学都被分配参加了长沙会战，牺牲在那儿。

1941年，我被分到第五十四军军部特务营担任排长，一年后，升任至第五十师特务连连长。

第五十四军当时的任务是驻在云南文山古木，防御日军进攻越南。我对云南那段生活的回忆就是两个字：艰苦。我们穿的军服是用粗麻织成的，染上草绿色，像麻布口袋一样；吃不饱是最大问题，米里常常掺进稗子，没有肉，也没什么菜吃，就是咸水青菜这类东西，我一个排长一个月的工资，只能买两斤肉。

我们最头痛的就是逃兵问题，那样的待遇谁不逃呢？但是上面又要求不许有空缺，检查很严格，一旦有逃兵，他们又要怪罪下来，所以我们平时对士兵看管得很严。发现逃兵了，就去抓，有的被抓到给绑回来，有的根本找不到，我们就得就地补充兵源。谁说国民党抗战不艰苦？所以当我们听说要被派出国参战，我们也很愿意。远征军的待遇肯定比在云南驻军好得多，至少不会再有逃兵了。

丛林生活

经过两个小时的颠簸后，我们的部队安全地降落到了印度的汀江（Dinjin）机场。汀江是离利多很近的一个机场，滇缅公路被切断后，美国援华物资从美国海运到印度加尔各答，再由铁路运到利多。因此，利多既是向国内空运的基地，也是反攻缅北的兵站基地。

我没有想到，到达印度的第一件事就是洗澡。机场搭建了一个临时浴池，一位美军军官把我们带过来，让我们每个人都脱掉军装，卸掉背包，于是大家都赤身裸体地走进浴池。20分钟后，一声命令，我们全体出浴，再排队等医生打防疫针——我后来才知道这个防疫针的作用，在后来奇袭密支那的战斗中，K分队指挥官尼森上校在行军途中死于斑疹伤寒，而中国官兵全都安然无恙，就是因为我们在机场都注射了传染病疫苗。

洗澡消毒后，我们每人换上了新军服。新军服是米黄色的，与英军一样。又发给我们每人一床毛毯、一顶蚊帐、一个防蚊面罩、一瓶防蚊油、一盒防蚂蟥666粉等；然后更换美式武器，因为之前在云南已经有美军军官教过我们，所以对这些武器并不陌生。

拿到这些东西后,我突然看到前面有一堆熊熊燃烧的大火,里面烧着的,正是我们浴前脱掉的那些军服和背包——虽然我们在国内的装备很差,但出国前还是给我们每个人换了一身崭新的军装,毕竟我们出去代表着中国军人的形象,所以我看到刚发的这些军服被烧掉了,很是心疼了一阵。当然后来才理解这是为了防疫而采取的必要措施。

由于战争形势紧迫,我们在汀江没有停留,马上换乘另一架运输机直飞孟关。孟关是缅甸北部的另一个重要基地,不久前被新三十八师和新二十二师攻下。这里也饱受战火摧残,刚下飞机,就看到机场附近到处是遗弃的弹壳和烧焦的树木。

来机场接我们的是一辆十轮大卡车,很快把我们拉进一大片密不见日的森林里,大约半个小时后,汽车停下来,有人告诉我们营地到了。我下车一看,除了参天大树,什么也看不到,只看到一条清澈见底的小溪,我们的饮水问题就靠它来解决了。

饭后,每个班都领到刀、斧、锯,这是在丛林里作战、生活必不可少的工具。我们于是在树林里开辟一片空地,搭起简易帐篷。营地周围一片寂静,除了我们彼此的说话声外,唯一能听到的就是树上群猴的吼叫声,一直叫个不停。

丛林生活对我们来说是完全陌生的,空旷的热带丛林什么也看不到,多少都有些寂寞、恐惧感。有时夜里睡觉,某个士兵会突然在梦中大叫起来,其他人被惊醒之后,也都跟着叫起来,在深更半夜的丛林里听着更恐怖。现在想起来,那是不适应丛林生活而产生的心理障碍,但当时我们也不懂那么多,称之为"闹营",不过闹一阵子也就好了。

雨季来临的时候,天天下雨,眼看着一朵云飘过来就会下一阵子雨,有时感觉似乎是一天有无数朵云飘过来,一天要下无数次的雨。记得我们攻下密支那时,正赶上雨季,伊洛瓦底江的水便漫了上来,地面不能睡了,我们就睡在吊床上,行军打仗就是这样。

到了缅甸,生活改善了许多,我们终于可以吃饱,而且可以天天吃到肉了。主要是美军的牛肉罐头,但时间长了,又觉得很腻,长期吃不到青菜，我们有时出去挖野菜吃，但能找到的野菜也有限。美军会定期用直升机空投物资，空投前我们先找个空场地，在上面摆个布板，布板颜色不一样，表明空投的东西不一样。我记得空投食品时用的是白色的布板，而投弹药和武器时则是其他颜色。因为一切物资都是由美国空投过来的，所以在印缅战场，我们结束了埋锅造饭的历史。

协同作战

在缅甸战场，我印象最深的就是美军在各方面所体现出来的优势。六十多年前，中美两国国力差距悬殊，体现在军队方面更是如此。

第一个让我惊奇的是美军的工程机械化程度。那时候，美军就已经开始使用大批推土机、挖掘机，所以工程进展非常快，基本上部队打到哪里，公路就已经修到了哪里。我们到达孟关后走的中印公路，就是1943年春开始修筑的。两个美国工兵团和两个中国工兵团，以及大量印度工人参与其中，而我们当时还是用铲子、锤子等最原始的工具，所以这一路让我们大开眼界。

我们那时候也确实感觉到美军机械化的优势，比如攻到伊洛瓦底江边，只要找到船，他们马上就能装好发动机将船开动；遇到河流，美军也会迅速在几天内架好桥梁，效率非常高。美方还配备专门的修理所，修理这些机器。

我印象深刻的，还有美方给每个步兵连都发了一部 Walkie-talkie Radio，我们当时叫它"步声机"，那时的步声机体积很大，要背在身上。这对行军、作战先头部队向后面指挥官传达信息十分有利。美国军队在六十年前就有这样的通讯器材，不过遗憾的是，中国士兵普遍文化素质低，都不会用这种先进的仪器，几天后，这些步话机都被送进仓库束之高阁了。

美国人非常重视战前准备，对敌情、作战地形都做到充分了解。在攻打西保前，他们不但给连以上军官都配备了五万分之一的大比例地形图，还发了一份空中摄影图。我记得摄影图十分清晰，可以清楚看到地面上的街道、房屋、树木等，而此前中国师长用的还是比例尺为二十万分之一的橡胶地图。

从师部到营部，都配有一个美军联络官，他们传达中美军队要求，沟通双方情况。师部一级的联络官还有军事指挥权，我们师部的联络官是一位上校，我们都叫他科洛奈尔（Colonel）。

中国军队传统的供应和补给是由军需处提供的，每发放一级，就被克扣一层。不知是否因为对中国军队的情况比较了解，在这里，后勤供应都是由美军联络官直接补给到连队的，这样避免了中转单位的盘剥，也显示出美军组织的精简有效。

我们到达营地时，许多美军联络官已经先到那了，连司务长很快就领到大米、牛肉罐头等，我们很快吃了饭。美军作战补充非常好，每场战役前会加强后勤补给，吃的都比平时丰盛很多；而从战场上下来以后，又马上把被服、弹药补充上去，随时作战、随时补充，后勤补给非常完善。

在国内时，我们的军纪就要求得比较严格，平时军纪扣都要扣好，走路也要挺直腰板非常规整——这个习惯我一直保持到了现在。国民党部队从来不留头发，都要剃成光头，每个连里有个理发兵，每隔一段时间就给大家集体理发。

中国驻印军的总指挥是史迪威将军，他喜欢到战地巡视，所以我们下级军官也有机会见到他。史迪威经常背着冲锋枪深入第一线，甚至和士兵一起作战，所以下面的士兵都很喜欢他，但听说和中国军方的上层关系不好。我们是下级军官，对上层的事情了解得不多，只觉得有些事情比较蹊跷：有一次，第五十四军代军长阙汉骞到缅甸前线，我们还组织仪仗队欢迎过他，但没几天阙汉骞就打道回府了。后来听说是史迪威不欢迎他，史迪威愿意直接指挥到团。

参加会战的英军第三十六师除了军官是英国人外，士兵全部是印度人，因为英国人在印度有多年的殖民统治，印度士兵从服装到装备基本上都跟英军一样，这也让他们有优越感，所以我感觉印度士兵对中国军人多少有些看不起。不过也难怪，我们那时的装备、整个国力都那么差，有什么资本让人家瞧得起呢？在这个战场上，有英国人、美国人、印度人、缅甸人和中国人，我深切地感受到：这是一场真正的国际反法西斯战争。

在我的感觉中，美国士兵对我们还是比较友好的。美国大兵喜欢抽骆驼牌香烟，有时递给我们，但中国人很少抽。虽然都属于协同作战的友军，平时也难免有点小矛盾。有一次，连里的一个士兵和美军工兵团的一个黑人发生了点争执，他觉得那位美国人看不起他，回来告诉我，我那时正年轻，血气方刚，听说自己的弟兄受了气，就要冲过去找对方理论，结果美国联络官出来把我劝住，又是送烟又是送饼干让我消消气。好在师长潘裕昆得知后也没有处分我，我后来想，也是自己年轻太冲动了——人家是来帮我们的，我们怎么能和人家打架？

奇袭密支那

到达孟关不久，我们第五十师的第一五〇团就被抽调进特遣队，参加著名的奇袭密支那战役。我的身份是第五十师师部特务连连长，在攻击密支那期间，我们特务连要紧随师部，担负搜索、警戒任务，一般情况下很少直接参加战斗。但是因为有第十六期的黄埔同学在第一五〇团，所以我格外关注战争的进展。

特遣队由三个团组成，除了我们师的第一五〇团外，还有新三十师的第八十八团以及美军第五三〇团。此外，还有一支约300人的缅甸克钦族别动队。特遣队由美军梅利尔准将统辖，分为K、H、M三个战斗队，都由美军军官指挥。

我还记得第一五〇团出发那天，电闪雷鸣、大雨滂沱，似乎预示着这将是一场极为艰难的战役。因为行动队行踪绝对保密，不能空投补给，所以每个士兵出发前都带足半个月的干粮和必需药品。

从地图上看，孟关到密支那的直线距离顶多有200公里，但其路途之复杂程度远不是我们所能想象的。它与孟关之前隔着两道大山、一条河谷，过孟拱河谷又得翻越更为险峻的苦蛮山脉才能进入伊洛瓦底江流域，沿途都是一望无际的原始森林，地形十分隐蔽，往往等发现敌人时，几乎就已经"面面相觑"了。

5月上旬，特遣队进入苦蛮山脉。这里山峦起伏，峭壁林立，行动十分困难，有时只能手脚并用地爬行，有时不得不在石壁上凿出台阶，以供攀缘。辎重连和迫击炮连行动更为困难，骡马和人往往不能在一条路上行进，为了绕过一个悬崖峭壁要绕很远的路。上坡时，骡马走不动，人要扛着马屁股走；下坡更难，得有人走在前面顶住骡马前胛，后面有人拽着马尾巴，以防坠入山谷。即便如此，还是有超过一半的骡马累死或摔死在沿途中。

因为行军艰难，走在先头的美军有时丢弃掉武器和重装备，后来我们听到参加战役的战友们讲起这个情况，觉得既奇怪又可惜。这也许体现了中美两国国情的不同，在美军方面，以保障人的生命为第一考虑；而在中国军人眼里，武器即生命，绝对不允许随便丢掉武器。

H分队的第一五〇团行动迅速，5月16日，他们已经秘密潜伏在密支那西机场。17日上午，美军五十多架飞机猛烈轰炸，日军全部爬出掩体工事，暴露在我们的枪口下。第一五〇团突然发动袭击，守卫机场的300多名日军及其指挥官平井中佐全部被歼灭。亨特上校在密支那机场的跑道上向史迪威发出了无线电密码信号——"威尼斯商人"，意思是"我军已占领机场，运输机可以降落"。当天下午，一百多架道格拉斯式飞机拖着滑翔机，穿云破雾，飞临密支那上空，第一个航次就把新三十师第八十九团、美军第八一九航空大队空运到机场，加强对密支那机场的守卫。

奇袭密支那，是史迪威最为冒险也最成功的军事行动。占领密支那机场有非常重要的战略意义，从此中美的空中补给，不必再绕行凶险的驼峰航线，而改经密支那中转，不但缩短了航程，也降低了飞行高度。

密支那战略地位如此特殊，所以日军也调来大量增援部队，拼死反攻。我们的部队曾攻占了密支那市区，但又被日本人反扑过来，一直处于胶着状态。中国士兵伤亡巨大，我在战干团的三个同学都牺牲在密支那。史迪威对密支那战况十分焦急，先后撤换四个美国联络官，最后迫于无奈，只能启用中国高级将领，新三十师师长胡素、第五十师师长潘裕昆都被调来前线指挥自己的军队。

7月18日，中、美军队转入密支那街区巷战，日军被压缩到城北的最后阵地。第五十师师长潘裕昆挑选了100多名战士组成"决战敢死队"，在当地华侨带领下，冒雨绕到日军背后。腹背受敌的日军意志终于崩溃，残兵惶恐地逃出战壕，用竹筏泅水渡过伊洛瓦底江，向八莫方向溃退。最高指挥官水上源藏被逼到江边的一棵大树下拔枪自杀。历时八十天的密支那攻坚战终于宣告结束，中国军人以上万名官兵的宝贵生命，一雪两年前兵败缅甸的前耻，也换来了整个亚洲战场具有战略转折性意义的胜利。

西保之战

奇袭密支那的消息传过来，我们这边也按捺不住，心里痒痒，都想自己上前线杀敌。我们连里的战士总在我身边不断嘀咕："仗都是人家打，难道特务连就得一直站岗放哨，坐在看台上看别人打吗？"

一天早操完毕，我特别去找师长潘裕昆，向他请战。他微笑地看着我说："好，部队就要出发，向缅中进军，决定把你连配属到第一四九团进攻西保，你们要打个漂亮仗！"我回答："一定不辱师长使命，坚决打个胜利仗！"回到连队后，我把这个大好消息告诉全连官兵，大家高兴得不得了。

西保（Hsipaw）紧靠伊洛瓦底江右岸，位于密支那与八莫之间，日军在这里构筑了坚固的阵地，准备顽强抵抗，阻止我们向八莫推进。

第一四九团正向前方开进时，突然枪炮声大作，前方遭遇了敌人。通常遭遇战很难了解敌人的情况，团长罗西畴让我这个连抢占对面山头。等我们爬到半山腰时，枪声却越来越稀落，原来我们碰到的正是从密支那撤下来的小股敌人，他们无心恋战，夺路而逃。我们本来铆足了劲要打一场，但是未经战斗，敌人就已经逃脱，这让我十分失望。

3月16日，第一四九团对西保发起正面进攻，我们特务连被配属到第二营，任务是沿公路左侧，直接对西保市区进攻。在师炮兵营和团迫击炮连火力掩护下，我们连很快接近敌人，和敌人发生激烈战斗，战况十分紧张，到了中午还未结束战斗。

我在连指挥所待不住了，想到第一线察看情况，于是带上了号兵和两个传令兵。正在向火线跃进时，日军发现了我们，步枪子弹从我头顶、身体两侧"嗖嗖"穿过，身边的号兵应声而倒，我转头一看，鲜血已经从他的胸部军衣渗出直淌下来，没来得及反应或细想，密集的子弹继续"嗖嗖"地落在身前或身后的地面上。

我不敢怠慢，赶紧滚到旁边的一个凹地里，稍停片刻，又继续跃进。等我摸爬滚打来到第一排所在的位置时，只见阵地上刀光剑影、杀声震天，他们正在跟敌人肉搏拼刺刀。我赶紧让传令兵传命，让后面第三排加入战斗，两个排拼力攻击敌人，一阵厮杀，日军终于败下阵来，落荒而逃；两个排穷追不舍，一直追敌到伊洛瓦底江边。

当天下午，我们连直入西保市区，未遇任何抵抗便占领西保。当时还有很多日军没有来得及逃走，到了晚上，日军两辆坦克掩护其尚未撤出的部队撤退。又经过一夜战斗，天亮后，日军坦克和散乱部队在伊洛瓦底江边悉数被我们俘虏。占领西保十多天内，每到晚上，总有一些逃不出的敌兵到处乱窜，我们特务连在师部附近的阴沟里就搜出十多个敌兵。

战后清点人员，特务连伤亡20多人。最悲痛的是我失去一位贴身号兵，他叫周勇，连20岁还不到。我想敌人善于狙击指挥官，狙击手一定是发现了我、目标对着我的，周勇是替我而死的。以后每每想到这一点，我都非常难过。

60年后的某一天，我很意外地收到了从潘裕昆的外孙晏欢那里寄来的一份战绩表，上面还赫然写着"尤广才"的名字。这份《陆军第五十师缅甸西保战役有功官兵勋绩表·附表第八》上，在"功勋事迹"一栏中是这样评价我的："忠勇果敢，指挥从容，行动坚决，于3月16日攻破敌坚固阵地，一举追敌至数英里，使敌不遑而抵抗。"原来这份战绩表是潘裕昆的女婿、晏欢的父亲晏伟权，为了追踪潘裕昆抗战事迹而在南京第二历史档案馆查出来的。令我十分感动的是，在一个甲子轮回之后，竟然能留下我这样的下级军官作战英勇的历史记录。

值得一提的是，当年将我们特务连配属第二营，营长叫张永龄，我们后来都被送到东北战场，新一军在辽沈战役被稀里糊涂地打垮了，我选择了投诚，他成了战俘。自辽沈战场后，我们便音讯皆无。在晏欢的帮助下，2007年我专程到南宁看望了已经96岁的张永龄，我们一见面便忍不住抱头痛哭。我没想到，在各自经历了那么多磨难，60年后我们竟然还能相见……

在打西保的时候，美军还派来一个战地摄影队，一共五人，师部指定与我住在一起。那时白天平静，夜晚枪声大作，摄影队很敬业，哪儿有枪声，他们就赶紧跑过去。我有保护他们的责任，所以他们一动身，我也得派人跟着他们。我与他们住在一起十多天，我会点英语，经常与他们攀谈，相处很融洽。他们离开时，还送了些衣物给我作纪念，现在有时还会想念他们，这也算是中美联军结下的战斗友谊吧。

第五十师在西保住了一段时间，从国内空运大批学生参军。师部成立了学生教导营，大大增强了作战阵容。部队的武器、装备得到了充分补充，我们连一下子装备了5辆小汽车，可是部队没有会开车的司机啊，部队挑选有文化的士兵学开车，我学会了开吉普车，感觉好极了。

我们在缅甸打了胜仗，国内也受到很大鼓舞，国防部还派来了一支文艺队到师部、团部轮流演出。我记得一个晚上演的是话剧《雷雨》。之前我曾读过曹禺先生的作品，所以多少还能理解一些；当然士兵们文化程度普遍不高，也没有几个人能欣赏得了。我记得缅甸地方政府也派文艺队来部队演出，虽然语言不通，但我们还是很有兴致地看完了演出。

重生之路

打完西保之后，在一次训练中，一个士兵不小心踩上了日军埋下的地雷引起爆炸，当场死伤几名士兵，我受了重伤。卫生队立即用担架把我抬进美军野战医院，进行紧急抢救。刚开始我还能觉察自己躺在手术台上，但很快就被全身麻醉完全没了知觉。

第二天清醒后，医生告诉我：弹片由右肋穿进体内，他们从右下腹切开10厘米，取出弹片，再作消毒、缝合、包扎等一系列手术处理；右下肢膝关节窝也有弹片穿进。好在这些弹片没有击中脏器要害。

清晨一早，医院用救护车把我送进密支那后方医院。那时密支那刚被我们攻占，还来不及建一座综合性的完整医院，所以只能根据伤员的伤情，按轻伤、重伤、截肢等不同类型，分散建立简易医院。我住的临时医院远离市区，只是临时搭建了几间帐篷，医务人员少，伤员也没有几个。

让我印象很深的一点是，密支那战地医院都是男性美国人——我后来听说是因为史迪威拒绝中美政府派女性工作人员来印缅战场。所以起初我根本分不出谁是医生、谁是护士、谁是业务人员。这些美国人都表情严肃、不爱讲话。专职给我换药、送内服药的，是一个二十多岁的年轻人，态度非常和蔼，我猜想他应该是位护士，我就用一些简单英语与他交流。时间久了，我们慢慢熟悉起来，有一次他还拿出妻子的照片给我看，还劝我礼拜天去教堂做礼拜。

在医院的精心护理下，我的伤很快痊愈。一天早上，我乘坐专供医院运送伤员的飞机，从密支那起飞，飞回第五十师师部在腊戍的驻地。

师长潘裕昆还特地指示副官处处长发给我一份校官伙食，以便早日康复。

1945年5月，我们作为最后一批远征军回国，回国的时候，沿途看到的都是激动的老百姓，以各种方式来欢迎归来的抗战英雄，我那时候觉得人生已到达最辉煌的顶端。

在南宁待了一段时间，部队又向雷州半岛出发，准备与日军在那里交战。行军到广西贵县时，突然听说日本投降的消息，我长舒一口气，觉得好日子终于来了，我终于可以有机会好好孝敬多年未见的老母亲了。那时候我最大的心愿就是盼望国共和谈成功，可别打了，也不想打了，打了八年抗战，别再中国人跟自己人打。结果后来没谈成，在东北战场，我们稀里糊涂地就被打垮了。思考再三，我选择了投诚，不久，我被安排送往位于抚顺的解放军军官教导团进行思想改造。在那里，我见到了远征军的很多高级将领，包括廖耀湘、郑洞国、周福成等，我们的身份都"平等"了。在教导团里，主要让我们这些下级军官学习技术。半年后，教导团几次争取我，要我加入解放军参加淮海战役，我拒绝了。我想，我参加国民党跟共产党打仗，我再参加共产党跟国民党打仗，我这个人太无价值了。所以我坚持回到地方去。

在经过思想改造后，我拿着军管会给的一纸"安顺良民"的鉴定，回到沈阳，并与久别的妻子重逢。1952年，我接到了东北工学院接纳我为正式工的通知。我利用晚上读夜大，代数、几何、物理、化学这些基础课我都学了，我似乎觉得生活又充满了希望。

我以为自己真的获得了重生，但我很快就知道，这不过是个错觉。一年后的一天，我接到被学校开除的通知，说我"隐瞒历史"。不久，妻子也提出离婚，但离婚申请没有得到上级的批准。

那时候，我的女儿还小，我不忍心把孩子抛下，就拉小车、出苦力，给人家东拉西拉。我半夜跑到沈阳联营公司排队蹬车，天一亮就在那等车，帮人家拉货。我记得爬南站的天桥时，爬着爬着就流血，口吐血……难以想象那时生活之艰难。

1958年，我到北京学习中医，那时候北京市开始清理"社会渣滓"，

"残渣余孽"都要一网打尽。大年三十那一天,我被抓去送到清河参加劳动教养。

我在清河农场一关就是六年,期间,妻子再次提出了离婚。此时,我已经没有任何能力左右自己的命运。我也不怨她,谁愿意和一个"反革命"生活呢?在农场搞劳动,就是种地开渠筑坝,清河农场那些堤坝都是我们筑起来的;灌溉,在农田种水稻,我会插秧,每天弯着腰插秧,累得要死,大跃进的时候每天挖地都要挖到半夜零点。

1965年,劳改结束,我被遣回原籍,开始接受监督改造。这也是我1938年离家逃难后,第一次回到家乡,第一次与母亲见面。没想到时隔二十多年后,我竟然以这样一种身份与母亲相见,而她和哥哥也都拒绝认我这个"历史反革命"。我觉得此生最对不起的人便是我的母亲,在我很小的时候她便守寡,日本投降后,我第一个想到的,就是从此可以好好孝敬我的老母亲了,可是直到她1968年去世时,我还是一个她不能接受的"反革命"……

不久,街道上动员下放,我想这也是一个机会,于是我报了名,一个人插队落户,每天淘大粪、养猪、种棉花,我一人身兼三职,倒也养活了自己。凭借着当年参加远征军时候从美军那里学的英语和自己多年的积累,六十多岁时,我在村里当上了一名中学英语老师。我一直住在村里的一间茅草屋里,一住就是20年,直到1980年1月,"历史反革命"的帽子才最终摘掉。1988年,我和分隔23年的女儿第一次见上面。

即便最艰难的时候,我也从来没有后悔过,我一直坚信,我没有做错什么,作为远征军的一员参加对日作战,是我这一生中最光荣的事。2008年11月,我和另外两位参加过远征军的抗战老兵,来到云南重新回顾滇西战场时,我几次忍不住老泪纵横。庆幸的是,如今,已经有越来越多的人重新审视这段历史。我相信,它不仅仅是我内心深处永不褪色的记忆,也将是我们这个民族一段永不褪色的记忆。

(2009年)

走过一世纪的沧桑

口述：杨之英

每一位见过杨之英的人都会惊叹于这位百岁老人的生命力。老人不仅有惊人的记忆力，而且表达清晰，虽然她总是自谦地说"当了一辈子家庭妇女"，但她生命的每一段经历，都几乎是这一世纪大历史的注脚。忆及往事，老人的表情总是淡淡的……提到那些人物——瞿秋白、邵力子、沈定一，老人说得最多的话是："他们的胸怀和气度，今天都少见。"

瞿秋白和杨之华（1924年摄于上海）

婚事

那是1924年11月，姐姐带着一位特殊的客人回到家里，他就是瞿秋白。他给我的第一印象是文质彬彬，说话斯文，非常有礼貌。虽然我还小，但我也明白，瞿秋白跟姐姐之华一起回来，是要和姐夫沈剑龙一起商议他们的感情之事的。

他们到家后，立即派人把沈剑龙请来，三个人关在屋子里谈了差不多一整夜。临别时,我看到他们三个人都心平气和的,像朋友一样,我猜想他们应该谈得不错了。果然第二天,他们三个人一同去了上海,在邵力子办的《民国日报》上同时登了三条启事:

  杨之华沈剑龙启事:自一九二四年十一月十八日起,我们正式脱离恋爱的关系。

  瞿秋白杨之华启事:自一九二四年十一月十八日起,我们正式结合恋爱的关系。

  沈剑龙瞿秋白启事:自一九二四年十一月十八日起,我们正式结成朋友的关系。

  这样的启事肯定是前无古人的,在上海轰动一时。

  1924年11月27日,姐姐和瞿秋白在上海举行了婚礼。秋白哥送了姐姐一枚金别针,上面是他亲手刻的"赠我生命的伴侣"七个小字;擅长篆刻的秋白还曾刻过一枚"秋之白华"印章,巧妙地把他们的名字合在一起。

  但是我父亲对姐姐的决定大发雷霆,他说:"你今天跟沈剑龙离婚,今天又和瞿秋白结婚,两件事情登在一起,把我的脸都丢到哪里去了?"所以他和母亲拒绝参加姐姐的婚礼,并且通知我姐姐,不许她回娘家。父亲去世得比较早,他一直没有见过瞿秋白。

  姐姐和沈剑龙的婚姻,是两家父母从小订下的。沈家与杨家是我们家乡的两个大户人家,我们家是浙江萧山一个殷实的地主之家,祖父杨景轩经营粮食生意,是当地的富豪之一。我至今还保持着对杨家老宅的记忆:一座堂皇的三进宅院,每扇门窗都雕刻着精致的图案花纹,房子外面被花园和果园围绕着。

  姐姐比我大十三岁,从小她就是我崇拜的对象,一直都是。我们俩性格不一样,她是很有决心、很有魄力的那种人。姐姐从小就很讨人喜欢,圆圆的脸,大大的眼睛,邻居们都喊她"小猫姑娘"。那时候重男轻女的风气还比较严重，父亲给哥哥请了私塾老师，却不让姐姐上课，姐姐就躲在书房外偷听。后来父亲也给姐姐请了位家庭教师叫倪星炳，他比较开明，也很喜欢我姐姐，经常给她讲木兰从军、秋瑾就义一类的故事，对姐姐影响很大。

父亲杨羹梅以经营丝茧生意为主，经常来往于浙江和上海，也受到不少新思潮影响。他把大哥杨葆青带到上海读书，姐姐杨之华也从乡下转到杭州女子职业学校读书。有一次姐姐从杭州回来，把头发剪了，竟然轰动了全乡，有人说："小猫姑娘变成尼姑了。"会游泳、会骑自行车的姐姐被视为乡里的传奇人物、新潮流的代表人物。

姐姐23岁时，嫁给了沈剑龙。他们的婚礼在当时可以说是史无前例的：结婚那天，沈家不办酒，我父亲也没有给姐姐买金银首饰，只给她一个银行存折作为陪嫁。姐姐那天只穿了一套粉红色镶边的衣服，不坐花轿，步行到沈家。她和沈剑龙二人握手鞠躬，并向来宾行礼。在沈定一的主持下，婚礼成了演讲会，先是沈定一讲话，然后沈剑龙和杨之华讲恋爱前后过程，说明新式婚礼的意义。

我姐姐和沈剑龙青梅竹马，感情其实也蛮好的。可是姐姐去上海青年会读书期间，沈剑龙和另一个人好上了，姐姐很生气。1923年底，姐姐到于右任、邓中夏创办的上海大学社会学系读书。那时正好瞿秋白经李大钊推荐，任系主任。瞿秋白的第一位夫人王剑虹可惜与瞿秋白结婚仅半年，就因为肺结核去世了。姐姐同情瞿秋白，两人也有共同的志趣，慢慢地走到了一起。

沈家也是萧山的一个大户，家里非常富裕，中西式楼房，富丽堂皇。沈剑龙的父亲沈定一，号"玄庐"，他身材魁梧，是我们当地的名人。沈定一在家乡办了一所农村小学，专供农民子弟上学，一分学费不收，他请了许多比较有名的老师过来教课，膳食住宿和工资一概由他负责，原来乡里都喊他"老爷"，可他要求大家称他"同志"。沈定一思想开明，他对我姐姐很好，起初他让我姐姐在他办的农村小学校教书。他喜欢游泳，教会了我姐姐游泳、骑自行车。他也教我游，可我就是不敢下水，他批评我说："你这样没出息，将来只能做一个家庭妇女。"

无论沈定一还是沈剑龙，对农民都很好。沈定一还把田分给农民，给佃户减租，从原来的每亩10斗改为3斗，还拿出一笔钱专为家乡修了一条宽阔平坦的路，农民对他非常尊敬。其实沈定一也是位值得一提的人物，他早年支持孙中山的武装起义，失败后曾逃到日本，加入同盟会。辛亥革命爆发时，他还捐了不少钱，在浙江一带比较有名望。新文化运动期间，他在上海与戴季陶共同主编《星期评论》。当陈独秀、戴季陶等人在上海发起组织"马克思主义研究会"时，沈定一也是其中一员。不久，这些人在上海成立共产主义小组，可以说，他是中国共产党的最早党员之一。

1923年，沈定一受孙中山指派，与蒋介石、张太雷一起组成"孙逸仙博士代表团"赴苏联考察。第二年，他还参加了国民党的"一大"，与毛泽东、瞿秋白等人当选为中央执行委员会候补执行委员。孙中山去世后不久，沈定一政治态度发生了转变，他参加了国民党右派组织"西山会议派"，当上国民党浙江省清党委员会主任委员，成了"反共"分子。1928年，沈定一因为国民党内部的派系斗争，在衙前汽车站被人打死。我还记得沈剑龙当时在我们家知道这个消息后，悲痛万分。有人写文章说，沈定一后来的"反共"和瞿秋白"夺走"杨之华有关。这是不可能的。因为沈定一也非常支持我姐姐，他总是觉得儿子不争气，支持我姐姐早点和沈剑龙分开，而且他也认识瞿秋白。在我看来，瞿秋白和沈剑龙都是好人。用现在的话说，沈剑龙是名"风流才子"，年轻时，字、画都不错，也有气度。他和姐姐离婚后，他们三个人也真的是好朋友。沈家人对人都蛮好的，就是身边女人多得很，沈定一娶了好几房太太；沈剑龙表姐表妹的一大堆。后来，沈剑龙在一次游泳时不慎淹死了，非常年轻，想来也蛮可惜的。

起伏

　　姐姐和秋白哥结婚后不久，就托人把我从家乡带到了武汉。在武汉，我和之华姐姐、秋白姐夫住在一套公寓里，秋白的弟弟景白也常来。

　　当时我15岁，在附近的一所学校读书，平时除了帮助姐姐干些家务外，也会为他们传递信件。临出门，姐姐、姐夫总要叮嘱我几句：出门时要注意是否有人跟踪。瞿秋白对我很好，他是个书生气十足的人，和蔼可亲，他爱喝红茶，身体很弱，经常咳嗽，但是工作起来又非常投入，日夜写稿。之华姐姐每晚给他泡红茶加糖。

　　那时候，瞿秋白主持的中共"八七"会议已经开过，年仅28岁就走上了党内领导岗位。他工作非常繁重，但从来没见他发过脾气，也从不高声说话。姐夫是属狗的，我记得，有一次他在写文章时，突然长叹着说了一句："我是一只狗，现在做的是牛的工作，总觉得力不从心啊！"虽然我还小，但我懂他的意思。那时党内斗争比较复杂，他的性格更像文人，可能适应不了那种生活，我觉得他也蛮痛苦的。

　　1928年春，秋白前往莫斯科，筹备中共"六大"。姐姐带着独伊随后也去了苏联。之后他们就留在苏联工作。秋白任中共驻共产国际代表团团长，姐姐任国际红色救济会常务委员，兼任该组织的中国代表。独伊是姐姐和沈剑龙的女儿，姐姐当年在上海生下她后做了手术，再也不能生育，秋白非常体谅姐姐，给女儿取名"独伊"，意思是仅此一个独苗。秋白对待独伊就像对待自己的女儿一样。

　　这也是他们生命中最愉快、最美好的一段时光。工作之余，姐姐陪着秋白，姐姐曾在文章里充满留恋地回忆过这段生活："夏天，我们在树林里采蘑菇，秋白画图和折纸给孩子玩；冬天，地上铺满了厚厚的雪毡，秋白把孩子放在雪车里，他自己拉着雪车跑。"

　　可惜这样的生活实在太短暂了。不久，他们受到排斥，瞿秋白在苏联的职务被解除，他们只好把九岁的独伊留在莫斯科的好友鲍罗廷家，于1930年回国工作。

他的三弟景白当时也在莫斯科中山大学留学，与王明、米夫不和，后来在苏联清党中"失踪"。1931年1月，在中共六届四中全会上，因为对"立三路线"的批判不够彻底，瞿秋白不但被解除中央领导职务，更被排挤出中央政治局。姐姐也受牵连，被撤销了中央妇女部秘书、全国女工部部长的职务。秋白身体不好，就请了长假在上海养病，实际上也彻底脱离了政治舞台。

那时候的上海，已笼罩在对共产党人的高压恐怖氛围中。国民党发出通缉令，悬赏缉拿共产党员，其中瞿秋白和周恩来的悬赏金是两万元，"身价"最高，由此也可以看出瞿秋白在国民党眼中的危险程度。姐姐和秋白在上海只能处于隐居状态，此时秋白把更多的精力投入到文学研究中。他后来自己说，他庆幸自己"从此脱离了政治舞台"，终于又回到了"'自己的家'——我所愿意干的俄国文学的研究"。

杨之华与独伊合影

秋白哥的身体不好，一直有肺病，在上海的几年，肺病更严重。在这三年里，他写了150多万字的作品，其实这不仅是秋白哥的作品，也包含着姐姐的血汗。在上海养病期间，他们的生活，全凭中共中央每月发给的十六七元钱来维持，在当时的上海，这份微薄的收入，仅等同于一般工人的最低工资。姐姐除了学习和写作外，还担当了一切家务，买菜、烧饭、煎药、洗衣，一个一个铜板地计算着，节衣缩食，用省下来的钱为秋白治病。姐姐坚信秋白是没有错的，她说："他受打击我同情他，所以我更要好好地照顾他，让他把身体养好，为党做更多的工作。"

这段时间，秋白和"左联"联系得比较多。秋白和鲁迅先生互相欣赏很久，后来经冯雪峰介绍，他们终于会面。姐姐和秋白遇到危险时，曾几次到鲁迅家避难，把他家当成最可信赖的庇护所。鲁迅先生还介绍秋白翻译了不少俄文著作，以帮助他们增加点生活收入。鲁迅特别赞扬瞿秋白的俄文翻译才华，他说："中文俄文都好，像他（瞿秋白）那样的，我看中国现在少有。"鲁迅先生还特地手写"人生得一知己足矣，斯世当以同怀视之"的条幅，送给秋白。我觉得他们之间更像是文人间的惺惺相惜。

秋白在离开上海前往江西的前夜，还特地到鲁迅家向他辞行，他俩彻夜长谈，一直到第二天晚上，秋白才回到家里。瞿秋白牺牲后，鲁迅抱病忍痛，编辑出版了秋白的译文《海上述林》上册，署名"诸夏怀霜社"，"诸夏"即是中国，"霜"为秋白的原名，"诸夏怀霜"寓意为中国人民永远怀念瞿秋白。可惜不久，鲁迅先生便溘然长逝，《海上述林》就成了他编辑的最后一本书。

分离

秋白在上海养病期间，我从没和他见过面。他在1934年初受命离开上海去闽赣苏区，也是我事后才知道的。姐姐后来回忆，秋白哥听到这个消息时，平静地点燃了烟斗，只是问了一个问题："之华可以去吗？"第二天，上级领导人的答复是：暂时不能去，因为她的工作要有人来接替。这当然也是一个说得过去的理由，姐姐和秋白只能接受。离别时，秋白还满怀信心地鼓励姐姐，说他们马上会再见的。谁知道，这一天永远也没有到来。

那段时间我们家里每天都为他们的安全担心。记得有一天，姐姐突然到北京路馀荫里娘家来找我，说机关被人发现，他们处境非常困难。可是姐姐也不敢在我们家久留，因为这里也是巡捕经常光顾的地方，于是我立即叫了一辆出租车，把姐姐送到在复旦中学工作的亲戚周仲丹家，在他的亭子间里藏身。

1935年2月，突然传来秋白在福建长汀被捕的消息——我后来才知道，当红军主力开始长征时，秋白哥并没有跟随部队，而是被要求留在苏区"打游击"。据说他也申请参加长征，但未被批准。现在很多人写文章争论当时的中共领导人是否有意"扔"下瞿秋白，我不懂政治，也无法参与评论，但我只知道，对体弱多病的秋白来说，留在苏区几乎等于死路一条。果不其然，红军主力部队离开一个月后他就被抓到。

我跑到周仲丹家去见姐姐的时候，她一下子消瘦了很多，姐姐早已有了不祥的预感，她忧心忡忡地跟我说："秋白可能会牺牲！"我听了也非常悲痛。姐姐心急如焚，马上写了三封信让我立即送出去，试图营救秋白。一封给邵力子，一封给宋庆龄，还有一封是给蔡元培。写给蔡元培的信，我交给了蔡元培的大儿子蔡无忌，当时他是我邻居；邵力子当时正在南京，我当晚打电话告诉了他；可是去给宋庆龄送信时，我被警卫阻拦未能送到。6月18日，噩耗传来，秋白还是被处决了。

秋白哥被捕后不久，还发生了这样一件事：有一天，一个素不相识的人找到我们家，自称上虞人，说是从福建长汀、囚禁秋白的地方来的。他说他在看守所工作，很赞赏瞿秋白的学问，也同情瞿秋白的处境，所以给杨之华送来瞿秋白的亲笔书信，不过要求当面将信交给杨之华。

当时政治形势复杂险恶，姐姐也被通缉，我不敢贸然透露姐姐的去处，就推说杨之华不住这里，我也不知道杨之华在哪里，是否可将信留下，待杨之华回来时转交。但那人不肯，约定过几天再来，走时还叮嘱我，一定要设法通知杨之华本人。我也不知该如何是好，就立即跑到姐姐那儿，告诉她这件事情。姐姐听后说："这个人也许不是好人。"她跟我说，最好想办法把那封信骗下来。

几天后，那个人果然又找上门来，我就以各种借口搪塞，要他把信留下来。那个人似乎感觉到了我对他的不信任，为了证明此信确实是瞿秋白亲笔所写，他当着我的面把信抽出让我看了一眼，然后又迅速放进信封，一再坚持要亲手交给杨之华。为了打消我的疑虑，他给我留了一个新闸路的地址说："要么下次你到我家来。"我又跑去找姐姐商量，姐姐觉得这个人很可疑，她说："你不能到新闸路去，也不能再到这里来了。"而且她要我马上离开上海。听了姐姐的话，我立即仓促出走，跑到南京邵力子家躲起来。现在想起来，那封信的笔迹也的确与秋白的很像，至于信中内容、送信者到底何人，已成了历史之谜。

其实瞿秋白的一生也是颇令人感慨的。他比姐姐大一岁，是江苏常州人。瞿家本来也是大户人家，书香门第，瞿秋白在诗词、绘画、篆刻、书法上都有天资。可是到了他少年时，家境败落，妈妈又因为家族琐事自杀，由于家境贫寒，他失学了。后来辗转到了北京，考入了免费的俄文专修馆，开始从事俄语翻译工作。他的本意是研究俄国文学，后来阴差阳错地走上政治道路。姐姐说：秋白死得太早了，如果再多活几年，会对文学有更大贡献。

动荡

因为长期在上海经商，父亲在上海租了一幢房子，后来又在上海娶了一位太太。父亲后来生病了，为了照顾父亲，我从杭州到上海，住在北京路馀荫里的老家里。不久，家里来了一位特殊的客人，他是邵力子的次子邵志刚。

邵志刚是从莫斯科回来的。1925年苏联成立了中山大学，专门招收中国学生，当时正是国共合作时期，国共双方都派了不少人前往莫斯科学习，包括蒋介石的儿子蒋经国、冯玉祥的儿子冯洪国、于右任的女儿于秀芝等。邵志刚后来被调到第三国际远东局工作，以后还担任了远东局国际部部长、"少共国际"书记等职。

1930年春，邵志刚奉第三国际指派回国，在上海从事党的秘密工作。在苏联期间，邵志刚与姐姐杨之华、姐夫瞿秋白都认识。临行前，姐姐对他说:"你到了上海有什么困难,可以去找我妹妹,她会帮助你的。"邵志刚回到上海后,就住在我们家。我和志刚小时候在沈定一家见过面,所以这次见面大家都感到很亲切。志刚谈吐文雅,待人谦和,善解人意,颇得我们一家人好感,相处一段时间后我们俩自然也相爱了。

那时,国共已经分裂,从事地下工作的志刚不能公开身份,平时以理发师的身份作为掩护。那时候志刚每天早出晚归,每天回来时一脸疲倦,为联系不上在上海的地下党组织而焦虑。邵公觉得现在形势不好,建议志刚索性先离开上海,到国外读书。志刚思考再三后决定去瑞士学习。此时我已有了身孕,我和志刚商议,我先留在上海,等把孩子生下后再去欧洲与他团聚。

志刚到了瑞士后不久,我生了个儿子,邵公非常高兴,给孩子取名"美成"。我写信告诉志刚,他回信说:"你要好好培养他,让他长大以后比我还要好十倍。"起初我们还经常通信,后来我再也收不到他的信,我很不安,想方设法打听。不久,志刚正在巴黎留学的大哥邵遂初从法国来信告诉我,说志刚已经死了一年多了,他是在意大利遇害的,具体原因至今也是个谜。

我听到这个消息后有如晴天霹雳,想到志刚死时才24岁,还没见过孩子,更是难过得不得了。但是大哥还叮嘱我,不要告诉邵公,担心他受不了丧子之痛。可是没多久,我还是忍不住把这不幸的消息告诉了邵公,他听了好久说不出一句话来,愣怔了好久才缓缓流出眼泪。

志刚离开前,邵公把我接到他们住的愚园路33号,和他们老两口住在一起。邵力子当时的职务是国民党甘肃省主席,节假日常回上海小住。邵公平时生活俭朴,连旧信封都要翻过来再用,他也非常爱国,平时不许家里用日货。邵公人非常好,总是心平气和的,他经常跟我说:一个人,对外不要老和别人争执,但是对内要有自己的主张。他对我就像对待自己的亲生女儿一样,得知志刚去世后,他反过来劝我注意身体。他对我说:"你还年轻,可以改嫁,如果还想在这里,生活上绝对有保障。"从此,我带着儿子美成,与邵公一家住在一起。

不久，邵公又调到西安任陕西省主席，我和儿子也随同前往。西安的生活条件非常优越，但我心里却一直不踏实。我想，我才二十多岁，也不能就这样稀里糊涂地过一生，而且美成也已经五岁，我该考虑一下自己的前途了。有一所日本女子齿科学校年年招生，我决定去那里学医，邵公也欣然同意。

我是1935年春天到的日本，先在东亚日语补习学校学日语，然后再学齿科专业。仅学了一年多，1936年12月12日，我在日本听说发生了举世震惊的"西安事变"，当时邵力子同其他在西安的国民党军政要员，与蒋介石一起被拘禁。我担心邵公和美成，赶紧赶到西安，一直到"西安事变"和平解决，邵公一家平安无事后，我才重返日本继续上学。

可是没多久，又爆发了七七事变，中日之间正式开战。我们中国留学生在日本受到了严密监视，而且随时会被搜查，大家纷纷回国。我变卖了一些衣服首饰，筹钱买了船票，直接回到了上海。

到了上海还立足未稳，八一三淞沪战争开始了。我匆匆逃回萧山老家，与母亲住在一起。没几天，日本飞机开始轰炸钱塘江大桥一带，我家就住在江边，我和妈妈日夜提心吊胆，周围的乡亲们也都人心惶惶，各自逃难。可是我们几个孤儿寡母也不知道往何处逃。所幸遇到电话局的一位王先生，他带着我和妈妈、美成逃到诸暨住了两个多月，听说上

邵志刚　　　　　　　　　杨之英、吴元坎和邵美成合影

海租界比较安全，我们决定去上海。当时火车已不通，只能坐汽车到绍兴再乘小舢板到余姚，走水路到宁波。还好我们在宁波很顺利地买到了去上海的船票，当时船上人山人海都是逃难的人，混乱不堪……

到了上海后，我和美成住在周建人先生的家里。可是不久，上海沦陷，我们母子在上海的生活也遇到了困难。周建人建议我到重庆找邵力子，也曾好心劝我说："你年纪还轻，跟邵家的关系是续还是断，也要做决定。"我一时也不知道该怎么办，只想赶紧到了重庆再说。当时商务印书馆正好要运一批书到重庆，周建人介绍我认识了商务印书馆的经理王云五先生，我们母子就跟着王云五先生同行。

为了安全，我们决定坐船走海路绕到重庆。先是坐船到香港，然后乘坐海轮到越南的海防，换火车经河内，一路辗转终于到达昆明。可是在昆明停了两周也买不到去重庆的机票。这时，我得知邵力子要被派到苏联任大使，急得赶紧拍电报给他。两天后，邵公寄来了机票，就这样，我带着美成顺利离开昆明。

离开日本时，我曾帮助一些经济拮据的同学也买了票，其中有一位叫吴元坎，他是我在日本东亚日语补习班的同学。吴元坎回国后在重庆当编辑，我把要去重庆的消息也写信告诉了他。所以当我到重庆后，除了邵力子的副官开车来机场接我外，吴元坎也去了。

此时邵公赴莫斯科出任大使的日期马上就要到了。为了我的安全，他把我们母子安排在于右任先生家。有一天，邵公突然问我："那天在机场来接你的那位先生是谁？"我猜测是副官向邵公汇报的，我如实汇报：吴元坎是江苏吴县人，比我小一岁，父母双亡，家境贫寒，复旦大学毕业后，向亲戚借钱去日本留学，半工半读，毕业于日本中央大学。邵力子说："你把他找来，我和他谈谈。"

见了面，邵力子微笑着说："你是复旦学生，我曾是复旦校长，那么，我们就是师生关系了。"然后他又详细问了吴元坎的情况，最后邵公认真地问："之英是我的儿媳，她人很好，你们是同学，你是否愿意和之英结婚？"

吴元坎的第一反应是拒绝，他觉得和邵力子的儿媳结婚，会被同学们看成贪图财势。我也觉得自己有失成了，结婚与否并不重要。可是邵力子还是苦口婆心地劝我们，吴元坎答应仔细考虑再作决定。

第二天，邵公又把吴元坎请到家里来，劝他放开顾虑，然后非常真诚地说："之英像我的女儿一样，如果你们成婚，你就是我的女婿。"他又说，你喜欢到哪里工作，你直接告诉我就行。吴元坎最终同意了这门婚事。

邵公非常高兴，开始张罗我们的婚礼。他订了十几桌酒席，发了很多请帖，还给我买了家具和衣服，又给了我两万块钱作陪嫁。谁知道婚礼临近时，吴元坎却出走"逃婚"了，邵公急得出动了宪兵到机场、车站寻找。正好我碰到吴元坎复旦的老同学，他帮忙找到了躺在浴室里的吴元坎。

周折

婚后不久，我们的大女儿吴小英出生了。后来不久，我又怀了孕，我挂念还在沦陷区的母亲，执意要回上海。在苏联的邵力子得知后，立即打电话到重庆，让他的秘书拦住我们。在我们准备登机时，邵公的秘书张九如坐汽车赶到，可是我们认为一切都已安排妥当，再改不好，于是还是飞走了。

我们的计划是转道香港再回上海。没想到到达香港后没几天，就爆发了珍珠港事件。香港处在日军的炮火下，整个香港市民吃住都发生了困难，考虑再三我们只得决定再回重庆。可是此时香港机场已被日军占领，我们只得先冒险偷渡到澳门，在那里与叶浅予、戴爱莲夫妇和另外一些文艺界朋友结伴而行。此时天气已变凉，我们随身的行李在旅馆里被窃，靠这家给一件、那家给一双，穿的衣服长短不齐，狼狈不堪，但也顾不了那么多。我们又卖掉了手表和首饰才继续上路。

有一天我们一行经过粤北山区的一个小村庄，天下起了雪，挑夫的担子里一头挑着一个孩子，我挺着大肚子跟在后面。没想到一不小心，脚下一滑跌进池塘里。当时没有任何抢险工具，就靠一人拉着另一人的衣服，形成一条"人绳"，总算把我救上来。历尽千辛万苦回到重庆，我生了一个男孩子，没有医生接生，逃难时又身体虚弱，我得了血崩症，养了一个月后，才知道孩子因为消毒不严得了脐带风，已经夭折了。

不久，吴元坎在报纸上看到英国驻印缅军司令部招翻译官的消息，他便去投考，结果考上了甲级翻译官。1942年，我们从重庆飞到了印度。

元坎在盟军司令部主要从事日语翻译，军衔是少将，收入也不错。我们在新德里租了一幢二层洋房，一共有九个房间和三个大阳台，四周是大花园。我们还请了七个用人，有花匠、厨师、保姆、扫地的女佣等，雇用这么多人并不是我们摆阔气，而是印度有非常严重的等级观念，比如扫地的人不能碰桌子，付给他工资时，他的手也不能和我们的手接触等等。

元坎在驻印军总司令部工作，他和那些工作人员相处得非常好。很多盟军的工作人员喜欢吃中国菜，常来我家玩，我经常烧了菜请他们吃。因为我们家房子大，日本人、英国人、美国人都曾借住在这里，我们家成了一个小联合国。

战争一结束，盟军就负责把我们从新德里送回上海，从此我们就定居在上海。回到上海后，元坎由邵公介绍进《大公报》当编辑。那时物价飞涨，生活极为困难。我和元坎已经有了四个女儿，美成也回来跟我们一起生活，老家又来了三个人投靠我们，当时家里真是连吃饭都成问题，经常靠典卖了报纸、衣服才能开伙。我怕饭不够，就让他们先吃，我最后一个吃些锅巴。家里的女佣也很感动，她说："二小姐这么慷慨善良，我的五块钱工资就不必给了。"

我一生从来没有参加过社会工作，做了一辈子家庭妇女，但元坎非常尊重我，也从未以家长式的大男子主义对待我。新中国成立后元坎一直在出版社工作，我们俩一共生了五个女儿、两个儿子，都靠元坎一人的工资和稿费收入养家。他对美成也视若己出。经济困难时期，逢年过节，为了让孩子们高兴，我总是想办法为孩子们做件新衣服，没有钱买衣料，我就把自己的旧旗袍拆开，有的里子坏了，我就把桑皮纸用糨糊粘起来拼凑做成一件件新衣给孩子们。

我对邵力子蛮感谢的。全国解放前夕，邵力子为国事频繁来往于南京、北京和上海，有一次遇见他，他轻声对我说：快了，快了，共产党要胜利了，你耐心点。新中国成立后，邵力子定居北京，每次到上海开会，他总要打电话把我们叫到他住的地方一起吃饭，聊聊家常。记得有一次，他还批评我生了五个孩子："子女过多，小家庭负担太重，对社会主义经济也不利，你们不能再生孩子了！"——我后来才注意到，邵公在新中国成立初期就很有远见地提出避孕节育的建议，可是当时我并不理解邵公的一番苦心，后来又生了两个孩子。

1966年"文革"开始后，邵公成了第一批被批判的人，我和邵公也断了联系，彼此都不知生死。一年后，已在北大工作的美成从北京来信告诉我，邵公忧愤成疾，终于不治，已经逝世。我顿时泪如雨下，泣不成声，为未能在他病中卧床时尽一点孝心而难过。

聚散

记得全国解放前的一天，邵公告诉我："你姐姐从新疆监狱出来了。"我喜出望外。自1935年我们在上海分别后，我和姐姐已经14年没有相见了。

这一天很快就到了。1949年夏的一天，姐姐和新华社记者杨刚一起出现在我所住的《大公报》宿舍的家里，姐姐此时的身份是全国总工会女工部部长，她是借到上海出差的机会来看我的。久别重逢，我们姐妹俩情不自禁拥抱在一起，久久说不出话来……过了一会，姐姐把眼泪擦干，高兴地跟我说："之英，我们奋斗了这么多年，今天终于看到革命成功了！我们在解放了的新中国重新相见，该是多么高兴啊！"姐姐的眼睛还是那么明亮。

分别后这么多年姐姐的经历，我也是后来才知道的。1935年，姐姐藏在周仲丹家住了两个多月，经组织安排去了苏联。在共产国际的"七大"上，她当选为国际红色救济会常务理事，留在莫斯科工作，她和分别五年的独伊也终于在异国他乡团聚了。

1941年6月，苏德战争爆发。中共中央决定部分留苏人员回国参加抗日战争。姐姐带着独伊离开莫斯科回国，在到达迪化（乌鲁木齐）时，被盛世才投入监狱，不过化名为"杜宁"的之华并没有暴露身份。1946年，国共两党在重庆谈判期间，毛泽东、周恩来要求蒋介石释放在新疆囚禁的共产党人。后来张治中亲自安排10辆美式卡车，配备了通讯、医务、军需人员等护送130名蒙难人员离开新疆牢狱，姐姐和独伊也终于回到了延安。

姐姐看我儿女成群，高兴地说：你要是在苏联就成光荣妈妈了。你到底是学过幼儿师范的，等孩子大些了，你可以出去办幼儿园，为社会作出更大贡献。之后，她真的为我联系参观工厂，带我参加在上海召开的国际妇女会议，还带我去结识了当时负责女工部的汤桂芬同志。可惜我终因孩子多脱不开身而未能外出工作。

姐姐和秋白之间的感情很深，他们可以说是真正的志同道合。秋白在生命最后一刻写的《多余的话》里还曾深情地写下这样一段话："我留恋什么？我最亲爱的人，我曾经依傍着她度过了这十年的生命。"秋白去世时，姐姐只有35岁。虽然我从来没有和姐姐直接谈过，但我知道，以她与秋白哥之间的感情，她也不会再嫁给另一个人的。

姐姐对秋白的感情一直很深，秋白去世后，她写了很多回忆文章。她还一直在努力地寻找秋白的遗骨，1951年，秋白的遗骨终于在福建长汀被找到。1955年6月18日，在瞿秋白牺牲20周年时，他的遗骸从福建长汀罗汉岭的盘龙冈取出，安葬在北京八宝山革命公墓。周总理亲自题写了墓碑,也算是对瞿秋白的在天之灵有个安慰。

1965年,正在杭州华丰造纸厂搞"四清"的姐姐看到报上批判"三家村"和《燕山夜话》的文章时,以大姐的经验,她很敏锐地感觉到政治气候的变化。她叫我去杭州,说要和我谈谈瞿秋白的事。但见了面后,我们也没来得及多谈,不久她就回北京了。

没过多久,姐姐所在的中央监察委员会内部开始搞起了运动,贴了姐姐很多大字报。"文革"正式开始后,瞿秋白因为《多余的话》被打成"大叛徒",红卫兵冲到八宝山烈士公墓挖了他的坟,砸了周总理手书的墓碑。不仅如此,秋白母亲在常州的墓、父亲瞿世玮在济南的墓也都被砸毁。

紧接着,康生亲笔批示将杨之华列为"重点审查对象",之华被转到某部队隔离审查,实际上等于被关起来。独伊也被打成苏修特务、军统特务、国民党员和叛徒,备受折磨。独伊的女儿晓云被赶到内蒙古的农村。这样姐姐一家老小统统被扫地出门,北京的户口被注销,住房被占。

此前,姐姐曾捎信来要我去北京一次,说要和我谈谈关于秋白的许多事,但那时中央监委已派人来上海调查,我经常受到派出所和居委会的传问,我怎么去得成?当时母亲住在我家,她老人家担心大姐的安危,让我去探望,但都被禁止。

1971年九一三事件后,政治形势有所变化。独伊给周总理等人写信,反映杨之华的问题,终于在1973年初获准探望之华。那时候大姐已被关了六年,已经到了生命的最后阶段。这段时间,独伊曾多次去看望,替她梳头、洗头、擦身。姐姐多年没有好好梳洗的模样,让人看了辛酸!

1973年10月的一天,我突然接到独伊发来的电报,让我立即进京,说姐姐一定要见我一面。我一听就慌了,赶紧借钱买了机票。10月18日到了北京后,我照例向中央监委的人打报告申请探望,这一次令我意外的是,对方告诉我:杨之华刚刚被撤销隔离审查,已转入北大附属医院，不必再申请就可以探望。

我不知是悲还是喜，马上赶到医院，看见姐姐住在一间大病房里，病人很多，人声嘈杂，姐姐在靠边的一张床上，几年未见已是骨瘦如柴，两眼无神，说话声音也虚弱无力，但头脑还是很清醒的。我抱住姐姐，我们在一起流了好长时间的泪……半晌，大姐吃力地问我："妈妈可好？"我说："蛮好。"她说："托毛主席的福……"后来，她又问元坎和孩子的情况。晚上，她轻轻对我说："我希望能见到胡愈之、周建人、周扬。"还说："周建人很了解我以前的情况……"

第二天上午，我陪大姐时，她精神挺好。她说："我有些存款，你孩子多，负担重，经济困难，独伊拿些，你也拿些。"然后又说，"你要好好地为国家做些事情。"我含泪点头。下午，胡愈之、沈兹九夫妇，还有周建人的夫人王蕴如来探望大姐。见到久别重逢的老朋友，姐姐情绪很好。周建人的夫人临走时说："华姐，你在医院没有什么可吃的，我给你炖一点鸡汤吧。"姐姐微微地点头感谢，最后一字一顿地说："我还想吃西红柿。"

因为之前我在医院已陪了两晚，美成就换我回家休息。谁知凌晨1点多钟美成回家告诉我，大姐已去世，我忍着悲痛赶到医院，刚刚得到自由三天的姐姐已在另一个世界……我知道姐姐一直在为瞿秋白鸣不平，但到死，她的心愿都没有了结。

1977年，之华被平反，听说还是因为毛主席说了"杨之华没问题"。独伊找到陆定一，写信给中央要求为瞿秋白平反，陆老抱病写了回信，他说：以《多余的话》而论，一没有出卖党和同志，二没有攻击马克思主义、共产主义，三没有吹捧国民党，四没有向敌人乞求不死的意图。结论是，"客观地全面分析《多余的话》，它绝不是叛变投降的自白书"。终于，1980年10月19日，经过多方努力，中共中央向全党发出通知，瞿秋白也终于恢复名誉。

"文革"期间，打倒"叛徒""特务"的大字报一直贴在我们家楼下，经常有人来调查。元坎受冲击不小，他认识邵力子，是国民党的红人，又是瞿秋白的连襟，又去过日本，我每天都担心他是否回得了家。他每天回来都垂头丧气，忧心忡忡，但是想到一大家子都要靠着他，他还是坚持了下来。

  姐姐去世的消息没告诉母亲，怕她受不了。姐姐一生蛮苦的，我和姐姐走的是不一样的路，我觉得政治太复杂了，还是当普通老百姓好。吴元坎后来一直在出版社做翻译，他翻译的主要作品有十几种，其中有著名美国作家库柏的《最后一个莫希干人》、狄更斯的《钟乐》，还有德富芦花的《黑潮》、尾崎红叶的《金色夜叉》。元坎是1989年去世的，活了77岁，我们俩感情好得很，从结婚一直到他死，没有吵过一句。他去世后，我每天都供他"吃饭"。早上，我知道他喜欢牛奶红茶，我就给他冲一杯，放在他照片下面；中午再给他换别的菜，每天都供，直到我死为止……

  回忆这些往事，仿佛做梦一样，一幕一幕悄然滑过。我最怀念的还是童年，在家乡的山间田地里自由地玩耍，没有政治，没有动荡，无忧无虑，那是我最快乐的时光……

（2010年）

走过战争，走过屈辱
——一位志愿军战俘的朝鲜战争回忆

口述：张泽石

1953年7月27日，26岁的张泽石在巨济岛战俘营里听到了板门店《朝鲜停战协定》签订的消息时，兴奋之情难以言表——它不但宣告了历时两年多的朝鲜战争的结束，也意味着他们终于可以摆脱梦魇一般的"战俘"生活。1947年，正在清华大学物理系读书的张泽石秘密加入中国共产党，完成了从一名基督徒到红色革命者的转变。1951年，张泽石随部队进入朝鲜，投入第五次战役，因部队陷入重围而被俘。在战俘营里，作为为数不多的大学生之一，张泽石成为坚持回国志愿军战俘的总代表总翻译。

84岁的张泽石老人回首往事，总是不由得闭上眼睛，似乎仍不愿直面那些曾让他痛苦万分的经历。张泽石有一种要将战俘营真实生活表达出来的强烈责任感："朝鲜战争战俘是个特殊群体，如果我不讲，我的那些难友更是无法让外界知道曾经经历了什么。"

被俘

1951年5月27日，这是一个令我终生难忘的日子——从这一天起，我成了战俘。

我还记得，我们是在 5 月 26 日黄昏，才接到不惜一切代价突围的命令。传来的命令说，只要到达鹰峰脚下就能与接应部队会合。于是大家扔掉背包，彻底轻装，向鹰峰方向突围。

我所在部队是第三兵团第六十军一八〇师五三八团。接到命令后，二营、三营作为全师的突击部队，冲上公路向密集的美军坦克扑了过去。他们付出了极大的代价，以血肉之躯在敌人的包围圈上撕开了一个近百米宽的口子。我们跟随一八〇师剩余的部队，就从这个血红的口子上跨过战友和敌人的尸体冲出了这道包围圈，然后爬上了一条山梁，强忍着饥饿和疲困，在风雨中跌跌撞撞向着鹰峰赶去。

一开始，我们还保持了行军的序列，但是天色已黑，又下起了大雨，山路也非常滑，加之敌人的排炮不断袭击，队伍很快就被打乱了。我带的宣传队员大都是新兵，大家都特别害怕掉队。我让他们把白毛巾系在手臂上，一个紧跟一个。一边艰难行军，一边要不时躲避随时飞过来的弹片。等到我们终于跋涉到了鹰峰半山腰时，已经是次日凌晨。可是不知道为什么，却发现前面的队伍停了下来，我努力寻找我的直接领导，想请示下一步行动，他们原本就走在我前面，可这会儿却怎么也找不到了。正焦急间，我看见司务长老刘捂着肚子一脸痛苦地坐在地上。老刘的胃病犯了，他解下腰上的干粮袋递给我，喘着气告诉我："鹰峰已经被敌人占了，上面命令分散突围，我走不动了，你带上这点炒面赶快走！"

老刘挥手让我走，而我的脑子一下子全乱了：分散突围，怎么突？往哪里突？我茫然四顾，看见我的宣传队员们仍然坐在雨地里眼巴巴地等着我。这时忽然听见山顶上响起一阵急促的机枪扫射声，我意识到想越过鹰峰突围已经不可能了。我和战友们抓住身旁的树，往山下奔去。坡太陡，路又滑，心又慌，我们不断地摔跤，一个个都成了泥人。旁边不远处有一条泥坡滑道，大概是前面的战友们用身体开通出来的。我们别无选择，只能从这条不是路的路逃生。为了避免手被滑道上的石子划伤，我们把双手护在棉衣袖口里，如坐滑梯一样争先恐后一直滑到了鹰峰山谷的沟底。

这时，雨下得更大了，我们躲避在一座山崖下，大家全身都已湿透，在饥饿和惊恐之中瑟瑟发抖。头顶上照明弹再度亮起，在它的光亮下，我看见在这条长长的山沟里已经拥挤着数不清的战友，大家都低着头沉默地坐在泥水里……还没来得及难过，忽然空中响起了广播声，竟然是一个操着汉语的人在说话，这个声音说"一八〇师已经被包围，你们不要做无谓的抵抗，赶紧投降"云云。

这时有战友动员大家，说冲出沟口越过马路就可以突出包围。我想，与其坐以待毙，不如再拼死一搏。于是接过一位负伤的战友送给我的一枚手榴弹，带着几名宣传队员也跟着往外冲。我们越过众多伤病战友插到沟口边上，前面是个约有50米宽、100米长的开阔地。我们沿着水沟弯腰向前猛跑，但还没跑出50米远，就被敌人发现。子弹在四周溅起泥水，我们只好顺势滚进旁边的水沟。沟里水深及膝，大家只得泡在水里隐蔽起来等待时机。

只有等照明弹熄灭了才好再突围，可是挂着降落伞的照明弹却一颗接一颗，在空中闪亮。渐渐地，雨停了，东方也渐渐亮起来。远处又传来了坦克的轰鸣声，随即又看到了紧跟在坦克后面头戴钢盔的美国大兵。我意识到这是最后时刻了。我叫大家趴下，正要将手榴弹奋力扔向敌人时，手臂被身边的小队员抱住了。他哭喊着："您千万别扔呀，扔了我们都得死呀！"看着他惊恐无助的神色，我心软了，便大喊一声："快跑！分散往后山跑，趁雾大先躲起来再说！"话没说完，就带头跳出水沟往山上猛爬。

山势很陡，我费力爬了一段，却被一块巨石挡住了，我就双手抓住石缝中一棵小刺棵子用力往上爬。脚下太滑，被子弹溅起的石碴又擦破了我的额头。当时手猛一使劲，小刺棵子被连根拔起，头朝下摔了下去，之后就什么也不知道了。

等我从痛楚中醒来的时候，看见几个美国大兵持枪围住了我。我插在腰带里的手榴弹也已摔到远处。一个士兵用刺刀挑起我下巴，我摇晃着站起来，不情愿地按照他们的命令，把手放到了脖子后面。不远处，随我突围的几个战友正低着头，双手放在脑后一跛一跛地被押过来。难友们看见我，眼圈立即红了。我痛苦地跟他们点点头，也加入他们的行列，互相搀扶着走出沟口。走出沟口，我看见公路上有一长长的行列，全是我军被俘人员，衣衫褴褛，步履维艰，缠着绷带的，拄着树枝的，惨不忍睹。

就这样，我成了战俘。

跨过鸭绿江

成为战俘的时候，我到达朝鲜战场刚刚两个多月。我清清楚楚地记得，我是1951年3月21日那天从安东（今丹东）跨过鸭绿江入朝作战的。当我们雄赳赳气昂昂地踏上铁桥时，我感觉自己充满豪迈之气；快过完桥时，我还组织宣传员一起向欢送的人群高呼："再见了，祖国的亲人们！等着我们胜利归来吧！"

当时，我只是这场庞大战争的最微不足道的一分子。关于朝鲜战争的很多事情，我也是后来几十年慢慢了解的。

朝鲜战争爆发之初，麦克阿瑟认为中国不会出兵朝鲜，对中国军队参战没做任何准备。临时受命的彭德怀带领20万中国志愿军秘密跨过鸭绿江后，指挥五倍于美军的部队，通过山间小路，插入敌后，分割包围，发动了突然袭击。在志愿军发动的第一次战役中，联合国军被打得措手不及，全面撤退至清川江以南。

1950年11月25日，志愿军发动第二次战役，这一次，傲慢的麦克阿瑟虽然知道中国出兵了，但他连中国军队部署在哪里都懒得弄清楚，便命令联合国军发起"圣诞节攻势"。于是在为期一个月的战役中，联合国军再遭重创，中朝联军把他们打到了三八线以南。

1950年底开始的第三次战役打得也比较成功。中朝军队不仅占领了美军的补给基地仁川港和南朝鲜首都汉城，而且把战线向前平均推进了100公里。这时，联合国方面提出了停火协议，而彭德怀也意识到，中国军队无论在食物补给还是弹药补给上都面临巨大困难。但是中国和苏联的领导人都被前三次的胜利所鼓舞，拒绝了联合国提出的停火五步方案。但中国政府刚一拒绝联合国的五步方案，美国军队就在1951年1月25日发动了大规模反攻。这就是第四次战役。

　　这时，美国的李奇微接替因车祸去世的沃克，出任第八集团军司令，并兼联合国军地面部队司令。精明的李奇微不像麦克阿瑟那样狂妄傲慢，他在仔细回顾历次作战记录中发现，志愿军每次进攻都在7—8天后自行停止——他将之称为"星期攻势"。而且志愿军每天作战距离均不超过20公里，他判断出这是因为志愿军的粮食与弹药补给困难，所以李奇微只把部队撤到22公里，最远不超过25公里的地方停下休整。他提出"磁性战术"，就是坚决近距离地与中国军队接触，不间断地持续进攻，不给中国军队以补充的时间，与中国军队拼消耗，并且在局部依靠优势的炮兵、空军和坦克的火力，实施密集的高炽烈的火力突击，以杀伤中国军队的有生力量。最后，等轰炸一停止便立即挥师反扑。

　　第四次战役前后打了近3个月，打得非常艰苦。这一次，美军加强了空军力量，完全掌握了从鸭绿江到最前线的制空权。而我们因为战线太长，补给困难，打得非常艰苦。我们调动了很多部队，想保住三八线，可还是因为实力相差悬殊，被迫放弃了仁川和汉城，全线后退了100多公里，重又撤回到三八线以北。彭德怀再次向毛泽东建议暂停进攻，给部队一段时间休整、补充及巩固阵地，却再次被毛泽东否决。

　　就在第四次战役结束的第二天——1951年4月22日，第五次战役就打响了。为了准备这次战役，从国内急调了第三兵团和第十九兵团一共六个军前往三八线。第三兵团下辖第十二军、第六十军和第五十军，一共十几万人。第六十军前身是晋冀鲁豫野战军第八纵队，后改为华北野战军八纵。1949年全军整编，八纵改称中国人民解放军第十八兵团第

415

六十军。他们先是参加了解放西北的扶眉战役,又跟着贺龙南下秦岭,一直解放了成都,是解放川西的主力部队。成都解放后,第六十军一直驻扎于此,其中第一八〇师兼管眉山军分区,建立地方政权。第十八兵团政治部主任是胡耀邦。我还记得,我们部队传达过胡耀邦的一次讲话,大意是说:现在转为和平建设时期,我们要安下心来把四川建设好。现在看来,朝鲜战争对他们来说,也非常意外。

朝鲜战争爆发后,部队归建,分散到地方搞建设的部队又集结变成野战军。因第六十军军长张祖谅任川西军区司令员,由韦杰继任军长。当时解放军是成军、成师整个建制入朝的。从成都出发到了河北沧县泊头镇集结整训时,我和战友们才知道我们马上要进入朝鲜战场。部队政治动员时说:美国是只纸老虎,我们要用我们的小米加步枪,打垮他们的大炮加黄油;把他们从三八线赶到三七线,从鸭绿江赶到汉江!那时候大家对新生的祖国的爱是非常强烈的,听了这样的动员,大家更是群情激昂。

我们在安东停了两天左右,上级把我调到团政治处任见习宣传干事,负责编印一份团级的《战斗快报》。领导说:"你的任务就是把蜡纸、铁笔、钢板都带上,去采访行军路上和战斗中的好人好事,油印出来发到连一级。"

我当时根本不知道实际是赶赴三八线去投入第五次战役。为了力求减轻美军狂轰滥炸造成的损失,我们将要背负近百斤重的行装,昼伏夜出,连续15天跋涉1500里。那场战争一开始就以其可怕的艰辛与危难给了我这个学生娃子以极为严峻的考验和锻炼。

从基督徒到共产党员

回过头来看,坦率地说,当时解放军的整体素质不高,像我这样,从大学生进入军队的人少之又少。进入清华大学前,我是一个虔诚的基督徒。如果不是这个时代，我的人生不知道是否还会发生那么大的变化。

我的家乡在四川广安，那里山清水秀，物产丰饶。我的祖父在老家开办了一个小工厂——用现在的话说，是一个比较成功的乡镇企业家。他虽然没文化，但深知读书的重要性。我4岁半就被送进私塾读书，还记得一进家门就有一只八哥鸟在提醒我们：万般皆下品，唯有读书高。

初二时，父亲送我进教会学校。那里收费昂贵，聘了很多来自美国、加拿大的老师，他们不仅教给我们地道的英文，还让我们读《圣经》故事。高二那年，我进入铭贤学堂读书。铭贤学堂本是孔祥熙受美国欧柏林大学（Oberlin College, Ohio）委托在山西太谷县创办的一所学校，抗战爆发后从山西流亡到成都。我还记得，进铭贤学堂的第一堂英文课就是林肯的葛底斯堡演讲，那里面的"of the people, by the people, for the people"（民有、民治、民享）也终生印在我的脑海里。

1946年，我考上了清华大学物理系。选择物理，是因为那时我们都崇拜大科学家爱因斯坦——我那时还憧憬过毕业后去美国给爱因斯坦当弟子。我入学的第一年底——1946年12月24日晚，北平发生了著名的"沈崇事件"，当时北平学生爆发了规模浩大的"反美抗暴"运动。12月30日这一天，我们清华大学学生从海淀出发，一直走到台基厂的北平市政府，向政府递交了抗议书后才结束。

现在也有很多人说，那时的学生反美情绪是被操纵和鼓动的。以我自己的亲历，并不认同这种说法。回想起来，抗战那段时间和美国人的关系是最好的。但是抗战胜利后，普通民众对美国的情绪也发生了很大变化。我记得那时的北平街头，经常能看见美国大兵坐着吉普车，搂着"吉普女郎"当众亲吻……这些美国海军陆战队员的确非常张扬。我们平时就对他们的"跋扈"非常不满，当听说他们的士兵竟然在东单广场把女大学生架走强暴就更是把压抑许久的怒火发泄了出来。对我来说，尽管我一直在美国人操办的学校长大，但此刻，对美国大兵强奸北大学生而产生的愤恨，早已远远超出在美国学校读书培养出来的对他们的感情。

清华大学那时候左派学生非常活跃。大多数学生都是经历过抗战的苦难，都有满腔强烈的以身报国之情，希望国家能强大、自由。当时共产党也正是宣扬要建立这样的一个国家，打倒贪污、腐化的国民党，这些宣传都符合我们这群立志要把国家变得富强的青年学生的心愿，我们也很自然地投入到共产主义阵营里。我爱好文艺，经常参加各种文艺活动，后来加入了地下学生组织——民主青年同盟。根据组织的指示，我们尽量多利用文艺社团，采取歌舞形式，开展宣传斗争。1947年，我加入了中国共产党。

1948年6月的一天，我化装成东安市场的学徒，坐火车经过天津到达静海县陈官屯，然后，通过运河封锁线进入冀中解放区。当时中共华北局在河北沧县泊镇设立了一个"敌后工作训练班"，训练班主任是荣高棠。训练班分成若干小组，我们小组有3个大学生，另外两位是北京大学、南开大学的学生。按照组织要求，大家用的都是化名，所以直到现在我也不知道他们的真实名字。两个月后，我们训练班有5个学员要返回蒋管区，荣高棠带我们乘坐烧木材的汽车去石家庄到中央组织部转组织关系，正好遇到华北军政大学举行开学典礼。荣高棠带着我们几个大学生，作为华北"第二条战线"的代表参加了典礼，还受到聂荣臻、朱德、叶剑英、萧克的亲切接见。在会议室里，我正好坐在朱总司令的旁边，他把西瓜切开后第一块递给我，我激动得赶紧站起来双手去接——能吃到朱总司令给我的西瓜，感到那是我一生中最辉煌、最幸福的时刻。

当时党组织交给我们的任务是回到家乡搞地下武装斗争迎接解放。9月，我一路辗转回到家乡。这次回家，我和父亲有了一次激烈的争论。我的父亲原是北平工业大学纺织系的大学生，读书时也是一个激进分子。他曾经和朱德一起在杨森的部队搞过统战工作。国共分裂之后，他跑到上海去找共产党，和亲友合开了一家四川饭店作掩护。1929年我就出生在这家小饭店的后院里，而母亲则在德国人办的妇产专科学校读书。直到1932年一·二八淞沪抗战爆发，父亲也没有找到党组织，才带领母亲和我回到广安老家。

正因为父亲早年参加过共产主义运动，认识到一些表面背后的东西，所以他在内心对共产主义有所保留，特别是并不认同阶级斗争哲学，而我却认为他太糊涂。我们父子之间争论得很厉害。最终父亲没把我说服，反而被我影响——他不但同意我参加革命，他自己也同意和地下党接触，最后也参加了迎接解放的斗争。

我全力投入发动群众的地下斗争，曾在四川大学搞"学运"，在川西坝子上发动贫雇农参加游击队，甚至到土匪窝子里去动员土匪参加革命……成都解放后，我被调到解放军温江军分区搞文工队。1950年春节正式穿上军装那天，想起1948年跟朱德、聂荣臻的那次同台，我心里说："现在我真正成为你们麾下一名解放军战士了。"但我心里一直没有忘记清华园，我更渴望等家乡政权巩固后，就复员回清华去上学。没想到，我再也回不到梦里的清华园……

突围

1951年4月4日，我们终于按期到达了三八线南边的前沿阵地。尽管昼伏夜出，部队仍然在美军空袭中遭受了严重损失。全军运输弹药、粮食的上百辆汽车几乎全部被炸毁，数百匹骡马所剩无几，非战斗减员达到五分之一。

4月16日，我们新入朝部队全部到达集结位置。此时，志愿军在朝鲜共有14个军。我所在的第五三八团驻扎在中部战线上金化、铁原突出地带的一个山沟里。大概是因为上次战役我军推进得很快，对方还来不及破坏就撤走，这里的村子大部分完好，村里的老百姓全部离家躲避战乱了。

为防止联合国军的反攻和两栖登陆，第五次战役提前在4月22日发动。志愿军战士们带上够一星期用的粮食、弹药，仍然采用"插入切断、分割包围"的战术，迅速深入敌后，吃掉一股敌人，再迅速撤回原

419

阵地。第一八〇师取得了一些小胜利,其中包括我们第五三八团歼灭了美军一个坦克连。不过这一次战斗也让我体验了敌人高度机械化装备的技术力量,他们那坦克炮和榴弹炮的声音大得吓人,火力很猛,把我们占据的山头炸得山石横飞,临时挖的掩体几乎全部被炸平,幸好我们隐蔽在山梁背后没有遭受太大伤亡。

5月16日,第五次战役进入第二阶段。我们第一八〇师再次带上一星期的干粮和轻武器,沿着两条山梁向南穿插。接连两天没有遭遇到什么抵抗。5月18日,我随五三八团渡过北汉江。星光下的北汉江显得特别安宁,我们涉水而过的那段河面并不算宽,水流不急,河底比较平坦,河水最深处也仅有1米左右。我们把棉裤脱了卷起来和背包一起顶在头上,列队而过。四周如此平静,以至于我几乎忘了自己身处生死沙场。

后来证明这一切不过是假象。第一八〇师作为先头部队直插敌后,带头踩进了李奇微预设的陷阱。原来李奇微使用了"磁性战术",让联合国军且战且退,并扔出几个"钓饵"诱我深入。等待我们的粮食弹药消耗大半后,立即在东西两面同时发起强大攻势,并以美军的机械化主力部队迅速从中线两侧推进,实施对志愿军中线部队的合围。

5月22日,就在我们发起攻势后的第七天,美军开始了强有力的全面反攻。当天下午,从我们隐蔽的山林里已经可以看见远处公路上敌人的机械化部队不断向北方开去。情势十分危急,这天夜里,第六十军发出全线撤退的命令。我们来不及等到天黑,就冒着敌机扫射的危险冲向北汉江。可是,就在我们急行军快到北汉江南岸时,上面又来命令:要求一八〇师"以一个步兵团北移汉江以北构筑阻击阵地",在阻击地域至少阻敌3天到5天,掩护兵团主力以及伤员向北撤退。当时在三八线以南50公里的北汉江南岸地区,只有伤亡近半、粮弹短缺、艰难竭蹶的一八〇师一个师,孤军作战,顽强阻击,打得异常艰苦。

第三兵团于5月23日上午刚开始转移,电台车被敌机炸毁,兵团总部与下级部队失去了3天的联络。5月23、24日整整两天,我们停留在北汉江南岸，正面并没有美军来进攻，但从我们两侧传来的隆隆炮声却愈来愈向北方延伸。一直等到 5 月 24 日黄昏，已经粮尽弹缺的一八〇师接到军部命令，要求当日撤过汉江以北，摆脱困境。

5 月 25 日凌晨，我们抢渡北汉江，力争在敌人的包围圈合拢前冲出重围。而当我们团随师直属队抵达江边的临时渡口时，眼前的场景让我大吃一惊！由于几天大雨，北汉江已经变成一条波涛汹涌的大河。江面笼罩在美军投放的众多照明弹的亮光中，美军的炮弹不断在拥挤的人群中爆炸，溅起高高的水柱。无数伤亡战士被江水冲走，江面被鲜血染红……

我跟随队伍跳进齐胸深的水中，双手紧紧拉着架设在江面上的铁索，奋力向前进，顾不得脚底打滑，也顾不上河水冷得刺骨。

我前面有两个战士抬着一个担架，为了防止伤员头部伤口被水浸泡，前面那位战友把担架举在头顶摇晃着前行；右侧是一个战士拉着一匹骡子，骡子尾巴上还拽着一位小个子女战士。就在只有十来米远即可抵达对岸时，一发炮弹在我附近爆炸，浑浊血污的江水向我兜头喷淋而下，等我使劲摇头吐出脏水睁开眼睛时，发现走在我前面的担架没了，我身边的骡子倒在河里挣扎着，牵它的战士也不见了，只有那个女战士还在我身后随波浪浮动着。我急忙转身去抓她，可我抓住的只是她那顶浮在水面上的棉军帽……

这次强渡北汉江，我虽然侥幸活了下来，但我们一八〇师却牺牲了 600 多名战士！

5 月 25 日，一八〇师北面的最后通道马坪里被美军夺取，全师陷入了美军第七师、第二十四师以及南朝鲜军第六师的重围中。

这时，敌人开始从各个方向紧缩，敌机的轮番轰炸、密集的排炮攻击，把我军占据的山头上的树木几乎全部炸光，战壕已无法修复。眼看美军步兵在坦克掩护下爬上来了，战士们忍着疼痛、饥饿和疲劳从岩石后面用冲锋枪、步枪、手榴弹打退一次次进攻。我们这些非战斗人员奉命将所有能收集到的弹药送上去阻击敌人。激烈的战斗持续了一天一夜，我们丢失了一些重要据点，美军也付出了重大代价。他们不再硬攻而采用飞机、大炮向我军据守的高地倾泻炸弹和凝固汽油弹。

战役最后一天——5月26日那天情况特别混乱，我们一直被追着打。当时一八〇师还剩有七八千官兵被层层包围。虽然第六十军当时也命令一八一师和一七九师向敌出击，接援一八〇师，但是由于天降大雨，加之敌人重兵阻截，一八〇师的突围和第六十军的救援行动未获成功。一八〇师党委于是在一个山沟里召开了紧急党委会，下令各自为战、分散突围。最后的结果十分惨烈。全师1.2万多名官兵，最后只有不到4000人突围出去，剩下的7000余人，或者战死，或者被俘。这是志愿军入朝参战以来被俘人员最多的一次作战行动。

彭德怀后来在第五次战役的总结会上震怒。不久，第六十军军长韦杰被撤职，第一八〇师师长郑其贵和副师长段龙章都被停职审查。其实在第五次战役中遭受损失的远不只一八〇师。李奇微除了重兵合围一八〇师外，也对东西两线仓皇后撤的各支中国部队实施"插入切断，分割包围"，结果是将志愿军战俘的总数，从第五次战役前的4000人猛增至战役后的2万人。

战俘营岁月

被俘后的头几天我几乎天天以泪洗面，我觉得一切都结束了，我既没有做到"宁为玉碎，不为瓦全"，又对未来一无所知，深深陷入了羞耻、迷惘与恐惧之中。

在被押往战俘转运站途中，我身旁一位难友捂着肚子离队向山脚树丛跑去，美军卫兵用英语喝叫他停住，并朝天开枪以示警告。眼看他在向继续往前跑的难友瞄准，我忍不住用英语大声告诉他："别开枪，他在拉痢疾！"那位美国兵惊奇地看着我，随即把我带到押队的美军少尉跟前报告说他发现了一个会讲英语的俘虏。少尉在得知我是清华大学学生后，安慰我道："你不用害怕，停战谈判即将开始，等战争结束双方交换战俘，你就可以回学校继续读书了！"

在"前方临时战俘收容站"里，美军一位上尉曾动员我去他们第八军司令部当翻译官，但被我婉拒。之后，他请我协助他们管理中国战俘们的生活，我想我可以用英语能力去照顾我的难友们，跟大家一起度过艰辛的战俘营岁月。于是第二天傍晚，我跟随志愿军近千名战俘一道，被押往韩国水原市城郊的战俘转运站。

在这里，转运站站长、美军中尉克劳斯正式任命我当他的翻译，并给予我美方工作人员同等待遇。我表示要跟难友们同吃同住，他说："我可不想违反《日内瓦公约》的规定！"而我却担心难友们会把我看成"汉奸"。幸好我很快见到了我们五三八团的副参谋长，他鼓励我照顾好伤病难友，尽量利用翻译身份去了解敌人对我们的真实政策，这才解除了我的顾虑。克劳斯常问我中国古老的风土人情，我则向他打听停战的消息。我离开水原市的前一天，他特地让我穿上一套整洁的军便服，用吉普车拉我到他们美军军官食堂去用餐。见我一直低着头吃饭，克劳斯说："张，你完全可以大大方方地抬起头来吃，你并不比别人低一等。在战争中个人是不能主宰自己命运的，说不定下一次战争我成了你们的俘虏，你来看管我呢。"我的眼泪一下子就掉了出来……

不久，我们又被转移到韩国最南端的海港城市釜山。美军在离海湾不远的一个僻静的山坳里沿公路设置了庞大的集中营群体。我们被押送到"第10号战俘收容所"，随后，一些由战俘担任的工作人员各领50名新来的战俘到一个个空帐篷里，先叫大家脱下全部衣服，然后光着身子排队领取一床旧军毯、两套美军士兵替换下来的旧军衣，上面打印有"P.W"（战俘）的字样，我们原有的志愿军军装则被收走。从此，我们就正式开始了战俘营内的囚徒生涯。我的战俘编号是730030。

朝鲜战争爆发后不久，美军在巨济岛上建立起了当时世界上最大的战俘集中营。巨济岛面积有400平方公里，是韩国第二大岛，在高丽时代，这里就是流放俘虏的地方。美军决定把第10号战俘收容所的500名

423

战俘编成一个大队，送到巨济岛。1951年9月13日，我和约500名难友被押上一艘大登陆艇，从釜山到达巨济岛。一登上巨济岛，我的第一个感觉就是岛上的气氛要比釜山严峻得多。美军押着我们这500名战俘队伍沿着伸向海岛腹地的公路走去，大约半小时后，队伍越过一个小山口，一座密密麻麻的"帐篷城"赫然出现，它们分布在前方一片狭长的盆地中，其规模之大、戒备之森严，远远超过釜山的战俘营。

当时我还不知道一年前美军在仁川登陆切断朝鲜半岛的蜂腰后，曾俘获了朝鲜人民军十几万人，也不知道志愿军入朝后也竟有2万多人被俘。巨济岛上78号战俘营主要是朝鲜人民军战俘，志愿军战俘集中在72号和86号；我被关押在86号。86号有8000多名战俘，都是第五次战役开始后被俘的。其中，我们一八〇师差不多占了一半，绝大多数是普通战士。

在巨济岛战俘营里，不同政治立场的战俘之间的激烈斗争有如另一场国共内战。一八〇师从班排干部到战士，大部分是太原战役中的"解放战士"和成都战役中第九十五军与黄埔军校的起义投诚官兵。新参军的只有少数知识青年。入朝参战其他部队的组成情况跟我们相差无几。然而，在2万多名志愿军战俘中，从战场上主动投向对方阵营的，为数并不多，绝大多数还是由于伤、残、病、饿丧失战斗力被俘的。如果从政治上对中国战俘进行深入考察，在众多原本是国民党军队的战俘中，确实有不少人在被俘前思想感情上就不认同共产主义，有些人因为在"打土豪分田地"中或解放战争时期家里曾经有人受难，而在心里隐藏着对共产党的仇恨。这些人到了战俘营后，自然无需再隐瞒自己的政治倾向，他们后来也的确是中国战俘营里拒绝回大陆的最坚决的那一部分战俘。

另一方面，当时新中国刚成立，共产党表现得比国民党清廉，解放军在军民关系上、官兵关系上也比国民党军队强得多。因而尽管战俘中的中共党员和共青团员只占少数，但从思想感情的总体倾向上说，在战俘营初期，亲共战俘要比反共战俘多得多。

可是停战谈判开始后，美国政府发现有中国战俘坚决不愿回大陆，于是提出了"根据战俘自愿进行遣返"的原则。不但如此，他们支持反共战俘去控制战俘营：先是把一些战场投诚的原国民党军队军官调往日本东京受训，然后任命他们担任各个战俘营的俘房官；允许他们在战俘营里发展"国民党支部"及"反共抗俄同盟会"。在美军的特许下，战俘营里还成立了一个准武装性质的"战俘警备队"，允许他们私设"刑讯室"，实际上给予了他们使用暴力手段统治战俘营的权力。这些坚决反共的战俘于是开始在战俘营里强迫所有的战俘听取宣讲反共课，在讨论会上辱骂共产党，强迫战俘们在要求去台湾的申请书上签名盖血手印。最毒辣的是他们将反共标语和图案强行刻刺在战俘们身上，说："看你们还敢不敢回大陆！"

1952年4月6日，美军管理当局宣布：全体中国战俘将于4月8日起接受"遣返志愿甄别"。那场战俘营里的国共内战便面临最后决战。那几天，反共战俘掀起了对拒绝去台湾战俘的大规模恐吓和镇压，四川大学新参军的外语系学生林学逋被当众剖腹挖心。

在反共战俘统治下的巨济岛第72、86号两个最大的中国战俘营里，我们那些受尽屈辱失去人格尊严的众多难友，已经万念俱灰，只想"苟且偷生于乱世"了。他们在"甄别"的最后一刻放弃了回家跟亲人团聚的权利，在美军支持下，战俘营里的国共之战以国民党大获全胜结束，1.4万名战俘去了台湾，只有7000人回归大陆。

杜德事件

巨济岛战俘营里当年最为轰动的，莫过于"杜德事件"，而我正是这一事件的亲历者。1952年5月初，朝鲜难友通过地下渠道告诉我们，为了挫败敌人大规模扣留战俘的阴谋，他们在近期将会采取重大行动。他们提出，希望中国同志先引诱杜德前来战俘营谈判。弗兰特·杜德是美国陆军准将，巨济岛战俘营长官。虽然朝鲜难友没有明说他们的"重大行动"是什么,但是我们基本上已经心知肚明。

为了配合朝鲜同志的行动,我们立即开展游行示威和绝食斗争,并要求面见杜德谈判,解决改善战俘营的待遇问题。在我们的一再强烈要求下,杜德本人亲自出面,和我们谈判。这些谈判都是我出面翻译的。杜德一出面,我们立即停止绝食,杜德也很高兴,觉得自己很有谈判经验,只有他亲自出面才能解决问题。这也为我们下一步行动奠定了一个良好基础。

5月7日下午,杜德来到第72号战俘营的大门外,在临时增加的一个武装步兵排和两挺重机枪的严密警戒下,隔着铁丝网大门和站在门里的朝鲜人民军被俘人员代表谈判。谈判持续了较长时间,警卫士兵开始松懈下来。此时去海边倒粪便的清洁队抬着粪桶回来了,趁着大门被打开,走在最后的几个身强力壮的清洁队员突然扔掉粪桶奋力将杜德拉进了铁丝网,并迅速将他抬进帐篷群里。大门立即被战俘们关严了,一幅大标语挂了出来:"你们若胆敢开枪,杜德将军就性命难保!"

第72号战俘营的朝鲜人民军难友,特地腾空一个帐篷作为杜德的住所,还让杜德手谕他的部下给他送进来一部电话机、一张行军床。然后,杜德被要求用电话下令将各战俘营代表送来举行战俘代表大会,以便解决"战俘自愿遣返甄别"后的遗留问题。杜德马上打电话命令战俘营管理当局,开来一辆吉普车、一辆卡车,由一个美军上尉带领72号战俘营的两个代表,到各朝鲜战俘营场把代表们接到72营场来。当天傍晚,巨济岛美军司令部的詹姆斯少校神色匆匆地开车来到86号营场,要我和孙振冠立即跟他走。我们上了车,一起到了72号营场。只见大门内张灯结彩,人民军难友们组成两道人墙,列队欢迎我们的到来。他们手执纸做的朝中国旗和彩纸带,高呼:"朝鲜——中国!金日成——毛泽东!"

我们在战俘营里举行了"朝中战俘代表大会"。杜德被叫来坐在"被告席"上,倾听各战俘营代表轮流发言。代表们把杜德当成美国化身,向他控诉了美军对战俘犯下的罪行。我在5月9日上午代表中国战俘用英语控诉了美方如何指使反共战俘在中国战俘营里制造一场骨肉相残的血腥内斗,迫使大多数战俘放弃回归祖国的权利。我难以抑制自己的激动和悲愤，杜德一直低着头，执笔记录的手颤抖着。

我们接下来跟杜德谈判的主要内容是代表全体朝中被俘人员提出四项要求：美军当局立即停止对战俘的一切暴行、停止借以非法扣留战俘的所谓"自愿遣返"、停止强迫"甄别"、承认朝中战俘代表团。5月10日，杜德终于在《美方战俘管理当局保证书》上签了字。这天黄昏，我们把杜德送到72号的大门口，被扣押了78个小时又30分钟的杜德将军，在临出大门时，还向战俘代表挥帽告别。

"杜德事件"当时轰动了全球，从来没有一场战争中的战俘把战俘营总管抓了起来。但我们也遭到了无情的报复。释放杜德一个月后，美方对72号战俘营进行了大规模血腥镇压。他们用坦克从四面八方压倒铁丝网突入营内，跟在后面的特种兵部队用火焰喷射器烧毁帐篷，步兵则用机枪、冲锋枪扫射，整个战俘营火光冲天，枪声震耳。朝鲜人民军战俘共伤亡300余人。

"杜德事件"后，孙振冠和我跟其他16名出席朝中战俘代表大会的朝鲜代表一起被宣判为"战犯"，先将我们押往巨济岛"最高监狱"坐3个月牢，给予酷刑惩罚。然后将我们长期囚禁在巨济岛"战犯营场"，直到停战后被交换回国。

返回祖国

1953年4月，传来了和谈双方达成先交换伤病战俘协议的惊人消息。我们帐篷里沸腾起来了。1953年6月8日，中国、朝鲜与联合国军签署了遣返战俘协定。7月27日，我们从美方托雷上尉那里知道了和谈终于在上午签字的消息，战争终于结束了。我们忍不住欢呼和拥抱起来！眼泪在笑声中流满了各自的脸颊。管理我们的托雷上尉也微笑着跟我们握手说："我也和你们一样，希望早日离开这荒凉的小岛，回到我的家人身边！"

1953年9月6日，我们作为最后一批被交换回三八线以北的100多名中国"战犯"，由美军用卡车送往板门店。当我看清迎接我们的牌楼上那四个闪光大字是"祖国怀抱"时，我的眼泪一下就涌流出来："祖国，我思念了近千个日日夜夜的祖国啊！"

卡车停在了牌楼下面，不等守候的军医、护士们过来帮扶，大家就迫不及待地往下跳，然后一头扑倒在亲人的怀中放声痛哭起来。我们已经分辨不出自己还是别人在哭，也分辨不出是悲痛的眼泪还是欢乐的泪水！

交换完毕，我们坐上自己部队的汽车，被送往开城志愿军前方医院。在那里我们得到了特别好的照顾。当时，贺龙元帅带领的第三届入朝慰问团还特地派了一个分团到开城来慰问我们。梅兰芳、程砚秋、马连良、周信芳、马思聪……这些艺术大师为我们这批最后归来的"战犯"战俘专门演了一场精彩的节目。第二天，我代表7000名回国战俘向慰问团作报告。我刚喊出"祖国的亲人们"就哽咽着说不下去了，我不得不一次次停下来抑制自己的激动把报告进行下去。1953年9月13日，《人民日报》报道了这次报告会，提到了"张泽石"的名字——至此，失去我音讯两年多的父母和未婚妻才知道我并没有"失踪"，也没有牺牲。

我们先是被送到辽宁昌图县去"疗养创伤、接受审查、听候处理"。完全没有料到我们这些拼命回归祖国战俘的下场，竟然是背负"怕死鬼""变节者""背叛者"的罪名，是开除军籍、开除党籍、终生监控的处分！开除我党籍、军籍的主要罪名，一是我在被俘前没有拉响手榴弹跟敌人同归于尽，被定性为"有武器不抵抗被俘"，二是我在战俘营担任翻译被定性为"为敌服务"。

1954年夏天我退伍回家后，请求复学遭拒绝，到处求职遇冷脸，原定婚约被取消。正当我走投无路时，我的清华大学物理系的学历救了我。北京第九中学急需高中物理教师，校长看了我档案里写的"终身控制使用"几个字，便对人事干部说：既然写有"使用"两个字，那就把这位清华物理系学生先使用起来再说嘛！

1955年夏天，我开始站上讲台兢兢业业地教书，只希望自食其力，别再让父母为我操碎心。1956年夏天，我与学校一位不嫌弃我的语文教师结了婚，1957年初夏我们的儿子降世。我看见了自己生命的曙光。哪知儿子出生还不到百天，我就因了"抗美援朝变节者"身份在突然到来的"反右"运动中被打成"二类右派分子"，取消了我的教师资格和每月70元工资，只发给我18元生活补贴，下放农村监督劳动6年。

让我更加痛苦的是，父亲受到了我的牵连。1948年我回到家里再三劝说父亲参加革命，父亲接受了地下党安排，解放前夕他在长寿秦安纱厂任厂长，以袍哥名义组织工人武装护厂队，防止了国民党军撤离时对工厂的抢劫，并保护了当地的水电站。1958年"反右"运动后期，父亲被诬陷为在解放前夕组织"反共自卫队"妄图负隅顽抗，立即以"极右分子"和"历史反革命"罪行逮捕入狱，1959年即冤死狱中。

1963年我被重新分配工作，到一个偏远的中学任教。1966年，"文革"浩劫开始，我再次被扣上"大右派""大叛徒""大间谍"的帽子，遭关押、批斗、折磨。1976年"文革"结束后，我们开始向党和政府申诉归国志愿军战俘的集团性历史冤案，直到1980年我们才争取到了平反昭雪，恢复尊严。我父亲的冤案也得到了昭雪。我生命中的30年磨难终于截止了。

一转眼，朝鲜战争已经过去整整60年。当年战场上的硝烟早已消散，但那场战争铭刻在我心上的伤痕并未痊愈。如今，跟我一起走过战争，走过屈辱的难友们，大都已经带着伤痛和遗憾离开了人世。他们曾经期盼当年的出生入死、受苦受难能为国家带来进步，为人民带来幸福。我衷心希望他们的遗愿早日实现。从我个人来讲，没有人像我那么深地经历了战争、灾难、迫害、背叛、对人尊严的残暴践踏……所有这一切，我都经历了，而且我知道它的痛苦，我应当把我所感受到的东西留下来。在浩瀚宇宙面前，我无非是一个过客，我曾经抱怨命运不公，而今天，我深深感到，来到人世这一趟我没有白走。

（2013年）

故都旧事
——我的母亲凌叔华

口述 陈小滢

　　1990年，走过近一个世纪的凌叔华离开了这个世界，也带走了很多故事的谜底。凌叔华与冰心、庐隐、苏雪林等，被视为20世纪二三十年代女作家的代表人物。在一个新旧交替的时代，出生于传统旧家庭中的凌叔华，一直在苦苦寻求新女性的成长之路。但她作为一位女作家的成就，作为一名探寻独立与解放的女性的意义，却在种种名人逸闻中被消解。

　　定居于英国的陈小滢，每年都会抽时间回北京。几年前，因为不满一位海外女作家在一部小说中对母亲凌叔华的描写，陈小滢与那位女作家打了场沸沸扬扬的官司，现在提起来，陈小滢似乎只有冷冷的苦笑和自嘲。忆及母亲，有时，她会非常冷静地站在旁观者的立场上，对母亲的性格和内心世界有着种种深刻而犀利的剖析；有时，她又会回到一个女儿的立场上，本能地替母亲辩护。

20世纪50年代，陈西滢、凌叔华夫妇在法国南部

名门之女

从我懂事起，我就知道母亲的身世不同寻常，是出身于官宦人家的"大小姐"。我的外祖父叫凌福彭，出身于广东番禺的一个富商家庭。光绪二十一年（1895）中进士，并点翰林，与他同榜的，是后来在这一年因"公车上书"而名声大振的康有为。老舍先生的儿子舒乙告诉我，外祖父的名字还刻在国子监的状元碑上，有一次回北京，我还专门到国子监去找过，果然找到了外祖父的名字。

1902年和1905年，任天津府知府的外祖父，两次受直隶总督袁世凯派遣，赴日考察监狱制度。袁世凯认为他"才长心细"，可以委以重用。1906年清政府下诏"预备立宪"，外祖父仿照日本，在天津成立"议事会"，慈禧对此非常满意。他后来又做过保定知府、天津道长芦盐运使，1908年升任为顺天府尹，相当于今天的北京市市长，后来又做过直隶布政使，是一位官运亨通的人物。

外祖父还是一个造诣匪浅的文化人，他精于辞章、酷爱书画，经常组织诗社和画社，交游甚广。当时许多名流，如辜鸿铭、齐白石、陈衡恪等都是他的座上宾，辜鸿铭还教母亲古诗和英语。母亲晚年时曾回忆，有一次康有为到她家做客时，她还淘气地要他为自己题一幅字，康有为问她想要多大的字，她说，你能写多大就写多大。母亲从小就是在这种传统文化氛围中长大的。

另一方面，凌家又是一个典型的旧式家庭。我的外婆叫李若兰，是凌福彭的第三房太太。她一共生了四个女儿，在那样的大家庭里必定是没有地位的。母亲后来回忆，她从小就期望以自己的努力，帮助外婆"赢"得一些脸面。我想这对母亲后来一生的性格都有影响，她总是希望以自己的成功来获得承认和尊重。

母亲是外婆的三女儿，在十五个兄弟姐妹里排行第十。要想在这么多孩子里得到外祖父的青睐，肯定不是一件容易事。不过，母亲很快就很幸运地有了这样的机会。有一次，她无意中在墙上画了一些山水、动物，被外祖父的朋友、宫廷画家王竹林看到了，他大为赞赏，提出要教她画画；后来母亲成了慈禧太后喜欢的宫廷画家缪素筠的得意门生，母亲的绘画造诣后来也得到公认。

不过，母亲成名之后，她对凌家的具体情形提得很少，以至于我的外祖父究竟娶了多少房太太，是四房、五房还是六房，至今也没有人说得清楚——我后来考证至少有五房，因为母亲总说她最恨五姨太。1953年，母亲在英国出版了一本《古韵》，对自己出身的这种旧式大家庭有很多描写，所以很多凌叔华的研究者就以《古韵》为依据，对凌家作了很多推断。不过《古韵》终究是一本自传体小说，有些细节是真实的，有些则完全是虚构的，所以不能把它当成一本完全真实的传记来看。

比如在《古韵》里，母亲说她自己是凌家最小的一个孩子。但母亲实际上还有一个亲妹妹，我的十四姨凌淑浩。她是清华大学第一批赴美留学的女生之一。她的丈夫叫陈克恢，也毕业于清华大学，他后来成功地把麻黄碱提炼出来制成麻黄素，用来治疗哮喘、花粉热和百日咳等，是一位著名的药理学家。他们夫妻后来在美国成了生活优裕的中产阶级，所以十四姨更加忌讳谈及自己的旧式家庭。《古韵》出版后，十四姨非常不满，她觉得我的母亲以暴露家里的情况来满足西方对东方的猎奇心理，为此她俩好多年都不来往。

从我有记忆起，便时常听母亲提起大家庭成员彼此之间互相争斗的故事，比如一个姨太太给另一个姨太太送西瓜，那个姨太太的丫鬟拿银针往瓜里一扎，原来瓜里有毒。这些半真半假的故事，说到最后都是彼此猜忌、钩心斗角。在这种复杂的家庭环境下长大的母亲，防备心比较重，不相信任何人，包括我和我父亲。

新旧之间

在古典文化熏陶下长大的母亲很早就显示出了她的写作才华。在天津河北省立第一女子师范学校读书时，她就在校刊上屡屡发表作品。五四运动发生时，她被同学们选为学生会四个秘书之一，游行的标语和演讲词都是她写的，母亲是受五四运动影响最直接的那批女性之一。

1921年，她考入燕京大学。当时，郭沫若翻译的歌德的《少年维特之烦恼》在年轻人当中受到追捧。因为听说歌德研究过动物学，所以母亲在入学第一年也选了动物学。一位英文老师读了她的作文之后，认定她在文学上会有发展，母亲后来转到外文系。

那一时代的青年女性都在寻求摆脱传统女性定位的道路。写作，成为母亲的选择。1923年她给到燕京大学讲授"新文学"的周作人写了一封信："这几年来，我立定主意做一个将来的女作家，所以用功在中、英、日文上，我大着胆，请问先生肯收我做一个学生不？中国女作家也太少了，所以中国女子思想及生活从来没有叫世界知道的，对于人类贡献来说，未免太不负责任了。"

不久，母亲在《晨报副刊》上发表文章说："我还要诚恳地告诉新文化的领袖，或先进者，请您们千万不要把女子看作'无心前进的，可以作诗就算好的，或与文无缘的'一路人，更祈求您们取旁观的态度，时时提携她们的发展，以您们所长的，补她们所短的。不受栽培，加以忠告，忠告无效，不妨开心见诚地指摘，可是千万不要说'她们又回到梳头裹脚，擦脂弄粉的时期，女子们是没盼望的了！'"显然是一副十足的新时代女性的姿态。

那时候，我的外祖父凌福彭经常在家里举行画会、诗会，有点像今天的艺术沙龙。1924年，泰戈尔来华时，母亲被燕京大学推举为欢迎泰戈尔的学生代表。这一次，陪同泰戈尔的中国文人还安排他到凌家一起参加了画会。母亲后来在文章里很详细地回忆了那天会面的场景。毕业后她正式加入了"新月社"，与林徽因成为仅有的两位女性成员。那时的她，在这样一个文化圈里如鱼得水。

1924年，母亲在《晨报副刊》上发表了自己的第一篇白话小说《女儿身世太凄凉》，从此踏上文学创作之路。在中国文学史上，母亲和冰

《古韵》第五章自画插图"我们北平的家"（凌叔华1952年画作）

心、庐隐、苏雪林等人，一起被列为"新女性作家"的代表。但仔细观察，母亲写的也都是她熟悉的旧式家庭里的生活和人物，所以有一些人把她归为京派新传统主义的代表。当然，也有一些人不喜欢她的作品，认为写的不过是有闲阶级无聊时的趣味而已。

1925年，徐志摩接替孙伏园，成了《晨报副刊》的主编，他对我母亲很欣赏，把她比作中国的"曼殊菲尔"，成为母亲创作的热情支持者。

母亲认识徐志摩时，徐志摩正陷于与林徽因失恋的痛苦中。也许是把母亲当成他的倾诉对象，他们之间在半年里就有七八十封通信，后来很多人也关注她与徐志摩、林徽因之间的一些故事。

现在很多知道我身份的人，都会好奇地向我问起当年那场很轰动的"八宝箱事件"。（注：1925年2月底，徐志摩因与陆小曼的恋情闹得沸沸扬扬，决定暂时避开，去欧洲旅行。临行前，他将一只装着他信函、日记的小提箱交给凌叔华保管，并半开玩笑半认真地说："这些破烂交给你了，若是我有意外，你得给我写一传记。"这小皮箱就是后来大家通称的"八宝箱"。1931年11月19日，徐志摩飞机失事遇难。因为八宝箱里有徐志摩与林徽因恋爱时的日记，林徽因找到胡适，希望能通过胡适劝凌叔华将八宝箱交给她保留。而凌叔华认为应交还陆小曼。1932年身在上海的胡适在日记里写道:"为了志摩的半册日记,北京闹得满城风雨,闹得我在南方也不能安宁。"在胡适的劝说下,凌叔华最终将八宝箱通过胡适转交给林徽因,但其中涉及与林徽因恋爱时的部分日记不知所终。这从此便成了各方争执不清的焦点。)但是关于这件事情,我也一无所知。母亲生前从来没有提过,父亲也没有跟我讲起过。母亲去世后,我在整理她遗物的时候,没发现一封徐志摩给她的信。我们撤离武汉时,母亲把她的一些珍贵的字、画,连同重要的信件等,都寄存在英租界的一个仓库里,这个仓库后来被日本人炸掉了。徐志摩的日记是否在那里面?也成了一个谜。

母亲从来没有承认过自己与徐志摩有感情。在一封给友人的信里她这样说:"说真话,我对志摩向来没有动过感情,我的原因很简单,我已计划同陈西滢结婚,小曼又是我的知己朋友。"她还说:"志摩对我一直情同手足,他的事向来不瞒人,尤其对我,他的私事也如兄妹一般坦白相告。我是生长在大家庭的人,对于这种情感,也司空见惯了。"而徐志摩也曾说:"女友里叔华是我的一个同志。"

武汉大学历史系教授吴其昌是徐志摩的亲戚,吴其昌的女儿吴令华告诉我:徐志摩去世后,胡适曾题写"诗人徐志摩之墓",但是写在布帘上面的。徐志摩的父亲徐申如也许觉得这个墓碑太过简单,他通过他的表弟吴其昌找到了我母亲,希望由她撰写碑文。母亲借《红楼梦》的"冷月葬花魂"一句,写了句"冷月照诗魂"刻在墓碑上。可惜这块墓碑后来不知下落了。我想徐父找母亲,大概也觉得母亲算是徐志摩的知己吧。

我不知道母亲和林徽因的关系后来怎样,但母亲和陆小曼还一直有来往。1946年,母亲带我到上海,准备从那里坐船到英国与父亲团聚。临行前,母亲还与许广平、陆小曼等人小聚了一次。母亲让她们在我的小纪念本上写段话以作纪念。陆小曼写的是徐志摩那首著名的诗:"最是那一低头的温柔,像水莲花不胜凉风的娇羞,道一声珍重;道一声珍重;那一声珍重里,有蜜甜忧愁。"写这段话的本子我至今还保留着。

父亲生前在一封信里和我提及母亲时曾说:"那个时代认字的不多,写作的人更少,能够发表文章的人少之又少,所以作家很容易出名,女作家更容易出名。"在那个女性普遍还没走出家庭的年代,母亲出身于名门,又是公认的才女,我想她在心态上一直有优越感。

沉默的父亲

因为20年代与鲁迅先生的一场论战,父亲在长达半个多世纪里被扣上一顶"反动文人陈西滢"的帽子,所以说起父亲,我能想到的第一个词就是"委屈"。父亲的原名叫陈源,字伯通,1896年出生于无锡。15岁那年他到英国留学,在伦敦修完中学课程,先在爱丁堡大学学文学,1922年在伦敦大学取得政治经济学博士学位后回国,被蔡元培聘为北大外文系教授,那一年他才26岁。

其实父亲的家境并不像当时和他一起留学欧洲的徐志摩、邵洵美那样优裕,所以他在英国总是饥一顿饱一顿,后来得了严重的胃病。我的爷爷陈仲英是一个传统的旧文人,早年在乡间开办小学馆,后来在上海开设书局。父亲的留英,与民国元老吴稚晖有很大关系。吴稚晖是我父亲的表叔,他从小也是在陈家长大的。吴稚晖见我父亲比较有潜质,认为是可造之才,所以相继把我父亲和二叔带到英国。父亲回国后,正赶上新文化运动开展得最火热的时候。起初,他与在英国读书时就结识的徐志摩一起翻译了西方一些作家的作品。1923年,他与徐志摩、胡适、梁实秋、闻一多等人,又一起组织了新月社。泰戈尔的访华就是由他们出面操办的。

1924年底,在北大任教的留英学者们发起创办了一份《现代评论》,父亲开了一个专栏叫"闲话"。闲话短评涉及广泛,既有对风花雪月的好莱坞电影的评论,也有对中国人举止的讽刺性描述,还有思考文学与革命之间关系的。父亲最重要的教育都是在英国完成的,带着西方政治、文化及文学的教养回到中国，又对中国的传统文化和社会习俗非常了解，所以他的视角独特，又能切中要害，《闲话》很快就成了《现代评论》的一块招牌。梁实秋说："陈西滢先生的文章晶莹剔透，清可见底，而笔下如行云流水，有意志从容和趣味。"

但是《闲话》至今还能保持那么大的"名气"，还是因为父亲与鲁迅先生的那场论战吧。

他们的论战是因为北京女子师范的学潮而起的。鲁迅与周作人是女师大的老师，他们支持学生上街游行，支持他们驱逐校长杨荫榆；而父亲则反对学生运动，提醒他们警惕自己被别人操纵。他也不同意学生们对校长采取的手段，比如在学校的公告栏里写了很多对校长侮辱性的言辞，在课堂上起哄等等。因为父亲与杨荫榆都是无锡人，鲁迅先生予以回击，暗示他是因同乡之谊而替杨荫榆说话。

父亲比鲁迅小16岁，在我看来，他有点"初生牛犊不怕虎"的心态；而鲁迅先生40多岁，脾气比较大，也不能容忍别人对他的挑战。所以两人论战的火药味越来越重，话题也渐渐偏离了最初的轨道，最后发展到对彼此人格的攻击。

这场长达两年的笔战以胡适的"调停"而告终。胡适给周作人、鲁迅和父亲分别写了信，他说，不久前去上海，一群年轻读者问他，这些作家们都在争论些什么，他很难解释清楚。胡适呼吁他们停止笔战。

不过，论战归论战，在评价鲁迅先生的作品时，父亲抛却了这些私人恩怨。1927年，父亲写了篇《新文学运动以来的十部著作》，只选了两部短篇小说集，一部是郁达夫的《沉沦》，另一部是鲁迅的《呐喊》。在评价《阿Q正传》时，他说这个人物同李逵、鲁智深、刘姥姥等同样生动，同样有趣，"将来大约会同样的不朽的"。他还说了一句话："我不能因为我不尊敬鲁迅先生的人格，就不说他的小说好；我也不能因为佩服他的小说，就称赞他的其余的文章。"我记得父亲还告诉过我，在30年代初的一次文坛聚会上，他与鲁迅相遇，两人还礼貌地握了一次手。

很巧的是，我的丈夫秦乃瑞（John Chinnery）是英国一位研究鲁迅的汉学家，有一次，他还特地向父亲问起与鲁迅的那场论战。父亲告诉他，自己根本不认识杨荫榆，只是觉得学生不应该整天出去游行，他也看不过去学生们总来嘲笑杨荫榆是个老姑娘，所以他要写文章替她说话等等。我记得父亲那天在讲这些事情的时候有些激动，因为他一着急就会说无锡话。

有一句话叫"文如其人"，但这句话套在父亲身上很不恰当。《闲话》中的文章既犀利又辛辣，给人感觉好像父亲是一个尖酸刻薄的人，其实在现实生活中，父亲是一个很宽厚的人，也不太爱说话，说起中文来甚至有点结巴，总是说"这个这个"，完全不是他的文章所表现出来的那种风格。

这场论战对父亲多多少少还是有一些阴影，他后来很少再写文章，渐渐远离文坛。《西滢闲话》结集出版时，他自己拿掉了有关女师大风潮的篇章，20世纪60年代之后在台湾重印，他又将同鲁迅论战的内容也删去了。梁实秋当年也是鲁迅的一个论敌，他曾想把鲁迅与父亲论战的那些文章重新结集出版一部《新闲话》，父亲说：那些人都去世了，何必再说这些事呢？

我的家庭

记不得在我几岁的时候，有一天，在父亲的书房里翻出一张报纸，上面登着父亲与母亲结婚的消息，大意是说他们俩的婚姻，是父亲高攀了母亲。我气坏了，当场就把报纸撕了。母亲是比父亲的家世好得多，但父亲绝不是因为这一点才与母亲走到一起的，他不是那种人。

父亲与母亲的结识，说起来母亲主动的成分似乎多一些。那时候母亲还是燕京大学的学生，她的几篇小说都在《晨报副刊》上发表，而父亲正是《晨报》的编辑。母亲给父亲写信，请他去干面胡同的家里喝茶。父亲后来跟我回忆，他带着一种好奇心赴了约，想看一看这个写小说的女孩子生活在什么样的环境。结果那天他在胡同里绕来绕去走了很久才找到,他当时还纳闷,这个女孩子怎么会住在这么一个大宅子里?可能像林黛玉一样是寄人篱下吧。父亲敲门进去,先是门房带着他走了一段,然后有一位老妈子出来接,又走到一个院子里,再出来一位丫鬟,说"小姐在里面",把父亲吓了一跳。

1926年,父亲与母亲在北京欧美同学会结了婚。我想他们也是因为对文学有共同的兴趣才走到一起的,我相信他们在走向婚姻的时候还是有感情的。那个时代的女作家并不多,父亲对母亲有一种爱才的心理;从另一方面讲,父亲是留英博士,26岁就当北大教授,母亲自然也会被这些"光环"所吸引。

从燕京大学毕业后,母亲曾想过在故宫博物院任职,研究古代绘画,主持文学沙龙,用写作证明女性在这些领域中的价值。但是现实中,她只能陷在妻子和母亲的生活中。

他们的婚姻从一开始就暴露出诸多不和谐因素。婚后不久,他们一起回到父亲的无锡老家。当地人经常有人来看他们,按照老家习惯,儿子、媳妇应该站在老人后面,替他们端茶、倒水之类的,母亲很不愿意,觉得很丢脸,就装病躺着。母亲显然不甘心扮演那种传统的相夫教子的女性角色。我记得她跟我说:你绝对不能给男人洗袜子、洗内裤,这丢女人的脸。她还经常"告诫"我的一句话是:女人绝对不能向一个男人认错,绝对不能。

武汉大学成立不久,父亲应王世杰之邀任文学院院长。母亲跟着他一起去武汉生活。起初母亲很不习惯武汉的生活,她所住的房子很小,院子又狭,阳光也不能多看到一片,与之前生活过的北京、天津以及日本的京都等地反差太大,难以适应。当然,最使她无法忍受的还是当时武汉的文化环境之差。1932年他们搬到珞珈山,自然环境有所改善,她又结识了袁昌英、苏雪林,三个人常在此谈诗论画,当时她们也便有了"珞珈三杰"的美称。

那时候母亲仍然继续着她的文学创作,对女性问题的关注,一直是母亲写作的要旨。所以她的小说一直被视为"闺秀文学"的范畴，与那个一要救亡二要革命的时代，显得格格不入。她的好朋友苏雪林曾经写文章为她辩护："她现在文坛的声誉反不如那些毫无实学只以善喊革命口号为能的作家们之啧啧之口。"但显然，她的那些太过生活、太过女性的写作，是不符合当时潮流的，于是也渐渐淡出了人们的视野。

我的童年就是在武大的珞珈山度过的。回想起来，童年最快乐的记忆不是跟父母在一起，而是跟那些小伙伴。我小时候最不喜欢在家里吃饭，因为他们两个都不说话，我只好到邻居查伯伯家蹭饭，他们家有三个儿子可以和我一起玩。

我是父母唯一的女儿。我记得小时候经常有大人跟我开玩笑，问我想不想再要个小弟弟，我不知道怎么回答，于是抬头看母亲，而她总是很坚决地摇头说不要。在她看来，生孩子太痛苦，做女人太倒霉。也许她想生个男孩子，所以对我很失望，也不怎么管我。

父亲虽然跟我在一起的时间不多，但他很喜欢我，他抗战时期给我写了一百多封信。虽然不爱说话，但信里却非常亲热，总叫我"滢宝贝"，鼓励我。而母亲对我好像并不在意。我几乎没有母亲抱我的记忆，只有一次，我记得她说："洗小猫猫手。"这是她头一次这么亲热地喊我，所以我特别高兴，一直记到现在。

陈西滢、凌叔华与女儿陈小滢摄于伦敦植物园（1953年）

插曲

我知道，谈母亲的经历一定逃不过这个人的名字：朱利安·贝尔（Julian Bell）。知道母亲与他的那段恋情，说起来还很戏剧性。1968年，我在伦敦看到一本朱利安·贝尔的英文传记，于是买来作为生日礼物送给父亲——我一直以为贝尔是父母最好的朋友，因为在武汉时天天听他们提"贝尔、贝尔"的。

父亲接过这本书时没说什么，表情也没什么异常。后来有一次，我因为生病请了病假，于是又让父亲把这本书借给我看，书里有一章叫《朱利安在中国》，我很震惊从书里看到母亲与朱利安的这段往事——现在想起来有点讽刺的是，父亲不但很冷静地加了一些批注，还把很多错字也标注出来。

不久后的一天，我和父亲坐在公园的一张凳子上，我问他："这是真的吗？"他说："是。"我又问父亲为什么要和母亲结婚，发生了这么多事情之后，他们为什么仍然在一起，他沉吟了一下回答："她是才女，她有她的才华。"就这么一句话，然后慢慢站起来，回到汽车里。

朱利安·贝尔来自英国一个著名的家庭：他的母亲瓦妮莎·贝尔（Vanessa Bell）是一位著名画家，他的姨妈则是英国现代文学大师、著名小说家弗吉尼亚·伍尔夫（Virginia Woolf）。伍尔夫姐妹和一群自由知识分子的"布鲁姆斯伯里圈"（Bloomsbury Group）也是现在很多人研究的课题。

朱利安·贝尔的家庭结构也特别复杂：他的父母——艺术评论家克莱夫·贝尔与瓦妮莎的婚姻是一种开放式的婚姻，他们各自都有公开的情人。瓦妮莎的情人是画家邓肯·格兰特（Duncan Grant）。格兰特又是双性恋，他还有位同性情人大卫·加内特（David Garnett）。朱利安有个妹妹叫安吉丽卡，她从小到大一直以为自己的生父是克莱夫·贝尔，克莱夫·贝尔也视她为己出。直到17岁时，她才知道自己是瓦妮莎与邓肯·格兰特的孩子，大受刺激。24岁那一年，安吉丽卡结了婚，丈夫竟是自己生父的那位同性情人大卫·加内特。安吉丽卡后来一直生活在法国,她根据自己的身世写的一本书《以仁慈欺骗》(*Deceived With Kindness*)获得了传记文学奖。

朱利安·贝尔是1935年被我父亲聘到武汉大学教授英国文学的。原本是诗人的朱利安身上也有浓厚的自由知识分子色彩,他和他母亲瓦妮莎之间的通信毫无禁忌,谈他在中国的经历、谈我的母亲。后来许多人都是在朱利安的这些单方面叙述中寻求这段短暂恋情的蛛丝马迹的。

我对朱利安的印象非常深刻,因为他是我见到的第一个外国人,黄头发、蓝眼睛,我有点怕他。我记得他有艘摩托艇,有一次,他开着摩托艇拉着我和另外一个小孩子到东湖玩,开到湖中间,他突然把我们扔下去,我们两个"咕咚咕咚"喝了很多水,差不多快淹死了,最后他揪着我的头发把我拽上来。所以我后来一直怕水,现在也不会游泳。

我还有一个印象是他给我糖吃,把我卡住了,他把我倒拎过来拍我,好像对待小动物一样。我后来看过伍尔夫写过一本书,说他小时候总是把小鸡赶到池塘里,看它们能不能像小鸭子一样游泳,"不知道他是好奇还是残忍"。他给我的感觉,总结起来就是一个词:害怕。

不知道朱利安是怎么喜欢上我母亲的,他比她整整小八岁。我想他们之间产生恋情,也有一定的原因吧。那时武大会说英文的不太多,会

1935年,朱利安·贝尔(二排左二)在化装晚会上

说英文的母亲以院长夫人的身份对初来乍到的朱利安有诸多照顾，加之"中国才女作家"的身份，使得朱利安很容易对她产生亲近感。父亲任武大文学院院长后，严格遵循西方的职场规则，不聘用自己的妻子到学校任职，这让一心想做新时代女性的母亲很不高兴。出生于西方自由知识分子家庭的朱利安从来不掩饰对异性的兴趣和喜欢，他的赏识和恭维，对身处那个环境的母亲也许是个莫大安慰。

即便在我知道这段往事后，父亲也从来没有讲过他当年的心境。朱利安·贝尔的弟弟昆汀是一位有名的艺术史学家，他找到了很多我父亲写给朱利安·贝尔的信，其中一封信上，父亲指责朱利安说："你不是一个君子。"因为朱利安曾经答应父亲，他和我母亲不再见面，但是武汉大学一位女教授告诉我父亲，凌叔华在香港还是广州偷偷地与贝尔幽会了。

因为这段感情闹得沸沸扬扬，朱利安·贝尔最后不得不离开中国。离开武大时，学生们给他开了一个欢送会。很多学生认为贝尔是一个先进分子，父亲是一位保守分子，所以把贝尔赶走，但我父亲一句话也不能说，他也要顾及我母亲的名誉，我想父亲的内心肯定非常痛苦。回到英国后，朱利安志愿参加"国际纵队"，赴西班牙支援反法西斯战争。1937年7月，在马德里保卫战中，德国飞机把他驾驶的救护车炸飞，朱利安死时只有29岁。

贝尔与我母亲的那些通信，现在还保留在剑桥大学的档案馆里，但没有母亲的只言片语。有很多研究者到那里看那些书信，但我从来没有产生过去看它们的念头，虽然我就住在这个城市。因为我知道我没有那么超脱，我还是会控制不住地生气。这当然影响了我对母亲的一些看法，但是我跟母亲也从来没有谈及过此事。不过父亲曾经跟我提起，他说他买了很多朱利安·贝尔的诗集，但每次买回家，就被母亲藏了起来，他就再也找不到了。母亲有一间书房，保存了很多珍贵的字画以及一些涉及她个人隐私的信件，包括我父亲在内，谁也不能进去。等母亲去世后，我再替她整理遗物，却只剩下些无伤大雅的东西。母亲一生都把自己包裹得紧紧的。

同一屋檐下

用世俗的眼光看，父亲与母亲的结合属于门不当户不对。家庭背景的迥异也使他们的性格有很多不同。相对而言，父亲的家庭环境没那么复杂，又长期生活在国外，所以会显得单纯。父亲曾写过一篇文章叫《利害与是非》，一针见血地说中国人只讲利害而不讲是非。在我看来，父亲是讲是非的人，有时都显得有点"迂"，而"识时务"的母亲则显然是讲利害的人。

时至今日，我也不知道当年他们对于婚姻是否有过一番激烈的挣扎，从结果上看，他们仍旧维系着一个家庭一直到老，但我知道他们过得并不愉快。

1938年，我的爷爷在南京大轰炸中被日本人炸死。父亲是位极孝顺的人，他千里迢迢回去奔丧，安葬好爷爷后，他把奶奶和姑姑从无锡老家带到武汉。母亲和她们合不来，也会和父亲吵架，从家庭出身、生活习惯到语言都有矛盾。陈家是一个传统的书香门第，甚至有点迂腐。我的大姑姑是位虔诚的佛教徒，每天严格地吃斋。二叔叔告诉我，有一次看到我的大姑姑在洗衣服时，血从腿上渗出来了，问她怎么回事，原来是我爷爷生病，她学"二十四孝"里的"割股疗亲"，真的割下大腿肉煮给我爷爷吃。

因为抗战形势恶化，武汉大学决定内迁到重庆乐山，父亲先随一批老师去那边勘探地址，不久后，母亲带着我乘船到四川与父亲会合。我们在四川的日子，多半是在乐山度过的。当时乐山是一个小县城，什么也没有，我的母亲肯定不喜欢那个小县城。我的奶奶和大姑姑也跟着我们一同入川。战乱岁月，物资奇缺，一家五口全靠父亲一人，而学校又常发不出工资，她和我奶奶、大姑姑的矛盾也从来没断过。母亲从小就有很多人侍候，过惯了锦衣玉食的生活，是众人羡慕的大小姐，那样的生活对她来说实在太艰苦了，在精神上她也一直处于对战争的惶恐不安的情绪里——仔细想起来，我觉得她也挺可怜的。

"一个女人绝对不要结婚。"这句话从小到大,我不知听了多少遍。我想她可能对自己的婚姻心生悔意,也可能觉得家庭是个累赘,认为自己如果不结婚,可能成就更大。现在我已无法探知母亲对这段婚姻的想法。

1939年,母亲说外祖母去世要回去奔丧,她一个人独自带着我离开重庆,辗转从香港、上海、天津,回到已被日本人占据的北平。可是我没有任何参加葬礼的记忆,我猜测母亲对重庆的生活厌倦了,以这个借口"逃回"了北平。这期间,奶奶在乐山去世。两年后,我们又回到乐山,不久,大姑姑也去世了。1943年,父亲被国民政府派到英国工作,父亲离开后,母亲带着我搬到一个小山上,母亲还建造了一栋小楼,在楼上就可以看到岷江、大渡河以及乐山大佛。那以后,她心情好了不少。

1946年,父亲出任中国驻联合国教科文组织常驻代表,在巴黎工作。父亲的薪水并不高,而巴黎消费又太高,所以母亲不愿意定居在那里。平时父亲大部分时间在巴黎,而我和母亲则住在伦敦,他们两人的交流本来就不多,这样一来就更少了。其实在伦敦,母亲生活得并不称心。那时在英国的中国人也不多,所以她的生活圈子有限。

从1943年离开中国后,父亲再也没能回到这片土地,其实大陆这边也一直有人劝他回来。徐悲鸿是父亲在欧洲留学时认识的好朋友,中华人民共和国成立后不久,他写信给我父亲,劝他早日回国。但是因为父亲离开大陆比较早,他对国内后来的情况一点也不了解,不知道通货膨胀,不知道国民党的腐败。另外,他的好朋友傅斯年、王世杰等都去了台湾,所以他一直对"中华民国"念念不忘。有一次我讽刺他说:"你是伯夷叔齐!"他很生气。

母亲也一直有回中国看一看的念头。1960年左右,我还在香港地区工作,为BBC电视台做翻译。记得有一天我正在跟一个朋友吃中饭,碰巧遇到母亲在燕京大学的老同学谭阿姨。她说:"小滢,你知不知道你妈妈现在就在香港?"我说:"不知道啊!"谭阿姨接着说:"我刚和你妈妈见面了，她说，今天晚上要从澳门去内地。"

那时候母亲独自一人在马来西亚教书，她来香港的事情，父亲也不知道。我赶紧打电报给父亲："如果台湾让你回去述职，你千万不要去。我在信里再告诉你详细情况。"那时候两岸敌对得很厉害，我怕台湾方面以为我父亲知道母亲回大陆的事，万一把他叫回台湾扣留在那儿怎么办？我后来给父亲写了一封信，把事情的详细过程告诉了他。父亲知道后，也很震惊。

虽然他们两人这么多年来，还算是生活在同一屋檐下，但隔了这么多年看我的父母，我觉得他们俩是不幸的。如果父亲当年跟别人结婚，也许挺幸福的，如果他们生活在现在这个时代，可能选择离婚就会各自解脱。但是那个时代，女人离婚在别人眼里毕竟还是件丢脸的事，所以他们最终走不到那一步。

各自飘零

因为朱利安的关系，抗战时期母亲便与瓦妮莎和伍尔夫姐妹开始通信，她们一直鼓励母亲用英文写一本自传。伍尔夫是公认的现代主义大师，当年《新月》也翻译过不少她的小说，能得到她的肯定，或许是母亲面对现实世界最大的精神安慰。伍尔夫在1941年自杀，母亲仍然与瓦妮莎保持联系。

1953年，母亲在英国出版了她的自传体小说《古韵》(*Ancient Melody*)，在英国很快成为畅销书，可是我想西方人很难把这个作品放在中国社会发展的背景下，来理解中国女性的成长和心路历程。他们真正好奇的，或许是妻妾成群的东方式家庭，这也是母亲的悲哀吧。

离开了熟悉的环境，又不得不放弃母语，随着文学环境的变化，母亲在中国曾经拥有的名声已经成了过去。那个时期，她又回归到中国传统文化里。她先是在巴黎、伦敦和波士顿等地办过画展，又在英国多所大学做中国书画、中国近现代文学方面的专题讲座——我一直没想通的是，虽然我非常喜欢画画，但母亲从不教我。1951年我们在法国时，苏雪林还带我去见潘玉良，潘玉良愿意教我画，母亲也不肯。她的理由是画画没前途，养不活自己，她自己收藏了很多名家字画，也从未让我看过。

讲学是她晚年的另一个生活内容。1956年，新加坡南洋大学邀请她去教授中国近代文学，她去了四年。1960年又到马来西亚去教书。1968年，她又到加拿大任教，讲授中国近代文学。这也许是她逃避与父亲共同生活的一种方式。

后来的父亲更加沉默寡言。我记得有一次几位美国的汉学家来我们家拜访，其实想同时见父亲和母亲，但母亲觉得自己更有资格，所以她不让父亲出面。我记得那一次把父亲气坏了，他涨红了脸跑出来跟我说："你母亲不让我见这几个美国来的汉学家！"

法国与中华人民共和国建交后，法国政府要求"中华民国"关闭使馆。当时父亲的办公室设在"中华民国"驻法大使馆里，所有工作人员都撤了，就剩下父亲还孤零零地守在那儿。后来法国当局派警察要强制执行，父亲深以为耻，血压上升，突然中风。此后他的身体状况一落千丈，以后几次中风，不久回伦敦休养。1970年3月，父亲去世。

1979年母亲得了乳腺癌；1986年，又发现癌细胞已扩散到骨头里。她还一直惦记着要回她出生的北京，于是1989年12月，我和丈夫秦乃瑞一起陪她回到北京。

1990年5月16日，她在昏迷几天后醒过来，恍惚中提出想看看北海的白塔和干面胡同旧居。在舒乙的帮助下，我们找来担架，在十多位医护人员陪护下，先带她到北海公园看了她想念的白塔，又到了史家胡同甲54号——那28间房子是她的嫁妆，如今凌家的旧宅已改成史家胡同幼儿园。在曾经的旧宅前，她好像回到了过去，她说：我母亲帮我做午饭了。几天后她离开了人世，留在世上的最后一句话是：我是不会死的。

1990年5月18日，临终前的凌叔华躺在担架上，与女儿和外孙女回到《古韵》里"我们北平的家"（现史家胡同幼儿园）

　　我承认，我对母亲有过怨恨，但这么多年过去，那种怨恨的心情已慢慢消逝，转而成为一种同情。这些年来，我看母亲留下的那些文字，她的家庭，她的互相争斗的姨娘们，还有那么多孩子彼此间的竞争，我在试着了解她，却感到越来越悲哀。其实母亲也有她的痛苦和难处，我想，那个时代的女性都在寻求自身的解放。有的人，比如丁玲，会采取一种更激进的方式，投身革命，与旧家庭决裂。而母亲一生也在寻求解放自己的方式，可是，她最终也没有找到。

（2009年）

我的父亲周信芳：
传奇之恋与生离死别

口述：周采茨

当年的上海滩，大名鼎鼎的京剧名角周信芳与上海上流社会的千金小姐裘丽琳，从私订终身，到生死相随，成就了一个流传甚广的爱情传奇。裘丽琳用她的智慧与强干，扶持着周信芳走上京剧大师的地位；后来她把家里的五个孩子一个个"赶"了出去，直至生死相隔都未再相见，却让他们成功地避开了那场灾难。

20世纪60年代，周信芳主演的京剧电影《徐策跑城》

作为周信芳最小的女儿，13岁时周采茨就开始了一个人闯荡世界的生活，面对诸多苦楚与辛酸，从母亲那里继承来的基因让她从不轻易屈服。后来成为香港资深电视制作人的周采茨现在定居上海，热心于慈善事业。"我们和父母都被伤害过，但我们不做受害者，这也许就是家训吧！"周采茨说。

最后的告别

这么多年过去了,我总想起妈妈当时最爱念叨的一句话:"迟早有个大的搁头。"这是上海话,也就是"迟早有个过不了的坎"的意思。妈妈总觉得会有一个大风波来,把我们全淹掉。我后来想,妈妈真的很怪,她怎么就有那么敏感的直觉呢?

1959年再普通不过的一天,妈妈通知我:一周后我将踏上到香港的火车。那一周,妈妈开始考验我的礼仪规矩,比如怎么使用刀叉,怎么待人接物……跟往常一样,爸爸也是在我出发前才知道这个消息的——妈妈把我领到他的书房,说:"采茨明天就要去香港了。"爸爸听了,也没什么特别的表情,只是摸了摸我的头,叮嘱一句:"乖一点,要好好读书。"

我想妈妈那时已经从越来越频繁的政治运动中有了不祥之感。那时我们家的生活条件可以说非常优裕:家里两辆车子,一辆是专门给我大哥开的,另一辆由专门的司机开,我上学时有一段时间还用这个车送我,被同学贴了大字报之后就不敢了。我家的生活条件,在上海也是数得着的,妈妈总是担心有一天被斗上门来,后来的事情也证明,她的担心没有错。

离开家那一天,也没有什么特别的感觉,觉得自己像哥哥姐姐一样,迟早要出去读书的。妈妈派了家里一个秘书陪我坐火车从上海到了广州,再转车到深圳。从深圳出关到香港的时候,海关的工作人员把妈妈给我头顶上挂着的一大堆珠宝全部扣了下来,转寄回上海,而只允许带3元港币进入香港。

1966年初夏,我对已经呼啸而至的一场政治大风暴毫无预感,有一天,我突然心血来潮,想回上海看看爸爸、妈妈。之前我并没有提前通知他们,我坐着三轮车到了家门口,按了门铃。开门的惊讶地大叫一声:"四小姐,你回来了!"当时妈妈正在楼上睡觉,听到这话吓了一大跳,赶紧下来看我。妈妈把我安顿在他们的房间,在他们的床脚边弄了张帆布床，这也是我一生中最温暖的回忆。而时隔七年再见到父亲，他还是那个样子，只是仿佛更加沉默不语。

可是这一次回家，感觉妈妈有点"怪"。她吩咐我不能下楼，不让我出门。可是有一天，我妈妈先拆看了我来自香港的信，才把信交给我，我生气了，在我的一再追问下，妈妈说，她是怕没有经验的我，在外面受骗上当，被别人利用当了特务。有一种直觉告诉我，这里的气氛已经变得令人不安。

三个星期后，上海京剧院的党委书记找上门来，劝我马上离开上海。她可能觉得我是从香港回来的，运动来了，多一个人比较麻烦。于是我像一只惊恐不安的小鸟，在大暴雨来临之前慌忙飞走。

这一次告别，他们依然没有远送，只是在房门口和我道了别。爸爸还是沉默不语。我心中已充满了不祥的感觉。几天前，妈妈把家里好多东西都烧掉了。那时已是6月份了，天气很热，但妈妈还是点起火炉，我们俩整整烧了一晚上。妈妈又跟我说，她怕火葬，要我们给她买木头棺材。她又怕家里的钱将来全没收了，所以要我们存好这一笔钱，到时给她买好一点的木头——没想到，这一次，真的是最后的告别。

短暂的安宁

爸爸经常说，妈妈就像个老猫一样，把小猫一个个地含着出去。大姐采藻是家里第一个走的孩子，1947年她到美国读大学；之后是三姐采芹和小哥哥英华。到20世纪50年代末，就慢慢走光了，曾经热闹又幸福的一个大家庭其实永远成了过去。

对爸爸来说，50年代也是他一生最好的时光。新中国成立后，爸爸曾任上海市文化局戏曲改进处处长、华东戏曲研究院院长，1955年起，又担任上海京剧院院长。新中国成立前他虽有事业，但唱戏的是没地位的。他有事业有地位有权力后，也有扬眉吐气之感。

其实，爸爸很早就与左翼人士和共产党地下组织多有往来，他与田汉、欧阳予倩等都是好朋友；爸爸不仅是一个京剧演员，还是一个非常有思想的才子，编和导都非常出色，对很多社会问题也有自己的思考，所以爸爸也一直被视为文艺界进步力量的代表。

上海解放前，中共地下党组织派熊佛西跟爸爸联系，他们两人一起去做梅兰芳等人的工作，要他们留在大陆，爸爸本人则坚决留在上海，迎接解放。爸爸还有一个非常朴素的理由：作为一名京剧演员，观众在这边，他就要留在这里。1949年10月1日那天，他还登上天安门城楼，参加了开国大典，这几乎也是整个文艺界的最高荣誉。

爸爸是发自内心地拥护共产党的新政权。1953年冬，他任中国人民第三届赴朝慰问团副总团长，1956年，率上海京剧院访苏演出团赴莫斯科、列宁格勒等地演出，忙得不亦乐乎，但他整个的心境，都是非常愉悦的。

对年幼的我来说，印象最深的就是爸爸写入党申请报告那段时间。这对他来说是一件非常神圣的事。他很真诚地要向组织交代他的过去，为了郑重起见，还请了专门助理来写。我们家楼下的客厅，平常很少有人去，爸爸和他的助理就搬到客厅里整理材料，我印象中两个人一起写了很久。我妈妈唯一关心的是，爸爸交代里有没有其他女人，爸爸的助理就抱着文件，不给妈妈看，想起来也蛮好笑的。

我印象中的爸爸平时不怎么爱说话。在屋后汽车间上面，有个很大的房间，是爸爸的书房，如果家里来客人，他就带到书房，在里面舞文弄墨，谈论戏艺，我印象中还见过巴金和田汉。爸爸只读过两年私塾，但是他非常刻苦，他的很多知识都是靠读剧本一点点积累起来的。记得小时候我还特地拿出一本字典考他，很多特别难的字他都认得，这也是他一个字一个字"抠"出来的。

在舞台上，任何事情爸爸都要想尽办法做得比别人难度更高，他的靴子比人家高，袍子比人家长。其实我爸爸后来的声音有一些沙哑，但是他却把这个缺点变成了自己的特点。在我看来，这是他最有能耐的一点。

所以在当时的社会里，爸爸能红是靠真本事。放在今天，以他的性格，其实根本就红不了的。爸爸有时显得比较木讷，他本人并不能言善道，又非常清高，从不收红包——那个年代，这样的演员极少。爸爸在舞台上非常有魅力，那时候看上他的贵妇人很多，甚至有人把金刚钻戒指丢到台上，但是爸爸想尽一切办法躲得远远的。这种东西叫人家拿回，人家也会很难堪，爸爸就把它们全捐掉。这也是我妈妈很敬重爸爸为人的原因。

周末，我会去看爸爸演戏。新中国成立后，爸爸唱过的很多传统的京戏，比如《斩经堂》《徽钦二帝》都不能再演了。那时流行的是有很强政治意义的《十五贯》，全国都在演，爸爸也不例外。还有一部是《义责王魁》，他演家丁王中，斥责那个负心汉状元王魁，这部戏可能比较符合当时的政治要求，也是爸爸后来常演的戏之一。

一般人都喜欢看花旦青衣，但我从小就喜欢看老生，喜欢大嗓子的戏。对麒派这些演员，上海人从30年代起就很追捧他们，爸爸的戏也很普及，那时候拉黄包车的人都会唱。对麒派的热爱一直持续到50年代都没有停过，那时候每逢有爸爸的演出，还是场场爆满。便宜的票有便宜票的观众，前面的票子有前面票子的观众，大家坐在一起看戏。大约我十岁那年，有一次看爸爸演的《清风亭》，虽然我小，但也能看得懂了。因为入戏太深，我在台下呜呜大哭起来，哭得台上的师傅鼓都打不下去了，最后还是我自觉地走了出去。

传奇之恋

平时很沉默寡言的爸爸偶尔喜欢开个玩笑，他说，曾经幻想娶个外国女人，做个官，结果是娶了半个外国女人，做了半个官。

我对妈妈记忆最深的就是她的美。我自懂事起，每当妈妈牵着我的手，走在路上的时候，经常还是会吸引不少行人的目光。1961年她到英国探望三姐采芹，跟着姐姐一起出席了一个晚会，很多见到她的人都被她流利的英语和典雅的举止所倾倒。超级大明星加利·格兰特当时也在，他第二天专门打电话来，邀请妈妈去参加他主演的新电影的首映式。

爸爸与妈妈的恋情，当年曾轰动一时，后来还有人以此为蓝本拍了电视剧。是的，他们的爱情故事即便在今天看来，依然是个传奇。

我的妈妈裘丽琳生于一个大户人家。外公裘仰山是浙江绍兴人，后来在上海专门与洋人做茶叶生意。妈妈八岁那年，外公就去世了。据说当时他的墓地建得特别大，长500米、宽60米，墓前还有两个专供人祭拜的区域，不过后来被毁掉了。我从小就听妈妈念叨外公的墓地有多大，但我对此一直将信将疑。几年前我到绍兴，问起一位六十多岁的老人，他说：我小时候也见过裘仰山的坟，有1里多长。我的外婆玛丽·罗丝，是一个苏格兰裔海关官员娶了松江一金姓女子之后生下的混血儿。外婆虽然有一半的苏格兰血统，鼻子又高又尖，但在我的童年记忆里，裹着小脚、穿着棉袍子的外婆完全是一个中国老人的形象。

苏格兰太外公死了之后，外婆继承了一笔不小的遗产。因为她从小自己有钱，而不是靠夫家来的钱，用今天的话来讲，我觉得外婆是一个很阔又很有性格的人。她结婚后，夫家的钱她用在儿子身上，从娘家继承的钱她全用在两个女儿身上，我姨妈家的表姐后来到牛津去读大学，都是用外婆给的钱。

妈妈是裘家的第三个孩子，也是最小的女儿，非常受宠。小时候在乡下，除了一个洋娃娃是她从外面自己带回来的之外，其他的玩具，她想要玩什么，就叫木匠给她做什么样的。她甚至还设计图纸，让木匠给她做了个小马桶。妈妈后来到教会学校住读。

长大后，妈妈被外婆送到上海一个天主教会办的寄宿学校读书。学校中的课程以英文为主，中文和法文不过是作为第二和第三语言。在教会学校读书也要学会很多规矩，妈妈的自理能力很强，也很有主见，在学校里有时候跟嬷嬷、修女吵架，她也都会占上风。

用古今的眼光看，妈妈都是当时上海社交圈里名副其实的名媛，后来也有人说她是"首席名媛"。她穿着时髦，烫着最流行的发型，跟着她的哥哥裘剑飞参加城里有钱人和外国大班举办的聚会，出入各种社交场所。不过，那时的社交跟现在不一样，出门的时候不可能是自己一个人出去，而是有两个丫头随时跟在身边。妈妈是在看爸爸的戏时，一眼看上他的。那年她才十八岁，从这第一眼起，她的心里从此便只有这一个男人的影子。妈妈煞费苦心地在学校里搞了一个慈善筹款会，用这种方式把爸爸冠冕堂皇地请了过来。那时候，文艺界的人是不被邀请到这种地方的。妈妈爱得很执着。

年轻时的裘丽琳

他们结合遇到的阻力当然非常大。从社会地位上讲，妈妈是属于"上流社会"的；尽管"麒麟童"名声再大，但他终究不过是一个"戏子"，妈妈的地位是远远高于爸爸的。而且那时爸爸还有一位元配妻子，为了避人耳目，他们有时候会选择在坟场约会。

但是他们的恋爱最终还是被小报记者发现了。外婆非常生气，她一面把最宠爱的小女儿软禁在家，一面马上张罗给她做媒，在天津相中了一个大户人家，还收了人家的聘礼。

有一天晚上，趁着家人看管懈怠，妈妈穿着睡衣趿着拖鞋溜出了家门，她坐上黄包车先去了她的好朋友家，好朋友找到了爸爸。当天晚上，爸爸带着妈妈逃到了苏州。后来的很多事情我都是听姨妈的女儿告诉我的，她说你妈妈真厉害，跑出家那天一个包裹两个丫头，私奔还带着丫头。

裘家发现"三小姐"不见了，有说法是我的舅舅裘剑飞马上拿了一

455

支手枪带人四处寻找。后来在火车站他偶然听说周信芳带人去了苏州，就又带着人马连夜赶往苏州。据说当天晚上真的是找遍苏州城各大旅馆，但一无所获。原来爸爸把妈妈藏在一个僻静干净的小客栈，登记时用的是假名。然后爸爸当夜又赶回上海，因为第二天还有他的戏——我后来经常想，我爸爸有些时候真的很"木"，可在关键时刻又很机灵。

裘家勃然大怒，他们登报公开声明和裘丽琳脱离关系。妈妈给外婆写了好几封请求宽恕的信，但毫无回音。另一方面，裘剑飞又四处扬言绝不放过周信芳。妈妈只好用另一种方式寻求保护，几天后，上海的好几家大报在同一天登出了某著名律师的启事：本律师受聘于裘丽琳小姐担任其法律顾问，本律师的当事人已经成年，依法享有公民权利，任何人无权限制其人身自由和侵犯其合法权益，否则本律师将依法提起诉讼。这样事情才慢慢平息下来。

外婆后来还是原谅了我妈妈。记得我六岁左右，外婆有一次到我们家里。那时候很流行租公寓，妈妈就在现在的衡山宾馆租了两套打通的公寓。妈妈跟爸爸住一个主卧，我跟外婆住另一套连卫生间的主卧。房间里有一台收音机，她要听说书，我要听儿童故事，我们两个就为了这台收音机吵架。

相依相伴

我后来听表姐说，其实在苏州躲了两个星期后，妈妈就回来了，他们在上海租了弄堂房子住了下来。

上海滩鱼龙混杂，唱戏的人地位低，又要和不同的人打交道。本是大户小姐的妈妈从此跟着爸爸过上这种生活。妈妈经常跟着爸爸到戏院，很快她就对戏班子的财务制度产生了质疑。爸爸虽然很红，唱戏场场满座，可是他自己却拿不到几个钱。因为那时候是包银制度，也就是说，戏院给你一笔钱，需要钱的时候，就去戏院支钱。那时候奶奶喜欢赌钱，她经常去戏院支钱。爸爸又很孝顺，钱被我奶奶支走了，没钱怎么办？他就当东西，爸爸还有一个班底，揭不开锅了，跟我爸一说，爸爸回答：钱我没有，这个行头箱子里，晚上我要穿一套演出，其他的你随便拿一套去当好了，当票拿来。所以妈妈后来跟我说："我跟你爸爸的时候，他袋袋里什么都没有，就是当票。"所以妈妈要慢慢地把他的当票全部赎回来。

妈妈找到戏院老板，跟他们"谈判"，要求从票房里提成，要分红——妈妈后来跟我说，"和戏院三七分账，就是我发明的"。妈妈还直接告诉对方，钱的事情以后我裘丽琳管，你有什么事情都要经过我。

其实妈妈的这股冲劲当初也惹恼了不少老板。妈妈后来学得聪明了，私下里跟方方面面的"老大"磕头赔罪，等麻烦都了结了以后才把这事告诉爸爸。而爸爸还真的领到了剧院的分红——不再是纸票，而是金条。后来，他们还租下了自己的剧院，爸爸是主演兼经理，妈妈负责财务。妈妈，这位大小姐，后来变成了特别精明的一个女人。外界喊她"铁算盘"。

现在想起来，我仍为妈妈那份爱的执着而感动。一直等到我的三姐周采芹出生以后，他们的婚姻才被世俗承认。他们的婚礼在上海最著名的一个饭店里举行。妈妈终于披上了她渴望已久的婚纱。为了配合妈妈，爸爸在婚礼那天也穿了一件燕尾服。妈妈后来说："我那天早上在婚礼上走出来的时候，四下里寻找你父亲却不见他的身影。原来他混在客人们中间像个没事人一样在嗑瓜子！"

在外人想象中，爸爸当时的名气已经那么大了，很多事情肯定是他出面搞定。但恰恰相反，这些事情爸爸一点都应付不来，他的性格是宁肯饿死都不会开口的。所以更多的时候，是妈妈扮演了"保护神"的角色。妈妈曾随身带着一支枪，陪爸爸时常在外埠跑码头唱戏。妈妈后来告诉我："尽管我现在记不住怎么使这支枪，可是我觉得如果你爸爸遇到什么危险，那些动作我都会在一瞬间记起来的，也会毫不迟疑地对准那些冲过来的人开枪。"

上海沦陷后，当时汪伪的特务机关"76号"找爸爸去演出。爸爸历来就不喜欢唱堂会，他觉得你要看戏，就到戏院里来看。把演员叫到家里来演，在他眼里是对演员的侮辱。给汉奸演堂会，那就更不可能了。爸爸找了借口推辞未去。有一天，吴四宝开了辆车到家里请爸爸去吃饭，之后别有用意地请爸爸去参观他们的行刑室，这也是外界闻之胆寒的地方。回到家后，妈妈立即把爸爸送到一个外国朋友家里，然后她去找吴四宝的太太佘爱珍，送了她很多珠宝首饰，包括爸爸给她的一个很名贵的首饰，最后终于过了这一劫。

爸爸和妈妈共同生活了45年，这45年里，爸爸一直是妈妈生活的全部重心。爸爸有一个生活习惯：只吃肉不吃菜。一个领导近年告诉我，三年自然灾害时，他和我爸爸一起在北京参加全国人大的会议，在一个桌上吃饭，各代表吃的都是以素的为主，服务员单独给我爸爸拿出一个小砂锅的蹄髈，他说：各位不客气了，我吃饭了。那时已是非常困难时期，在家，妈妈还能想办法为爸爸每天准备个蹄髈。为了让他多补充些营养，妈妈也费了一番心思。那时候卫生条件不好，妈妈每天拿火酒洗过所有的东西，然后亲手给爸爸榨西瓜汁喝。

各自飘零

从某种意义上讲，从13岁起，我就是"孤儿"了，从此没有爸爸、妈妈的庇护，一个人闯荡，面对外面世界的风风雨雨。也感谢妈妈，她用她的精明在最后时刻保护了我。

1966年6月，我像一只惊恐不安的小鸟，从上海回到了香港，然后又一路阴差阳错地逃到了意大利罗马。罗马的景色固然好，可是生计问题怎么办呢？我灵机一动，想起了黄页。打开一看，上面有四家中国餐厅，第一个就是一家名字叫"上海"的中国餐厅。餐厅恰好需要个会说英文的服务员，就这样，我在餐厅当上了服务员。

大约过了一星期，有一天快11点了，趁客人来之前，我和另外一个意大利服务员在餐厅吃工作饭。这时身后有人用英文问："Winnie在吗？"我扭过头看了一眼问话的人，回了一句："Winnie晚上才会来，白天不在！"我心里突然一动，说："等一下！"我问他："你叫Michael吗？"他奇怪地说："是啊！"我又问："你是Michael Chow吗？"他说："对啊。"我说："你知道我是谁吗？"他满脸疑惑地说："不知道。"我说："我是你妹妹。"

他大吃一惊："啊，No，No！"他当然认不出我来了，他离家的时候只有13岁，我才6岁，他怎么会知道我14年后的样子呢？我能一眼认出小哥哥来，是因为之前他在香港拍过一个打乒乓球的饮料广告。如果我没有看过那个广告，我也根本不知道他长大后的样子，我们走在街上，也许擦肩而过也认不出来。

我和小哥哥就这样戏剧性地相遇了。当时小哥哥正在罗马度假，之后连续三天我就在他住的酒店里，不停地讲。那时候小哥哥也好久没有同爸爸、妈妈联系了。他刚离家的时候，会在给爸爸、妈妈的信中约好时间，打国际长途回来。那时，在国内很难打到海外去，所以只有等着小哥哥往回打，而他的钱又不多，所以信息越来越少。关于父母的情况，关于大陆的情况，我的消息是最新的。所以我们两人不停地讲，又不停地哭，哭得要命。

最后的"团聚"

1966年9月的一天，记得我和二哥两个人下午去看电影。回来时，他当时的女朋友走上来，拿了晚上的报纸，上面的头条说："中国动乱，采芹的父亲周信芳自杀！"我们都呆住了，但是直觉上我不相信爸爸会自杀，我跟二哥说，爸爸不是那种人。可是那时候我们也没有别的办法核实这个消息，我们在英国打电话给在美国的大姐、二姐，大家通了很多电话，但没什么结果。我们几个孩子按中国方式，在胳膊上戴了个绣着"孝"字的黑纱。

不管是死是活，爸爸总算有了消息，但是妈妈呢？谁也不知道。1972年，二姐到香港定居，她试着用另外一个名字，往我们家的地址——长乐路188号写了封信，还寄了点钱。没想到不久从另外一个地址回了一封信，信是一个亲戚写的，信上说妈妈四年前已经过世了，爸爸生活还可以。从那时候起我们开始寄钱，一直寄到1975年。

我们后来才知道，让爸爸卷入灾难的，还是他的戏。1959年，周扬建议爸爸演一本以海瑞为主角的京剧，"要鼓励大家敢于说真话"。一向响应号召的爸爸很快在上海京剧院编排了《海瑞上疏》。一年后，在北京的马连良也演了《海瑞罢官》。谁也不会料到，几年后，姚文元在上海《文汇报》上发文章批《评新编历史剧〈海瑞罢官〉》，从而成为一场轰轰烈烈的"文化大革命"的序幕。在上海的爸爸也不能幸免，有人在《解放日报》上发表文章，公开点了爸爸的名字，说《海瑞上疏》是"配合右倾机会主义分子向党向社会主义疯狂进攻"。不久，爸爸被隔离、抄家、遭批斗，还被押上高架轨线修理车，胸前挂着牌子游街示众，后来干脆被投入监狱。

妈妈也必然受到了牵连。我想一开始他们两个人肯定是想不通，但是以他们两个人的智慧，他们很快就想出应对之策。爸爸就是装聋作哑，斗他什么，他都是听不见，眼睛也看不见；妈妈则是不管被问什么，她是一问百不知，所以就被别人打。

我和妈妈最后的告别前，妈妈还叮嘱我一件事："以后但凡收到我给你写的信，无论我写了什么，都不要去做。"果不其然，母亲几个月后就来了一封信，信上说要我把她在香港一家银行的保险箱里的所有东西都取出来、寄回去。后来我才知道，妈妈那时被斗得很厉害，那些人说她把金银珠宝全拿到香港去了，精明的妈妈事先早就预料到了这一点。而这保险箱我只在香港税务局和律师的监督下开过一次，只看了一眼，到今天再也没动过。

后来我听说妈妈被别人用车拉到一个学校去打，真的是被活活打死的。她的肾脏被打破了，躺在爸爸的书房里整整三天，疼得透不过气来。她后来被送到华山医院，但因为是"反革命"家属，不能进病房，只能躺在急诊观察室外的走廊上。就这样在走廊里躺了两三天，就去了。那是1968年3月27日，她才63岁。

我们后来才知道，爸爸是1969年"获释"回家的，那时爸爸已经74岁了。从监狱回来，一进家门，有人就告诉他妈妈去世的消息。他听到之后并没有哭，也没什么过多的感情流露。虽然是回到自己的家，但每天还会有一个人在固定看守他，其实是软禁。

1974年秋天，"上海市革委会"宣布开除周信芳党籍，又给他戴上"反革命分子"帽子。爸爸拒不接受。后来又将结论改为：敌我矛盾作人民内部矛盾处理。后来，有亲戚可以到家里来，给爸爸读读报纸陪陪他，但是他已失去了妈妈的陪伴，我们又都不在身边，在生命的最后几年，我知道爸爸的内心一定是非常孤独的。

爸爸是在上海华山医院病逝的。我后来看有人写的文章说，当父亲的遗体被推出病房的时候，当人们知道这是周信芳的时候，所有能下床的人都下床默默站立目送。别忘了那时候父亲身上还贴着"反革命"的标签啊，这足以说明人心还没有泯灭。

爸爸去世的时候，我还在英国，记得那天我在办公室，二哥打电话给我："你别哭，爸去了……"这么多年来，时间和空间似乎把伤痛渐渐冲淡了，但是父亲去世的消息传来，我才意识到，那些伤痛，其实是永远抹不掉的。

1978年8月13日，已在香港工作的我突然收到一封电报，告知8月16日将为爸爸举行平反昭雪大会和骨灰安放仪式。我清楚地记得，接到电报那天是个星期五，而平反大会的时间是下周一，给我的时间只有不到三天，而那时香港和内地之间的联系还不是很畅通。但我没有半点的犹豫，心里只有一个念头：这是爸爸的追悼会啊，我一定要赶回去！

我直接找到了中国旅行社的香港副总经理，我说一定要赶回上海参加父亲的追悼会，但我只有一个英国护照。他先安慰了我一下，说："你不要急，我现在就打电话到深圳去。"打完电话后，他说："深圳那边给你特批了一张纸，我叫人给你送到罗湖桥头，但是你的护照不能带进去，到了海关之后，会有人收走你的护照，换一张临时通行证，三个星期后再用临时通行证换回护照，你有胆子这样做吗？"我告诉他们：我不怕。

我就这样进了深圳，再从深圳坐火车到广州，换飞机，星期天晚上到了上海，亲戚和上海京剧院的领导都来到机场接我。所有人都非常意外，他们没想到48小时之内，我会想方设法赶回来。

追悼会当然很隆重，满屋子全是花圈，摆在最中间的，是邓小平送的花圈，而为爸爸致悼词的是他曾经的好友巴金。看着爸爸挂在墙上的照片，既熟悉又陌生，我在心里跟他说：爸爸，我终于赶回来，送你最后一程。

1995年，爸爸的骨灰被移放到上海万国名人墓园，和妈妈同葬一墓。他们终于永远地在一起了。而在各自飘零了几十载之后，这一次，我们都到齐了，我们终于和父母"相聚"了。35年后的今天，听爸爸的戏，我也终于不再掉眼泪了。我知道，总有一天，我们在天堂会再相遇的。

（2010年）

周海婴：
还鲁迅一个真面目

口述人　周海婴

清癯、瘦高，尽管头发有些花白，但那标志性的"周氏"之眉却依然又黑又浓——或许知晓周海婴身份的每个人在见到他的第一面时，都会近乎本能地将这张面孔与深印在脑海里的"鲁迅"像作细细审视与对比。而这样的目光76岁的周海婴虽然一直抗拒甚至厌恶，但作为鲁迅儿子，在他出生的第一天起，便已注定终生与其如影相随。

许是学理工科出身，周海婴总是言语冷静而用词谨慎。在提到母亲许广平时，周海婴仍亲热地喊"妈妈"，而在提及父亲时，他更多的是用"鲁迅"而非"爸爸"。或许潜意识里，已意识到他与父亲的私人空间早已被"公共的鲁迅"所占据，与父亲在一起生活的短短七年，用近乎70年的时间来回忆，来讲述。

父亲鲁迅

母亲告诉我，我是她和父亲避孕失败的产物——母亲觉得当时的环境很危险、很不安定，他们自己的生活还很没保障，将来可能还要颠沛流离，所以一直没要孩子。母亲在1929年生我的时候，已是高龄产妇，拖了很长时间没生下来，医生问父亲保大人还是保孩子，父亲回答是大人，没想到大人孩子都留了下来。

我的名字是父亲给取的，"先取一个名字'海婴'吧！'海婴'，上海生的孩子，他长大了，愿意用也可以，不愿意用再改再换都可以"。从这一点来看，父亲很民主，就是这么一个婴儿，他也很尊重我将来的自主选择。

很多人对父亲在家庭里究竟是一个什么样的形象感兴趣。其实我小时候并没感觉到自己的父亲跟别人家的有什么不一样，只记得父亲一旦工作，家里一定要保持安静。四五岁的时候，保姆许妈便带我到后面玩，那时候上海也不大，房子后面就是农地，鲁迅觉得百草园有无限乐趣，而我的天地比百草园大得多，有小虫子，有野花，这里也是我的乐土。

或许是由于政治需要，很长一段时间，父亲的形象都被塑造为"横眉冷对"，好像不横眉冷对就不是真正的鲁迅、社会需要的鲁迅。的确，鲁迅是爱憎分明的，但不等于说鲁迅没有普通人的情感，没有他温和、慈爱的那一面。我后来也问过叔叔周建人好多次："你有没有看见过我爸爸发脾气的样子？"他说从来没有。我又追问，他是不是很激动地跟人家辩论？他告诉我说，他平素就像学校老师一样，非常和蔼地跟人讲道理，讲不通的时候也就不讲了。人家说，鲁迅的文章很犀利、嬉笑怒骂皆成文章之类的，但那是笔战，是和旧社会、旧思想在对抗，必须要激烈。过去人们误解了鲁迅，应该把鲁迅归还到他自己的真面目。

父亲跟我讲的是带绍兴口音的话，他喊我"乖姑"，有点像广东话称呼孩子的方式。70年前的上海夏天湿度非常大，那时又没空调，整天身上、背上都是湿漉漉的，每年一到夏天，我总要长一身痱子，又红又痒，又抓挠不得。晚饭以后，我跑到二楼，躺在父亲床上，那时天色已暗，但为了凉爽并未开灯。这时候父亲就准备一个小碗和海绵，把一种药水摇晃几下，用药水把海绵浸湿，轻轻涂在我胸上或背上，每搽一面，母亲便用扇子扇干。因为有机会亲近父亲，可以不怕影响父亲写作而被"驱赶"，我躺在父母中间，心里无比温暖。直到天色黑尽，父亲又要开始工作了，我才恋恋不舍地回到三楼自己的房间里睡觉。这是我记忆中最快乐的时光。

那时候父亲已有他自己多年的生活习惯，我早上上学，他还在睡觉，中午回来吃饭可以碰见；下午从学校回来时，经常可以看到有很多人在和他聊天。跟父亲来往的一些人当中，我有印象的是作家萧军、胡风、冯雪峰、内山书店老板内山完造夫妇。我对内山完造印象很深，我们一直有来往，直到他去世。这次上海拍电影《鲁迅》，我还提出对内山完造这个人物的把握：内山完造是一个基督徒，思想浸透了基督徒的博爱精神，不论中国的贫富贵贱他都是一视同仁的，所以不能弄成日本人那样，总是点头哈腰的；也不是非常高傲的，因为他是一个有文化涵养的日本人。

萧军也是我印象比较深的一个人，他非常爽朗，是一个东北大汉，没什么心计，说话脱口而出，很容易得罪人，但他自己又不往心里去。电影《鲁迅》里就有这样的镜头，萧红在他身后老拽着他衣服不让他乱说，他的确是这样的性格。

有的家庭是严父慈母或是严母慈父，孩子依赖父亲或母亲更多一些，但我的家庭没有，就是一种非常温馨、平和的家庭氛围，不是看见父亲就远远地敬畏、蹑手蹑脚，我没有这种恐惧、害怕的感觉，记忆中他也只有一次假装用纸筒打我。父亲写信通常用一种中式信笺，上面印有浅浅的花纹、人物或风景。父亲给不同的人写信，选用不同的信纸。如果我碰巧遇到父亲要写信，想表现一下自己，往往自告奋勇地快速从桌子倒数第二个抽屉，以自己的"眼光"为父亲挑选信纸。父亲有时默许了，有时感到不妥，希望我另选一张，而我却僵持不肯，每逢此时，父亲也只好叹口气勉强让步。后来听说日本有一位学者叫阿部兼也，专门研究父亲信纸的选用与致信者的内在关系，可惜的是他不知道这当中还有那时不谙世事的我的干扰。

父亲与母亲

在我眼里,母亲与父亲之间的感情包含着两种:一种是学生对老师的崇敬,还有一种是夫妻之间的爱护、帮助。我母亲在她力所能及的范围内,帮助父亲做了很多事情,如抄稿、寄信、包装等等。母亲喊父亲什么,我不记得了,记忆中也没有她老远喊父亲的印象,只是有事就走到父亲面前,询问他喝不喝水,或者告之该量体温了、该吃药了,是一种自然的平视的状态。

母亲跟父亲在一起,从一开始就没有想要什么名分。他们结合在一起,是很自然的状态,是爱让他们在一起。从某种意义上说,名分是保障妇女权利的一种方式,而母亲觉得,她的权利不需要婚姻来保障,她觉得没有这个必要。

母亲是父亲的一片绿叶,为父亲做了很多工作,但母亲当年也是一位有才华的女性。母亲告诉我,她后来也跟父亲提到过,想出去工作。父亲听到后,把笔放下叹了口气:"那你出去我又要过我原来的生活了……"母亲便放弃了那样的想法。我想鲁迅最后十年能创作出那么多的作品,当中也有母亲的牺牲;虽然希望出去教书的母亲心情也很矛盾,但她觉得用自己的牺牲换来父亲创作的高峰,一切付出都是值得的。

母亲在我面前不怎么回忆父亲,她不愿意沉浸在她的悲哀当中。对我父亲,她觉得她有照顾不够的地方——比如她说看到父亲吸烟不是放在嘴里,而是经常点着了放在那儿烧,既然烧,为什么买那么好的烟?于是父亲最后抽的是比较廉价的烟。茶叶也一样,有时她泡在那儿,他也没喝,这不浪费吗?诸如此类。其实再周到、再细致的照顾,总是有不完美之处,这是很自然的。

我出生之后,父母就没带我到过北平,因此没见过祖母(注:鲁迅的母亲与其元配夫人朱安一直生活在北平)。但祖母总是托人写信来,她常常寄好东西给我,像北平的棒子——比现在的棒子好吃很多;还有她自己腌的酱鸡酱鸭，因为路途远，时间长，有时一打开，酱鸡酱鸭发霉了，妈妈只好把它们扔掉，而我觉得太可惜。祖母和朱安的信，都是别人代写的，后来有些人还问我："为什么说朱安不识字啊？！她还给你母亲写过信，说死后要念什么经、做什么被子、棺材要怎么样、点什么灯、做什么祭拜，文笔很深，文化很高啊！你是不是故意贬低朱安？！"他们不知道那些信确实是别人代写的。

父亲去世后，母亲除了我这么个病孩子之外，也负担了朱安女士的生计，生活得比较艰难。朱安也是一个善良的女性，她托人写给母亲的信总是表示感激之情，说"您对我的关照使我终生难忘"，也很体谅母亲，"您一个人要负责两方面的费用，又值现在生活高涨的时候，是很为难的"，收到生活费后她也回信告知是如何安排开支的。

我从来没见过朱安，所以也谈不上什么印象。不过从她与母亲往来信件看，她对我还是很关爱的。一次她给母亲写信说："我听说海婴有病，我很记挂他。您要给他好好地保养、保养。"我十五六岁后，她就直接给我写信，有一次还问我是否有同母亲一起的相片，给她寄去一张，"我是很想你们的"。我知道在她心里，她把我当作香火继承人一样看待。1947年朱安病故时，母亲受国民党监视不能到北平，拜托一些亲朋帮助料理了丧事。

由于政治的需要父亲被抬到很高的位置，但实际上，父亲的盛名并不是我们的护身符，相反，有一段时间在位的人都是鲁迅当年的论敌，那些人对我们完全不理不睬，而鲁迅的崇拜者、能够关心我们的人却一个个被打压掉了。也许有些人觉得鲁迅永远压在他们上面，有鲁迅在，他们永远只能排在二三四位吧，我也不太理解这些人的心理状态。1968年，母亲为了保护父亲的遗稿，急得心脏病发作而去世，可去世后连追悼会都不让开，最后是周总理决定允许向遗体告别。

周氏三兄弟的关系

周树人与周作人"兄弟失和"是一个悲剧,某些鲁迅研究者推测,是他看了一眼弟媳沐浴导致的。但据当时住在八道湾的房客章川岛先生说,八道湾后院的房屋窗户外有土沟,还种着花,人是无法靠近的。当时情况究竟如何,我没有发言权,个中原因也许永远是个谜。

但我觉得导致他们分歧的根本原因还是性格问题。周作人性格软弱,被他的妻子左右,他也不能脱离他自己的优越的生活环境——那时,周作人家里有厨子、保镖、车夫、用人。他还没做汉奸的时候,人家劝他到南方去,他说家口在这,不愿意走,不愿意离开他的天地。

1948年,我随母亲到北平,某个冬天的下午,章川岛先生问我是否要到八道湾看一下。我从小就听说八道湾,心里也早有种亲切和向往,于是跟着他去了。走进里院,只觉得空空荡荡,很寂静。西北角一个老太太坐在小凳子上晒太阳,她把章先生喊过去,大概询问来者是谁。只看到章先生礼貌地回答几句后,老太太突然站起来对我破口大骂,汉语之后又换了日语。章先生赶忙把我拉到外院,我才知道,她原来就是周作人夫人羽太信子。自此,我再没见过她,八道湾房产也在新中国成立后被我们捐给了国家。我跟周作人的后代一点联系也没有。

周作人夫妇一直不承认我和我母亲,他们自始至终对母亲持蔑视的态度,认为她是做"小"的,我不是周家正统的人。周建人也很早被赶出周作人的家里,在上海做小职员,我父亲写信给蔡元培,让他给介绍工作,周建人才在上海找到工作。他在上海也找到了一个夫人,原来的那个妻子(羽太信子的妹妹)和他早属于无效婚姻,周建人到了上海还几次写信要她过去跟他生活,但姐姐不让她去,一直把她留在周作人家,等于做他们家的高级保姆。这姐妹俩也在北京先后去世。

现在想起来,祖母对父亲还是偏爱的,周作人无论多么风光,她没有住在周作人家里,哪怕是大儿子在上海,不在身边,她也愿住在大儿子家,让朱安陪着她,说明她和周作人的关系非常冷淡。羽太信子把鲁迅赶走,把周建人赶走,把房契也改了,想独霸家产,又诅咒鲁迅是断子绝孙。我后来出过一本鲁迅家族画册,实际上也是回复很多人:鲁迅的后人生活得很好!

身为鲁迅之子

说来奇怪,父亲去世前几天,我在放学回家的路上,突然感觉有个声音对我说:"你爸爸要死了!"这么多年我一直不明白这个声音究竟来自何方。

也许是那一段时间健康欠佳的父亲给我的心理暗示?1936年的大半年,我们的日子总是在忧喜之中度过。每天我从三楼下来总是蹑手蹑脚。父亲的房门一般不关,我悄悄钻进卧室,听一会他的鼻息。父亲的床头凳子上有一个瓷杯,水中浸着他的假牙。瓷杯旁边放着香烟、火柴和烟缸,还有象牙烟嘴。我自知对他的健康帮不了什么,但总想尽点微力,于是轻轻地从烟盒里抽出一支香烟,插进被熏得又焦又黄的烟嘴里面,放到他醒来以后伸手就能够到的地方,然后悄然离去。中午吃饭的时候,我总盼望父亲对我安装香烟的"功劳"夸奖一句。不料,父亲往往故意不提。我忍不住,便迂回地询问一句:"今朝烟嘴里有啥么事?"父亲听后,微微一笑,便说:"小乖姑,香烟是你装的吧。"听到这句话,我觉得比什么奖赏都贵重,心里乐滋滋的,饭也吃得更香了。

1936年10月19日早晨,许妈上楼低声说:"弟弟,今朝侬勿要上学堂了。"我才知道,我没有爸爸了……我冲下楼,看到父亲躺在那儿,像以往入睡一样安详,妈妈流着眼泪搂着我说:"现在侬爸爸没有了,我们两人相依为命。"

以前我不知道父亲是个那么有影响的人,如果有转折点的话,那就是父亲去世,很多人把他从家里抬出来,送到万国殡仪馆,后来还有一个非常盛大的葬礼。从这个葬礼当中,我第一次知道父亲的地位和影响。父亲墓碑上的字是母亲让我写的,她后来说别人写都不合适,她那时可能已经意识到,实际上谁写对谁都是一辈子的影响?她不期望别人来写，实际上更多的是为了对方的安全考虑。

还有几个月，是父亲去世 70 周年纪念，而我也马上就 77 岁了。身为鲁迅的儿子，是我无法自己选择的命运。对于这个身份，我自己一方面很淡然，另一方面很回避。我始终不愿意人家说"这是鲁迅的儿子"，因为我有我的工作、我的事业。我毕业于北京大学核物理系，后来在广电部工作。我觉得不是靠父亲的光环才取得自己今天的生活的，但很多时候，大家更是冲着"鲁迅的儿子"来的，而很多情况下我也身不由己，耗了很多时间、精力；可是如果不去，人家觉得不给面子，有时我也很苦恼。

这两年我在维护"鲁迅"版权上也出了不少头。我不止一次说过，我是被枪打的那个出头鸟，被打得遍体鳞伤，但如果多年以后，我们的版权、肖像权意识能因此而有所进步，我觉得我付出被别人议论的代价是值得的。我和母亲的宗旨一向是：如果你好好纪念鲁迅、维护鲁迅、研究鲁迅，我们愿意将所有的东西拿出来，让大家无偿地分享。

我早已意识到，鲁迅是世界的，父亲是一个没有隐私的人，他的所有日记都一字未改地发表。作为鲁迅的儿子，我希望大家不仅研究他的思想、他的文学价值，更希望大家看到凡人鲁迅、生活中的鲁迅，那才是一个完整的鲁迅。

（2006 年）